KB118495

이스트 웨스트 미메시스

EAST WEST MIMESIS: AUERBACH IN TURKEY
by Kader Konuk
Originally published in English by Stanford University Press.

이 도서의 국립중앙도서관 출판예정도서목록(CIP)은 서지정보유통지원시스템 홈페이지
(http://seoji.nl.go.kr)와 국가자료공동목록시스템(http://www.nl.go.kr/kolisnet)에서
이용하실 수 있습니다.(CIP 제어번호 : CIP2020008679)

이스트
웨스트
미메시스

터키로 간 아우어바흐

EAST WEST
MIMESIS
AUERBACH in TURKEY

Kader Konuk

카데르 코누크 지음
권루시안 옮김

문학동네

버네사와 세파에게

일러두기

1. 이 책은 아래의 원서를 옮긴 것이다.
   Kader Konuk, *East West Mimesis: Auerbach in Turkey* (Stanford University Press, 2010)
2. 성서(구약)의 인명은 공동번역성서의 표기를 따랐다. 예) 이삭 → 이사악
3. 책·잡지는 겹낫표(『 』)로, 단편·논문·기사·강연 등은 홑낫표(「 」)로, 노래·전시회 등은 꺾은 괄호(〈 〉)로 표시했다.
4. 원서의 이탤릭체는 강조를 표시한 경우에 한하여 작은따옴표(' ')를 쳤다.
5. 본문에서 원어는 병기하지 않는 것을 원칙으로 삼았다. 원어는 이 책 말미의 「주요 용어와 고유명사」에서 볼 수 있다.
6. 「주요 용어와 고유명사」는 옮긴이가 정리하여 첨부한 것이며 원서에는 없는 부분이다.

감사의 말씀

저의 연구를 위해 연구비를 넉넉하게 지원해준 미국 국립인문재단, 베를린 고등학술연구소, 베를린 문예문화연구소, 독일고등교육진흥원, 마르바흐 문헌 기록보관소 등 여러 기관에게 고마움을 표합니다. 특히 독일학과, 비교문학과, 중동부 및 북부 아프리카연구소, 래컴대학원, 연구부총장실, 인문과학대학교를 통해 지속적으로 지원해준 미시간대학교에게 감사합니다. 독일학과와 비교문학과의 역대 학과장들인 프레드 앰라인, 토빈 시버스, 조프 일레이, 헬무트 퍼프, 줄리아 헬, 요피 프린스 교수님께 감사합니다. 이 연구를 맨 처음 구상단계 때부터 뒷받침해주셨습니다. 이 책을 쓰는 과정에서 미시간대학교의 동료들은 수시로 원고를 읽고 비평해주며 아낌없는 지지와 조언과 열정으로 도움을 주었습니다. 특히 버네사 애그뉴, 캐스린 베이바이얀, 캐롤 바던슈타인, 커스틴 반트, 새라 블레어, 캐서린 브라운, 캐슬린 캐닝, 리타 친, 얼리나 클레즈, 파트마 뮈게 괴체크, 고트프리트 하겐, 마이클 케네디, 바실리스 람브로풀로스, 리디아

류, 토모코 마스자와, 크리스티 메릴, 조슈아 밀러, 요하네스 폰 몰트케, 더마니 파트리지, 데이비드 포터, 짐 포터, 로빈 퀸, 안톤 샤마스, 스콧 스펙터, 조지 슈타인메츠, 루스 소파르, 실커마리아 웨이네크, 파트리샤 예거에게 감사합니다.

독일과 터키의 기록보관소 담당자들이 저의 수많은 요구에 응하여 파일과 편지, 사진, 신문, 강연을 열람하게 해준 덕분에 터키 망명객들의 이야기를 들려줄 수 있게 되었습니다. 독일 외무부 기록보관소의 페터 그루프와 마르바흐 문헌 기록보관소의 크리스토프 쾨니히는 어마어마한 도움을 주었습니다. 또한 베를린 연방 기록보관소, 베를린 주립도서관 신문 기록보관소, 베를린 학술원, 특히 이스탄불대학교 기록보관소의 담당자들에게 감사합니다. 미시간대학교와 베를린 문예문화연구소의 도서관이 없었다면 이 책은 쓸 수 없었을 것입니다. 특히 제가 원하는 것들과 관심사에 항상 신경을 써준 사서 보 케이스, 단테가 쓴 『신곡』의 귀중한 초기 터키어 번역본을 열람하게 해준 페이자 세이먼에게 감사합니다. 베를린에서 지난 몇 년간 참을성 있게 저를 도와주신 사서 루스 휘브너, 할리나 렘케, 야나 루비슈에게 감사합니다.

스탠포드대학교 출판사에서는 특히 재검토 과정에서 열성적으로 보살펴주신 선임 편집위원 노리스 포프와 원고를 꼼꼼히 다듬어 최선으로 모양을 잡아준 편집 담당 새라 크레인 뉴먼에게 감사합니다. 스탠포드대학교 출판사의 원고 검토 담당자 두 분에게 감사합니다. 그중 한 분은 니나 버먼으로, 꼼꼼하고 자세하게 검토해준 덕에 이 책에서 저의 역사적 논거가 더욱 좋아졌습니다. 또 케이티 트럼피너와 또다른 출판사의 어느 검토 담당자 한 분에게도 신세를 졌습니다. 원고 손질법에 대해 해박한 지식으로 들려준 조언이 크게 도움이 되었습니다. 특히 헬렌 타타르는 기품과 너그러움을 보여주는 훌륭한 본보기였습니다.

또 이 분야의 전체 학자 공동체로부터 저는 격려와 영감을 받았습니다. 이 책의 주제에 대해 이들이 보여준 열정을 고맙게 생각합니다. 특히 레슬리 어델슨, 쉬헤일라 아르테멜, 마크 배어, 르파트 발리, 카를하인츠 바르크, 세일라 벤하비브, 니나 버먼, 제와트 차판, 오우즈 제베지, 실비아 크레스티, 네드 커토이스, 귀진 디노, 기젤라 에커, 마티 엘스키, 아미르 에셸, 헤르만 푹스, 캐시 겔빈, 사이메 괵수, 갈리트 하산로켐, 롤랜드 수, 아슬르 으스즈, 젤랄 카디르, 조르주 칼릴, 볼프강 클라인, 에롤 쾨롤루, 리타 코리언, 조너선 램, 볼프 레페니스, 해리 리버존, 수잰 마천드, 라인하트 마이어칼쿠스, 아미르 무프티, 안젤리카 뉴워스, 제인 뉴먼, 에스라 외쥐레크, 제프리 페크, 헬무트 파이츄, 찰스 사바토스, 힌리히 제바, 사마흐 셀림, 헬무트 스미스, 알렉산더 스티븐, 로버트 스톡해머, 엘리오노라 스토피노, 샤덴 타겔딘, 프란치스카 순, 에드워드 팀스, 마리아 토도로바, 파올로 토르토네즈, 마르틴 트레믈, 마르틴 피알론, 다니엘 바이트너, 지그리트 바이겔, 자페르 예날에게 감사합니다.

도서관과 기록보관소에서 자료를 수집하고 컴퓨터 입력 일에 큰 도움을 준 연구 조수 술탄 아측귈롤루, 사라 아펜젤러, 애덤 브라운, 수전 뷔트너, 조슈아 호킨스, 캐스린 세더버그, 섀넌 윈스턴, 그리고 세스 하위스와 바샤크 찬다르에게 특히 감사합니다. 미시간대학교 터키 독일 연구회는 이 책과 관련된 발상을 활발하게 논의할 수 있도록 기꺼이 토론장을 제공해주었습니다. 저의 아우어바흐와 포스트식민주의 연구 관련 대학원 세미나에 참석한 학생들의 예리한 질문 덕에 몇몇 생각을 더 잘 가다듬을 수 있었습니다. 제가 강의한 독일 국민과 모더니즘 학부과정도 마찬가지 방식으로 도움이 되었습니다. 이 학생들 모두에게 감사하며, 특히 망명, 이주, 초국가주의 문제에서 자극을 준 박사과정 학생인 닉 블록, 에프라트 블룸, 젠 크리던, 애다일 에센, 엘라 게젠, 스펜서 호킨스, 솔베이그 하인츠, 암르 카말, 미카엘 히날도, 코린 탁티리스, 패트릭 통크스, 사이먼 월시, 오리안 자카이에게 감사합니다.

터키어를 영어로 번역하는 작업은 제가 했습니다만, 독일어를 영어로 번역하는 것은 주로 버네사 애그뉴가 했습니다. 이제까지 터키어로만 읽을 수 있었던 아우어바흐의 두 가지 강연을 꼼꼼하게 번역해준 빅토리아 홀브룩에게 특별히 감사합니다(이 책의 부록 참조). 제 책을 수없이 편집해준 버네사 애그뉴에게는 이루 말할 수 없을 정도로 큰 신세를 졌습니다. 그녀의 보살핌과 인내와 설득력이 없었다면 이 책은 지금과 같은 모양을 갖추지 못했을 것입니다. 또 원고 작업을 해준 편집자 메리 해쉬먼, 엘런 로먼, 엘런 매카시, 캐롤 식먼가너, 루이스 골드버그에게 감사합니다. 웨스트체스터 북서비스의 존 도너휴는 원고정리 작업을 총지휘해주었습니다. 미시간대학교, 베를린 고등학술연구소와 문예문화연구소, 미국 국립인문재단 직원들은 여러모로 저를 도와주었습니다. 신시아 에이버리, 마르야 아이야시, 크리스틴 호프만, 볼프강 크레어, 유타 뮐러, 조니아 슈메를, 짐 터너, 페기 웨스트릭, 그리고 누구보다도 연구비 신청과 관련된 질문, 비자, 해외 출장 연구와 관련된 갖가지 업무를 참을성 있게 잘 챙겨준 쉐리 시처마가이거에게 감사합니다.

여러 해 동안 친구들의 지지와 인내 덕분에 버틸 수 있었습니다. 특히 사빈 부머스, 로버트 디버스먼, 마리나 노치히, 카라인 괴르츠, 레나테 해플러, 케이티 존스, 다이애나 퍼피크, 테레사 피네이로, 캐롤과 피트 식먼가너, 아이셰 테킨, 잉가와 틸 토만에게 감사합니다. 이 책이 완성되는 것을 보지 못하고 돌아가신 아버지 베이셀 코눅, 그리고 저를 알레비파의 인문주의 정신에 따라 길러주신 어머니 사키네 코눅에게 감사합니다. 이 책을 마무리짓고 나서야 제가 어떻게 터키 인문주의 사상의 기원에 흥미를 느끼게 됐는지 비로소 깨달을 수 있었습니다. 그것은 독일에서 이민자의 자식으로 자라면서 제가 처음으로 접한 터키 문학작품, 바로 우리 집 거실 명판에 새겨져 있던 유누스 엠레의 시를 보고 이런저런 궁금증을 품게 됐기 때문이었습니다.

인문주의를 중시하는 마을학회에서 교사 교육을 받은 삼촌 마흐무트 올루클루와 숙모 엘리페의 조건 없는 사랑에 감사합니다. 사랑하는 자매 외즐렘, 벨크스, 랄레, 레일레, 사촌 셀림 올루클루와 제흐라 케스킨은 모두 웃고 춤추고 또 아름답고 쓰라린 삶의 이야기를 자아낼 줄 아는 보기 드문 능력을 지녔습니다. 저의 발걸음마다 격려를 보내준 이들에게 감사합니다. 저의 애그뉴 가족인 조노, 데이브, 로즈, 에마, 비브, 미셸도 역시 제게 너무 잘 대해주었습니다. 낸시는 친절하게도 제가 쓸 수 있게 자신의 책상을 비워주고 냉장고를 채워주며 자기 아이들의 과거사를 제게 들려주었습니다. 네빌의 호기심과 따스함은 제게 큰 격려가 되었고, 파트리샤는 열정과 창의성의 본보기입니다.

누구보다도 너그럽고 재능 있는 버네사에게 감사합니다. 진실한 마음을 타고난 그녀는 언제나 제게 영감을 불어넣었습니다. 이 책을 쓸 수 있었던 것은 그녀가 준 끝없는 사랑과 신의와 편집 기술과 차(茶)만이 아니라, 우리가 맺은 지적 우정의 결실 덕분이기도 합니다. 왕성한 호기심을 지닌 소중한 딸 세파가 보조개 짓는 얼굴로 우리의 삶에 들어온 것에 감사합니다. 이 두 사람이 제 삶을 바꾸어놓았습니다.

차례

서론

1936년 늦여름, 에리히 아우어바흐는 소중히 여기던 삶을 뒤로하고 이스탄불에 도착했다. 그가 배로 왔는지 기차로 왔는지 기억하는 이는 아무도 없지만, 북쪽 경로를 택했다면 오리엔트 급행열차를 타고 오스트리아, 헝가리, 루마니아, 불가리아를 지나쳐 왔을 것이다. 제복 차림의 나치들이 이미 뮌헨역 승강장에 깔려 있었지만 그와 함께 좀더 용기를 북돋는 다른 풍경들도 보았을 것이다. 추수를 시작한 농부들, 부다페스트의 유대인 거주구역, 부쿠레슈티의 중세 건축물. 동방으로 가는 사흘간의 여행에서 이 프로이센 학자는 어느 지점에서 유럽이 더는 유럽이 아니게 되고 익숙한 광경이 더는 익숙하지 않은 광경으로 바뀔지 궁금해했을지도 모른다. 그러나 첨탑이 하늘을 찌르는 종착역에 다다랐을 때조차 유럽의 경계를 찾아내긴 어려웠을 것이다. 이스탄불에서 오리엔트 급행열차는 콘스탄티노폴리스의 옛 성벽과 나란히 달려 시르케지 터미널에서 멈추었다. 그와 같은 독일 사람이 설계한 꽤 현대식 건물이었다. 서방에서 도착한 승객에게 이 기차역은 이스탄불에서도 최고의 장소에 해당되었다. 그곳은 비잔티움 콘스탄티노폴리스의 해안가에 자리잡고 있었고 프랑스어나 독일어를 잘하는 안내원과 역무원이 많았기 때문이다.

그러나 어쩌면 아우어바흐는 배를 타고 유럽 고전 문화의 요람인 그리스와 이탈리아를 지나쳐 왔을지도 모른다. 그는 르네상스 인문주의의 선구자 단테를 다룬 연구 논문을 짐 가방에 챙겨 넣고, 이탈리아 제노바에서 배에 올라 지중해를 건너 그리스의 아테네 근처 피레아스항에 입항했을 것이다. 이것은 괴테의 레몬꽃 피는 나라에서 오랫동안 '유럽의 병자'로 불린 나라로 이어지는 경로였다. 이 두 가지 표현은 서방에서 고전 시대의 유럽과 동방을 특징지을 때 주로 쓰던 말이지만, 공화정 시대의 터키인은 서방과 동방의 관계를 다른 방식으로 보았다. 따지고 보면 이 경로는 비잔티움 시대에 로마와 콘스탄티노폴리스를 이어주던 바닷길이었다. 터키 교육부 장관은 파시즘 유럽에서 온 지식인 망명객들을 언급하면서, 오스만 제국이 콘스탄티노폴리스를 정복한 1453년에 이 경로를 따라 오스만 제국을 탈출한 비잔티움 학자들을 들먹이기를 좋아했다. 이 학자들은 그리스와 로마, 비잔티움의 필사본을 가지고 탈출했는데, 지금도 자주 이야기되고 있듯이 이것이 서유럽에서 고전 교육이 널리 퍼진 하나의 계기가 되었다.[1] 비유적으로 말하자면 이 학문이 이제 아우어바흐 같은 학자들의 도착과 더불어 귀환하고 있었다. 앞으로 살펴보겠지만 터키의 이 교육부 장관은 나중에 이들이 유럽에서 탈출한 것이 20세기 터키 르네상스를 촉진시킨 계기였다고 말하게 된다. 한때 세계 최고의 학문 중심지라는 찬사를 듣던 이 도시에서 유럽의 학자들이 고전 교육을 부활시킬 수 있었다는 것이다.

금각만(灣) 어귀에 닻을 내린 바닷길 승객은 찬란한 경관을 볼 수 있었다. 옛 콘스탄티노폴리스와 제노바인 거주구역 사이에 있는 갈라타에서는 이 도시의 다양한 문화적·종교적 지형이 보였다. 북쪽은 그리스도교인과 유대인 구역인 페라였고, 거기에 700년 된 제노바인 구역의 수많은 교회와 유대교 회당을 내려다보며 갈라타 타워가 우뚝 솟아 있었다. 그 탑 옆에는 13세기에 세워진 도미니크회 수도원 교회가 있었고, 나중에 교황 요한 23세가 되는 안젤로 주제페 론칼리는 이곳에서 아우어바흐에게 이 교회 도서관의 장서를 맘껏 열람할 수 있게 해주었다.[2] 아우어바흐가 이스탄불에 도착했을 때 필시 터키의 대학교 임직원이나 독일인 학자가 마중을 나와, 보스포루스해협을 비롯해 금각만 부근에 있는 수많은 오스만 궁전과 이슬람 모스크가 굽어보이는 페라의 호텔로 안내했을 것이다. 운이 좋았다면 그가 묵은 호텔 방에서는 1,500년 된 비잔티움의 돔 대성당 하기아 소피아를 볼 수도 있었을 것이다. 이 대성당은 오스만 제국의 정복 이후 이슬람 모스크로 개조되었다가 아우어바흐가 도착하기 한 해 전에 다시 개조되었는데 이번에는 종교와 관계없이 누구에게나 문이 열린 박물관이 되었다. 이런 변화는 그즈음 세속화로 나아가던 터키의 움직임을 단적으로 보여주지만, 이 지역의 고전 시대 역사를 자신의 것으로 삼으려는 터키의 욕구를 드러내주기도 했다.

물론 아우어바흐는 우연한 관광객도 아니고, 오스만 제국으로부터 터키 공화국으로 바뀐 최근 변화를 반추하면서 이스탄불 관광을 즐기려는 일반 여행객도 아니었다. 그는 로망스 문헌학 교수였으며, 자기 자신의 의지로는 절대로 독일을 떠나지 않을 사람이었다. 그러나 그 전해인 1935년 10월에 마르부르크대학교의 어느 행정관이 그를 보자고 했다. 그와 아내 마리가 오랫동안 두려워하고 있던 만남이었다. 아우어바흐는 어떻게 될지 정확히 알고 있었다. 그 무렵 도입된 뉘른베르크 법에 따르면 그는 '순유대인' 범주에 속하고, 따라서 나치는 '비아리아인'인 그로부터 국적을 박탈해 추방할 수 있었다. 이 행정관은 아우어바흐가 그 범주에 속한다는 사실을 본인이 확인해줄 것을 요청했다. 독일 교육부에서 내려온 법령에 의하면 이것은 마르부르크대학교가 아우어바흐의 고용을 종료할 충분한 사유가 되었다. 그는 이미 두 해 전부터 자신처럼 제1차 세계대전에 참전한 유대인에게는 예외적 지위가 부여돼 있는 만큼 이런 순간이 오지 않기를 바라며 지내고 있었다. 그러나 다음날 두려워하던 편지가 도착했다. 로망스 문헌학과 교수직에서 해임한다는 내용이었다.[3] 아우어바흐는 이제 가족이 택할 수 있는 길은 오직 독일을 떠나는 것뿐임을 받아들이지 않을 수 없었다. 아내 마리와 십대인 아들 클레멘스와 자신이 더 심한 차별과 비인간적인 대우를 받지 않으려면, 나아가 실제로 목숨을 지키려면 망명길에 올라야 했다.

이 책은 나치 박해를 피해 이슬람이 지배하는 사회로 망명한 아우어바흐 같은 인문학자들의 어려운 상황을 짚어본다. 앞으로 보겠지만, 망명의 여정에는 더 큰 역사의 힘이 작용했다. 하나는 파시즘 독일에서 이들을 쫓아내려는 힘이고, 다른 하나는 터키의 문화개혁 사업에 이들을 활용하려는 힘이었다. 1933년부터 터키는 독일 대학교에서 해고된 학자(즉 레오 스피처, 알렉산더 뤼스토브, 에른스트 폰 아스터, 한스 라이헨바흐 같은 이)에게 피난처를 주면서, 나라의 현대화 개혁을 지지하는 3차 교육기관과 국립연구소의 문헌학자, 철학자, 역사학자, 건축가, 자연과학자, 경제학자, 음악가로 이들을 고용했다. 이스탄불대학교만 해도 여러 학문 분야의 독일인 학자 40명이 취직해 고등교육의 세속화와 현대화를 장려했다. 아우어바흐는 1936년 터키 일류의 서양어문학부 학부장으로 이 무리에 합류했다. 그는 이스탄불에서 11년을 교수로 재직했는데, 이 동안 터키는 중요한 정치, 문화, 교육 혁신을 단행했다. 한편 같은 시기에 유럽은 전쟁으로 파괴를 겪었다.

『이스트 웨스트 미메시스』는 나치가 '비독일인'으로 간주한 유대계 독일인 문헌학자들이 이슬람이 지배하는 사회에서 어떤 망명생활을 경험했는지에 대해 질문한다. 이곳에서 유대인은 평안을 얻을 수 있었을까? 이런 유의 환대는 당연히 역사적 선례가 있었다. 15세기 말 오스만 제국은 이베리아반도에서 박해를 피해 탈출한 세파르디 유대인들에게 피난처를 제공해준 적이 있었다. 따라서 1923년에 수립된 터키 공화국이 이런 전통을 되살려 유럽에서 박해를 피해 들어오는 유대인에게 문호를 다시 개방한 것이 뜻밖의 일은 아니었다. 그러나 그와 동시에 말기 오스만 제국은 제국 내 소수민족과 종교집단에게 적대적인 태도를 취했다는 것도 기억할 필요가 있다. 당시 오스만 제국에서 100만 명 이상의 아르메니아인이 제1차 세계대전 동안 박해와 추방, 죽음을 당했다.[4] 20세기 초에 오스만튀르크의 민족적·종교적 국가주의는 터키 공화국 내 그리스정교회 인구의 지위에도 영향을 주었다. 이것은 곧바로 1924년 터키-그리스 양국 간의 강제 인구 교환으로 이어졌다. 이 시기에 터키는 그리스에서 살고 있는 무슬림을 받아들이고 그 대신 그리스정교를 믿는 자국의 그리스계 주민을 강제로 추방했다.

이렇게 민족적·종교적 국가주의가 거세지는 것과 더불어, 역설적이게도 정치와 교육 구조가 세속화되었다. 그리고 대다수가 유대계인 독일인 학자들이 고용된 것은 이런 전반적인 세속화와 현대화의 우산 아래서였다. 처음에 고용된 사람들은 터키어로 가르치고 출판할 수 있도록 3년 안에 터키어를 배운다는 조건의 고용계약서에 서명했다. 그러나 곧 망명객이 그렇게 빨리 터키어를 능숙히 습득한다는 건 불가능하다는 것이 드러났고, 그들 대부분은 계속해서 독일어와 프랑스어로 가르치고 출판을 했다.[5] 이런 터키어 습득 요구는 더 광범위한 통합 계획의 일부였을 거라는 생각이 들 것이다. 하지만 이 책 3장에서 볼 수 있듯이 망명객에게는 실제로 터키 사회에 동화되어 들어가라는 요구가 없었다. 오히려 이들은 유럽 지식인 엘리트 집단의 일원이 되었다. 이것은 차이를 부정하기보다 차별되는 특성, 즉 유럽인다움을 보존해야 하는 이주민 공동체였다. 독일인 학자들은 나치로부터 보호받는 조건으로 터키의 광범위한 서구화 개혁 실행을 도왔다. 이 책은 현대 터키의 정체성이 자생적인 것이 아니었음을 도발적으로 암시한다. 즉 현대 터키의 정체성은 망명객의 도움을 받아, 다시 말해 터키 사회 안에서 특권이 부여된 외지인의 도움을 받아 어느 정도는 날조되었다는 것이다. 터키가 자기 지역의 고전 유산을 되찾고 고대 유럽의 모습대로 현대 문명을 재창조하기로 결정했을 때 망명객에게는 특별한 중요성이 부여되었다. 전쟁 당시 터키 망명객의 역할에 대한 조사는 문헌학, 문화유산, 그리고 터키의 현대화 개혁 사이의 관계를 이해하는 데 도움을 줄 것이다.

『이스트 웨스트 미메시스』에서는 또 터키 개혁으로 부각된 이례적인 사건을 다룬다. 1924년 그리스-터키 간 강제 인구 교환으로 양국의 악감정이 지속되는 상황에서도 터키의 지식인 지도자들과 정부 관리들은 현대 터키 문학을 촉진하는 토대로서 바로 그리스·로마의 지식을 장려했다. 이 과정에서 터키가 물려받은 오스만어, 페르시아어, 아랍어 유산이 완전히 뭉개지지는 않았을지언정 최소한 그리스·로마의 고전과 경쟁을 벌이게 되었다. 이로써 한때는 오스만어 시를 공부했을 학생들의 교재 목록에 곧장 플라톤, 소포클레스, 호메로스의 문학작품이 포함되었다. 그렇다면 터키가 그리스·로마의 유산과 맺은 새로운 관계와 터키가 추구한 그리스계 자국민의 강제 추방 사이에서 빚어진 그 기이한 모순을 우리는 어떻게 설명할 수 있을까? 자국의 소수민족뿐만 아니라 자국의 과거와 역설적인 관계에 놓이게 된 것을 어떻게 설명할 수 있을까? 우리는 터키가 국가를 '정화(淨化)'하고 나머지 국민을 통합하려 했다고 말할 수 있다. 그러나 이런 '새로운 유산' 정책에는 또다른 기능이 추가되어 있었다. 그것은 서쪽으로 길을 뚫어 서유럽의 고대 유산과 현대 터키 사이에 문화적 공통점을 확보하는 것이었다.

서구화와 미메시스

무스타파 케말 아타튀르크 대통령의 터키 정부는 변화의 필요성을 인식하고 철저한 문화적·정치적 개혁을 기꺼이 받아들이려 했다. 문제는 급격한 변화를 어떻게 실행에 옮기고 또 어디서 그 영감을 얻을 것인가 하는 것이었다. 교육부 장관 레시트 갈리프(재임 1932-1933)와 하산 알리 위젤(재임 1939-1946)을 비롯한 터키 개혁자들은 예전의 사례를 찾으면서, 그런 사례를 받아들이되 어떻게 하면 지나치게 모방하는 것처럼 비치지 않을 수 있을까를 고민했다. 과거 오스만 제국의 중앙정부가 그랬듯이 공화국 정부는 이 문제에 대한 답을 서방에서, 즉 서유럽의 입법, 건축, 기술, 과학, 문학, 예술, 복식, 물질문화 전반에서 찾고자 했다.

새로운 터키 공화국은 과거 200년간 오스만 제국의 문화, 경제, 정치, 군사적 측면에서 변화의 특징이었던 서구화 개혁의 범위를 확장하기로 결정했다. 예전에 있었던 서구화 개혁은 어찌 보면 오스만 제국의 영토 확장이 끝나고 상황이 뒤집히는 전환점이 된 1683년 빈 전투의 패배에 대한 오스만 사람들의 대응책이라 할 수 있었다. 달리 보면, 오스만의 개혁은 오스만 제국과 서유럽에 동시에 영향을 미친 경제적·정치적 변화

의 긴 궤적의 일부로 해석할 수 있었다.[6]

이 개혁의 시초는 1718년에 시작됐으며 나중에 '튤립 시대'라는 뜻의 '랄레 데브리(Lale Devri)'라는 이름이 붙었는데, 서유럽과 오스만 제국의 상호 의존관계가 내포된 이름이다. 역설적이게도 튤립 구근은 원래 16세기 오스만의 콘스탄티노폴리스를 거쳐 서유럽으로 전래되었는데, 처음에는 서유럽에서 반짝 호황을 일으켰다가 나중에는 오스만이 서방의 문화적 측면을 수입하려 한 노력을 가리키는 대명사가 되었다. 술탄 아흐메트 3세가 시작한 이 튤립 유행은 오스만 미술과 정원 설계에 영속적인 영향을 남기면서 오스만 엘리트층 사이에서 외국 문물을 향한 관심을 불러일으켰다.[7] 후대에 퇴폐적인 시대로 여겨지게 된 랄레 데브리는 1730년 아흐메트 3세에 항거해 반란이 일어나면서 갑작스럽게 끝났다. 이와 대조적으로 19세기 개혁에서는 엘리트층의 비중이 적었다. 오스만 제국이 다수의 지중해 지역, 그중 특히 중시한 그리스, 알제리, 이집트를 잃게 될 처지에서 새롭게 시도된 현대화 개혁에서는 오스만 사회의 광범위한 계층을 아울렀다. 1829년 일반 국민의 복식 개혁에서 터번이 페즈 모자로 바뀌고 긴 겉옷 로브가 프록코트와 케이프와 바지로 바뀌며 슬리퍼가 검은 가죽 부츠로 바뀌었다는 것은 오스만이 현대화를 서구화와 동일시하고 있었다는 사실을 잘 보여준다.[8] 그로부터 10년 뒤에 '탄지마트(tanzimat) 칙령'이 속속 공포되면서 특히 제국의 군사, 행정, 교육 구조를 대상으로 한 오스만 사회의 근본적인 개편이 시작되었다. 문화적 관점에서 볼 때 19세기는 프랑스 애호주의 시대라고 할 수 있다. 프랑스 문화가 도입됨에 따라 페르시아와 아랍의 영향력은 차츰 프랑스의 영향력에 자리를 내주면서 오스만의 지식인 생활에 영속적인 흔적을 남겼다. 예상할 수 있듯 문화적 방향 설정이 다시 이뤄진 이때에 프랑스 문학은 특히 중요한 역할을 했고 19세기 후반 최초의 오스만 신문과 소설, 단편소설이 생겨나기 시작했다.

인구 대다수가 무슬림인 사회 가운데 19세기에 서구화 개혁을 거친 국가가 오스만 제국뿐이었던 것은 아니다. 예를 들어 케디브 이스마일 총독은 이집트를 통치하던 시기(1863-1879)에 자신의 나라가 "이제는 아프리카가 아닌 유럽의 일원"이라고 선포했다.[9] 이 진술은 서구화를 지향하는 경향이 보편적이었음을 암시하는 것으로 보인다. 그러나 주권 문제에 집중해보면 이집트와 오스만 사이에는 차이가 있었다. 이집트는 19세기 영국과 프랑스로부터 식민지에 가까운 상태에 놓여 있었고 유럽에 속한다고 선포해야 할 정치적 이유가 있었다. 반면 오스만 제국은 주권제국이었다. 서유럽과 러시아, 발칸 국가들에게 이집트를 비롯한 자치구를 계속 빼앗기고 있었지만, 현대화를 실행하는 것은 본질적으로 자율적인 결정이었다. 따라서 말기 오스만과 초기 공화정 터키를 주로 서유럽 국가들의 패권에 영향받는 나라로 본다면 오도한다 할 수는 없어도 지극히 편협하게 보는 셈이다. 포스트식민주의 연구를 받아들여 동방 자체가 서구 제국주의의 이해에 종속되었다고 일반화시킨 에드워드 사이드의 주장을 되풀이하기보다 나로서는 동방과 서방의 관계를 좀더 섬세하게 들여다보면서도 구체적인 역사를 바탕으로 하는 연구에 관심이 간다. 바로 오스만과 터키를 서구화의 피해자가 아니라 서구화의 주동자로서 집중 조명하는 연구 말이다.[10]

오스만의 전임자들과 마찬가지로 아타튀르크는 현대화에는 서구화가 수반되지 않을 수 없다고 믿었다. 그렇지만 이 신생 공화국의 창립자는 옛 개혁의 폭을 넓혀 전략적으로 새로운 행보를 내디뎠다. 프랑스 같은 서유럽 국가로부터 정치적 독립을 추구하면서도 터키 국민에게 유럽인의 정체성을 가질 것을 요구했다. 그 결과 1920년대와 1930년대의 개혁 시기에 공화국의 정치, 교육, 법, 문화 기반이 일관되게 변화했다. 이때에 중요한 기준이 된 원칙이 바로 세속화였다. 세속화 개혁을 한다는 것은 페즈 모자와 오스만 문자를 없애고, 종교학교를 불법으로 규정하며, 칼리프 제도와 종교법정을 폐지하고, 라틴 문자를 도입하고, 이슬람력을 그레고리력으로 교체한다는 것을 뜻했다.[11] 여성은 투표권을 얻어 사회활동에 참여할 수 있었고, 대학교에 학생으로 입학하여 자신을 발전과 현대성이라는 정신과 결부시킬 수 있었다.[12]

이 책은 분수령에 해당하는 이 순간의 중요한 측면인 개혁에 초점을 맞춘다. 그것은 문자 그대로 교육을 세속화한 1933년의 교육개혁, 그리고 매우 영향력 있는 번역관청을 설치하여 수많은 서양 고전을 현대 터키어로 번역하고 출판하는 일을 전담하게 한 1939년의 인문주의 개혁이다.[13] '테르쥐메 뷔로수(tercüme bürosu)'로 불린 '번역국'은 의도와 야심 면에서 참신하긴 했지만, 터키 개혁의 다른 부분과 마찬가지로 오스만 제국 시기에 이미 선례가 있었다. 마흐무트 2세가 통치하던 19세기 초에 처음 설치된 '테르제메 오다시(terceme odası)'라는 '번역실'과 마찬가지로, 1930년대의 번역국은 사회정치적 변화를 촉진하려는 의도로 만들어졌다.[14] 그러나 그 주요 역할이 수많은 그리스·로마의 작품을 비롯한 서양 고전 번역이었던 것은 전례가 없었다. 번역국을 설치한 교육부 장관 하산 알리 위젤은 번역 사업을 동방과 서방 사이의 차이점보다는 공통점을 강조하는 한 방법이라고 보았다.[15] 폭넓은 번역 사업을 시초로 교육의 세속화를 돕고, 다른 한편으로 서방의 연극, 음악회, 오페라를 무대에 올린 이 개혁에 대해서는 2장에서 논한다.

그렇지만 이 모든 일에도 불구하고 공화정 터키는 문화 전유(專有)에 따르는 문제들로 인해 계속 골머리를 앓는다. 개혁운동이 대개 그러하듯 터키의 개혁운동도 목욕물을 버리면서 아기까지 함께 내다버리는 식으로 자신의 역량을 경시하는 것은 아닌가 하는 의심을 샀다. 터키인의 입장에서 이것은 오스만의 업적을 스스로 잘라내버려도 과연 괜찮을까 하는 두려움이었다. 한편 서방에서는 이것이 터키인은 따라쟁이라고 너무나 간단하게 치부해버리는 비난거리가 되었다. 이 책은 터키의 국가부흥 과정에서 있었던 특별한 일화를 다루며, 서구 모델을 베끼는 데 따른 터키의 걱정에 대해서도 다룬다. 이 책에서는 역사적으로 구체적인 주제를 다루고 있기는 하지만, 오늘날 서방 노선에 따른 국가 건설을 수많은 정책 사안의 맨 앞자리에 올려놓고 있는 국가들이 배울 만한 교훈 또한 들어 있다. 역사적으로 터키는 미메시스(의태)의 정의를 해부함으로써 이런 문제에 대처했다. 서구화 개혁은 일종의 문화적 미메시스에 해당했는데, 유럽 문화를 단순히 복제하기보다 생성하고자 했기 때문이다.[16] 공화정 터키는 유럽을 모방한 '멋쟁이'인 '쥡페(züppe)'와 유럽의 '꼭두각시'인 '쿠클라(kukla)'로부터 거리를 두고자 했는데, 이 둘은 모두 말기 오스만 문학에서 중요한 표상이었다. 어설프게 서구화된 오스만인이 아니라 오히려 유럽 본토에서도 당당한 인물로 통할 현대적인 터키인이 활보하게 하려는 것이었다.

『이스트 웨스트 미메시스』는 유럽에서 인문주의 전통이 추방되고 있던 바로 그 순간에 이스탄불에서 정착한 유럽 문화를 아우어바흐가 어떻게 받아들였는지에 대해 설명한다. 비교문학자 케이티 트럼피너를 비롯한 여러 사람이 말한 대로, 아우어바흐 자신의 뿌리가 유럽에서 뽑혀나가는 상황은 역설적이게도 그를 받아들인 나라에서도 오스만이라는 과거를 새로운 국가문화로 대체하고자 하면서 어느 정도는 똑같이 벌어지고 있었다.[17] 유럽이 체계적으로 파괴되고 있던 순간, 이스탄불에 머물면서 아우어바흐는 유럽 문화의 본질과 기원을 정확히 집어내려 애쓰고 있었다. 대규모 파괴에 직면한 이런 저술가 겸 학자는 아마도 두 가지 길 중 하나를 택할 수 있을 것이다. 하나는 저 파괴를 설명하는 일이고, 다른 하나는 사라지는 것들을 구해내는 일이다. 아우어바흐는 이 가운데 후자를 택했다. 그는 어떤 글이 유럽 문학 전통의 핵심이 되고, 그 서사 양식은 어떻게 전개되는지 생각했다. 현실 묘사(또는 그가 말한 미메시스)와 우리가 과거를 생각하는 방식 사이에는 어떤 관계가 있는가? 1942년에서 1945년 4월까지 아우어바흐는 걸작 『미메시스—서구 문학의 현실 묘사』에서 그런 질문에 답했으며, 이 저작은 나중에 특히 미국에서 '비교문학'이라는 학문 분야의 기초가 되었다.

아우어바흐의 책은 호메로스와 히브리어 성서에서 단테를 거쳐 프루스트와 울프에 이르기까지 서유럽 문학의 역사를 아우른다. 아마도 가장 중요한 것은 아우어바흐의 이런 주장일 것이다. "우리가 인생과 사회를 바라보는 방식은 우리가 과거의 것에 관심을 갖든 현재의 것에 관심을 갖든 똑같다. 우리가 역사를 바라보는 방식이 달라지면 그것은 필연적으로 우리가 현재의 상황을 바라보는 방식에 곧바로 반영될 것이다."[18] 이것은 역사는 서사의 결과물이라는 세련되고도 단순한 관념이었다. 또 우리가 현재를 이해하는 방식은 우리가 이전의 것을 생각하는 방식에서 비롯된다는 것이다. 이런 혜안은 문학이론, 역사, 비교문학, 문화사를 비롯한 다양한 학문 분야에 영향을 주었고 지금도 영향을 주고 있다. 새로운 길을 연 이 책으로 저자는 당대의 가장 중요한 비평가 반열에 올라섰다. 동료 망명객 레오 스피처의 말처럼 그는 "특유의 넓은 지평, 백과사전적 지식, 예술적 감각"으로 유명해졌다.[19] 전후 시기에 『미메시스』는 또 그가 펜실베이니아주립대학교, 프린스턴대학교, 나중에는 예일대학교에서 교수로 일할 수 있는 길을 열어주었다.

우리는 아우어바흐를 안내자로 활용하여, 터키가 문학과 문헌학에 변화를 줌으로써 국가 건설에 다가간 방식과 터키 인문주의 개혁을 이해할 수 있다. 내가 이런 주장을 하는 것은 단순히 인문학에서 아우어바흐가 갖는 중추적 역할 때문만은 아니다. 아우어바흐에 초점을 맞춘 동기는 그보다는 방법론적인 것이다. 그의 독창적인 작업은 그가 이 책을 쓴 맥락 자체를 이해하는 데 필요한 핵심적인 개념을 제공한다. 그중 가장 중요한 것은 유럽이라는 관념, 역사의 여러 개념, 문화와 정치의 개혁 과정에서 미메시스가 하는 기능이다. 즉 우리는 『미메시스』라는 책에 예시된 비평적 개념을 렌즈처럼 활용하여 그 책이 생겨난 전체 맥락을 분석할 수 있다. 그런 면에서 나의 책은 『미메시스』의 '생성사' 이상을 제시한다. 이 책은 문학적 비평 도구를 활용하여 문화사를 읽어내려는 시도에 해당하며, 그런 만큼 다른 문화와 정치의 맥락에서도 적용 가능한 방법론적 모델을 제시한다. 미메시스 개념을 활용하면서, 나는 현실 묘사를 위해 글에 적용되는 미메시스와 터키 서구화에서 전체적으로 전개되어 문화적으로 실행된 미메시스를 구분한다. 이런 두 가지 접근법은 국가 건설 과정에서 문학, 문헌학, 교육의 교과과정이 수행한 결정적인 역할을 이해하는 데 도움을 준다. 또 묘사 방식과 역사 개념은 정치체에 딸린 것도, 서로 분리할 수 없는 것도 아니라는 것을 보여준다. 요컨대 터키가 서구 문화를 미메시스적으로 전유한 것은 사실주의적인 동시에 역사적인 사업이었다.

터키의 서구화는 세속적 교육을 확립하고 터키 습속을 바꾼다는 뜻이었다. 또 과거를 바라보는 새로운 관념을 생성한다는 뜻이기도 했다. 『이스트 웨스트 미메시스』는 인문주의 운동이 오스만이라는 과거와 구별되는 새로운 터키적인 과거 창조에 미친 영향에 초점을 맞춘다. 19세기와 20세기 초 오스만 지식인들은 서구화 개혁 과정에서 변화하는 역사 개념과 문학의 본질을 두고 이미 숙고하고 있었다. 예를 들어 터키의 가장 중요한 모더니즘 작가인 아흐메트 함디 탄프나르는 오스만 제국 말기 문학사와 지성사를 다룬 저작에서 역사, 문학, 사실주의의 위기에 대해 짚어보았다. 그는 공화정 초기 지식 생활 역시 이런 위기에서 영향받았다고 썼다.[20] 현대화는 1920년대와 1930년대의 작가들이 더 큰 사실주의를 동원할 책임, 현대적 삶을 있는 그대로 보여줘야 할 책임을 맡았다는 뜻이었다.[21] 서방 습속을 재창조한 결과로 새로운 현실 감각이 만들어졌을 뿐만 아니라, 앞서 말한 대로 이 나라의 과거 관념도 바뀌게 되었다. 터키 공화국의 경계가 새로이 정해지고 예전에 시행된 오스만 개혁을 능가하는 방식으로 서구 문화를 전유한다는 결정이 내려지면서, 역사와 문화유산의 의미가 근본부터 바뀌었다.

소아시아의 폐허를 바라보는 여러 관점이 좋은 예이다. 오스만은 19세기 말이 되어서야 이슬람 이전의 페니키아와 헬레니즘 시기의 과거에 고고학적 관심을 갖기 시작했다. 1869년 이스탄불에 세워진 제국박물관은 "유럽 주도의 현대성 속으로 오스만 제국이 스스로 걸어 들어간 행보"에 해당한다.[22] 압뒬하미트 2세(재위 1876-1909)는 이렇게 말한 것으로 알려진다. "저 멍청한 외국인들 좀 봐! 내가 저들을 깨진 돌 조각으로 달래는구나."[23] 이것이 사실이든 아니든, 고대 유럽의 고고학 유적이 공화정 초기 터키의 국가적 상상에서 중요한 위치를 차지했다는 것을 알 수 있다.[24] 페르가몬의 제단처럼 오스만 시대에 유럽 지배자들에게 선물로 증정되거나 팔려나간 폐허의 기둥과 조각상을 이제는 고대로 거슬러 올라가는 훌륭한 과거의 잔존물이라고 주장할 수 있었다. 그것은 런던, 베를린, 파리, 로마, 아테네의 중산층뿐만 아니라 아나톨리아의 소작농도 공유하고 있는 과거였다. 아타튀르크의 터키는 유럽의 고전 문화유산을 전유함으로써 현대의 길로 접어들고 있었다.

망명과 분리라는 표상

이 책은 두 가지 기본적인 질문을 캐고 들어간다. 그것은 이스탄불에서 머물고 있다는 사실이 『미메시스』의 집필에 어떤 영향을 주었는가, 또 『미메시스』는 우리가 이스탄불을 이해하는 데 어떤 도움을 주고 있는가 하는 것이다. 더 일반적으로 말해 이 책은 망명의 조건에 대해, 그리고 문화적·정치적 변화 과정에서 외지인의 지위에 대해 탐구한다. 많은 학자들이 아우어바흐를 주제로 삼아 첫번째 질문에 초점을 맞추어, 그가 이스탄불이 아니라 이스탄불만큼 격리된 다른 어떤 곳에 있었다면 과연 『미메시스』를 쓸 수 있었을까 하고 질문했다. 망명지에서 나온 수많은 연구와 마찬가지로 『미메시스』 또한 지적 고립의 결과물이라는 생각이 오랫동안 지배적이었다. 다락방에 격리된 예술가에게서 나옴직한 작품이라는 것이다. 고독한 망명객 관념이 뿌리내린 것은 의외의 일은 아니다. 어쨌든 20세기 초의 터키는 과거 시대와 연관되어 있어서, 우리는 거기서 뉴욕과 런던의 증권거래장이나 로스앤젤레스의 화려한 영화가 아닌, 격자 창살이 있는 도서관의 옛 필사본과 오스만 학자들을 떠올리게 되기 때문이다. 『이스트 웨스트 미메시스』는 이런 고정관념을 다루면서, 1930년대와 1940년대 이스탄불이 서구 문화로부터 완전히 격리되어 있었다는 관념을 뒤엎는다. 그렇지만 아우어바흐가 학문 활동을 펼친 맥락을 되짚어본다는 것은 우리가 그에게 물려받은 이미지에 대해 의문을 제기하는 데서 끝나지 않는다. 그렇게 아우어바흐의 업적에, 또 이스탄불 자체에 맥락을 부여하고 나면 망명 연구에서 중요한 한 가지 전제에 의문을 제기할 수 있게 된다. 그것은 바로 망명은 고립과 같으며, 고립은 그 자체로 지적으로나 예술적으로 생산적이라는 전제이다. 우리 시대의 비평가 상당수에게 망명은 여전히 지식인이 자신의 근거지에서 내몰려 다른 곳에 주거를 정할 수밖에 없게 될 때 생겨나는 비상한 혜안과 비판적 분리 상태를 나타낸다.

그렇지만 나는 이런 식의 사고는 망명을 뿌리 뽑힘을 나타내는 단순한 은유로 너무나도 간단하게 격하시킨다는 점이 우려스럽다. 이런 사고에서 망명은 사회적·정치적 맥락으로부터 단절되고 문화 전달과 초국가적 교류의 가능성과 결합된다. 망명이라는 상태가 너무나도 쉽게 거의 유토피아적 가능성을 획득한다. 망명은 갑자기 그곳 고유의 전통에 구애받지 않고 서로 다른 두 체제 간의 새로운 중재자로 부상하여 그곳에 원래 있던 것과 밖에서 들어온 것 모두를 명쾌하게 풀어주는 해설자가 된다. 나는 망명에 대한 이런 관점은 역사를 왜곡한다고 본다. 이런 관점은 전쟁 시기에 추방된 사람들의 실존적 곤경을 사소한 것으로 만들며, 그와 동시에 개별적 사례를 전체적 차원으로 격상시키기까지 한다. 망명을 분리된 상태로 보는 이런 관점에 반대해 나는 다각적으로 결합된 상태로 보는 관점을 제안한다. 그러면 이 책의 과제는 이런 새로운 결합을 탐구하여 망명 당사자와 각각의 사회 전반에서 그 함의를 캐내는 일이 될 것이다. 망명 상태의 긍정적인 면을 찾아내기보다는 다음과 같은 질문을 하고자 한다. 망명을 떠난다는 것은 어떤 의미였을까? 그리고 그로부터 생겨나는 것은 무엇이었을까? 나아가 망명은 그 원인 제공자(독일)와 수혜자(터키와 미국)에게 더 커다란 어떤 의미가 있었을까? 이제 살펴보겠지만, 이런 질문에 대한 답은 흔히 생각하는 것만큼 그렇게 단순하지는 않다.

지난 10년 동안 에밀리 앱터, 제인 뉴먼, 셀림 데링길, 세스 레러는 망명 시기 동안 아우어바흐가 처했던 고립에 의문을 제기하기 시작했다. 예를 들어 앱터는 아우어바흐가 "광야에서 겪은 고독을 외틀어지게 묘사"한 탓에 이스탄불 망명생활에 대해 "왜곡된 그림"을 보여주었을 것이라고 지적한다.[25] 나는 그녀가 옳다고 생각한다. 우리는 아우어바흐에 대한 이런 인식, 즉 저 걸작을 그 핵심에 해당하는 원천자료와 문화적인 맥락 자체로부터 단절된 상태에서 써낸 전설적 인물이라는 인식을 재검토해야 한다. 나아가 안젤리카 배머, 소피아 매클래넌, 안톤 캐이스, 캐런 캐플런, 알렉산더 스테판과 함께, 나는 망명 연구에서 망명의 역사성과 실체적 존재를 모두 인정하는 새로운 접근법을 제안한다.[26] 이런 접근법을 채택하면 거대한 역사의 흐름 속에서 망명이라는 것이 지니는 위상만이 아니라 개인의 초상에 대해서도 한층 더 차별화된 묘사를 할 수 있다.

망명과 고립을 동일시하는 이런 관점에 대한 비판과 함께, 나는 국민문학과 구별되는 비교문학의 과제에 대한 학문적 논의에 참여한다. 적어도 미국에서는 비교문학이 망명의 역사에 영향받고 있으며, 오늘까지도 망명은 이 학문 분야의 중요한 화제로 남아 있다. 그러나 나의 논지는 최근 비교문학자 사이에서 나타나는 자기점검과 궤를 같이한다. 세 가지 유일신교 사이의 폭력적 대립, 세계화, 새로운 형태의 제국주의에 맞닥뜨린 지금 이 학문 분야는 그 목적을 재정의하려는 시도를 하고 있다.[27] 나는 독일인 망명객과 터키 개혁자 사이의 교류에서 싹튼 세속 학문을 조사함으로써, 인문학 내에서 세속주의와 망명을 둘러싸고 학문 분야와 국가를 초월한 논의가 활기를 띠길 바란다.

『미메시스』를 맥락 속에서 이해한다는 논지를 위해 나는 여러 비평가에게 이의를 제기한다. 그중 하나인 압둘 잔모하메드는 아우어바흐의 망명지는 『미메시스』와 무관하다고 주장한다. 그는 그 책이 "서유럽이 아닌 세계 어디였든 큰 차이 없이 쓰였을 것"이라고 말한다.[28] 아자데 세이한도 비슷하게, 아우어바흐의 책에서는 "망명 경험의 아주 미묘한 흔적조차" 보이지 않는다고 주장한다.[29] 그렇지만 이 책에서 알게 되는 것처럼 이런 주장들의 근거는 미약하다. 실제로 그 근거는 아우어바흐 자신이 이스탄불의 도서관이 변변찮다고 했던 말로 압축된다. 5장에서 보겠지만, 종종 인용되는 이 말은 열악한 상황을 나타내는 것으로 일반화되었다. 서방 세계의 가장자리에서 우리는 풍부함이 아닌 결핍을, 익숙함이나 심지어 차이점도 아닌 없음을 보는 것이다. 우리는 이런 관점의 계보를 비평가 해리 레빈, 또 가장 중요한 에드워드 사이드까지 거슬러 올라갈 수 있다. 『세계, 텍스트, 비평가』에서 사이드는 아우어바흐의 추방, 유럽과의 거리두기가 『미메시스』를 쓸 수 있는 조건이었다고 본다. 그에 따르면 중세 및 르네상스 문학을 공부한 아우어바흐 같은 학자에게 이스탄불의 의미는 이러했다.

> 이스탄불은 공포의 튀르크족과 이슬람을 표상하며, 그리스도교 세계의 재앙이자 동방 배교자의 거대한 화신이다. 고전 시대 내내 유럽 문화에서 터키는 동방이었고 그 가장 무섭고 호전적인 형태인 이슬람이었다. 그러나 이것이 전부가 아니었다. 동방과 이슬람은 또 유럽, 그리스도교 라틴어권이라는 유럽의 전통, 뿐만 아니라 일반적으로 인정되는 교회의 권위, 인문 지식, 문화 공동체로부터 궁극적으로 떨어져나간 적대자였다. 수세기 동안 터키와 이슬람은 유럽을 파괴하려고 위협하는 듯한 거대한 혼종의 괴물이었다. 유럽이 파시즘에 휩쓸린 시기에 유럽에서 이스탄불로 망명을 떠난다는 것은 깊이 사무치는 감정적인 형태의 망명이었다.[30]

사이드는 현대의 터키를 바라보는 아우어바흐의 관점에 유럽의 중세와 르네상스 시대에 뿌리를 둔 지나치게 단순화된 동방주의(오리엔탈리즘) 담론을 섞는다.[31] 나의 관심사는 아우어바흐가 이스탄불대학교에서 접한 문화정치로부터 이런 동방주의 담론을 명확히 분리해내는 것이고, 급속도로 서구화하고 있는 나라에서 인문주의 이념의 대변자로서 그가 한 역할을 부각시키는 것이다. 아우어바흐의 망명을 보는 사이드의 관점에는 문제가 있는데, 중세 이래 서유럽에는 줄곧 균질한 형태의 동방주의 담론이 널리 퍼져 있었고, 그로 인해 이 문헌학자가 자신이 처한 특수한 상황을 이해하지 못했다고 암시하기 때문이다. 사이드는 현대 터키와 서방 사이의 가까운 관계가 오스만과 유럽 사이의 오랜 세월에 걸친 접촉과 교류의 결과라는 것을 인정하지 않았다.

사이드가 말한 "망명의 실행 가치"는 아우어바흐가 익숙한 문화 환경에서 멀어졌다는 점에만 있는 게 아니라 인문주의 전통에게 새로운 보금자리를 제공한 현대 터키의 특수한 문화적·역사적·지적 환경에도 있다.[32] 다시 말해 아우어바흐가 내놓은 책은 사이드의 주장대로 "유럽의 현실에 흠뻑 젖어" 있었을 뿐만 아니라, 이스탄불의 현실에도 뿌리박고 있었다. 사이드의 비난을 예상하고 있었다는 듯 아우어바흐는 자신의 저작을 "1940년대 초에 특정한 인물이 특정한 상황에서 매우 의식적으로 쓴 책"이라고 썼다.[33] 그렇다면 우리의 첫번째 과제는 이 특정한 사람, 마르부르크대학교에서 온 유대계 독일인 단테학자로서 10년 이상 이스탄불대학교 서양어문학부 학부장을 맡은 이 사람에 대해 살펴보는 것이다. 『이스트 웨스트 미메시스』의 또다른 과제는 어쩌면 그보다 더 중요한데, 500년 동안 오스만 제국주의의 중심이었다가 이제 인문주의를 통한 터키의 문화부흥에 결정적인 역할을 맡은 도시가 된 이스탄불로 망명하는 것에 대해 자세히 알아보는 일이다. 앞으로 보게 되겠지만, 아우어바흐가 자신의 학문 작업을 완성할 수 있었던 것은 문헌학자인 자신과 이 맥락 간의 관계 덕분이었다. 그리고 이런 상관관계는 다시 『이스트 웨스트 미메시스』의 구조를 이룬다.

1930년대 이스탄불을 "서방이 아닌 동방의 망명지이자 고향 상실의" 장소, 위협적이고 외딴 곳이기 때문에 가능성을 열어주는 장소로 보는 사이드의 관념은 비교문학이라는 학문 분야에 아직도 널리 퍼져 있다.[34] 인문학에서 망명은 이론적 진실로 탈바꿈하여 새로운 형태의 비판의식을 생성해내기 위한 조건으로 해석되었다. 예를 들어 잔모하메드는 자신의 경계지식인 개념을 위해 망명이라는 표상을 끌어온다.[35] 아미르 무프티는 세속비평에 관해 쓴 책에서 소수자라는 존재의 "윤리적 가능성"을 탐구하면서 이를 포스트식민주의의 틀에서 자세히 설명한다.[36] 이 두 학자 모두 사이드를 고수하면서 변두리 공간을 잠재적으로 생산적인 곳으로 본다. 반면에 나는 아우어바흐가 사이드에게 얼마나 중요했는가를 추적하는 데에는 그렇게 관심을 두지 않는다. 그보다 20세기 초의 문학과 문학비평 담론에서 망명과 고립에 관한 여러 관념이 '분리'라는 표상과 어떻게 연결되어 있는지를 탐구한다. 따라서 나는 모더니즘 미학의 중심이 되는 '분리'라는 표상이 1933년 대규모 이주가 시작된 뒤로 어떻게 다른 의미를 띠게 되었는지를 밝히고자 한다.

이 책은 아우어바흐가 터키를 유럽 인문주의의 대립항으로 보지 않았음을 확정적으로 보여준다. 실제로 아우어바흐는 이스탄불을 "근본적으로 헬레니즘적인 도시"라고 부르며 아랍, 아르메니아, 유대, 터키의 요소가 "하나의 실체 안에서 융합되거나 공존"하는 도시라고 했다.[37] 아우어바흐가 말한 "헬레니즘적인"은 시간이 지나면서 용어의 의미가 바뀌었다 해도 '서구적인'이라는 뜻으로 쓴 것은 분명하다. 500쪽 분량의 『미메시스』에서는 터키에 대해 사실상 언급하지 않는다. 후기에서만 명확하게 1940년대 이스탄불을 언급하고, 터키의 나머지 장소에 대한 언급은 부수적일 뿐이다. 그러나 다른 비평가들이 터키를 『미메시스』에서 실종된 주제라고 주장하는 경향이 있지만, 우리는 이렇게 누락되어 있다는 사실이 의미하는 바가 무엇인지 생각해볼 수 있다. 나는 터키는 아우어바흐의 맹점도 아니고 실수에 의한 누락도 아니었다고 주장하는 쪽이다. 5장에서는 아우어바흐가 규정하는 유대교-그리스도교 세계에서 터키의 영역이 배제되어 있다고 암시한다. 바로 이런 배제를 통해 유대교-그리스도교 세계는 처음으로 경계가 있는 하나의 세계로 등장한다. 다시 말해 『미메시스』는 터키를 제외함으로써 서방이 자신들을 오늘날 중동이라 불리는 것과 다른 별개의 것으로 생각하게 된 과정을 예증해주고 있는 것이다. 이 장에서는 또 아우어바흐가 이스탄불에서 이룬 학문적 업적과 그 망명지 사이의 연결고리를 추적한다. 내가 찾아낸 자료 중에는 아우어바흐가 일반 대중을 대상으로 한 강연이 다수 포함되어 있다. 이 자료를 다룰 때 내 목표는 아우어바흐가 망명지에서 지녔던 학문방법을 단순히 터키라는 맥락 안으로 축소시키지 않겠다는 것이었다. 그래서 나는 그런 자료를 그가 어떻게 새로운 환경과 관계를 맺었는지, 급속도로 현대화되는 사회가 안고 있는 몇몇 난제에 그가 어떻게 대응했는지를 보여주는 용도로 사용한다.[38]

물론 위치와 창의력의 관계를 계량화하여 이스탄불이 아우어바흐의 사고에 미친 영향을 증명하기는 어렵다. 그러나 단순히 증명하기 어렵다는 이유로 그 관련성을 거부한다면 신에게서 창의력을 받거나 메마른 땅에서 창의력이 샘솟는다는 낭만주의의 천재 관념에 동의한다는 뜻이 될 것이다. 개인적으로 나는 그런 관점을 받아들이지 않지만, 아우어바흐 또한 자신을 그런 식으로 보진 않았을 것이다. 그가 일종의 엘리트주의자였을 수 있을지는 몰라도, 역사서술, 현실 묘사, 토착어의 역할, 유럽 문화 기반으로서의 인문주의에 대한 관심을 볼 때 이스탄불에 있으면서 그는 혼자가 아니었다. 오히려 우리는 바로 이런 것들이 그 당시 아우어바흐와 접촉한 터키의 개혁자들, 지식인들, 학생들이 고민하고 있던 질문이었음을 알게 된다. 따라서 추방과 차이를 망명지 학문의 촉매로 강조할 게 아니라, 우리가 관심을 가져야 할 것은 바로 이 망명의 장소이다. 이렇게 차별화된 그림에서 보면 아우어바흐는 터키로 이주하여 지적·정치적 공백 속으로 굴러떨어진 게 아니었음이 명확해진다. 어떤 면에서 그는 망명지에서 편안함을 느꼈다. 1930년대와 1940년대 터키의 특정 교양 계층에게 터키는 유럽이었을 뿐만 아니라 유럽의 기원을 간직한 곳이었다. 앞으로 보게 되겠지만, 이 때문에 이스탄불과 앙카라의 망명객은 유럽 관념에 대해, 또 터키의 서구화 사업이 직면하고 있는 어려움에 대해 생각하게 되었다.

기록보관소의 자료 열람

오늘날에도 독일계 유대인의 터키 생활에 대해 우리가 알고 있는 것은 개략적인 수준에 그친다. 이런 주제의 기록자료 연구가 부족한데다 터키의 기록보관소에 접근하기가 어렵다는 것도 작지 않은 원인으로 작용한다. 그러나 지금은 방문할 의사가 있다면, 그리고 독일어, 터키어, 프랑스어를 할 줄 안다면 누구라도 독일 외무부의 기록보관소나 베를린의 연방기록보관소에 있는 이스탄불의 독일 영사관 문헌, 앙카라의 독일 대사관 문헌, 베를린의 독일 외무부 문헌, 나치 교육부 기록보관소 문헌에서 정보를 찾을 수 있다. 그 밖의 자료는 마르바흐 문헌 기록보관소, 베를린 주립도서관 신문 기록보관소, 베를린 과학학술원 기록보관소에 들어 있다. 이런 여러 기관으로 연구 여행을 다닌 덕분에 나는 편지, 비망록, 신문기사, 저널, 강의, 기밀 분류된 영사관 보고서, 정부 서신 등 모두 아우어바흐가 실제로 이스탄불 망명객 공동체에 얼마나 잘 융합되어 있었는지 보여주는 자료를 발굴해낼 수 있었다. 무엇보다도 이스탄불대학교 기록보관소에서 찾은 터키측 자료는 인문주의 개혁운동의 성격, 터키에서 거주하던 당시 유대인들의 정치적·사회적 지위, 그리고 그 무렵 이스탄불의 문화적 지형을 조명해주고 있기 때문에 전체적인 그림을 완성하는 데 큰 도움이 되었다.

기록자료를 읽는 방식은 물론 개인의 학문적 훈련 배경에 달려 있다. 문학비평가 겸 문화사 연구자로서 나는 일반적으로는 문학과 무관한 자료에 문학적 비평 도구를 적용하는 작업에 흥미가 있다. 그렇지만 이 책에서는 기록보관소 자료를 이용해 역사적 사실을 수집하고 과거에 대한 객관적 관점을 끌어내려 하기보다는, 그 자료에서 사용된 수사를 이루는 몇 가지 중심적인 장치와 표상을 밝혀내고자 한다. 이 책은 그런 해석 과정을 통해 현대 터키라는 국가의 초기 단계에서 정치학과 시학이 교차하는 지점에 대해 조명하고자 한다. 이런 접근법의 생산적 결과에는 당대 터키와 독일 담론을 폭넓게 구성하고 있던 동화, 모방, 미메시스와 관련된 표상을 구별하는 능력도 포함된다.[39] 그 결과 망명객 문헌학자들과 터키 인문주의자들이 서로 만나는 배경이 된 사회적·정치적 환경에 대한 상세한 묘사가 드러난다. 이것을 문화 연구로 정의할지 문화사로 정의할지는 선택의 문제이다. 그러나 여러 학문 분야를 아우르는 이 연구에서는 결정적으로 문학, 사회, 정치, 역사를 서로 얽혀 있는 탐구 영역으로 취급하고 있다.

따라서 여러 학문 분야를 아우르는 이런 접근법은 단순히 터키를 『미메시스』 안으로 해석해 들어가는 것이 아니라, 터키를 배경으로 『미메시스』를 해석하여 우리가 터키와 동서관계를 전반적으로 이해하는 데 아우어바흐의 책이 생산적으로 작용하도록 돕는다. 아우어바흐의 책과 그 맥락 간에 이런 관계를 확립하기 위해 나는 다시 한번 아우어바흐의 접근법을 이용한다. 이스탄불에 머물면서 아우어바흐는 피구라(figura) 개념을 연구했다. 피구라는 서로 무관해 보이는 두 사건 또는 두 사람 사이의 관계를 확립하는 수사적 장치를 말한다. 예를 들어 『미메시스』의 시작 부분 논의에서 이사악의 희생은 또다른 사건인 그리스도의 희생을 미리 보여주기 때문에 의미를 갖는다. 아우어바흐의 해석에 따르면 앞의 사건은 뒤의 사건에 보존되는 동시에 완전히 실현되며 이를 통해 역사적으로 무관했던 두 사건이 서로를 상징하게 된다.[40] 이 피구라 개념을 사용하여 나는 아우어바흐의 『미메시스』와 이스탄불의 역사를 서로 연결한다. 내가 설정한 피구라의 두 극점은 하나는 터키의 서구화 개혁이고, 다른 하나는 아우어바흐의 저 걸작이다. 터키의 서구화 개혁을 배경으로 아우어바흐의 저작을 해석함으로써 우리는 당시 교육, 학문, 번역, 문학의 생산을 지배한 시간·공간적 조건을 볼 수 있게 된다. 또 미메시스를 단순한 문학 기법이 아닌 터키적인 삶의 여러 측면을 이루는 폭넓은 문화 전략으로 볼 수 있게 된다.

피구라를 일종의 역사적 괄호처럼 사용함으로써 나는 또 위의 두 미메시스 작업에 존재하는 차이를 부각시킨다. 하나는 서구화 개혁에서 작용하는 '문화 양식으로서의 미메시스'이고, 다른 하나는 아우어바흐가 말한 현실 묘사를 위한 '문학 양식으로서의 미메시스'이다. 이 두 가지 형태 모두 현재와 과거의 관계를 수립하는 데 쓰이는 미메시스 작업이다. 유럽 인문주의를 모방하는 문화 양식을 통해서는 새로운 역사 유산, 즉 고대 그리스·로마 세계의 유산을 터키로 가져온다. 그리고 문학 양식을 통해서는 아우어바흐가 주장한 대로 우리가 역사 그 자체에 품고 있는 개념을 형성한다. 따라서 터키의 아우어바흐를 살펴봄으로써 나는 자신을 서유럽과 동일시하려는 터키의 오랜 역사에서 결정적인 이 시기에 국가주의 운동과 인문주의 운동이 서로 얽혀 있었다는 것을 보여줄 수 있게 된다. 나는 터키의 서구화 개혁이 본질적으로 유럽중심적인 『미메시스』의 시야를 실제로 미리 보여주고 있다고 주장한다.

터키의 서구화 개혁과 『미메시스』 같은 책 사이의 피구라 관계를 논하는 데에 뭔가 위험이 따른다는 것은 부인할 수 없다. 그러나 신생 터키 공화국은 오스만 제국의 유산과 관계 끊기를 간절하게 원했다는 점만은 기억해두자. 이전 두 세기 동안 실행된 서구화 개혁은 너무 피상적이거나 일관성 없는 것으로 간주되었기에 현대 터키인은 새출발을 간절히 원했다. 『미메시스』 자체가 그랬듯 당시의 개혁으로 이슬람과 오스만은 변두리로 추방되었다. 세속화를 통해 오스만 치하의 교육이 상상할 수 없는 방식으로 자유화됐다고 할 수도 있겠지만, 그러나 다른 한편으로는 '유럽 애호주의'라는 새로운 종교가 들어섰다. 이런 유럽 애호사상은 터키 국민을 진보 서구인과 보수 무슬림이라는 두 파로 나누는 개혁자들의 구분을 더욱 강화하는 기준이 됐다. 여기서 유럽 애호주의란 문학이나 의복 등 문화와 정치 활동의 여러 측면에서 서유럽의 것을 선호하는 사상을 가리킨다.

우리는 아우어바흐가 인문주의 전통의 대표자로서 어떤 역할을 했는지 생각하기에 앞서 인문주의 정치학에 대해 알아보고 망명 전 아우어바흐는 어떤 사람이었는지 질문해볼 필요가 있다. 아우어바흐가 "문헌학 유산"이라고 말한 지적 배경은 당연히 그의 사고 형성에도 큰 영향을 주었을 것이다. 실제로 우리는 『미메시스』의 기원을 아우어바흐의 지적 성장기인 바이마르 공화국 시대까지 추적해 올라가는 것으로 충분할지 질문할 수도 있다. 앞으로 우리는 아우어바흐 본인이 망명 상태에 처하기 훨씬 전부터 표현, 기억, 역사, 심지어 망명에 대해 생각하고 글을 썼다는 것을 알게 될 것이다. 아우어바흐가 후일 갖춘 학식을 설명할 때, 그가 바이마르 공화국에서 문헌학을 공부했다는 것만으로는 충분한 설명이 되지 않으리라 본다. 요컨대 이 책은 결정론적 인물전기 모델을 따르기보다는 『미메시스』를 지적·지리문화적 맥락에 놓고 터키와 독일인 망명객 학자의 초국가적인 만남에서 인문주의와 역사, 미메시스의 의미가 형성되는 과정을 상세히 살펴본다.

1장에서는 아우어바흐가 말한 '문헌학 유산'의 기원을 더듬으며 그의 인문주의 세계관을 살펴보고 그와 같은 시대를 산 발터 벤야민과 빅토르 클렘퍼러의 인문주의 세계관을 비교한다. 여기서 나는 아우어바흐가 망명 전에 쓴 글을 역사철학의 관점에서 살펴보고 나치 시대에 인문주의가 어떤 운명을 겪었는지 알아본다. 1935년 파리에서 열린 국제 인문주의자 회의에서 인문주의가 부르주아 인문주의와 사회주의적 인문주의로 분열된 것은 특히 중요한데, 인문주의가 어떻게 문화, 정치, 교육, 학문의 여러 접근법을 아우르는 커다란 우산 역할을 할 수 있었는지를 이해하는 데 도움을 주기 때문이다. 2장에서는 터키의 문화부흥을 위한 하나의 방법이라는 관점에서 터키 인문주의의 특징에 초점을 맞춘다. 이 장에서는 1930년대 터키 개혁자들은 르네상스 모델에서 끌어와 서양 고전 지식을 바탕으로 교육체제를 개발했다는 것을 보여준다. 또 터키의 정체성이 어떻게 외지인을 통해 구성되었는지도 질문한다. 아우어바흐와 레오 스피처 같은 독일인 망명객은 터키 학생들에게 문헌학을 가르치고 인문주의 세계관을 전달하는 중요한 역할을 했다. 망명객 문헌학자, 철학자, 역사학자, 사서들은 학문 분야에서 사용하는 방식을 철저히 조사하여 새로운 학술 문체를 도입하고 학술도서관을 설립했다. 이 장에서는 터키 지식인들이 오스만 문학을 셰익스피어를 경유하여 접근해야 한다는 등의 요구를 내놓은 이유를 설명한다. 그리고 고대 유럽의 모습대로 현대 문화를 재창조하고자 할 때 마주치는 난관에 대해 탐구하면서 1939년에 터키의 인문주의 개혁은 사회주의 지식을 겸비한 일종의 고전 인문주의에 해당한다고 결론짓는다.

3장에서는 진짜와 가짜에 대한 표상을 분석하고, 전유 및 동화와 관련된 열망이 터키계 유대인과 독일계 유대인의 지위에 여러모로 영향을 주었다고 주장한다. 즉 '흉내쟁이(mimic)' '된메(dönme)' '영원한 손님(eternal guest)'이라는 세 가지 표상이 국가화와 현대화의 시기에 터키인, 유대인, 유럽인이라는 관념을 특징지었음을 보여준다. 이 장에서는 그런 표상을 대학교 강의, 신문, 교수 고용계약서, 편지, 독일 영사 보고서 등 여러 자료에서 찾아내 터키가 자국 유대인은 차별하면서도 어떻게 유대인 망명객에게는 특권적 지위를 부여했는지, 또 왜 그랬는지 그 이유를 밝힌다. 1930년대의 이스탄불 망명은 "유럽인이라는 자기인식에 대한 적극적 침해"라는 관점과 달리, 나는 아우어바흐가 유럽인일뿐더러 실제로 유대인이라는 점이 처음부터 이스탄불대학교의 현대화를 돕도록 고용될 수 있었던 이유였다고 주장한다.[41]

4장에서는 아우어바흐의 망명생활은 그가 탈출하고자 한 것과 똑같은 힘인 국가사회주의의 지배를 받았음을 알아본다. 이 장에서는 따라서 영사관 관리들이 지적 연구를 방해하고 나치가 대학교 강의실을 감시하던 이스탄불 내 독일인 지형을 따라 이 망명객이 움직인 행로를 더듬는다. 그간 독일 영사 기록보관소에서 잠자고 있던 문서, 스피처와 아우어바흐의 미공개 편지, 대학교의 서신 그리고 이스탄불 최초의 문헌학 학회지 등을 보면 이들 망명객의 학술 활동과 개인사가 나치의 간섭으로 어떤 어려움을 겪었는지가 드러난다. 또 이스탄불대학교의 고용정책과 학과 정책을 검토해보면 터키의 대학교 행정관들이 실제로 나치와 협력했다는 것을 알게 된다. 계속해서 이 장에서는 이스탄불대학교에서 독일학을 가르치는 문제를 두고 있었던 갈등을 조사한다. 이 문화전쟁은 스피처와 독일 영사 간의 위기에서 시작되어, 나치 독일학자 헤니히 브링크만 고용을 저지하려는 아우어바흐의 활동으로 이어지고, 1944년 터키의 나치 독일에 대한 외교단절 선언으로 끝을 맺는다. 아우어바흐는 "국제 문헌학"이라는 전망을 내놓음으로써 이 문화전쟁에 대응했다. 전쟁이 끝난 뒤 미국으로 망명해 활동한 비교문학자 르네 웰렉처럼 아우어바흐도 일종의 국제 외교관 역할을 자임하고 이스탄불 교수진과 생산적인 협력을 끌어내고자 했다. 극단적인 국가주의가 가져오는 대파괴를 지켜본 만큼, 그는 이제 서유럽 문헌학을 체계화하면서 국가 초월을 대원칙으로 삼는 쪽으로 자신의 학문적 과제를 설정하고 있었다.

단테학자로서 독일을 떠난 아우어바흐는 망명지 터키에서 비교문학자가 되었는데, 이는 나치가 파괴한 세계를 구하려는 바람 때문이기도 했고, 터키에서 그가 맡은 유럽학자의 역할 때문이기도 했다. 그러나 얄궂게도 그가 『미메시스』에서 전개한 유럽이라는 관념은 망명 시기 동안 머물렀던 그 문화적 장소를 부정하는 대가를 치르고서야 얻을 수 있었다. 따라서 5장에서는 아우어바흐의 작업이 결실을 거둘 수 있게 해주었다는 기존의 세 가지 설명, 즉 책을 구할 수 없었고, 학문적·지적 대화 수준이 빈약했으며, 고립되고 분리된 상태가 비판적 사고를 위한 전제조건으로 작용했다는 설명에 의문을 제기한다. 우리는 알렉산더 뤼스토브 같은 유명 문화사학자를 비롯한 활동적인 지식인 집단과 이스탄불에서 인문주의가 이미 지니고 있던 어마어마한 무게가 『미메시스』의 촉매로 작용했다는 것을 알게 된다. 그러므로 『이스트 웨스트 미메시스』는 아우어바흐가 자신을 추방으로 고립된 지식인으로 내세우면서 '분리'라는 모더니즘 표상을 끌어왔다고 결론짓는다. 끝으로 이 장에서는 지금까지 알려지지 않았던 아우어바흐의 터키 강연에 초점을 맞춘다. 그것은 서구에서 가장 중요한 망명객에 속하는 단테에 대한 강연인데, 단테가 쓴 『신곡』은 지옥에 있는 무함마드를 모욕적으로 그리고 있다는 이유로 오스만 제국에서 금서가 된 바 있다. 이 장에서는 이 1939년의 터키 강연을 논하면서 단테 작품이 터키어로 번역되면서 새로이 펼쳐진 지식 분야와 아우어바흐가 어떤 관계에 있었는지 살펴본다. 터키의 분위기가 진보적이고 세속적으로 바뀌었는데도 불구하고, 아우어바흐는 이상하게도 유대교, 그리스도교, 이슬람교 세계의 관계를 대수롭지 않은 듯이 다루었다는 점에 대해서도 다룬다.

1930년대 터키는 아우어바흐를 추방당한 유대인이 아닌, 옛 콘스탄티노폴리스의 인문주의 유산을 재도입하는 데 도움을 줄 만한 유럽인으로 보았다. 그렇지만 1990년대가 되면 그런 인식은 달라진다. 세파르디 유대인의 오스만 제국 망명 500주년 이후 터키 학자들은 1930년대 망명객을 '유대인'으로 "재발견"하면서, 터키 역사에서 현대성을 지니고 있는 인물들로 묘사했다. 오늘날 터키에서 아우어바흐의 자리를 찾아보면 유대인 소수집단의 위상이 서구화의 서사 속에 짜여 들어가 있음을 보게 된다. 이 책 후기에서 나는 터키가 유대계 독일인 학자들을 고용했다는 사실이 터키가 모델로 삼았던 서유럽을 능가할 능력이 있음을 보여주는 증거로서 제시되고 있다는 주장을 편다. 즉 유럽은 자신의 유대인 시민을 저버렸지만 터키는 박해받는 그들에게 인류애를 보였다는 것이다. 그렇지만 그런 서사는 터키의 반유대인주의와 그리스인, 아르메니아인, 쿠르드인에게 저지른 터키의 잔학행위를 감추는 허울일 뿐이라는 사실은 자명할 것이다. 『이스트 웨스트 미메시스』는 그런 역사수정주의는 터키가 유럽연합의 일원이 되고자 자신이 충분히 유럽적이라는 것을 지속적으로 증명해야 할 필요에서 나온 결과라고 본다. 그리고 이런 필요에 대해 과거를 더 비판적으로 해명하고 미래를 더 희망적으로 전망함으로써 답한다.

1
인문주의, 동방으로 가다

에리히 아우어바흐는 1892년 제국 독일의 화려한 수도 베를린에서 부르주아 유대계 독일인 부모의 아들로 태어났다. 가족이 살았던 동네인 베를린 샬로텐부르크는 베를린의 부유한 구역으로, 같은 해에 태어난 뛰어난 사상가이자 작가인 발터 벤야민을 비롯하여 중산층 유대인이 많이 살았다. 1895년부터 1910년 사이에 베를린 샬로텐부르크의 유대인 인구는 네 배 이상 늘어 2만 2,500명 정도에 이르렀다. 이렇게 인구가 증가하자 새로운 예배 장소를 위한 건물이 필요해졌고, 1912년 파자넨슈트라세 거리에 있는 아우어바흐의 집으로부터 두 집 건너에 랍비 레오 백(1873-1956)이 축성한 커다란 유대교 회당이 생겨났다.[1] 물론 바로 옆이나 마찬가지인 곳에 회당이 있고 이웃의 유대계 독일인 인구가 늘었다고 해서 아우어바흐가 종교적인 집안에서 자라났다는 뜻은 아니다. 오히려 이들 가족의 생활방식은 베를린에 사는 잘 동화된 유대계 독일인의 생활방식과 비슷했다. 어린 아우어바흐는 17세기 말 프랑스에서 온 프로테스탄트 이민자들인 위그노가 세운 프랑스계 학교에 입학했다. 이 프랑스 김나지움은 포괄적인 인문주의 교육을 제공했으며, 아델베르트 폰 샤미소(1781-1838), 하인리히 폰 클라이스트(1777-1811) 같은 작가를 배출한 것을 자랑으로 삼고 있었다. 19세기 말 20세기 초의 전환기에 로망스 문헌학자 빅토르 클렘퍼러(1881-1960), 작가 쿠르트 투홀스키(1890-1935)도 이 학교에 입학했다. 이곳에서 어린 아우어바흐는 프랑스어를 배우고 고대 그리스·로마의 문헌에 대한 확고한 기반을 닦았다. 그는 다양한 지적 편력을 거친 뒤에 결국 문헌학에 전념하게 되지만, 어린 시절에 학교에서 받은 영향은 명확하게 드러난다.

젊은 아우어바흐는 처음에는 법학을 공부했는데 이 결정은 독일 제국 시기(1871-1918)에 유대인에게 강요된 직업적 제약에 영향받았을 가능성이 있다.[2] 그는 결국 법학을 포기하고 중세 로망스 언어와 문학으로 학위과정을 밟지만, 상식을 거스르는 것처럼 보이는 한이 있더라도 평생 법의 효력을 따지게 된다. 젊은 아우어바흐가 그 시대의 사람들을 사로잡았던 정치적·종교적 열광에 동조했다고 말할 수는 없다. 우리는 그를 마르크스 혁명주의자도 평화주의자도 시온주의자도 아닌 순응주의자로 생각할 수 있을 것이다. 제1차 세계대전이 터지자 그는 독일 제국을 위해 보병으로 자원해 북부 프랑스에서 싸웠다.[3] 그리고 4년 간의 잔인한 전쟁이 끝난 뒤 그는 수백만 참전용사의 한 명으로 이등 무공훈장을 받았다. 아우어바흐는 심한 부상으로 발에 생긴 흉터를 안고 전선에서 자신의 고향 베를린으로 귀환했다.[4]

그로부터 거의 30년 뒤, 즉 제2차 세계대전이 끝난 뒤 아우어바흐는 획기적인 저작 『미메시스—서구 문학의 현실 묘사』를 펴냈다. 이 책은 오랫동안 기다렸으나 자꾸 미루어졌던 오디세우스의 귀환이라는 이미지로 시작하는 것으로 유명하다. 1장 「오디세우스의 흉터」는 오랫동안 소식이 끊겼던 저 전사가 나그네로 변장하여 자기 집에 손님으로 들어가는 장면으로 시작한다. 그의 유모 에우리클레이아는 환대의 뜻으로 그의 발을 씻어주다가 그가 어릴 때 얻은 흉터를 보고서 오디세우스임을 알아차린다. 이 발견의 순간 장면은 멈추고 이 영웅의 흉터 이야기가 시작된다. 아우어바흐는 이 장면을 고대의 글 가운데 위기와 발각을 보여주는 또다른 유명한 장면과 연결하여 분석한다. 즉 성서에서 아브라함이 이사악을 제물로 바치려다가 중단되는 장면이다. 이렇게 호메로스의 문체와 성서의 문체를 대비함으로써 아우어바흐는 서사의 문체가 어떤 식으로 역사와 현실의 개념 전개와 연관되는지 보여주었고, 바로 이런 혜안이 그의 학식을 보여주는 증표가 되었다. 아우어바흐가 저 두 발췌문을 고른 데 대해서는 더욱 다양한 설명이 가능하다는 점은 두말할 필요도 없다. 이에 대해서는 데이비드 댐로시, 젤랄 카디르, 바실리스 람브로풀로스, 세스 레러, 제임스 포터가 이 도입부를 논하면서 보여준 바 있다.[5] 여기서는 아우어바흐가 오디세우스의 흉터를 활용한 데서 아우어바흐 특유의 방법을 알 수 있다고 말하는 것으로 충분할 것이다. 그는 저 흉터를 더 큰 현실을 나타내는 조각처럼 취급하고, 그와 동시에 『오디세이아』에서 가져온 원문 조각을 다시 호메로스의 전반적인 문체를 보여주는 표상으로 제시한다. 따라서 이 첫 장의 여러 주제가 아우어바흐 자신의 삶을 규정하는 요소인 단절, 희생, 망명, 환대, 새로운 출발인 것은 우연이 아니다.

아우어바흐가 제1차 세계대전의 전장에서 귀환하여 그와 같은 새출발의 기회를 발견하고 문헌학의 길을 추구하기로 결심한 것을 들여다보면 알 수 있다. 이 참전용사는 이제 로망스 언어와 문학을 다루는 로망스학 분야의 학위논문을 쓰기로 마음먹고 프랑스와 이탈리아의 초기 르네상스를 전공한다. 그와 같은 세대의 독일 학자들에게 로망스학은 그가 말하는 "자국의 국민정신"을 피할 수 있게 해주는 학문이었다. 아우어바흐는 이 학문 분야를 연구하면 "자국의 국민성에 애국적으로 관여하면서 휩쓸릴 위험이 거의 없었다"고 썼다.[6] 이 학문 분야에 처음 이끌린 것은 이로써 설명될 수 있을지도 모른다.[7] 바이마르 공화국에서 로망스학은 확실히 독일의 언어와 문학을 다루는 독일학에 비해 한층 더 넓은 문화적 시야를 열어주는 게 사실이지만, 그것이 독일 역사주의의 영향을 많이 받았다는 점 역시 아우어바흐에게는 매력적으로 다가왔을 가능성이 크다. 로망스학은 고전 전통과 그리스도교 문명을 독일 문화와 로망스 문화의 공통 기반으로 강조함으로써 "유럽을 전체로 보고 아우르는 역사적 전망"을 그에게 열어주었다.[8]

아우어바흐는 무엇보다도 이탈리아 철학자인 잠바티스타 비코(1668-1744)의 책을 독일어로 번역하기 시작하면서 그 역사적 전망에 깊이를 더했고, 이는 그의 학문 전체에서 내내 중심적 위치를 차지하게 된다. 비코는 데카르트주의와 발전의 관념에 반대하는 입장 때문에 그의 동시대인들에게는 인정받지 못했다. 그러나 아우어바흐는 19세기 낭만주의에서 비코가 얼마나 중요한 자리를 차지하는지 보여주었다.[9] 아우어바흐는 비코가 저술한 『새로운 학문』(1725)의 글을 선별해 번역함으로써 역사는 순환적 단계로 전개된다고 생각한 비코를 1920년대 초의 현대 독일 독자에게 다시 끌어들였다. 비코의 관점에는 아우어바흐가 "지루한 공교회주의"라고 얕보는 듯한 투로 언급했던 종교적 면모가 있었지만, 그럼에도 불구하고 비코의 그 역사 관념 덕분에 문화와 역사를 세속적으로 볼 수 있는 기반을 닦을 수 있었다.[10] 아우어바흐의 비코 번역서는 또 더없이 현대적으로 보이는 관념을 되살렸는데, 그것은 '서사가 곧 역사의 기초'

라는 관념이었다. 비코의 역사학 이론은 우리가 과거를 이해하는 것은 역사의 서사를 실제로 만들어내는 것이 사람이기 때문에 가능하다는 가정을 전제로 하고 있었다.[11] 이 이탈리아 철학자는 특히 "사람이 만든 인간사의 전개는 그 전체가 잠재적으로 인간의 마음속에 있으며, 그렇기 때문에 탐구하고 다시 소환하는 과정을 거쳐 이해가 가능하다"고 주장했다.[12] 따라서 역사학자의 임무는 과거의 마음속 지도를 다시 만드는 것이다.[13] "항상 역사 쓰는 일"을 목적으로 했던 아우어바흐에게 이런 접근법은 문헌학과 역사학의 여러 관심사를 연결해주는 결정적으로 중요한 다리가 되었다.[14]

20세기 초의 전란 때문에 역사에 대한 철학적 논의가 다시금 촉발되었다. 대량 파괴로 인해 학자들은 발전과 변화에 관한 기존 전제에 의문을 품게 된 것으로 보인다. 그런 만큼 아우어바흐의 관심사도 동시대 학자들의 관심사와 겹쳤다. 특히 자신처럼 독일에 동화된 베를린 샬로텐부르크의 부르주아 유대인 가족 출신인 발터 벤야민(1892-1940)과 그랬다. 아우어바흐가 참전하고 귀환했을 무렵 벤야민은 이미 독일학 연구를 시작해 에른스트 블로흐(1885-1977), 게르숌 숄렘(1897-1982) 같은 지식인과 친밀한 교우관계를 맺고 있었다. 아우어바흐와 벤야민은 정치적으로 명확한 차이가 있기는 했지만 사회적·문화적 배경과 지적 열정을 공유하고 있었고 그런 만큼 이 두 사람의 행로가 제1차 세계대전 뒤에 서로 마주친다 해도 뜻밖의 일은 아니다. 두 사람은 아우어바흐가 1923년부터 1929년까지 단테 알리기에리를 주제로 교수자격논문을 쓰면서 사서로 일한 프로이센 국립도서관에서 처음 만났을 것이다. 당시 벤야민은 독일 비애극의 기원을 연구하느라 정기적으로 저 도서관에 다니고 있었다. 우리가 이 사실을 알고 있는 것은 벤야민이 숄렘에게 보낸 편지 덕분이다.

편지에서 그는 프로이센 도서관에서 프랑스 바로크 문학에 대해 중요한 발견을 했는데, 사서에게 신세를 졌다고 썼다. 모든 가능성을 고려할 때 이 사서는 다름아닌 아우어바흐였다.[15]

벤야민과 아우어바흐, 모두 20세기 초의 뛰어난 지식인이었던 두 사람의 관계는 실용적인 차원만은 아니었다.[16] 카를하인츠 바르크와 카를로 긴츠부르그는 이 두 사상가는 역사의 전개 과정에서 운명과 성격 간의 관계 변화 등 공통된 관심사가 있었기 때문에 생각을 교환했을 거라고 말한다.[17] 이것은 타당한 가정이지만, 나로서는 두 학자가 또한 『신곡』과 『새로운 학문』 같은 혁신적 책이 등장하면서, 또 벤야민의 경우 부르주아 드라마가 등장하면서 현대 문학의 영역과 역사의 새로운 이해를 위한 영역이 어떻게 설정됐는지도 질문했을 거라는 점 또한 강조하고 싶다. 이런 공통의 관심사에서 보면 벤야민과 아우어바흐가 모두 마르셀 프루스트에 심취한 것은 전혀 놀랍지 않다. 이들은 이 프랑스 모더니즘 작가의 중요성을 인식한 최초의 독일인 학자에 속한다.[18] 예컨대 벤야민은 1929년 프루스트에 관한 에세이에서 기억의 주관적 성격과 역사철학 간의 관계를 다루었다. 여기서 벤야민은 구체적으로 경험, 회상, 망각 문제를 논했다.[19] 그러나 그보다 4년 앞서 아우어바흐가 기억의 주관성 문제를 다루었다는 사실은 거의 알려지지 않았다. 프루스트의 『잃어버린 시간을 찾아서』를 다룬 1925년 논문에서 아우어바흐는 단테를 가져와 기억과 현실 간의 관계를 분석함으로써 프루스트의 서사와 회상 행위의 특수성을 정립했다.[20] 비코와 프루스트 연구를 통해 아우어바흐는 현실의 여러 개념을 구분하게 됐는데, 그 하나는 바로 '내면적 현실(inneres Leben)'이고 또하나는 '현세적 행로(irdischer Verlauf)' 내지 그가 나중에 말한 '현세적 현실(irdische Wirklichkeit)'이다. 프루스트를 다룬 논문에서 아우어바흐는 저 프랑스어 걸작을 기억 작업의 한 형태로 해석했다. 그는 이 책의 화자는 "사건의 경험적 전후관계"를 "과거와 내면을 응시하는 영혼의 전기 작가가 현실이라고 인식하는 사건들 간의 내밀하지만 종종 간과되는 연결관계"로 바꿔놓는다고 말한다.[21] 『미메시스』에서 그가 사용하는 접근법에서는 바로 이런 구별, 즉 주체의 개인적인 현실 경험과 시간·공간의 제약을 받는 현실의 구별이 핵심이 된다.

아우어바흐가 일찍이 1920년대에 이런 질문을 했다는 사실은 중요해 보인다. 이는 그가 국가사회주의를 피해 망명길에 오르기 훨씬 전에, 즉 그를 형성한 세계를 박탈당하기 훨씬 전에 그와 벤야민을 포함한 지식인들이 이미 과거 경험을 회상하고 표현할 때 생기는 어려움에 대해 숙고했다는 것을 뜻한다. 이렇게 기억을 주제로 한 연구는 흔히 짐작하는 것과는 달리, 나치 시절 유대인 박해에서 처음 촉발된 게 아니었다. 이것은 현대의 현실 묘사에 관해 양차대전 사이에 있었던 보다 광범위한 담론의 일부였다. 기억 작업이 오늘날과 같은 의미, 즉 잃어버린 것이 자신의 정의에서 어느 정도 중요한 비중을 차지하는 유대인 디아스포라의 정체성을 이루는 한 가지 바탕이 된 것은 나중의 일이다. 다시 말해 회상이 현대적 망명의 지정 과제가 된 것은 한 세대의 독일계 유대인 학자, 미술가, 작가가 나치 독일에서 송두리째 말살된 때에 와서의 일이다.

아우어바흐에게는 "현세적 현실"(또는 그가 다양하게 지칭한 대로 "현세적 행로")로부터 자신을 분리한다는 관념이 사고에서 중심을 이루고 있었다. 구체적으로 그는 자신의 환경으로부터 스스로 거리를 두면 더 명료한 시각을 얻을 수 있는지 궁금했다. 이것은 망명 전 그가 했던 많은 연구에서 물었던 질문이다. 예를 들어 『새로운 학문』의 번역판 머리말에서 그는 비코를 "자신이 태어난 땅의 이방인," 자신의 주위환경으로부터 분리되어 살았던 사람으로 묘사했다.[22] 또 자신이 속한 시대의 한계를 넘어 생각할 수 있는 학자였고, 그럼으로써 19세기 낭만주의와 역사주의를 내다볼 수 있었다며 감탄했다. 아우어바흐는 비코가 자신의 "드러난 운명(äußeres Schicksal)"을 대수롭지 않은 것으로 여겼기 때문에 시대와 장소의 정신에 구애받지 않고 자신의 관념을 발전시킬 수 있었다고 믿었다.[23] 완벽하게 고독한 존재라는 생각이 한창 단테 연구를 연구하고 있던 아우어바흐를 사로잡았다. 아우어바흐는 1929년에 펴낸 『단테—세속을 노래한 시인』에서 단테가 고전 시대의 로마 시인 베르길리우스와 함께 지옥을 여행하는 것을 그린 『신곡』을 분석했다. 아우어바흐는 『신곡』을 저자가 망명으로 인해 잃어버린 세계를 다시 찾으려는 시도라고 해석했다.[24] 그는 1302년 피렌체를 떠나 망명에 오른 일이 계기가 되어 단테의 시재(詩才)가 더 날카로워지고 『신곡』을 쓰게 되었을 것으로 보았다. 자신도 곧 망명을 해야 할 처지임을 예견하지 못한 아우어바흐는 단테가 망명중에 쓴 이 작품이 이탈리아뿐만 아니라 서유럽 전체에서 국민문학이 창시된 순간임을 강조했다. 단테 연구를 시작하면서 아우어바흐는 자기도 모르는 사이에 자신의 망명을 위한 모델을 골랐던 것으로 보인다.

아우어바흐의 초기 저작과 『미메시스』는 모두 정신적 분리 상태를 특정 심리 성향과 연결하고 또 사회정치적 단절과 공간적 추방 경험과 결부시킨다. 예를 들어 꿈을 꾸는 상태는 자신의 주변 세계로부터 정신적으로 분리된 상황을 나타낸다. 그가 비코를 바라보는 관점이 바로 이랬다. 즉 진리 추구에 너무나 "광적으로" 빠져든 나머지 "마치 꿈처럼 현생을 거쳐간" 사람이었다.[25] 이와 똑같은 이미지가 나중에 그가 쓴 프루스트의 『잃어버린 시간을 찾아서』 서평에도 나온다. 이번에는 부정적 의미를 담고 있는데, 화자가 주위환경과 너무나 동떨어진 나머지 자신이 만든 주관성의 감옥에 갇혀 있다고 말한다.[26] 단테와 관련하여 아우어바흐는 경험이 묘사되고 기억되는 방식에도 관심을 쏟았다. 그는 이 14세기 망명객이 청자들을 "현실의 기억이 너무나 가득 스며들어 있어 기억 자체가 현실로 보이는" 새로운 세계로 데려간다고 주장했다. 그러나 그와 대조적으로 아우어바흐의 『신곡』 읽기에 따르면 삶은 한낱 파편이고 꿈에 지나지 않는 것이 된다.[27] 이 파편은 현세적 현실에서 증류해낸 것으로 부분이 전체를 담고 있음을 보여주는 환유이다. 전체에서 분리되고 나면 파편은 없어진 나머지 모든 부분을 의미하게 되며, 꿈이 그런 것처럼 인간의 경험을 강렬하게 만든다.

『미메시스』는 이런 파편 개념을 서유럽 문학사를 숙고하기 위한 '출발점(Ausgangspunkt)'으로 활용한다. 이것은 파편과 분리에 관한 모더니즘의 관심과 궤를 같이한다고 할 수 있다. 『미메시스』에서 우리는 이것이 호메로스, 단테, 프루스트, 울프 등 주요 저자에 대한 아우어바흐의 분석에 반영되어 있는 것을 볼 수 있다. 이에 대해서는 5장에서 아우어바흐의 방법론과 현대 문헌학자의 과제 사이의 관계를 논할 때 다시 다룰 것이다. 아우어바흐가 자신을 망명으로 격리된 지식인으로 내세울 때 분리라는 모더니즘의 표상을 동원했음을 알게 된다. 『미메시스』의 후기에서 아우어바흐가 자신에 관해 내비친 것(오늘날 많은 학자들이 단언하고 있는 것)과 달리, 나는 1936년부터 1947년까지의 이스탄불 망명이라는 아우어바흐의 "현세적 현실"이 그의 저작에 실제로 영향을 주었다고 주장한다. 그는 물리적 상황을 극복하고 역사상 가장 강렬한 것으로 꼽히는 문학작품을 내놓은 작가로 단테를 이상화했겠지만, 한편으로는 자신의 경험을 신화화하는 경향이 있었다. 쓸 만한 도서관과 서점을 이용할 수 있었음에도 그는 자신을 지적으로 고립된 인물로 그렸다. 실제로 이스탄불은 그가 살던 시대를 생생하게 떠올려주는 다른 기록들을 남겼다. 그의 활동을 제약하려 한 나치 첩자들, 이스탄불대학교의 치열한 정치적 암투, 점점 커지는 터키 내 반유대주의, 그리고 물론 고국에서 전해오는 처참한 소식까지 있었다. 이런 기록을 통해 우리는 아우어바흐가 사실은 무척 현세적이었다는 것을 알게 된다. 그는 책을 서로 바꿔 읽고 원고를 서로 읽어주며 생각을 나누는 독일인 망명객 공동체에서 조용한 위안을 얻었다.

수비토 모비멘토 디 코제—갑작스러운 상황 변화

독일 대학교들을 지배하는 정치 상황이 완전히 바뀌자 아우어바흐는 어쩔 수 없이 독일을 떠나야 했다. 자신이 택한 학문 분야에서 몇 년밖에 경험을 쌓지 못한 상태였다. 단테를 주제로 교수자격논문을 발표하면서 아우어바흐는 마르부르크대학교의 로망스학 담당 교수로 임명되었고, 곧 독일에서 '제미나르'라고 불리는 로망스학 대학원 수업 교수가 되었다. 그의 친구 발터 벤야민은 운이 별로 좋지 않았다. 벤야민은 독일 비애극을 주제로 교수자격논문을 썼지만 프랑크푸르트대학교가 논문을 통과시키지 않아 일자리를 얻을 수 없었다.[28] 학교에서 발 디딜 자리를 찾지 못한 벤야민은 자유기고가로 활동했다. 호시절이라 해도 안정적인 생계수단이라고는 할 수 없었다. 1933년 히틀러가 권좌에 오르자 벤야민은 파리로 피신했다. 그로부터 몇 달이 지난 뒤 나치 정부는 이른바 '종신 공무직 복구'에 관한 법률을 통과시켰고, 이 때문에 아우어바흐와 벤야민의 동료인 유대계 독일인과 마르크스주의자 다수가 종신 교수직에서 쫓겨났다.[29] 이 법으로써 국가사회주의자들은 나치주의에 반대하거나 '비아리아인 혈통'인 교수를 강제로 퇴출시킬 수 있는 법률적 근거를 확보했다. 그 결과 소위 비아리아인으로 분류된 수많은 학자들은 즉각 독일을 떠날 수밖에 없었고 그중 상당수는 해외 대학교에서 일할 수 있도록 주선해 준 유대인 구호기구의 도움을 받았다. 1933년에는 먼저 철학자 테오도어 W. 아도르노(1903-1969)와 에른스트 카시러(1874-1945)가 영국으로, 로망스학자 레오 스피처(1887-1960)와 물리학자 겸 철학자 한스 라이헨바흐(1891-1953)는 터키로, 역사학자 알렉스 베인(1903-1988)은 팔레스타인으로, 철학자 막스 호르크하이머(1895-1973)는 스위스로, 로망스학자 레오나르도 올슈키(1885-1961)는 이탈리아로 망명했다.[30] 이런 대탈출의 결과 영국의 런던, 미국의 로스앤젤레스와 뉴욕, 프랑스의 파리, 터키의 이스탄불 같은 곳에서 망명객 공동체가 생겨났다.

아우어바흐는 그라이프스발트대학교에서 박사학위 논문을 발표한 1921년 "저는 베를린 샬로텐부르크에서 사는 유대인 종파의 프로이센 사람입니다"라고 밝힌 적이 있다.[31] 아우어바흐의 '유대인 종파'가 1933년 이후 그의 생활방식이나 학문 연구에서 얼마나 중요했는지는 게르트 마텐클로트, 제임스 포터, 마르틴 트레믈 같은 학자들이 다룬 바 있는 질문이다.[32] 한때 아우어바흐가 유대인이라는 자신의 배경을 그렇게 중립적 언어로 정의하는 쪽을 택했음에도 불구하고, 이제 나치의 새 법률에서는 그들을 "순유대인"이자 "비아리아인," "비독일인"으로 다시 정의하고 있었다. 유대인이라는 것으로 철저한 인종차별이 시작되자, 아우어바흐는 옛 스승에게 보낸 편지에서 표현한 대로 "독일인이 될 권리"를 부정당하고 있음을 즉각 깨달았다.[33] 제1차 세계대전 참전용사에게 부여된 예외적 지위 덕분에 아우어바흐는 마르부르크대학교에서 즉시 해고되지는 않았다. 그렇지만 그때부터 학내에서 그의 권위는 체계적으로 잠식당했다. 결국 수업권을 완전히 박탈당했고, 그의 업무는 조교인 베르너 크라우스(1900-1976)에게 넘어갔다. 크라우스는 젊고 유망한 로망스학자로서 나중에 레지스탕스에 합류한 인물이다.[34] 자신 같은 학자가 강의와 출판 활동을 계속 금지당하는 분위기에서 아우어바흐는 더이상 독일에서 활동하는 것은 불가능하다는 사실을 깨닫게 되었다. 참전용사라는 보호막은 1935년에 이미 그 효력을 상실했다. 이 무렵이 이르러 대부분의 '비독일인' 동료들과 마찬가지로 아우어바흐도 이주를 택할 수밖에 없다는 사실이 분명해졌다.

그해 여름 끝자락 그가 이탈리아로 여행을 간 것은 망명 가능성을 타진하기 위해서였는지도 모른다. 아무튼 이 여행으로 그는 나치 검열을 피해 해외에 있는 학자와 친구들과 연락을 재개할 수 있었다. 결정적으로 중요한 사람은 그의 동료였던 레오 스피처로, 이스탄불에서 볼로냐까지 찾아와 터키에서 생겨난 가능성에 대해 직접 말해주었다. 스피처가 아우어바흐에게 도움의 손길을 건넨 것은 뜻밖으로 보인다. 1933년 초에 스피처는 아우어바흐가 "유대인 괴롭히기로 인한 고통"과 거리를 두려고 하며, 심지어 그것을 "찬양했다"는 말을 듣고 분개한 일이 있기 때문이다. 그러나 지금까지도 히틀러가 선출된 뒤 갑자기 비등해진 반유대주의를 아우어바흐가 실제로 반가워했다고 판단할 만한 흔적은 발견되지 않았다. 이런 비난은 학계의 야비한 험담의 결과로 보인다. 그러나 스피처는 그 말을 그대로 믿고 1933년 4월에 철학자 카를 뢰비트(1897-1973)에게 보낸 편지에서 아우어바흐 자신이 "우리와 한배를 탔다"는 사실을 인정하기까지 시간이 꽤나 걸렸다고 불평했다. 계속해서 그는 자신은 "확고한 유대교인"은 아니며 "모든 것이 그리스도교의 영향 덕분"이지만, 그렇다 해도 "어려운 시기에는 '유전적 연대감' 같은 것"이 생길 수밖에 없다고 했다.[35]

스피처가 아우어바흐에 대한 생각을 바꾸었는지, 바꾸었다면 언제였는지 모르지만, 1935년에 그는 그런 유전적 연대감을 발휘했고 필시 이 것이 아우어바흐의 목숨을 구했을 것이다. 이스탄불대학교에서 두 해를 지낸 뒤 스피처는 미국의 존스홉킨스대학교에서 교수 자리를 얻기로 되어 있었다. 그는 아우어바흐가 자신의 뒤를 이어 이스탄불대학교의 서양어문학부 학부장을 맡으면 어떻겠느냐고 물었다. 이 대학교는 최근 현대적인 세속 대학교로 개편한 터키 최고의 고등교육기관이자 인문주의의 선도자로, 광범위한 서구화 개혁의 실행을 돕기 위해 유럽의 학자들을 적극적으로 모집하고 있었다. 스피처는 이스탄불에서 당분간의 안식처를 찾았고 1933년 가을 한꺼번에 대학교에 고용된 40명이 넘는 독일인 망명객들과 잘 어울리고 있었다. 이제 그는 미국으로 갈 계획이었기에 공석이 생기게 되었고, 그래서 독일을 떠나 외국에서 다시 자리를 잡으려면 무엇이 필요한지 아우어바흐와 이야기를 나누었다. 한편으로 또 스피처는 뢰비트가 이스탄불대학교에서 철학 교수 자리를 얻도록 돕고자 했다. 그는 1935년 12월 뢰비트를 초청해 강연을 하게 했다. 그러나 뢰비트는 이스탄불에서 실질적인 일자리를 얻을 가망이 없어 떠나야 했다.[36] 나중에 이 철학자는 어찌어찌 일본과 미국에서 일자리를 얻었다. 당시 갈 만한 곳이 아무데도 없던 아우어바흐는 당연히 스피처의 제안에 감사해 하며 이를 "우정의 증표"로 이해했다.[37] 그는 1930년 스피처가 마르부르크에서 쾰른으로 자리를 옮길 때 그 자리를 이어받은 적이 있었다. 이번에 이스탄불에서 스피처의 자리를 이어받는 것에 대해서는 마음에 걸리는 부분이 있었지만, 시간이 없다는 사실도 의식하고 있었다. 오래 숙고할 여유가 없었다. 아우어바흐가 볼로냐에서 스피처를 만난 얼마 뒤 독일에서는 유대계 독일인의 차별을 강화하고 이른바 '독일 혈통의 순수성'을 보존하기 위한 뉘른베르크 법이 통과되었다. 이 법에서는 혈통에 따라 유대인을 정의한 다음, 유대인의 공공기관 취업을 공식적으로 예외 없이 금지했다.

독일에서 반유대주의 상황이 점점 악화된다는 것은 해외 노동시장에서 경쟁이 심하다는 뜻이었고, 당연히 이스탄불대학교에서 스피처가 맡았던 자리를 차지하기 위한 경쟁도 치열해진다는 뜻이었다. 이 교수직을 두고 경쟁하는 로망스 문헌학자가 적어도 3명은 더 있었다. 모더니즘 문헌학자 빅토르 클렘퍼러, 중세학자 에른스트 로베르트 쿠르티우스(1886-1956), 한스 라인펠더(1898-1971)가 그들이다. 당시 클렘퍼러는 학자들의 해외 이주를 돕는 외국 기관들에 필사적으로 지원하고 있었다. 거기에는 취리히의 재외독일인학자원조기구, 뉴욕의 독일인학자긴급지원위원회, 런던의 학자원조위원회도 있었다. 취리히의 재외독일인학자원조기구는 뛰어난 수완으로 많은 독일인 학자가 터키에서 자리를 잡도록 해주었다.[38] 클렘퍼러는 드레스덴대학교에서 교수직을 유지할 날이 얼마 남지 않았음을 알고 1935년 이스탄불대학교에 스피처의 자리에 대해 문의했다. 그러나 2년 전에 이스탄불대학교에서 일자리를 얻은 가까운 친구이자 물리학자 하리 뎀버로부터 자신이 쿠르티우스와 경쟁을 벌이고 있다는 사실을 전해 듣는다. 클렘퍼러는 쿠르티우스는 유대인이 아니므로 이주를 진지하게 고려하고 있지 않기를 바랐다.[39] 그 얼마 뒤에는 자신과 마찬가지로 가능한 한 빨리 떠나야 하는 처지에 있던 아우어바흐가 경쟁에 뛰어들었다는 소식을 듣는다.

클렘퍼러는 터키와 남아메리카, 팔레스타인을 놓고 망명 가능성을 저울질할 때, 친구가 터키에 대해 안심시키느라 들려준 말을 생각했다. 뎀버는 이스탄불은 유럽의 "맨 바깥 가장자리"에 있을지언정 "어쨌든 유럽"이라고 했다.[40] 클렘퍼러는 완전히 수긍하지는 못했다.[41] 이것은 일차적으로 문화나 언어 문제가 아닌 지리 문제였다. 유럽 가장자리에 있는 나라들은 자신이 바라는 안전을 보장해주지 못할지도 모른다고 여긴 클렘퍼러는 이스탄불보다 리마를 선호했을 것이다.[42] 이렇게 꺼려지는 데가 있었음에도 불구하고 그는 터키에서 고용되기 위해 필요한 모든 일을 했다. 1935년 일기에서 클렘퍼러는 터키 망명의 희박한 가능성 때문에 유럽의 의미를 생각했다. 그는 전쟁이 끝난 뒤 초기의 이런 생각을 바탕으로 쓴 에세이 「카페 유럽」에서 고대 예루살렘, 아테네, 로마 문화에 뿌리내린 일정한 사고방식 또는 '정신(geist)'을 바탕으로 한 유럽 개념을 제안했다. 클렘퍼러의 유럽 관념은 지리적 요건을 버리고 공통의 인문주의 유산을 조건으로 삼았다. 1935년 클렘퍼러는 인문주의적 유럽이 나치에 의해 끝장나리라 예상했다. 그가 볼 때 이제 유럽에 속하지 않는 쪽은 그것을 자인하는 독일 자신이었다. 그는 이렇게 썼다. "독일은 이제 더이상 유럽이 아니다(Deutschland ist doch gewiß kein Europa mehr)."[43] 나치 치하의 일상 현실과 마주치던 클렘퍼러는 리마로 망명을 떠난 친구들이 고향이 그립다고 불평할 때면 화가 났다. 그는 이렇게 썼다. "나는 그들이 부러운데, 그들은 자기네가 유배됐다고 생각한다."[44] 당장 독일을 떠나야 한다는 것과 "유럽이 유럽이 아니게 되었다"는 것을 모두 확신하고 있던 이 인문주의자에게는 유럽을 그리워할 수 있다는 생각이 이상하게 보였다.[45] 클렘퍼러는 유럽 '정신'이 살아남을 수 있는 곳이 있다면, 응당 지금의 유럽이 아닌 다른 어디일 거라고 믿었다.

애석하게도 이스탄불도 리마도 예루살렘도 클렘퍼러에게 자리를 제안하지 않았다. 세례 받은 그리스도교 신자이지만 엄밀히 말해 유대인 범주에 들어가는 그는 이제 꼼짝없이 독일에 갇힌 채 필시 법망의 허점에 매달리는 신세가 되어, 그로부터 10년간 자신의 종족을 상대로 한 나치의 체계적인 인간성 말살을 자세히 밝힌 유명한 일기를 쓰면서 지낸다. 잠시 나치의 표적이 됐던 쿠르티우스도 완전히 다른 상황이긴 하지만 마찬가지로 독일에 남았다. 쿠르티우스는 터키로 가는 데 더이상 관심을 보이지 않고 본대학교의 교수직을 유지하는 데 성공했다.[46] 그곳에서 그는 1948년에 『유럽 문학과 라틴 중세기』라는 중요한 책을 출간했다. 오늘날까지 그가 나치주의에 어떤 입장을 취했는지는 제대로 밝혀진 바 없다. 나쁘게 보면 독일에서 계속 연구하겠다는 결정은 기회주의적이고 정치적으로 의심스럽지만, 좋게 보면 '내면적 이주' 행위처럼 보이기도 한다. 내면적 이주는 압도적인 반대에 부딪쳐 스스로 사회적·정치적 활동을 그만두는 행위를 나타내는 용어가 되었다. 그러나 내면적 이주는 실제로 나치시대에 이루어진 학문적 업적을 대하는 유용한 사고방식은 아니다. 가담, 순응, 저항의 경계가 모호해지기 때문이다.[47] 그렇지만 이 문제에서 우리가 어떤 입장을 취하든 아우어바흐에게 내면적 이주는 선택이 불가능했다. 그의 걱정은 그와는 비교할 수 없을 정도로 죽느냐 사느냐의 문제였기 때문이다. 그는 이스탄불대학교 학부장을 맡으면 독일을 떠날 수 있는 길이 될 뿐 아니라 경제적으로도 유리할 수 있겠다고 생각했지만, 클렘퍼러와는 다른 이유로 꺼려지는 부분이 있었다. 스피처를 비롯한 사람들에게서 터키 이야기를 들은 적이 있었고 그래서 쉽게 말해 거기서 산다는 게 내키지가 않았다. "이 세계는"—터키를 가리키겠지만—"나그네로서는 꽤 좋을지 몰라도 길게 봐서는 분명 좋지 않다."[48] 애당초 거쳐가는 곳으로 보았던 이스탄불에서 11년을 산다는 게 아우어바흐에게 과연 어떤 의미였을지가 궁금해지는 대목이다. 따라서 이 책에서 나의 과제는 아우어바흐가 지나는 말로 "이 세계"라고 언급한 곳, 즉 1930년대의 철저한 서구화 개혁을 거친 세속적 터키 공화국과, 그가 터키로 망명하여 동료 망명객과 합류한 뒤 쓴 책 사이의 관계를 밝히는 것이다.

아우어바흐가 망명을 피할 수 없는 사실로 받아들인 것은 1935년의 이탈리아 여행뿐 아니라 벤야민이 쓴 어린 시절 회고록을 발췌한 기사를 읽은 때와도 일치한다. 그 전해 아우어바흐는 덴마크의 한 주소로 벤야민과 직접 접촉을 시도한 적이 있는데, 베르톨트 브레히트의 주소였을 것이 거의 확실하다.[49] 상파울루에 독일 문학 교수 자리가 비어 있다는 소문을 들은 그는 파리에서 점점 절박한 상황에 내몰리고 있던 벤야민을 도우려 했다. 이 편지는 왜인지 몰라도 벤야민에게 전달되지 않았다. 나중에 아우어바흐는 아내 마리와 함께 취리히의 한 신문에서 벤야민의 회고록을 우연히 발견하고 파리에 있는 저자에게 직접 편지를 띄워 발췌 기사가 "아주 오래전에 사라진 고향의 기억"을 떠올려주었다고 했다.[50] 세기 전환기의 베를린에 초점을 맞춘 소품문은 아우어바흐 자신의 유년 시절 경험을 생생히 그려주고 있었다. 벤야민에게 보낸 두번째 편지는 1935년 10월 초에 이탈리아에서 쓴 것으로 표시되어 있는데, 이 편지에서 아우어바흐는 벤야민의 회고록 전체를 출판할 수 없는 현상황이 개탄스럽다고 했다. 슬프게도 그는 벤야민이 쓴 이 작품의 가치를 알아볼 독일의 독자층이 나치에 의해 줄어들기만 할 가능성이 높다는 것을 인정했다.[51] 독자층 문제는 나중에 아우어바흐 자신이 망명지에서 책을 쓸 때도 계속 고민거리였다. 1940년 벤야민이 프랑스를 침공한 나치를 피해 탈출을 시도하다 사망한 이후 그를 독자들에게 알리는 일은 다른 망명객 지식인의 과제가 된다. 이제는 유명해진 이 회고록은 벤야민이 죽은 지 10년 뒤인 1950년에 테오도어 W. 아도르노의 편집을 통해 『1900년경 베를린의 유년 시절』이라는 제목을 달고 출간되었다.[52]

여러 면에서 아우어바흐의 이탈리아 여행은 그의 삶에서 하나의 전환점이 되었다. 그가 벤야민과 다시 편지를 주고받기 시작하면서 그들이 한 때 공유했던 세계의 돌이킬 수 없는 상실을 받아들인 것이 바로 이탈리아 여행 때였다. 실제로 아우어바흐가 벤야민에게 편지를 쓴 곳은 1302년에 단테를 추방한 바로 그 도시 피렌체였다. 토스카나 숲에 둘러싸인 14세기 성터에 지은 빌라 라 리모나이이아에서 머물면서 아우어바흐는 고국의 정치 상황을 반추하고 망명이 임박했음을 확실하게 직시했다. 그는 그 편지에서 히틀러가 권력을 쥔 뒤로 그가 일하고자 노력해왔던 마르부르크대학교의 상황이 어떤지 묘사하려 했다.

> 저는 그곳에서 우리와는 혈통이 다른 훌륭한 사람들, 즉 전제가 완전히 다른 사람들에 둘러싸여 살고 있답니다. 그런데 이 사람들은 모두 저와 같이 생각합니다. 이것은 좋은 일입니다만, 어리석음으로 이어진다는 것이 문제입니다. 개개인의 의견은 의견이 같은 사람이 많이 있다고 한들 아무짝에도 쓸모가 없는데도, 뭔가 기댈 데가 있지 않을까 하고 믿게 되기 때문입니다. 이번 여행 덕분에 저는 처음으로 이와 같은 오류로부터 벗어날 수 있었습니다.[53]

단테의 고향에 있는 14세기 성터에서 글을 쓴 일은 얼마 뒤 아우어바흐 자신의 망명이 어떤 식으로 의미를 얻게 될지를 미리 보여준다. 인문주의자 아우어바흐에게 이탈리아는 유럽 문화사와 문학사의 발상지 같은 장소였다. 앞서 지적한 것처럼 아우어바흐는 단테 연구를 통해 망명과 기억이 국민문학이라는 새로운 것의 등장과 관련돼 있음을 보여주었다. 그의 주장에 따르면 단테에게 "정치적 재앙은 예외 없이 커다란 위기를 낳는 '수비토 모비멘토 디 코제(subito movimento di cose),' 즉 '갑작스러운 외적 변화'"였다.[54] 그러면서 그는 단테가 새로운 언어적·서사적 형식을 가지고 실험했고, 그렇게 해서 진짜 "유럽적인 목소리"를 찾아냄으로써 위기를 극복했다고 주장한다.[55] 아우어바흐는 망명에 대처하는 생산적인 방법을 일찍부터 더없이 구체적으로 알고 있었던 것으로 보인다. 1933년의 대재앙이 닥치기 수년 전에 그는 『신곡』과 관련하여 "이 시의 출발점인 정신적 혼란"은 1300년 이전, 즉 단테가 여전히 피렌체에서 살고 있고 "파국이 아직 오지 않았던" 시기에 생긴 일이라며 이렇게 주장했다. "이 날짜, 그리고 망명, 헛된 희망, 가난, 당당한 퇴진 등 그 이후의 사건들은 그의 정신적 혼란과는 아무 관계가 없다. 이것들은 그가 받아 마땅한 현세적 운명이며, 고위직의 위엄만큼이나 그에게 잘 어울린다. 브루네토와 카차귀다는 이렇게 말한다. 너는 고통을 겪고 불행할 것이다. 그러나 당당히 자신의 입장을 지키는 것만 기억하라. 그것이 옳다는 것이 저절로 드러날 것이다."[56] 아우어바흐가 여기서 단테의 망명 작품을 해석하기 위해 그린 틀에서 그 자신의 망명이 그의 학문에서 어떻게 드러날지가 예견된다. 하나의 출발점에서 시작하여 『미메시스』를 쓰면서 자신의 유럽적인 목소리를 찾아낸 것이다.

어쩌면 망명해 있으면서 아우어바흐가 『신곡』처럼 옛 세계의 만료를 나타내는 동시에 새로운 시작의 무대를 여는 독보적인 것을 써야겠다고 생각하게 된 것이 이탈리아 여행 때였는지도 모른다. 이탈리아에서 아우어바흐는 단테학자 카를 포슬러(1872-1949)에게 사실주의 연구는 "한동안 기다려야 하는데, 거기서 끌어낼 게 아직 남아 있을 수 있기 때문"이라는 내용의 편지를 썼다.[57] 여기서 아우어바흐가 말한 것이 피구라 개념과 그 역사적 발현인지는 우리로서는 확실히 알 수 없다.[58] 그러나 그의 피구라 관념이 탄생한 것이 망명 전이든 후든, 그가 이스탄불에 정착하고 안젤로 주제페 론칼리로부터 도미니크회 수도원 도서관의 출입을 허락 받고 나서 그런 연구 계획이 결실을 맺었다는 것은 확실하다.[59] 아우어바흐가 단테의 『신곡』에서 나타나는 역사관, 즉 과거와 현재의 사건을 피구라로 해석하는 역사관이 중세 시대에는 지배적이었다는 사실을 인식하게 된 것은 그가 터키에 망명해 있던 동안이었다.[60]

1935년 10월 중순 이탈리아에서 마르부르크로 돌아온 뒤 아우어바흐는 대학교로부터 저 운명의 편지를 받았다. 마르부르크대학교의 해고가 결정되고 나니 이제는 무엇보다 이스탄불에 고용되길 바랄 뿐이었다. 이를 위해 아우어바흐를 후원한 사람으로는 스피처뿐 아니라 이탈리아인 학자도 있었는데, 그가 쓴 비코 연구서를 1920년대 말에 아우어바흐가 번역한 일이 있었다. 이 저자는 바로 베네데토 크로체(1866-1952)라는 역사학자 겸 인문학자로, 아우어바흐는 경력 초기에 그에게서 영향과 후원을 받았다. 크로체 외에 또다른 단테광 포슬러도 이스탄불대학교의 공석에 아우어바흐를 추천했다.[61] 그런데도 이 마르부르크의 교수는 자신이 서양어문학부 학부장이 된다는 것을 1936년 8월까지 기다린 끝에야 알게 됐다. 때는 베를린 올림픽 개최로 인한 일시적인 '유덴숀차이트(Judenschonzeit)' 시기, 즉 국제 사회가 독일의 유대인이 인도적으로 대우받고 있다고 속아 넘어갔던 바로 그 시기의 여름이었다. 그러나 클렘퍼러는 이 짧은 몇 달의 시기가 지나면 이마저도 끝이라는 것을 잘 알고 있었다.[62] 이 여름에 스피처가 교수 자리는 프랑스어에 능숙한 사람에게 맡겨야 한다고 완강히 주장했다는 소식을 전해 듣고 클렘퍼러가 더욱 낙담한 것도 이해가 간다. 프랑스어 실력을 다시 높이기 위해 1936년에 제네바로 갔던 아우어바흐와 달리 클렘퍼러는 그럴 기회가 없었다고 불평했다.[63] 그는 이제 외국에서 고용될 기회를 놓쳤을 뿐 아니라 이제 나치 치하의 생활을 견뎌야 했다. 클렘퍼러는 연구실 열쇠를 반환하고 대학교 도서관에 책을 반납했다.

클렘퍼러가 믿은 것으로 보이는 것과 달리, 이스탄불대학교가 아우어바흐를 고용한 것은 프랑스어 실력 때문이 아니었다. 이스탄불의 교수직 후보로 가장 유력한 사람은 쿠르티우스도 클렘퍼러도 아닌 뮌헨의 로망스학 교수이자 중세학자 한스 라인펠더였다. 그러나 임용위원회는 최종 보고서를 올리면서 아우어바흐와 라인펠더의 이력을 평가하고 위원장인 스피처가 아우어바흐를 지지하면서 학장과 총장이 납득할 만한 결론을 내놓았다. 위원회의 나머지 두 위원은 철학자 한스 라이헨바흐와 경제학자 알렉산더 뤼스토브였는데, 앞으로 살펴보겠지만 아우어바흐는 이 두 사람과 함께 유럽 문화의 기원에 대한 대화를 지속적으로 나누게 된다. 위원회는 물론 방대한 학식, 분야 내 인지도와 경험, 원숙도를 이유로 아우어바흐를 지지했다. 그렇지만 이 보고서에서 우리에게 중요한 부분은 위원들이 아우어바흐를 대학교의 현대화에 꼭 필요한 인물로 내세웠다는 점이다. 보고서는 다음과 같이 되어 있다. "아우어바흐 씨는 프랑스 및 이탈리아 문학사를 전공하여, 특히 문명화(고대 사상, 중세 그리스도교 사상, 현대의 세속화)의 주요 과정을 꿰뚫고 있고, 바깥의 비판적인 시선으로 서구 문명화를 바라볼 줄 아는 인물이다."[64]

임용위원회는 아우어바흐가 고전 시대부터 그리스도교 시대와 현대의 세속주의 시대까지 유럽 문학사 전반을 가르칠 능력이 있음을 부각시켰다. 이것은 3차 교육체제를 세속화할 때 귀중한 능력이 될 터였다. 이 보고서는 또 아우어바흐가 서구 문화를 비판적인 관점에서 접근한다는 점을 강조했다. 이를 지적하면서 위원회는 서구 문화에 거리를 두는 이 학자의 접근법이 대학교의 관심사에 도움이 될 거라고 추천했다. 임용위원회의 보고서는 이 망명객 위원들이 교육체제의 서구화에 관한 대학교의 우려를 잘 이해하고 있었다는 증거가 된다. 당시 대학교 행정 당국에서는 누구든 자기 출신국의 관심사를 우선시할 것 같은 학자에 대해서는 고용을 망설였다. 실제로 학장은 대학교 총장 제밀 빌셀에게 위원회의 추천서를 제출할 때, 위원회가 라인펠더보다 아우어바흐를 천거한 것은 아우어바흐가 유대인이기 때문이기는 하지만 객관적으로 볼 때 이 마르부르크의 교수가 더 나은 선택이기도 하다고 주장했다.

서양어문학부는 터키의 국가 건설 과정에서 필수적이었기 때문에 문화부 장관이 직접 인선에 개입했다. 빌셀은 위원회 보고서를 문화부에 전달하면서 라인펠더를 고용하면 독일 정부가 좋아할 가능성이 높지만 다른 한편으로 라인펠더가 독일의 선전을 이스탄불에 퍼뜨릴 위험이 있다고 주장했다. 이어 1936년 6월에 보낸 편지에서 빌셀은 독일에 있는 터키 대사가 전한 조언을 언급하며 아우어바흐에게 힘을 실었다. 이 대사는 독일과의 연줄이 사실상 끊어진 교수를 고용하는 쪽이 터키에 이익이 될 거라고 확신하고 있었다. 그는 라인펠더보다 "더 우수한 유대인"을 고용한다 해서 독일 관리들이 꼭 간섭하지는 않을 거라고 믿었다.[65] 그로부터 몇 주가 지나 문화부는 대학교 총장, 학장, 주독일 대사의 조언에 따라 스피처 교수의 자리를 아우어바흐에게 제안했다.

이스탄불대학교 기록보관소에는 나치 독일로부터 망명을 원하는 여러 명의 뛰어난 독일인 학자 중 아우어바흐를 선택한 이유를 보여주는 여러 가지 서류가 보관되어 있다. 요약하면 폭넓은 문학적 관심뿐만 아니라 서유럽에 대한 비판적 관점, 또 독일 사회에서 추방됐다는 그 지위가 아우어바흐에게 유리하게 작용했다. 오늘날까지 아우어바흐를 연구하는 우리 시대의 학자들은 아우어바흐의 고용에 중요한 정치적 이유가 있었다는 사실을 모른 채 이 부분의 이야기를 본질적으로 전기적 관점에서 해석해왔다. 그러나 독일 선전조직이 아우어바흐를 이용할 수 없다는 바로 그 사실이 터키의 학장, 총장, 문화부 장관에게는 매력적으로 비쳤다. 다시 말해 아우어바흐가 단테, 비코 그리고 지금의 프루스트에게서 발견한 분리라는 관념이 우연하게도 자기 자신의 망명에서 유리하게 작용하는 강력한 도구가 된 것이다.

어떤 면에서 아우어바흐는 세속적 학자로서 한 약속을 실제로 지킨 셈이다. 독일 사회의 체계적인 아리안화에 대한 그의 반응은 종교 속으로 물러나는 것도 시오니즘을 위해 로비 활동을 벌이는 것도 아니었다. 이 문헌학자는 대체로 세속적인 존재로 살아갔다. 심지어 망명에서 그가 그리스도교와 유대교의 문화적 업적에 똑같이 관심을 두는 불가지론자가 되었다고 말할 수 있을 정도였다.[66] 반면 이슬람교가 유럽에 미친 영향은 그의 저작에서 맹점으로 남았다. 아우어바흐가 망명해 있는 동안 히브리어 성서에 손을 댔다면 그것은 신학적 이유도 도움을 주기 위한 것도 아니었다고 생각한다. 성서는 유럽 문학의 세속적 역사를 편찬하기 위한 자료로 유용했다. 데카르트 시대에 인문주의 교육을 부르짖은 비코는 역사를 보는 자기만의 관점을 위한 결정적인 도구를 이미 아우어바흐에게 제공했다. 서유럽 문화에 대한 폭넓은 이해, 역사적 시각, 인문주의적 전망을 통해 아우어바흐는 유럽이라는 개념을 세속적 관점으로 접근할 준비가 잘 되어 있었던 것이다.

인문주의의 망명

우리가 아우어바흐의 저작과 연관짓는 인문주의적 관점은 그리스·로마 문화를 유럽 학문의 원천으로 보기 시작한 14세기까지 거슬러 올라간다. 내가 여기서 말하는 것은 문학을 비롯한 고전 시대 그리스·로마의 예술을 재발견하여 부흥시킨 르네상스 인문주의 시대이다. 인문주의의 주창자들은 포괄적 문화개혁을 외치며 '암흑'과 무지에 빠져 있는 듯한 시대를 새로운 질서로 탈바꿈시키려 했다.[67] 클렘퍼러는 르네상스 인문주의의 탄생을 1350년 프란체스코 페트라르카(1304-1374)가 아비뇽 부근의 어느 산에 올랐다는 내용으로 쓴 편지로 거슬러 올라간다.[68] 리비우스의 『로마사』에 기록된 어느 등산에서 영감을 얻은 페트라르카는 "그렇게나 높은 곳에 무엇이 있는지 보기 위해" 직접 산에 오르기로 했다고 썼다.[69] 산꼭대기에 오른 페트라르카는 자신이 지니고 다니던 거라고 주장하는 아우구스티누스의 『고백록』을 펼쳤다. 그 책에서 어떤 구절을 찾아냈는데 그것을 그는 "내면의 눈"으로 자기 자신을 보라는 일깨움으로 받아들였다. 클렘퍼러가 페트라르카를 지목한 데에는 계몽적인 의미가 담겨 있는데, 인문주의의 한 특징인 비판적 고찰과 자기 탐구를 부각시키고 있기 때문이었다.[70] 무엇보다도 우리는 페트라르카가 어떤 식으로 고전 지식과 그리스도교 사상의 화합을 이끌어냈는지를 보게 된다. 자신을 아우구스티누스와 연결하는 동시에 고대의 등산에 대한 리비우스의 설명을 재연함으로써 결정적인 한 걸음을 내디딘 것이다.[71]

페트라르카의 사례에서 보는 것처럼 라틴어 고전으로 되돌아가는 것과 그것을 현재에 모방하는 일은 인문주의의 첫걸음에 해당된다. 아우어바흐에 따르면 초기 인문주의자는 "그런 고전 필사본을 찾아내 그 문체를 모방하고 고전 수사학을 바탕으로 고전의 문학 개념을 받아들였다."[72] 클렘퍼러는 그런 14세기 인문주의자를 "숙련된 회상 노동자"라고 불렀다.[73] 뒤이어 학자들은 또 그리스 문학도 재발견했는데, 주로 1453년 콘스탄티노폴리스가 오스만에게 정복된 뒤 그곳을 떠난 비잔티움 학자들을 통해서였다.[74] 이처럼 고대 문학에 지속적인 관심이 있었던 것은 아우어바흐가 설명한 대로 라틴어 '후마니타스'와 관련되어 있었으며, 이것은 "'인간성' '인간의 문명' '인간의 사상에 어울리는 교육'"을 의미했다.[75] 그리스·로마의 필사본을 재발견하고 번역하고 모방하도록 영감을 준 것은 후마니타스의 이런 교육 관념이었다.[76] 후마니타스 관념이 유럽 중세 시대를 바꿔놓았다 해도, 독일 학자들이 '인문주의'를 문화, 역사, 학문의 일정한 궤적을 가리키는 용어로서 확립한 것은 19세기에 와서의 일이었다. 아우어바흐 자신의 인문주의적 전망은 결과적으로 14세기 초기 인문주의자들을 기리는 것인 동시에 19세기 문헌학과 역사주의의 전통을 짚어보는 것이었다.

오늘날까지도 인문주의는 다양한 문화적, 정치적, 교육적, 학문적 접근법을 아우르는 커다란 우산 노릇을 한다. 이런 접근법은 르네상스 시대의 고전주의와 토착어 인문주의에서 시작해 18-19세기 역사주의적 인문주의에 이르기까지 광범위하다. 그러나 우리는 또 부르주아 인문주의와 사회주의적 인문주의 형태로 갈라졌던 20세기 전반기의 인문주의와, 20세기 말 에드워드 사이드가 인문주의의 세속적 동력을 되살려낸 일을 생각할 수도 있다. 경쟁관계에 있는 이런 온갖 정의 중 지금 우리와 관련이 있는 것은 나치 정권 동안 인문주의의 운명과 터키의 현대화와 세속화에서 인문주의가 한 역할이다.

이로써 인문주의에 대한 나치 독일의 입장 문제가 제기된다. 전쟁에서 살아남은 클렘퍼러는 1953년 독일민주공화국에서 이 문제를 조명하는 강연을 했다. 강연에서 클렘퍼러는 인문주의를 통해 유럽 문화가 형성되었으나, 나치는 인문주의적 관점을 거부했다는 점을 설명하고, 사회주의 아래서 인문주의가 새로운 역할을 맡아야 한다는 점을 다루었다. 그는 나치는 고대 그리스·로마로 기원을 거슬러 올라가는 인문주의적 유럽 문화에 거의 관심이 없었는데, 나치가 독일 정신이라 생각한 것을 인문주의가 함부로 건드린다고 믿었기 때문이라고 주장했다.[77] 요컨대 인문주의가 상정하는 유럽 문화는 그 기원을 독일에만 두고 있는 게 아니기 때문에 나치 이념에는 인문주의 전통이 낄 자리가 없었다는 것이다. 나치가 반인문주의자였던 것은 사실이나, 그렇다고 클렘퍼러의 주장처럼 히틀러가 권력을 쥔 일과 20세기 초에 인문주의가 쇠퇴한 일 사이에 직접적 연관성이 있다고 본다면 잘못일 것이다. 클렘퍼러의 1953년 강연은 어느 정도 냉전의 맥락에서 이해할 필요가 있다. 이 문헌학자는 "인문주의적 붉은 군대"라면 이제 사회주의를 촉진시킬 수 있을 거라고 했다. 그는 유럽 문화의 붕괴 원인은 자본주의와 제국주의가 파시즘으로 나아간 역사에 있을 뿐만 아니라 "낡은" 인문주의 사고에 만연해 있던 '지배 인종(Herrenmensch)' 신조와도 관련이 있다고 보았다. 이를 대신해 클렘퍼러는 좀더 포괄적인 형태의 "새로운" 사회주의적 인문주의를 구상했다.[78] 그러면서 이 새로운 인문주의는 엘리트만 교육하는 것이 아니라 문명 전체의 궁극적 발전을 위해 모든 시민을 교육하여 교양 수준을 높이는 데 헌신한다고 설명했다.

수잰 마천드의 연구는 고전 인문주의가 20세기 독일에서 기반을 잃은 이유를 더 섬세하게 다룬다. 클렘퍼러와 달리 마천드는 인문주의가 1933년 이전에 이미 쇠퇴하고 있었음을 일깨워준다. 일찍이 1914년에 이르렀을 때 인문주의는 독일 제국에서 양측으로부터 포위 공격을 받고 있었다.[79] 한편에서는 독일 국가주의 분파가 "국가 비상시기에 고전 모델에 충성한다는 것은 반역적이며 도움이 되지 않는다"고 주장했다. 다른 한편에서는 동방주의 분파가 "고전주의자들이 제공하는 것보다 더 깊고 풍부한 문화 발달사를 발굴하여 선전할 능력이 있다고 주장했다."[80] 마천드의 관점에서 고전 인문주의는 동방의 언어와 문학을 다루는 분야인 동방학을 포용할 수 있는 보다 보편적인 규범과 가치 체계를 새로 확립하는 데 실패했다. 그는 인문주의가 그렇게 재정립됐다면 문명 발생을 설명할 대안적 경로가 제공됐을지도 모른다고 보았다.[81] 그렇다면 인문주의 쇠퇴는 두 가지 요인 때문이다. 하나는 변화에 대한 저항이고, 다른 하나는 나치 독일에 퍼진 게르만 애호주의와 문화의 아리안화이다.

1935년 아우어바흐가 마르부르크대학교에서 해고됐을 무렵 고전 인문주의는 그때까지 쌓아올린 것의 상당부분을 잃은 상태였고 인문주의자는 대부분 망명해 뿔뿔이 흩어지고 없었다. 그러나 인문주의에 대한 관심은 파시즘에 대항하는 투쟁 과정에서 다시금 확실하게 불붙었다.[82] 이것은 1935년에 인문주의와 반파시즘의 깃발을 걸고 모인 파리 국제회의에서 만방에 드러났다. 안나 제거스(1900-1983), 베르톨트 브레히트(1898-1956)를 비롯한 독일인 망명 작가들이 지지하고 앙드레 말로(1901-1976)와 앙드레 지드(1869-1951)를 회장으로 둔 이 국제 인문주의자 회의는 세계의 이목을 집중시켰다. 닷새 동안 열리는 행사를 위해 회의장에 약 3,000개에 이르는 좌석이 마련되었다. 좌석은 금세 매진되어 수백 명의 사람이 길거리에 서서 스피커를 통해 회의가 진행되는 것을 들었다.[83] 또 다양한 나라에서 참가하기도 했다. 해외의 수많은 나라에서 작가들이 토론자로 참여하여 문화유산, 국가와 문화, 개인, 인문주의, 작가의 사회적 역할 등을 주제로 토론했다. 초청 작가 중 유명 인사로는 막스 브로트, 막심 고리키, 하인리히 만과 클라우스 만 형제, 리온 포이트방거, 보리스 파스테르나크, 로베르트 무질, E. M. 포스터, 올더스 헉슬리가 있었다. 이 파리 회의의 주된 목적은 파시즘이 퍼지면서 '문화'가 위협받고 파괴되고 있다고 보고 그것을 수호할 수단이 무엇인지 논의하는 것이었다.[84] '문화'나 '인문주의' 같은 핵심어는 좁게 정의하지 않고 토론에 맡겼다. 개회사에서 앙드레 지드는 '각국이 지니는 문화적 특이성의 총합'이 곧 문화라고 정의하고자 했다. 그는 이 문화는 "우리 공통의 선이자 우리 모두의 것이며 초국가적인 것이다"고 주장했다.[85]

파리 회의 작가들은 한목소리로 파시즘에 반대하는 입장을 취했지만 모두가 사회주의를 지지한 것은 아니었다. 따라서 무엇이 인문주의 문화에 해당하는가 하는 문제와 정치적으로 이토록 다양한 작가들을 통합할 수 있는 인문주의 문화의 포용력은 어디서 오는가 하는 문제는 운동의 미래를 위해 결정적으로 중요한 것으로 드러났다. 이처럼 고도로 정치화된 분위기에서 파시즘과 비교하여 인문주의의 역할을 논하는 논쟁적인 발언이 자주 나왔다. 가장 주목할 부분은 막심 고리키(1868-1936)가 내놓은 프롤레타리아 인문주의(마르크스레닌 인문주의)와 부르주아 인문주의의 구분이었다.[86] 클라우스 만(1906-1949) 역시 비슷한 입장에서 "사회주의적 인문주의는 파시즘에 대한 복합적·절대적 대립항"이라고 주장했다.[87] 폴 니장(1905-1940)도 작가를 사회주의 작가와 부르주아 작가로 나누면서 오직 사회주의적 인문주의자만이 "삶의 구체적인 조건"이 지니는 의미를 인식한다고 주장했다.[88] 이런 여러 관점이 전쟁 이후 낡은 인문주의와 새 인문주의라는 클렘퍼러의 구분 속에 살아남기는 했지만, 어느 한 쪽을 버리고 다른 쪽을 취하자는 의견의 일치는 없었다.[89] 오히려 회의 조직자들은 인문주의에 관한 두 가지 견해 사이에 다리를 놓고자 했다. 사회주의 작가와 부르주아 작가의 공통된 문화유산으로 여겨지는 인문주의 전통을 그 대립항인 파시즘의 위협으로부터 지키는 게 이들의 목표였다.

파리에서 나눈 구분을 그대로 따른다면 아우어바흐가 이스탄불로 망명하면서 가져간 인문주의는 부르주아 인문주의라고 해야 할 것이다. 그러나 앞으로 보게 되겠지만 이런 구분은 아우어바흐에게는 부당하다. "『오디세이아』의 독자들은 기억할 것이다"로 시작하는 『미메시스』의 유명한 도입부는 처음 읽으면 클렘퍼러와 고리키가 "낡은" 인문주의, 즉 부르주아 인문주의 속에서 탐지해낸 것과 같은 엘리트주의의 전형처럼 보인다.[90] 따지고 보면 자신을 호메로스에 정통한 독자로 꼽을 만한, 그것도 저자가 요구할 때 그것을 바로 기억해낼 수 있는 사람이 몇 명이나 되겠는가? 그렇지만 아우어바흐의 책을 이런 식으로 비난한다면 그가 망명해 있는 동안 전례가 없는 업적을 이루었다는 사실을 무시하는 처사가 될 것이다. 그가 대단히 정치화한 1935년 파리의 토론과 그것이 위기의 시기에 문학의 가치에 대해 어떤 의미를 갖는가 하는 문제를 다루지는 않았을지도 모른다. 그렇지만 그는 사회적 균열과 문학 묘사 간의 관계에 특히 관심이 많았다. 예를 들어 19세기 프랑스 문학을 다룬 연구에서 그는 하류층 인물이 본격적인 문학 묘사의 대상이 된 경위를 짚어준다. 분명한 것은 그의 책은 1935년 파리 회의 직후 죄르지 루카치 같은 사람이 마르크스주의 미학의 진정한 체현이라고 부른 문학 사실주의와는 거의 아무 연관성도 없다는 점이다. 어쩌면 이것이 『미메시스』가 왜 독일민주공화국에서 한 번도 출간된 적 없는지를 설명해주는 이유가 될지도 모른다. 이들 열성 마르크스주의자와 달리 계급이나 일상 묘사는 아우어바흐의 일차적인 관심사가 아니었다. 사실주의에 대한 그의 관심은 우리가 과거를 생각하는 방식을 형성하는 미학 양식의 하나인 미메시스 개념에 집중되어 있었다. 그가 『미메시스』의 첫 장에서 호메로스 서사시와 히브리어 성서를 구분했을 때 그것은 그 둘이 일상생활을 각각 어떻게 처리했는지 분석해보려는 게 아니었다. 그보다는 그리스도교 시대에 호메로스의 문체와 성서의 문체가 뒤섞임으로써 과거 사건과 현재 사건의 관계가 어떤 영향을 받았는지 생각해보려는 것이었다. 그런 면에서 아우어바흐의 서유럽 문학사는 고전고대와 그리스도교 사상에만 닻을 내리고 있는 게 아니었다. 터키 망명 동안 아우어바흐는 이 서유럽 문화에 제3의 주춧돌을 더했는데, 그것은 바로 유대교였다.

여기서 이 책에서 중심적으로 다루고 있는 논점 한 가지가 떠오른다. 그것은 아우어바흐의 세속적 유대교-그리스도교 인문주의는 터키의 인문주의 개혁과 마주치면서 진화했다는 것이다. 1930년대와 1940년대에 터키에서 장려된 인문주의는 무엇보다도 터키에서 필요로 하는 세속적 국가주의 문화를 위해 그리스·로마 모델을 적합화한 형태의 인문주의였다. 아우어바흐가 이스탄불대학교 서양어문학부 학부장으로 재직하는 동안 교육부에서는 1935년 파리 회의의 일부 참가자가 열망한 것을 실행에 옮기는 인문주의 개혁을 도입했는데, 그것은 몇 가지 사회주의적 이상의 실현을 시도하는 고전적·세속적 인문주의였다. 아우어바흐의 인문주의와 교육부 장관 하산 알리 위젤의 인문주의 개혁이 접촉한 지점을 상세히 파악하는 것은 다음 장에서 풀어갈 과제다. 위젤의 개혁은 아나톨리아의 시골 사람들에게 읽고 쓰는 능력을 비롯한 여러 형태의 학식을 가져다주는 한편, 도시의 세속적이고 부르주아적인 엘리트들을 위해서는 고전 모델의 대용물이 되어주었다.

이로써 아우어바흐와 위젤의 인문주의 전망이 맞닿은 지점이 그저 우연이었는가 하고 묻게 된다. 『이스트 웨스트 미메시스』는 이런 질문에 대해 아주 최종적인 답을 내놓는다. 그것은 1930년대에 터키와 서유럽 세계는 우리가 흔히 생각하는 것보다 더 가깝게 겹치고 더 예민하게 서로의 문화정책을 의식하고 있었다는 사실이다. 파리 회의는 프랑스, 독일, 소련에서 온 작가들이 주도했지만 이들 외에도 수많은 나라에서 참여했다. 포르투갈, 불가리아, 스칸디나비아, 중국, 그리고 우리의 목적에서 중요한 터키에서도 작가들이 초청됐다. 회의 주최측은 이 행사에서 인문주의에 관해 논의해달라는 요청과 함께 작가 겸 외교관 야쿱 카드리(야쿱 카드리 카라오스마놀루)를 구체적으로 지목하여 초청했다. 야쿱 카드리가 실제 참가했는지는 분명하지 않지만 이는 사실 중요한 부분도 아니다. 1980년대 당시의 회의 진행자료를 발굴하여 편찬한 볼프강 클라인에 따르면 이 회의를 계획하고 있던 어느 시점에 야쿱 카드리가 인문주의 관련 토론의 사회자로 내정되어 있었다는 사실을 확인할 수 있다.[91] 남아 있는 자료에는 회의의 취지에 동조하는 터키 작가들이 보낸 단체 메시지에 대한 언급도 나와 있다. 이들의 메시지는 '국가와 문화' 관련 주제 토론자에게 전달되었다.[92] 야쿱 카드리를 선정한 이유는 쉽게 설명된다. 야쿱 카드리는 저술가 야흐야 케말(야흐야 케말 베야틀르, 1884-1958)과 쌍벽을 이루는 터키의 지도적 인문주의 지식인이기 때문이었다.[93]

겹치는 역사

아우어바흐가 터키에서 인문주의가 띠는 의미를 알고 있었는지 우리는 명확하게 알지 못한다. 이탈리아에서 만났을 때 스피처는 그에게 인문주의와 세속주의 노선에 따라 인문학이 재편된다는 정보를 주었을 것이다. 아우어바흐의 입장에서는 아마도 터키 내 비무슬림의 상황에 대한 우려의 뜻을 비쳤을 것이다. 말할 필요도 없이, 이미 반유대주의의 희생자가 됐으므로 이것은 망명을 떠나려는 사람 모두에게 절박한 문제였다. 그러나 1935년 이탈리아에서 스피처와 만나기 전에 아우어바흐는 이미 터키 내 무슬림과 비무슬림의 관계에 대한 정보를 수집할 좋은 기회가 있었다. 오스만 제국은 제1차 세계대전 때 독일의 동맹이었고 아우어바흐는 당시 참전 군인이었기 때문에 정치적·군사적 측면에서 오스만은 낯선 존재가 아니었다. 이 두 제국에게 제1차 세계대전의 결과는 제국주의의 종말이었다. 독일과는 달리 오스만 제국은 프랑스, 영국, 이탈리아의 군대에게 점령되어 분할되었다. 독일 제국은 그 이상의 군사충돌 없이 바이마르 공화국으로 나아간 반면, 오스만 제국은 독립전쟁(1919-1922)이라는 또다른 전쟁을 치르고서야 1923년 터키 공화국이 될 수 있었다.

오스만 제국에서 터키 공화국으로 바뀐 경위에 대한 이런 전반적 지식 말고도 아우어바흐는 오스만 제국 안에서 비무슬림 소수집단이 어떤 대우를 받는지에 대해서도 어느 정도 간파하고 있었을 가능성이 높다. 1921년 3월 15일에 그가 살던 동네에서 살인사건이 일어나 베를린의 신문 1면 머리기사로 올랐다. 살인자의 표적이 된 인물은 오스만 제국의 내무부 장관이던 탈라트 파샤로, 오스만 제국이 점령당한 뒤 베를린으로 피신해 있는 상태였다. 살인은 베를린 샬로텐부르크 지역 슈타인플라츠 광장에서 대낮에 벌어졌다. 이 광장은 하르덴베르크슈트라세 거리와 당시 아우어바흐가 살고 있던 파자넨슈트라세 거리가 만나는 길모퉁이에 있었다. 이 사건은 아르메니아인 학생이 복수를 위해 저지른 살인이어서 지역적으로나 국제적으로 상당한 주목을 받았다. 지금은 아르메니아인 집단학살로 널리 인정되고 있는 사건의 배후 주동자가 바로 탈라트 파샤였던 것이다.[94]

베를린의 신문들은 지난 전쟁에서 독일의 충실한 동맹이었던 탈라트 파샤에게 동정적이었다. 그렇지만 신문들은 또 탈라트 파샤가 '아르메니아인에 대한 잔학행위(Armeniergreuel)'에 대한 보복으로 살해됐다는 사실을 인정했다. 이는 정치적으로 어느 쪽에 있는지와 무관하게, 독일인들이 터키가 소수집단을 대하는 방식, 특히 아르메니아인을 대하는 방식을 전혀 의식하지 못하고 있지는 않았다는 사실을 암시한다. 실제로 프란츠 베르펠 같은 작가는 이 때문에 자극을 받아 1933년에 아르메니아인의 수난을 그린 소설 『무사다그의 40일』을 출간했다.[95] 아우어바흐가 베르펠의 이 소설을 읽었는지는 알 수 없다. 그렇지만 이 소설이 있다는 사실 자체가 터키가 국민국가로 이행하는 동안 무슬림 다수집단과 민족적·종교적 소수집단의 관계에 변화가 일어나고 있다는 것을 유럽 사람들이 어느 정도 의식하고 있었음을 암시한다. 마거릿 앤더슨은 당시 오스만 제국이 아르메니아인을 상대로 벌인 잔학행위를 독일 언론에서 대단찮은 일로 다루었는데도 불구하고 이에 대해 좌파 진영의 정치가, 학자, 언론인에서부터 독일어를 쓰는 시온주의자와 자유주의자에 이르기까지 독일인들이 어느 정도까지 알고 있었는지를 보여줌으로써 이 사실을 증명하고 있다.[96]

우리는 장소가 지리적으로, 심지어 문화적으로 따로따로 분리되어 있다고 생각하는 경향이 있다. 그렇지만 그 당시에 이미 베를린 샬로텐부르크의 지형에는 남동쪽으로 2,000킬로미터가 넘는 곳에서 벌어지는 사건들의 영향이 새겨지고 있었다. 베를린의 이 부자 동네에서 살던 또 한 가족을 보아도 잘 알 수 있다. 아우어바흐의 아들 클레멘스(1923-2004)는 오스만에서 살다가 1915년 이스탄불을 떠난 유대인 가족의 아들 이자크 베하르와 같은 해에 태어났다. 다른 많은 가족들처럼 베하르 가족도 베를린으로 이주하여 그곳에 있는 150호 정도 규모의 세파르디 유대인 공동체에 합류했다.[97] 1920년대에 아버지 베하르는 칸트슈트라세 거리에서 형이 운영하는 카펫 가게인 코헨·베하르 오리엔트테피헤에서 일했다.

이곳은 다섯 가족의 거처이기도 했다. 갓 결혼한 아우어바흐가 아내 마리와 두 부모님과 함께 살던 아파트로부터 길모퉁이만 돌면 나오는 곳이었다.[98] 어쩌면 어린 클레멘스와 이자크는 함께 놀았거나 두 가족이 길을 가다 서로 마주치기도 하던 사이였을지도 모른다. 바이마르 독일에서 더 안전하고 더 나은 삶을 살려고 했던 베하르 가족이 홀로코스트(유대인 대학살)의 희생자가 된 것은 예상치 못한 역사의 비극이다. 아우어바흐 가족은 독일을 떠나 베하르 가족이 한때 살던 그 도시로 피신했다. 반면 저 세파르디 유대인 가족은 나치에게 살해당했다. 이들은 1938년에 파자넨슈트라세 거리 유대교 회당이 불타는 것을 지켜보았고, 1942년에는 이자크 베하르의 부모와 두 누이가 강제 이송되어 리가에서 살해당했다. 가족 중 숨어 지낸 이자크만 전쟁에서 살아남았다. 반세기 넘어 지난 뒤 그는 자신의 생존기를 『살아남겠다고 약속해줘』라는 제목의 책으로 남겼다.

2
터키의 인문주의

한동안 이스탄불대학교를 독일 최대의 해외 고등교육기관으로 생각하던 때가 있었다.[1] 아우어바흐는 이스탄불대학교에 도착했을 때 실로 많은 독일인 학자를 만났다. 문화적 배경만이 아니라 나치주의를 피해 도망친 것까지 비슷한 사람들이었다.[2] 아우어바흐는 서양어문학부에서 스피처로부터 다수의 젊은 학자들을 인계받았다. 이들 중 과거 쾰른에서 스피처의 조교였던 트라우고트 푹스는 아우어바흐가 이스탄불에 온 것을 "나치 이전 독일의 수준 높은 지식인 세계에서 보던 것과 같은 상태를 되찾는 르네상스 같은 기쁨"이라는 말로 표현했다.[3] 그리고 과거 스피처의 조교이자 연인이었던 로제마리 부카르트, 강사인 하인츠 안스토크와 에바 부크도 있었다.[4] 이 대학교에서 일하는 유명한 학자로는 당시 헬레니즘사 책을 쓰고 있던 고대사가 클레멘스 보슈, 문명에 대한 역사 비평서를 구상하고 있던 경제학자 알렉산더 뤼스토브, 철학사와 공간·시간 개념을 깊이 다루고 있던 에른스트 폰 아스터가 있었다.[5] 아우어바흐에게 자극이 된 새로운 동료 중에는 과거 베를린에서 아인슈타인의 동료였던 물리학자 겸 철학자 한스 라이헨바흐도 있었는데, 이스탄불대학교에서는 아우어바흐의 임용위원회 위원이자 철학과 학과장을 맡고 있었다. 폰 아스터와 마찬가지로 라이헨바흐도 망명 전에 공간·시간 철학을 다룬 책을 출간한 경력이 있었으며, 이제는 지식의 기초와 구조 연구에 몰두하고 있었다. 그는 이스탄불대학교에 있는 동안 책에 쓸 착상을 강의와 세미나에서 논했는데, 사실주의를 옹호하면서 현상학적 실증주의를 거부하는 문제도 그런 것 중 하나였다.[6]

서유럽 문학에서 사실주의의 기원과 역사 개념에 관심을 두고 있던 아우어바흐 같은 이에게 이처럼 여러 분야를 아우르는 지적 환경은 얼마나 생산적이었을까. 아우어바흐가 도착했을 무렵 독일인 망명객들은 그 시대의 가장 근본적인 몇 가지 질문을 연구하는 고무적인 학문 공동체를 이미 형성하고 있었다. 이 공동체의 상당수가 베벡 구역에서 살았다. 보스포루스해협의 유럽 쪽 해안에 자리잡은 이 구역에는 새로 고용된 독일인 교직원과 그 가족을 위해 대학교측에서 마련해둔 숙소들이 있었다. 베벡에는 19세기에 미국의 후원으로 설립된 사립학교 로버트칼리지가 있어 거기 관련된 미국인과 유럽인도 많이 살고 있었다. 망명객들은 대학교와 베벡뿐만 아니라 대부분의 주요 유럽 국가의 영사관, 문화원, 외국서적 책방이 있는 구역인 페라에서도 서로 마주쳤다. 아우어바흐가 이스탄불에 도착하고 몇 달 뒤 그의 아내 마리와 아들 클레멘스가 그를 따라 망명했다. 이들과 함께 가구와 육십여 상자의 책이 들어왔고, 가족은 베벡의 한 주택으로 이사를 했다. 항구가 굽어보이는 언덕 위에 멋진 목조주택이 즐비한 이 구역은 이스탄불에서도 손꼽히는 아름다운 주택가였다. 물론 이런 그림 같은 환경이 망명객이 남겨두고 온 삶에 대한 보상이 될 수는 없었겠지만, 이들은 회고록에서 "공통의 서구 문화유산"과 경험을 공유한다는 감각이 있었음을 강조하고 있다.[7] 따지고 보면 이 학자들은 출신 분야가 다양했지만, 결국은 낯선 장소로 던져진 경험과 여권·비자·체류허가 등 관료적 절차에 얽힌 성가신 문제에 대처해야 한다는 점이 공통분모로 작용했다. 이들은 언어가 같고 또 인문주의적 배경이 같은 경우도 많았으며, 지적 관심사나 서로 의지할 필요성, 무엇보다도 유럽에서 벌어지고 있는 일에 대한 깊은 우려를 공유하고 있었다. 이런 것들이 서로 이어져 있다는 감정을 부추겨 지적 교류의 바탕이 된 것은 무척 자연스러워 보인다.

새로 온 사람이 망명객 공동체 안에 정착하고 나면 고대 그리스로 거슬러 올라가는 이스탄불의 풍부한 문화적 역사가 눈에 들어오지 않을 수 없었다. 매일 베벡에서 대학교로 걸어가는 길에서는 이스탄불의 그리스와 로마, 비잔티움, 오스만이 남긴 과거의 유적이 눈에 들어왔다. 학교로 가는 길은 황폐해진 오스만의 궁전, 그보다 규모가 작은 유대교 회당, 이슬람 모스크, 그리스도교 교회 들로 아름답게 꾸며진 보스포루스해협을 따라 이어졌다. 그리고 사람들로 북새통을 이룬 갈라타 다리를 건넜다. 이스탄불에 도착한 첫날 법학 교수 에른스트 히르슈는 다리에서 걸음을 멈추고 자신의 위치를 가늠해 보았다.

> 사람들 머리를 보니 두개골과 얼굴 모양이 여러 가지로 다양하다는 생각이 문득 들었다. 이 살아 있는 현실을 기준으로 보니 국가사회주의의 인종이론은 어처구니없는 것이 되고 말았다. 이 '코프뤼(다리)'를 따라 복닥거리며 지나가는 온갖 유형의 인간들 사이에서 보니 오스만 제국만 다민족 국가로 살아온 게 아니었다. 고대로부터 그대로 튀어나온 것 같은 얼굴

의 특징들이 나타났다. 바빌론, 히타이트, 심지어 이집트, 고대 그리스·로마의 조각상에 묘사된 얼굴과 신기할 정도로 닮았다. 수천 년에 이르는 소아시아의 인류사가 내 눈앞을 지나갔다.[8]

히르슈와 마찬가지로 아우어바흐도 이스탄불의 폐허, 역사, 현재의 주민을 서로 연결해보고 싶은 마음이 들었다. 베벡에 있는 집에서 대학교까지 가는 길은 비잔티움 시대 콘스탄티노폴리스의 옛 성벽, 술탄의 문, 콘스탄티노폴리스 경마장, 동로마의 지하저수지, 술탄 아흐메트 모스크, 그리고 오스만의 묘지를 지났다. 베벡의 주택에 입주한 얼마 뒤인 1937년 1월에 아우어바흐는 벤야민에게 보내는 편지에다 이스탄불에서 받은 인상을 다음과 같이 적었다.

이스탄불은 위치가 기가 막히게 좋지만 한편으로는 불쾌하고 험하기도 한 도시로서 두 부분으로 이뤄져 있습니다. 구시가지 스탐불은 그리스와 터키에 뿌리를 둔 곳으로 고색창연한 역사적 경관을 여전히 많이 간직하고 있지요. 그리고 '신시가지' 페라는 19세기의 유럽식 식민 정착지를 모방하여 만든 완성판에 해당하는 곳으로 이제는 완전히 몰락했습니다. 끔찍했던 호화 상점들의 흔적이 남아 있습니다. 유대인, 그리스인, 아르메니아인, 온갖 언어, 기괴한 사회생활, 지금은 영사관이지만 예전에는 유럽 대사관이었던 궁전들이 있습니다. 또 보스포루스를 따라 처음부터 끝까지 가노라면, 반은 오리엔트풍이고 반은 로코코풍인, 박물관에나 어울릴 19세기 술탄과 파샤의 궁전들이 이미 퇴락했거나 퇴락해가는 것을 볼 수 있습니다.[9]

벤야민에게 보낸 아우어바흐의 편지는 이 문헌학자가 이스탄불에서 보낸 11년에 대해 내가 관심을 갖고 있는 질문의 많은 부분을 건드리고 있다. 우리는 여기서 기원, 모방, 동화, 흉내, 유럽에 대한 진짜 묘사 대 가짜 묘사, 터키를 개조하여 서방 국가로 만드는 일, 서유럽과 터키 사이의 단층선, 심지어 이 현대적 국가에서 사는 비무슬림의 지위까지 다양한 질문을 발견할 수 있다. 구체적으로 이 편지는 터키의 국가부흥과 터키가 오스만의 역사적 유산을 거부한 일 사이에 어떤 연관관계가 있는지를 생각하게 한다. 그리고 1930년대 터키의 서구화 과정에 수반된 역학과 역설을 얼핏이나마 보게 한다. 터키의 문화정책에서는 르네상스 유럽을 본떠 현대적 국가문화를 만드는 것을 목표로 삼았다. 이런 근본적인 변환을 살펴보면서 우리는 아우어바흐의 예에서 이미 보았듯이 이스탄불대학교에서 내린 고용 결정은 우연한 것이 아니었다는 사실을 알게 된다. 그것은 대학교 교육을 세속화하고 현대화하려는 정부의 일관된 노력의 한 부분이었다. 이 장에서는 이런 문제들을 다루면서 또한 터키라는 국토 위에 새로운 문화유산을 위치시키는 데 터키 인문주의 운동이 어떤 역할을 했는가 하는 문제도 살펴본다.

터키는 인문주의 운동을 벌이면서 터키와 서유럽의 공통된 틀을 만들기 위해 서방의 고전 교육을 도입했다. 이를 지지한 사람들은 서양 고전 문학이 "터키의 르네상스"에 영향을 미칠 힘을 지니고 있다고 믿었다. 그 결과 터키 교육부는 1939년에 '인문주의적 문화개혁(hümanist kültür reformları)'을 공식 선언했고, 수백 편의 서양 고전이 번역되면서 개혁은 정점에 다다랐다. 서양의 연극과 음악회, 오페라를 무대에 올렸고, 사전을 편찬했으며, 번역에 관한 새로운 학술지를 만들고, 교사들에게 서양 고전 문학과 현대 문학을 지도했다. 근본적으로 교육·문화 운동인 터키

인문주의 운동에서는 서방 습속을 번역하기 위한 효과적인 문화문법을 개발했지만 이 일은 종전 이후 끝나버렸다.[10] 앞으로 다루겠지만, 강한 반그리스 정서에 더해 반공산주의자들이 개혁의 주요 설계자 위젤을 공격하면서 개혁은 갑자기 중단됐다. 그럼에도 불구하고 인문주의 개혁이 남긴 업적은 오늘날까지도 여전히 지극히 중요하다. 여기에는 국립도서관, 토착어의 표준화, 번역 사업, 세속주의 문화와 교육을 위한 터키의 지속적인 노력도—이의도 있었지만—포함된다.

아우어바흐가 이스탄불에서 머무른 시기에 대학교의 교과과정을 지배한 인문주의 문화개혁에 비추어볼 때, 아우어바흐를 유럽의 학문 전통에서 떨어져나온 사람으로 판단한다면 잘못일 것이다. 이 책의 서론에서 지적한 대로 이런 관점을 퍼뜨린 것은 에드워드 사이드로, 그는 아우어바흐가 동방과 이슬람을 "유럽, 그리스도교 라틴어권이라는 유럽의 전통, 뿐만 아니라 일반적으로 인정되는 교회의 권위, 인문 지식, 문화 공동체로부터 궁극적으로 떨어져나간 적대자"로 보았다고 생각했다.[11] 사이드가 그린 동방 세계에 떨어진 아우어바흐라는 이미지는 망명 지식인이라는 사이드 자신의 수사적 목적에는 잘 부합했을지 몰라도, 나의 연구에서는 무언가 다른 모습을 보게 된다.[12]

실제로 아우어바흐는 유럽에서 인문주의가 추방되던 그 순간 이스탄불에서 그것이 잘 정착해 있는 것을 보았다. 이 장에서는 1930년대 터키의 현대성 개념은 전부 유럽의 지식에, 구체적으로 말해 인문주의 전통에 바탕을 두고 있었다는 주장을 펼친다. 이 견해는 기존 관점을 철저하게 뒤집는다. 나는 이런 주장으로 동방학자들이 터키를 정형화하여 보는 시각이 서유럽의 상상 속에서 지니는 의미를 경시하려는 게 아니다. 예컨대 스리니바스 아라바무단, 메이다 예에놀루, 레이나 루이스의 연구는 어떤 종류의 인종적·성적 담론이 오스만 제국과 현대 터키를 바라보는 서방의 사고를 형성했는지를 보여주는 강력한 증거를 제시한다. 그렇지만 나는 아우어바흐가 이스탄불을 바라보는 관점이 터키를 경험함으로써 형성됐지만 그 방식은 지금까지 인정된 것보다 더 복잡하고 강력하다는 점을 강조하고 싶다.

물론 내가 사이드를 비난하는 최초의 사람도 아니고 망명 경험을 고찰하는 최초의 사람도 아니다.[13] 예컨대 에밀리 앱터는 아우어바흐의 "외로운 유럽인 학자라는 자화상"에 의혹을 품고 나처럼 "그가 터키에 도착한 무렵…… 이스탄불에는 상당한 규모의 전문적·예술적·정치적 유럽인 공동체가 잘 자리잡혀" 있었다고 지적한다.[14] 실제로 1936년 가을에 아우어바흐가 이스탄불에 도착했을 때 이미 다양한 분야의 독일인 학자들이 활발한 망명객 공동체를 이루고 있었다. 그러나 여기서 나의 논지는 베벡 바닷가 동네에서 살던 망명객 공동체를 넘어서며, 아우어바흐의 터키 망명생활을 인문주의 개혁 자체와 연결한다. 아우어바흐를 연구하는 학자들이 이스탄불을 서유럽과 철저히 다른 곳으로 규정하는 경향이 있지만, 아우어바흐가 개인적으로 주고받은 편지와 터키인-독일인 관계라는 더 넓은 초국가적 맥락을 보면 그와는 다른 이야기가 펼쳐진다. 1938년에 아우어바흐 자신은 이스탄불을 "역사에서 자라난 아름다움을 간직하고 있어 우리 같은 사람들에게 더없는 기쁨을 안겨주는" 도시라고 묘사했다. 그보다 1년 전 벤야민에게 보낸 편지에서 아우어바흐는 이스탄불의 세계주의적 성격을 다소 부정적으로 강조한 바 있었다. 그렇지만 아래의 편지를 보면 우리는 이 망명객이 이 도시의 혼성적 성격을 다른 각도에서 바라보면서 그것을 어떤 방식으로 서유럽의 고전 유산과 연결하기 시작했는지 알 수 있다.

낡을 대로 낡은 궁전들이 있는 [보스포루스의] 바닷가 언덕뿐 아니라, 이슬람 모스크, 첨탑, 모자이크, 세밀화, 필사본, 쿠란 구절, 또 각기 [다른] 생활방식과 복식을 갖춘 이루 말할 수 없이 다양한 사람들, 먹는 물고기와 채소, 커피와 담배, 남아 있는 이슬람의 신앙심과 형식의 완벽함까지 그렇다네. 이스탄불은 따지고 보면 여전히 근본적으로 헬레니즘적인 도시라네. 아랍, 아르메니아, 유대, 그리고 이제는 지배적인 터키적 요소까지 모두 헬레니즘적인 세계주의에 의해 하나의 실체 안에서 융합 또는 공존하고 있으니까.[15]

아우어바흐의 편지는 이 인문주의자가 이스탄불에 갔을 때 낯선 문화에게 간 것이지만, 그와 동시에 자기 집이나 다름없는 곳에 간 것이라는 데이비드 로턴의 관점을 뒷받침한다.[16] 아우어바흐가 받은 헬레니즘적·세계주의적 이스탄불이라는 인상은 망명생활 속에서 그가 나름의 자리를 찾는 데 도움이 되었을지도 모른다. 그렇지만 무엇보다도 그의 인문주의적 전망은 현대 터키를 서유럽의 고전 유산과 연결지으려는 터키 개혁자들의 이해와 어느 정도 맞아떨어졌다. 따라서 우리가 이제까지 들었던 동방과 서유럽은 근본적으로 단절되어 있었다는 주장과는 달리, 실제로 인문주의 학문이 이스탄불대학교의 인문학을 위한 지적 바탕을 이루고 있었다. 그리고 앞으로 보게 되겠지만, 이것은 아우어바흐가 다른 독일인 망명객들과 터키의 개혁자들과 함께 실현을 도운 사업이었다. 아우어바흐와 인문주의 개혁에 대한 새로운 이해를 얻기 위해 먼저 이스탄불대학교와 그 개혁정책을 살펴보고, 그런 다음 좀더 범위를 넓혀 터키의 국가적 과제에 대해 살펴보기로 한다.

세속적 인문주의와 이스탄불대학교의 유럽화

오스만 제국이 공식적으로 종말을 맞이하기 직전, 터키 국가주의에서 단연 중요한 설계자였던 지야 괴칼프(1876-1924)는 교육과 문화를 균질화하고 국가주의화할 것을 제안했다. 그로부터 20년 뒤에도 남아 있던 세계주의의 자취를 찬양한 아우어바흐와 달리 괴칼프는 세계주의 문화는 국가적 잠재력에 장애가 된다고 생각했다.[17] 그래서 이 급진 국가주의자는 "종교 공동체의 몰락"과 "국가적 영혼의 형성" 사이에 다리를 놓기 위해 르네상스의 인문주의와 세속주의가 필수적이라고 주장했다.[18] 괴칼프는 르네상스를 고대 그리스·로마의 원전으로 돌아가는 것으로 정의하고, 그렇게 중세의 종교적 신조를 떨쳐버리면 세속적 문화가 등장하고 '국가주의화(millileşme)' 과정이 촉진된다고 지적했다.[19]

괴칼프는 전문적으로 아랍, 페르시아, 유럽, 오스만의 책을 파는 전통적인 이스탄불의 서점들을 비판했는데, 바로 이런 서점이 그가 경멸하는 모종의 세계주의와 연관되어 있다고 보았기 때문이다. 괴칼프는 또 종교계 학교, 외국계 학교, 탄지마트계 학교(19세기 오스만 개혁 조처의 산물)로 나뉜 오스만 교육체제도 활기찬 세계주의 문화라기보다는 국가적 결함이라고 보았다. 이 사회학자는 탄지마트 학교에 특히 비판적이었는데, 유럽 교육법을 어설프게 전유하고 모방하기 때문이었다. 오스만 최고의 대학교인 다륄퓌눈에 최초로 만들어진 사회학부 학부장을 맡은 지 불과 수 년 뒤인 1916년에 괴칼프는 어설퍼 보이던 과거 수십 년간의 유럽화 조처를 극복하고자 교육체제의 통일을 제안했다.[20] 괴칼프가 새로운 터키를 전망하면서 조명한 여러 가지 본질적 문제를 보면 공화국 수립 이후 도입될 개혁이 어떤 것인지 내다볼 수 있다. 첫째, 괴칼프는 전통을 퇴행적인 것으로 판단하고 현대성을 발전과 동등하게 보는 특정한 시간성 관념을 받아들였다. 둘째, 이 시간성 관념을 바탕으로 서유럽을 앞선 것으로 또 오스만 제국을 뒤처진 것으로 보는 지리문화적 해석을 전개했다. 셋째, 엄격한 국가주의화 과정을 통해 새로운 사회가 서서히 생겨나게 되어 있었다.[21] 넷째, 특정 종교의 믿음과 행위는 국가 발전에 해롭다고 생각하는 한편, 세속주의는 반드시 현대성을 가져온다고 보았다. 그리고 현대화를 위해 민족적·문화적 기원을 정화할 필요가 있었다. 끝으로 문화적 미메시스를 통해 오스만 제국은 반드시 새로운 터키로 탈바꿈하게 되어 있었다. 그러나 이 탈바꿈은 잠재적으로 불확실하며, 그래서 괴칼프는 "단순한 모방처럼 보이는 것은 모두 거부"하여 "사회진화가 정상 경로를 따라갈 수 있게 해야 한다"고 경고했다.[22]

오스만 말기의 사람들과 터키 초기의 대다수 공화주의자에게 가장 신경 쓰인 부분은 이처럼 의식적 전유와 무분별한 모방 사이의 미묘한 균형을 어떻게 잡을 것인가 하는 문제였다. 괴칼프는 유럽의 국가 건설 과정에서 문학이 차지했던 중요성을 인식하고 있었으므로, 새로운 터키 의식이 등장하는 과정에서 문학이 할 수 있는 역할에 대해서도 생각했다.[23] 그는 독일의 국가적 각성이 터키처럼 뒤늦었기 때문에 터키 문학은 독일 모델을 따를 필요가 있다고 제안했다. 괴칼프는 독일은 처음에는 프랑스 모델을 모방하는 단계를 거쳤지만, 나중에는 "프랑스적인 것"을 줄일수록 독일 문학이 독일다움을 더 많이 품을 수 있음을 깨달았다고 보았다.[24] 그 결과 독일인은 자신의 '국가적 취향(milli zevk)'과 양식을 찾기 위해 프랑스적인 것을 전부 버려야 했다.[25] 이런 논리에 따라 괴칼프는 페르시아나 프랑스에서 빌려온 모든 것을 터키의 언어와 문학으로부터 도려낼 것을 제안했다. 그렇게 한 뒤라야 터키인에게 본래부터 자신의 것인 부분만 남게 되리라 생각했다.[26]

터키가 국가의식 발달을 가늠할 때 독일을 기준으로 삼은 데는 정치적 이유가 있었다. 프랑스와 오스트리아-헝가리 제국과 경쟁하던 독일은 20세기 초에 중동에서 상업관계를 확장하려는 생각으로 오스만의 교육정책에 영향을 주고자 했다.[27] 베를린 외무부에 정보를 제공했던 동방학자 에른스트 예크흐는 1911년에 오스만의 교육기관과 자선사업체가 독일이 상업적 영향력을 확보할 수 있는 가장 중요한 경로에 해당한다고 썼다.[28] 그 몇 년 뒤 독일 학자들이 이스탄불로 파견돼 20개 정도 되는 새 연구소를 맡았는데, 그중 하나가 단명했던 독일어문학연구소였다.[29] 제1차 세계대전 동안 이 사업의 하나로 독일어가 오스만 제국의 주요 외국어가 될 만하다는 확신을 심어주고자 했다. 현지의 독일인 주재원들도 오스만 최고의 대학교에서 독일의 연구방법을 사용하게 하려고 노력했다. 교육학 교수이자 나중에 다륄퓌눈의 총장(재임 1923-1933)이 된 이스마일 학크 발타즈올루는 고등교육기관에 침투하고 있는 것처럼 보이는 "새로운 외국 세력"을 비판했다. 독일에서 파견된 학자들이 너무 많은 것을 너무 빨리 이루려 한다고 본 그는 다륄퓌눈이 끊임없이 "심연 속으로" 빠져들고 있다고 생각했다. 다륄퓌눈을 위한 항구적인 해결책을 찾기보다 "독일적으로 남고, 독일적으로 보이고, 독일어로 연구하는 데" 너무 많은 노력을 기울였다는 게 그의 생각이었다.[30] 실제로 독일 외무부 자체가 오스만이 "터키의 이집트화"에 불안해하고 있다고 보고했다. 이는 프랑스인과 영국인이 이집트를 장악한 것과 똑같은 방식으로 독일인이 오스만 제국을 장악할지 모른다는 불안감이었다.[31] 이런 불안감이 다륄퓌눈을 개혁하려는 계획을 가로막았다. 실제로 1916-1917학년도 오스만 교수진은 대학교가 "지나치게 독일화"될 위험을 안고 있다고 경고했다.[32] 이런 우려가 있는 상황에서 강의와 연구 매체를 통해 독일어를 사용하도록 하겠다는 계획은 실현 가능성이 낮아 보였다.

터키 국가주의를 설계한 지야 괴칼프에게 독일인은 대학교의 미래를 위해 결정적으로 중요했지만, 발타즈올루와 마찬가지로 그는 단순한 성과나 모방에는 관심이 없었다. 괴칼프의 목표는 독일 문화 자체를 받아들이는 것이 아니라 나름의 국가의식과 양식을 만드는 과정에서 독일을 본보기로 삼는 것이었다. 이 계획은 제1차 세계대전 말 오스만 제국이 점령당하고 독일-오스만 관계가 유보되면서 차질을 겪었다. 그러나 1923년에 터키 공화국이 수립되면서 독일에 대한 관심이 되살아났다. 앞으로 살펴보겠지만, 새로운 공화정 시기에 터키 문화를 재발명하기 위해 독일의 인문주의와 문헌학을 가져왔다. 괴칼프는 교육 상황에 대해 비판적인 선언을 내놓았다. 큰 반향을 일으킨 에세이 「서구 문명을 향하여」(1923)에서 그는 이렇게 말했다. "우리나라의 한 부분은 고대에서 살고 있고, 또 한 부분은 중세에서 살고 있으며, 다른 한 부분은 현대에서 살고 있다." 계속해서 그는 물었다. "이 삼중의 교육을 통일하지 않고 우리가 어떻게 진정한 국가가 될 수 있는가?"[33] 그의 이 질문에는 뒤이은 개혁에서 무엇이 촉매로 작용했는지를 볼 때 결정적으로 중요한 혜안이 들어 있다.[34] 괴칼프는 말하자면 졸음에 빠진 국가 공동체를 현대라는 시대에서 깨어나게 하려 했다고 말할 수도 있을 것이다. 이것은 19세기 동안 유럽의 국가주의자들이 기울였던 노력과 다르지 않은데, 베네딕트 앤더슨은 『상상된 공동체』에서 이를 분석한다.[35] 국가를 깨우기 위해 괴칼프는 통일된 현대 교육의 잠재적 가능성을 명시했다. 교육을 통일하면 국가가 하나의 단일체로 인식되는 동시에 서방과의 동시성을 느끼게 될 거라고 했다. 그렇게 함으로써 터키는 서유럽과 어느 정도 동등한 위치에 도달할 수 있다는 것이었다.

공화국의 첫 10년간 개혁자들은 터키 국민을 통합하고 서방 이웃과의 친근감을 촉진하려 했다. 나라의 민족적·종교적 다양성을 희생하면서 실행한 개혁임은 말할 필요도 없다. 1926년에는 이슬람력을 서양력으로 바꿈으로써 시간 틀이 오스만에서 유럽으로 더욱 옮겨갔고, 이로써 다른 곳에서 벌어지는 사건들과 연결돼 있다는 느낌이 조장됐다.[36] 두 해 뒤에는 문자체계를 라틴 문자를 바꾸었고, 1930년에는 교육체제를 철저히 정비했다. 이 과정에서 정부는 해외의 교육 개혁자를 다수 초청했는데 1924년에 초청된 존 듀이가 그런 경우였다. 영향력이 큰 이 미국의 철학자 겸 심리학자는 교육을 사회 발전을 촉진하는 근본수단으로 보고 "인문과학과 자연과학"의 상호의존을 강조했다.[37] 그렇지만 터키의 교육개혁을 위한 듀이의 제안은 개혁자들의 기대에 못 미쳤다.[38] 대안을 찾던 터키 정부는 1932년에 결국 스위스 교육자 알베르트 말헤를 임용했다.

교육개혁의 주요 대상은 바로 다뤌퓌눈이었는데, 이 고등교육기관은 1863년에 설립된 바로 그때부터 종교 세력과 계몽 세력이 맞서온 각축장이었다.[39] 오스만 시대에 다뤌퓌눈은 이미 여러 번 쇄신을 거쳤고, 독일제국에서 온 학자들과 협력한 적도 있었다. 이런 변화를 거쳤음에도 다뤌퓌눈은 공화국 시대에 들어와 혹독한 비판을 받았다. 터키의 교육부 장관 레시트 갈리프는 경제학, 법, 언어, 역사학에 관한 정부의 새로운 조처에 뒤늦게 반응했다며 이 대학교를 비판했다. 갈리프는 다뤌퓌눈도 개혁의 진행과 보조를 맞추라고 요구했다.[40] 말헤는 갈리프의 노선에 따라 모든 대학생이 세 가지 주요 서유럽 언어 중 하나를 습득할 것을 제안했다. 라틴 표기를 채택한 뒤로 터키에서 출판된 학술서적은 거의 없었던 터라, 말헤는 세계의 학문과 어깨를 견주려면 학생들이 프랑스어나 독일어, 영어를 공부해야 한다고 주장했다.[41] 터키의 개혁자들은 이 스위스인 자문의 제안에 동의하면서 아랍어, 페르시아어, 오스만어보다는 서방 언어를 공부하는 데 우선순위를 두었다.

이렇게 하여 1933년은 터키에서 현대적 3차 교육의 원년 같은 성격을 띠게 되었다.[42] 교육부 장관은 터키인 교수진의 3분의 2를 해고하고 유럽인 교수와 유럽에서 공부한 터키인을 임용하기 위해 다륄퓌눈의 자율권을 줄이고 이 학교를 이스탄불대학교로 다시 설립하기로 결정했다.[43] 처음에 말헤는 하나의 유럽 국가가 문화적·정치적 주도권을 쥐는 일이 없도록 여러 나라에서 온 유럽인 학자를 임용할 것을 제안했다.[44] 그렇지만 우연하게도 1930년대 교육체제 개혁 사업은 국가사회주의자들이 권력을 쥔 때와 일치했고, 따라서 유대계 독일인과 반파시스트 학자들이 독일의 대학교에서 축출된 시기와도 일치했다. 터키 정부는 나치 독일로부터 학자들이 해고된 것이 터키에게 유리하게 작용할 수 있겠다는 것을 금세 깨달은 것으로 보인다. 이렇게 하여 터키-독일 간 지적 교류의 문이 다시 열렸다. 다만 정치적 상황은 달라졌다. 알베르트 말헤와 자연과학자 필립 슈바르츠는 독일에서 유럽으로 이주하는 학자들을 돕는 기구를 설립했다. 이 재외독일인학자원조기구는 40명이 넘는 독일인 망명객의 명단을 제시했고 이들은 곧바로 이스탄불대학교에 임용되었다. 그 외 다른 수많은 망명객이 전국 각지의 대학교나 국립 연구기관, 박물관에 임용되었다. 이런 사람들 중에서 앞서 언급한 사람 말고 비교적 유명한 사람으로는 에른스트 로이터, 프리츠 노이마르크, 브루노 타우트, 카를 에베르트, 에두아르트 추크마이어 같은 작곡가, 건축가, 학자가 있었다. 이 기구를 통해서만 800명이 넘는 독일인 전문가와 그 가족이 터키의 구원을 받은 것으로 추정된다.[45]

이런 독일인 망명객들은 지적·정치적 자율성을 지키고자 한 터키에게 위협이 되지 않았다. 이들이 인종적·정치적 이유로 독일의 대학교에서 축출되었다는 사실은 이 사람들이 위태로울 정도는 아니더라도 취약한 위치에 있다는 뜻이었다. 이 사실만으로도 독일인이 터키 교육체제를 장악할 가능성은 거의 없었다. 짐작할 수 있겠지만 이런 망명객들은 국가사회주의에 격렬하게 반대한다는 점을 생각할 때, 터키의 개혁자들은 유럽 국가 중 한 곳으로부터 그렇게나 많은 학자를 집중적으로 임용하는 데 대해 말헤만큼 우려하지는 않았다.

유럽의 언론도 터키의 개혁을 보도하면서 터키에서 어떤 나라의 영향이 우세할까 하는 질문에 관심을 가졌다. 예컨대 스위스의 저널리스트이자 여행 작가 안네마리 슈바르첸바흐는 터키에서 말헤가 하고 있던 활동에 특별한 관심을 나타냈다. 그녀는 1933년 『노이에 취르허 차이퉁』지에 말헤가 새로운 터키의 엘리트를 교육하게 될 대학교를 만드는 일로 터키인들을 돕고 있다고 보도했다.[46] 그녀는 말헤가 상당수의 독일인 학자를 터키의 여러 대학교에 아무 어려움 없이 보낼 수 있었다는 점을 지적하면서 프랑스의 영향력이 떨어진 것으로 보았다. 슈바르첸바흐는 이어 독일인 학자의 영향력이 점점 커지고 있지만, 터키는 대학교에서 어떤 명확한 국가적 이익보다 과학에 봉사하는 일에 헌신하고 있다고 주장한다는 보도를 내놓았다.[47] 실제로 예전의 경험으로 보면 터키 교육체제 안에서 독일인 학자들이 주도적 역할을 하도록 두면 그만한 대가가 뒤따랐다. 예컨대 터키 정치가들은 바이마르 공화국 시기에는 양측의 문화적·상업적 이해관계가 터키 고등교육의 현대화를 통해 오고갔음을 상기했다.[48] 당시 독일과 오스만 제국이 협력하면서 독일인이 지배권을 어디까지 장악할 것인가 하는 데 대한 우려가 일었다. 그렇지만 이번에는 독일인 학자의 임용에 독일 교육부가 관여하고 있지 않았고, 1933년 이후의 새로운

정세는 서구화된, 그러나 독자적 교육체제를 유지한다는 터키의 이해에 부합하는 것으로 보였다.[49]

1933년에 양측—터키 정부와 망명객 학자 대표자들—모두 지식인의 터키 이주에 특별한 의미를 부여했다. 재외독일인학자원조기구의 대표자 필립 슈바르츠는 터키인의 재탄생이라는 아타튀르크의 희망이 이제 "역사의 기괴한 탈선"으로 인해 실현될 수 있게 됐다고 썼다. 슈바르츠는 학자들이 자신의 세계가 파괴되는 것을 목격했지만, 터키에서 맡은 사명 덕분에 궁극적으로 세상의 인정을 받을 것이라고 확신했다.[50] 교육부 장관 레시트 갈리프는 유럽에서 온 지식인 망명객들을 다른 관점에서 해석하여, 이들이 도착한 것을 1453년 콘스탄티노폴리스가 오스만에게 항복했을 때 비잔티움 학자들이 피난을 가버린 일에 대한 보상으로 생각했다.[51] 그는 콘스탄티노폴리스의 정복과 비잔티움 학자들의 망명이 이탈리아 르네상스를 위한 중요한 동력이 됐음을 강조했다. 그의 바람은 이제 유럽의 학자들이 '귀환'함으로써 비슷한 일이 현대 터키에서 실현되는 것이었다.[52] 이것은 그로서는 공상이 아닐 수 없는 논리였다. 그럼에도 불구하고 유럽에서 인문주의 학문이 국가사회주의자의 기관에 의해 파괴되고 있고 가장 존경받는 수많은 학자들이 그곳을 탈출하던 그때, 갈리프는 유럽 문화가 터키 안에서 다시 태어날 가능성을 반갑게 받아들였다. 아랍 문자에서 라틴 문자로 전환하고 다륄퓌눈의 간판을 내림으로써 터키는 스스로 오스만의 유산으로부터 떨어져나와 새로운 시작을 위한 무대를 마련할 수 있었다. 갈리프는 유럽의 학자들을 임용함으로써 유럽 유산이 그 탄생지로 돌아올 수 있기를 바랐다. 한때 고전 학문이 저버렸던 바로 그 도시에서 고전 학문이 다시 태어난다는 논리였다.

터키의 수많은 개혁자들은 르네상스 모델을 가져오고 인문주의를 터키 교육체제에 통합함으로써 오스만 제국에서 벗어나 서구화한 세속적 터키로 옮겨가리라 기대했다. 개혁자들은 터키에서 인문주의를 정확히 어떻게 세울지를 두고 의견이 엇갈렸지만, 서방 고전 학문을 바탕으로 교육체제를 세움으로써 터키 문화를 새로이 구상하는 운동이 곧 터키 인문주의라고 정의한다는 점에서는 생각이 일치했다. 예컨대 앞서 언급한 국가주의자 지야 괴칼프는 인문주의에 완전히 매료되지는 않았지만, 그것을 터키 국가의식을 고취하는 유용한 수단으로 보고 문학과 미술에서도 비슷한 운동이 벌어지면 좋겠다고 생각했다.[53]

누룰라흐 아타츠를 비롯해 공화국 시대 초기의 다른 지식인들은 국가주의, 인문주의, 유럽화 사이의 관계에 좀더 복잡한 의문을 제기했다. 아타츠는 학생에게 현대의 서방 언어를 가르친다면 터키 사회를 피상적으로만 변화시켜 서방 세계를 향한 동경만 생겨날 뿐이라고 생각했다.[54] 그는 서방을 '닮는' 것이 아니라 서방을 '나타낼' 수 있을 만큼 사회가 변화하려면 어린 나이에 라틴어와 그리스어 교육을 시작해야 한다고 결론내렸다.[55] 이와 비슷하게 14세기와 16세기의 페르시아와 오스만의 주요 시인이었던 하피즈와 퓌줄리의 시는 셰익스피어를 경유해 접근할 필요가 있다고 보았다.[56] 아타츠 같은 일부 인문주의자들이 오스만 문학의 가치를 보존하려 한 반면, 서구화 시기의 일반적 경향은 오스만 문화를 철저히 낡은 것으로 간주하는 것이었다.

새로운 터키를 오스만의 유산으로부터 분리하는 동시에 유럽과의 친화를 도모하다보니 신생 국가의 국민 내부에 긴장이 빚어졌다. 샘 캐플런이 보여준 대로 세속화는 무슬림 성직자 반대 운동에서 정점에 다다랐는데 무슬림 성직자들은 "서민층"이 문맹과 낙후된 생활과 미신에서 헤어나지 못하는 원인으로 지목되어 비난받았다. 캐플런이 자세히 보여준 것처럼 케말주의자와 공화국 정치가와 정책 입안자는 수백 곳의 신학교를 폐쇄하고 교육기관과 문화기관에서 무슬림 성직자를 내보냈다. 이런 세속화 조처는 "내세적인 정치 목표가 붕괴되고 종교 권위의 절대성을 거부하는 결과를 낳았다."[57] 고대 유럽의 지적 유산과 동일시하고 지식을 세속화하는 조처가 현대화의 발걸음에서 필요하다고 보았지만, 비판을 불러일으키리라는 것은 예상할 수 있는 일이었다.[58] 개혁을 이끌고 있는 사람들은 낡은 교육체제를 뛰어넘어 자신을 "알고, 더 나아가 발견하기" 위해 필요한 도구를 터키인에게 제공하는 데 세속적 인문주의 학문이 도움이 될 거라고 믿었다.[59]

고전 학문을 바탕으로 하는 터키의 미래를 상상한 사람은 터키의 개혁자들만이 아니었다. 1932년 보고서에서 말헤 자신이 "진정한 문학문화"를 위한 바탕으로서 인문주의 학문, 문헌학, 그리고 비교를 활용하는 연구방법을 추천한 바 있었다.[60] 말헤는 프랑스 문학, 일반 언어학, 비교문학 교과과정 교수가 포함된, 그러면서 관념사를 강조하는 어문학 학부를 구상했다. 얼마 지나지 않아 이 계획을 실현하면서 서양어문학부를 맡을 이상적인 학자를 발견했다. 반유대주의 탓에 쾰른대학교에서 쫓겨난 오스트리아의 로망스 언어학자 레오 스피처라면 이스탄불의 새 학부를 바람직한 방향으로 이끌어갈 것으로 보였다. 보고서에서 말헤는 "지식인을 다듬는" 일에서 인문학이 차지하는 의미를 강조하면서, 대학교측에게 문헌학 분야를 확립할 능력 있는 언어학자를 임용하도록 권했다.[61] 이스탄불대학교는 스피처를 임용하면서 언어학과 문학에서 관념사에 이르기까지 폭넓은 관심사를 지닌 진정한 문헌학자를 확보했다. 스피처는 이스탄불에 머문 시간은 짧았지만, 언어학과 문학 연구에 비교를 이용하는 연구방법을 진정으로 도입한 학자였다.

이스탄불대학교에서 3년을 지낸 뒤 스피처는 존스홉킨스대학교의 제안을 받아들이기로 결정했다. 알다시피 이때 스피처가 자신의 후임을 맡으라고 제안하면서 아우어바흐에게는 독일을 떠날 수 있는 중요한 기회가 생겼다. 이는 스피처나 아우어바흐 같은 학자의 임용이 단순한 우연이 아니었다는 것을 말해준다. 이들은 말헤나 갈리프가 터키에서 문헌학을 확립하는 일을 맡기려고 염두에 둔 바로 그런 부류의 학자들이었다. 아우어바흐가 이스탄불대학교의 교수직을 제안받은 것은 그가 독일에서 추방된 것이 터키의 정치적 자율성에 유리하다고 당국이 확신하고 있었기 때문이다. 서구화가 진행되는 동안 터키 정부는 자신의 나라를 정치적으로 서유럽에 의존하도록 만들고 싶은 생각은 추호도 없었다. 스피처와 뤼스토브, 라이헨바흐는 학장에게 제출한 보고서에서 이처럼 서구 문화로부터 분리된 아우어바흐의 비판적인 관점을 부각시켰고, 한편 대학교 행정부는 그가 나치 노선을 따를 가능성이 낮다는 바로 그 이유 때문에 아우어바흐에게 유리한 평가를 내렸다.[62] 노골적으로 말해, 아우어바흐가 유대인이라는 이유로 추방되었다는 사실이 터키의 문화·교육 정책에 유리하게 작용한 것이다. 아우어바흐라면 고전 시대부터 현대에 이르기까지 서유럽 문학을 가르칠 수 있었고 터키의 문화적 자율성도 보존할 수 있었다.

1936-1937학년도 시무식 연설에서 아우어바흐는 이스탄불대학교 총장 제밀 빌셀로부터 공식적인 환영을 받았으며, 무척 존경받는 스피처와 마찬가지로 거물 학자라는 말로 학자 공동체에 소개되었다. 자신이 이 나라에 임용된 것이 띠는 더 큰 의미를 아우어바흐가 이때 전부 깨닫고 있지는 못했을지 몰라도, 대학교 총장이 단상에 나선 순간 알게 됐을 것이다. 총장은 터키 국민에 대한 이스탄불대학교의 책무를 강조하는 것으로

연설을 시작했다. 빌센은 터키어로 연설했지만, 조교나 학생이 아우어바흐를 비롯한 망명객 학자들에게 그것을 프랑스어로 통역해주었을 게 분명하다. 어쨌든 프랑스어는 1930년대 터키 학계에서 여전히 사실상의 공용어였다. 빌센은 이 대학교의 역할이 터키의 현대화 과정에서 중심적이며 터키 국가를 건설하는 무거운 책임이 개개의 지식인에게 맡겨져 있다고 역설했다. 계속해서 그는 다양한 학문 분야를 공부하는 4,500명의 학생에게 프랑스어, 독일어, 영어로 강의해야 하는 서양어문학부가 짊어진 어려운 직무를 강조했다. 그는 서방 언어에 통달하는 것이 현대적 3차 교육의 핵심 요소이자 나라의 이익을 증진시키는 미래 지식인을 양성하는 길을 터줄 거라고 강조했다.[63]

아우어바흐는 정말 제대로 등판했다. 유럽 지식의 매개자로서 스피처나 아우어바흐 같은 지식인은 터키에서 인문주의 학문을 위한 청사진이 되었다고 말할 수 있다. 그 과정에서 이들은 서로 소통을 이루어 인문주의 학문을 인문학의 세속화에 잘 맞게 만들었다. 우선 여기에는 학문의 유럽화를 촉진하도록 학문 방식을 바꾸는 작업이 따랐다. 이는 구체적으로, 고전 및 서유럽의 언어와 문학 교육을 도입, 적용하는 것과 번역방식에 대해 비판적으로 생각하는 것을 의미했다. 또한 새로운 교육방법, 학술적 글쓰기 문체, 분석 도구, 학술도서관, 그리고 여타의 학문적 방법을 도입한다는 뜻이기도 했다.[64] 이런 문화적 전유와 적용 과정을 평가하는 방식으로 유용한 것은 중국의 현대성에 관한 리디아 류의 연구인데, 같은 시기 중국의 문학과 문학비평에서 가장 중요한 관심사가 무엇이었는지 보여주고 있다. 문학행위를 국가 건설의 매개자로 보는 리디아 류의 혜안은 우리가 1930년대와 1940년대 터키에서 문헌학부가 맡았던 역할을 알아보는 데도 도움을 준다. 류의 접근법은 전 세계에 걸쳐 국가 정체성 형

성에서 번역된 지식, 정전의 형성, 문학비평, 인문학이 얼마나 중요했는지를 가늠할 수 있게 해준다.[65]

터키 교육부는 현대적 교육의 시작을 위해 그 외 여러 가지 사업을 실행했다. 그런 사업 중 하나가 1936년에 앙카라대학교에 언어역사지리학부(Ankara Dil ve Tarih-Coğrafya Fakültesi)를 개설한 것으로, 이 학부가 맡은 일은 학생에게 현대 언어뿐 아니라 수메르어, 히타이트어, 고대 그리스어 같은 고대 언어까지 두루 가르치는 것이었다. 이 학부는 이렇게 터키와 고대 세계의 관계를 조사하는 주축의 하나로서 만들어졌다.[66] 또 건축적으로도 이 학부의 본관 건물은 현대성과 부흥의 상징 역할을 하도록 되어 있었다. 일찍이 나치를 피해 탈출한 브루노 타우트는 1936년에 고용되어 교육부의 건축국 국장을 맡고 있었는데, 그는 이 건물을 "새로운 터키 문화의 중심"으로 이해하고 그 설계도를 그렸다.[67]

역사적 유산

터키를 유럽의 모습대로 재창조하는 데는 나름의 모순도 있었다. 아마도 가장 눈에 띄는 모순은 1930년대의 헬레니즘 애호적 인문주의 확산과 1924년에 있었던 그리스-터키 간 강제 인구 교환일 것이다. 터키 정부가 새로운 터키 문화의 뿌리를 고대 그리스 문화에 두려던 때에 그리스인 정교회 신자들은 강제로 터키를 떠날 수밖에 없었다는 것은 모순적인 일처럼 보인다.[68] 인문주의 사업은 고대 그리스가 유럽에 미친 영향을 강조하고 있었던 만큼 당시 터키에 널리 퍼져 있던 반그리스적 감정과는 확실히 양립하기가 어려웠다.[69] 그렇지만 터키 인문주의 개혁자들이 원한 것은 현대가 아닌 고대 그리스였다. 고대 그리스, 비잔티움 제국, 그리고 현대 터키는 지리적으로 겹치기에 19세기 말과 20세기 초의 고고학

발견을 통해 서로가 연관돼 있다는 감각이 강화되었다. 수많은 터키 인문주의자들은 터키가 히타이트를 포함한 고대 아나톨리아의 문화와 민족적·인종적 관계가 있다는 주장을 지지하기까지 했다. 이로써 이들은 터키 인문주의를 "우리 것 되찾기"라는 말로 정당화할 수 있게 되었다.[70] 터키인의 역사와 아나톨리아 역사 간의 모순을 극복하기 위해 무스타파 케말 아타튀르크도 이른바 '조국의 역사(yurt tarihi)'라는 용어를 만들어냈다.[71] 이것이 아나톨리아는 "옛날부터 터키였다"라는 해석을 낳게 된 경위이다.[72]

1930년대와 1940년대에 학생들이 고대 유럽의 역사가 그들 자신의 역사의 일부라는 의식을 갖게 된 것은 이런 분위기에서였다. 이스탄불에서 아우어바흐의 가장 뛰어난 학생이자 조교였던 귀진 디노는 망명객 교수들이 학생들에게 콘스탄티노폴리스와 비잔티움 제국의 역사를 소개하던 때를 기억한다.[73] 앞에서 본 대로 아우어바흐 자신은 이스탄불을 "근본적으로 헬레니즘적"이라 생각했고 또 에게해의 도시 부르사에서 "굉장히 비시니아적인 브루사"를 보았다. 또 부르사의 위치와 특징에서는 "이슬람의 페루자"라는 이미지가 떠올랐다.[74]

이와 대조적으로, 당시 많은 터키인 학자에게 아나톨리아의 역사는 터키의 서구화를 촉진하기 위해 이용된 역사유산 이상의 의미를 띠게 되었다. 이 책 3장에서 나는 아타튀르크가 현대 터키의 역사를 아나톨리아의 과거에 갖다붙이려 애쓴 결과 튀르크족의 기원을 인도유럽족과 연결하는 무척이나 의문스러운 역사적 설명이 나왔다는 것을 보여줄 것이다. 전쟁이 끝난 뒤 알렉산더 뤼스토브의 아들 당크바르트는 근동에서 서구화의 효과를 짚어보면서 터키의 태양어이론 같은 '유사과학이론'을 비판했다. 당크바르트 뤼스토브는 이렇게 썼다. "이형발생적 변화를 정향발생적 변화로 해석하려는 이런 경향은 서구화 과정에 따르는 고통을 완화시키는 일련의 심리적 보상이 되었다. 그와 동시에 아타튀르크 때 이슬람 이전 시대 터키의 과거를 미화하거나 모함마드 레자 때 이란의 팔라비 왕조 시대를 미화하는 것은 흔한 낭만적 기법에 해당하는데, 먼 (그리고 신화적일 때도 많은) 과거에 대한 충성심을 높임으로써 직접적인 문화유산의 지배력을 끊고 그럼으로써 변화의 속도를 높이는 방법이다."[75] 독일인 망명객들이 터키에 있을 때 터키가 이념적으로 왜곡된 추측성 역사를 쓰는 것을 공개적으로 반대했는지는 명확히 나타나지 않는다. 그렇지만 개인적으로 주고받은 서신에서는 이런 관점이 퍼지고 있다는 사실에 확실히 반대했음을 볼 수 있다. 예컨대 이스탄불에 동방학연구소를 설립한 헬무트 리터는 터키 역사를 고쳐 쓰는 것에 반대하는 아래와 같은 편지를 썼다.[76]

터키인이 히타이트인의 자손이라고 결론짓지 않는 학문[방법론적 접근법]이 있어야 한다는 것을, 그리고 그런 결론에 반대하는 것이 비애국적이지 않다는 것을 이해하는 게 왜 불가능합니까? 신학은 국가학[국가주의]으로 변형되고 종교적 이단이 아니라 정치적 이단이 있습니다. 이것이 이전과 완전히 다른 부분입니다. 어떤 경우든 나아가는 방향이 정해져 있습니다. 더없이 깊은 종교적 결속과 더없이 큰 지적 자유가 하나의 국민 안에 공존할 수 있다는 사실, 현대적 국민이면서도 역사적 기념물을 보호하고 분파주의를 용납하면서도 농부들이 전통 의복을 유지하게 할 수 있다는 사실, 이런 어떤 사실도 동방인의 머릿속에서는 함께 가지 못합니다.[77]

리터는 터키에서 강경한 국가주의가 정점에 다다랐던 시기에 학문이

띤 성격에 대해 매우 솔직했다. 오스만의 문서를 보존하고 번역하고 해석하면서 수십 년을 보낸 이 동방학자가 볼 때 터키인의 뿌리에 관한 그런 근거 없는 주장은 도무지 이해가 가지 않았다. 아우어바흐도 이런 관점을 공유했다. 그는 학생들을 인문주의 전통에 따라 가르쳤지만, 터키가 자기 자신의 문화적·역사적 뿌리를 잘라냄으로써 자신을 재발명하려는 것에는 지지를 보내지 않았다. 이스탄불에 도착하고 얼마 뒤에 그는 이런 관점을 벤야민에게 보낸 어느 편지에 적었다.

> 한편으로는 유럽 민주주의 국가에 맞서 싸우고 다른 한편으로는 옛 무함마드의 범이슬람 술탄 정권에 맞서면서, 케말 아타튀르크는 자신이 실행한 변화를 모조리 강제로 밀어부쳐야 했습니다. 그 결과는 광신적일 정도로 반전통적인 국가주의입니다. 그래서 기존의 무함마드적 문화유산을 모두 거부하고, 터키의 원초적 정체성과 연결된 가공의 관계를 가정하며, 유럽적 의미의 과학기술적 현대화를 실행합니다. ……그 결과는 역사 오랜 국민성의 파괴를 동반하는 극단적 국가주의입니다.[78]

터키의 현대화 과정에 대한 우려는 아우어바흐가 보낸 또다른 편지에서도 드러난다. 1938년 마르부르크대학교에서 예전에 조교로 일한 프레야 폰 호봄에게 쓴 편지에서 아우어바흐는 터키가 자신의 문화 전통을 부정적으로 보는 것이 "우리 같은 사람들에게는 슬프고," 나아가 독일에서 벌어지고 있는 일과 비교해볼 때 "섬뜩하다"고까지 말했다.[79] 물론 아우어바흐는 터키 공화국이 현대화를 위해 오스만의 문화 전통을 말살할 필요가 있다고 보았을 이유를 이해하고 있었다. 그럼에도 불구하고 그는 터키가 자국의 오스만 유산과 문화를 거부하는 데 대해 줄곧 비판적이었다. 그는 "가장 긴급한 현대화 조처"가 일단 완료된 뒤 이 변화에 반대하는 "반응이 점진적으로" 나오지 않을까 생각했다.[80] 이스탄불에서 머무르는 동안 아우어바흐는 터키 학생들이 라틴어, 그리스어, 서유럽 언어를 교육받으면서도 오스만어, 아랍어, 페르시아어 글은 연구하지 않아도 되게 바뀌는 것을 보았다. 나중에 쓴 에세이 「세계문학의 문헌학」(1952)에서 그는 이런 정치적 결정이 역사의식을 잃고 문화가 규격화되는 한 가지 원인이 되었다고 썼다.[81] 터키가 아랍어를 버리고 로마 문자를 택하고, 또 아랍어나 페르시아어 낱말을 터키어 낱말로 바꿈으로써 터키어를 '정화'하게 돕는 터키어연구소를 설립한 것도 문화의 규격화에 일조했다. 이런 형태의 언어정책은 당시 파시즘 국가에서 전형적으로 볼 수 있었다. 이탈리아에서는 무솔리니가 이중언어를 쓰는 지역에서 프랑스어 사용을 억제하고 프랑스어 발음이 나는 지명을 이탈리아어 발음의 지명으로 바꾸었다. 프랑코 치하의 스페인에서, 그리고 아우어바흐가 아주 잘 알고 있듯이 히틀러 치하의 독일에서도 언어 '정화'라는 수단을 쓴 적이 있었다.[82] 이에 비추어볼 때 아래 편지에서 보듯 터키의 개혁정책에 대한 아우어바흐의 입장은 어쩌면 당연한 것이다.

> 두말할 나위 없이 모든 게 나쁘게 현대화되고 야만화되고 있는데 갈수록 더 그렇다네. 정부는 전체적으로 정말 영리하고 유능하지만 현대화 과정을 가속하는 것 말고는 달리 할 수 있는 일이 없네. 정부는 일하는 데 익숙하지 않은 빈곤해진 나라를 정비해, 살고 스스로 지킬 수 있도록 현대적이고 실질적인 방법을 가르쳐야 한다네. 다른 모든 곳과 마찬가지로 이것은 살아 있는 전통을 파괴하는 순수주의적 국가주의라는 이름으로 벌어지는데, 그 바탕에는 완전히 가공의 원초적 상상과 현대 합리주의 사상이 깔

려 있네. 신앙심은 반대의 대상이 되며, 이슬람 문화는 아랍의 침투로 간주되네. 이들은 현대적인 동시에 순수하게 터키적으로 보이고 싶어하는데, 옛 철자법과 아랍어에서 빌려온 것들을 없애버리고, 대신 일부 유럽 언어를 전유한 "터키식" 신조어를 사용함으로써 언어가 완전히 파괴되는 지경에 이르렀다네. 젊은이 중 옛 문헌을 읽을 수 있는 사람은 이제 없네. 그리고 극도로 위험한 지적 무방향성이 지배하고 있네.[83]

이처럼 철저한 변화가 1938년에 아우어바흐의 분노를 샀지만 터키 내에서도 불안감의 원인이 되었다. 일부 개혁자는 단순한 모방이 일종의 위선을 낳을 것이라고 보고 그 위험에 대해 경고했다. 이들은 터키인이 유럽인을 모방만 할 게 아니라 실제로 유럽인이 되는 쪽이 오히려 낫다고 생각한 것으로 보인다. 이런 식으로 유럽 문화를 겉모습만 가져오는데 대한 불안감이 만연해 있었다. 예컨대 인문주의자 누룰라흐 아타츠는 이 문제를 문헌학적으로 접근하여 터키어 동사 '타클리트 에트메크(taklit etmek)'의 용법 변화를 연구했다. 그는 과거에는 이 동사에 서로 다른 두 가지 의미가 있었다고 주장했다. 여격과 함께 쓰이면 '모방하다'라는 뜻이 되고 대격과 함께 쓰이면 '놀리다'라는 뜻이었다. 그는 유럽화 개혁 과정에서 '타클리트 에트메크'가 대격과 함께 쓰이지 않게 됐을 뿐만 아니라 "놀리다"라는 의미를 상실했음을 지적했다.[84] 아타츠의 문헌학적 설명은 터키 공화국이 건국된 뒤 유럽을 모방하는 것이 창피한 놀림감이 아니게 되었다는 암시를 주고 있다.

아타츠는 그의 시대에 가장 영향력이 큰 비평가에 속했다. 그는 유수의 신문과 저널에 글을 썼고, 그리스어, 라틴어, 프랑스어 문학작품을 50권 정도나 터키어로 옮겼다. 그는 또 1937년에 프랑스어를 가르치기 위해 서양어문학부에 임용되었을 때 아우어바흐의 동료가 되었다. 터키에서 인문주의 학문을 적용하자고 부르짖은 중요한 인물인 그는 터키 문화가 특이성을 잃어가고 있는 데 대한 국민의 불안을 알고 있었다. 그는 유럽의 동방학자들은 아랍어를 전공했음에도 불구하고 유럽 문화에 뿌리를 내리고 있다는 점을 지적하면서 터키인을 유럽학자로 교육하여 그리스어와 라틴어를 전문적으로 연구하게 할 수 있을 것이라고 제안했다. 이렇게 하면 터키 사회에서 유럽 문화와의 강한 일체감을 조장할 수 있을 것이라고 생각했다.[85]

아타츠, 젤랄렛딘 에지네, 오르한 부리안 같은 인문학자는 명확하게 터키적인 역사의식을 세우자는 의회의원이자 시인인 야흐야 케말의 요청에 응하여 인문주의를 국가주의 사업에 통합하기 위한 갖가지 방안을 구상했다.[86] 젤랄렛딘 에지네는 프랑스와 독일에서 인문주의 전통을 국가주의화한 것을 참고로, 나라가 고대 그리스·로마의 단순한 흉내가 되지 않으려면 인문주의를 자신의 문화로 보충할 필요가 있다고 주장했다.[87] 에지네는 이 문제를 해결하고자 여러 제안을 내놓았다. 첫째, 터키 문법과 문장구조 규칙을 확립하고, 둘째, 종합적인 터키어 사전과 터키 백과사전을 편찬하며, 셋째, 터키어 학술원과 구어 터키어 개선을 위한 음성학 실험 연구소를 설립하고, 넷째, 고전 오스만 시와 민속 문학을 새로운 문자체계로 발음 그대로 옮기며, 다섯째로, 세계의 고전을 터키어로 번역하는 것이었다.[88] 이런 방안의 많은 부분이 지식인들에게 긍정적으로 받아들여졌다. 예컨대 터키 문학 교수이자 의회의원인 아흐메트 함디 탄프나르는 이와 비슷하게 문학비평과 서양 문학 번역을 나라의 서구화를 위한 수단으로 삼자고 주장했다.[89]

아타튀르크가 죽고 1938년에 그의 뒤를 이어 제2대 대통령이 된 이스메트 이뇌뉘와 새 교육부 장관 하산 알리 위젤 모두 이 인문주의자들이 내놓은 방식의 번역 사업을 지원하기 위해 큰 노력을 기울였다. 위젤은 이렇게 일깨웠다. "집중적으로 번역이 이루어지는 시대를 거치지 않는 문화는 축복받지 못한 땅처럼 말라버려 황무지로 남을 거라고 생각한다."[90] 마침내 위젤은 1939년에 '인문주의 문화개혁'에 착수했고, 이로써 터키 문화사의 새로운 국면이 시작되었다. 이 개혁은 확대되어 국립예술원과 곳곳에 '마을학회(köy enstitüleri)'까지 설립하게 되었는데, 이 마을학회는 전통적 도심만이 아니라 아나톨리아 지방에서도 지식인 엘리트를 양성하기 위한 수단이었다.[91]

위젤이 장관직을 맡은 뒤 국립도서관과 번역국이 설립되었다. 번역국은 교육부에서 출간하는 서양 고전 수백 종의 번역 작업을 조정하고 감독했다. 소르본대학교 출신으로 1930년대 중반에 이스탄불에서 스피처, 아우어바흐와 함께 로망스어 과정을 가르친 사바핫틴 에위볼루가 이 번역국의 국장이 되었다. 번역국은 '세계문학번역' 총서를 출간하기 시작했다. 이 총서가 새로운 정부의 개혁에서 상징적 가치가 있었다는 것은 아타튀르크의 후임자 이름으로 된 총서 머리말에서 명확히 드러난다. 여기서 이뇌뉘는 "고대 그리스 이후로 각국에서 내놓은 걸작들"이 이제 터키의 국가문화 안에서 자리를 차지하게 됐음을 강조했다.[92] 같은 맥락에서 위젤은 터키의 문화적 전망에서 고대 그리스의 자리를 강조하며, 인문주의 정신은 가장 풍부한 지적 요소인 문학을 자기 것으로 만듦으로써만 배양할 수 있다고 했다. 또 세계문학은 독자가 지성을 회복하고 고양시킬 가능성을 열어줄 것이며, 뿐만 아니라 더없이 풍요로운 장서의 국립도서관과 활기찬 문학을 지닌 나라는 한층 더 높은 수준의 문명을 차지할 것이라고 주장했다.[93]

세계번역문학 총서에서 프랑스 문학은 다른 나라보다 우선순위가 더 높아 총서 중 3분의 1을 차지하게 되었다. 6분의 1은 독일 문학, 9분의 1은 러시아 문학, 12분의 1만 영문학이었다. 가장 많이 번역된 저자는 플라톤이었으며, 그다음은 몰리에르, 발자크, 셰익스피어, 도스토옙스키, 괴테, 톨스토이, 체호프 순이었다.[94] 번역국의 세계번역문학 총서는 『길가메시 서사시』나 중국의 문학과 철학 번역도 일부 포함하고 있지만, 프랑스와 독일에 치중하는 유럽 애호적 성향에서 구상된 것이 분명하다. 세계문학에서 가장 먼저 번역된 독일 작품은 괴테의 『파우스트』였으며, 이후 몇 년에 걸쳐 그의 작품이 거의 모두 번역되었다. 거기에는 세계문학의 의미에 대해 에커만이 괴테와 나눈 대화도 포함되어 있었다. 한편 가장 먼저 번역된 프랑스 작품은 몰리에르의 『인간 혐오자』였다. 유명한 인문주의자들이 그 외의 프랑스 작품을 번역했다. 이를테면 아타츠는 스탕달을, 야쿱 카드리 카라오스마놀루는 프루스트의 『잃어버린 시간을 찾아서』를, 번역국의 국장 사바핫틴 에위볼루는 알프레드 드 뮈세의 낭만주의 시를 터키어로 옮겼다.[95]

1940년에서 1950년 사이에 교육부는 676종의 문학작품을 번역, 출간했으며 그중 72종은 그리스 고전이었다(약 11퍼센트에 해당한다).[96] 아타츠와 젊은 인문주의자 아즈라 에르하트와 수아트 시나놀루는 소포클레스의 작품 여러 편을 번역했다. 위젤은 이런 그리스어 번역물을 터키 문화부흥에서 필수불가결한 것으로 보았다. 번역본에 붙인 머리말에서 교육부 장관은 그리스인에 대한 "편협한 생각"은 터키의 발전에 방해가 될 뿐이라며 명확히 거부했다. 그는 그러지 않으면 개혁은 결국 "비행기로 여행하는 시대에 소달구지 속도로 터벅터벅 걸어가게" 될 거라 경고했다.[97] 1941년 국립예술원 개원식에서 우리는 위젤이 다시 한번 당시로서는 실현 가능성이 낮아 보이는, 즉 서유럽의 문학과 음악이 터키의 문화 생활에 철저하게 통합될 가능성을 건드리는 것을 보게 된다. 위젤은 이렇게 선언했다. "저자가 우리나라 사람이 아니고 작곡가가 다른 나라 사람일 수도 있습니다. 그렇지만 그 말과 소리를 이해하고 거기에 생명을 불어넣는 것은 바로 우리 자신입니다. 이런 이유로 국립예술원이 공연하는 연극, 무대에 올리는 오페라는 우리 터키의 것이며 우리 국민의 것입니다."[98] 교육부 장관의 이런 선언은 하나의 문화를 터키의 것으로 만드는 것은 무엇이 진짜 문화인가 하는 관념보다는 최고의 공연을 내놓기 위해 몰입하는 자세라는 것을 의미한다. 여기서 우리는 서유럽 정전을 터키 문화의 현대화를 위한 촉매로 활용하는 동안 본질 추구와 그다지 관계가 없는 수단을 통해 국가 정체성을 구상하는 새로운 방식이 만들어졌다고 결론내릴 수 있다. 그렇지만 고대와 현대 그리스를 따로 구분하는 것을 모두가 그렇게 기꺼이 지지하지는 않았다.

극작가 젤랄렛딘 에지네는 전반적으로 개혁을 지지했지만 한편으로 터키 본래의 잠재력을 경시하지 않으려 주의를 기울였다. 그의 관심은 터키어가 인문주의의 한 가지 바탕이 되도록 키워내는 데 있었다. 그는 터키 인문주의가 궁극적으로 고전 오스만의 시, 터키 민속 문학, 서구 문학 중 어느 것을 따라갈지는 터키어의 어휘 확장을 위해 기울이는 노력에 달렸다고 보았다.[99] 다른 학자들은 인문주의의 의미를 언어나 문학, 문화 측면이 아니라 역사 측면에서 논했다. 영어 교수이자 셰익스피어 번역자인 오르한 부리안은 인문주의가 터키에서 받아들여지기 위해서는 개인이 "역사 속에 있는 '튀르크인'과 과거와 미래를 마주보는 '인간'"이라는 두 가지 방식으로 정의돼야 한다고 보았다.[100] 이 말은 공화주의 터키인들은 자신이 철저히 새로운 현대적 국가공동체라고 생각하고 있으면서도 국가의 뿌리를 인종주의적 과거에 두고 있었다는 것을 보여주는 좋은 예다. 아타튀르크를 "아시아 르네상스"의 화신으로 본[101] 부리안은 인문주의 전통과 일체화한다고 해서 터키가 15세기 이탈리아나 16세기 영국으로 돌아가야 한다는 뜻은 아니라고 생각했다. 그는 터키 혁명으로 "이슬람의 신조를 뿌리 뽑는" 데 성공했고 인문주의로 터키 국민이 자신을 새롭게 이해하게 됐다고 보았다.[102] 재건의 순간에 그 이면에서 작용하고 있던 이 생각 때문에 터키의 역사 또한 고쳐 쓸 필요가 생겨났다.[103]

터키에서 가장 중요한 대학교의 현대화와 관련된 주요 관념을 되짚어 보자면, 이 개혁은 동방과 서유럽의 문화 차이를 극복할 역량에 따라 성패가 결정되는 국가적 목표의 일부였다고 할 수 있다. 이 현대화 개혁으로 서유럽과의 동일성이 조장됐지만 동시에 국가적 특색이란 관념을 유지했다. 나는 터키가 유럽에 일방적으로 다가간 것을 일종의 문화적 미메시스의 연출로 생각할 것을 제안한다.[104] 문화적 미메시스 개념은 3장의 바탕에 깔려 있는 개념으로, 거기서 개혁자들은 터키인을 유럽인으로 탈바꿈시키는 한편 단순한 모방이라는 비난을 피하려는 이중의 목적을 공유했음을 보여준다. 나는 이것이 현대 국가의 국민 형성과 관련된 주요한 목표 중 하나였다고 주장한다.

초국가적 중재

터키가 신중하기는 하나 빠른 속도로 유럽 문화를 전유하려 한 이면의 역학관계는 아우어바흐의 눈에 고스란히 드러나 보였다. 그는 현대화 개혁은 고유의 본질주의에 입각하고 있다는 것을 알아차렸다. 이 과정에서 자신의 역할에 대해 생각하던 아우어바흐는 대학교가 현지의 학자보다 유럽의 망명객을 선호하고 있다는 점을 냉정하게 주목했다. 벤야민에게 보낸 편지에서 그는 망명객은 외국의 선전 활동에 관여하지 않는다는 사실 덕분에 개혁자들이 "미우면서도 감탄스러운 유럽을 상대로 상대방의 무기로써 승리를 거두는" 터키를 상상하는 것이 가능해졌다고 썼다.[105] 아우어바흐가 지적한 대로 터키 개혁자들은 망명객 학자를 나라 없는 사람, 터키의 국가적 목표를 실행하도록 구워삶을 수 있는 사람들로 보았다. 독일과 터키의 초국가적 만남에서 망명객이 유럽성의 전형을 대표할 수 있으려면 먼저 국적이 없어져야, 즉 특정 국가와의 귀속관계로부터 분리될 필요가 있어 보였다.

이런 모순적 위치에 처한 아우어바흐에게는 어려운 과제가 있었다. 이스탄불대학교의 총장 제밀 빌셀은 그에게 터키 학생들을 인문주의 전통에 따라 교육하는 일을 맡겼는데, 이는 궁극적으로 이 학생들이 서유럽과 터키 간의 지정학적·문화적 관계에 영향을 미칠 것이라는 바람에서였다. 자기 자신의 직업을 행할 권리를 부정당한 나라에서 온 그에게 이 요구는 딱히 모순거리가 되지 않았다. 그보다는 양면적인 느낌이 들었다. 터키의 현대성에는 깊디깊은 인종차별적 믿음과 어디에나 스며들어 있는 반유대주의가 채워져 있는데다, 3장에서 보여주겠지만 그 자신이 이 반유대주의의 쓰라린 맛을 보았기 때문이었다.

이 시기에 터키 정부가 파시즘의 희생자를 개별적으로 돕기는 했지만 친유대적이었다고 단정적으로 정의내릴 수는 없다는 점에 주목해야 한다. 흥미롭게도 터키 정부는 나치 박해의 희생자 모두에게 피난처를 제공하지는 않았다. 독일에 갇혀 있던 클렘퍼러나 집단수용소에서 훨씬 더한 곤경에 처해 있던 수많은 사람의 사례만 보아도 알 수 있다. 그와는 달리 터키 관리들은 망명 신청자 한 사람 한 사람에 대해 바람직한 부분이 있는지, 자기네 나라의 현대화에 기여할 잠재력이 있는지를 두고 저울질을 했다.[106] 다시 말해 독일 학자들은 인도주의적 차원에서 구조된 게 아니라는 말이다. 이들은 근본적으로 터키에서 유럽성을 촉진하고 조장해줄 보장이 있었기 때문에 고용되었다.

에밀리 앱터는 1930년대 이스탄불의 초국가적 교류 덕분에 독일의 문헌학 전통이 비교문학이라는 새로운 지식을 창시할 수 있는 길을 닦았다며 긍정적으로 묘사했다. 스피처에 관한 글에서 앱터는 비교문학이라는 학문 분야의 역사에서 중요한 이 순간을 "인문주의의 초국가적 초국가주의"라는 말로 표현했다.[107] 그렇지만 우리가 초국가주의를 국민국가의 이해와 결부되지 않은 개인이나 공동체 간 교류의 결과로 이해한다면 터키의 경우는 다시 생각해보아야 한다. 1930년대와 1940년대의 터키-독일 간의 지적 교류로부터 진화한 인문주의는 일차적으로 초국가적이 아니라 국가적 이해에 이바지했다. 실제로 재외독일인학자원조기구는 학자 임용에 관해 터키 국민국가의 대표자들과 직접 협상했고 결과적으로 터키가 원하는 바를 쉽게 밀어낼 수 없었다. 게다가 오늘날 흔히 가정하고 있는 것과는 달리 이런 대규모의 정치적 과정에서 개인은 체스판의 말보다 독립성이 떨어지는 행위자였다. 국가의 경계를 넘고 비교문학 사고방식이 장려된 것은 사실이다. 그렇지만 이 초국가적 만남의 최종 결과로 터키에서 국가주의와 유럽 애호적 성향이 옅어진 것이 아니라 강화됐다는 사실을 잊어선 안 된다.

아우어바흐가 망명객 동료인 심리학자 빌헬름 페터스로부터 "유럽학자"라는 별명을 얻은 데는 그만한 이유가 있었다.[108] 인문주의적 유럽의 토대를 보존하는 일은 망명객과 터키인 모두의 이해에 맞았다. 아우어바흐에게 이는 나치에게 파괴되고 있는 유럽에 대한 윤리적 의무를 의미했다. 터키인에게는 자신을 재발명하여 유럽인으로 만드는 한 가지 방법이었다. 나치는 인문주의의 기반 자체를 훼손했지만,[109] 터키의 인문주의자들은 인문주의적 유럽이라는 관념을 터키라는 변방에서 유지하는 일에서 자신이 맡은 역할을 인식하고 있었다. 예컨대 작가 아흐메트 함디 탄프나르는 다른 나라들은 전쟁의 참화를 겪었지만 터키는 평화를 유지할 수 있었으며 나아가 건설적 발전을 이루기까지 했다고 주장했다.[110] 1945년 5월에 독일인이 연합국에게 항복한 지 며칠 뒤 탄프나르는 어느 신문 칼럼에서 다음과 같이 썼다.

> 독일은 로마가 되기를 원했지만 스스로 카르타고로 변했다. ……오늘날의 유럽은 로마가 파괴된 자리에서 나타났다. 이것이 바로 제2의 로마가 나타날 수 없는 이유다. ……발레리는 어느 작품에서 이렇게 썼다. "문명은 인간이나 마찬가지로 죽는다는 것을 우리는 마침내 알게 되었다." 문명의 뿌리가 이번 전쟁 때처럼 뒤흔들린 적은 이제껏 없었다. 문명의 지붕과 기초가 무너질 거라고 두려워하던 나날이 있었다. 다시는 이런 일을 겪게 해서는 안 된다.[111]

멀찍이 안전하게 떨어진 곳에서 전쟁의 결과를 지켜본 탄프나르는 터키 인문주의 정책의 가치를 믿었다. 그렇다면 1946년에 단일정당 통치체제로부터 민주적 다당제로 전환되던 시기에 터키의 인문주의 정책이 멈춰버린 것은 희한해 보인다.[112] 스피처식의, 그리고 그 뒤를 이은 아우어바흐식의 인문주의가 제2차 세계대전이 끝난 뒤 미국에서는 비교문학에서 비판적인 학문방법의 씨앗을 뿌린 반면,[113] 문학 관련 학부의 교과과정을 훨씬 넘어선 영역에 이르기까지 영향을 미친 터키에서는 전쟁이 끝날 무렵 이미 전성기가 지나고 있었다.

인문주의 개혁의 선봉에 섰던 교육부 장관 위젤은 종전 이후 점점 더 많은 비판을 받았다. 초등학교 교사를 훈련시키고 시골의 지식인 엘리트를 양성하기 위해 그가 도입한 마을학회 체제는 공산주의자를 길러내는 곳이라는 낙인이 찍혔다.[114] 위젤 자신이 공산주의를 인문주의라고 속였다는 비난을 받았고, 악명 높은 국가주의자 니할 앗스즈로부터 공산주의 반역자로 고발당한 작가 사바핫틴 알리를 비호했던 1944년의 일로 비판을 받았다.[115] 보수주의자들은 위젤이 번역 사업을 포함한 문화개혁을 이용하여 터키 문화에 고대 그리스·로마적 기반을 만든 책임을 따졌다.[116] 이런 흠집잡기 운동에 대항하여 위젤은 명예훼손 소송을 제기했다. 이것은 필시 1940년대 말에 있었던 소송 중 가장 중요한 소송이었을 것이다. 위젤은 결국 승소했지만 1947년에 공직에서 물러났고 그가 시작한 사업 중 많은 것이 중지되었다. 고등학교에서 라틴어를 가르치는 일, 대단히 많은 성과를 거둔 번역 사업도 이에 포함된다.[117] 학문의 자유 보장을 향한 마지막 행동의 하나로 위젤은 선견지명을 발휘해 대학교에게 정부의 간섭을 받지 않도록 자율권을 부여했다. 이 독립권과 지적 자유는 그로부터 다시 30년간 유지되었다.[118]

위젤의 뒷받침이 없어지자 터키의 번역 사업은 중도에 멈춰버렸다. 1940년과 1950년 사이에 76종에 이르는 그리스 고전이 터키어로 번역되었다. 그 뒤 10년 동안은 고작 세 권이 번역되었다.[119] 1950년대에 그리스인을 대상으로 벌어진 폭동과 학살 사건이 여기에 작용했을 가능성이 높다. 그러나 번역 사업이 계속되기를 바란 이들도 있었다. 한 예로 탄프나르는 철학, 사회학, 역사학, 문학의 중요한 작품들이 아직 터키 독자들에게 보급되지 않았기 때문에 번역 사업이 끝난 것을 아쉬워했다. 괴테, 발자크, 스탕달, 도스토옙스키, 톨스토이, 디킨스, 몰리에르, 라신의 기존 번역서들 또한 탄프나르의 기준에 미치지 못했다. 전체적으로 그는 19세기의 탄지마트 개혁 이후로 오스만의 지식 생활을 나타내는 특징으로 자리잡은 하다 말다를 반복하는 양상을 비판했다.[120]

전후 시기에 탄프나르, 아타츠, 위젤 같은 인문주의자들은 한때 누렸던 영향력을 잃어버렸다. 지금까지 문화정책을 민주화할 기회가 한 번이라도 있었는지 몰라도, 이제는 독재적인 지도자, 반공산주의 운동, 세속적 교육을 뒤엎으려는 시도, 일련의 군사정변 등으로 인해 사실상 차단되었다.[121] 그렇다 하더라도 인문주의 개혁은 그 흔적을 남겼다. 이것은 앙카라에서 위젤의 번역국을 맡았던 사바핫틴 에위볼루의 노력에서 볼 수 있다. 에위볼루는 고전문헌학자 아즈라 에르하트와 유명한 작가 할리카르나스 발륵츠스와 함께 명확하게 아나톨리아적 인문주의 관념을 발전시켰다.[122] 스피처의 제자로서 아주 젊은 나이에 앙카라대학교의 고전문헌학과에서 게오르크 로데의 번역가 겸 조수로 고용됐던 아즈라 에르하트는 호메로스의 『일리아스』와 『오디세이아』를 터키어로 번역하는 어마어마한 작업을 맡았으며 터키의 대표적 인문주의자가 되었다. 나중에 그녀는 스피처에게서 배우고 문헌학적 기법을 습득한 것이 인생의 "전환점"이 되었다고 말하게 된다. 이 문헌학 훈련이 그녀가 장차 해나갈 모든 연구에 영향을 주었다는 것이다.[123]

에르하트를 비롯한 사람들은 아나톨리아적 인문주의를 터키 문화의 밑바탕으로 장려했다. 이는 터키인이 고대 아나톨리아적 문화와 민족적으로 연관된다는 전쟁 이전의 공식 주장과 결별한다는 것을 뜻했다. 에르하트 같은 학자들의 연구 덕분에 이런 인종적 연관성은 이제 끊어졌다. 에르하트, 에위볼루, 할리카르나스 발륵츠스가 보급한 인문주의는 가공의 혈통 계보에 의지하지 않고 아나톨리아의 고대 문화를 되살려 물려받는 것이 가능하다는 관념에 의거했다. 독자층이 넓은 이런 학자와 번역가, 작가들은 터키 문화가 고대 문화의 폐허에서 샘솟을 수 있다는 관념을 장려했다. 이는 또한 그리스인과 터키인 사이의 새로운 종류의 지리문화적 관계를 함축하고 있었다.[124]

에르하트 주위의 사람들이 전반적으로 그리스와의 우호적인 관계를 장려했지만 그렇지 않은 예도 있다. 이를테면 에위볼루는 터키의 문화적 기원을 고대 트로이아에 두었는데, 이것은 현대 그리스인과 터키인이 불편한 이웃관계라는 시각이 널리 퍼지는 데 일조했다. 1962년에 에위볼루는 「일리아스와 아나톨리아」라는 제목의 에세이 첫머리에서 르네상스 학자 몽테뉴를 인용했다. 몽테뉴에 따르면, 콘스탄티노폴리스를 정복한 오스만의 지배자 술탄 메흐메트 2세는 교황 피우스 2세에게 편지를 보내, 자신의 승리에 이탈리아가 적대한다는 사실이 놀랍다는 뜻을 표했다. 따지고 보면 이탈리아인이나 오스만인이나 모두 트로이아인의 후손이므로(메흐메트 2세는 그렇게 생각했다), 콘스탄티노폴리스를 정복한 데에는 헥토르를 죽인 그리스인에게 복수하려는 의도밖에 없었다고 썼다.[125] 고대 트로이아가 있었던 곳을 방문한 메흐메트 2세가 트로이아인과 오스만인을 같은 아시아인으로 보았다는 역사적 증거가 실제로 있다. 오스만의 궁정에서 일한 15세기 비잔티움의 그리스인 학자 크리토불루스는 1463년에 술탄이 스스로 아시아인의 복수자가 되었다고 적었다. 그는 이 사실에 대해 설명하면서, 메흐메트 2세가 저 고대 도시의 폐허와 흔적을 보고 아킬레우스와 아이아스의 무덤이 어디에 있는지 물었다고 했다. 메흐메트 2세는 "그들과 그들의 기억, 그들의 업적에 대해, 또 그들을 칭찬해줄 호메로스 같은 사람이 있었다는 사실에 대해 축하"하면서 이렇게 말했다고 한다.

그토록 오랜 세월을 거쳐 신은 나를 위해 이 도시와 그 주민의 복수를 행할 권리를 예비해두셨도다. 나는 그들의 적을 복종시키고 그들의 도시를 약탈했으며, 그들을 미시아인의 전리품으로 만들었노라. 과거에 이곳을 파괴한 자는 그리스인과 마케도니아인, 테살리아인, 펠로폰네소스인이었으며, 그 당시와 그 이후 우리 아시아인에게 너무나도 자주 불의를 행했으나 이제 오랜 세월이 지난 지금 나의 수고 덕분에 그 후손들이 정의로운 처벌을 받았도다.[126]

계속해서 에위볼루는 아타튀르크가 1922년 그리스-터키 전쟁의 마지막 전투에서 이긴 뒤에도 비슷한 말을 했다고 했다. 아타튀르크가 "마침내 나는 그리스인에게 트로이아인의 원수를 갚았다"라고 말했다는 것이다.[127] 에위볼루에게서 우리는 이렇듯 현재의 목적을 위해 신화적 이야기를 되살려내려고 시도하는 난감한 종류의 인문주의를 보게 된다. 과거에 대한 이런 언급—터키 문화의 기원이 트로이아에 있다는 주장—은 일견 무해해 보이지만, 이것이 에위볼루 자신의 시대에 터키인과 그리스인 사이에서 어떻게 적의를 증폭시켰는지를 생각해보면 그보다는 더 사악해진다.[128]

이 장에서 나는 인문주의 세계관이 유럽에서 파시즘의 포위 공격을 받고 있을 때 터키에서는 문제가 있긴 하지만 그래도 유럽 문화의 알맹이로 보존되었음을 보여주었다. 인문주의 개혁에서는 일종의 문화적 미메시스를 연출했으며 이를 통해 터키는 서유럽 문명의 본산이 되고자 했다.[129] 앞서 살펴본 대로 이 개혁의 목표는 유럽 문화의 필수적 구성요소를 복제만 하는 것이 아니라 유럽 모델에 따라 터키 르네상스를 일으키는 것이었는데, 당시 지식인과 개혁자들은 이 두 가지를 엄격하게 구별했다. 케말주의 관점에 따르면 19세기 탄지마트 개혁자들은 서구화를 위해 선별적 접근법을 택했지만 사회의 탈바꿈에 성공하려면 모든 것을 포괄해야 한다는 것을 깨닫지 못했다. 그와 달리 20세기 공화국 개혁자들은 세속주의를 도입하고 교육체제를 개정했을 뿐만 아니라 일상생활의 문화적 방식까지 바꿔놓았다. 인문주의 비평가 탄프나르는 한때 이 과도기 단계에서 터키가 겪은 어려움의 핵심을 건드렸다. 그는 단테를 인용하면서 자신의 독자들에게 이렇게 상기시켰다. "하나의 대상을 표현하려면 먼저 그 대상이 되어야만 한다."[130]

서유럽의 습속을 인문주의 세계관과 함께 미메시스적으로 전유하는 것은 터키 사회의 사실주의 개혁이나 마찬가지였는데, 나라의 중심 도시로부터 그 나머지 부분까지 퍼져나간 변화였다. 여기서 사실주의 개혁이란 터키인이 과거에 현실을 지각한, 그리고 지금도 지각하는 방식을 밑바닥부터 바꾸어놓은 역사적 과정을 가리킨다. 이는 양방향으로 영향을 준, 역사적으로 필연적인 과정의 결과였다.[131] 여기서 아우어바흐의 혜안이 도움이 된다. 그는 현실 묘사는 과거에 대한 지각과 연관되어 있다고 주장했다. 터키인이 유럽 인문주의의 이상을 그 나머지 유럽 문화와 아울러 미메시스적으로 재현하고자 했을 때 현재와 과거를 바라보는 관점 또한 모두 바뀌었다. 이는 무엇보다도 시간과 공간에 대한 터키의 새로운 개념화, 즉 새로운 역법과 달라진 지정학적 관계에서 정점에 다다랐다. 소아시아 고대 문명의 유물을 자기 나라의 것이라고 주장함으로써 개혁은 새로운 의미의 역사, 소속감, 정체성을 만들어냈다.

이런 탈바꿈을 우리는 어떻게 평가할 것인가? 현대화를 유럽을 바라보는 특정한 전망과 등치시키는 미메시스 과정에서 하나의 딜레마가 생겨난다.[132] 이 때문에 현대화는 오스만 말기부터 그랬던 것처럼 여전히 서구화를 암시한다. (불완전하고 낙후된 전통적 오스만 제국과 대비되는) 발전적이고 세속적이며 현대적인 터키를 축으로 시간성을 구성하면서 극복할 수 없는 장애물이 생겨났다. 아타츠 같은 인문주의자가 유럽을 묘사하는 것과 닮는 것에는 차이가 있다는 인식을 일으키기는 했지만, 원본과 사본의 격차를 메우지도 현대와 전통이 양립하는 현실을 해결하지도 못했다. 서유럽의 관점에서 터키의 현대성은 기껏해야 플라톤적 사본에 지나지 않았으며, 아리스토텔레스적 의미의 미메시스 과정의 결과물은 아니었다. 그 결과 터키 역사는 비유럽 국가들의 역사와 마찬가지로 유럽 서사를 원본으로 하는 단순한 변주가 되었다.[133] 비록 이 서사가 그 자체로는 서유럽과 그 변방 간 상호교류의 결과물이긴 하지만, 이는 또 역사를 바라보는 표준화된 관점으로 자리를 잡았다. 그러므로 우리는 터키 개혁자들이 현대성과 국민 통합이라는 관념을 도입하면서 문제가 있는 혼종의 귀속관념을 만들어냈다고 할 수 있다. 다음 장에서 살펴볼 내용은 바로 이 부분이다.

3
현대 터키 안의 흉내내기
독일계 유대인과 터키계 유대인의 자리

모든 전쟁을 끝내기 위한 전쟁이라 불리는 제1차 세계대전이 끝난 뒤 알베르트 아인슈타인은 국제적 긴장에 대한 의견을 말하면서 이제 유럽이 그를 어떻게 인식하는지를 두고 생각에 잠겼다. "상대성이론을 독자의 취향에 적용하면 오늘날 나는 독일에서는 독일인 과학자로, 영국에서는 스위스 유대인으로 표현된다." 계속해서 그는 말했다. "만일 앞으로 내가 혐오대상이 된다면 묘사는 거꾸로 바뀌어, 독일인에게는 스위스 유대인이 되고, 영국인에게는 독일인 과학자가 될 것이다!"[1] 그는 반유대주의가 점점 거세지고 유럽의 관계가 변화하던 시기에 유대인, 스위스인, 독일인이라는 소속관계가 서로 바뀔 수 있다는 사실을 늘 그렇듯 간명히 지적했다. 그러나 이 물리학자가 1919년 런던의 『타임스』지에서 한 말은 슬프게도 선견지명이었음이 드러난다. 그로부터 20년 안에 그는 정말로 독일의 혐오대상이 되어 유럽을 떠날 수밖에 없었고 결국 미국 국민이 되었다. 이 장에서는 나치가 비독일인이자 퇴화했다는 꼬리표를 붙인 이런 학자들을 터키 개혁자들이 "유럽인 과학자"로 해석하게 된 사연을 설명한다. 따라서 우리는 아인슈타인의 말을 이 장의 머리글로 생각할 수 있을 것이다. 한걸음 더 나아가, 나는 여기서 터키의 유럽화에서는 망명객이 유대인이라는 사실을 도구로 삼는 동시에 그 사실을 부인할 필요가 있었다고 본다.

1930년대의 터키 망명객들은 터키를 종종 "서양의 역병이 전염되지 않은," 즉 파시즘이나 반유대주의가 닿지 않은 나라라고 말했다.[2] 이런 긍정적인 수사가 지금까지 우리에게 전해내려왔으며, 그래서 종교색이나 정치색과 무관하게 많은 사람들이 터키를 독일에서 탈출한 수백 명의 학자와 가족을 살린 구원자로 본다. 그렇지만 1933년부터 1945년까지의 터키계 유대인과 독일계 유대인의 지위를 자세히 들여다보면 이주해온 망명객의 위치가 당시 서유럽을 암흑으로 만든 편협한 태도나 인종주의나 반유대주의 같은 것의 영향을 받지 않은 것은 절대 아니라는 사실을 알게 된다. 이 장에서는 터키 정부가 파시스트와 팽창주의자의 목표를 노골적으로 추구하지는 않았지만 그럼에도 불구하고 인종주의적이고 반유대주의적인 관점이 널리 퍼져 있었다는 것, 그리고 갓 건국한 나라에 대한 유대계 터키인의 충성심을 두고 공개적 토론도 상당히 많았다는 것을 보여줄 것이다.

앞장에서 살펴본 것처럼 터키는 유럽에서 대두된 반유대주의로부터 유대인을 구하는 일에 나선 것이 아니었다. 심지어 터키 현대화 사업을 위해 기꺼이 연구를 계속하겠다는 유대인 학자들을 다 구하려 한 것도 아니었다. 실제로 위기에 처한 유대인에 대한 터키의 일관성 없는 태도는 아인슈타인이 1933년 9월에 쓴 다른 편지에서도 명확히 드러난다. 아인슈타인은 이스메트 이뇌뉘 총리와 연락을 주고받으면서 "귀국의 어떤 연구소에서든 귀국 정부의 명령에 따라 한 해 동안 어떤 보상도 없이" 기꺼이 일할 마흔 명의 노련하고 고도로 숙련된 "독일 출신의 교수와 의사들"이 있다는 특이한 제안을 했다. 이 제안이 아인슈타인 같은 저명한 인물로부터 나왔고 터키가 져야 하는 재정 부담도 전혀 없는데도 터키 정부는 이를 단호히 거부했다.[3] 아인슈타인은 파리에서 활동하는 유대인 단체인 아동원조협회 명예회장으로서 궁지에 몰린 동료들과 터키 정부 간에 중재자 역할을 하려고 했다.[4] 이뇌뉘는 터키의 목표에 맞지 않는다며 아인슈타인의 제안을 이렇게 거절했다.

> 교수님의 제안이 대단히 매력적이라는 점에는 동의하지만, 저로서는 이 제안을 우리나라의 법규에 어긋나지 않게 실행할 가능성이 보이지 않는다는 점을 알려드릴 수밖에 없습니다. 존경하는 교수님께서 잘 알고 계시듯, 우리는 이미 마흔 명 이상의 동등한 자질과 능력을 지닌 교수나 의사와 계약관계에 들어갔으며 이들 대부분이 교수님께서 편지에서 말한 분들과 같은 정치적 상황에 있습니다. 이 교수와 의사 분들은 이곳에서 현행법에 따라 일을 하겠다고 합의했습니다. 현재 우리는 세심한 주의가 필요한 기구, 구체적으로 출신, 문화, 언어가 매우 다른 사람들로 이루어진 조직을 구성하는 작업을 최종 마무리하고 있습니다. 이런 이유로 현재 우리가 처한 상황에서는 애석하게도 이런 분들을 더 고용하기가 불가능하리라 생각합니다.[5]

이뇌뉘 총리가 이 제안을 거부한 것은 터키 기관들이 다른 경로를 통해 대부분이 유대계인 독일인 망명객을 계속 임용했다는 점을 볼 때 이해가 가지 않는다. 그러나 취리히에 본부를 둔 재외독일인학자원조기구와는 달리 아동원조협회는 유대인 보호라는 구체적인 입장을 취하고 있었는데, 이는 이 단체의 공문 용지에도 명시되어 있었다.[6] 총리의 동기가 무엇이었는지는 추측만 가능하겠지만, 어쩌면 그는 명백한 유대인 단체의 부추김을 받아 독일인 학자를 고용하는 선례를 남기고 싶지 않았는지도 모른다. 신생 터키 공화국 안에서 유대인은 확실히 다소 모호한 자리를 차지하고 있었다. 1923년에 공화국 정부는 이원적으로 보이는 동화정책을 시행했는데, 이 정책에서는 민족적·종교적 출신에 상관없이 국민에게 통일된 터키의 문화와 언어를 따를 것을 요구했다. 동시에 터키 정부는 유럽 중심부로부터 문화적으로 인정받도록 고안된, 똑같이 동화적인 서구화 사업을 실행했다. 갓 출범한 터키 정부가 프랑스, 독일, 영국 같은 강대국으로부터 정당성을 인정받게 하려는 의도에서였다.

터키의 소수집단 인구를 둘러싸고 있는 공식 수사 그리고 터키와 외국 정부와의 관계를 고찰하면, 1923년부터 1946년까지의 터키 부흥기, 즉 터키 공화국 수립에서 인문주의 개혁이 끝난 때까지의 시기를 세 가지 주요 표상으로 특징지을 수 있음을 알게 된다. 그 세 가지 표상은 바로 '영원한 손님' '된메' '흉내쟁이'이다. 이 장에서는 이런 표상이 서로 연결된 방식으로 사용되면서 어떻게 유대인, 터키인, 유럽인이라는 관념을 특징지었는지 알아본다. 이런 표상의 문화적 반향은 오늘날까지도 울리고 있다. 역사학자 르파트 발리가 지적한 대로, 영원한 손님이라는 관념은 세파르디 유대인이 15세기 말 오스만 제국으로 이주한 사실을 생각나게 한다. 또 된메라는 용어는 17세기 유대교로부터 이슬람교로 개종한 오스만 국민을 가리키며, 그 이후로 거짓과 배신과 연관되어왔다. 흉내쟁이는 나치가 반유대주의에 이용한 표상이지만 말기 오스만과 현대 터키의 서구화 담론에서도 쓰이고 있으며, 나치와의 연관성에도 불구하고 오늘날 터키에서 실패한 유럽화 과정을 나타내는 강력한 표상으로 남아 있다. 이런 표상의 계보를 짚어봄으로써 우리는 터키의 현대화가 치른 값비싼 대가에 대해 뭔가 알아낼 수 있을 거라고 생각한다. 감추고 억누르고 전유한 게 무엇인지 알아내는 것이다. 또 이를 확장하면 터키의 현대성과 전 세계의 포스트모더니즘 사이의 막연한 연속성에 대해서도 뭔가 알아낼 수 있을 것이다.

새로운 역사적·인종적 서사 만들기—된메와 흉내쟁이

1990년대 터키의 민간 지도자들은 먼 과거의 것을 기념하고자 일련의 공공행사를 마련했다. 15세기 말 스페인과 포르투갈로부터 추방된 세파르디 유대인이 오스만 제국에 도착한 것을 기념하는 행사였다. 500주년을 기념하면서 오스만에게 인쇄술 같은 신기술을 가져다준 세파르디 유대인과 1933년에 다종다양한 학문 분야에서 새로운 방법을 개척한 독일계 유대인 사이의 유사점이 거론되었다.[7] 이렇게 연관성을 찾아내려는 경향은 오늘날 역사적 유사점을 찾으려는 유행, 과거를 현재의 교훈을 위한 풍부한 저장고로 보는 유행과 맥을 같이한다. 사실 1930년대에는 그런 교훈을 끌어내지는 않았다. 당시 망명객 학자들의 고용을 책임진 터키 당국자들은 이런 식의 비교를 피하면서 유대인이 오스만 제국으로 탈출한 것과 유대인이 나치 독일에서 현대 터키로 탈출한 것을 의식적으로 연관짓지 않았다.

그렇지만 2장에서 지적한 것처럼 터키의 교육부 장관 레시트 갈리프는 실제로 이것을 다른 역사적 사건과 비교했다. 그것은 오고감을 강조하는 동시에 부류가 다른 역사적 인물들을 강조하는 유비였다. 그는 1933년에 유럽에서 학자 망명객들이 도착한 것을 1453년에 콘스탄티노폴리스가 오스만에게 항복한 뒤 피난 가버린 비잔티움 학자들에 대한 보상으로 생각했다. 1990년대에 500주년 기념을 둘러싼 수사, 500년 역사를 사이에 둔 유대인 망명자들이라는 공통점을 부각시키는 수사와는 달리 1933년 당시에는 도착한 학자들의 상당수가 독일계 유대인이라는 사실이 중요하지 않았던 것으로 보인다. 이제 살펴보겠지만 실제로 학자들은 유대인이 아닌 유럽인으로 받아들여졌다.

물론 이것으로 1930년대 터키에 인종주의나 반유대주의가 없었다고 결론지어선 안 된다. 한 가지 예를 들면, 1934년에 트라키아에서 수천 명의 유대계 터키인이 유대인에 대한 공격을 피해 도망친 일이 있었다. 또 터키 정부가 대체로 못마땅하게 여기긴 했지만, 튀르크어를 쓰는 사람들의 통합을 부르짖는 인종주의 운동인 범투란주의를 선동한 니할 앗스즈 같은 작가와 『밀리 잉킬라프(국가주의 혁명)』 같은 잡지를 통해 반유대주의적 선전이 널리 퍼졌다.[8] 반유대주의적 수사는 터키 학교에도 퍼졌다. 이것은 저명한 역사학자 셈셋딘 귀날타이가 1936년에 이스탄불대학교에서 한 강의에서 볼 수 있다. 이 강의는 유럽화한 현대 터키인을 구분할 때 '흉내쟁이'나 '된메' 같은 용어가 어떤 방식으로 활용됐는지를 잘 보여준다. 나는 이런 표상들이 "인종적" 정체성의 표식으로서 터키인이라는 관념의 안정성에 대한 깊은 불안감을 가리키고 있음을 논하고자 한다.

「터키인의 고토(故土)와 그 인종 문제」라는 제목의 강의에서 귀날타이는 터키인의 인종적 기원이라고 생각되는 부분을 규명했다. 귀날타이는 터키인과 몽골인은 같은 "황인종"에 속한다는 서구의 동방학자들이 내놓은 명제에 이의를 제기하면서 터키인의 "황인" 부분을 부인하고 "백인"으로 재분류했다. 이 역사학자에 따르면 터키인의 원래 고토는 일반적으로 생각하는 것과 달리 몽골이 아니라 투르키스탄으로, 그는 이곳을 "신석기 시대의 요람"으로 불렸다.[9] 그리고 더 나아가 고대 수메르인과 현대 터키인 사이에 인종적 연관성이 있는 것으로 해석했다.[10] 귀날타이의 명제는 역사적으로도 과학적 증거로도 뒷받침되지 않으므로 오늘날 우리가 보기에는 그럴 법하지 않지만, 이것이 억측을 내세우는 인종주의 역사학자 한 사람만의 특이한 의견은 아니었다는 사실을 기억하는 것이 중요하다. 실제로 이런 관점은 매우 흔했다. 그렇지만 귀날타이의 주장에 진정한 무게를 실어준 것은 그가 대단히 눈에 띄는 터키 의회의 의원이자 나중에 터키사연구소를 주관하게 될 저명한 학자라는 사실이었다. 새로 설립된 이 터키사연구소는 서구화한 터키를 위해 새로운 역사적 서사를 만들어내는 일에 착수하게 된다.[11] 그리고 귀날타이가 내놓은 것과 마찬가지의 주장이 이 연구소가 널리 퍼뜨린 '국민사 논제(millî tarih tezi)'를 떠받치고 있었다.[12]

귀날타이의 「터키인의 고토와 그 인종 문제」는 다시 말해 제2차 세계대전이 벌어지기 전 10년 동안 터키에서 퍼져 있던 그런 인종적 불안감을 나타내고 있는 것으로 볼 수 있다. 이 불안감은 이 강의의 수사 이면에 깔려 있는 반유대주의적 표상에서 드러났다. 귀날타이는 13세기 유대계 페르시아인 역사학자 레쉬뒷딘을 지목하면서 그가 터키인을 몽골인과 같게 보았다며 비판했다. 귀날타이는 터키인은 몽골의 중앙아시아와 동아시아에서 비롯되지 않았다고 반격했다. 이것은 오스만뿐 아니라 유럽의 동방학자들에게서도 입증된다고 보았다.[13] 귀날타이는 터키인은 "황인종"이라기보다 "알프스 인종"일 것으로 보았다. 그리고 자신의 주장을 내세우고 레쉬뒷딘의 신빙성을 떨어뜨리기 위해 청중에게 레쉬뒷딘이 유대인의 후손임을 상기시키며 유대인 기만자라는 표상을 일깨웠다. 그는 터키인과 몽골인의 관계에 관한 레쉬뒷딘의 명제는 "교묘한 창작"행위(즉 날조)에 지나지 않는다고 말했다. 그는 이 13세기 페르시아인 학자를 향한 비방을 늘어놓으며 이런 글은 된메, 즉 "정체를 감춘 유대인"이라야 천연덕스럽게 쓸 수 있는 바로 그런 종류의 글이라고 했다.[14]

귀날타이가 된메라는 말을 사용한 방식에 대해서는 약간의 설명이 필요하다. 이 명사는 '방향을 바꾸다'라는 뜻의 '된메크(dönmek)'라는 동사에서 왔다. 그러나 된메에는 '개종하다'는 뜻도 있는데, 이것이 바로 우리가 여기서 특히 주목할 부분이다. 역사적으로 이 말은 1666년 강압에 못 이겨 유대교를 포기한 랍비 삽바타이 세비를 좇아 유대교에서 이슬람으로 개종한 살로니카 공동체의 유대인들에게 적용됐던 용어다.[15] 이 개종의 성격은 지금까지도 모호하게 남아 있는데, 된메가 이슬람교와 유대교의 요소를 모두 결합한 종교 관습을 발달시켰기 때문이다. 이들의 신앙이 여러 종파의 성격을 띠고 있다는 것은 된메가 그만큼 분류하기가 어렵다는 뜻이고, 이 사실 때문에 이들은 정치적 목적에 이용될 위험에 항상 노출되어 있었다. 1924년 터키와 그리스가 무슬림 인구와 그리스도교 인구를 맞교환하기로 했을 때 된메는 무슬림으로 간주되었고 그에 따라 그리스에서 터키로 추방되었다. 반면 터키에서 된메는 무슬림으로 그다지 환영받지 못했고 새 공화국 안에서 이들의 지위는 논란거리로 남았다.[16] 그러는 동안 이들 된메는 무슬림인 척하며 몰래 유대교를 실천하는 사람으로 생각된 경우가 많았다.[17] 오늘날에도 된메는 계속해서 트로이 목마처럼 생각된다. 즉 겉보기에는 그렇지 않지만 실제로는 위험하다는 것이다. 그래서 우리는 이 된메라는 표상이 정치 담론에서 음모와 배신을 암시하는 뜻으로 불쑥불쑥 튀어나오는 것을 종종 보게 된다.[18]

귀날타이가 인종의 위계 안에서 터키인의 위치를 바꿔놓은 것은 터키인, 유대인, 유럽인이라는 관념이 현대 터키 안에서 어떻게 연결되어 있었는지를 보여준다. 그가 터키인을 백인이자 유럽인으로 구성할 가능성을 제기한 것은 레쉬뒷딘을 사람을 속이는 유대인으로 낙인찍음으로써였다. 귀날타이가 터키인이 백인이자 유럽인이라 주장하고 된메를 신용할 수 없는 '정체를 감춘 유대인'이라며 희생양으로 삼은 이면에 무엇이 있었는지는 누구도 알 수 없지만, 귀날타이를 터키 사상 안에서 흐르는 더 넓은 조류의 한 징후로 보면 그의 말은 터키의 급속한 세속화와 서구화 과정에서 야기된 깊은 인종적·문화적 불안감을 예증하는 것으로 보인다.[19] 귀날타이는 청중에게 레쉬뒷딘의 생각에 찬동하지 말라고 노골적으로 말했다. 그리고 새로 설립된 터키사연구소의 지침을 따르라고 했다. 이 연구소의 지침을 따르는 것은 그가 말하는 "숭고한 터키 문화"에 기여하는 일이자, 터키인이 조야한 모방에 탐닉하지 않도록 예방하는 일에 해당한다고 보장했다.[20] 이렇게 주장하면서 귀날타이는 두 개의 기묘한 두려움에 대해 말했다. 그 하나는 앞서 말했듯 기만에서 또 진짜가 아니라는 데서 오는 두려움이다. 귀날타이가 말한 다른 하나의 두려움은 모방 문제와 관련 있다. 그는 터키인에게 그들과 똑같은 척하는 사람을 경계하라고 주의를 주었다. 동시에 그들 스스로가 자신이 아닌 다른 뭔가가 된 척하지 말라고 했다. 개종은 피상적 모방만큼이나 나쁘다고 암시하는 것으로 보인다.

현대 터키의 모방과 진짜·가짜에 관해 생각하다보면 전유정책에 관한 호미 바바의 유용한 혜안을 떠올리게 된다. 바바는 흉내내기를 영국령 인도 내의 권력관계를 규정하는 이론용어로 발전시켰다. 그는 흉내내기가 식민권력을 확립하는 데 가장 효과적인 전략이라고 주장한다. 여기서 결정적인 것은 "거의 같기는 하지만 똑같지는 않은" 정체성을 만들어낸다는 흉내내기 본래의 양의성이다.[21] 바바에 따르면 영국화된 식민지 주민과 영국인 식민 개척자의 차이는 영국이 그 차이를 이용하여 식민 지배를 유지할 수 있을 정도로 컸다. 실제로 이 차이는 식민 지배에서 벗어난 인도에서 영국 문화의 영향이 계속된 이유를 설명해줄지 모른다. 영국령 인도의 식민전략과 터키가 스스로 실행한 서구 문화의 전유를 등치시키지 않더라도 영국령 인도와의 비교에서 알아낼 수 있는 것은 많다. 바바의 혜안은 터키의 유럽화에서 촉발된 불안감을 이해하는 데 도움이 되는데, 그의 흉내내기 관념은 묘사하기와 따라하기의 차이를 부각시키기 때문이다. 터키의 맥락에 가져다놓고 보면 바바의 흉내내기 관념은 유럽을 나타내는 '유럽인'과 단지 외국을 따라할 능력이 있을 뿐이라 생각되는 '유럽화된 터키인' 간의 차이를 뚜렷이 보여준다.

앞서 말한 대로 이 두려움은 귀날타이가 강의에서 청중에게 피상적 모방과 유럽을 맹목적으로 복제할 때의 위험에 대해 경고하면서 드러난다. 이런 감정을 표현한 사람은 귀날타이만이 아니었다. 터키의 다른 개혁자들도 위선만 불러올지 모르는 피상적 재현에 대해 경고했다.[22] 요약하자면 귀날타이의 강의에서 두 가지 표상을 구별해낼 수 있다. 첫째는 된메는 트로이 목마라는 표상인데, 거짓으로 위장 침투해 들어와 국가 공동체를 뒤엎으려는 사람으로 보는 것이다. 둘째는 흉내내는 자로, 너무 피상적으로 유럽화한 탓에 터키 사회를 효과적으로 변화시킬 수 없는 사람을 말한다. 이런 수사는 당시 터키 담론에서 나타나는 전반적인 경향과 일치했다. 그렇지만 귀날타이의 강연이 도발적이었던 것은 그가 1936년에 터키인 학자와 학생이 모인 자국인 청중에게만 강연한 게 아니라는 사실 때문이었다. 청중 중에는 그 무렵 이스탄불대학교에 임용된 독일계 유대인 학자들도 있었다. 본국에서 독일 문화를 뒤엎고 있다고 낙인 찍힌 바로 그 망명객 학자들이었다. 역설적으로 이들은 이제 동방과 서방의 대립을 극복하는 데 유용하며, 터키인이 단순히 서구를 흉내내는 수준을 넘어서게 도울 능력이 있는 것으로 간주되었다. 독일인 망명객들이 터키에서 모범적 유럽인으로 환대받는다는 사실로 인해 유대인, 유럽인, 터키인이라는 관념의 관계는 더욱 복잡해졌다. '숭고한 터키 문화'의 창조는 유럽인 학자들을 통해 이룩해야 하는데 이들 대부분은 독일계 유대인 망명객이었다.

모범적 유럽인인 독일계 유대인 망명객

이쯤에서 종교적·민족적 소수집단을 대하는 터키의 모순된 태도에 대해 살펴보는 것이 좋겠다. 대학교에 임용된 처음 몇 년간 독일계 유대인은 공식적으로는 유대인으로 규정되지 않았다. 그와 동시에 터키의 토착 유대인은 공화정에 찬동하는지 공공연하게 지속적으로 감시당하고 있었다. 1920년대에 터키 국적은 실제로 소속 종교와 무관하게 모든 사람에게 부여됐지만, 사회적·문화적 측면에서 유대인과 아르메니아인은 끝내 터키인으로 완전히 인정받지 못했다. 그리스인의 경우 100만 명이 넘는 정교회 그리스인을 터키에서 그리스로 추방하고, 대신 그리스에서 살고 있는 50만 명에 가까운 무슬림을 터키로 보내도록 하는 합의가 이루어졌다. 그 결과 쿠르드인, 아랍인, 아제르바이잔인, 라즈인과 그 외에 주로 무슬림으로 이루어진 수많은 공동체가 '터키인'이라는 민족 범주에 소속되면서 균질화되었다. 그 나머지 아르메니아인과 유대인 공동체는 동화에 저항하고 있는 것으로 보고, 초기 공화국에서 광범위한 '터키인화' 조치의 대상이 되었다.

1928년에 터키계 유대인이 라디노어를 버리고 터키어를 사용하도록 강요하려는 목적으로 동화운동이 시작되었다.[23] 이것은 터키 국민이라는 세속 기반을 확립하고 문화, 국민, 지리 사이에 일종의 동형체를 이룩하기 위한 것이었다. 실제로 무니스 테키날프라는 터키식 이름으로 바꾼 모이즈 코헨 같은 터키계 유대인 공동체의 일부 지도자는 이런 동화주의에 찬동했다.[24] 그렇지만 이 동화주의 전략에도 불구하고 진정한 터키인이라는 관념은 궁극적으로 무슬림 국민에게만 해당되었던 것으로 보인다.[25] 달리 말하면 터키 민족의 경계는 엄격하게 종교적 경계를 따라 그려지게 되었다고 할 수 있다.[26] 나는 터키 내 소수집단은 1920년대와 1930년대에 "국가로부터 정화·추방"되었고 "외부에서 들어온 요소"는 "기생충"으로 보게 되었다고 지적하는 마크 배어의 견해에 전반적으로 동조하는 편이다.[27] 그렇지만 이것은 1930년대에 터키로 이주해 들어온 수백 명의 유대계 독일인과 그 가족에게는 적용되지 않았다. 독일계 유대인이 유럽화 개혁을 위해 고용되었을 때 이들은 기생충으로 간주되지 않았다. 오히려 이들은 발전을 촉진하는 사람들이자 서유럽과 터키 사이의 격차에 다리를 놓아주는 수단으로 간주되었다.

이처럼 좀더 섬세한 관점으로 보면 우리는 독일계 유대인 학자들이 터키에서 유대인—또는 독일인—이 아니라 유럽인으로 받아들여진 이유를 이해하는 데 한걸음 더 다가가게 된다. 물론 나는 터키가 이들 망명객이 유대인이라는 사실을 명시적으로 인정했어야 한다고 말하려는 것이 아니다. 나치는 이들이 독일인임을 사실상 부정하면서 이들을 유대인 범주에 넣고 박해했지만, 편지나 회고록, 기록보관소 자료를 보면 터키에서는 국가적 상황 때문에 이들 유대인 망명객이 계속 독일인 학자로 규정되는 것이 가능했음이 드러난다. 스피처가 편지에서 적었듯이 이스탄불에 있는 독일인 학자들의 긴밀한 공동체가 어느 정도 "독일식 생활"을 추구할 수 있는 맥락이 되어주었다.[28] 그렇다면 터키인이 망명객을 유럽의 대표자로 보는 경향이 있었던 것도 어쩌면 의외는 아닐 것이다. 우리는 이것이 여러 모습으로 표현되는 것을 본다. 이스탄불대학교의 라이헨바흐에게서 철학을 배운 신문사 특파원 에롤 귀네이는 디드로 전문가 헤르베르트 디크만에 대해 이렇게 말했다. "내게 그는 유럽 지식인의 완벽한 화신이었다. 독일인, 프랑스인, 영국인이 아닌, 유럽이 통합을 향한 어렵고도 긴 단계를 시작하기 훨씬 전에 존재한 '진짜' 유럽인이었다."[29] 이것은 또 동방학자 헬무트 리터의 경우에서도 보게 된다. 리터는 1926년에 동성애자라는 이유로 함부르크대학교에서 해고되었고 바로 그해에 이스탄불에서 자리를 잡았다. 독일에서 다른 교수 자리를 얻으려는 노력이 허사로 돌아가자 리터는 이렇게 썼다. "터키인들은 저의 과거에는 전혀 관심이 없습니다. 독일에서 인정하든 말든, 제가 인정하든 말든 간에 터키인들이 볼 때 이곳에서 저는 독일의 동방학 전통이 아닌 유럽의 동방학 전통을 대표합니다."[30]

나의 요지는 그래서 많은 망명객이 자기 나라에서 유대인으로, 공산주의자로, 동성애자로 비방당했다는 것을 터키 당국이 공개적으로 인정하지 '못했다'고 비판하자는 게 아니다. 그보다 그 시점의 터키 이민정책을 조명하여, 망명객이 애초에 박해받은 이유보다는 유럽인이라는 점이 훨씬 더 강조됐던 이유를 설명하자는 것이다. 우리는 교육부 장관 갈리프가 두 가지 역사적 대이주의 순간, 즉 15세기 세파르디 유대인의 탈출과 20세기 초 독일계 유대인의 망명을 명확히 비교하지는 않았다는 것을 기억한다. 세파르디 유대인이 오스만 제국의 지식과 문화생활에 풍부히 기여했다는 점을 생각할 때 두 가지 사건을 비교하는 것이 타당했을 것이다.[31] 갈리프를 비롯한 터키 관리들은 이런 공통점을 언급하지 않고 지나간 이유를 설명하지 않았다. 그렇지만 우리는 얼마간 역사적 추측에 들어가,

유사한 과거 사례를 어떤 역사적 순간에는 동원하고 다른 순간에는 동원하지 않는 이유를 짐작해볼 수 있다. 당시 학자들이 유대인이라는 사실을 강조하는 게 터키 당국에게는 적절하지 않았다는 것이 내 의견이다. 이 사실에 이목을 집중시키면 터키 국민에게 유대계 독일인은 독일 국민으로서의 완전한 권리를 거부당했기 때문에 고국을 떠날 수밖에 없었다고 알리는 꼴이 됐을 것이다. 터키가 자국의 동화 문제와 종교적 소수집단 문제에 몰두하고 있던 시기에 흉내내기나 동화 사업이 전반적으로 실패한 사례를 집중 조명한다는 것은 감당할 수 없는 주제로 보였을 것이 뻔하다.[32]

나치는 유대인을 계속 동방인이자 흉내쟁이로 해석했는데, 이에 대해 1935년 베를린 외무부에 보낸 어느 보고서에서 다음과 같이 분명하게 밝히고 있다. "인종적 특징 때문에 이 사람들[유대인 망명객]은 터키의 정신 구조에 특히 잘 적응하고 이 나라 언어를 매우 빨리 배울 수 있다."[33] 이 진술 안에는 인종주의적 고정관념과 기만적 동화와 흉내내기 관념이 나란히 작용하고 있다. 터키 교육부는 유대인에 대한 나치의 견해에 반대하는 입장을 명확하게 내놓은 것으로 보이지 않는다. 그렇지만 앞서 설명한 것처럼 그렇게 했다면 터키 자국의 이익에 엄밀하게 부합하지는 않았을 것이다. 대부분이라고까지는 말할 수 없지만 1933년 이전까지는 유대교인이거나 유대인 출신 독일인 중에는 자신을 무엇보다도 동화된 독일인으로 정의하는 이가 많았다. 그런 사람들의 동화가 실패했다는 것은, 또는 나치에 의해 그렇게 빠르고 효과적으로 파기되었다는 것은 터키인들에게 공포감을 불러일으켰을 것이 분명하다. 실제로 동화가 성공할 가능성에 대한 의혹이 터키의 종교적 소수집단뿐만 아니라 터키 전체로 확장되었다. 우리는 터키 관리들이 우선적으로 터키 국민을 통합된 하나의 언어와 문화로 동화시키려 했다는 것을 기억해야 한다. 그와 동시에 나라 자체가 유럽을 모델로 삼고 있었다. 그러므로 동화에 대한 의혹은 유럽의 지식을 전유·보급함으로써 과연 터키인이 사실상 유럽인으로 탈바꿈할 수 있는가 하는 문제에 대한 의혹이었다. 그것은 서유럽 그리스도교인의 눈에 터키인은 유대인과 마찬가지로 계속 동방인으로 비칠 수밖에 없는가 하고 묻는 것이나 마찬가지였을 것이다. 그리고 궁극적으로 그것은 터키인이 유럽인인지 아닌지를 결정하는 것은 터키인 자신에게 달려 있지 않다는 것을 인정한다는 뜻이었을 것이다. 이를 판결하는 행위는 서유럽 사람에게 달려 있었다.[34]

영원한 손님인 아우어바흐

이제까지 우리는 무엇보다도 망명객과 그들을 받아들인 터키인이 직접 전하는 이야기에 집중했지만, 터키를 여행한 외국인에게서도 배울 점이 있다. 스위스의 여행문학 작가이자 저널리스트였던 안네마리 슈바르첸바흐는 1933년에 이스탄불을 지나면서 유럽인이 지닌 지위를 예리하게 꿰뚫어보았다.

> 이 나라에서 유럽인은 두려움에 싸여 있다. 이들 중 누구도 편안하지 않다. 몇 년이 지나도 이것은 변하지 않는다. 이들은 막중한 과제를 떠안고 있다. 과제를 해내지만 그들을 만족시키는 데는 성공하지 못한다. ……이들에게는 예쁜 집과 테니스장, 멋진 클럽과 좋은 말이 있다. 이들은 또한 이것저것 소유하며, 이들이 살고 있는 나라는 미래를 믿고 이성이라든가 문명, 발전 등 유럽에서 너무나 평가절하된 것들의 이점을 믿는다. 이 나라는 지적으로 뛰어난 사람들, 자기 국민에게 최대한 빨리 투표권을 주는 것

말고 다른 목표는 알지 못하는 정직한 민주주의자들이 통치하고 있다. 그리고 이 과제 달성을 돕도록 임명된 유럽인은 머잖아 자신이 잉여 인력이 되리라 믿고 있을 것이다. 아무도 이 나라나 국민을 의심하지 않는다. 그러나 모두가 자신의 임무에 대해서는 의심한다. 그것이 두려움이다.[35]

슈바르첸바흐에게서 우리는 망명이라는 상황의 일시적 성격에 대해서도 얼마간 알게 된다. 이에 대해 베르톨트 브레히트는 망명의 시간적 길이를 노래하는 시에서 다음과 같이 훌륭하게 표현했다. "벽에 못을 박지 말게. 외투는 의자에 던져두게(Schlage keinen Nagel an die Wand, wirf den Rock auf den Stuhl)." 터키의 망명객들은 일종의 계획된 잉여 상태에 처해 있었으므로 쉽게 정착할 수 없었다. 자신이 필요 없어지게 되는 상황이 서구화 개혁 안에 들어 있기 때문이었다. 서구화 과정이 완수됐다고 판단되고 나면 이 나라는 이들의 수고가 더이상 필요하지 않을 것이었다.[36] 이들은 비록 서구 양식의 건축, 문학, 음악, 자연과학에서 필요한 교사로 간주되고 있긴 하지만, 대학교와의 최초 계약은 3년에서 5년으로 제한되어 있었다. 레오 스피처 같은 사람이라면 평생을 지낼 것으로 기대하고 미국으로 이주할 수 있었지만, 터키에 남은 독일인 학자들은 고용의 가망도 서구화 개혁의 결과도 확신할 수가 없었다. 이들은 대부분 이민자가 되지 않고 망명객으로 남아 있었다.

이처럼 불안정한 터키 생활은 아우어바흐가 자신을 받아준 터키를 대한 태도를 설명하는 데 도움이 된다. 이스탄불에서 2년을 지낸 뒤 그는 이역의 항구에서 살아가며 겪는 고생을 이렇게 요약했다. "보수파는 우리가 외국인이라서, 파시스트는 우리가 이주자라서, 반파시스트는 우리가 독일인이라서 믿어주지 않는다네. 게다가 반유대주의자도 있네."[37] 아우어바흐의 분류는 당시 퍼져 있던 복잡한 사회정치적 분위기를 어느 정도 암시하고 있다. 그는 가장 먼저 보수파, 즉 개혁을 경계하는 터키인을 언급하고, 둘째로 독일인 망명객의 활동에 제약을 주려는 이스탄불의 나치 조직망을, 셋째로 반파시스트 망명객들을 언급한다. 반유대주의는 이 세 부류 모두와 얽혀 있음이 그 편지에 암시되어 있다. 다시 말해 아우어바흐를 비롯한 유대인 학자가 안고 있던 난제는 터키 안에서 제각각의 정치적 동기에서 개혁의 방향을 놓고 활발하게 경쟁을 벌이는 여러 집단과 대면하고 있다는 사실에서 생겨난 것이다. 터키 교육부는 본국의 국익을 위해 움직일 이유가 없는 학자라는 점에서 망명객들에게 일을 맡기고 있었겠지만, 터키 내 다른 집단들은 이들을 그렇게 정치적으로 썩 중립적인 관점에서 인식하고 있지는 않았다. 이스탄불대학교가 그 좋은 예다. 아우어바흐가 선전 활동에 나서지 않겠다는 확약을 받기 위해—마치 그럴 필요가 있기라도 하다는 듯이—그의 고용주는 1936년에 쓴 계약서에 다음과 같은 조건을 명기했다. "아우어바흐 씨는 정치적·경제적·상업적 활동을 삼가기로 하며, 이에 따라 외국 정부의 선전을 돕는 활동을 삼가기로 한다. 아우어바흐 씨는 외국의 기관이나 기구의 어떤 직책을 맡는 것도 허용되지 않는다."[38]

다시 말해 망명지에서 누리는 특권은 망명자가 자기 자신의 어떤 국가적 관심사도 추구하지 않는다는 합의에 달려 있었다. 자신을 더이상 원하지 않는 나라, 그리고 자신을 무기한이기는 하나 잠재적으로 한정된 기간만 조건부로 원하는 나라 사이에 끼인 이들 망명객을 우리는 '영원한 손님'으로 생각할 수 있다. 아우어바흐와 동료들은 공식적으로는 앞서 논한 세파르디 유대인과 비교되지 않았지만, 터키 안에서 이들의 지위는 그들과 비교할 만했다. 이런 맥락에서 르파트 발리는 세파르디 유대인들은 터키에 대한 충성심을 끊임없이 의심받은 손님으로 인식되었다고 말한다. 발리는 '유대인은 곧 손님'이라는 개념은 이베리아반도에서 탈출한 지 500년이 지난 오늘날 유대인이 터키에 대해 고마움과 은혜를 표현하는 선언에서 다시금 확인된다고 주장한다.[39] 유럽의 유대인 관념과 오스만 제국의 유대인 관념을 서로 비교할 자리는 아니지만, 오스만-터키의 '영원한 손님' 관념은 유대인은 '영원한 방랑자'라는 그리스도교 사상의 관념과 유사하며,[40] 된메는 유럽의 담론에 나오는 흉내쟁이라는 표상과 유사하다는 점은 생각해볼 만하다.

방랑하는 유대인이라는 표상은 학자들이 상당히 관심을 많이 쏟은 대상이다. 예를 들면 갈리트 하산로켐과 앨런 던디스는 이 표상이 언제나 "유대인-그리스도교인 관계를 비춰주는 중요한 지표"였다고 본다.[41] 에드워드 팀스는 방랑하는 유대인이라는 표상을 그리스도교 전설로 해석하기보다 독일이라는 구체적 맥락 속에서 고찰해, 1600년경 처음 나타난 때로부터 20세기 초에 나치가 전유한 때까지의 변화를 보여준다.[42] 엘리자베스 그로스 또한 유대인을 "수천 년간 '영원한 남'이라는 지위를 차지하고 있는 타자"의 표상으로 본다.[43] 오스만 시대의 유대인이라는 구성 개념은 더 깊이 연구할 여지가 있다. 이런 연구는 유대인-무슬림 관계의 본성을 이해하는 데 혜안을 제공하며 유대인이 오스만 시대의 '민족(millet)'으로부터 21세기에 종교 공유를 기반으로 하는 소수자 공동체로 재분류되기까지의 변화 과정을 자세히 알려줄 가능성이 높기 때문이다.[44] 그렇지만 르파트 발리와 아빅도르 레비의 연구 덕분에 우리는 "유대인의 가시지 않는 불안감과 '동떨어짐'이라는 감정'"은 적어도 어느 정도는 무슬림 세계에서 손님으로 살아가는 세파르디 유대인의 사회적 지위에서 처음 유래했다고 가정할 수 있게 되었다.[45]

우리는 그 증거를 1933년 이후 유대인 망명객에 대한 터키의 정책에서 발견할 수 있다. 전쟁 전에 터키는 유럽 유대인이 거쳐가는 나라로 간주되었다. 수천 명의 피난민이 터키를 경유하여 팔레스타인으로 이주하면서 이스탄불은 대기실 같은 성격을 띠었다.[46] 그렇지만 유대인 피난민이 전반적으로 환영받으며 머물지는 못했다는 것은 거의 알려져 있지 않은 사실이다.[47] 이 점은 1939년 초 나치 독일을 탈출한 유대인에 대해 레피크 사이담 총리가 터키는 피난처를 제공하지 않겠다고 단호하게 선언했을 때 분명해졌다. 그는 그들 중에는 나라의 국가적·행정적 필요를 위해 일할 유대인이 있음을 인정했다. 그 가족도 터키로 입국하도록 배려하고 있었지만, 그의 말을 빌리면 그들이 "편안한 마음으로 일할" 수 있게 하려는 목적 때문이었다. 그렇지만 그는 가족은 구직하지 않겠다는 체류조건을 요구했다.[48] 유대인 망명객에 대한 터키의 정책이 이렇게 바뀌었다는 것은 독일의 터키 영사관이 터키 입국 비자를 발급하는 선결조건으로 아리아인 혈통을 입증하도록 요구하기 시작했다는 의미이기도 했다.[49] 터키로 이주한 독일인 중 많은 숫자가 유대인이라는 사실은 이제 일반 국민의 의식 속에 자리를 잡고 있었다.

1939년 여름, 일간지 『예니 사바흐』지는 터키에 있는 독일계 유대인이 독일 당국에 의해 국적이 박탈되고 있다고 보도했다.[50] 터키 당국은 아리안 혈통 증명서를 요구함으로써 독일계 유대인이 국경을 통과하지 못하게 하는 한편, 이미 대학교나 정부기관에 고용되어 있는 소수의 망명객에게는 국적을 부여했다. 따라서 더 많은 유대인들이 터키로 이주하는 길은 막혔지만, 그전에 들어와 무국적자가 된 망명객에게는 자신의 상황이 더 나아지리라는 기대가 있었다. 그렇지만 터키 국민이 된다는 것은 외국인 교수에게만 적용되던 상대적으로 높은 급료를 더이상 받을 자격이 없어진다는 뜻이었다. 히르슈 같은 학자에게는 안전하게 살 수 있다는 점이 경제적 손실보다 훨씬 더 중요했다.[51] 터키 국적을 신청한 망명객 수는 얼마인지, 그중 얼마가 국적을 얻는 데 성공했는지에 대해서는 보고가 엇갈린다. 독일 영사의 기록에 따르면 아우어바흐는 1939년 이스탄불에서 터키 국적을 신청하지 않은 유일한 망명객이었다.[52] 남들처럼 하면 그가 처한 법적 지위 문제를 해결할 수 있는 기회를 얻었겠지만, 알려지지 않은 어떤 이유로 그는 무국적자가 되는 위험을 떠안았다. 어쩌면 신청한다 해도 성공하지 못할 것으로 생각했는지도 모른다. 아니면 터키 정부가 정부기관과 교육기관의 고위직은 보호해줄 것이라 믿었는지도 모른다. 파시즘으로부터 벗어나려고 필사적으로 노력하던 다른 유대인 망명객들에게는 그런 선택이나 보호의 기회가 없었다. 터키 국적은 선택사항이 아니었다.[53]

일반적으로 예상할 법한 것과는 달리, 터키 국적을 얻어도 망명객의 사회적 지위에는 그리 큰 영향이 가지 않았던 것으로 보인다. 터키 국적이 있든 없든 망명객은 다같이 특권을 지닌 손님으로 간주되었다.[54] 손님이 되는 데는 특별대우와 높은 사회적 지위 등 확실히 유리한 점이 있었지만 그만한 의무와 제약도 뒤따랐다. 주인의 나라에 충성을 보이라는 압력 속에서 이들 망명객은 실질적 비판은 자제하는 경향이 있었다. 예를 들어 대학교에서 처하는 어떤 어려움도 내비치지 않았고, 터키 당국과 오가는 일에 대해서도 내놓고 말하지 않았다. 실제로 아우어바흐는 터키에 대해 공개적으로 언급한 적이 거의 없고, 그가 출간한 책에서도 터키는 최저한의 자리만을 차지했다. 그러나 그가 남몰래 비판을 감추고 있었다는 사실은 서유럽의 친구나 동료와 주고받은 개인 편지에서 드러난다. 오늘날 이런 편지는 그가 터키의 현대화와 그 과정에서 자신이 맡은 역할을 어떻게 보고 있었는지 알려준다. 아우어바흐가 터키의 개혁 조처, 국가주의 정책, 반유대주의 등을 비판적으로 평가하는 모습을 볼 수 있는 것은 바로 이런 개인 편지 안에서다.[55]

예를 들어 1938년에 예전의 조교였던 프레야 호봄에게 보낸 편지에서 그는 터키가 자기 뿌리를 스스로 잘라냄으로써 자신을 유럽 국가로 재창조하려는 노력에 대해 우려를 표출하고 있다.[56] 아우어바흐는 공화국을 세속화하기 위해 오스만의 문화 전통을 포기하는 행위 이면의 논리를 이해하고 있었다. 마찬가지로 그는 공식적으로 오스만의 유산을 부인하는 터키의 정책에 대해서도 비판적 관점을 유지했다.[57] 아우어바흐는 1936년에 벤야민에게 보낸 한 편지에서 이런 정치적 결정은 역사의식의 상실과 문화 규격화의 한 원인이 되었다고 썼다(또 1952년에 쓴 「세계문학의 문헌학」이라는 에세이에서도 같은 주장을 되풀이했다).[58] 그는 이런 관점을 독일에 있는 친구나 동료에게 표출할 때는 안전하다고 느꼈겠지만, 터키 사람들에게는 절대로 그렇게 말하지 않았다. 이에 대해서는 다음 장에서 다시 다루기로 한다. 실제로 아우어바흐는 검열당하고 있다고 느꼈던 것이 확실하다. 아우어바흐는 마찬가지로 예전의 조교였던 마르틴 헬베크에게 보낸 편지에서 터키 교육개혁 진행상황에 대해 이야기하면서, "사실이라고 판단되는 내용도 공개적으로 표현할 수 없다"라고 분명하게 표현했다.[59]

마르부르크에서 동료로 일했던 베르너 크라우스에게 아우어바흐가 1946년에 보낸 편지를 일부 읽어보면 터키가 지식인 망명객들에게 정확하게 무엇을 기대했는지 알 수 있다. 아우어바흐는 전쟁이 끝난 뒤 베를린 훔볼트대학교에서 그에게 제안한 직책이 왜 적절하지 않은지를 설명하고, 터키에서 일하면서 자신의 정치적 태도가 어떻게 영향 받았는지를 짚어보았다.

따지고 보면 나는 전형적인 자유주의자라네. 어떤가 하면, 환경에서 내게 주어진 상황 자체가 이런 성향을 강화시킨 셈이지. 여기서 나는 결정하지 않아도 되는 큰 자유를 누리고 있네. 다른 어떤 상황에 있을 때보다도 더 그 어디에도 매이지 않을 수 있었으니까 말일세. 내게서 요구되고 기대되는 것은 이처럼 본질적으로 어느 곳에도 속하지 않는, 즉 동화될 가능성이 없는 이방인의 태도라네.[60]

이 편지는 아우어바흐가 당시 소련이 점령한 동베를린의 훔볼트대학교에 확약하기가 꺼려진 이유만이 아니라 그 이상의 것을 알게 해준다. 현대의 터키 안에서 그의 입장에 대해 어느 정도 알려주고 있는 것이다. 게다가 자기가 태어난 나라에 동화된 독일계 유대인이었으나 거기서 쫓겨난 사람이 하는 말이기에 더 날카롭게 들린다. 그는 동화를 추구하거나 요구받기보다, 공인된 비동화주의자라는 차원에서 자신이 맡은 과제를 이해하고 있었다. 그리고 다가오는 세대의 터키인 학생과 학자들을 위한 본보기가 될 수 있게 유럽인의 자기정체성을 유지하고 체현할 필요가 있다고 느꼈다. 더 나아가 터키인은 그가 영원한 손님으로 남아 있기를 바란다는 점을 이해하고 있었다. 이는 그 자체로 문화적 동화가 불가능하지는 않다손 치더라도 바람직하지는 않다는 뜻이었다. 나는 아우어바흐의 개인적 동기와 내면의 생각을 넘겨짚지 않으면서, 그가 고를 수 있었던 선택의 범위가 정확하게 얼마나 좁았는지를 강조해두고 싶다. 전쟁 동안 아우어바흐의 안전과 사회적 지위를 보장해준 것은 터키에서 동화될 수 없다는 바로 그 사실이었다. 그가 베벡에서 누린 편안하고 자극적인 생활에는 유럽의 학문을 전하는 일에 계속 전념한다는 전제가 깔려 있었다. 다시 말해 아우어바흐가 터키와 암묵적으로 맺은 거래는 차이를 뛰어넘는 것이 아니라 유지하는 데 달려 있었다는 뜻이다. 이 거래를 받아들인 덕분에 아우어바흐는 나치 홀로코스트로부터 살아남을 수 있었다.

전쟁이 끝난 뒤 아우어바흐는 다시 한번 터키 귀화를 권유받았다. 터키 당국의 이 제안은 그가 현재 사는 곳과 맺은 관계와는 아무 상관이 없었다. 실제로 아우어바흐는 터키어를 그다지 잘하지 못한 것으로 알려져 있다. 베르너 크라우스에게 쓴 편지에서 아우어바흐는 터키로 귀화하면 여행을 다닐 수는 있겠지만 이 나라를 떠나려고 계획중인 사람이 그런 제안을 수용한다면 명예롭지 못할 거라는 점을 시인했다.[61] 터키 국민이 되면 확실히 아우어바흐의 법적 지위는 적어도 일시적으로는 명확해졌을 것이다. 그럼에도 불구하고 그는 또다시 위험을 감수하면서 이주 기회가 다시 생겨나기를 기다렸다. 그가 마르틴 헬베크에게 보낸 편지에 쓴 다음과 같은 말은 이런 관점에서 이해해야 한다. "우리는 터키인이 되지 않았다네, 법적으로조차 말이지. 이제 우리는 다시 여권 없는 독일인이 되었고, 그래서 모든 것이 잠정적이라네."[62] 터키 국적과 그에 따라 터키에서 평생 눌러앉을 가능성을 사양하고 아우어바흐는 마침내 1947년에 이스탄불대학교를 떠났다. 안전을 보장해주는 교수라는 지위도 없이, 그러나 그 전해 베른에서 출간한 『미메시스』를 자신의 논문 목록에 포함시킨 상태에서 에리히 아우어바흐는 아내 마리와 함께 미국으로 이사했다. 아들이 하버드대학교에서 대학원생으로 공부하고 있는 가족의 상황, 그리고 국제적으로 인정받는 기관에서 더 나은 조건에서 연구하고 싶다는 희망이 이런 결정에 영향을 미쳤을 것이 분명하다. 그렇지만 터키에서 유대인이라는 지위, 특히 1939년부터 1943년 사이의 취약한 지위 또한 떠난다는 결정에 영향을 주었을 가능성이 높다. 다음 절에서는 유럽계 유대인과 터키계 유대인에 대한 터키의 태도가 어떻게 변화했는지를 개관하고, 아우어바흐가 터키에서 보낸 시기의 정치적·문화적·학문적 상황은 어떠했는지를 논의한다.

동화 불가능한 터키계 유대인

터키 정부는 독일계 유대인 지식인이 터키의 기관에서 훌륭한 조건으로 살고 일할 수 있게 해주었지만, 앞서도 살펴보았듯이 1939년 이후 나치의 홀로코스트를 피해 달아나는 다른 유대인들에게는 반대되는 정책을 적용했다. 강제 이송을 피하려는 사람 중에는 과거에 오스만 제국이나 새로운 터키의 국적을 가지고 있었거나 현재도 가지고 있는 이가 수천 명이나 있었다. 이제 나치가 점령한 영토에 갇힌 채 많은 사람이 터키로 달아나거나 터키를 경유지로 이용할 방법을 찾으려 했다. 로도스섬의 셀라핫틴 윌퀴멘이나 프랑스의 베히츠 에르킨과 나즈데트 켄트 같은 터키 대사나 영사가 나서서 오스만 또는 터키의 국민임을 입증해준 덕분에 겨우 강제 이송을 피하거나 집단수용소에서 풀려난 유대인이 부지기수였다. 베히츠 에르킨의 손자 에미르 크브르즈크는 프랑스에서만 2만 명의 유대인이 이때 강제 이송을 면했다고 잘라 말한다.[63] 이런 주장은 과장되어 보이고 그 숫자 역시 기록보관소 자료와 비교분석해 검증할 필요가 있다. 내가 독일 기록보관소에서 찾아낸 기록을 보면 점령지에서 살고 있던 터키계 유대인은 5만 명 정도였던 것으로 나타난다. 이들 가운데 얼마나 구조되었는지는 명확하지 않다.[64]

실제로 코린나 구트슈타트는 1938년부터 1945년까지 터키는 정확하게 그 반대를 의도했다고 주장한다. 즉 사람들을 구하겠다는 의도를 지니고 있었던 게 아니라 "외국에서 살고 있는 수천 명의 자국민 유대인으로부터 국적을" 고의적으로 박탈했다는 것이다.[65] 이것은 사실일 수 있지만, 베를린에 있는 외무부 기록보관소의 파일을 보면 나치 점령지에 있던 터키 대사와 영사 다수가 자국민을 전부는 아니더라도 적어도 일부나마 보호하려 했다는 것을 알 수 있다. 1942년 반제에서 열린 밀실회의에서 나치는 터키를 포함한 유럽에 있는 모든 유대인을 '최종 해결책'의 대상으로 삼기로 결정했다. 나중에 터키 당국은 터키는 유대계 터키인과 비유대계 터키인을 차별하지 않는다고 주장하면서, 이를 근거로 독일이 지배하는 프랑스와 그 외 나라들로부터 유대계 자국민을 일부나마 데리고 나오려 했다.[66]

그렇지만 구트슈타트가 증명하듯 이런 입장은 당시 터키 국내의 정책과 일치하지 않았으며 터키 당국이 자국민 구조를 위해 백방으로 나섰다고도 할 수 없다. 실제 터키 정부가 나치를 대한 것을 보면 이따금씩 손발이 너무 잘 맞았던 것으로 보인다. 1943년에 베를린의 터키 대사관은 터키계 유대인을 터키로 보낼 시기를 두고 나치 외무부와 협상을 벌였다. 이 회의에서 터키 대표는 이렇게 말했다. "우리 정부는 유대인이 대거 이주해오는 것은 피하고 싶어한다. 터키 국적 증명서를 제대로 가지고 있으면서도 수십 년간 터키와의 접점이 없었던 유대인이 특히 그렇다."[67] 이것을 보면 독일과 나치 점령지에서 터키 당국은 모든 자국민 보호에도 관심이 없었고 유대계 터키인과 무슬림 터키인을 동등하게 취급하는 데도 관심이 없었음이 명확해진다.[68]

1942년에 터키의 반유대주의는 위험한 수준에 다다랐다. 루마니아에서 800명 가까이 되는 유대인 피난민을 실은 선박 스트루마호가 이스탄불 해안 인근에 이르러, 팔레스타인으로 가도 좋다는 허가를 10주 동안 기다렸다. 이 배는 영국이 비자 발급을 거부하면서 지중해로 들어가지 못하게 되었고, 그러는 한편 터키는 이스탄불에서 몇 명의 피난민만 배에서 내릴 수 있게 했다. 결국 터키는 고장난 이 배를 보스포루스해협을 지나 흑해에 끌어다놓았고, 배는 그곳에서 표류하다가 나중에 소련의 공격을 받았다. 승객 중 단 한 명만 살아남고 나머지는 모두 죽음을 당했다.[69] 사이담 총리는 이 비극이 있은 뒤 터키의 결정을 옹호하면서 "터키는 다른 곳에서 원치 않는 사람들의 안식처가 될 수 없다"고 선언했다. 이 성명은 터키를 경유하여 팔레스타인으로 가는 이민 길을 사실상 막아버린 것이었다.[70] 그뿐 아니라 사이담 총리는 터키의 아나돌루통신에 고용된 유대인 기자들을 해고했다.[71] 사이담의 성명은 반제 회의에서 유럽에 있는 유대인들의 운명이 결정된 뒤 발표됐다는 점을 눈여겨볼 필요가 있다. 그해 겨울에 터키가 유대인 피난민 원조를 거부한 것은 터키 자신의 반유대주의 입법을 예고한 것으로 해석될 수 있다.[72]

1942년에 경제적 어려움에 처한 터키 정부는 무슬림, 비무슬림, 된메, 외국인을 차별하는 자산세를 도입했다. 새로운 세금은 주로 비무슬림 소수에게 적용되었고, 경제를 '터키화'하기 위해 도입된 법규의 결과로 터키계 유대인은 상당 규모의 재산을 잃었다.[73] 정해진 세금을 지불할 수 없었던 1,400명이 넘는 비무슬림은 에르주룸 근처 아쉬칼레의 강제노동 수용소에서 노역을 했다.[74] 터키계 유대인과는 달리 독일계 유대인은 비무슬림으로 취급받지 않았다. 이들은 세법에 따라 외국인으로 분류되었고, '정규' 비무슬림보다 더 낮은 세율을 적용받았다.[75] 1940년대 초에 반유대주의가 갈수록 심해지는 분위기에서 된메를 유대인으로 보아야 하는지 무슬림으로 봐야 하는지를 두고 다시 논쟁이 일었다. 된메는 무슬림이 내는 세금의 두 배를 내되 유대인보다는 적게 내도록 한다는 결정이 내려졌다.[76] 여기서 우리는 터키계 유대인이 이전에 어떻게 생각됐든 전쟁이 한창일 무렵에는 동화될 수 없는 민족적·종교적 공동체로 명확하게 따로 취급받고 있었다고 결론내릴 수 있다. 이 무렵 전국의 주요 일간지에서 유대인을 코가 크고 파렴치한 모리배로 묘사한 만평을 게재하는 등 반유대주의 여론몰이를 하는 것을 볼 수 있었다.[77]

터키계 유대인의 공화국에 대한 충성심을 의심하는 태도는 세간에 널리 퍼져 있었다. 새로운 자산세를 둘러싼 토론의 한 부분으로서 저명한 언론인이었던 나디르 나디는 비무슬림이 스스로 터키인임을 증명하고 싶다면 국가의 이익을 위해 자신의 재산을 바치거나 나라를 떠나야 한다고 썼다.[78] 터키의 육군 소령이 1943년 어느 대학교의 강연에서 한 말 속에도 그와 비슷한 논리가 깔려 있었다. 그는 터키계 유대인이 "자신에게 [450년 전에!] 피난처를 제공해준 국가의 명령을 무시한다"며 비난했다. 그리고 계속해서 다음과 같이 말했다. "우리는 그들을 발로 짓밟는 독일인이 아니다. 그러나 우리 정부를 믿는 만큼 우리는 느리더라도 확실하게 우리 목표에 다다를 것이다. 그날이 오면, 아니 그날이 와야만 이 나라는 우리 것이 될 것이다."[79]

터키의 유대인을 향한 이런 극심한 불관용의 태도는 히틀러에 대항하는 크라이자우 저항단의 창시자 헬무스 야메스 폰 몰트케가 연합국과 함께 평화 계획을 꾸리기 위해 1943년에 터키를 방문했을 때 그의 눈에도 띄었다.[80] 이스탄불에 두 차례 잠시 들렀던 몰트케는 망명객 공동체 사람들을 만났으며 그중에는 대학교에서 아우어바흐와 가까운 관계에 있던 경제학자 알렉산더 뤼스토브와 농학자 한스 빌브란트도 있었다. 몰트케는 뤼스토브와 빌브란트에게 독일의 상황과 바르샤바 게토의 반란을 자세히 적은 메모를 전했다. 두 망명객은 몰트케와 미국 첩보부 사이의 중재자 역할을 했다.[81] 아우어바흐를 비롯한 다른 망명객들이 몰트케의 계획을 알고 있었는지는 분명하지 않다. 그렇지만 여기서 우리에게 흥미로운 부분은 몰트케가 이스탄불을 인종적으로 분리된 도시로 인식했다는 점이다. 몰트케는 1943년 7월 아내 프레야 폰 몰트케에게 보낸 편지에서 이렇게 썼다.

> 사람들이 모두 인종을 예민하게 의식하고 있어. 레버퀸에게 고용된 지타는 그리스인이야. 그녀는 터키인하고는 말을 섞지 않지. 유대인은 여기서 완전히 버림받은 사람이야. 흔히 '당신' 같은 말로 이들을 부르고, 아무도 이들과 악수를 하거나 의자를 권하거나 하지 않아. 돈을 엄청나게 벌고 철저하게 유럽화되어 있는데도 말이야. 레반트인은 이탈리아인 아니면 그리스인과 결혼해서 나온 혼혈아지. 또 독일인과 그리스인 어머니 사이에서 나온 혼혈아도 레반트인인데, 사회적으로 터키인보다 지위가 낮아. 모든 게 다 너무나 이상해.[82]

몰트케가 이스탄불의 일상에서 받은 인상은 우연하게도 이 장의 핵심에 해당하는 이상한 점을 가리키고 있다. 터키계 유대인은 서구적 뿌리와 습속이 있음에도 불구하고 배척당했다. 독일계 유대인이 국가의 유럽화를 돕는 동안에도 마찬가지였다. 그럼에도 불구하고 독일계 유대인과 터키계 유대인에게는 자신의 상황이 불확실하다는 공통점이 있었다.

전쟁의 마지막 2년간은 사정이 나아졌다. 전쟁이 끝난 뒤 마르틴 헬베크에게 보낸 편지에서 아우어바흐는 당시 상황을 돌이켜보며 이렇게 썼다. "온갖 난관에도 우리는 잘 지냈다네. 새 정권은 보스포루스를 뚫고 나오지 못했지. 그게 사실상 모든 것을 말해주고 있다네. 우리는 아파트에서 살았고 사소한 문제나 두려움 말고는 아무런 문제도 겪지 않았어. 1942년 말까지 상황은 정말 나빠 보였네. 그러나 그러다가도 구름이 천천히 걷혔다네."[83] 실제로 1943년 비무슬림 공동체를 대상으로 한 강제 노동 수용소가 문을 닫고 체납 자산세가 해소되고 난 뒤에 반유대주의는 강도가 약해졌다.[84] 단일정당 통치체제 동안 이스메트 이뇌뉘 대통령은 그럭저럭 터키가 전란에 말려들지 않도록 하는 데 성공했다. 제1차 세계대전의 패배가 교훈이 된 것이다. 셀림 데링길은 제1차 세계대전 시기 터키의 외교정책에 대한 연구에서 터키 지도자들은 자기 나라가 군사적·경제적으로 약하다는 사실을 너무 잘 알고 있었기에 "적극적인 중립정책"을 추구했다고 주장한다.[85] 터키는 독일의 패배가 명백해진 1944년까지 기다렸다가 극히 중요한 크롬철광을 독일로 납품하는 일을 중단했고, 마침내 나치와의 외교관계를 단절했다.[86] 이는 정부가 오랫동안 유대인 피난민에게 가하던 극심한 제한을 끝내고 유대인기구가 피난민 6,800명의 팔레스타인행 수송을 돕도록 허용했다는 뜻이기도 하다. 이들 중에는 루마니아에서 배를 타고 이스탄불로 온 어린아이가 많았는데 이들은 거기서 기차로 갈아탔다.[87] 1945년 2월 터키는 마침내 독일에게 전쟁을 선포했다.

가짜 유럽인

진짜·가짜 관념을 논의한 오스만 말기의 담론에서 '쥡페'와 '쿠클라' 즉 유럽의 멋쟁이와 유럽의 꼭두각시라는 표상은 서구화를 사회적으로 어느 수준까지 받아들일 수 있는지 그 한계를 나타내는 흔한 표상이었다. 반면 아우어바흐가 터키에서 망명해 지낸 시기에는 초국가적인 혼종의 정체성이 만들어지고 터키의 유럽성에 관한 우려가 깊었다. 유대인의 특징을 가리키는 불충한 된메나 영원한 손님 같은 표상이 터키인의 조국·소속·국민성 관념을 형성했다. 나치는 유대인은 진짜가 아니라 흉내쟁이라는 이미지를 만들어냈고 이것을 추방과 몰살의 한 가지 근거로 이용했다. 반면에 터키인은 흉내쟁이라는 비유를 현대 터키의 유럽화를 둘러싼 논란에 대한 하나의 교정 수단으로 이용했다. 한때 '모방하다'와 '조롱하다'라는 두 가지 뜻을 모두 지니고 있던 '타클리트칠리크(taklitçilik)'라는 낱말은 유럽화 개혁이 진행되는 동안 이제는 더이상 창피하다는 함의를 띠지 않게 되었다.[88] 모방이 창피한 조롱거리가 아니게 되었을 뿐 아니라 유럽을 흉내내는 터키인과 진정으로 유럽적인 터키인 사이의 구별도 생겨났다.

4
보스포루스의 독일
나치의 음모와 망명객 정치

1933년 2월 1일, 히틀러가 권력을 잡은 이틀 뒤 이스탄불 유일의 독일어 일간지 『튀르키셰 포스트』는 이미 색깔을 드러내고 있었다. 이 신문은 「세계어로서의 독일어」라는 머리기사 제목을 대문짝만하게 내걸고 나치가 직접 내놓은 팽창주의 수사에서 한 페이지를 가져와, 독일어를 해외에 전파할 때의 이점에 대해 설명했다. 이 머리기사는 독일어에 익숙해지면 러시아어, 터키어, 아랍어, 스페인어 사용자들 사이에서 독일의 이익을 증진하게 되며, 이들 나라의 국민이 독일과 귀중한 인연을 키워나갈 수 있게 될 거라고 주장했다.[1] 이 신문이 히틀러가 집권하고 그렇게나 빨리 터키에서 독일어 공부를 장려할 태세에 있었다는 것은 뜻밖의 일이 아니다. 이런 생각은 터키에서 커다란 독일인 공동체를 이루고 있던 이주민들, 즉 1933년 이전에 터키에 정착한 독일인들 사이로 삽시간에 퍼져나갔다. 나치로부터 탈출할 수 있어 운이 좋았다고 생각했을 아우어바흐 같은 사람이라면 그런 변화가 우려스러웠을 것이다. 베를린에서 2,000킬로

미터도 더 떨어진 이곳까지도 나치의 그림자가 닿을 수 있다는 것을 보여주기 때문이었다. 그렇지만 나치의 그림자가 동쪽으로 이렇게나 멀리까지 드리운다는 이미지는 단순한 은유만은 아니다. 이스탄불에 머무르는 동안 아우어바흐와 그의 동료 망명객들은 나치 첩보원들의 통제하에 놓이게 된다. 이 첩보원들은 망명객의 재산을 빼앗거나 가두거나 죽일 권한은 없었지만 일상에서 성가신 존재였다. 이들은 보스포루스에서의 삶은 불안하다는 것을 번번이 일깨워주었다. 더욱이 이들은 독일계 유대인 망명객의 영향력을 축소하고 터키 사회의 현대화 과정에서 그들의 역할을 최소화하기 위해 노력했다.

지금까지 우리는 아우어바흐가 터키로 이주했을 때 지적·정치적 공백 상태로 떨어지지 않았음을 보았다. 그곳에서 그를 기다리고 있었던 것은 인문주의와 국가주의가 뒤섞인 사고였다. 이 장에서 우리는 아우어바흐가 망명지에서 보낸 시간은 그가 도피하고자 했던 바로 그 힘, 즉 독일 파시즘의 영향도 받았다는 사실에 대해 알아본다. 이스탄불에서는 터키 국가주의자와 독일 파시스트가 나름의 지적·정치적 목적을 위해 활발하게 경쟁하고 있었다. 우리 이야기의 주인공이 이런 긴장된 분위기에 어떻게 대처했는가—즉 무엇을 받아들이고 무엇을 거절했는가—하는 것이 이 장의 주제다. 우리는 나치가 대학교의 강의실을 감시하고 친독일주의자들이 밀실에서 음모를 꾸미는 독일적 이스탄불의 풍경 속에서 그가 걸어간 길을 더듬어갈 것이다. 이제껏 발견되지 않았던 독일 영사관 기록보관소의 문서, 그리고 이제까지 공개되지 않았던 스피처와 아우어바흐의 편지에서는 나치의 간섭 때문에 망명자의 학문 활동과 개인 생활에서 관계가 복잡해지고 갈등이 빚어졌음이 드러난다.

이스탄불의 국가사회주의

아우어바흐를 비롯한 독일인 망명객을 살펴보기 전에 터키의 중심인 이 도시에서 독일인 이주자의 지위에 대해 잠시 들여다보는 것이 좋겠다. 19세기 중반부터 1,000명이 넘는 독일과 오스트리아 국적자들이 이스탄불에서 살아가면서 수많은 문화·종교 단체를 만들었다.[2] '도이체 콜로니(Deutsche Kolonie)'라는 이름으로 불린 독일 이주민 공동체는 이스탄불개신교회(1843 설립), 튜터니아클럽(1847), 콘스탄티노폴리스독일여성회(1856), 독일병원(1877), 이스탄불독일학교(1868)[3] 같은 단체에서 서로 어울렸다. 1923년에 터키 공화국이 수립되면서 이스탄불고고학연구소라든가 평판 좋은 독일동방연구소(1929) 지부를 비롯하여 더 많은 연구소가 생겼다. 이런 문화·교육 시설의 수와 다양성을 보면 독일인 공동체는 사회, 정치, 문화, 종교 활동을 다양한 형태로 공유하며 생활을 꾸려가고 있었다는 것을 짐작할 수 있다. 나아가 나치주의가 등장하고 새로운 망명객이 오기 전부터 독일 문화와 지식 생활을 증진하기 위한 기구가 이미 있었다는 것을 알 수 있다. 나치당 관리들은 이런 점을 이용해 1933년에 튜터니아클럽 후원으로 첫 사무소를 개설한다. 곧이어 많은 단체가 마찬가지로 나치당의 지배하에 들어갔다. 이주민 공동체가 나치의 침투에 본격적으로 대항했는지는 몰라도 역사자료에서는 그런 움직임이 나타나지 않는다. 분명 반대한다는 의견을 내놓은 개인도 당연히 있었을 것이다. 그러나 전체적으로 독일인 공동체는 독일의 정치 변화에 좌우됐던 것으로 보인다.

1930년대에 나치주의, 공산주의, 반유대주의가 퍼졌다는 것은 이스탄불 독일어권 공동체의 작지 않은 부분이 막 도착한 망명객들에게 환대하는 쪽이 아니라 적대적이었다는 뜻이다.[4] 공개적으로 나치에 동조하는 독일인은 독일 영사관, 튜터니아클럽, 이스탄불독일학교, 칼리스 서점을 중심으로 뭉쳤다. 이들 모두 나치 정부에 반대하는 사람과 유대인 출입을 노골적으로 금지한 곳이다.[5] 소위 획일화(Gleichschaltung)의 일환으로 나치당 이스탄불 지부는 많은 독일 단체를 자신의 지배권 안으로 끌어들였다.[6] 이스탄불의 독일 젊은이들은 나치 독일에서 그러하듯 히틀러청년단과 독일소녀동맹으로 조직되었다. 『튀르키셰 포스트』지는 터키의 공식 나치당 기관지가 되어,[7] 나치 신념을 확산하기 위해 독일인 이주민이 역할을 맡을 것을 요구하고 나섰다.[8] 그리고 곧장 히틀러의 『나의 투쟁』 발췌본을 싣고 '인종우생이론' 같은 주제를 이스탄불의 독일인 독자에게 소개했다.[9] 『튀르키셰 포스트』지는 또 터키에서 나치 지지자의 증가를 매우 꼼꼼히 기록했다.[10] 독일 영사 퇴프케는 일찍이 1935년 이스탄불에 거주하는 독일인 이주민 중 4분의 1 이상이 나치당에 가입했다고 자랑했다. 즉 이스탄불의 독일국 국민 950명 중 225명이나 공식 당원이 되었다는 것이다.[11]

새로 구성된 독일국의 제국과학교육부는 터키의 3차 교육기관과 긴밀한 관계를 맺고자 한 바이마르 독일의 노력을 계승했다. 터키 당국은 독일 교육부가 보내는 학자들이 나치 정부의 대리자라는 사실을 의식하고 있었다. 나아가 터키가 파시스트 독일에 의존하게 만들고 싶어할 학자들이라고—결과적으로 아주 정확하게—생각했을 것이다. 그러나 터키 당국은 독일의 정치적 야망을 경계하면서도 1944년까지 나치와의 관계를 청산하지 않았다. 터키가 이런 모순적인 정치적 목표를 추구한 이유가 무엇 때문이었는지는 설명하기가 쉽지 않다. 어쩌면 당국의 입장에서는 한쪽 편만 들 때 생겨날 수 있는 위험을 줄이고자 했는지도 모른다. 아니면 교육부 내 세력다툼의 결과였을 수도 있다. 지금으로선 다음과 같이 정리할 수 있을 뿐이다. 터키 교육부는 한편으로 망명객 학자들을 고용함으로써 반나치주의적 목표를 추구하면서도 경우에 따라 독일 과학교육부와 공범관계가 되어 나치 학자들을 들여오는 행동도 했다는 것이다.

망명객과 나치가 이스탄불이나 앙카라에서 마주치는 일은 따라서 불가피했다. 1933년 여름에 이주자들이 한 차례 대거 독일을 떠난 뒤 베를린 외무부는 터키의 독일 대사관에게 망명객들을 공식 접촉하여 만남의 자리를 갖도록 요구했다. 독일 대사는 망명객 단체인 재외독일인학자원조기구 대표자들을 대사관으로 초청해, 이들을 설득하여 당 노선을 따르고 독일의 경제, 문화, 정치적 이익을 더 잘 챙기도록 독려하려 했다. 물론 원조기구를 그리 쉽게 설득할 수는 없었다. 원조기구의 대표자 필립 슈바르츠와 루돌프 니센은 만남의 자리에서 스바스티카 깃발이 날리는 일은 그럭저럭 막을 수 있었다.[12] 이런 작은 승리에도 불구하고 대사가 진심이라는 것은 분명했고, 따라서 망명객들은 그 사실을 전적으로 무시할 수만은 없었다.[13] 따지고 보면 이들 망명객은 사회적으로나 정치적으로나 상당히 취약한 상황에 있었다. 의지가 아닌 운명에 의해 낯선 환경에 내던져져 있었고, 친구나 가족과 떨어져 있었으며, 많은 이가 새로운 곳에서 삶을 꾸려나가는 데 필요한 자원을 갖추지 못한 상태였다. 일반적인 소유물도, 언어 능력도 부족했고, 다른 문화에 익숙하지도 않았으며, 확실한 생계수단도 없었다. 심지어 나중에는 법적 체류 자격이나 이동의 자유마저 없었다. 이런 문제들은 망명객이 지식인이라는 사실 때문에 어느 정도는 더 나쁘게 작용하기도 했다. 이들의 연구 활동은 자신을 표현하고 연구를 출판하여 그것을 사람들에게 이해시키는 능력을 중심으로 돌아가고 있었다. 개인 생활 역시 어느 정도는 마찬가지였다. 이처럼 독일어, 독일의 연구자료, 독일인 독자와 청중에게 의존하고 있다는 사실은 망명객들이 그곳 독일인 공동체를 간단하게 무시할 수는 없다는 것을 뜻했다. 나치주의가 소름끼치는 장막을 터키의 독일인 공동체 위로 넓게 드리울수록 망명객과 기존 독일 공동체의 관계는 더더욱 조심스러워지고 복잡해질 터였다.

나치 당원뿐만 아니라 독일 영사관과 대사관 관리들이 망명객의 활동을 면밀히 감시하고 있다는 것은 공공연한 비밀이었다. 도처에 첩자와 정보원이 있었던 것이 분명하다. 독일 영사관과 대사관이 터키의 독일인, 특히 망명객의 문화·정치 활동을 자세히 담은 장문의 보고서를 매년 베를린의 외무부에 보냈기 때문이다. 이런 보고서는 현황을 서술할 뿐만 아니라 방책도 제시하고 있기 때문에 재외 독일인 공동체를 중심으로 한 원대한 계획이 있었음을 보여준다. 보고서는 터키-독일 도서 교환소를 만들고 독일 영화 상영, 연극 공연, 음악회를 마련하도록 추천했다.[14] 우리의 관심사에서 중요한 부분은 이런 보고서에서 망명객이 대학교에 미치는 영향을 무효화할 방법도 제안했다는 점이다. 예를 들어 부영사 자우켄은 1935년의 보고서에서 망명객의 곤란한 위치를 설명한다. 부영사는 망명객 학자들이 독일 지식을 독일어로 가르치고 있는 만큼 독일측에 불리한 선동을 할 수는 없다는 사실을 지적했다. 실제로 망명객은 자신의 학문이 의지하고 있는 바로 그 문화자원과 연구자료를 쉽게 단념할 수가 없었다. 이 혜안으로 터키 대학교들의 현대화를 위해 필요한 독일 장비의 구입을 거부한 학자가 병리학자 슈바르츠를 비롯해 손꼽을 정도에 지나지 않았던 이유가 설명된다.[15]

대부분의 망명객은 슈바르츠처럼 대담하지 않았다. 이들은 대사관과 영사관의 눈길을 끌지 않으려고 공개적인 충돌을 피했다. 이런 전략이 적절했는지는 아직 해결되지 않은 질문이지만 이해가 가는 것만은 확실하다. 물론 이는 나치의 이해에도 부합했다. 1935년 영사관은 베를린 외무부 보고서에서 이스탄불 망명객 학자 46명 중 소수를 제외한 대부분은 반독일 활동에 관여하지 않고 있고 따라서 "충성"하는 것으로 간주할 수 있다고 했다. 물론 이 말은 다양하게 해석할 수 있지만, 독일 영사 퇴프케에게 이 말의 뜻은 명확했다. 즉 이 교수들은 터키에서 독일 과학과 학문의 높은 수준을 대표하는 만큼 나치 독일에게 반박의 여지없는 "문화적 가치"를 지니고 있다는 뜻이었다.[16]

스피처 사태

레오 스피처는 이스탄불에서 자신의 처지를 잘 알고 있었고 자신이 독일 영사에게 어떤 가치가 있는지 잘 의식하고 있었다. 어쩌면 자신이 영향력 있는 위치에 있음을 믿고 그랬는지 몰라도, 그는 위험을 무릅쓰고 나치에 공개적으로 반대하는 입장을 취하고 반유대주의 사건에 항의한 소수의 망명객에 속한다. 1935년에 그는 켈러 대사가 유대인 망명객 바이올리니스트 리코 아마르에게 한 '수치스러운,' '당혹스러운' 행동에 대해 부영사 자우켄에게 직접 따지기까지 했다. 아마르는 베를린 필하모닉 관현악단 수석 악사 출신으로 아마르-힌데미트 사중주단에서 파울 힌데미트와도 함께 연주한 연주자였다.[17] 터키에 있을 때 아마르는 앙카라의 예술원에서 음악 교수가 되었다. 그리고 망명객 공동체와 긴밀히 연관된 유명한 동방학자 헬무트 리터와 함께 실내악단에서 연주하기도 했다. 다시 말해 아마르는 어느 정도 명망이 있는 음악가로서 망명객 사이에서도 유명하고 전체 공동체에서도 존경받는 사람이었다. 아마르가 리터와 협연을 마친 뒤 켈러 대사가 아마르에게 악수를 청하지 않고 지나치는 것을 본 스피처가 분개한 데에는 분명 이런 이유도 있었을 것이다. 바이올리니스트가 유대인이라 고의로 감사 표시를 거부했다고 생각한 스피처는 1935년 12월 부영사에게 편지를 썼다.

한 해 전 당신이 이주자 문제를 그토록 진솔하고 섬세한 태도로 저에게 말했기 때문에 어쩌면 저도 최근 독일학교에서 열린 아마르 연주회에서 생긴 수치스러운 사건에 대한 느낌을 말씀드려도 되지 않을까 싶습니다. 독일국의 공식 대리인이 유대인의 음악 연주를 듣고 나서 연주자 본인과는 악수를 하지 않고 그 연주자가 자기 손으로 그 같은 예술적 경지로 끌어올린 동료 연주자들과만 악수하다니, 이 일이 독일 음악을 사랑하면서도 독일인이 연주하는 그처럼 뛰어난 공연을 접할 기회가 거의 없는 수많은 독일인과 외국인에게 얼마나 모순적이고 당혹스러운 인상을 주겠습니까? 귀로 전염되는 바이러스가 악수로 전염되는 바이러스보다 덜 위험합니까? 원치 않는 바이올린 연주자가 베토벤의 소리를 재현한다는 사실을 뒤집고 싶은 겁니까? 그리고 "포옹하라, 만민이여(Seid umschlungen, Millionen)"가 내면의 국경선으로 바뀌어야 한다는 겁니까? 우리 시대는 더이상 베토벤의 시대가 아니라고 합니다. 우리 시대는 정복자와 '진짜' 정치가의 시대라고들 합니다. 그런데 그런 '진짜' 정치적 수단으로 누구를 정복할 수 있겠습니까? 듣고도 안 듣고 싶었던 것처럼 하고 들으러 와놓고도 차별하는 이런 어설픈 방법으로는 두 개의 독일인 집단 어느 쪽도 만족시킬 수 없습니다. 이런 희비극을 목격한 터키인들은 더더욱 그렇습니다. '베토벤'은 선전에 잘 맞습니다. 그는 '마음'을 움직입니다. 저는 그런 문화적 모순을 묵인하려다 그것을 표면으로 끌어내 불합리하게 만들어버리는 사람들을 이해하기가 어렵습니다. 이들은 자신이 공모한 거짓말 때문에 마음이 찢어지지 않는다는 말입니까? 게다가 왜곡된 거울 때문에 자신의 움직임 하나하나가 일그러져 보이는 무대에 왜 들어갑니까? 이곳에서는 로버트칼리지, 카자 디탈리아, 프란스즈 티야트로수 같은 곳에서만 독일 음악을 마음 편히 들을 수 있다 생각하니 독일인으로서 씁쓸합니다. 이것이 제가 하고 싶었던 말입니다. 저의 솔직한 말을 용서하십시오.[18]

지금까지 공개되지 않았던 이 편지는 스피처가 독일 관리들의 노골적인 반유대주의와 위선에 분노를 표출한 것으로, 망명객들이 미국이나 이탈리아, 프랑스의 문화·교육 시설에서만 "독일 문화"를 마음 편하게 공연하고 즐길 수 있는 현실을 암시하고 있다. 스피처가 이것을 문자 그대로의 뜻으로 쓴 말인지 반어적으로 쓴 말인지는 그리 분명하지 않지만, 이렇게 모호하다는 사실 자체가 이 편지에서 스피처가 쓰고 있는 흥미로운 수사적 장치를 가리키고 있다. 예컨대 이 상황의 이면에 깔린 나치의 편견을 폭로하는 사람은 유대인이 연주하는 독일의 음악을 듣고 대사가 보인 양면성을 목격한 터키인이라는 표상이다. 하나의 대안으로서 스피처는 베토벤의 제9번 교향곡 작품번호 125를 언급함으로써 독일 보편주의의 이상을 상기시킨다. 국가사회주의에 의해 체계적으로 파괴되고 있는 바로 그 보편주의다.

베토벤이 이 교향곡의 마지막 악장에 합창으로 넣은 실러의 시 「환희의 송가」의 한 구절 "포옹하라, 만민이여"를 인용함으로써 스피처는 이상적 과거의 이미지를 불러일으킨다. 이 과거에서 독일인은 구분이 없고 모든 것을 포용하며 특수한 동시에 보편적일 수 있었다.[19] 스피처가 보낸 편지의 바탕에는 일종의 음악적 동방주의가 깔려 있는데, 그것은 앞서 말한 터키인 관찰자의 음악적 추론이다. 스피처가 볼 때 독일의 보편주의를 알리는 궁극적 장치는 베토벤이 전유한 터키의 음악 언어다. 즉 "터키" 행진곡을 시작으로 보편적 형제애의 호소로 나아가 환희에 찬 대단원을 맞이하는 것이다. 스피처는 모두를 포용하는 바로 이 정신이 이제 위협받고 있다고 말한다. 물론 나치는 그 반대의 이유로 베토벤을 이상화했다. 나치에게 베토벤은 바로 독일인의 우월성을 보여주는 증거였고, 보편적 형제애란 특정 부류의 독일인에게 한정된다는 실러의 관념을 보여주는 증거였다.[20] 실러의 전망은 1935년에 바로 이런 협소한 해석의 제물이 되었으며, 나치가 지배하는 독일인 정착지에서는 포용성의 관념 자체가 실질적 의미를 모두 잃어버렸다. 통합이란 주제는 다른 곳에서만 살아남을 수 있었다. 그것은 이스탄불에서 나치의 손이 닿지 않는 문화시설에서 보존되고 배양되고 있었다. 그렇다면 우리는 이런 "다른 곳"을 특정 형태의 문화유산, 지식, 습속이 나치의 침략으로부터 그럭저럭 남아 있는 몇 안 되는 장소라고 볼 수 있다. 클렘퍼러가 인문주의적 사고 내지 정신이 살아남을 수 있기를 바란 곳이 정확하게 이런 다른 곳이었다.[21]

이 편지는 다른 방향에서도 흥미롭다. 이 편지는 독일 당국과 망명객 공동체 사이의 관계가 1930년대 중반에는 여전히 매우 유동적이었음을 보여준다. 이는 위에서 인용한 편지를 보낸 며칠 뒤 영사와 부영사에게 보낸 스피처의 사과 편지에서 더욱 잘 드러난다. 뒤이어 보낸 편지에서 스피처는 연주회장에서 있었던 일에 대해 성급한 결론을 내렸다고 사과하면서 자우켄의 신뢰를 되찾으려 한 것으로 보인다. 그는 자신이 맡고 있는 시설인 이스탄불대학교의 외국어학교와 부영사가 언제나 우호적이고 서로에게 만족스러운 관계를 유지해왔음을 인정하고 나아가 문화적 관심사를 서로 공유한다고까지 암시했다.[22] 스피처가 나치의 보복을 극도로 두려워한 상태에서 편지를 썼다고 짐작할 수 있다. 어쨌거나 그는 부영사를 편협하고 교양이 없다고 공격했기 때문이다. 또한 그는 적극적으로 터키를 떠날 계획을 세우면서 존스홉킨스대학교에 부임할 준비를 하고 있을 때 이 편지를 썼다. 그래서 어느 정도는 안전이 보장되어 있었기에 생각을 말할 수 있었던 것이 분명하다. 똑같은 이유로 스피처의 조심스러운 사과에는 설명이 필요해진다. 스피처가 부영사를 공격했을 때에는 머리가 뜨거웠으나 시간이 가면서 후회했을 것으로 추측할 수 있다. 그렇지만 스피처가 일련의 편지를 쓴 데에는 그보다는 덜 심리적인 다른 이유가 또 있었다. 독일에서 탈출하려는 아우어바흐를 위해 자신의 자리를 확보해두려면 독일 영사관 당국자들과 우호적인 관계를 유지하는 것이 중요하다는 사실을 이해하고 있었을 거라는 사실이다.

아마르의 연주회가 있기 몇 주 전인 1935년 11월에 스피처는 영사에게 이스탄불대학교에서 자신의 자리에 프랑스인 교수를 앉힐 계획이 있다고 알렸다. 스피처는 퇴프케 영사에게 이렇게 되면 문화적인 이유에서나 학문적인 이유에서나 유감스러울 거라고 지적했다.[23] 그는 더 어려운 처지에 있는 독일계 유대인 학자를 위해 그 자리를 확보해야 한다는 것은 말하지 않았고 사실 말할 수도 없었다. 그렇지만 독일 영사와 대화하면서 스피처는 이스탄불대학교에 프랑스인 교수보다는 독일인이 임용되어야 한다는 점을 설득했다. 독일 외무부 기록보관소의 영사관 파일이나 이스탄불대학교 기록보관소의 아우어바흐 파일에 터키의 대학교 당국이 아우어바흐로 결론을 내릴 때 독일 영사의 의견을 들었다고 암시하는 내용은 없다. 그렇지만 스피처가 독일 영사의 지지를 확보하고 싶어했다는 것은 분명하다. 다시 한번 우리는 양측이 전략적인 이유뿐일지언정 공통의 문화적 이해관계를 구실로 터키 내 독일 학문의 미래를 둘러싸고 토론하는 모습을 보게 된다.[24]

이런 미묘한 상태가 길게 지속되지는 않았다. 얼마 지나지 않아 켈러 대사가 음악가 리코 아마르를 부당하게 대했다고 스피처가 격노한 일로 인해 영사관에서 불쾌하다는 반응이 나왔다. 퇴프케 영사는 스피처가 영사관 관리들에게 편지로써 혐오감을 표현한 일에 대해 한마디로 "건방지다(flegelhaft)"고 했고, 스피처가 이 편지를 복사하여 독일인 공동체에게 뿌렸다는 데서 두 배로 기분이 상해 있었다.[25] 이스탄불 망명객들은 촉각을 곤두세웠을 게 분명하지만 그들이나 문제의 음악가 본인이 스피처의 항의에 고마운 마음을 드러내지 않았을까 생각한다면 그것은 착각이다. 리터와 아마르 본인이 파도를 잠재우기 위해 끼어들었다. 영사에게 모종의 신세를 졌다는 생각에서였는지는 모르나, 리터는 연주가 끝난 뒤 대사가 다가갈 겨를도 없이 아마르가 연주회장을 벗어났다고 주장했다. 아마르가 상황이 어색해질 수 있다면서 조용히 자리를 떠났다는 것이었다. 그런 다음 아마르가 직접 영사관을 찾아와 "당혹스러운" 오해를 해명하면서 스피처를 "야비하고" 또 "어리석다"고 비난했다. 이런 반박이 나오면서 스피처는 명예훼손으로 고소하겠다는 협박을 받았는데, 그로서는 도저히 있어선 안 되는 일이었으므로 대사에게 사과 편지를 쓰지 않을 수 없었다. 그는 또 그가 쓴 원래의 편지 사본을 받은 모든 사람에게 "오해"를 해명해야 했다.[26] 이런 모든 일을 겪은 뒤 굳이 위험을 무릅쓰는 일에 대해 스피처가 더 신중히 생각하게 되었을 거라고 상상할 수 있다.

음악회장에서 실제로 어떤 일이 있었는지, 누구와 악수하고 누구와 하지 않았는지는 앞으로도 알아내지 못할 것이다. 어쩌다 이렇게 서로 다른 이야기가 생겨났는지 우리는 알지 못한다. 그러나 궁극적으로 이 부분은 중요하지 않다. 중요한 것은 이 사건에서 망명객과 독일 영사관의 관리들이 서로 의존한 1930년대 중반의 복잡한 관계에 대해 알 수 있다는 점이다. (이 관계는 그로부터 불과 몇 년 만에 조금도 모호하지 않을 정도로 단순해졌다.) 영사관 파일에 보존된 편지들 또한 중요한데, 이념적으로 입장이 다른 터키 내 여러 집단과 망명객 간의 연대에 대해 얼마간 우리에게 혜안을 전해주기 때문이다. 앞서 2장에서는 망명객들과 터키 국가주의 개혁자들의 제휴관계에 대해 다루었다. 여기서는 그들과 나치 사이의 복잡한 관계를 보게 된다. 악수를 거절했든 악수할 손이 애초에 없었든, 결론적으로 베토벤은 양쪽 모두의 방식으로 가져다 쓸 수 있음을 알게 된다. 나치는 자신을 문화적 독일인이라는 유서 깊은 관념의 정치적 계승자로 보았던 반면, 자신의 주장을 뒷받침하기 위해 그와 비슷하게 독일의 문화적 보편주의라는 수사를 끌어온 사람은 유대인 망명객 스피처였다. 이렇게 공통의 수사를 사용했다는 점을 강조하는 이유는 동조하고 있었다고 말하기 위해서도 아니고 나치를 더 인도적으로 묘사하기 위해서도 아니다. 그런 것이 아니라, 1930년대 중반에는 양측이 여전히 어느 정도는 서로 협조하면서 공통의 문화적 이해관계를 유지하는 데 관심이 있었다는 것을 보여주기 위해서다. 나아가 보편주의는 희한한 동료관계를 이끌어낸다는 것도 보여준다. 정치적으로 양극단에 있는 사람들이 똑같은 보편주의 담론을 끌어다 쓸 수 있는데다 때로는 매우 사악한 목적으로 그럴 수 있다는 말이다.

독일의 이익을 증진하기 위해 독일 영사관 관리들은 이스탄불대학교에 독일학과를 만드는 일에 관심이 있었지만, 서양어문학을 가르치는 특이한 학부제도의 구조에 가로막혀 있었다. 이렇게 만든 사람은 스피처였다. 그는 이스탄불대학교를 개혁하며 보낸 3년 동안 로망스학과의 기초를 닦아놓았다. 그의 지휘에 따라 로망스학과는 프랑스어 구문론 역사, 중세 연극, 19세기 사실주의에서부터 번역, 고전주의, 낭만주의에 이르기까지 모든 것을 포함하는 광범위한 교과과정을 제공했다. 이 교과과정에는 세르반테스, 칼데론, 라틴어 과목도 들어 있었다. 그러나 학생들은 로망스학과로서는 특이하게도 예를 들어 그리스어 문법과 독일 문헌학 같은 과목도 수강할 수 있다는 것을 알고 놀랐을지 모른다.[27] 스피처가 언어학 교육을 받았다는 점을 생각할 때 그가 이스탄불대학교에서 문학 교과도 가르쳤다는 점은 흥미롭다. 그가 개설한 교과과정에는 17세기 프랑스 연극, 학술 프랑스어, 프랑스 신소설에 대한 문학적·언어학적 분석 등도 있었다.[28]

앞서 말한 대로 스피처가 재직한 동안 교과과정에서 두 가지 특이사항이 나타난다. 하나는 그리스어 과목이고, 다른 하나는 로망스학에 독일어를 추가한 것이다. 로망스학과에서 그리스어를 추가한 것은 학문 분야의 자유로 이해할 수도 있을 것이다. 따지고 보면 인문주의에 대한 터키의 관심에 어긋나지 않았고 터키의 현대화를 위한 알베르트 말헤의 전망을 구체적으로 실현하는 데도 도움이 됐을 것이다. 그러나 1943년까지 독일어문학과가 없었다는 사실은 다른 측면에서 해석될 수 있다. 이 장에서 나중에 보게 되겠지만 망명객들은 독일어가 별도의 학과로 설치되지 않도록 저항했다. 독일어를 별도의 독일 문헌학으로 승격시킬지도 모르기 때문이었다. 독일인으로서 이들은 독일의 것을 가르치는 데는 관심이 있었지만 그렇다고 독일어가 하나의 자율적인 학문 분야로 독립하는 것을 보고 싶은 마음은 없었다. 그래서 그 대신 원래 로망스학자로 교육받은 트라우고트 푹스가 로망스학과 후원으로 독일어문학 세미나를 개설하여 가르쳤다.[29] 독일어와 로망스학의 이런 기묘한 제휴관계는 스피처가 (그의 후임 아우어바흐도) 명확하게 로망스학이 아닌 서양어문학부 학부장으로 임용됐다는 점을 떠올리면 설명이 가능해진다. 학문 분야를 이런 식으로 설정한 덕에 비교문학 성향의 학자 스피처와 아우어바흐는 로망스학을 발판으로 삼아 모든 것을 망라하는 형태의 서유럽 문헌학을 개척할 기회를 얻었다. 실제로 자기 학문 분야의 전통적 경계에 대한 실험이 향후 이들의 연구에서 한 가지 열정으로 작용하게 된다.

다양한 분야를 아우를 기회와 터키 인문주의 전망이 이처럼 결합되면서 이 학부는 오늘날 우리 눈에는 유럽 애호적인 비교문학 프로그램으로 보일 수 있는 것으로 바뀌었다. 우리는 이것을 아우어바흐가 이스탄불에서 보낸 첫해에 그의 동료들이 가르친 교과과정의 종류에서도 볼 수 있다. 유일한 터키인 강사 사바핫틴 에위볼루는 17세기 프랑스 서간체 소설 과목을 가르쳤고, 또다른 동료 로제마리 부카르트는 고대 프랑스어와 스페인 문헌 해석, 스페인 서정시 개론을 가르쳤다. 디크만은—리젤로테 디크만인지 남편 헤르베르트 디크만인지 분명하지 않지만—라틴어 구문, 라틴 역사학, 플라우투스의 바키스 자매, 16세기 이탈리아 문학을 가르쳤다. 에바 부크는 영어 과목을 맡아 고대 영어, 셰익스피어 비극, 르네상스 세미나를 같이 가르쳤다. 푹스는 이 학부의 명목상 독일학자로서 독일 문학사, 어문학적 분석, 독일어의 역사를 담당했다.[30]

서양어문학부 학생들은 여러모로 선물보따리 같은 이런 교과과정의 이점을 누렸다. 그러나 우리는 이 학생들이 오스만의 교과과정도 있었으면 하고 바랐는지 여부는 모른다. 오늘날의 서방 학자의 관점에서는 이처럼 여러 학문 분야의 시각과 교과과정이 기묘하게 혼합된 상황이 유익한 결과를 낳은 것으로 보인다. 그 예로 에밀리 앱터는 이스탄불과 망명이라는 조건으로부터 적어도 미국에서 비교문학이라는 새로운 학문 분야의 기초가 만들어진 것으로 판단한다. 그녀는 1937년에 창간호가 나온 이스탄불대학교의 학술지 『로망스학 세미나 저널』에 초점을 맞추면서 스피처의 연구와 그의 비교문학적 정신을 이 학문 분야의 원천으로 지목한다. 여러 언어로 발간된 이 학술지는 앱터에 따르면 "독일어를 기반으로 한 문헌학이 미국의 인문학과에 제도적 발판을 마련하고 비교문학이라는 이름으로 알려진 세계적 학문으로 탈바꿈하는 과정에서…… 아타튀르크 스타일의 유럽 인문주의가 어떤 방식으로 핵심적인 역할을 했는지를 엿보게 한다."[31] 앱터가 이 학술지의 중요성을 강조하는 것은 옳다. 『로망스학 세미나 저널』은 그 당시의 학문이 대단히 혁신적이고 초분야적이었다는 것을 증언해준다. 망명객 학자와 터키 학자의 연구를 모두 실은 이 학술지는 동방과 서방 세계가 서로 접근함으로써, 설령 그것이 유럽 애호주의에 물들어 있다 할지라도 현대 터키의 지적 성과에 어떻게 생산적으로 작용할 수 있었는지를 보여준다.

스피처의 연인이자 동료로서 이스탄불로 따라온 로제마리 부카르트는 여기서 중요한 역할을 했다. 스피처가 존스홉킨스대학교에 자리를 얻어 떠났을 때 그녀는 이스탄불에 남았다. 둘의 개인적 관계가 어떤 상태였든 간에 그녀는 스피처의 방법을 따르는 사도로 남아 학생들이 스피처의 문헌학 기법인 '본문 해석(explication de texte)'을 익히는 일을 돕고 『로망스학 세미나 저널』 창간호에도 글을 실었다. 이것은 아우어바흐가 터키에서 편집한 첫번째 학술지로서 에위볼루의 도움을 받았다. 인문주의 옹호자인 젊은 에위볼루는 나중에 교육부 장관 하산 알리 위젤과 가까이서 일했다. 이 학술지는 지금은 거의 잊혔고, 이 학문 분야를 다루는 몇몇 역사학자만이 기억하고 있으리라 생각한다. 그러나 로망스 문헌학 분야를 훨씬 뛰어넘는 주제에 관한 다양한 언어의 글만으로도 이 학술지는 주목할 가치가 있다. 영어 대명사 one에 관한 한스 마르칸트의 글이라든가, 터키의 민속수수께끼에 관한 에위볼루의 에세이가 좋은 예다. 이런 기고문들은 색다른 흥미가 있다.

그러나 여기서 내가 주목하고자 하는 것은 부카르트가 쓴 「트뤼셰망—프랑스어 속 동방어의 역사」 같은 혁신적 연구다. 이 글은 고대 프랑스어 '트뤼셰망(Truchement)'의 기원을 찾아 십자군 전쟁까지 거슬러 올라간다. 바로 이런 기고문에서 우리는 비교문학에서 새로운 방법론적 불씨를, 이 학문 분야의 역사적 전환점에 관심을 지닌 사람들에게 중요한 뭔가를 찾아낸다. 그런 면에서 여기서 잠시 이 글을 살펴보는 게 좋겠다. 부카르트는 해석과 번역의 의미론에 초점을 맞춰 오스만의 공식 직책을 가리키는 낱말 '드라고만(dragoman)'과 번역자라는 뜻의 현대 터키어 '테르쥐만(tercüman)' 그리고 프랑스어 '트뤼셰망' 사이에 있는 어원학적 연관성을 상세하게 논했다. 부카르트가 보여주고 있듯이 아랍어 '타루만(tarğuman)'이나 어쩌면 아시리아어 '타르구마누(targumanu)'에서 파생됐을 '트뤼셰망'이라는 낱말에는 다양한 관념이 연관되어 있다. '트뤼셰망'은 12세기에 처음 등장한 다음 '구술 번역자'라는 뜻을 띠게 됐는데, 나중에 생겨난 '인테르프레트(interprète)'라는 직업 번역가와는 구별해야 한다. 계속해서 부카르트는 '트뤼셰망'은 "대항해와 발견의 시대에 꼭 필요한 제도로 만들어졌으며 나아가 거기 함축된 이국정취로 인해 12-17세기 교양인이 은유적 용법으로 즐겨 쓰는 용어가 되었다"라고 설명한다.[32] 이 '트뤼셰망'은 동방과 서방 세계가 처음으로 더 가까이 접촉하던 시대에 생겼고 따라서 말의 경계를 넘는 소통과 연관된 것으로 보인다. 시간이 지나 '트뤼셰망'이라는 낱말에서 원래 뜻은 떨어져나가고 은유적인 뜻만 남게 되었다고 한다.

이렇게 어원을 거슬러 올라가면서 부카르트는 독자에게 여러 가지 낱말이 유통되다가 변화를 거치는 역사적·정치적 환경에 관심을 갖도록 유도했다. 그녀가 특히 흥미를 느낀 부분은 번역, 통역, 전달이라는 개념이었다.[33] 문화현상과 언어현상의 번역자로서 그녀 자신이 한 연구는 후속연구를 위한 길을 닦음으로써 이른바 동방과 서방 세계를 서로 더 가까이 접근시켜 새로운 형태의 대화를 여는 데 기여했다. 같은 취지에서 에위볼루도 터키 민속수수께끼에 관한 자신의 분석을 프랑스 시에 대한 예리한 식견과 버무려 두 장르가 서로 비슷하다는 점을 논했다. 에위볼루의 글은 부카르트의 글보다 다소 암시적이고 역사적 근거가 떨어지긴 하지만, 그럼에도 불구하고 우리는 그 글에서 스피처와 아우어바흐가 터키에서 일으킨 학문의 특징인 비교문학적 정신을 알아볼 수 있다.

이 학술지는 언어학, 문학사, 개별적 문체의 연구가 서로 조화를 이루게 하려는 스피처의 노력에서 비롯됐다. 이는 아즈라 에르하트(아하트)가 쓴 글 「문체 연구의 새로운 방법」의 서론에도 잘 나타난다. 스피처가 떠나면서 아우어바흐가 편집을 맡게 된 이 창간호에 실린 거의 모든 글에서 이스탄불에서 체류한 스피처의 3년간의 흔적을 볼 수 있다. 어린 나이였음에도 에르하트는 스피처의 세미나에서 대단히 유망한 젊은 학자로 떠올랐다. 2장에서 살펴본 것처럼 그녀는 나중에 동료 에위볼루, 작가 할리카르나스 발륵츠스와 함께 '아나톨리아적 인문주의'라는 용어를 만들었으며 터키의 유력 지식인이 되었다. 분명 그녀의 첫 출판물 중 하나였을 이 학술지의 서론에서 그녀는 "새로운 문헌학자(yeni filoloğ)"를 언어학과 문학 두 분야에 모두 정통한 사람으로 묘사했다. 또 전통 독일 언어학에 가한 스피처의 비판을 따라 "새로운 문헌학자는 걸어다니는 도서관이 되는 데 그쳐선 안 된다(yeni filoloğ ayaklı kütüphane olmakla iktifa etmemelidir)"고 주장했다. 그보다는 언어학과 문학 연구에서 감각과 인간 이해를 되찾아야 한다고 요구했다.[34]

이 학술지의 발간이 미국과 터키의 문학 학부에서 비교문학이 발전하는 과정에서 중요하게 작용했다고 볼 수 있지만, 한편으로 다음의 두 가지 사항을 기억하는 것이 결정적으로 중요하다. 첫째, 이스탄불의 서양어 문학부는 그 중심에 유럽 애호주의를 두고 있었다는 것으로, 이는 오스만이나 터키 문학은 문헌학의 렌즈를 통해 읽거나 서유럽 문학과 공통점이 있다는 논거를 내세울 수 있을 때에만 터키의 국가문화 구상에서 살아남을 수 있었다는 뜻이다. 따라서 인문주의 학문을 도입한다는 것은 교육과 문화를 세속화하기 위한 노력에서 오스만의 문학 유산이 지니는 의미를 좁히고 줄인다는 뜻이었다. 둘째, 독일의 문헌학은 1930년대와 1940년대에 이스탄불에서 벌어진 치열한 경쟁 때문에 지위가 어찌 될지 알 수 없었다. 수많은 파벌이 독일의 언어와 문학을 가르치는 문제를 놓고 지배력을 행사하고자 했다. 여기에는 독일 영사관, 수없이 많은 터키의 당국자들, 독일의 과학교육부, 그리고 당사자인 망명객 학자들도 당연히 들어 있었다. 스피처와 더불어 시작된 이 문화전쟁은 아우어바흐에게 계승되었으며 전쟁이 거의 끝날 때까지 지속된다.

아우어바흐 사태

아우어바흐가 1938년에 쓴 어느 편지의 발췌를 보면 그가 터키 내 나치의 활동에 대해, 특히 장차 나치가 모종의 지배력을 행사하게 될지도 모른다는 점에 대해 우려하고 있었음을 알 수 있다. 그는 이렇게 썼다. "만일 '그들'이 권력을 잡으면 우리를 여기서 내쫓을 게 분명하네. 그러면 여기서도 사방이 적이 되겠지. 물론 기본적으로 우리는 많네. 그들은 지금으로서는 그저 조용히 있을 따름이지."[35] 이런 부분을 보면 아우어바흐가 재앙의 조짐을 읽고 있었음을 알 수 있다. 그러나 열정적이고 숨김없는 스피처와 달리 아우어바흐는 가능한 한 정치와 멀리 떨어져 있으려

했다. 이렇게 말하긴 했지만 이스탄불에서 아우어바흐의 정치 활동에 대해서는 알려진 게 그리 많지 않다. 리터는 1947년 아우어바흐 부부가 미국으로 떠나기 전 이들에게 작별의 편지를 썼는데, 이 편지에서 그는 아우어바흐가 정치적으로 유보적 태도를 보인 데 대해 돌이켜보며 용서하기까지 했다.

> 자네는 괴로움에 빠지려 하지 않았지. 담담한 마음으로 모든 것을 받아들였는데, 감탄할 따름이네. 그것은 지혜로운 인생철학일까, 아니면 기질일까? 어쩌면 이 둘 다여서 많은 걸 남들보다 가볍게 극복할 수 있는지도 모르지. 우리 눈에는 종종 자네가 다른 사람이라면 짓눌려 죽을 무거운 짐을 자네는 한손으로 가볍게 멀찍이 밀쳐놓는 것처럼 보였네. 자네는 자신을 포기하지 않았지. 자신이 압도당하게 내버려두지 않았어! 사물을 작게 만들고 악마들을 퇴치해 고분고분하게 만드는 마법의 힘을 자네가 지닌 게 분명해. 몸집을 부풀려 영혼을 짓누르는 괴물들을 병 속으로 되돌려 보내는 천일야화의 어부처럼 말이야. 아니면 우리 눈에 그렇게 보였을 뿐일까? 이쯤하지. 자네는 언제나 보기 드물게 평온한 영혼으로 우리와 마주했고 평정을 잃는 법이 없었던 것 같네. 그래서 항상 차분한 그 손길에 소원해지는 느낌이 들다가도 우리가 다시 자네에게 이끌렸던 건 어쩌면 바로 이 영혼의 평정이라는 마법 때문이 아니었나 생각하네.[36]

아우어바흐는 싸움에는 최대한 말려들고 싶지 않았겠지만 이것이 언제나 가능하지는 않았다. 그의 평정이라는 것도, 법률 자구에 매달리는 그의 고집도 이스탄불에 있는 나치와의 충돌을 막지 못했다.[37] 독일소풍클럽과 관련된 일이 그 좋은 예가 되는데, 나치당의 길고 긴 팔이 망명객의 문화 활동에 어떤 식으로 제동을 걸었는지 볼 수 있다.

독일 이주민 생활의 한 부분을 차지하는 수많은 단체의 하나인 독일소풍클럽은 일찍이 1885년에 회원들의 야외 활동을 장려하기 위해 이스탄불에서 설립되었다. 그러나 1930년대에 이 클럽은 회원을 두고 나치의 독일노동전선과 주도권 싸움을 벌이게 되었다. 회원 수에 신경이 쓰인 이스탄불 나치당 우두머리는 소풍클럽을 면밀히 감시하고 있었는데, 이들의 기록에 의하면 1937년에 회원 119명 중 78명이 독일인 망명객이었다. 회원 중에는 스위스, 오스트리아, 헝가리, 터키, 그 외의 나라 사람들도 있었다.[38] 그 나머지는 공인된 나치 사람으로 대부분이 나치당과 독일 영사의 교사를 받아 클럽 임원진을 타도하기 위해 최근 침투한 이들이었다. 당시 아우어바흐는 클럽 부회장이었고, 그래서 한 가지 문제와 직접 마주쳤다. 영사관 기록을 보면 이 클럽 임원진은 처음에는 타협주의 정책을 취했음을 알 수 있는데, 당이 더이상 관심을 갖지 않게 하려는 마음에서 그랬던 것으로 보인다. 임원진은 나치 상징의 중심이 되는 하지 횃불 축제를 클럽 활동에서 제외한다는 조건으로 새로운 나치 회원을 받아들였다. 임원진은 또 터키, 독일, 스위스를 막론하고 국가 휘장은 클럽에서 금지한다는 조건도 내세웠다.[39] 그러나 이 타협책은 오래 가지 못했다. 1년 뒤 1939년 3월에 열린 총회에서 임원진이 해산되면서 클럽은 완전히 나치에게 장악되었다.

내가 이 사건에 초점을 맞추는 것은 여기서 우리가 아우어바흐에게서 거의 모르는 부분, 즉 이스탄불의 더 커다란 독일인 공동체의 구성원이라는 모습을 어렴풋이나마 볼 수 있기 때문이다. 독일 영사관 기록 문건에는 아우어바흐가 클럽의 다른 회원 한 사람에게 보낸 편지가 포함되어 있다. 임원진 쿠데타 때에 쓴 이 편지는 앞서 있었던 총회에 대해 논하면서 우리의 관심을 끄는 문제 하나를 다루고 있다. 그것은 이 편지가 아우어바흐가 클럽의 새로운 나치 임원진에게 정치적인 면은 없다고 주장했음을 보여준다는 점이다. 클럽은 순수하게 문화적이라는 것이다. 이를 강조하고자 그는 편지 사본을 영사관으로 보냈다.[40] 상상이 가듯, 영사관은 상황을 교묘하게 넘기려는 이런 시도에 별 반응을 보이지 않았다. 여느 사람들과 마찬가지로 영사관 관리들 역시 클럽 회원들의 정치 성향에 대해 알고 있었고, 아우어바흐는 신용을 얼마간 잃은 것으로 보인다. 아우어바흐의 편지 가장자리에 어느 영사관 관리가 무시하듯이 이렇게 갈겨 적었다. "사정을 왜곡하려는 무기력한 시도."[41]

파일 상자 안의 다른 문건과 마찬가지로 이 편지는 아우어바흐가 충돌을 피하려 했는데도 나치에게는 의심스러운 인물로 남아 있었음을 보여준다.[42] 전쟁이 임박한 시기에 정치를 아무리 피하고 싶다 해도 나치와 마주치는 일은 피할 수 없었다. 망명객은 비자와 여권 문제로 나치 정부의 대리자들을 대사관과 영사관에서 만났고 직장과 여가 활동에서도 마주쳤다. 1938년 이스탄불 나치당이 본부를 독일 영사관으로 옮기자 문제는 더 복잡해졌다. 이로 인해 가능하면 눈에 띄지 않게 지내려던 망명객의 삶은 어려워졌다. 게다가 1939년 터키 당국이 비자 자격을 얻으려면 출신 인종증명서를 보일 것을 요구했기에 사정은 더 나빠졌다. 말할 필요도 없이 비자를 받으려는 사람은 누구나 신청서를 내러 독일 영사관에 가서 먼저 조리돌림을 당해야 했다.[43]

아우어바흐는 나치가 이 도시 위에 던져놓은 그물이 촘촘하다는 사실을 끊임없이 의식해야 했다. 전직 마르부르크대학교 교수로서 그는 엄밀히 말해 연금을 받을 자격이 있었고, 독일에서 탈출하긴 했지만 어떻든 이 연금을 받고자 했다.[44] 연금 신청 결과는 독일 과학교육부에 보고를 올리는 영사의 선의에 달려 있었다. 자일러 영사는 그의 신청에 호의적이었던 것 같으며, 1941년에 베를린에 보낸 보고서에 아우어바흐 교수는 "어떤 정치 활동에도 관여하지 않았다"고 썼다.[45] 아우어바흐는 자신의 행동에 우려할 만한 부분이 보이지 않는 한 마르부르크에서 나오는 연금을 받게 될 거라는 말을 들었다. 이 일은 아우어바흐를 비롯한 사람들이 정치에 무관하거나 적어도 터키의 나치 담당자들 눈 밖에 나지 않으려 한 이유를 알 수 있게 해준다.

독일 영사관과 베를린 외무부 사이에서 오간 서신을 보면 나치는 망명객의 사회적·정치적 지위가 높다는 문제 때문에 계속 어려움을 겪었음이 분명하다. 독일 당국은 가능하면 상황을 그들에게 유리하게 바꾸고 싶어했다. 이 계획이 교묘하고 사악하다는 것은 터키 주재 독일 대사가 한 말에서 드러난다. 그는 "이 나라를 문화적으로 침투"하기 위해 실효성 있는 유일한 방법은 독일어를 보급하고 확산하는 것이라고 주장했다. 프랑스가 터키 정세에 영향을 미칠 수 있었던 것과 같은 방식이었다.[46] 이 계획의 물밑작업으로 터키의 대학교에 있는 망명객들을 이용했던 나치는 궁극적으로 이들을 나치 학자로 갈아치울 작정이었다.[47] 이 부분에서 그들은 어느 정도 성공을 거두었다.

앞장에서 살펴보았듯 독일계 유대인의 지위는 1933년과 1945년 사이에 바뀌었다. 처음에는 터키 당국의 눈에 국가나 종교와의 강한 연계가 없어 보인다는 점에서 쓸모가 있었지만, 갈수록 양측으로부터 의심과 위협을 받게 되었다. 한쪽에서는 터키 내 반유대주의가, 다른 한쪽에서는 나치 당국이 터키의 대학교 내에서 망명객의 영향력을 잠식하기 위해 기울인 노력이 모두 이들의 지위에 부정적 영향을 미친 것이다. 나치는 제도적 차원만이 아니라 좀더 평범한 방식으로도 대학교 생활에 침투해 들어갔다. 대학교 기숙사 근처에 독일 독서실이 문을 열었다. 독일북클럽, 재외독일협회, 아시아투사협회에서 자금을 댄 이곳에서는 독일 신문과 잡지를 제공하고 있어 독일인과 터키인을 모두 독자로 끌어들였다.[48] 이 독서실의 실장은 스툼폴이라는 독일인 교사였는데, 1938년에 그가 실내 등을 스바스티카 모양으로 장식하려 했을 때 터키 매체들은 좋은 기삿거리라는 낌새를 챘다. 일간 『하베르』지는 터키 국민들에게 나치가 터키 안에서 벌이는 선전행위를 비난할 것을 촉구했다.[49] 게다가 스툼폴이 터키 고등학교에서 일하는 교사라는 사실은 불에 기름을 끼얹는 격이었다. 터키 경찰의 심문이 있은 뒤 그는 일부 선동적인 독일 신문을 더이상 제공하지 않았고 대중의 압력에 굴복하여 다른 부분에서도 몇 가지를 양보했다. 그는 장식등 가장자리를 잘라 십자가 모양으로 만들었는데, 나치 상징은 허용되지 않지만 그리스도교 이미지라면 허용될 거라 생각했던 게 분명하다.[50] 그러나 이런 식의 대응으로는 언론을 달랠 수 없었다. 기자들은 이 독서실의 문을 닫으라는 요구를 되풀이했다.

이 독서실의 실장이 독일 당국과 사전 협의 없이 자발적으로 행동했는지는 모르지만, 나치의 과학교육부 자체가 대학교에 침투해 들어간 사례가 더 있다. 예를 들어 약리화학자 쿠르트 보덴도르프는 정보원으로 활동하면서 망명객 공동체의 활동을 정기적으로 영사관에 보고했다.[51] 이에 앞서 보덴도르프는 아우어바흐가 망명객 모임에서 움직이기는 하지만 그 외 독일인과의 직접 접촉은 피하고 있다고 보고한 일이 있었다.[52] 보덴도르프 같은 정보원이 있었음에도 불구하고 영사관이 교수진에게 "나치의 쐐기를 박는" 일은 쉽지 않았다.[53] 망명객들은 똘똘 뭉치는 경향이 있었고 또 전체적으로 처음부터 그들을 망명길로 내몬 것과 같은 식의 정책에 의심을 품고 있었다. 아우어바흐가 터키 최고의 대학교에서 교과과정을 책임지고 있다는 사실은 이처럼 쟁투의 대상이 되었다. 나중에 살펴보게 되겠지만, 나치는 망명객 문헌학자들의 입지를 잠식하기 위해 다각적인 노력을 기울이게 된다. 이런 노력의 선봉에 선 사람은 바로 나치의 중세학자 헤니히 브링크만이었다.

브링크만 사태—이스탄불의 독일학

나치는 터키에서 가장 유력한 신문사 『줌후리예트』의 사주인 유누스 나디라는 동맹군을 찾아냈다. 1937년에 이르러 나디는 이미 독일인 학자들이 가르치는 수준이 떨어지며 터키어 실력도 형편없다는 비난기사를 게재하고 있었다.[54] 그 밖에도 정치적으로는 조금 온건하지만 터키 교육자들에게서도 직접적인 비판의 목소리가 나왔다. 터키인 교수진은 1939년에 앙카라의 교육부에 보낸 어느 보고서에서 당시 아우어바흐가 학부장으로 있던 서양어문학부 교수진에 의문을 제기하면서 거기서 가르치고 있는 내용을 비판했다.[55] 터키인 교수들이 터키 대학들의 형성 과정에서 독일인 학자의 역할에 대해 토론을 벌일 때, 독일의 과학교육부는 헤르베르트 스쿠를라라는 선임 사무관을 터키로 파견해 독일의 해외 거점을 강화하는 임무를 맡겼다. 스쿠를라는 1939년 현황조사를 위한 답사를 마치고 이어 「터키의 연구기관 내 독일인 학자의 활동」이라는 제목의 보고서를 보냈다.[56] 이 보고서에서 그는 "대학교에서 망명객의 입지를 약화"시킬 필요가 있다고 강조하면서 그 이유로 이 망명객들이 터키 학술계에서 "범상치 않은 영향력"을 행사하고 있다는 것을 꼽았다.[57] 스쿠를라는 교육부가 터키에서 나치의 문화·정치 활동을 위한 기반을 더욱 탄탄히 다질 것과 터키가 나치 이념에 동조적인 고용정책을 도입하도록 유도할 것을 그 대안으로 제시했다. 그러나 이것은 생각만큼 쉽게 이루어질

일이 아니었는데, 스쿠를라가 답사 때 만난 터키의 장관들이나 대학교 총장들이 그를 맞이하는 태도가 비교적 냉랭했기 때문이다.

이렇듯 공식 경로로는 터키에서 얻어낼 것이 거의 없다는 것을 깨달은 스쿠를라는 결국 망명객들에게 자신의 일에 동참하지 않으면 국적을 박탈하겠다고 협박하기에 이르렀다. 이스탄불대학교의 서양어문학부 교수진은 특별 감시 대상이 되었다. 이들의 역할이 미래의 독일어, 영어, 프랑스어 교사를 양성하는 데 있었고 또 이 대학교가 전체적으로 철저히 '유대화'된 것으로 판단했기 때문이었다.[58] 그러나 스쿠를라의 비판은 터키의 독일인에서 그치지 않고, 터키가 유럽인 교육자를 모집할 때 뒤늦게 대응한 독일 과학교육부 자체까지 비난했다.[59] 그가 방문한 당시 아우어바흐 밑에서 일하는 독일인 강사는 몇 명에 불과했고, 푹스 같은 위치의 사람이 파시즘에 반대하는 입장이어서 친나치적 교과과정이 도입되지 않도록 효과적으로 막아내고 있었다.[60] 스쿠를라는 맹공에 나섰다. 독일 과학교육부에 보낸 그의 보고서에는 "비아리아인 학자들의 국적을 가차 없이 박탈해야 한다"는 요구가 담겨 있었다.

스쿠를라의 요구 때문이든 아니든, 수많은 유대인 망명객들이 실제로 1939년에 독일 국적을 상실했다. 비유대인 망명객도 이 위협에서 벗어나지 못했다. 스쿠를라는 이들에 대해서도 면밀한 감시가 필요하다고 보고 이스탄불에서 직책을 맡는 자라면 누구나 터키를 떠날 경우 "독일의 국익을 심각하게 저해하기" 때문에 국적 박탈로써 위협해야 한다고 했다.[61] 스쿠를라의 임무는 과학교육부의 기대만큼 성공을 거두지는 못했지만, 그와는 별개로 그의 세밀한 보고서는 잘 조직된 해외 나치 조직망이 존재하고 있었음을 보여준다. 나치 학자들(특히 앙카라)과 나치 당원들이 터키 전역에서 강력한 영향력을 행사하는 세력권을 형성하고 있었던 것이다.[62] 스쿠를라의 보고서는 또한 1939년에 이르렀을 때 망명객과 독일 당국 간의 불편한 동맹이 사실상 끝난 상태였다는 것을 보여준다. 이제부터 망명객은 독일로부터 사실상 끊어져나가는데 많은 경우 독일 국적을 상실함으로써 그렇게 된다. 그리고 터키 내 망명객의 입지는 훨씬 줄어들어 보잘것없는 수준이 된다.

이스탄불대학교 안에 독일학과를 만들려는 독일 과학교육부의 노력은 계속되었다. 아우어바흐는 나치의 과학교육부가 대학교의 독일어 교육을 좌우하지 못하도록 하고자 1940년대 초에 스위스를 통해 독일학자를 임용하려고 했다. 그러나 이런 노력은 성과도 거두지 못했고, 1943년 결국 저 악명 높은 나치 독일학자 헤니히 브링크만이 독일학 교과과정의 주도권을 쥐었다. 대체로 진보적 성향인 대학교 행정부와 터키 교육부가 망명객 학자들과 직접 상의한 뒤 교수 임용을 결정하는 것이 상례였다는 점에서 이는 다소 이례적으로 보인다. 그렇지만 그동안 몇 년의 세월이 흘러 대학교가 바뀌어 있었고 대학교의 현대화 정책 또한 바뀌어 있었다. 예전이라면 대학교가 더 현명하게 선택했겠지만, 브링크만의 임용을 막으려는 아우어바흐의 노력은 이스탄불 교수진 대다수에게 압도되고 말았다. 그가 브링크만은 나치 선전자라고 지적하자 몇몇 터키인 동료들은 격분하여 당시로서는 그 비꼬인 의미를 의식하지 못한 채 아우어바흐를 인종주의자라고 비난했다. 격앙된 토론 끝에 아우어바흐는 표결에 참여하지 않았고 결국 고용에 반대표를 던진 사람은 심리학자 빌헬름 페터스 한 명뿐이었다.[63] 그 결과 중세 독일 및 라틴 문학과 독일어 역사 전문가 브링크만이 이스탄불대학교 독일학과의 초대 학과장이 되었다. 그때까지 만 10년 동안 여러 학문 분야 사이에서 어정쩡하게 존재했던 독일어는 이제 로망스학으로부터 떨어져나와 하나의 자율적인 학문 분야로 자리를 잡았다. 그러나 이것이 어떤 종류의 학과였는지, 그로 인해 치른 대가는 무엇이었는지는 질문이 필요해 보인다.

브링크만은 임용된 그때도 이미 자신의 문헌학 연구를 이용하여 나치의 이념을 뒷받침한 인물로 알려져 있었다. 그는 1933년에 준군사조직인 나치돌격대에 가입했고 그 몇 년 뒤에는 아예 나치당 당원이 되었다. 그러고 1년 만에 독일 현대시에 대해 발표한 논문에서 전형적으로 현란한 용어를 동원해 다음처럼 주장하며 지적 충성까지 맹세했다. "1933년 국가사회주의의 약진 덕분에…… 독일 국민(Volk)과는 이질적이던 문학은 무너져내리고 말았다. 그것은 영원한 권력을 내다보는 독일인의 시야를 가리고 있던 문학이었다. 이것이 소멸하자 하나의 시가 빛 가운데서 모습을 드러냈다. 독일의 내적 생명을 재구축하는 데 이바지할 채비를 갖춘 채 긴 세월 기다려온 그 시이다."[64] 나치 독일의 수많은 동시대인과 마찬가지로 브링크만 역시 유대인은 참된 모국어가 없어 남의 문화를 타락시켰다고 굳게 믿고 있었다. 그에게 유대인은 "인간의 건강한 생명력을 부정하는 존재"에 지나지 않았다.[65] 이는 나치가 터키의 유대인 망명객을 독일의 이익을 저해하는 존재로 본 것과 똑같았다. 따라서 브링크만은 자신이 말한 "유대인 아우어바흐의 영향"으로부터 독일학이라는 교과과정을 빼내오는 것을 자신의 소임으로 여겼다.[66]

브링크만이 이스탄불대학교에 고용된 일은 물론 독일 외무부와 이스탄불의 나치 당국에게는 대성공이었다. 잘못된 출발과 밀실거래를 오랫동안 거듭한 끝에 마침내 독일학에 중요한 제도적 지위를 부여하는 데 성공한 것이다. 터키인이 이를 허용한 이유는 설명하기가 더 어렵다. 나는 대학교의 정책에 변화가 있었던 것으로 판단하는데, 여기에는 몇 가지 그럴 법한 설명이 있다. 그 하나로, 이스탄불대학교는 자신을 유럽인으로 생각했다. 다른 한편으로, 유럽이라는 관념 자체는 압도적으로 많은 수의 독일인 교수들로 대표되고 있었다. 대학교와 교육부는 수많은 대학생을 독일로 보내 교육을 마무리하고 서유럽을 직접 경험하게 했다. 예를 들어 1940-1941학년도에 터키 교육부는 해외 유학생 80명에게 정기적으로 장학금을 지급했다. 이 숫자는 상대적으로 작아 보이고 교육부의 재정지원을 받지 않은 학생은 포함되지 않은 것이지만 이들의 70퍼센트 이상이 독일로 보내졌다는 사실은 놀랍다.[67] 독일 교육기관 역시 터키인 학생들의 독일 유학을 장려했다.[68] 나치 학자가 터키 학생에게 미치는 영향은 문제로 인식되지 않았다. 독일 교육기관에서 학업을 마치고 귀국하는 학자에게는 터키의 대학교에서 중요한 직책을 맡기는 일이 많았다. 이스탄불의 어느 망명객 학자가 불평한 대로 일부는 나치주의에 너무나 많은 영향을 받은 나머지 반유대주의자가 되어 돌아왔다.[69] 그러나 반유대주의가 이들의 경력에 영향을 미친 것으로 보이진 않으며 실제로 이런 젊은 학자의 많은 수가 터키의 대학교에서 꽤 중요한 직위를 얻었다.

이런 지식인 교환이 젊은 터키인 학자에게 이익이었다면, 독일 학자에게도 이익이 되었다. 예컨대 브링크만 임용은 독일에서 박사과정을 마친 어느 터키인 졸업생을 사전 접촉한 결과 성사된 일이었다. 실제로 브링크만은 이스탄불에서 고용되기 위해 원래 일하던 대학교에서는 휴직을 얻었다. 휴직을 허락받은 조건은 이스탄불의 고등학교 독일어 교육을 점검하고 이스탄불대학교에서 독일학과 설립이 가능한지 여부를 타진하는 것이었다.[70] 브링크만이 독일어문학 수업을 맡게 됐을 때 아우어바흐가 동료들 때문에 얼마나 큰 좌절을 맛봤을지는 짐작만 할 수 있을 뿐이다. 브링크만은 이스탄불에서 1년을 지내며 계속 독일 과학교육부를 위해 정보를 수집했다. 이 독일학자는 이스탄불, 앙카라, 이즈미르에 있는 고등학교의 독일어 프로그램을 점검하고 독일계 학교를 방문했다. 그는 교사, 조교, 강사 중 누가 친독일파이고 공산주의자인지, 누가 유대인이고 된메인지 상세히 밝히는 보고서를 나치 교육부에 보냈다. 브링크만은 감독자로도 정보원으로도 어느 정도 임무를 완수하는 데 성공했다. 그는 앙카라의 번역국과 어렵사리 접촉해 독일인 망명객의 문학작품이 아직 세계문학번역 총서를 통해 터키어로 출판되지 않았음을 알고 좋아했다. 독일계 유대인 작가 중 하인리히 하이네의 작품 한 편만 총서에 포함되어 있었다. 브링크만의 보고에 따르면 실제로 그는 앙카라의 번역국과 한 협상이 매우 긍정적이어서 이스탄불에 새로 생기는 번역국 국장은 자신이 맡을 가능성이 높다고 생각하면서 자리를 떴다.[71] 그러나 이 계획이 실현되기도 전에 터키 정부가 1944년 연합국에 합류해 독일에 적대적 태도를 취함으로써 그의 나치 선전원 겸 첩자 활동은 끝났다.

아우어바흐가 브링크만을 반대한 것을 보면 서양어문학부가 10년이라는 세월 동안 어떻게 문화적·정치적 충돌의 장소가 되었는지 알 수 있다. 터키의 국가주의 개혁자들, 독일인 망명객들, 그리고 나치들까지 모두 이 학부의 구조, 교과과정, 도서관, 필독서 선정에서 주도권을 쥐기 위해 경쟁했다.[72] 그러나 앞서 살펴본 대로 여기에 걸려 있는 것은 생각보다 컸다. 한편에서 이런 경쟁 세력들은 독일이 해외에서 갖는 이미지와 그에 따른 일련의 경제적·정치적 이익을 두고 싸우고 있었다. 다른 한편에서 이들은 터키 자체의 이미지를 두고도 싸웠다. 유럽인을 자칭하며 나치 독일과 동맹을 맺는 것은 악마와 계약을 맺는다는 뜻이 될 수 있었다. 걸려 있는 것은 바로 이런 부분이었다.

브링크만은 특수한 사례가 아니었다. 이스탄불대학교는 다른 나치들도 임용했다. 그러나 브링크만은 아우어바흐의 권력에 처음으로 흠집을

낸 사람이었다. 터키인 교수진이 아우어바흐를 인종주의자라고 비난한 것 자체가 학교 내에서 반유대주의가 얼마나 일반적이었는지를 보여준다. 반유대주의는 이제 임용뿐만 아니라 교과과정에 관한 토론에도 들어와 있었다. 나치뿐 아니라 터키 당국까지 1940년대 초에 반유대주의 정책을 추구했다는 점을 떠올리면 이는 그리 놀라운 일도 아니다. 브링크만의 임용 결정은 푹스나 아우어바흐, 이들의 동료인 하인츠 안스토크 같은 망명객이 나치와 가까이서 일할 수밖에 없다는 뜻이었다.[73] 반유대주의가 이스탄불대학교의 복도와 강의실에서 멀쩡히 살아 움직이고 있음을 알았을 때 불쾌한 충격으로 다가왔을 게 분명하다. 이는 터키가 나치 독일의 대척점에 있다는 이미지, 즉 지적·종교적 표현의 자유를 지키는 보루라는 이미지가 어느 정도는 틀렸음을 깨닫게 한다. 그런 만큼 오늘날이 일에 대해 사람들이 전하는 이야기에서 터키의 반유대주의가 완전히 무시되지는 않았다 하더라도 시종일관 대수롭지 않게 다뤄진 이유가 무엇인지도 묻지 않을 수 없다. 이런 관점에 일조했고 지금도 일조하고 있는 이해관계에 대해서는 이 책 후기에서 다시 다루기로 한다.

오늘날에는 브링크만에게 특별한 의미를 두지 않는다. 그가 이스탄불에서 기억된다 해도 그것은 이 대학교의 독일학 창시자로 잠시 교편을 잡았다는 정도에 그친다. 우리는 터키의 대학교를 보는 이런 수정주의적 관점의 예를 샤라 사이은의 터키 독일학 역사에서 볼 수 있다. 사이은은 브링크만이 독일학을 국가 학문으로 확립했다고 확증하면서 나치 때도 유럽 인문주의 정신은 오염되지 않았다고 주장한다. "1943-1944학년도에 교수[브링크만]는 로망스학을 강의했다. 언제나 독일 국민을 찬양하는 것으로 끝나는 강의였다. 그러나 회의적이고 비판적인 젊은 교수진과 학생들은 그런 강의에 냉정했다."[74] 나중에 이스탄불대학교 독일학과 학과장이 된 사이은이 브링크만의 임용이 단순히 과거에 가르친 한 제자의 권유에서 비롯된 게 아니라 나치 교육부의 작품이었다는 것을 알았다면 어쩌면 과거를 다르게 보았을지도 모른다.[75]

전쟁이 끝난 뒤에도 대학교는 모순적인 임용정책을 그대로 유지했다. 독일학과 교수직에는 아내가 유대인이라서 독일을 탈출한 고전문헌학자 겸 철학자 발터 크란츠가 먼저 앉았다.[76] 독일 교육부의 지지를 받은 크란츠는 처음에 이스탄불대학교에서 고전 지성사·문화사와 그것이 현재에 띠는 의미를 중점적으로 가르치는 교수로 임용되었다.[77] 그는 1945-1950년 독일학과 학과장으로 재임하는 동안 철학과와 독일학과 사이에 좋은 업무관계를 확립했다. 그가 독일로 돌아가고 난 뒤 독일학과는 완전히 새로운 곳에서 독일인 교수를 모셔왔다.

독일연방공화국에서 탈나치화 과정이 진행되자 나치 학자들은 외국에서 학문직을 찾게 되었다. 과거의 정치 성향과 현재의 탈나치화 과정으로 인해 곤경에 처한 나치 독일학자 게르하르트 프리케는 독일 바깥에서 일자리를 찾고 있었다. 브링크만처럼 그도 과거 이스탄불에서 터키 학생들과 맺은 교분 덕분에 그럭저럭 임용될 수 있었다. 임용 당시 그 역시 적극적인 나치주의자라는 사실이 알려져 있었다. 차이라면 프리케가 브링크만보다 더 맹렬한 반유대주의자였다는 점이었다. 프리케는 1933년 괴팅겐에서 있었던 저 악명 높은 베를린 분서사건에서 가장 중요한 연사로 관여했고 거기서 이른바 불꽃 연설을 했다. 그는 "블랙리스트"에 오른 책들을 "쓰레기와 찌꺼기"라 부르면서 이것이 독일 지식인의 삶을 이간질하고 무력화하고 질식시켰다고 주장했다. "유대인 문학 하이에나들(jüdische Literaturhyänen)" 같은 반유대주의적 이미지 역시 그가 1933년에 발표한 연설에서 양념으로 등장했다.[78] 1940년 독일 과학교육부가 "인문학 안의 전쟁"을 선포했을 때 프리케는 재빠르게 전선에 뛰어들었다. 이 '전쟁'의 목표는 독일이 유럽에서 승리하고 나서 제도적으로 도입할 수 있도록 인문학을 위한 새로운 전망을 만들어내는 데 있었다.[79] 프리케는 프란츠 코흐와 함께 "이 전쟁에서 독일학자를 전략적으로 배치하는" 작업을 맡았다.[80] 이들이 자임한 일은 "독일의 언어와 문학에 깊이 새겨진 독일적인 알맹이를 캐내는" 것이었다. 이 일에는 자연히 나치주의의 문화적·정치적 사조가 주입되었다.[81]

종전 이후 이스탄불에서 고용된 나치는 프리케만이 아니었다. 쾰른대학교 철학학부 학장이었던 하인츠 하임죄트도 탈나치화 과정에서 해직됐다가 나중에 이스탄불대학교에 고용되었다.[82] 푹스는 이스탄불에서 하임죄트와 마주쳤을 때 쾰른에서 스피처의 해임에 항의한 일로 그가 자신을 얼마나 비난했는지를 기억했다. 푹스는 하임죄트를 "니체 초인철학의 광신적 숭배자"로 여기고 "혐오감이 너무나 커" 마주치지 않기로 마음먹었다.[83] 한편 터키 당국은 프리케와 하임죄트가 이스탄불에서 교수 생활을 계속하게 허용하면서도 어떤 이념적·도덕적 갈등도 문제삼지 않았던 것으로 보인다. 심지어 오늘날에도 그렇게 악명 높은 나치가 1950년과 1958년 사이 이스탄불에서 독일학과 학과장을 지냈다는 사실은 문젯거리가 되지 않는다. 터키에서는 독일 연방공화국의 '과거청산(Vergangenheitsbewältigung)'에 견줄 만큼 역사를 캐고 들어가는 작업은 이뤄진 적이 거의 없다. 이 때문에 프리케가 재임했다는 사실에 대해 아무런 문제의식도 없는 나머지 이 학문 분야 역사에 대한 어떤 반성에서도 이 사실은 아무 역할도 하지 않는다. 오히려 그는 "설교단에 선 사제처럼" 강의하고 클라이스트, 횔덜린, 젊은 괴테에 집착한 교수로 기억된다.[84]

1950년대에 프리케의 박사과정 학생으로 공부한 사이은에게 프리케가 특정 저자를 미화하고 나머지 저자를 무시한 이유는 전혀 문제가 되지 않는다. 그녀는 독일학과 학생들이 상반된 세계관과 상이한 문학 접근법을 대해야 했다는 사실을 찬양하기까지 한다. 나아가 마찬가지로 전후 이스탄불에서 독일학자로 고용된 사람으로서 과거에 사회주의자였던 클라우스 치글러가 나치주의 절정기에 게르하르트 프리케의 지도로 교수자격논문을 마쳤다는 사실을 지적한다.[85] 나치, 사회주의자, 유대인의 가르침이 "상징적 의미의 냉온탕을 오가는" 생산적인 환경이 되었다는 그녀의 논거는 설득력이 없다.[86] 프리케가 쾰른대학교로 돌아간 다음 그의 나치 전력이 실제로 문제가 되었다는 사실에 대해서는 침묵한다는 점에서 사이은의 주장은 더더욱 문제가 된다.[87] 전쟁중에 저지른 악행이 너무 심해 프리케는 결국 학계에서 강제 퇴출되고 말았다. 이런 선별적 해석을 보여주는 사례는 사이은만이 아니다. 여기서 우리는 터키 3차 교육의 역사 연구에서 나치 영향을 무시하거나 경시하는 이유가 무엇인가 묻게 된다. 이에 답하는 길은 많을 것임이 분명하다. 그러나 나는 그 이유가 과거보다는 현재와 더 관련이 있다고 본다. 그것은 터키의 국가 정체성 구성에서 인문학이 여전히 본질적 역할을 맡고 있어서 특정 신화를 유지할 필요가 있기 때문이다. 이 책 후기에서 살펴보겠지만 이 문제의 밑바닥에는 커다란 역설이 깔려 있다. 그것은 터키가 서유럽을 실제적 역할 모델로 떠받들 필요가 있기 때문에 이런 과거에 대해 자기비판적 설명을 내놓는 능력 자체가 꺾여 발휘되지 못하고 있다는 사실이다.

이스탄불을 떠나다

이스탄불에서 지낸 마지막 몇 해 동안 아우어바흐는 대학교와 사회 전반의 변화 속도가 느리다는 사실에 점점 더 실망감을 느꼈다. 그는 1942

년에 사이담 총리가 "다른 곳에서 원치 않는" 유대인들에게 안식처를 제공하지 않겠다고 선언했을 때 반유대주의가 강해지는 것을 목격했다.[88] 아우어바흐는 또한 그런 변화를 더 뼈아프게 느꼈다. 1943년에 브링크만이 임용되면서 대학교 개혁 초기의 보다 낙관적이던 시절에 정착한 진보적인 분위기가 손상되었다. 구체적으로 말해 아우어바흐는 세월이 지나면서 터키 교수진이 망명객이 실천하는 인문주의 학문의 가치와 나치 학문의 정치적·학문적 함의를 더이상 서로 구별하지 않는 것으로 보인다는 점이 우려됐다.

1944년에 터키-독일 관계가 무너지고 터키가 독일에게 전쟁을 선포하자 망명객 교수진은 흩어지기 시작했다. 아직까지 독일 국적을 소지하고 있던 사람들은 나치 국가에 대한 개인적 입장이 무엇이든 간에 그들 자신의 보호를 위한다는 명분으로 강제 수용의 위협을 받고 있었다. 상황이 이렇게 되자 독일학과의 비유대인 강사 안스토크는 전쟁으로 파괴된 독일로 돌아가는 쪽을 택했다. 반면 1년 전에 터키 국적을 취득한 법학 교수 에른스트 히르슈는 강제 수용을 피할 수 있었다. 히르슈는 1930년대에 이스탄불에서 그와 아내와 함께 살도록 어머니를 초청함으로써 어머니를 나치의 홀로코스트로부터 구할 수 있었다. 안타깝게도 테레지엔슈타트 집단수용소로 이송된 뒤 편지를 보내온 누이는 구할 수 없었다. 터키가 나치 독일과 외교관계를 끊기 전까지 그는 그 집단수용소로 소포를 보낼 수 있었다. 전쟁이 끝난 뒤 그가 알아낸 것은 누이와 누이의 가족이 나중에 아우슈비츠에서 살해되었다는 소식이었다.[89]

유대인 출신의 입장에서 1944년에 터키에서 산다는 것은 나치의 홀로코스트로부터 살아남는다는 뜻이었다. 독일 국적자라는 이유로 강제 수용된다 하더라도 터키의 강제 수용은 유럽에서 유대인, 반파시스트, 전쟁

포로 들이 겪는 끔찍한 잔학행위와는 비교할 수 없었다. 영사관에 고용된 독일인은 가족과 함께 영사관 경내에 연금되었다. 85명의 독일인이 영사관에 억류되었고 150명은 몇 달간 독일학교에서 살아야 했다. 수용자들에게 이 상황은 유쾌할 리 없고 물자부족과 행동제약이 뒤따랐을 게 분명하지만, 1945년 영사관에서 이런 생활조건을 개선하고자 경내에 사우나를 만들 수 있었다는 사실은 특기할 만하다.[90]

망명객은 대부분 이스탄불이나 앙카라가 아닌 초룸, 요즈가트, 크르셰히르 같은 아나톨리아의 소도시에 수용되었다. 푹스는 히틀러 육군 휘하 예비군에 합류하라는 명령을 받았지만 한사코 귀국을 거부했다. 그 결과 그는 13개월간 초룸에 억류되어 있었다.[91] 1944-1945년 그가 강제로 갇혀 있는 동안 그린 그림에서 우리는 전쟁시 적국에 있는 사람들의 생활상을 엿볼 수 있다. 그가 그린 작품은 전후에 푹스가 거의 평생을 일한 곳이기도 한 예전의 로버트칼리지에 보관되어 있다.[92] 아나톨리아 외딴 소도시의 강제 수용 생활은 나치의 집단수용소, 소련의 강제노동 수용소, 심지어 전쟁 동안 독일인을 가두었던 영국의 수용소와도 달랐던 것이 분명하다.[93] 또한 터키계 유대인에게 강제 노동을 시켰던 1942년의 수용소와도 달랐다. 독일인 수용자가 갈 수 있는 곳과 연락할 수 있는 대상에는 제한이 있었지만, 본질적으로 이들은 현지 주민과 함께 일반 주택에서 지냈다. 초룸을 벗어나지 못하게 되어 있었지만 푹스는 나중에 야샤르 케말의 주요 독일어 번역자가 된 코르넬리우스 비쇼프와 함께 도시 주변의 농촌 풍경을 살펴볼 기회를 얻기도 했다.[94] 푹스는 강제 수용되어 있는 시간을 활용하여 초룸의 일상과 자연을 그림으로 남겨놓았다. 그리고 함께 수용된 아이들을 상대로 미술을 지도하기 시작했다. 그 외의 망명객도 마찬가지로 아나톨리아 소도시에 갇힌 생활을 최대한 활용하고자 했다. 나중에 동베를린 동방연구소 소장이 된 앙카라대학교의 인도학자 발터 루벤은 가족과 함께 갇혀 있던 소도시 크르셰히르를 대상으로 인류학자로서 자신이 지닌 역량을 발휘했다. 이제는 역사적 가치를 인정받는 루벤의 연구 결과는 최근에 와서야 출간되었다.[95]

리터나 아우어바흐 같은 일부 망명객은 강제 수용을 아예 피할 수 있었다. 아마도 대학교에서 없어서는 안 됐기 때문이겠지만, 아우어바흐는 강제 수용에서 제외되어 베벡의 집에서 『미메시스』의 집필을 끝마칠 수 있었다. 전쟁이 끝난 뒤 아우어바흐는 베른에서 자신의 책이 출간되어 터키를 떠날 수 있는 기회가 생기기를 손꼽아 기다렸다. 그는 서양어문학부 학부장 자리에서 물러난 다음, 독일에 있는 대학교에서 자리를 잡는 방안도 생각해보고 미국에서는 전망이 어떨지도 저울질을 해보았다. 전쟁 직후 터키의 지적 분위기는 위젤의 인문주의 개혁이 반공산주의자들에게 공격받으면서 억압적으로 변해 있었다. 이것은 이 나라 학계 전체에 영향을 주었고, 고전문헌학자 겸 인문학자인 에르하트 같은 학자의 해임으로 이어졌다. 그렇지만 아우어바흐는 1947년에 터키를 떠나기에 앞서 서양어문학부에 미치는 나치주의의 영향에 반격하고 서유럽 문헌학 내의 지적 교류를 북돋기 위한 노력을 다시 한번 기울였다. 그는 이스탄불에서 공동 창간한 로망스학 학술지를 재발행하면서 『서구 문헌학 학술지』로 이름을 바꾸었다. 이 간행물의 머리글에서 우리는 이스탄불대학교의 로망스학 세미나 초창기에 대한 아우어바흐의 향수를 엿볼 수 있는데 그 시절은 손꼽을 수 있을 정도로 적은 수의 학생들이 여러 언어를 익히면서 서유럽 문화 전반에 지식을 쌓고 전문적 관심을 배양하던 시기였다.

터키에서 아우어바흐가 편집한 학술지는 포괄적 인문주의 교육과 전문적 지식이라는 이중의 가치를 떠받치려는 시도로 읽을 수 있다.[96] 내가 이렇게 말하는 것은 아우어바흐가 1952년에 발표하여 큰 영향을 준 에세이 「문헌학과 세계문학」을 염두에 두고 있기 때문이다. 이 글에서 아우어바흐는 이상적 학자란 일반 지식과 전문 지식 간에 완벽한 균형을 이룰 역량을 지닌 사람이라고 규정한다. 그렇지만 이 학술지는 또 한 가지 이유에서도 중요한데, 여기서 아우어바흐가 미래를 향해 직접 말하고 있기 때문이다. 그는 학술지의 머리글에서 "우리가 바라는 것은 우리가 재발행을 시작한 이 학술지가 터키의 지식 발전에 보탬이 되고 국제적 문헌학 연구에 기여하는 작업을 계속 이어가는 것"이라고 말한다.[97] 전후에 르네 웰렉 같은 미국의 비교문학자와 비슷하게 아우어바흐는 교수진 내의 생산적인 상호협력을 촉진하는 일종의 국제 외교관 역할을 자임했다. 극단적인 국가주의가 가져오는 대파괴를 목격한 그로서는 이제 국가 초월을 대원칙으로 삼아 지적 삶을 꾸려나가는 방향으로 자신의 학술 과제를 설정하고 있었다.[98]

이스탄불에서 11년을 지낸 뒤 자신이 3차 교육에 미친 영향을 짚어본 아우어바흐는 망명객들이 실제로 뭔가를 이룩했다는 점을 강조하면서 다만 "할 수 있는 최대치에 미치지 못했을 뿐"이라고 했다.[99] 그는 망명객이 제한적인 성공밖에 거두지 못한 책임은 대학교의 우유부단한 정책에 있다고 보았다. 이에 환멸을 느낀 그는 실질적·도덕적 무정부상태에 빠질 위험이 커서 지극히 짧은 시간에 비유럽 국가를 유럽화하기는 어려웠다고 결론지었다.[100] 낙담한 아우어바흐는 자신은 서양어문학부의 "서류상" 학부장일 뿐이라고 결론지으며 직위에서 물러났다.[101] 그는 과도기 단계는 공백보다 나은 그 어떤 결실도 거두지 못했는데, 그것은 "무책임하고 어설프며 미숙한 실험"으로 인해 과정 전체가 너무 까다로워졌기 때문이라고 믿었다.[102] 아우어바흐는 이런 비판에서 혼자가 아니었지만—앞서 3장에서 설명한 이유로 인해—이 관점을 공개적으로 표현하는 데 항상 어려움을 겪었다.[103] 이와 대조적으로, 이스탄불대학교에서 터키 현대 문학 교수로 일한 아흐메트 함디 탄프나르 같은 터키인 동료들은 오스만 말기와 터키 초기의 특징이던 하다 말다를 자꾸 반복하는 양상을 거리낌 없이 비판했다. 나중에 이 시기의 개혁을 되짚어보면서 탄프나르는 문화개혁이 중단된 것은 터키 사회 전반에 대단히 나쁜 영향을 미쳤다고 결론지었다.[104]

내가 이 책 전반에서 주장하고 있듯이 망명을 한 곳에서 쫓겨나는 것으로만 볼 게 아니라 다른 곳으로 옮겨가는 것으로도 볼 필요가 있다. 망명은 손실과 단절을 가져오지만 재정립, 적응, 나아가 새로운 소속감이 형성되는 과정도 함께 가져온다. 망명의 이중적 성격을 인정해야만 우리는 그 인식론적 함의를 옳게 평가할 수 있다. 이런 이유로 나는 더 큰 문화적·역사적 그림을 고찰함으로써 망명 연구를 맥락 속에서 볼 필요가 있다고 생각한다. 무엇보다 출발지의 정치 환경을 고찰하는 게 중요하지만, 도착지의 정치 환경을 고찰하는 것도 중요해 보인다. 이런 식으로 우리는 아우어바흐가 둥지를 튼 망명지의 정치 환경, 즉 터키의 국가주의 개혁자들, 독일 이주민들, 나치들, 독일인 공동체 전반의 뒤얽힌 이해관계가 적어도 그가 비평가로서 입장을 유지하는 데 추방자라는 단순한 사실 못지않게 중요했다는 것을 알 수 있다.

5
이스탄불에서 『미메시스』를 쓴다는 것

"애석하게도 책이 거의 없었다." 이스탄불을 떠나 미국에서 학자로 자리잡은 지 한참 뒤에 레오 스피처가 한 말이다. 이스탄불대학교의 학장에게 책이 부족한 이유를 물었더니 그가 다음과 같이 대답한 모양이다. "우리는 책은 신경 쓰지 않습니다. 불에 타니까요."[1] 이상하게 들리기는 했지만, 스피처는 학장의 이 말에 일리가 있을 수도 있겠다고 생각했다. 이스탄불은 지진단층 위에 건설된 도시라서 지각변동이 무척 잦았고 건물은 대부분 목조인데다가 소방서는 절망적일 만큼 지리멸렬했기 때문이다. 책에 고의적으로 불을 지르고 그 책의 저자들에게서 인간의 존엄을 남기지 않고 박탈해버리는 나라로부터 탈출해온 스피처에게 이것은 얼마나 슬픈 상황으로 보였을까.

이스탄불에는 책이 거의 없었다는 말을 흔히 듣는다. 어쩌면 그렇게 자주 듣게 되는 이유는 이 말이 많은 것을 함축하고 있는 듯 보이기 때문인지도 모른다. 이스탄불이 현대화에서 겪는 어려움이라든가, 이 도시가 자연의 힘 앞에 무력하고 사회적으로 제대로 조직되지 않았던 현실에 대해 뭔가를 암시하고 있다. 책이 없다는 말은 지식층이 없고 따라서 이스탄불이 일종의 백지상태였다고 암시하고 있기 때문에 자꾸 되풀이되는지도 모른다.[2] 전후 이런 의견은 이스탄불 망명 학자들의 상황뿐만 아니라 유럽 변방에서 학문이 처한 일반적인 상태를 나타내는 말이 되었다. 서구 학문을 변방에 전할 수는 있지만 그 대가로 배운 것은 전혀 없다는 뜻을 함축하고 있다. 이는 지금도 독일에서 쓰이는 두 용어에 함축되어 있다. '지식전달(Wissenstransfer)'과 '교육원조(Bildungshilfe)'라는 낱말은 1933-1945년의 터키-독일 관계를 묘사할 때 흔히 쓰이는 용어다.[3] 이런 용어는 정보와 기술이 일방적으로 흘러갔다는 뜻을 암시하고 있기 때문에 나로서는 문제가 있어 보인다. 마치 오로지 유럽인만 지식을 나누어주고 비유럽인은 그것을 받으려고 발버둥치고 있었다는 식이다. 그러나 역으로 대학교에서 독일 망명객의 학문으로 흘러간 것이 있었을 가능성은 어떨까?

이 장에서 나는 지식이 일방적으로 전달되었다는 관념과 반대되는 주장을 내놓으면서 현장의 조건을 직접 살펴본다. 지식이 발생하는 맥락을 고찰함으로써만 우리는 영향, 전유, 적합화가 어떻게 연쇄작용을 일으키는지에 대해 의미 있는 결론을 이끌어낼 수 있다. 이 장 첫머리에 등장하여 책에 대해 그렇게나 대범한 태도를 보인 대학교 학장을 더 자세히 들여다봄으로써 시작하기로 하자. 그는 서구 역사에 이름 없는 사람인 듯이 전해졌지만, 실제로 그가 누구인지 찾아내는 일은 어렵지 않다. 스피처가 이 대학교에 임용됐을 당시 문학부 학장은 문학사학자 메흐메트 푸아트 쾨프륄뤼로서, 그곳의 전신인 다륄퓌눈이 이스탄불대학교가 됐을 때 해임되지 않은 소수의 학자 중 한 명이다. 쾨프륄뤼는 1920년대에 이 대학교에 처음으로 튀르크학연구소를 설립하고 10년에 걸쳐 대략 1만 6,000권에 이르는 터키의 언어, 문학, 역사 서적을 모았다.[4] 사실 그와 책과의 인연, 장서 수집과의 인연은 그보다 더 이전으로 거슬러 올라간다. 쾨프륄뤼는 오스만의 유서 깊은 대재상 가문 출신인데, 빈민을 위해 독서실을 설치하고 후일 오스만의 도서관 중 가장 중요한 도서관으로 꼽히게 된 공공도서관을 설립한 가문이기 때문이다.[5]

이렇게 왕성한 필력을 자랑하고 영향력이 큰 문학비평가 겸 역사학자가 애서가였다는 데는 반박의 여지가 없어 보이며, 따라서 쾨프륄뤼가 스피처에게 풍자를 담아 건넨 말이었다면 저 오스트리아 출신 학자가 그 풍자를 놓친 것이 분명하다. 그러나 어쩌면 그 말은 풍자보다는 냉소를 담은 것인지도 모른다. 이스탄불은 확실히 화재로 책이 소실되는 재앙을 여러 차례 겪었다. 1860년대에 다륄퓌눈의 도서관을 집어삼킨 화재도 그 중 하나다. 또 우리는 쾨프륄뤼가 비유적으로 화재를 언급했다고도 생각할 수 있다. 화재는 스피처의 말처럼 이 도시의 낡은 목조건물에는 문자 그대로의 위협이었지만 그 파괴력은 또한 신생 터키 공화국과 오스만 제국 사이의 어려운 관계를 단적으로 나타내기도 했다. 공화국은 잿더미 속에서 불사조처럼 부활하기로 되어 있었지만, 불에 탄 제국의 폐허는 공화국 초기에 유례없는 절망을 낳았다. 우리는 이런 감정이 아흐메트 함디 탄프나르 같은 작가에게서 표현된 것을 볼 수 있다. 탄프나르는 이스탄불을 다룬 1946년의 에세이에서 오스만의 과거와 터키의 현재 사이의 단절로 인해 도시 풍경이 어떤 영향을 받았는지 보여주었다. 그는 오스만 제국의 흔적이 사라지는 것을 지켜보면서 만족과 실망이 뒤섞인 불편한 감정을 느꼈다고 털어놓았다. 그리고 불타는 로마를 지켜보는 네로 같은 심정이었다고 말했다.[6] 이런 감정은 최근 오르한 파묵이 펴낸 『이스탄불—도시 그리고 추억』이라는 책에서도 똑같은 울림을 전해준다. 이 책은 '휘쥔(hüzün)'이라 부르는 일종의 집단적 상실감 개념을 중심으로 한 작품으로, 파묵은 이것을 이 도시 주민 특유의 성격으로 꼽는다. 그는 1950년대와 1960년대에 오스만의 옛 건물이 불타는 것을 지켜본 느낌을 회상하면서 이렇게 쓴다. "이스탄불을 핼쑥하고 빈약한 서구 도시의 이류 모조품으로 바꿔놓으려 광란을 벌이느라 우리가 물려받기에 합당하지 않거나 물려받을 준비가 되어 있지 않은 위대한 문화와 위대한 문명의 마지막 흔적이 갑자기 파괴되는 데서 오는 죄의식, 상실, 질투의 감정이 우리를 엄습했다."[7]

파묵과 그의 문학 선배들에게 화재는 과거, 우울, 전환, 그리고 현대화의 추억까지 불러일으킨다. 이런 유의 암시를 생각하면 이 장 첫머리에 인용한 말이 다양하게 해석될 수 있음을 알 수 있다. 쾨프륄뤼 학장이 스피처에게 한 대답을 곧이곧대로 받아들이면 오스만 제국주의의 흔적이 화재로 파괴됐지만 동시에 급속히 현대화하고 있는 터키 공화국에서 불편하지만 독특한 문화 풍경이 만들어졌다는 요점을 놓치게 된다. 이 장에서 오스만의 풍부한 문화와 역사를 지우는 은유가 된 화재의 파괴적 위력에도 불구하고 실제로 이스탄불의 도서관들은 현대화와 확장을 거쳐 실로 새롭게 자리를 잡았음을 알게 될 것이다.

오랫동안 서구 학자들은 전쟁 때 이스탄불이 독일인 망명객의 연구에 걸림돌이 됐는가 보탬이 됐는가 하는 문제에 몰두했다. 확실한 것은 이스탄불 망명이 위대한 학문을 낳았다는 점이다. 이것이 망명객이 처한 환경에도 '불구하고'인가 '덕분에'인가 하는 질문에 대한 답을 찾다보면 터키와 망명의 상황 모두에 대해 뭔가 알아낼 수 있을 것 같아 보인다. 그게 아니라면, 최악의 정신적 박탈상태에서 보기 드문 천재적 연구 결과를 내놓을 수 있었던 소수의 독일계 유대인 학자들에 대해 뭔가 알아낼 수 있을 것이다. 아우어바흐의 『미메시스』는 전설적인 위상을 지니고 있는데, 그것은 이 책이 1942년부터 1945년 5월 사이에 유럽 바깥에서, 그것도 적절한 연구자료도 없이 쓰였다는 점을 대부분의 서구 비평가들이 강조하고 있다는 데에도 원인이 있다. 역설적이게도 이스탄불은 책이 거의 없다는 사실 덕분에 지적으로 생산적인 장소로 여겨진다. 이런 관점은 다름 아닌 아우어바흐 본인에게서 나온 것으로, 그는 『미메시스』의 후기에서 연구자료의 결핍을 이렇게 설명했다.

> 이 책은 전쟁 동안 이스탄불에서 썼는데, 그곳의 도서관은 유럽 연구를 위한 자료가 잘 갖춰져 있지 않았다. 국가 간 소통할 길도 가로막혀 있었다. 나는 거의 모든 정기간행물, 거의 모든 최신 연구, 그리고 어떤 경우에는 내가 다룰 원문에 대한 믿을 만한 비평본조차 없이 집필해야 했다. ……이처럼 자료를 풍부하게 갖춘 학술도서관이 없었다는 바로 그 사실 덕분에 이 책이 존재할 수 있었다고 보는 것도 충분히 가능하다. 그렇게나 많은 주제에 대해 이루어진 연구를 전부 일일이 조사할 수 있었다면 나는 아마도 이 책을 집필하는 데까지 절대로 다다를 수 없었을지도 모른다.[8]

이것은 아우어바흐가 주석이나 이차문헌을 드문드문 넣은 까닭을 정당화하고 있는 내용이나 마찬가지인데, 이는 자신의 논거를 뒷받침하기 위해 이차문헌을 모아 방대하게 나열하던 당시의 문헌학자들 사이에서는 보기 드문 방식이었다. 이 독창적인 책이 적절한 자료가 없다는 사실 덕분에 존재할 수 있었다는 아우어바흐의 말에 비평가들은 매료되었다. 실제로 저자가 내놓은 이 출간의 변은 『미메시스』의 위상뿐만 아니라 이스탄불의 위상까지 정당화하는 근거가 되어, 이스탄불이라는 장소 자체가 무조건 책도 사상도 지식인 자체도 별로 없는 곳으로 해석되게 만들었다. 예를 들어 에드워드 사이드는 이것을 이스탄불에는 "서유럽 연구를 위한 학술도서관이 전무했다"는 뜻으로 받아들였다. 그런 도서관이 있었다면 모자람이 넘침으로 바뀌어 아우어바흐는 오히려 자료의 "늪에 빠지고" 말았을 것으로 보았다. 그의 연구방법을 재구성하면서 사이드는 아우어바흐가 가지고 있던 일차자료는 제한적이었지만 "기억과 또 틀릴 수 없어 보이는 해석으로 책과 그 책이 속한 세계의 관계를 해명하는 기술에 주로 의존한" 것으로 보았다."[9]

『미메시스』가 독보적인 업적이라는 데는 반박의 여지가 없다. 여기서 나의 목적은 저자의 실력이나 작품의 독창성에 의문을 제기하는 데 있지 않다. 그보다 이 책이 만들어진 장소를 새롭게 보자는 데 있다. 아우어바흐가 주장하고 후대의 여러 독자들이 되풀이한 주장과는 달리 이스탄불은 다채로운 지적 삶과 수많은 도서관, 그리고 그 외의 문화적 자원을 제공했다. 더욱이 이 도시는 자기네가 유럽 도시라는 정체성을 갖고 있다는 일종의 흥분에 사로잡혀 있었고, 이것은 실제로 유럽사를 주제로 하는 대작을 쓰는 데 큰 도움이 되었다. 『미메시스』의 평가에서 잘못된 부분을 바로잡아주면 전쟁 시기의 아우어바흐와 이스탄불에 대해 더 많은 것을 알게 되는 것으로 끝나지 않는다. 초국가적 맥락에서 지적 성과를 내는 작업이 어떻게 이뤄지는지도 알게 된다. 아마도 가장 중요한 것은 우리가 곧잘 고집하는 구분들, 즉 유럽과 비유럽, 지식인과 반지식인, 자기 고장에 뿌리를 내린 상태와 망명지로 떨어져나간 상태 등이 정치적 수사에 속하는 과장인 경우가 많다는 사실도 알게 된다. 이런 구분들에 의문을 제기하고 또 초국가적 맥락의 지적 성과를 조금 더 섬세하게 설명하는 데 노력을 기울인다면 어쩌면 더욱 생산적인 형태의 논의에 다다를 수 있게 될 것이다.

비평가들이 오늘날 간과하는 부분은 스피처와 달리 아우어바흐는 이스탄불에 "책이 거의 없었다"고 말한 적이 없다는 사실이다. 아우어바흐는 다만 "어떤 경우"에는 그가 다룰 원문에 대한 "믿을 만한 비평본"조차 없이 집필해야 했다고 말했을 뿐이다. 그는 책보다는 서방에서 들어오는 전문학술지가 귀하다는 사실을 구체적으로 지적했다. 그가 주고받은 편지에서 우리는 이 문헌학자가 최소한 전쟁이 터질 때까지는 독일, 터키, 그 외 다른 지역 학자들과 인쇄물을 교환하며 학계의 최신 연구에 뒤처지지 않으려 했음을 알게 된다. 나치 학문은 그가 쓰려는 책에서 가치가 거의 없었기에 우리는 어쨌든 그가 전시 독일에서 흥미를 느낀 출판물은 거의 없었을 거라 추정할 수 있다. 그는 빅토르 클렘퍼러나 베르너 크라우스 같은 로망스학자의 연구는 읽고 싶었을 것이다. 그러나 이 두 지식인은 나치 독일의 비인간적 환경 아래서 살아남았지만 연구 결과를 출판할 길은 막혀 있었다. 이로써 나는 『미메시스』의 촉매는 사실 자료가 모자란다는 데 있었던 게 아니라 바로 넉넉하다는 데 있었다는 나의 논제에 다가간다. 앞서 살펴보았듯 이 단테학자는 자신과 같은 종류의 질문에 깊이 관심을 품고 있는 동료와 학생들을 발견했다. 아우어바흐가 망명생활을 하는 동안 『신곡』의 첫 터키어 번역본이 책으로 나왔고 터키 르네상스라는 관념에서 유럽 문화유산에 대한 흥미로운 토론이 일어났다. 낯선 곳에서 안식처를 찾은 아우어바흐는 출판물, 활기찬 지식인 무리, 그리고 인문주의 학문이 젊어지고 있는 어마어마한 무게에 둘러싸여 있었다. 이를 염두에 두고 아우어바흐의 저술을 독창적이게 해주었다는 세 가지 조건, 즉 책을 구할 수 없었다는 것과 학문과 지적 대화 수준이 낮았다는 것, 끝으로 비판적 사고의 전제조건인 분리상태에 있었다는 것에 대해 하나씩 살펴보기로 하자.

책

이스탄불의 도서관들이 풍부한 장서와 잘 정리된 목록을 갖추고 있던 베를린의 프로이센 주립도서관과는 비교할 수 없는 수준이었다는 것은 사실이다. 아우어바흐는 그곳에서 몇 년 동안 사서로 일했다. 베를린에서 그는 단테를 주제로 한 교수자격논문을 집필하고 자신을 중세학자로 자리매김하는 데 필요한 자료를 얻을 수 있었다. 그러나 이스탄불이 나름의 풍부한 자료가 없는 곳은 아니었다. 실제로 미국의 동방학자 해리 하워드는 1930년대 말에 이스탄불의 도서관과 기록보관소를 조사하고 최소 10만 권의 고대 필사본이 보존되어 있는 것으로 추산했는데, 이 필사본들은 역사적으로 그리스와 로마, 비잔티움, 이슬람, 오스만, 터키 시대를 아우르고 있었다.[10] 이런 이유로 하워드는 이스탄불을 "기록물과 도서자료가 세계에서 가장 풍부한 도시 중 하나로, 로마의 잘 알려진 보물에 맞먹는다"고 표현했다.[11] 그는 이스탄불에 있는 박물관은 오스만 유물만이 아니라 그리스와 로마, 비잔티움 문화유산까지 소장하고 있다고 덧붙였다. 처음에 이스탄불대학교에서 스피처와 함께 일하다가 나중에 미국으로 이주한 비교문학자 리젤로테 디크만의 말에서 이것이 사실임을 확인할 수 있다. 그녀는 인문주의자들이 직접 "가장 아름다운 고대 필사본들"을 활용할 수 있었다고 강조했다.[12]

대학교 개혁 초기에 이스탄불대학교 도서관은 부족한 면이 다소 있었다. 1928년에 라틴 문자를 도입했다는 것은 새 문자로 된 책이 서가를 채울 만큼 나와 있지 않았다는 뜻이었다. 그러나 대학교는 도서관을 꾸리는 데 빠른 진전을 보였고 유럽에서 방대한 양의 책을 사들였다. 자서전에서 에른스트 히르슈는 법학과에 있는 "터무니없이 커다란" 방으로 들어섰던 때를 회고한다. 그 방은 학과도서관으로 정해져 있었지만 유럽어나 현대 터키어로 된 책은 거의 없었다. 그는 터키 공화국에서 철두철미한 법률 개혁이 있었던 만큼 오스만 문자로 된 옛날 책은 쓸모가 없어졌다고 여겼다. 그는 "도서관 없는 대학교는 무기고 없는 군대와 같다"고 말하면서 교육부가 따로 떼어놓은 넉넉한 자금으로 법학과 도서관을 확충하기로 했다.[13] 알베르트 말헤가 일찍이 도서관의 상태를 개선하라고 한 충고에 따라 3차 교육개혁 개시 첫해에만 2만 권의 책을 확보했다. 이렇게 하여 1934년에는 법학과 도서관의 장서가 총 13만 2,000종에 이르렀다.[14] 히르슈의 회고록에서 우리는 1938년에 상당히 많은 수의 밀봉된 책 상자가 계단 밑에서 발견됐다는 것도 알게 된다. 이 책들은 오스만 시대 말에 독일 교육기관에서 기증한 것으로 과도기의 정치적 격랑 속에서 가뭇없이 잊힌 것들이었다. 히르슈는 학생과 조교의 도움을 받아 몇 달간 이 책들을 정리해 도서관 장서에 추가했다.[15]

망명지에서 학업 생산성 조건을 향상시키는 일에 적극 관여한 망명객들은 그 외에도 또 있었다. 아우어바흐의 가까운 동료로 자기 개인 장서와 이스탄불대학교 도서관 장서를 늘리기 위해 시간이든 돈이든 아끼지 않았던 알렉산더 뤼스토브에 대해서는 나중에 좀더 자세히 알아볼 것이다. 뤼스토브는 도서관 장서에 대해 어느 정도의 지배력을 행사하기 위해 자료수집 고문이 되기로 했다.[16] 1930년대에 독일에서 값싸고 손쉽게 책을 사들일 수 있었다는 것은 참으로 역설적이다. 나치 독일의 반유대인 법은 라이프치히의 유명한 고서 거래상들에게는 사업을 정리하고 방대한 양의 책을 헐값에 처분할 길을 찾아야 한다는 의미였다고 히르슈는 말한다. 간단히 말해 더이상 수요가 없었다. 그 결과 수많은 상자의 책이 도착하여 텅 빈 서가를 채웠다.[17] 교수들이 학과도서관 설립을 개인적으로 책임지는 사례가 많았지만, 게르하르트 케슬러와 나중의 발터 고트샬크처럼 대학교의 중앙도서관 설립을 책임지는 경우도 있었다. 예상할 수 있듯이, 독일인 동료들이 필요로 하는 것을 챙겨주는 사람은 바로 이런 망명객들이었다.[18] 터키가 인문주의와 특히 서구 문학에 새롭게 관심을 품었다는 점을 볼 때, 이들이 입수한 책의 상당수는 유럽의 고전이었을 것으로 추정할 수 있다.

우리는 1934년 공식적 자격으로 이스탄불로 파견된 독일인 도서관 고문 위르겐스의 보고서에서 대학교 도서관의 상태에 대해 더 많은 것을 알 수 있다. 이 도서관 고문은 이 도시의 독일 도서 거래 현황을 파악하고 터키의 도서관 내 독일 도서의 가용성은 어떤지 평가하는 임무를 맡았다. 위르겐스는 베를린의 독일연구재단에 보고하면서 이스탄불에 있는 대학교 도서관의 장서는 생각보다 훌륭하며, 철학과 독일학 분야는 특히 더 훌륭하다고 했다. 이 도서관은 "최상의 판본으로 구성된 우리의 고전 선집인 퀴르슈너판 독일문학대전과 지금도 정본으로 간주되는 우리 철학자들의 저작물"을 소장하고 있었다. 나아가 위르겐스는 "모든 주제 영역에서" "독일 도서의 기반은 탄탄하다"고 판정했다.[19] 그 몇 년 뒤에 이스탄불을 방문한 미국인 학자 해리 하워드는 대학교 중앙도서관이 아닌 다른 곳의 현대 도서 가용성 문제에 대해 보고했다. 그는 이스탄불에서 새로 건립된 잉킬라프도서관에 대해 이렇게 썼다. "본질적으로 터키어를 비롯하여 프랑스어, 영어, 독일어, 그리스어, 아르메니아어로 된 현대 도서에 몰려 있고 특히 19세기에 주력하고 있다. 이 도서관에는 작고한 무알림 제브데트 베이가 유증한 프랑스어와 영어 그리고 터키어로 된 중요한 장서를 유보하고 있다. 여기서는 잡지, 인쇄물, 옛 신문, 도서를 찾아볼 수 있다."[20]

우리는 아우어바흐가 이런 곳의 장서를 실제로 활용했다는 사실을 확실히 알고 있다. 이 점은 여러 해 동안 그의 조수 겸 번역자로 일한 쉬헤일라 바이라브가 확인해주었다. 터키 문헌학의 기원에 관한 인터뷰에서 그녀는 아우어바흐가 『미메시스』를 쓸 때 자기 소유의 풍부한 장서뿐만 아니라 프랑스 문헌학과의 장서를 잘 활용했음을 지적했다.[21] 아우어바흐는 무슨 자료든 대학교에서 찾을 수 없으면 다른 망명객의 개인 장서, 이스탄불 곳곳의 다양한 도서관, 이스탄불의 수많은 서점에서 찾아보았다. 이스탄불의 유서깊은 유럽 지구 페라의 리브라리 아셰트 서점은 주로 프랑스어를 취급했지만 독일 문학도 취급하는 가장 큰 서점이었다. 위르겐스의 보고서를 보면 리브라리 아셰트는 독일인 망명객의 문학작품을 서점의 창에 진열해놓았음을 알 수 있다. 이와 대조적으로 칼리스 서점과 카프 서점은 모두 나치가 운영했고 따라서 유대인이나 반파시스트들의 불매운동 대상이었다. 칼리스의 주인은 이스탄불에서 나치 소유의 가게에 대한 불매운동 때문에 최고 40퍼센트에 이르는 고객을 잃었다고 불평했다.[22] 불매운동에 참여하는 사람들에게는 이 도시에서 유럽 문학에 관한 한 그곳 외에도 다른 대안이 있었다. 이탈리아어 서점도 있었지만 이스탄불의 지적 삶에서 중요한 자리를 차지하는 독일어 서점이 두 곳 있었다. 그중 하나는 카론 서점으로, 1914년에 알자스에서 이스탄불로 이주한 독일계 유대인 이지도르 카론이 소유한 이 서점은 독일인 망명객에게 중요한 출판물을 팔았다. 『파리제르 타게블라트』와 『다스 안데레 도이칠란트』 같은 신문도 있었고, 1930년대에는 카론에게 라이프치히로부터 직접 책을 주문할 수도 있었다. 그러나 전쟁 동안에는 주로 스위스로 책

주문을 넣었다. 자연히 이 서점은 망명객들이 만나는 중요한 장소의 하나가 되었다.[23]

카론은 비교적 자리를 잘 잡은 서점이고 그 외에도 새로 문을 연 뮌히 하우젠-할베르스태터 서점은 좌파서적과 학술서적으로 유명했다.[24] 실제로 우리는 독일어 서점들이 위르겐스의 현황 파악이 있던 1934년으로부터 거의 10년이 지난 뒤에도 영업을 계속했을 것이라고 짐작할 수 있다. 앞서 4장에서 살펴본 나치 교수 헤니히 브링크만은 1943년에 독일학과에 도서관을 만들 때 어떤 어려움도 겪지 않았던 게 확실하기 때문이다. 브링크만은 대학교 로망스학 도서관에서 몇 권만 가져왔을 뿐, 나머지 책은 이스탄불의 서점에서 구해 채울 수 있었다고 했다.[25]

1938년 아우어바흐는 어느 편지에서 "적당한 도서관"이 없다고 불평했다. 그는 단테학자 요하네스 외슈거에게 보낸 편지에서 "애석하게도 여기서는 동방학자만이 제대로 연구할 수 있다(Leider kann hier eigentlich nur ein Orientalist arbeiten)"고 썼다.[26] 아우어바흐는 도서관 상태를 두고 온갖 성토를 하면서도 이스탄불 도미니크회 산피에트로 디 갈라타 수도원(성베드로와바울로 교회) 도서관에 드나들 수 있었다는 사실은 빠뜨리고 언급하지 않았다. 이곳에는 19세기에 자크폴 미뉴가 편찬한 『라틴 교부론』 전집이 소장되어 있다. 다른 여러 편지와 회고록에서 우리는 망명객들이 이스탄불 전역의 도서관과 기록보관소에 흩어진 다양한 형태의 자료에 다가갈 수 있었다는 것을 알게 된다. 정전, 주요 비평서, 심지어 그리스와 로마 필사본까지 열람이 가능했다. 도미니크회 수도원의 『라틴 교부론』 하나만 해도 라틴어로 된 교회 저작물을 모은 것으로 총 200권이 넘으며, 테르툴리아누스부터 인노켄티우스 3세까지 1천 년이 넘는 기간의 신학·철학·역사·문학사를 아우른다. 도미니크회 도서관에는 방대한 양의 그리스어 원전과 라틴어 번역본도 보관되어 있었다. 『미메시스』를 출간하고 미국으로 건너간 아우어바흐는 오랜 시간이 흐른 뒤에 발표한 「『미메시스』에 부치는 에필레고메나」라는 글의 각주에서 이처럼 중요한 자료를 발견한 사실을 인정했다. 이 각주에서 그는 없어서는 안 될 이 자료를 열람하게 해준 사람이 론칼리였다면서 이렇게 썼다. "내가 '피구라(figura)'와 '파시오(passio)'에 관한 논문을 쓸 수 있었던 것은 도미니크회 산피에트로 디 갈라타 수도원 도서관의 어느 다락층 서고에서 미뉴의 『라틴 교부론』 전집을 찾아낸 덕분이었다."[27]

나중에 요한 23세 교황이 된 몬시뇨르 론칼리는 1930년대에 이 유대인 학자에게 이 수도원 도서관에서 연구할 수 있는 특권을 주었다. 아우어바흐로서는 감사해 마땅한 일이었지만 이 바티칸의 사절은 1943년과 1944년 사이에 수천 명의 유대인이 홀로코스트에서 살아남도록 돕는 더 놀라운 일을 해냈다.[28] 론칼리가 유대인 구호단체, 특히 이스탄불에서 팔레스타인유대인기구의 국장 샤임 바를라스와 대화한 사실을 아우어바흐가 알고 있었는지는 분명하지 않다.[29] 우리에게는 『미메시스』를 한 부 보내준 것에 감사하는 내용으로 1956년 론칼리가 아우어바흐에게 보낸 편지가 남아 있을 뿐이다. 그로부터 두 해 뒤에 교황이 된 론칼리는 이 편지에서 이 학술서가 "보편적 형제애"의 증거물임을 인정하고 "1937년 터키에서 주고받은 즐겁고도 호의적인 대화"를 떠올렸다.[30] 편지에서는 이 두 사람이 학자 대 학자의 관계였는지, 신학이나 정치에 관한 이야기를 나눴는지는 알 수 없다. 그렇지만 아우어바흐 본인으로부터 우리가 알고 있는 것은 도미니크회 도서관을 이용할 수 없었다면 학계에 가장 큰 영향을 미친 그의 관념 중 몇 가지는 형성될 수 없었을 것이라는 사실이다. 신학자 존 도슨은 아우어바흐가 『라틴 교부론』에서 "구약성서를 피구라 방식으로 읽어냄으로써 고대 유대인의 역사 현실을 지우지 않고 보존한 그리스도교의 풍부한 전통"을 발견했다는 것을 보여준다. 도슨의 주장에 따르면 아우어바흐는 이런 발견에 힘입어 『미메시스』 집필을 시작할 수 있었다.[31] 터키 망명은 많은 면에서 아우어바흐에게 전환점으로 작용했다. 도미니크회 도서관에서 『라틴 교부론』을 연구하는 동안 이 문헌학자는 단테가 쓴 『신곡』 속의 역사 개념은 피구라 방식의 해석으로 이루어졌다는 결론에 다다랐다. 아우어바흐는 중세의 시간과 현실 이해를 이해하는 데 도움이 되는 것은 사건이 새로운 사건을 낳는다는 헤겔식의 역사 관념이 아니라 사건과 거룩한 질서의 수직적인 연결이라고 했다.[32]

이처럼 이스탄불의 도서관에 대해 알고 나면 "자료를 풍부하게 갖춘 학술도서관"이 없었던 덕에 『미메시스』가 탄생할 수 있었다는 아우어바흐의 주장은 그 근거가 약해진다. 실제로 이스탄불의 도서관에 관한 정보를 살펴보고 나면 우리는 자주 인용되는 그의 주장을 다르게 해석하게 된다. 즉 그것은 수사적 표현이라는 것이다. 아우어바흐는 사물을 실상보다 부풀림으로써 강조하는 과장법을 통해 자신이 개척한 문학비평 접근법을 정당화하고 전통에 묶여 있는 독자들의 비판을 차단한 것이다.[33] 아우어바흐는 문헌학적 전통에서 벗어나, 3천 년이라는 기간의 문학작품들로부터 뽑은 짤막한 발췌문을 출발점으로 삼아 각각의 독특한 묘사 양식을 집중적으로 조명한다.[34]

앞서 살펴본 것처럼 아우어바흐의 후기는 이스탄불을 결여의 장소, 아무 데도 아닌 장소로 매도하는 데도 쓰였다. 이 역시 마찬가지로 과장법의 한 형태로서나 서구 여행문학의 오랜 전통에 속하는 수사법인 곡언법(曲言法)으로도 생각해볼 수 있다. 곡언법의 예는 호메로스가 키클롭스의 섬을 묘사하는 대목에서 볼 수 있다. 호메로스는 이 섬을 법도 의회도 문명도 없는 곳으로, 간단히 말해 그곳에 도착한 문명인이 기대하고 원할 만한 그 어떤 것도 없는 곳으로 그린다.[35] 대상을 강하게 규범화하는 것이 특징인 곡언법은 조너선 램의 말처럼 "전부와 전무, 충분과 결여 사이의 널뛰기"라고 부르는 수사적 장치이다.[36] 우리의 목적에 더 어울릴 만한 예를 들자면, 아우어바흐가 망명을 떠나기 전 독일어로 번역한 18세기 잠바티스타 비코의 『새로운 학문』에서 또다른 형태의 부정을 발견할 수 있다. 비코의 관념은 아우어바흐의 모든 연구에서 내내 중심적 위치를 차지하고 있었는데, 비코는 역사철학을 연구하기 위해서는 "이 세상에 책이 한 권도 없는 듯 진행할 필요가 있다"고 주장한 바 있다.[37] 이런 지적 부정을 해낼 수 있었던 덕분에 비코는 백지상태에서 자신의 역사철학을 위한 전망을 펼칠 수 있었고, 따라서 자신의 연구가 지닌 독창성을 강조할 수 있었다.

지적 네트워크—이슬람, 단테, 유럽의 구성요소

터키에서 대작을 쓰고 있던 학자가 모두 이런 수사적 장치를 끌어와 쓴 것은 아니다. 예를 들어 알렉산더 뤼스토브는 『현재의 위치 판정』이라는 책의 초고를 쓸 때 다른 접근법을 취했다.[38] 뤼스토브는 1933년 터키에서 경제학자로 교수직을 받아들였고 그곳에서 계속 나치 정권에 저항했다. 그의 학문적 관심사는 포괄적인 문명비평서를 쓰는 것으로 집약되어 있었다.[39] 『현재의 위치 판정』의 머리말에서 뤼스토브는 자신이 포괄적인 문화사 연구를 완성할 수 있었던 조건을 간략하게 소개했다. "이 독일 책"을 쓸 수 있게 해준 첫째 조건으로 그는 히틀러의 숨 막히는 독일을 떠난 것을 꼽았다. 둘째로 그는 망명객의 과제가 "파멸적" 현재를 세계사적 맥락에서 설명해야 할 윤리적 책임에 있는 것으로 정의했다. 그리고 셋째로 여러 망명객과 함께 그가 터키가 서구 문화로 탈바꿈하는 과정을 촉진하도록 뽑혔다는 것을 지적했다. 아우어바흐와 달리 뤼스토브는 망명지에서 쓴 연구서에서 "동지적 협력" 덕분에 망명에서 오는 어려움을 덜 수 있었다는 사실에 감사를 표했다.[40] 우리는 그가 개인적 편지에서는 터키 망명과 관련해 여러 감정을 드러내는 것을 볼 수 있다. 뤼스토브는 이스탄불에 정착하기가 불가능하며 "있을 자리가 아닌 것" 같다는 느낌이 든다고 불평했지만 이 생활환경이 연구에 오히려 도움이 된다는 데는 고마워했다.[41]

이 경제학자는 망명객들이 이스탄불에 도착한 직후에 만들어진 프리바타카데미라는 활발한 지식인 동아리의 일원이었다. 이 동아리는 정기 모임을 갖고 여러 분야를 아우르는 학술 토론회를 개최했으며 카론 서점을 후원했다. 1930년대 초에 이 동아리의 회원으로는 스피처, 법률학자 안드레아스 슈바르츠, 경제학자 프리츠 노이마르크와 게르하르트 케슬러, 알프레트 이자크, 고고학자 쿠르트 비텔, 식물학자 하일브론과 브라우너, 동물학자 코스비히, 천문학자 프로인틀리히와 로젠베르크, 화학자 아른트와 브로이슈 등이 있었다.[42] 1930년대 말의 이 동아리 활동에 대해서는 알려진 게 별로 없지만 확고한 인문주의자 뤼스토브는 아우어바흐의 중요한 지적 동반자였다. 아우어바흐와 뤼스토브가 개인적으로 주고받은 편지들 중 일부가 현재 마르바흐 문헌 기록보관소에 소장되어 있는데, 이들의 편지에서 우리는 아우어바흐가 뤼스토브와 알고 지낸 것이 얼마나 큰 도움이 되었는지를 알 수 있다. 두 사람은 책과 연구서 초고를 바꿔 읽어가며 연구에 관한 학문적 문제를 토론했다.

『미메시스』가 그 책을 둘러싼 "학술 문화적 맥락에 많은 것을 빚지고 있다"는 폴 보베의 주장은 정당하지만, 아우어바흐는 편지에서만 이 사실을 암시할 뿐 정작 책에서는 언급하지 않는다.[43] 이스탄불은 터키 지식인과 망명객 지식인이 지적으로 교류할 가능성이 애당초 배제되어 있는 곳이라는 관념이 기정사실화한 데는 어쩌면 아우어바흐가 1957년에 사망한 직후 스피처와 아우어바흐 두 사람을 다룬 해리 레빈의 기고문도 영향을 주었을 것이다. 레빈은 이스탄불에는 적절한 학문기관이 없다는 사실이 이 두 학자가 갈라지는 분기점이 됐다면서 이스탄불은 "같은 분야 안의 두 가지 접근법인 스피처의 하부학문과 아우어바흐의 상부학문 사이에 뚜렷한 선을 그었다"고 주장했다.[44] 레빈은 아우어바흐에게 터키 망명은 "전화위복"이 되었는데, 그의 장서에서 채워 넣지 못한 부분에 "유럽 문명을 담은…… 상상의 박물관"을 세울 수 있었기 때문이라고 주장했다.[45] 아우어바흐는 "평범한 학술도서관을 계속 쉽게 이용할 수 있었던 때보다 더 독창적인 책을 쓸 수밖에 없는 위치에 부득이하게 들어가 있었다."[46] 레빈은 이런 논거를 한층 더 밀고나가, 아우어바흐가 공허 속으로 떨어졌어도 거기서 『미메시스』를 들고 나올 수 있었던 것은 도서관이 없었다는 사실만이 아니라 동시대 터키인들의 무지도 한몫했다고 주장했다. 레빈은 이것을 알 수 있는 한 가지 예로써 아우어바흐가 『신곡』의 터키어 번역자를 만났을 때의 다음과 같은 일화를 들려준다.

> 그[아우어바흐]가 겪었을 단절감을 조명해주는 우스꽝스러운 일화가 하나 있다. 이스탄불에서 공식 임무를 맡게 되면서 그는 자신과 공통점이 많을 거라는 터키인을 여러 명 소개받았다. 그중 한 명은 단테를 터키어로 번역한 사람이었다. 그는 『신곡』을 번역하는 데 두 해가 채 안 걸렸으며 그 시기 동안 잡동사니를 번역하지 않았다면 그보다 더 빨리 끝낼 수 있었을 거라고 장담했다. 아우어바흐가 언어 실력이 대단하다며 축하하자 이 동

료는 덤덤한 태도로 자신은 이탈리아어를 전혀 모른다고 털어놓았다. 그의 동생이 이탈리아어를 알지만 거의 도움이 되지 않았는데, 당시에 다른 곳에 가 있었기 때문이라고 했다. 아우어바흐의 당연한 질문에 그는 다시 프랑스어 번역본을 가지고 번역했다고 답했다. 눈썹이 씰룩거리려는 것을 가까스로 참고 있던 아우어바흐는 어느 번역본이냐고 물었다. 그 터키인은 이렇게 대답했다. "이름이 기억나지 않네요. 그렇지만 커다란 갈색 책이었습니다." 이런 상황에서 아우어바흐처럼 뛰어난 석학이 달리 무엇을 할 수 있었겠는가? 그는 자신이 즐겨 쓰던 표현대로 "다락방 안에서" 연구할 운명이었다. 그동안 쌓아둔 메모를 다 쓰고 나면 중세 연구를 보류해야 할 판이었다. 수준 높은 학술지도 논문집도 주석서도 없는 상태에서 누가 계속 학자로 남아 있을 수 있겠는가?[47]

박식한 독일인의 대립항으로서 터키인을 잡동사니나 번역하는 무지한 사람으로 규정하는 것이, 이 이야기를 듣는 사람이 재미를 느끼게 만드는 부분이다. 실제로 이 일화는 사면초가에 빠진 독일인 학자에 대한 동정심을 불러일으키기 때문에 수사적 목적을 달성했을 것이 분명하며, 오늘까지도 과장되고 희화화된 그대로 통용되고 있다. 그러나 레빈이 익살스러운 효과를 거두고자 이 일화를 어떻게 과장했는지는 여전히 불분명하기 때문에 나는 다른 각도에서 고찰할 것을 제안한다. 예를 들어 화자가 번역 기술에는 초점을 맞추지만 번역 작업의 중요성 자체는 간과하고 있다는 점이 내게는 중요해 보인다. 그리고 이 작업, 즉 터키 독자를 위해 단테를 번역하는 작업이 지금 내가 여기서 좀더 자세히 고찰하고자 하는 부분이다.

오스만의 과거와 결별한 지 얼마 안 된 사회에서 단테의 『신곡』을 출간한다는 것은 어느 모로 보나 혁명이었다. 이 작품은 단테와 베르길리우스가 아홉번째 지옥 구렁에서 무함마드와 알리를 만나는 장면을 묘사하고 있다는 사실을 상기해야 한다. 그곳에서 두 사람은 '비방과 분열을 부추긴 장본인들'로 벌을 받고 있다.[48] 이슬람 예언자들에 관한 이런 묘사 때문에 이 장면은 무슬림 신자들에게 특히 모욕적이었다. (실제로 『신곡』에서 무함마드와 그의 사위 알리보다 더 나쁜 사람은 사탄 다음가는 유다, 브루투스, 카시우스밖에 없으며 이 삼인조는 그다음 지옥 구렁에서 벌을 받고 있다.) 문제의 장면에서는 고문당하는 알리와 무함마드를 생생하게 묘사하는데, 무함마드는 내장이 꺼내지고 두 쪽으로 갈라져 있다. 이 고문 장면이 너무 선동적이라 그전의 번역자들은 1882년에 『신곡』을 그리스어로 옮긴 런던의 오스만 제국 대사 무수루스 파샤처럼 이 장면을 빼버렸다.[49] 이슬람의 표현을 지배하는 종교적 규범 때문에 『신곡』의 제1편인 「지옥」은 번역되지 않았고 결과적으로 이 시기 단테는 오스만 제국에서 거의 읽히지 않았다. 어느 모로 보나 오스만의 대다수 독자에게 『신곡』은 존재하지 않았다.

앞서 살펴본 대로 레빈은 아우어바흐가 번역자와 만난 이야기를 이 독일인 망명객이 이스탄불에서 겪은 형편없는 상황을 잘 보여주기 위해 사용했다. 그러나 터키 문화사를 잘 아는 독자가 볼 때 1938년의 단테 번역은 그와 다른 사실을 보여주는 증거이다. 터키의 세속화에 따라 신명나는 새로운 지적 가능성이 생겼고 그것이 출판계에 영향을 주었음을 보여주는 증거인 것이다. 따라서 나는 앞서 책을 싫어한다던 학장을 포함해 이 "무지한 터키인"을 대수롭지 않은 사람처럼 무시하고 지나갈 것이 아니라 이들을 찾아내 어떤 사람인지 알아볼 가치가 있다고 생각한다. 이 번역자의 이름은 바로 함디 바롤루다. 1938년에 그는 『신곡』의 첫 터키어 산문 번역본을 펴냈고, 그 뒤로 수많은 번역자가 더 나은 번역본을 내놓았다. 당시 바롤루는 터키 번역가 중 최고의 다작 번역가에 속했고 특히 졸라 번역으로 유명했다. 그는 스탕달, 루소, 츠바이크, 세르반테스, 플라톤, 에우리피데스도 터키어로 번역했으며, 따라서 레빈이 말한 것처럼 잡동사니를 번역한 것도 아니고 잡동사니만 번역한 것도 아닌 것이 확실하다. 여기서 번역의 질을 따지기는 적당치 않으며 번역 가능성이라든가 중간언어를 통한 번역의 정당성, 번역이론과 윤리학 문제를 논하고 싶지도 않다. 그보다 독자 여러분에게 터키의 세속적·인문주의적 사업 전반에서 이런 번역이 지닌 의미를 환기하고 싶다. 1938년의 이 『신곡』 산문 번역본은 교육부 장관 위젤이 추진한 훨씬 큰 번역 사업이 시작되기 전에 나온 것이다.

현대 터키에서 단테를 처음 접한 것은 뉘스헤트 하쉼 시나놀루의 단테 연구에서였다. 1934년에 출간된 이 연구에서 저자는 「지옥」의 여러 구렁에서 받는 처벌을 하나하나 간략하게 요약했다. 시나놀루가 지적한 대로 포용과 영웅적 행동으로 유명한 12세기 이집트의 술탄 살라딘은 그리스·로마의 위대한 철학자, 시인과 함께 연옥에 갇혀 있다.[50] 이들은 죄인이라서가 아니라 그리스도교인이 아니라는 이유로 세례 받지 않은 자들과 함께 단테의 지옥 가장자리에 갇혀 있다. 시나놀루는 연옥에 있는 무슬림 세 사람 중 하나를 콕 집어 언급하고 있지만(나머지 둘은 철학자 이븐시나[980-1037]와 이븐루시드[1126-1198]로, 단테는 이들 또한 이곳에 있게 함으로써 경의를 표했다), 지옥의 아홉번째 구렁에 빠져 있는 무함마드와 알리는 건너뛰었다. 더 정확하게 말해 시나놀루는 분열을 부추긴 두 사람에게 가하는 처벌은 묘사하지만 그들의 신원은 밝히지 않는다. 그저 아홉번째 구렁에 갇힌 사람이 "그리스도교인에게 많은 전쟁을 일으킨 종교의

창시자"라고만 알릴 따름이다.[51]

시나놀루가 1934년경의 터키 독자들이 단테의 「지옥」에 나오는 분열주의자들을 대하기에는 아직 이르다고 보았다는 점을 볼 때 그로부터 겨우 몇 년 뒤 함디 바롤루가 내놓은 번역이 지니는 의미를 알 수 있다. 물론 바롤루와 발행인 이브라힘 힐미 츠으라찬은 이 문제에 매우 조심스럽게 접근했다. 『신곡』 번역본에는 작가 M. 투르한 탄이 독자에게 단테의 지옥과 천국 묘사를 종교적 관점이 아니라 미학적 관점에서 보도록 강조한 머리말이 포함되어 있었다.[52] 탄은 단테가 다른 종교를 조롱하면서 불경스럽게 묘사한 이유를 교회에 잘 보여야 했기 때문이라고 보았다. 그렇게 함으로써만 단테는 걸작을 써낼 수 있었다는 것이다.[53] 바롤루는 이전의 번역자인 그리스계 오스만인 무수루스 파샤처럼 검열을 받지는 않았지만 탄의 머리말을 보면 『신곡』이 어떻게 받아들여질지 심각하게 우려했음을 알 수 있다. 터키 독자들이 「지옥」에 빠진 무함마드의 이미지를 처음 접할 것이기 때문이다. 바로 그 부분을 바롤루의 터키어 산문 번역과 마크 무사의 영어 운문 번역으로 아래에 인용한다.

> Dibi çıkan veya bir tahtası kopan hiç bir fıçı yoktur ki, benim gördüğüm, çenesinden şercine kadar yarılmış bir günahkâr derecesinde delinmiş olsun. Bağırsakları bacaklarının arasında sallanıyor, ahşası ve yenilen şeyleri necasete tahvil eden murdar kese meydanda görünüyordu. Ben, sabit nazarlarla ona bakarken, o da bana baktı ve göğsünü elile açarak, dedi ki:
>
> —Bak, nasıl vücudumu paralıyorum; bak Muhammed nasıl alil oldu. Önümden ağlayarak giden Alinin yüzü, çenesinden kafatasına

kadar yarıktır. Ve burada gördüğün bütün diğerleri, yeryüzünde, nifak ve itizal saçmışlardır, onun için böyle yarıldılar. Arkamızda bir zebani var ki, bu elem yolunu bir kere devrettiğimiz zaman, bizi keskin kılıncı ile bir kere daha zalimane biçiyor; zira, onun önüne varmadan evvel yaralarımız tekrar kapanmış bulunuyor.[54]

No wine cask with its stave or cant-bar sprung
was ever split the way I saw someone
ripped open from his chin to where we fart.
Between his legs his guts spilled out, with the heart
and other vital parts, and the dirty sack
that turns to shit whatever the mouth gulps down.
While I stood staring into his misery,
he looked at me and with both hands he opened
his chest and said: "See how I tear myself!"
See how Mohamet is deformed and torn!
In front of me, and weeping, Ali walks,
his face cleft from his chin up to the crown.
The souls that you see in passing in this ditch
were all sowers of scandal and schism in life,
and so in death you see them torn asunder.
A devil stands back there who trims us all
in this cruel way, and each one of this mob
receives anew the blade of the devil's sword

each time we make one round of this sad road,
    because the wounds have all healed up again
    by the time each one presents himself once more.

통널이나 옆판이 쪼개진 어떠한 포도주 통도
    내가 본 사람처럼 저렇게 갈라지지는 않았으니
    턱부터 방귀 뀌는 곳까지 벌어져 있더라.
다리 사이로 심장을 비롯한 주요 장기와 내장이,
    입으로 삼키는 건 무엇이든 똥으로 바꿔놓는
    더러운 자루까지 흘러 내려왔더라.
그의 비참한 모습을 보고 서 있으려니
    그는 나를 보고 두 손으로 자기 가슴을 열어젖히며
    "내 손으로 나를 찢는 광경을 보라!" 하더라.
찢어지고 망가진 무함마드를 보라!
    내 앞에서 알리가 흐느끼며 걷는데
    얼굴이 턱부터 정수리까지 쪼개져 있더라.
너희가 이 구렁을 지나며 보는 영혼은
    모두 살아서 비방과 분열을 부추긴 장본인이니
    죽어서 갈기갈기 찢기고 있는 것이라.
저 뒤에 악마가 서서 우리를 모두 이처럼 잔인하게
    베어놓으니, 이 무리는 한 사람 한 사람
    악마에게서 새로 칼질을 받는구나.
이 슬픈 길을 한 바퀴 돌고 나서
    악마 앞에 다시 나설 때쯤이면

상처가 모두 아물어 있으니.[55]

바롤루는 단테의 관점이 자신의 관점으로 보일까 저어하는 마음에, 무함마드와 알리를 묘사한 부분과 거리를 두고자 거기에 긴 각주를 첨부할 필요를 느꼈다. 그는 또 자신의 주장을 더 강화하고자 오스만 시인 압뒬하크 하미드 타르한이 단테가 무함마드와 알리를 다룬 방식을 비판한 시를 인용했다. 이 시에서 압뒬하크 하미드는 풍자와 경멸을 뒤섞은 말로 저 이탈리아 시인에게 말을 건넨다. "오, 단테! 너인가? 대단히 머리 좋은 비방꾼아!"[56] 그 이후 사정이 달라지지 않았을까 생각할지 모르겠지만, 내가 읽어본 터키어 번역본은 모두 (비교적 최근에 나온 레킨 테크소이의 번역까지) 여전히 번역자가 어떤 식으로든 저 무슬림 예언자에 대한 단테의 표현과 거리를 둘 필요를 느끼고 있다는 것이 나타난다.[57] 이것은 궁극적으로 1938년에 투르한 탄이 『신곡』을 종교적 글이 아니라 미학적 글로 보라고 한 권고가 오늘날에도 여전히 타당하다는 것을 깨닫게 해준다. 또 정치와 종교를 분리하고 사상의 자유를 보장하기 위해 거의 90년 전에 도입된 터키의 세속주의 개혁이 그 목표를 달성하려면 아직도 멀었다는 뜻을 함축하는 것이기도 하다.[58]

독일계 유대인 단테학자 아우어바흐는 단테 작품 때문에 생겨나는 긴장에 어떻게 대처했을까 궁금해진다. 번역·출판되었다는 것은 부서지기 쉬우나마 단테 시장이 있었다는 뜻으로, 르네상스가 일어나게 된 사회적·문화적 조건에 대해서도 마찬가지로 대중의 관심이 있었다. 스피처는 이런 관심을 이용하여 대학교에서 강연할 때 보카치오, 라블레, 세르반테스에 대해 다루었다.[59] 이 세 차례 강연에서 스피처는 매번 단테가 르네상스에 남긴 영향을 언급했다. 그렇지만 시나놀루와 마찬가지로 스피처도, 그리고 1944년에 터키어로 출간된 『로망스어문학 개론』에서 『신곡』을 논한 아우어바흐까지도 단테가 묘사한 「지옥」에 빠진 무함마드에 대해서는 언급하지 않았다.[60] 무함마드를 비켜간 것에는 실용적인 이유가 있었을 수도 있겠지만, 나로서는 기회를 놓친 것으로 보이기도 한다. 이 주제를 건드렸더라면 그리스도교가 주도하는 사회의 세속적 인문주의를 이슬람이 주도하는 사회로 번역해 들어올 가능성 자체에 대한 비판적인 논의가 일어났을지도 모르기 때문이다.

1939-1940학년도에 이스탄불대학교는 대외 활동 프로그램에서 아우어바흐의 발등에 불똥이 떨어질 수도 있는 행사를 개최했다. 그 이전에 스피처가 한 르네상스 강연과는 달리 아우어바흐의 강연은 처음으로 단테의 『신곡』 자체에 초점을 맞춘 것이었다. 위험한 주제였으나, 앞으로 살펴보겠지만 아우어바흐는 논쟁을 피하고 무슬림이 대다수인 청중의 구미에 더 잘 맞는 부분을 강조하는 쪽을 택했다. 스피처의 학생이자 나중에 아우어바흐의 조교가 된 귀진 디노는 이런 행사는 일반 대중을 대상으로 했다고 말한다. 내가 2007년 파리에서 그녀를 인터뷰했을 때 그녀는 스피처의 강연 중 하나를 프랑스어에서 터키어로 동시통역했던 일을 떠올렸다. 당시 3,000명 정도의 학생, 교수진, 대학교 방문객이 그 강연을 들었다고 한다.[61] 이런 대외 활동 프로그램은 망명객이 자신의 선구적 연구를 터키 청중에게 소개하는 기회가 되었다. 예를 들면 파울 폰 아스터는 자유의지 개념에 대해 강연하고, 빌헬름 페터스는 유럽 역사를 논했으며, 게르하르트 케슬러는 정치학과 윤리학을 주제로 삼았고, 알렉산더 뤼스토브는 프롤레타리아트의 과거와 미래에 대해 생각해보았으며, 알프레트 하일브론은 성의 기원과 목적에 대해 탐구했고, 필립 슈바르츠는 프로이트와 정신분석학을 다루었다.

아우어바흐는 이런 강연회에서 적어도 모두 일곱 차례 강연했고 이 강연들은 나중에 터키어로 번역·출간되었다. 바로 「17세기의 프랑스 국민」(1937), 「장자크 루소」(1939), 「16세기 유럽에서 국어의 형성」(1939), 「단테」(1940), 「문학과 전쟁」(1941-1942), 「19세기 유럽의 사실주의」(1942), 그리고 「몽테스키외와 자유 관념」(1945) 등이다.[62] 프랑스어나 독일어에서 터키어로 번역된 이들 강연은 이제까지 대부분 다른 언어로 번역된 바 없다.[63] 나는 아우어바흐의 터키어 강연 두 편을 영어로 번역하여 이 책에 수록했는데, 번역은 빅토리아 홀브룩이 수고해주었다. 19세기 사실주의에 관한 강연과 제2차 세계대전이 시작된 뒤 문학과 전쟁에 관한 강연이 그것이다(이 책의 부록 참조). 아우어바흐가 터키에서 한 강연이 그렇게나 흥미를 끄는 이유는 그가 자신의 시대 및 터키의 개혁과 강하게 공명하는 주제를 어떻게 숙고했는지 엿볼 수 있기 때문이다. 그는 세계가 점점 더 서로 긴밀히 연결돼가는 현상, 르네상스의 등장, 국민과 토착어의 관계, 자유의 개념, 부르주아의 대두 같은 주제를 다루었다. 그 밖에도 문학, 국가 건설, 전쟁 사이의 관계라든가 식민주의가 문학에 미치는 영향 등 강연에서 다룬 주제를 보면, 아우어바흐는 강한 흥미를 일으키는 인물이자 정치적으로 신중한 인물이라는 사실이 드러난다.

이들 강연은 아우어바흐의 다른 연구와는 다른데, 강연에서는 터키의 청중을 위해 그가 맥락의 공백을 메워주고 있기 때문이다. 『미메시스』에서는 역사적 맥락과 사회·정치적 맥락이 의심의 여지없이 중요하지만, 터키 강연에서는 문학의 사회·정치적 맥락이 그보다 더 중심적인 역할을 차지한다. 이런 연례 강연은 아우어바흐가 『미메시스』를 위한 착상을 전개하는 방식을 통찰할 수 있는 귀중한 기회를 제공해주며, 또 그가 청중과 관계를 맺는 방식도 어느 정도 알 수 있게 해준다. 학자는 아니지만 고도의 교양을 갖춘 대중을 상대로 기획된 강연회의 일환이었던 만큼 그의 강연은 그 목적에 상당히 잘 부합되었다. 그것은 역사적 사실이라는 틀 안에서 정치적으로 타당한 주제에 초점을 맞추면서 중세에서 19세기까지 유럽의 문화사와 문학사를 청중에게 소개하는 것이었다.

이 망명객 문헌학자는 단테 공개 강연을 이렇게 시작했다. "중세 유럽 최고의 시인 단테 알리기에리는 서력 1265년, 이슬람력으로 633년에 피렌체에서 태어나 56세에 망명지에서 죽었습니다."[64] 이 도입부는 단테와 아우어바흐가 망명이라는 "영원불변한 운명"을 공유하고 있다는 이미지를 불러일으킨다. 이에 대해서는 데이비드 댐로시, 세스 레러, 캐슬린 비딕이 아우어바흐가 나중에 『미메시스』에서 단테를 다룬 것과 연결해 지적한 바 있다.[65] 아우어바흐는 이 시인의 삶과 망명을 떠날 수밖에 없었던 이유를 요약하면서 13세기 이탈리아의 역사적·정치적 배경을 조명한다. 그러면서 그는 바롤루의 최신 번역본을 언급하며 단테가 르네상스의 촉매 역할을 했다는 사실을 개론적으로 다룬다.

이 강연 도입부에서 특이한 것은 아우어바흐가 그리스도교력과 이슬람력을 함께 언급했다는 점인데, 그리스도교 역법으로 바뀐 지 10년도 더 지난 1930년대의 세속주의 학자들에게는 흔치 않은 일이었다. 도입부의 이런 면을 보면 아우어바흐가 단테와 자신의 시대를 폭넓게 맥락화하면서 강연을 계속 이어갔을 거라는 생각이 들 것이다. 이탈리아와 이슬람 세계는 따지고 보면 지중해의 지리, 무역, 교통으로만 연결된 게 아니라 이슬람 철학자들이 고대 그리스 문헌을 보존하고 번역하고 해석했기 때문에도 이어져 있었다. 그중 가장 중요한 철학자로는 아리스토텔레스주의자인 이븐시나와 이븐루시드가 있는데 단테는 이들을 명확히 인정하고 있었다. 아우어바흐가 이슬람 세계에 대해 이스탄불 청중에게 적합한 내용 몇 개만 언급한 것은 사실이다. 예를 들어 그는 십자군이 이슬람에 대항해 유럽을 뭉치게 한 역할에 대해 설명했고, 동방무역이 피렌체 같은 도시에서 지녔던 중요성에 대해 지적했다.

아우어바흐가 말을 꺼내지 않은 부분은 지옥에서 내장이 흘러나온 무함마드의 모습이었다. 청중이 이 부분을 듣고 가만히 있었을까? 웅성웅성 불만을 표출하고 단체로 퇴장했을까? 공개적으로 드러내 말하지 않았기에 우리는 청중의 반응이 어땠을지 알지 못한다. 그러나 아우어바흐가 위험을 무릅쓰고 이를 언급했다면 청중 가운데 적어도 일부는 중세 이슬람관을 비판적으로 숙고했을지도 모른다고 생각하면 흥미롭다. 그들은 이렇게 물었을지 모른다. 유럽에서 세속적 인문주의가 등장하는 과정에서 단테가 중요하다고 생각되는 이유는 무엇인가? 그렇다면 이슬람 지배 사회에서 세속적 인문주의의 전망은 어떠한가? 역사의 추측은 이 정도로 해두자. 우리의 망명객은 위험을 무릅쓰지 않았다. 우리는 그의 말조심을 이해하지만, 이 문제를 비켜가면서 그는 이슬람교가 『신곡』에 미친 영향에 대한 논의도 같이 건너뛰었다. 아우어바흐는 단테가 망명을 가기 전의 작품에 이슬람교가 간접적으로 영향을 주었음을 어느 정도까지는 인정한 바 있다. 이스탄불대학교에서 한 강연에서 아우어바흐가 이 문제를 의식적으로 누락시켰다고 볼 수 있을까? 그는 청중에게 단테의 작품을 이슬람과 그리스도교가 공유하는 세계 속에 놓고 볼 것을 권유했지만, 터키에서 단테를 받아들일 때 생산적으로 작용할 가능성도 있었던 맥락 정보는 알려주지 않았다. 더 중요한 것은 이 부분을 논의했더라면 현대 유럽이 생겨나기까지의 과정을 그리스도교, 유대교, 이슬람교의 상호관계가 작용한 과정으로 고쳐 생각하게 됐을 수도 있다는 사실이다.

이슬람교가 단테에게 영향을 미쳤다는 것은 실제로 그리 무리한 해석이 아니다. 아우어바흐도 알고 있었듯이 20세기 초의 단테학자들은 『신곡』에서 이슬람과 그리스도교가 겹치는 부분에 대해 활발하게 논의했다. 이들은 한편으로는 아랍 세계가 프로방스 시에, 따라서 단테에게 미친 영향에 관심을 가졌다. 다른 한편으로는 『신곡』이 이슬람교와 그리스도교의 말세론적 관념을 결합한 것으로 생각했다. 예를 들어 미겔 아신 팔라시오스는 1919년의 연구서 『이슬람 말세론과 신곡』에서 무함마드가 밤에 지옥을 '여행'하고 뒤이어 천국으로 '승천'했다는 이슬람의 관념이 신곡에서 "단테가 품은 착상의 원형"이라고 주장했다.[66] 단테에 관해 아랍학자 아신은 무함마드와 알리가 받는 형벌은 예컨대 "전승에서 두 다리 사이로 내장을 덜렁거리며 지옥에서 걸어 다니는 것으로 표현되는…… 피에 굶주린 장군 알 핫자즈" 같은 죄인의 고문을 그린 이슬람의 묘사와 일치한다고 주장했다.[67] 아신은 또 단테의 연옥 묘사와 연옥에 일정한 수의 권역과 단계와 통로가 있는 것으로 상상한 이슬람 철학자 이븐 아라비(1165-1240)의 묘사가 서로 비슷하다는 점을 지적했다.[68] 아신은 단테 이전의 그리스도교 말세론에서는 이처럼 자세하고 세밀한 연옥 묘사를 찾을 수 없다고 했다.[69]

레오나르도 올슈키를 통해 우리는 양차대전 사이에 단테의 영향에 관한 질문이 "긴장되고 열정적인 분위기에서…… 여러 나라와 집단 사이에서" 논의되었다는 것을 알고 있다.[70] 한 가지 흥미로운 역할을 하고 있는 것은 지중해 자체가 서유럽 형성에 기여했다는 생각이다. 예를 들어 로망스학자 베르너 물레르트는 1924년에 쓴 한 평론에서 아신이 그전까지 단테학자들에게 알려져 있지 않던 아랍 자료를 가지고 들어옴으로써 서구 학문에 중요한 기여를 했음을 인정했다. 물레르트는 이슬람의 말세관과 단테의 말세관 사이에 겹치는 부분이 있음을 완전히 부정하지는 않았지만, 아신의 연구는 이념에 휩쓸린 것이라며 단호히 일축하고 그 선택적 방법의 위험을 경고했다.[71] 물레르트는 지중해가 내세에 대한 여러 관념을 제공했다는 점은 인정하면서도 이슬람의 말세관과 단테의 말세관 사이의 계보를 추적하는 데는 문제가 있다고 보았다.[72] 1925년에 『신곡』을 독일어로 번역·주해한 대표작을 낸 카를 포슬러 역시 단테론자들과 아랍론자들 사이의 논쟁을 그냥 넘길 리 없었다. 포슬러는 아신의 연구를 각주에서만 언급하면서 이슬람의 말세관은 유대교-그리스도교에 뿌리가 있음을 지적함으로써 단테의 내세관과 이슬람의 내세관 사이에 있는 공통된 특징을 정당화하고자 했다. 그렇지만 포슬러는 "그 파편 일부가 시칠리아나 스페인을 거쳐 중세 서구 세계의 말세관으로 흘러갔을 가능성도 있다"는 것을 인정했다.[73] 물레르트처럼 포슬러는 적어도 지중해가 상이한 문화와 종교가 만나 풍부해지는 공간이라는 관념과 이것이 유럽 형성에 관여했을 수 있다는 관념을 받아들였다.

유럽의 기원에 대한 질문과 지중해에 대한 관념은 아우어바흐 역시 망명 전에 했던 연구에서 관심을 가진 부분이다. 1929년의 교수자격논문에서 단테를 다룬 아우어바흐는 단테의 작품에 보이는 전반적 착상과 신화적 세부묘사의 상당부분이 "지중해 지역 여러 나라에서 수세기 동안 축적된, 서방만이 아니라 동방에도 기원을 둔 신화의 풍부한 보고"에서 나온 것임을 인정했다. 아우어바흐는 단테가 문학 모델에 의지하지 않고 이런 보고를 활용할 수 있었다고 보았다. "숨 쉬는 공기"처럼 빨아들였다는 것이다.[74] 수잰 마천드의 지적처럼 1920년대에는 서구 학문이 동방에 빚지고 있다는 사실을 강조하는 게 흔치 않았다.[75] 이런 점에서 아우어바흐가 "지중해 지역" 여러 나라 사이에서 문화적 접촉과 교류가 있었다는 쪽으로 양보한 것은 한층 더 중요한 의미를 띤다. 그러나 그의 양보는 엄격하게 선이 그어져 있었다. 아우어바흐는 이븐 아라비로부터 예증된 이슬람 문학문화가 단테에게 직접 영향을 주었을 가능성은 배제했다. 그러나 나중에 아우어바흐는 동방이 유럽 문학에 영향을 주었다는 문제에 열중했으며, 이는 그가 남긴 "프로방스 1(Provenzalen 1)"이라는 제목이 붙은 날짜 미상의 강의 원고에서도 볼 수 있다.

아우어바흐가 독일어로 작성한 이 강의 원고는 그가 터키로 떠나기 몇 년 전에 나온 연구들, 예를 들면 콘라트 부르다흐, 자무엘 징어, 알프레드 장로이, 가스통 파리스, 헤니히 브링크만 등이 출간한 연구들을 언급하고 있었다. 이것은 아우어바흐가 마르부르크에서 가르치던 학생들을 위해 준비한 원고였을 가능성이 높다. 이 강의는 11세기와 12세기 프로방스 문학의 뿌리, 그리고 그런 중세 문학이 단테의 문체와 토착어 사용과 어떤 관계를 맺고 있는지를 다룬다. 아우어바흐는 스페인-아랍 세계가 프로방스 시에 영향을 주었다는 콘라트 부르다흐의 논제에 동의하지 않았다. 근거가 없다고 생각했다. 그러나 그는 1929년에 쓴 단테 연구에서 그랬듯이 동방의 영향을 완전히 부정하지는 않았다. 이 강의에서는 신화, 전설, 제도 속에 존재하는 그리스도교, 고대 그리스·로마, 독일, 아랍의 전승은 중세 초기에는 이면에서 서로 이어져 있었다고 지적한다.[76] 아우어바흐는 고대 그리스·로마 세계가 이집트, 바빌로니아, 페르시아, 그 외 동방문화로부터 영향을 받았다고 주장하면서 유럽을 다양한 조류와 영향으로 끊임없는 탈바꿈이 일어나는 영원한 유전(流轉) 상태로 묘사했다. 로마의 지배 아래 있던 이런 "민족과 신화의 덩어리"로부터 이후의 모든 서방의 문화와 이슬람의 아랍 문화가 태어났다.[77]

망명 전과는 달리 아우어바흐는 이 강의 원고에서 "문화 전반의 상호 연결성"이라 부른 것을 나중의 연구에서는 지지하지 않는다. 그가 나중에 내놓은 연구에서는 이슬람 세계가 떨어져나간 것으로 보인다. 마치 터키로 망명한 탓에 유럽 경계선을 더 단단히 그려 이슬람의 영향이 파고들 수 없게 만든 것만 같다. 아우어바흐는 유대교, 그리스도교, 이슬람교가 생겨난 "지중해지역" 관념을 고수하지 않고 『미메시스』에서 최종적으로 유대교-그리스도교가 결합된 세계를 제시했다. 실제 아우어바흐가 망명 시절에 내놓은 연구서 가운데 중세와 르네상스 시대에 이슬람교와 그리스도교가 공유한 "접촉지점"에 대해 다룬 것은 없다. 피구라를 다룬 에세이가 포함된 1944년의 『새로운 단테 연구』도 그렇고 『미메시스』의 단테 장도 그렇다.

터키로 이주한 뒤 아우어바흐가 이슬람 세계를 경시하는 유럽중심주의적 사고방식으로 물러선 것은 정말 이상해 보인다. 그럼에도 불구하고 그는 단테가 이슬람의 내세관과 그리스도교의 내세관을 융합한 것에 대한 문제로 계속 고민했다. 1942년 여름 뤼스토브가 아우어바흐에게 보낸 편지에서 볼 수 있듯 뤼스토브는 단테의 작품에서 무엇이 "르네상스 같은" 부분이고 무엇이 "비중세적인" 부분인지 아우어바흐에게 물었다. 아우어바흐를 "단테 숭배자"라고 부르면서 「지옥」의 "제약 없는 보복"을 비판할 때 뤼스토브는 에둘러 말하지 않았다.[78] 이 편지의 분위기를 보면 이 경제학자와 문헌학자는 정치적인 견해 차이로 가득한 지적 관계를 유지했던 것으로 보인다. 뤼스토브는 자신의 주장을 명확히 하고자 아우어바흐에게 괴테는 저 이탈리아 시인의 "위대한 면모가 불쾌하고 종종 역겹기까지 하기" 때문에 달갑잖게 생각했다는 점을 상기시켰다. 흥미롭게도 이것은 아우어바흐가 『미메시스』의 단테 장에서 쓴 바로 그 구절로 여기서 그는 수많은 뛰어난 비평가가 "숭고한 영역에서 현실에 가까이 다가가는" 단테의 방식을 받아들이기 어려워하는 것도 이해가 간다고 말한다. 마치 뤼스토브의 편지에 직접 대답하듯 아우어바흐는 단테의 『신곡』이 "이후의 인문주의자와 인문주의 교육을 받은 이들을 불편하게" 만들었다는 것을 인정한다.[79]

뤼스토브의 편지와 아우어바흐의 단테 장은 이스탄불의 망명객 사이에 활발한 대화가 오갔음을 보여주는 증거로서 아우어바흐가 망명지의 연구 환경에 대해 말할 때 전혀 언급하지 않는 부분이다. 두 사람의 대화는 또 이슬람 세계와 그리스도교 세계의 상호작용에 관한 논의를 재개할 때 물리적 장소가 중요하다는 것을 보여준다. 뤼스토브는 아우어바흐에게 카라 드 보의 『무슬림 말세론의 조각들』(1895)과 미겔 아신 팔라시오스의 책을 가지고 있는지 물었다. 팔라시오스의 책은 필시 『이슬람 말세론과 신곡』(1919)일 것이다. 뤼스토브는 아우어바흐가 터키로 가기 전에 이미 아신의 책에 대해 잘 알고 있었다는 사실은 몰랐을 것이다. 어쩌면 그런 연구서들을 보면 단테 안에 있는 이슬람교와 그리스도교의 공통된 부분을 재고하지 않을까 생각했을지도 모른다. 뤼스토브는 단테가 이슬람의 내세관과 그리스도교의 내세관을 융합했다고 하면 아마도 천주교 쪽으로부터 반응이 나올 것이라고 보았다. 그리고 그는 아우어바흐 같은 단테광들이 역사의 이런 부분을 "침묵시킨" 책임이 있다고 결론지음으로써 동료를 더욱 자극했다.

여기서 내 목표는 단테의 작품보다 이슬람이 먼저였다고 주장하려는 게 아니다. 이런 주장은 여전히 논란이 분분하다. 내 주장의 요지는 그게 아니라, 아우어바흐가 망명 시기에 몇 가지 예기치 않은 지적 선택을 했다는 것이다. 적어도 내 관점에서 놀라운 것은 그가 단테를 다루면서 단테론자와 아랍론자 간의 논쟁은 빠뜨렸다는 점이다. 우리로서는 아우어바흐가 단테 작품의 기원에 관한 이 논쟁을 무시한 이유가 무엇일지 추측만 할 수 있을 뿐이다. 그러나 동기가 무엇이든 이렇게 무시했기 때문에 유대교, 그리스도교, 이슬람 세계 간 논의를 촉진할 기회를 잃어버린 셈이 되었다. 아우어바흐를 보는 이런 관점은 이 문헌학자를 "터키에서, 무슬림의 나라에서, 비유럽 망명지에서 논란이 촉발될 수 있는, 그리고 많은 면에서 양립할 수 없는 이율배반적 주제들을 다루고 있는(어쩌면 심지어 그 주제들을 가지고 저글링을 하고 있는) 프로이센의 유대인 학자"라고 한 사이드의 추천사에 의문을 제기한다.[80] 물론 아우어바흐가 이역에서 새로운 삶에 적응하면서 갖가지 상충되는 문명 충동을 가지고 저글링을 한 것은 사실이다. 그렇지만 일부 동료 망명객과는 대조적으로 그는 이런 모든 충동을 종합하지 않았고, 망명지에서 사이드의 비유를 빌리자면 공 몇 개가 떨어져도 그냥 내버려두었다. 유럽 문화 안에서 유대교 유산이 살아남는 문제가 염려된 그는 헬레니즘과 유대교를 유럽의 기원으로 강조함으로써 유럽이라는 개념의 범위를 넓혔다. 제프리 하트먼이 지적한 대로 1950년대 아우어바흐가 예일에서 강의할 때 유대교 연구는 아직 존재하지 않았고 "유대교에 대한 순전히 문화적인 관심조차 예일이 조용히 견지하고 있던 명확한 그리스도교 정신에 따라 그저 용납되고 있을 뿐이었다."[81] 확실히 아우어바흐의 선구적 접근법은 오늘날 유럽 문학 문화에 대한 우리의 사고방식을 바꿔놓았다. 그렇지만 이슬람교를 헬레니즘이나 유대교, 그리스도교 같은 문화적·종교적 전통과 나란히 취급하는 세속적 인문주의에는 아우어바흐가 기여한 게 없다는 점을 인식하는 것 또한 중요하다.

사이드 같은 비평가라면 서유럽 문학을 논하면서 이슬람교를 무시했다며 아우어바흐를 비난했으리라 기대할 법하다. 그러나 앱터가 잘 지적한 것처럼 우리는 사이드의 "주의력이 아우어바흐의 유럽중심주의에 대해서는 눈에 띄게 결여"돼 있음을 보게 된다.[82] 앱터는 아우어바흐의 유럽중심주의적 인문주의의 한계를 계속 거론하는 것은 사이드의 관심사가 아니었을 거라고 암시한다. 사이드는 그보다 이 망명객 문헌학자를 동원하여 "일종의 민족정체성에 따른 운명 및 경쟁관계에 있는 거룩한 언어들의 지배력이 갈수록 커지고 있는 세계에서 인문주의는 세속비평을 정의하기 위한 미래적 변수들을 제공한다"고 주장했다.[83] 사이드가 아우어바흐 같은 예전 학자들의 인문주의를 교정한 것이 사실일 수 있지만, 1930년대와 1940년대 터키에서는 세속비평이 이미 현실적으로 가능했다는 점은 기억해둘 만하다. 우리는 이 가능성을 아우어바흐의 망명객 동료는 물론 터키인 동료의 연구에서도 일부 볼 수 있다. 예를 들어 이 책 4장에서 나는 로제마리 부카르트 같은 문헌학자가 유럽 관념을 확장하면서 이슬람, 유대교, 그리스도교의 역사 사이에 공통기반을 마련한 것을 보여주었다. 그와 달리 아우어바흐는 이런 생산적 지식 교류망의 가능성을 포기하고 본질적으로 이슬람교와 분리된 유대교-그리스도교 세계를 제시했다. 아우어바흐는 단테학자로 독일을 떠나 터키에 망명해 있는 동안 비교문학자가 되었다. 그가 그렇게 한 것은 나치에 의해 파괴된 세계를 망각에서 구하고 싶었던 이유도 있고, 터키에서 주어진 역할이 로망스학자가 아닌 유럽학자였던 이유도 있다. 그러나 여기서 역설은 그가 자신이 처한 바로 그 맥락을 비켜가는 유럽 관념이 널리 퍼지도록 했다는 데 있다.[84]

우리는 터키에서 아우어바흐가 처해 있던 지적 맥락은 해리 레빈의 일화에서 본 것보다 훨씬 더 복잡했다고 결론지을 수 있다. 그것은 에두르고 건너뛴 이야기로서 『미메시스』 자체로도 거슬러 올라갈 수 있다. 아우어바흐는 『미메시스』의 첫 장을 호메로스의 『오디세이아』와 아브라함과 이사악의 성서 이야기로 시작할 때 두 가지 글이 모두 현대의 터키와 연결되어 있다는 사실에 대해 어떤 언급도 하지 않는다. 아우어바흐가 이스탄불에서 지내는 동안 호메로스적 그리스는 이미 인문주의라는 터키의 전망에 통합되어 있었고, 또 호메로스의 세계와 터키가 지리적으로 겹치기 때문에 호메로스적 그리스는 터키 자신의 과거에 속하는 것으로 간주되었다. 1930년대와 1940년대의 개혁은 이슬람 지배의 세속화된 사회와 인문주의가 서로 어울리는지 시험한 것이라고 할 수 있다. 위젤의 개혁은 호메로스를 아나톨리아의 아들로 기릴 뿐만 아니라 터키 자신의 문화적 기원이 씨 뿌려진 때를 트로이아까지 거슬러 올라가는 아나톨리아 인문주의에서 정점에 다다랐다.[85]

아우어바흐가 『미메시스』의 첫 장에서 분석한 아브라함 이야기는 터키에게도 역시 매우 중요하다. 아브라함의 믿음이 시험받은 사건을 기려 매년 '쿠르반 바이라므(kurban bayramı)'라는 종교축일이 되면 양 한 마리를 제물로 바친다.[86] 터키어 '쿠르반'은 희생이라는 뜻의 히브리어 '코르반(korban)'에서 유래한 것이다. 터키에서는 아무리 고립된 학자라도 이슬람교에서 아브라함이 품고 있는 중요성을 모를 수 없다. 그러나 『미메시스』에는 이슬람의 예언자 아브라함을 위한 자리가 없다. 아브라함은 『미메시스』의 첫 장에서 보듯 본질적으로 유대교 이야기를 표상하거나, 아니면 『미메시스』의 마지막 장에서 보듯 프루스트를 거쳐 동방화한 인물로 등장한다.[87] 그러므로 다음 절에서 나는 『미메시스』 자체가 일종의 기억상실을 수단으로 삼아 다양한 방식으로 이슬람의 영향을 누락시키는 구조로 짜여 있다는 것을 더 깊이 살펴보고자 한다. 이를 통해 우리는 다락방, 섬, 등대 같은 배타적이고 폐쇄된 공간이 망명 동안 아우어바흐의 저술 활동을 나타내는 은유 역할을 했음을 알게 된다.

다락방, 섬, 등대

터키의 아우어바흐와 반대되는 예가 있다면 그는 아마도 뤼스토브일 것이다. 뤼스토브는 가까운 주위에 적극 관여했던 반면, 아우어바흐는 시간적으로도 공간적으로도 유럽과 분리된 세계에서 살고 있었다고 주장했다. 앞서 해리 레빈의 일화에서 보았듯이, 이 문헌학자는 자신이 이스탄불에서 보낸 망명생활을 "다락방 안에서(dans un grenier)" 연구하는 것에 비유했다.[88] 우리는 이 말을 그냥 넘겨버리기보다 하나의 표상으로 보고 탐구할 수 있다. 다락방은 따지고 보면 현대 서구 문학에서 흔한 표상에 속한다. 아우어바흐의 다락방(grenier) 이야기를 들으면 예컨대 버지니아 울프의 소설에서 생각할 일이 있으면 다락방에 틀어박히는 댈러웨이 부인과 자기만의 방을 갖고 싶어하는 울프 자신의 바람이 한꺼번에 떠오른다. 아우어바흐는 유럽과 시간·공간적으로 분리되어 있다는 사실이 『미메시스』를 쓸 수 있었던 한 가지 조건이었다고 강조했는데, 나는 이것이 울프나 프루스트가 기억과 저술을 일상으로부터의 시간적 또는 공간적 분리와 연결시키는 방식과 다르지 않다고 본다.

아우어바흐가 쓴 『미메시스』의 마지막 장 「갈색 스타킹」에서 우리는 분리라는 표상이 문학적 모더니즘뿐만 아니라 아우어바흐 자신의 방법론에서도 중심적이라는 것을 보게 된다. 『미메시스』의 마지막 장에서 아우어바흐는 울프와 프루스트의 과거 회상에 대해 다루면서 자신이 문헌학에서 쓰는 방법을 현대성과 연관지어 되짚어본다. 그는 이 장에서 자신이 전형적으로 쓰고 있는 방식대로 문학작품의 발췌문을 출발점으로 삼아 현실 묘사에 대한 자신의 논거를 면밀하게 펼쳐나간다. 「갈색 스타킹」은 울프의 『등대로』 중 아우어바흐가 "헤브리디스제도에 있는 꽤 큰 여름 별장"이라고 표현한 바닷가 별장에 램지 가족이 모여 있는 모습을 보여주는 것으로 시작한다.[89] 이 장면은 철학 교수 램지가 가족과 손님들에게 다들 그 스코틀랜드 섬에서 등대까지 나들이를 가고 싶어 하지만 날씨가 나빠 미뤄야 할 것 같다는 사실을 알린 직후부터 시작된다. 막내아들 제임스는 실망이 이만저만이 아니다. 램지 부인은 제임스를 달래면서 등대지기의 아들에게 주려고 뜨고 있는 스타킹을 아들의 다리에 대고 크기를 가늠한다. 이 간단한 작업에 열중한 부인은 자기 가족과 손님들이 찾아온 그 낡은 별장이 일행에게 어떤 의미가 있을지에 대해 긴 생각에 잠긴다.

> 신경 쓸 거 없어. 임대료는 그래봐야 몇 푼밖에 안 되고, 아이들이 너무나 좋아하는데다, 남편도 서재와 강의와 제자들로부터 5,000킬로미터나, 정확히 말하면 500킬로미터나 떨어져 있으니 좋고, 손님들이 와도 별장이 넉넉하니까. 매트, 접이침대, 런던에서 쓰임을 다하고 이 별장까지 온 낡을 대로 낡은 의자와 탁자—여기서는 이걸로 충분해. 그리고 사진 한두 장. 그리고 책. 부인은 책이 저절로 늘어나는구나 생각했다. 읽을 시간이 없었으니까. 아아, 시인이 직접 서명해서 선물한 책까지도! "소망이 다 이뤄지기를." "더 행복한 헬렌을 위하여." 말하기 창피하지만 조금도 읽지 않았다. 그리고 마음에 관한 크룸의 책, 폴리네시아의 잔인한 풍습에 관한 베이츠의 책("얘, 가만히 서 있어" 하고 부인이 말했다)…… 그 어느 것도 등대로 보낼 수 없었다.[90]

이 장면은 램지 부인이 창가에 앉아 별장 내부와 주변에 대해 이런저런 생각을 하고 있는 광경을 보여준다. 장면이 이어지면서 램지 부인은 "바닥부터 천장까지 방 전체를" 훑어보고 허공을 바라보며 별장의 문이나 창이 열려 있는지 귀를 기울인다. 부인의 생각은 창밖을 내다보며 집에서 죽어가는 아버지를 생각하는 스위스인 도우미에게 이른다. 그다음 대목에서 우리는 다시 한번 램지 부인과 손님들의 생각을 따라가다가, 가만히 서 있지 못하는 아들에게 램지 부인이 다시 스타킹을 대어보면서 자꾸만 현재 순간으로 돌아온다. 아우어바흐가 인용한 이 발췌문 후반부에서는 등장인물인지 화자인지 알 수 없는 목소리가 "저렇게 슬퍼 보이는 사람은 처음 봤어"라고 되풀이 말한다. 이것은 눈물을 감추고 있는 것처럼 보이는 램지 부인을 가리켜 하는 말인데, 이 말은 하는 사람이 누군지 알 수 없기 때문에 아우어바흐의 말대로 "현실 저편의 영역에 다가간다."[91] 이 장면을 분석하면서 아우어바흐는 공시적(共時的) 현실은 "여러 개인이 받는 수많은 주관적 인상으로써" 묘사된다고 주장한다.[92]

이 마지막 장에서 그는 현대의 의식이 지닌 다층적인 성격에 대해 논하고, 그와 동시에 이 장면을 이용해 자신의 현재와 망명 지식인이라는 상황의—뤼스토브의 용어를 빌리자면—위치를 판정한다. 그러므로 아우어바흐가 『등대로』 중에서도 이 부분을 고른 것은 우연이 아니다. 『미메시스』를 읽는 독자는 스위스인 도우미가 집에서 죽어가는 아버지의 일로 슬퍼하면서 허공을 응시하고 있는 대목에서, 홀로코스트에서 살아남은 망명지의 사람들이 겪었을 헤아릴 수 없는 비통함을 생각하게 된다. 이 책의 다른 부분과 마찬가지로 이 장면에서도 시간적 분리는 공간적 분리와 연결되며 집에서 멀리 떨어져 있다는 것에서 과거의 기억을 떠올린다. 이것은 램지 부부와 스위스인 도우미뿐만 아니라, 해방된 유럽으로부터 끔찍한 소식이 터키로 날아들고 있는 동안 이 책의 마지막 장을 집필하고 있던 아우어바흐에게도 메타적 층위에서 똑같이 해당된다.

런던으로부터 떨어져 있는 램지의 상황, 즉 런던의 서재와 강의와 학생으로부터 떨어져 있는 상황은 인간의 조건에 관한 질문으로 머릿속이 복잡하던 이 철학자에게는 유익한 결과로 나타난다. 이 장면에 대한 아우어바흐의 설명에서 등대는 "책에 파묻힐" 곳이 아니다. 그는 이곳을 성찰과 창조력의 공간이자 한편으로는 지성주의의 제약을 받지 않는 공간으로 설명한다. 이처럼 책이 없는 등대라는 이미지는 『미메시스』의 후기에서 아우어바흐가 묘사한 이스탄불의 이미지와 그 궤를 같이한다. 여기서도 아우어바흐는 장소와 생각 사이에, 자신이 망명한 장소와 자신이 과거를 탐구하는 방법 사이에 관계가 있음을 암시한다. 『미메시스』에서는 주변적이고 책이 없는 장소로서의 등대를 더 자세히 설명하진 않는다. 그럼에도 아우어바흐의 마지막 장에 깊이를 더해주는 것은 바로 이 분리된 장소 관념이다. 등대는 울프의 소설에서 전환점을 이룬다. 부인이 죽고 제1차 세계대전으로 가족이 비극을 겪은 지 몇 년이나 지난 뒤 마침내 램지 씨가 막내아들, 막내딸과 함께 여행을 떠나 찾아가는 곳도 바로 이 등대다. 일단 도착하면 이곳에서는 회상을 통한 화합과 조화가 생겨난다. 화가 릴리 브리스코에게 이번 등대 여행은 현대의 미술을 바라보는 그녀의 시각에서 중심적이 된다. 따라서 우리는 등대, 섬, 다락방 같은 분리된 장소가 회상과 현대성 모두를 나타내는 것으로 생각할 수 있다.

"의식의 기억 속에 고착된 사건의 상징적 전시간성(全時間性)"에 관한 주장을 전개하기 위해 아우어바흐는 프루스트의 『잃어버린 시간을 찾아서』에서 한 부분을 인용한다. 화자가 어린 시절에 깊은 위로를 느꼈던 순간을 생생하게 회상하는 부분이다.[93] 이 장면은 프루스트의 서사 구조를 이루는 여러 층위의 시간을 보여준다. 화자는 독자에게 자신이 어머니의 사랑을 갈망하는 몹시 성마른 아이였다면서, "이사악과 떨어져야 한다고 하갈에게 말하는" 아브라함과는 달리 자신의 아버지는 어머니가 그를 달랠 수 있게 해주었다고 알려준다.[94] 아우어바흐는 이 대목을 자세히 분석하지 않으면서 프루스트의 과거 회상 기법에서 "의식의 다층 구조"가 드러난다는 점을 강조한다.[95] 프루스트와 울프의 발췌문은 아우어바흐가 1장에서 논한 몇 가지 주제를 되풀이함으로써 『미메시스』 자체의 다층 구조를 드러낸다. 『등대로』의 발췌문에서 아우어바흐의 독자는 호메로스의 『오디세이아』의 주제와 서사 장치를 떠올리게 된다. 예컨대 아우어바흐는 울프와 호메로스를 논하면서 화해가 기약된 미뤄진 여행을 다룬다. 그는 추억이나 회상을 일으키는 산문의 세부묘사(가령 발 씻기기나 스타킹 크기 재기)를 강조하고 여담을 서사 장치의 하나로 다룬다. 한편 『잃어버린 시간을 찾아서』의 발췌문에서는 아브라함과 이사악의 이야기를 엮어 넣어 창세기의 해석과 예시를 통해 역사적 깊이가 만들어지는 것을 보여준다.[96] 그렇게 함으로써 아우어바흐는 반복적인 주제, 서사 장치, 명확한 상호참조를 통해 역사적으로 이어져 있는 글뭉치 안에 서유럽 문학을 묶어 넣는다.

아우어바흐는 『미메시스』 1장에서 호메로스의 문체와 성서의 문체를 구분함으로써 현재 묘사와 역사 관념이 떼려야 뗄 수 없는 관계에 있음을 보여준다면, 마지막 장에서는 현실·시간·공간 묘사와 의식의 흐름 사이의 관계에 초점을 맞추고 있다. 아우어바흐는 호메로스의 문체와는 대조적으로 성서의 문체는 시간과 공간의 서사를 명확히 하는 것을 삼간다고 주장한다. 이것은 사실상 성서의 보편성·역사성 주장을 강화한다. 마지막 장에서는 울프가 시간을 다루는 방식에 관심을 가지며, 외부에서 일어나는 사건의 임의성과 내면에서 일어나는 과정의 강도가 서로 일치하지 않는다는 점을 강조한다. 아우어바흐는 중요하지 않은 사건에서 "생각과 생각의 연쇄가 일어나고 이런 생각은 외부에서 일어나는 사건의 현재로부터 떨어져나와 시간의 깊이 안에서 자유로이 떠돌아다닌다"는 사실을 강조한다.[97] 그는 한 걸음 더 나아가 현대 예술가는 자신을 자신의 현재로부터 분리시킴으로써 "자신의 과거와 직면하게 된다"고 주장한다.[98] 여기서 아우어바흐는 민족지 용어를 끌어오며, 이로써 분리는 연구 대상에 포함되는 동시에 관찰자인 한 작가/민족학자에게 생산적이 된다. 우리는 이런 생각을 아우어바흐 자신의 연구에 적용하여, 자기 자신의 현재로부터 분리된다는 전제조건이 충족되어야 자신의 문학적·문화적 과거에 대한 설명을 쓸 수 있는 것으로 보았다고 말할 수 있다.

『미메시스』의 마지막 장 말미에서 아우어바흐가 독자에게 내놓는 전망은 『등대로』의 말미에서 보게 되는 릴리 브리스코의 확고한 붓질만큼이나 기억에 남을 만하다. "온갖 위험과 재앙에도 불구하고 풍성한 삶과 비할 수 없는 역사적 조망점을 가져다준다는 이유로 우리 시대를 찬양하고 사랑하는 사람들의 비위를 맞추기는 어쩌면 너무도 간단할 것이다. 그러나 이런 사람은 그 수가 적고, 필시 그 생전에는 다가오는 단일화와 단순화를 그 최초의 전조 이상으로 더 많이 보지는 못할 것이다."[99] 현대성의 깊이와 생명력에 부치는 아우어바흐의 만가가 전부 디스토피아적인 것은 아니다. 아우어바흐는 총체적 파국의 분위기, 특히 제임스 조이스의 『율리시스』에 나타나는 "노골적이고도 고통스러운 냉소주의"에 비해 울프의 『등대로』는 "선량하고 진정한 사랑이 가득한 소설"이라고 옹호하면서 한편으로는 "여성적인 방식으로 역설과 무형의 비애와 삶에 대한 회의 역시 가득하다"고 평한다.[100] 당연한 말이지만 아우어바흐의 젠더정치는 오늘날의 우리에게 문제를 안겨준다.[101] 그러나 아우어바흐가 문화의 규격화와 일상 속 임의의 순간에 있는 "풍부한 현실과 삶의 깊이"를 나란히 놓고 대비시키는 것은 흥미롭다.[102] 그가 어느 정도는 "무작위로" 골랐다는 문학작품의 발췌문에서 인간성의 깊이를 탐구하는 방법은 저 모더니즘 저자가 임의적이고 평범한 부분을 인간 영혼의 깊이를 드러내는 사례로 강조하는 방식과 비슷하다.[103] 아우어바흐는 일상의 이런 사례에 주의를 기울임으로써 문화의 "단일화와 단순화"로 나아가려는 경향을 지닌 세력에 대항할 수 있기를 바란다.[104]

이 문헌학자는 이런 임의의 순간은 사람들이 "싸우고 절망하는" 정치적·사회적 질서와는 대체로 무관하다고 본다.[105] 포스트구조주의가 들어선 이후 우리는 뭔가가—일상생활의 한 순간, 망명의 공간, 섬, 다락방, 등대 같은 것들이—정치나 담론 체제 바깥에 존재한다는 관념을 더는 유지할 수 없게 되었다. 그렇지만 우리의 비판적 거리 관념은 이처럼 공간·시간적으로 제자리를 벗어나 있다는 이미지와 관계가 있다. 이스탄불에 망명하여 다락방 안에서 집필한다는 이미지는 저술 작업을 나타내는 모더니즘적 표상으로서 오늘까지도 계속 얼마간 매력을 지니는 수사로 보아야 한다. 이 "다락방"은 가까운 주위로부터 분리되어 있다는 바로 그것 때문에 기억을 촉진하는 주변적 장소이다. 우리는 이것이 스피처의 인문주의자관에도 반영되어 있음을 본다. 그의 주장에 따르면 인문주의자는 "동료 인간들 사이에서 살아야 하고" 그러면서도 "그들과의 접촉을 잃지 않아야 하는데, 접촉이 끊어지면 그 자신이 더이상 인간적이지 않게 되기 때문이다. 그러나 그[인문주의자]는 그들과는 어느 정도는 떨어져 살아야 한다. 그는 우리 국가의 문명이라는 창가에 서 있으며, 그 창밖으로는 다른 문명의 경관이 펼쳐져 있다. 나아가 그는 그 창 자체이며, 방 안이 아닌 방 밖을 내다본다."[106] 이것이 스피처와 아우어바흐가 전후 시기에 유럽의 문학사와 문화사를 해석하는 데 생산적이라고 장려한 습속이다.

아우어바흐는 「『미메시스』에 부치는 에필레고메나」(1953)라는 글에서

“『미메시스』는 1940년대 초에 특정한 인물이 특정한 상황에서 대단히 의식적으로 쓴 책”이라고 했다.[107] 여기서 그는 자신이 책을 쓴 공간을 유럽의 문화사와 문학사에 대한 회상 작업을 위한 다시없을 출발점이라 묘사했다. 우리는 아우어바흐가 자신의 방법론을 망명의 존재론에서 가져왔다고 말할 수 있을 것이다. 학자들은 오래전부터 지식을 형성하는 데 경험이 얼마나 중요한가 하는 질문에 몰두해왔다. 버네사 애그뉴가 지적했듯이 이들은 역사를 쓰는 데 “역사의 현장” 답사가 필요하지 않을 수도 있는지, 그리고 답사를 가도 답사자가 비교문학적 전망이라는 특권을 얻지 못할 수도 있는지에 대해 질문했다.[108] 그러나 제2차 세계대전 직후 우리는 그와는 정반대의 움직임을 보게 된다. 아우어바흐가 「에필레고메나」에서 지적 생산을 위한 기반이 되는 것은 역사의 현장을 찾는 경험이 아니라 그곳과 분리되어 있다는 사실 자체라고 암시하고 있는 것이다.

아우어바흐의 “역사 조망점”이 지닌 특수성에도 불구하고, 그의 터키 망명은 전후 시기 동안 비판적 탐구를 가리키는 표상이 되었다. 이 표상은 『미메시스』를 처음 읽은 독자나 평론자에게는 거의 신조나 다름이 없었다. 이스탄불 도서관의 부족함과 『미메시스』의 폭과 깊이를 대비시키는 토론은 아우어바흐가 터키에 있는 동안 발전시킨 방법론에 관한 토론으로 바뀌었다. 빅토르 클렘퍼러는 『미메시스』에 대해 1948년에 쓴 「망명지의 문헌학자」라는 서평에서 이미 이런 토론의 싹을 보여준다. 여기서 그는 터키로 망명해 있던 덕분에 아우어바흐가 자기 학문 분야의 ‘눈가리개(Scheuklappen)’를 벗을 수 있었고, 동시에 미학자, 역사학자, 사회학자의 전망을 취할 수 있었다고 보았다.[109] 클렘페러는 아우어바흐가 학문 분야의 장벽을 깨뜨리는 데 필요했던 조건은 그가 머무르던 이스탄불이라는 장소가 아니라 망명 자체였다고 주장했다.[110] 그 뒤로 망명 장소는 망명지에서 하는 작업에 아무 영향을 주지 못한다거나 아니면 결여나 소외나 부정적 측면에서만 영향을 준다는 관념이 지속되고 있다. 이것이 아우어바흐가 "정치적으로 물러나 있는" 작가이자 "우리 시대의 단테, 세기 중반의 오비디우스 같은 인물"이 된 사연이다.[111] 세스 레르가 정확하게 지적한 것처럼, 전후에 아우어바흐가 망명객 학자의 전형이 된 이유는 비평가들이 그의 터키 망명을 외적인 측면에 치중하여 그의 망명을 연구에 따르는 문제점 내지 "명예훈장"으로 바꿔버렸기 때문이다.[112]

이 장에서 우리는 전쟁 동안 이스탄불로 망명한 일이 그 자체로는 고도의 학문 활동에 아무런 장애가 되지 않았다는 것을 알아보았다. 아우어바흐는 다양한 도서관, 다양한 분야의 망명객 학자들로 이루어진 생산적인 교류망, 그리고 그의 가르침에서 터키 인문주의자들이 알아본 가치 등에서 도움을 받았다. 따라서 아우어바흐의 망명을 소외와 분리의 측면에서만 보는 것은 잘못이다. 망명에는 양면이 있다. 반성과 회상을 유발하고 낯익은 것과 낯선 것을 비교하게 만드는 한편, 망명지와의 새로운 제휴 또한 요구한다. 한 장소로부터 분리된다 해서 망명객이 일시적일지언정 새로운 결합을 이루지 못하는 것은 아니다. 자기쇄신이나 임기응변 등 망명으로부터 어떤 긍정적인 것이 생겨나든 그것은 동결과 결여라는 조건에서 생겨나는 게 아니다. 그러므로 나는 망명이란 어떤 식이든 시간과 공간 속에 동결되는 것이기 때문에 지적 생산성이 생겨난다는 주장에는 동의하지 않는다. 아우어바흐 같은 망명객은 완전히 이주하지 않고 어정쩡한 채로 머물러 있었지만, 그럼에도 이들은 아우어바흐의 표현을 빌리면 "풍부한 현실과 깊이 있는 삶"이 있는 일상세계로 이끌려 들어갔다.[113] 이를 통해 나는 망명은 고립이라는 표상은 문학 모더니즘의 표상과 관련해 등장했다고 결론짓는다. 마찬가지로 나는 존재론이 인식론과 직접적인 상관관계가 있다고 보지 않는다. 사람이 터전을 잃으면 그 터전에 남은 사람보다 필연적으로 "인식론적 우위"에 오르게 된다는 가정은 내가 볼 때 틀렸다.[114] 이는 비판적 사고는 애초에 뿌리가 뽑히는 상처를 입어야 가능해지고 따라서 학습할 수 없다는 잘못된 암시를 준다.

현재의 터키 문학을 보면 오르한 파묵은 우리에게 뭔가 다른 것을 보여주는 저술 개념을 도입하고 있다. 파묵은 우리가 "대량 이주와 창조적 이민"으로 정의되는 시대에 살고 있다고 보면서, 자신이 이스탄불에서 계속 머물고 있는 이유를 설명하기가 어렵다고 말한다. 그는 자신을 "망명에서 상상력을 얻은" 콘래드, 나보코프, 나이폴과 대비시키면서, 자신은 실제로 지속적으로 "같은 풍경을 바라봄"으로써 상상력을 얻는다고 강조한다.[115] 파묵은 『이스탄불—도시 그리고 추억』에서도 말한 것처럼 어릴 때부터 살던 세계를 떠난 적이 없다. 그렇지만 분리 관념은 그의 저술 작업과 무관하지 않다. 이스탄불의 오스만 말기와 공화국 초기의 과거에 관한 파묵의 성찰에서 보이는 차이점은 그의 분리감과 소외감이 공간적이라기보다 시간적이라는 점이다. 더 나아가 저자로서 그는 서구의 여행자와 망명자의 관점을 자신의 시각 안에 통합해 넣는다. 정착한 저자로서 파묵이 보여주는 예는 이처럼 망명 형태의 문화생산과 연관되어 있으며, 21세기에는 지적 망명, 이주, 초국가적 학자·저자 사이의 경계가 모호해지는 때가 많다는 것을 보여준다. 마찬가지로 이스탄불에 대한 묘사는 언제나 우리가 동방과 서방이라고 부르게 된 것 사이에 이루어지는 미메시스적 전유의 결과물임을 증명해준다.

후기: 터키의 인문주의 유산

이 책에서 제기하는 질문은 망명지에 있던 아우어바흐와 그 동료들의 역사적 특수성에 국한되지 않는다. 이 책은 터키의 인문주의가 국가의 후원과 태생적 낙관주의, 외국의 뒷받침까지 있었는데도 불구하고 본질적으로 유럽중심주의적이었기 때문에 결함이 있지는 않았는가 묻는다. 21세기 세계 전역의 세속주의에는 어떤 전망이 있을까? 근본주의와 세계자본의 확산이 대외정책의 방향을 결정하는 이 시대에 이 책은 또 여전히 역사의 정점으로 여겨지는 현대화와 세속화는 필연적으로 서구 모델을 따라갈 수밖에 없는가 묻는다. 『이스트 웨스트 미메시스』가 이런 질문에 대한 명확한 답이 되지 못한다면 더 많은 비판적 고찰과 토론을 촉구하는 것으로 이해해주기 바란다.

터키에서 세속적 인문주의 시대는 1947년에 공식적으로 종지부를 찍었지만, 인문주의는 문학계와 고등교육기관에서 나름의 일을 계속했다. 한때 아우어바흐와 스피처와 로데의 학생이었던 사람들은 번역가, 학자,

작가로서 영향력을 지속적으로 행사했다. 망명객에게서 교육받은 사람들 중 상당수가 이제 터키의 유력한 학자와 대중적 지식인이 되었다. 고전문헌학자 아즈라 에르하트와 수아트 시나놀루, 로망스학자 쉬헤일라 바이라브, 문학비평가 겸 작가 사바핫틴 에위볼루와 아드난 벵크, 귀진 디노, 영어 교수 미나 우르간과 베르나 모란, 그리고 독일학자 샤라 사이은을 비롯해 많은 이가 있다.[1] 에위볼루와 에르하트는 소아시아의 트로이아 유산을 바탕으로 하는 일종의 아나톨리아 인문주의를 장려한 반면, 다른 사람들은 인문주의가 이슬람교에 적합하다는 점 자체를 부각시켰다.[2] 1971년에 터키의 문화부 장관 탈라트 사이트 할만은 14세기 신비주의자 시인 유누스 엠레(1321년경 사망)를 이처럼 터키에 바탕을 둔 전통의 대표자로 부활시켰다.[3] 할만은 유누스 엠레의 시를 영어로 번역하면서 서방 인문주의와 동방 고유의 형식이 일치하는 부분을 강조했다. 귀진 디노도 이 수피 신비주의자의 시를 프랑스어와 영어로 번역하면서 유럽의 위대한 인문주의 영웅인 에라스뮈스와 마르틴 루터가 실제 유누스 엠레의 시를 알고 있었다는 사실을 지적했다. 그녀에 따르면 이 두 사람은 유누스 엠레를 "인간이 자신과 세계를 보는 전통적 관념을 수정하려 했던…… 인문주의 이전의 선구자"라고 불렀다.[4] 유누스 엠레는 하느님이 인간 한 사람 한 사람에게 반영되어 있다고 믿었는데, 이런 식의 세속적 면모가 당시의 다른 수피 신비주의자들과 다른 점이었다.

할만은 유누스 엠레의 유산을 단테의 유산과 비교하는 데까지 나아갔다.[5] 아나톨리아 신비주의자와 저 이탈리아 시인 사이의 비교는 아주 흥미롭다. 두 사람은 같은 해에 죽었다. 그러나 더 중요한 점은 유누스 엠레가 터키 문학에서 차지하게 된 위치가 단테가 이탈리아 문학에서 차지하는 위치와 같다는 사실이다. 유누스 엠레는 페르시아어와 아랍어에 능한

다른 수피 신비주의자들과 달리 터키 토착어로 글을 쓴 최초의 인물로, 13세기 말과 14세기 초에 문학 터키어에 전환점을 가져왔다. 단테와 유누스 엠레의 시는 둘 다 터키어 '구르벳(gurbet)' 즉 망명에서 오는 갈망과 신의 사랑 추구에서 영감을 얻었다고 말할 수 있다. 그러나 단테의 추방은 일차적으로 정치적 동기에서 나온 반면, 유누스 엠레는 처음부터 영적 여행을 소외를 극복하기 위한 시도로 해석했다. 본래부터 인간은 영적 보금자리에서 떨어져나온 존재라는 것이다. 우리는 이 상태를 터키어 '휘쥔(hüzün)'으로 생각할 수 있는데, 오르한 파묵은 최근 이것을 쿠란에서 유래하여 모든 곳에 스며들어 있는 상실감이라고 정의했다. 휘쥔은 인류의 소외감에 대한 수피 신비주의자 유누스 엠레의 반응으로, 하느님과 충분히 가까이 있지 못한 데서 오는 일종의 "영적 번민"이다.[6] 유누스 엠레의 세계관에서 인간은 하느님의 모습대로 만들어져 있기에, 인간은 "하느님의 현실로 돌아가기"를 갈망하며 인생은 "추방당한 비참한 처지"로 특징지어진다.[7] 따라서 망명과 소외는 이슬람 신비주의가 지닌 영적 측면의 한 가지 특징이라 할 수 있으며, 터키 인문주의 전통을 떠받치고 있는 것은 할만의 관점에 따르면 바로 이런 신비주의이다.

냉전 시대에 학자와 작가들은 세속주의와 사회적 화합을 촉진하기 위한 하나의 방법으로 터키의 인문주의 유산에 호소했다. 1970년대에 극단적 국가주의자와 좌파 간 폭력 충돌에서 터키 학계의 지도자들이 큰 영향을 받았고 고전학자 수아트 시나놀루를 비롯한 사람들은 예전의 이상을 옹호하게 되었다. 게오르크 로데의 제자인 시나놀루는 이 충돌이 절정에 달했을 때 동포에게 인문주의 전통이 세속주의, 민주주의, 표현의 자유에 적합하다는 것을 다시금 설득하려 했다.[8] 시나놀루는 인문주의 교육은 인간의 존엄과 윤리적 자유의 증진에 없어서는 안 될 일종의 "지적 습속"을 형성한다고 주장했다.[9] 그렇지만 정치적 파벌주의를 극복하고 터키의 옛 전망을 되살리려는 노력은 그리 오래 가지 못했다. 시나놀루는 앙카라에 인문주의연구소와 고전학교를 설립할 계획을 세웠으나 정치적 흐름의 방향이 갑자기 바뀌었다.[10] 1980년 9월 9일에 터키 군부가 정부를 뒤엎고 민주주의를 정지시킨 것이다. 20년 사이에 벌써 세번째 군사정변이었다. 양극단의 과격파 학생들이 무장충돌을 일으키는 전장이 되는 일이 잦았던 대학교는 군사정변의 결과로 역풍을 맞았다. 그로부터 10년이 넘도록 표현의 자유가 엄격히 통제되었다. 1980년 군사정변 이후 터키 대학교들은 인문주의 개혁자 위젤의 그늘에서 누리던 자율성을 상실했고 3차 교육은 또다시 중앙정부의 통제 아래 놓였다. 많은 좌파 지식인, 언론인, 활동가, 정치가가 검열과 투옥과 고문을 당하고 살해당했다. 1990년대에 민주화 과정이 진행되자 민족적·종교적으로 균질한 상태였던 터키는 한층 더 혼성적인 얼굴로 탈바꿈했다.

이런 변화는 문화적·정치적 혼란과 터키 내 여러 민족에 대한 수십 년에 걸친 강제 동화정책 끝에 일어난 것이다. 이 나라의 무슬림 국민이 민족적으로 터키인이라고 보는 관념은 결국 정치적·문화적 자율권을 위해 선동하던 쿠르드인의 저항과 1980년대에 나라를 거의 내전으로 몰아넣었던 운동의 저항에 부딪쳤다. 독일을 비롯해 유럽에서 망명생활을 하던 쿠르드인 활동가 수천 명이 터키 정부의 제도화된 인종차별정책, 쿠르드인이 대다수를 차지하는 터키 동부에서 벌어지는 강제 추방과 군대를 동원한 폭력, 그리고 주류 터키 문화에 동화하라는 지속적인 압력에 세계인의 이목을 집중시켰다. 일단 물꼬가 터지자 터키 국내외의 인권운동가들은 정부와 군부가 쿠르드인을 비롯한 소수민족과 좌파를 상대로 저지르는 잔학행위를 폭로하기 시작했다.

1990년대에 지적·정치적 제재가 천천히 늦추어졌다. 소외, 소수민족, 다문화주의, 다언어주의, 성별 등에 관한 문제를 비정부기구들이 다루기 시작했고, 인문학자들이 문화 논쟁의 중심에 재등장하기 시작했다. 여러 해에 걸친 국민 저항과 비판 끝에 정부는 서서히 국적을 제한적으로 되살리고 쿠르드어 공동체에게 사상 최초로 약간의 권리를 부여했다. 쿠르드인을 공식적으로 인정하자 다른 소수민족 사이에서도 연쇄반응이 일어났다. 이때부터 터키에서는 쿠르드계 터키인, 아르메니아계 터키인, 그리스계 터키인, 유대계 터키인 등 이원화된 형태의 정체성 표현이 새로 등장하면서 문화적 풍경이 달라졌다.[11]

유대인 또한 1990년대에 지위 변화를 겪었다. 세파르디 유대인의 오스만 제국 이주 500주년 기념 이후 유대계 국민이 새롭게 주목받으면서 이스탄불을 유대인 삶의 중심지로 회복시켰다. 역사학자 아브네르 레비와 르파트 발리는 오스만 제국과 유대계 터키인의 역사를 평가하면서 1930년대 독일계 유대인 교수의 역할에 관심을 집중시켰다.[12] 우리는 망명 교수들을 고용한 교육부 장관 레시트 갈리프가 15세기 말 유대인의 이베리아반도 대탈출과 20세기 유대인의 독일 대탈출을 연관짓지 않았음을 기억한다. 그러나 1990년대부터 유대계 터키 국민의 역사에 대한 책과 전시회, 학술회의, 영화가 등장해 갑자기 이 두 사건을 역사적으로 유사한 것으로 해석하기 시작했다. 유대인의 터키 이주 500주년 기념 이후, 1930년대의 망명객 지식인은 유대인으로 '재발견'되어 터키 문화사 안에서 현대성을 표상하는 인물로 평가받았다. 일례로 2001년에는 700년에 걸친 "유대인과 터키인의 친선관계"를 선보인다는 목표로 이스탄불 최초의 유대인 박물관이 문을 열었다.[13] 박물관장 나임 귈레뤼즈는 유대인-무슬림 관계의 긍정적 면을 강조하는 쪽으로 방향을 잡았다. 이 박물관은 전시(展示)에서 독일계 유대인 교수의 고용은 터키 정부의 지대한 박애 정신에서 우러난 행동으로 해석한다. 이런 해석은 현재 터키에서 정치적으로 유대인과 무슬림의 평화적 상호작용을 강조할 필요가 있다는 데 따른 것이지만, 그렇다 하더라도 이것은 역사 기록의 왜곡이다.

지난 10년 동안 독일 지식인의 터키 이주에 대한 관심이 점점 더 커졌다. 이스탄불공과대학교는 독일문화원과 공동으로 나치 독일을 떠나게 된 일차 원인으로 반유대주의를 조명한 전시회를 처음 열었다. 전시회 장소는 베를린의 조각가 루돌프 벨링(1886-1972)을 기리는 의미에서 이스탄불공과대학교에 있던 그의 옛 작업실로 정해졌다.[14] 두 가지 언어가 사용된 전시회 〈타향—터키의 망명생활 1933-1945〉는 이스탄불에서 1998년에 열렸다. 그러나 그 직후 나치 만행을 연구하고 기억하는 일에 헌신해온 행동하는미술관—파시즘과저항이라는 베를린의 단체가 이 전시회 기획에 참여하게 되었다. 이스탄불공과대학교가 독일인 망명객들이 터키의 예술과 과학에 미친 영향을 보여주려 시작한 일이 터키와 독일의 여러 기관이 참여하는 국제적 활동으로 바뀐 것이다. 이스탄불에서 전시회가 열린 지 두 해 뒤, 확장된 규모의 두번째 전시가 베를린의 예술원에서 열렸고 이어 독일 순회전시가 열렸다. 전시회 도록은 처음에 독일어로 출판됐다가 몇 년 뒤에 터키어 번역이 나왔다. 그러나 내용이 황당하게 바뀌어 있었다.[15] 이 터키어 번역본은 독일어 원본의 중요한 부분을 가위질한 것이었다. 터키의 문제점을 조명하는 관점의 글은 통째로 빼버렸고, 터키가 나치 독일을 위해 전쟁 물자인 크롬철광 납품을 맡았던 일을 언급하는 부분은 모조리 삭제되어 있었다.[16]

터키에서는 독일인 망명객에 관한 다른 후속 전시회들이 열렸지만 그런 전시는 터키의 공식적 견해를 흔들 만한 영향을 주지 못했다. 그중 두 차례는 트라우고트 푹스에 초점을 맞춘 전시였다. 푹스는 한때 스피처의 조교를 지냈고, 1997년 사망할 때까지 이스탄불에 남았던 인물이다. 스피처와 아우어바흐 밑에서 프랑스어와 독일어를 가르친 그는 미국계 학교인 로버트칼리지의 후신 보아지치대학교에서 교편을 잡았다. 이 문헌학자는 방대한 양의 편지와 미술품을 남겼는데, 그가 이주한 1934년부터 종전, 전후에 일어난 세 차례의 군사정변, 그리고 그의 만년에 이르러 민주주의가 차츰 회복되는 과정까지 담고 있다. 아우어바흐가 미국으로 이주하면서 그의 아내 마리는 푹스와 활발히 편지를 주고받았고, 1958년 아우어바흐가 죽은 뒤에도 두 사람은 편지를 계속 주고받았다. 푹스는 자신과 같은 동성애자로 이스탄불에서 오랫동안 살았던 동박학자 헬무트 리터와도 연락을 주고받았다. 리터는 동성애자라는 이유로 함부르크의 교수직에서 해임된 뒤 1925년 이스탄불로 이주했다. 푹스에 관한 그 어떤 전시회나 출판물도 이런 부분을 강조하고 있지 않지만, 그가 처음 터키 망명을 결정할 때 그의 성적 지향이 얼마간 영향을 주었을 가능성이 있어 보인다. 젊고 충직한 푹스가 반유대주의에 항거하며 지도교수 스피처를 따라 이스탄불로 왔다는 관점은 널리 퍼져 있고 또 여전히 유효하다.[17] 그러나 이 이야기에는 지금껏 인정되지 않은 또하나의 측면이 있을 수 있다. 보아지치대학교에 보관되어 있는 푹스의 기록자료를 연구하는 사람들이 터키 망명에서 남성 동성애자들의 위상과 그들이 기여한 부분에 대해 더 많은 것을 조명해주길 바란다.[18]

오늘날까지도 망명은 대중적 상상만이 아니라 학문적 상상에서도 파시즘 탈출과 연결되어 있다. 때로는 망명이 반유대주의가 아닌 다른 요소, 성적 지향이라든가 사회주의적 신념 같은 요소가 동기로 작용할 수도 있다는 사실은 인정된 적이 거의 없었다. 내가 볼 때 동성애 요소가 이처럼 무시되고 있다는 사실은 내놓고 말하지 않는 이상 동성애를 용인한다는 태도가 명시적이지는 않더라도 만연해 있음을 말해준다. 그리고 사회주의자의 망명이 무시되는 것은 아직까지 남아 있는 일종의 반공산주의 때문으로 보인다. 냉전 이후 시대에 이 부분의 이야기를 되살림으로써 얻을 수 있는 정치적 이익이 거의 없다. 그러나 이와 대조적으로 아우어바흐나 스피처 같은 학자가 유대인이라는 사실은 갈수록 더 집중적으로 조명되었다. 망명객이 현대화에 미친 영향에 관한 터키의 최근 연구들에서는 망명객 학자 대부분이 독일계 유대인 소수집단 지식인의 일원이었다는 것을 강조한다. 그러나 이 책 전체에서 내가 주장했듯이 이들의 '재등장'은 좀더 섬세한 역사적 이해가 요구된다. 20세기 터키 문화사를 다루면서 독일계 유대인 망명객의 역할을 파악한다는 것은 망명 당시 터키에서 그들을 해석한 방식과 새천년 전환기에 그들을 바라보게 된 방식을 서로 구별해야 한다는 것을 뜻한다. 이 책 3장에서 보았듯이 터키 개혁자들은 나치 독일에서 버림받은 유대인을 현대 유럽의 대표자로서 끌어안았다. 터키에서 10년을 사는 동안 아우어바흐는 근본적으로 옛 콘스탄티노폴리스의 인문주의 유산을 복구하는 데 도움을 줄 수 있는 학식 높은 유럽학자로서 존경받았다.

그러나 최근 몇 년간 유력 케말주의자들은 인문주의 개혁운동과 망명객 대다수가 유대인이라는 사실 간의 연관성을 특별하게 강조했다. 근본적으로 유럽연합에 가입하기 위한 노력에서 시작된 현재의 개혁 과정에서 가장 먼저 시작된 것이 유럽연합에 가입하려는 노력이었고, 케말주의자들은 유럽에서 터키 이미지를 윤색하기 위한 방법을 찾고 있다. 가입을 위한 협상에서 정부는 여러 조건 중에서도 터키의 인권 기록을 개선하고 공화국의 세속적 기반을 보호하며 국민 간 평등을 촉진해야 한다는 압박을 받고 있다. 터키를 유럽 국가로 해석하면서 케말주의자들은 사상의 자유와 세속주의와 계몽을 가져오는 중요한 조건으로서 다시 한번 인문주의를 떠받들고 있다. 예컨대 케말주의사상협회 임원 아흐메트 살트크는 아타튀르크를 나치 독일로부터 학자들을 구해내는 데 일익을 담당한 인문주의 정치가로 숭앙한다. 초기 개혁자들의 인도주의 위에 터키 인문주의를 세우는 것은 유대인 박물관의 전시에서 본 것처럼 본질적으로 정치적인 책략이다.

역사는 언제나 서사의 결과물이겠지만 때로는 극도로 편향되기도 한다. 이것은 현대기 터키 대학에서 있었던 교육의 역사가 나치 절멸수용소로부터 유대인을 구해낸 이야기로 해석된다면 특정 이념에게 유리해진다는 뜻이다. 1993년에서 2000년까지 터키 대통령을 지낸 쉴레이만 데미렐은 2006년 유럽대학교협회 연설에서 터키의 3차 교육에 유럽이 미친 영향을 부각시켰다. 데미렐은 청중에게 독일 출신 유대인 교수들 덕분에 이스탄불대학교가 "세계 일류의 지식 중심지"가 될 수 있었다는 점을 상기시키면서 이렇게 말했다. "유럽 강국들이 앞다투어 히틀러의 비위를 맞추고 있을 때 새로 설립된 이 대학교가 문을 열어 많은 수의 유대인 교수가 들어올 수 있었던 사실은 우리 역사에서 가장 빛나는 자랑거리 중 하나입니다."[19] 데미렐은 유대인 학자를 고용한 일을 터키의 바람직한 자질이자 나아가 서구 모델을 능가할 능력이 있음을 보여주는 증거로 내세웠다. 즉 유럽이 자국 유대인의 기대를 저버렸을 때 나서서 그들은 구한 쪽은 터키였다는 것이다. 이렇게 터키-독일 관계를 왜곡하여 묘사하면서 데미렐은 터키의 문명화된 본성이 독일의 야만적 과거에 비해 더 뛰어나다고 주장했다. 그는 유럽이 이상을 저버릴 때조차 터키는 이상에 충실했다고 암시했다. 다시 말해 터키의 유럽성은 망명 유대인이 홀로코스트에서 살아남도록 돕는 능력을 발휘함으로써 발전했다는 것이다. 터키-독일 관계를 보는 이런 시각은 내가 이 책에서 주장했듯이 좋게 보면 과거를 잘못 묘사하는 것이고, 나쁘게 보면 현재의 정치적 목적을 위해 역사 기록을 고의로 왜곡하는 것이다. 이런 시각은 터키의 반유대주의를 비롯해 난민이 터키의 영해에서 죽어갈 때 터키가 한 역할, 그리고 그리스인, 아르메니아인, 쿠르드인 자국민에게 저지른 만행을 감추는 결과로 이어진다.

터키가 유럽의 일원임을 다시금 강조하고 있는 이때 이런 주장이 동원되는 것은 뜻밖의 일이 아닐 것이다. 지난 10년 동안 터키인이 된다는 의미에 대한 불안감은 점점 커졌다. 예를 들어 2005년에는 터키인이라는 관념을 공화국의 기반으로서 보장하려는 의도에서 악명 높은 형법 제301조가 제정되었다. 이 조항은 공개적으로 "터키인성, 공화국, 터키 의회를 모독하는 행위"를 범죄로 규정했다. 이 때문에 터키가 자국의 역사에서 오랫동안 침묵을 지켜왔던 숨겨진 사건들을 다룰 능력에 심각한 장애가 초래됐다. 그렇지만 국제적 압력과 터키 내 시민불복종운동과 아울러 이 혐의를 오·남용하는데다 '터키인성'이라는 용어의 의미가 모호한 탓에 이 조항에 약간의 수정이 이루어졌다. 2008년에 처벌 대상이 "터키인성 모독"이 아닌 집합적인 의미의 "터키 국민 모독"으로 바뀌었다. 이런 법률 개정에도 불구하고 이 조항은 오스만과 터키 역사를 비판적으로 수정하는 것을 계속 방해하고 있다. 1915년 아르메니아인 집단학살의 공식 인정, 그리고 그에 따른 오스만 역사의 수정은 이제 터키의 유럽연합 가입을 판가름하는 일종의 리트머스 시험지가 되었다.

터키 당국이 그런 비난에 대처하는 한 가지 방식은 홀로코스트로부터 유럽 유대인 수천 명을 구해낼 때 터키가 일익을 담당했다는 사실을 지적하는 것이다. 터키인은 아르메니아인 집단학살의 가해자라는 관념을 터키인은 유대인 집단학살의 구원자라는 이미지로 맞받아치는 것이다. 이 이미지는 예컨대 최근 출간된 베히츠 에르킨 전기를 통해 유포되고 있는데, 그는 프랑스 주재 터키 대사로 있으면서 집단수용소로 강제 이송될 위기에 처한 터키계 유대인 수천 명을 구해냈다는 인물이다.[20] 현재 터키 당국은 "터키의 쉰들러"라 할 수 있는 이런 대사와 영사들을 찾아내 국제적으로 부각시키기 위해 다각적인 노력을 기울이고 있다. 여기에는 1940년대 초에 터키로 여행할 수 있게 함으로써 유대인 1만 8,000명을 구해냈다는 에르킨 대사의 활약을 할리우드 영화로 제작하는 데 드는 자금을 대는 일도 포함된다. 이 영화의 제작자 한 명은 영화의 제작 이면에 깔려 있는 동기와 아울러 방어적인 듯한 태도를 드러내며 이렇게 말했다. "이슬람과 터키가 공격받고 있는 지금, 이것은 유럽 한복판에서 일어나는 비인도적 행위에 유럽이 냉담하게 침묵을 지키고 있을 때 침묵하지 않고 큰일을 해낸 사람은 바로 한 사람의 무슬림이자 터키인이었다는 또 하나의 증거입니다."[21] 이처럼 과거를 극악하게 정치화하는 일은 드물지 않으며 역사적 선례도 있다. 마거릿 앤더슨이 보여주듯 오스만이 1890년대에 아르메니아인을 집단학살했다는 비난이 일 때 독일의 터키 지지파들이 그 대응책으로 유대인을 포용한 터키인이라는 표상을 끌어다 사용했다.[22]

그러므로 나의 논점은 터키인을 유대인의 구원자로 기리는 표상과 서사는 나머지 잔학행위를 가린다는 것이다. 다른 수천 명에게는 도움을 거절했다는 사실을 감추고 있는 것과 마찬가지다. 베를린의 외무부 기록보관소에는 터키 관리들 개개인의 위대한 인도주의 행동을 확인해주는 문서가 보관되어 있다. 그러나 거기에는 또 나치의 유대인 박해에 터키 당국이 냉담했음을 보여주는 증거도 많이 보관되어 있다. 사이담 총리가 1942년에 터키는 "다른 곳에서 원치 않는" 유대인의 안식처가 될 수 없다고 선언한 것을 떠올려보기 바란다.[23] 다시 말해 터키-미국 영화사라면 터키인은 아르메니아인의 살인자라는 국제적 인식을 터키인은 유대인의 구원자라는 쪽으로 바꿔놓는 영화를 제작한다는 목표를 세울 수도 있겠지만, 이런 것 외에 설득력 있는 기록 연구, 구술 인터뷰, 경험자의 증언으로 뒷받침된 더 균형 잡힌 목소리도 있다는 것이다. 예를 들어 터키계 프랑스인 영화감독 메타 악쿠스는 에르킨에 관한 〈마지막 열차〉라는 제목의 다큐멘터리 영화 작업을 시작했다. 이 영화는 에르킨 대사의 도움으로 프랑스를 탈출할 수 있었던 유대인 생존자들의 인터뷰를 담고 있다. 파리에서 활동하는 악쿠스는 자신은 터키인 영웅 이야기를 들려주는 데 관심이 있는 게 아니라 이제까지 간과되었던 생존자들의 이야기를 자세히 알리려는 것이라고 주장한다.[24]

아우어바흐의 망명 재탐색하기

터키 공화국 수립 75주년이라는 맥락에서 독일학자 샤라 사이은은 터키의 대학교에서 문헌학이 시작된 과정에 관한 에세이를 쓰면서 아우어바흐 같은 독일계 유대인들이 미친 광범위한 영향을 조명했다.[25] 그녀의 에세이는 터키 개혁자들이 터키의 맥락 속으로 도입되는 독일 학문이 망명객의 것인지, 아니면 국가사회주의자의 것인지를 항상 구분하지는 않았다는 사실에 대해서는 다루지 않는다. 4장에서 논한 것처럼 독일 교육부와 터키 학문기관들 간의 모호한 관계를 보면 나치의 가르침이 어느 정도는 용납됐다는 것을 알 수 있고, 어떤 경우에는 터키에서 환영받기까지 했다는 것을 알 수 있다. 제2차 세계대전 동안 터키의 반유대주의나 헤니히 브링크만과 게르하르트 프리케가 이스탄불대학교 독일학과의 교과과정에 남긴 이념적인 흔적은 아직도 제대로 고찰되지 않았다. 아우어바흐를 비롯한 망명객 학자들이 나치 학자들과 나란히 일해야 했다는 사실은 터키측 설명에서는 종종 가볍게 다루어졌는데, 터키는 나치 독일과는 정반대라는 것을 강조하기 위해서였다.

1990년대 이후 터키에서 아우어바흐의 업적을 다룬 출판물의 현황을 보면 그가 여러 학문 분야에 걸쳐 남긴 업적에 대해 새로운 관심이 나타나고 있음을 알 수 있다. 아우어바흐가 이스탄불에서 한 강연 일부가 학술지에 실려 재출간된 바 있고 터키에서 활동한 이 문헌학자에 관한 책도 여러 종이 계획되어 있다. 『미메시스』의 첫 터키어 번역본도 진행되고 있다.[26] 오늘날 이 비교문학자가 터키에 남긴 유산은 이런 학문적인 노력에서만이 아니라 문학 영역에서도 느껴지고 있다. 예를 들어 가장 유명하고 영향력 있는 쿠르드계 터키인 작가인 우준(1953-2007)은 아우어바흐의 터키 망명을 바탕으로 『아우어바흐의 바람』이라는 소설을 쓰고자 했다. 쿠르드 분리주의자라는 이유로 터키에서 박해받은 우준은 1977년에 스웨덴으로 망명했고, 그곳에서 터키에서는 최근까지만 해도 법으로 금지돼 있었던 그의 모어인 쿠르드어로 글을 쓰고 책을 펴냈다. 이 쿠르드인 작가는 30년 동안 정치활동가로 또 참여지식인으로 활동하면서 쿠르드어를 문학 언어로 재확립하고자 했다. 우준은 아우어바흐를 다룬 이 소설을 완성하지 못하고 2007년에 작고했다. 그러나 우준은 대다수가 무슬림인 세계에서 유대인 망명객으로 산 아우어바흐에게 자신이 관심을 가진 이유가 무엇인지 설명해주는 다양한 인터뷰, 에세이, 일기를 남겼다. 우준은 아우어바흐의 경험을 되짚어보면서 동과 서로 갈라진 종교와 문화 사이에 다리를 놓으려는 소수집단 지식인으로서 자기 자신의 과제도

뚜렷이 명시했다. 그가 스스로 아우어바흐와 관계가 있다고 해석한 연결고리는 많고 다양하지만, 그가 특히 주목한 것은 망명에서 생겨난 것으로 보이는 비판적 거리였다. 우준은 죽기 두 해 전 유럽연합 의회의 초청을 받아 터키, 터키 쿠르드인, 유럽연합의 관계를 논하는 국제학술회의에서 발표문을 냈다. 이 글에서 그는 어려운 여건에서도 동서관계의 밑바탕을 닦은 망명객으로 아우어바흐를 찬양했다. 그는 아우어바흐에 대한 소설을 쓰게 된 계기를 이렇게 설명했다.

> 저는 동방인 출신으로 무슬림 가족에게서 태어났으며 우리 가족의 기원은 메소포타미아까지 올라갑니다. 저는 에게해, 아나톨리아, 지중해 문화의 산물입니다…… 저는 터키에서 탈출하여…… 서유럽으로 이주했고, 스웨덴에서 정치적 난민 자격으로 정착했습니다. 아우어바흐처럼 저 또한 망명생활을 했고 혼자 살아남아 저 자신의 앞길을 닦으려고 애쓴 지식인입니다. 저는 문학 작가가 되었습니다. 서유럽과 만나고, 서유럽에서 살아가고, 현대 쿠르드어로 소설을 쓰는 덕분에 저 자신을 위한 삶을 추구할 수 있게 되었습니다. 서유럽에서 살지 않았다면 저는 언제나 동방 문화를 통해서 사물을 보았을 것이고 제 글은 지금과 같은 성공을 거두지 못했을 것입니다.[27]

우준이 볼 때 아우어바흐는 유대교, 그리스도교, 이슬람의 세계를 항해하는 소수집단 지식인 망명객이라는 위치에 있었다. 우준이 이 망명 경험 이야기를 꺼낸 것은 유럽연합에 가입하기 위한 협상이 터키 내 소수집단의 권리 향상에 어떤 의미를 지니는지 짚어보기 위해서였다. 아우어바흐가 망명을 통해 동서 간의 관계를 이끌어낼 수 있었다면, 우준 자신의 망

명은 그 대화를 더 진전시킬 기회가 된다고 보았다.[28]

비록 정치적 목적은 다를지라도 독일에서도 이스탄불의 망명객들을 기념하는 일을 해왔다. 오늘날 이스탄불대학교 정문을 들어가다보면 독일인 망명객 학자들을 기념하기 위해 1986년에 정문 왼편에 설치한 명판을 볼 수 있다. 이 명판은 독일연방공화국 대통령 리하르트 폰 바이츠제커의 주도로 제작된 것으로, 바이츠제커는 "독일 국민"의 감사라는 말을 써서 독일인 학자들에게 피난처를 제공해준 터키에게 고마움을 표시했다. 짐작할 수 있듯이 이 기념은 시기를 아주 절묘하게 잡았다. 독일 대통령의 터키 방문은 독일연방공화국의 1986년 총선 선거운동 시기와 겹쳤는데, 이 총선에서는 망명법을 그대로 유지할 것인가 하는 문제가 커다란 쟁점이었다. 연방공화국 망명 신청자 수가 늘어나자 보수파 정치인들이 망명권 제한을 요구하기 시작했다. 망명권은 1949년 헌법에 명문화되어 있었는데, 홀로코스트 범죄에 대한 가책의 표시이기도 하고 나치 박해 피해자들에게 망명을 허용해준 은혜를 갚는다는 표시이기도 했다. 바이츠제커는 이 대학교 정문에 명판을 설치함으로써 헌법에서 정한 망명권을 훼손하려는 선거운동자들에게 신호를 보낸 것이다. 그러나 그 신호는 상황을 오래 붙들어놓지는 못했다. 이제 독일에 망명을 신청해도 승인받기가 매우 어려워졌기 때문이다.

새로 온 사람 반갑게 맞이하기

21세기 들어 터키의 서구화 과정이 빨라지고 또 터키가 무슬림 세계 안에서 유럽의 정치 동맹국이라는 위치를 차지하고 있지만, 그럼에도 유럽인이 된다거나 유럽화된다는 것이 의미하는 간극은 좁혀지지 않았다. 이것은 여전히 매우 중요한데, 그것은 터키가 유럽연합에 들어가는 통합해 들어가는 문제와 현재 독일에서 거주하는 터키계 인구 200만 명의 지위 문제에 대해 토론이 벌어지고 있기 때문이다. 유럽 내 이민자의 지위에 관해 현재 벌어지고 있는 토론에서 볼 때 아우어바흐의 망명은 통합과 동화 모델에 관해, 또 이 두 모델의 역사성에 관해 뭔가 암시하는 바가 있다. 문화적 동화의 이익은 일반적으로 서유럽 나라에서는 이의 없이 인정되는 편이다. 거의 모든 서유럽 나라가 무슬림 이민자는 자신을 받아들인 나라의 문화 풍습을 위해 자기 고유의 문화 풍습을 삼가거나 심지어 그만두어야 한다고 열렬히 주장하고 있다. 그러나 아우어바흐의 경우를 보면 터키에서 국책 사업을 추진할 때 정확히 그 반대가 필요하다고 보았다는 것을 알 수 있다. 즉 새로 온 사람은 주류 문화에 적응하기보다는 자신이 지닌 문화적 차이를 보존하는 것이 요구됐던 것이다. 이런 권고가 지금은 얼마나 신선하고 나아가 색다르게 보이는가.

전후에 거꾸로 터키에서 독일로 이어진 이주행렬을 따라가보면 동화가 법적·사회적으로 요구되고 있음을 알 수 있지만, 내 견해로는 그것은 사실상 실현 불가능해 보인다. 1960년대에 일시적 '방문노동자'로 생각되던 터키 출신 이민자는 1970년대에는 '외국인'으로 간주되었고 9.11 이후에는 '무슬림'이 되었다. 이렇게 용어가 변화함에 따라 이민자가 독일 사회에 통합되도록 장려하기 위해 마련된 법제에도 변화가 생겨났다.[29] 2000년부터 독일 사회의 구성원 중 독일 태생이 아닌 사람도 언어와 귀화 시험을 통과하면 완전한 독일 국적을 얻을 수 있게 되었다. 점점 더 많은 이민자와 그 후손이 실제로 국적을 얻고 있지만 이들은 흔히 독일인으로 인식되지 않는다. 공식 용어로는 "이민 배경을 지닌 독일인(Deutsche mit Migrationshintergrund)"이며, 일상 구어로는 아직도 '외국인'이다. 홀로코스트를 저지른 독일의 과거를 볼 때, 동화에 실패하거나 거부하는 모습을 바라보는 시각에서 다시금 종교와 민족 관점의 인식이 지배하고 있다는 것은 슬픈 역설로 보인다. 따지고 보면 지금 대두되는 주장과는 달리 동화가 국가적 소속감을 가져다주는 반가운 해결책이었던 적은 없다. 외국인과 방문노동자 같은 독일 모델이나 영원한 손님, 흉내쟁이, 된메 같은 터키 모델에 비해, 국가적 소속감과 국적으로부터 종교와 민족을 모두 떼어낼 수 있다면 얼마나 더 좋을까.

이 책 전체에서 내가 논한 바와 같이 망명과 이민은 모두 둘 이상의 국가와 소속관계를 지닌다.[30] 역사에 뿌리를 두고 있는 이런 소속관계는 내가 아우어바흐의 경우에서 보여주었듯이 딜레마를 만들 뿐만 아니라 새로운 가능성도 열어준다. 이것은 이 책의 핵심을 해당하는 이해로서, 사람이 살아남기 위해서든 스스로 원해서든 세계의 다른 곳으로 이동할 때 겪는 사회적, 문화적, 정치적, 인식론적 탈바꿈을 반영한다. 이런 탈바꿈의 가능성은 궁극적으로 이들을 받아들이는 곳에서 보이는 환대의 태도에 달려 있다. 오스만 제국과 터키 공화국은 거의 모든 종교, 민족, 정치 성향을 띤 망명객을 반갑게 받아들였다. 이런 총집합에는 15세기 세파르디 유대인, 19세기 폴란드인, 20세기 사회주의 혁명을 피해 도망친 차르주의자, 스탈린을 피해 도망친 트로츠키, 반유대주의를 피해온 유대인, 심지어 탈나치화 과정을 모면하려고 도망친 과거 나치까지 포함된다. 대중적 역사학자 데미르타쉬 제이훈에 따르면, 이렇게 차별 없이 받아들이는 태도의 중심에는 예기치 않은 손님을 '탄르 미사피리(tanrı misafiri)' 즉 신이 보낸 손님으로 보고 환대하는 관념이 자리잡고 있다.[31] 그에 따르면 터키적인 환대의 특징은 손님에게 특권적 지위를 부여하고 주인은 최고의 것만을 제공할 의무를 진다는 데 있다. 나로서는 환대를 본질화하는 이런 관념에는 동의하지 않지만 환대와 호혜를 초국가적 교류, 세계주의,

망명 측면에서 다시 생각해보는 것은 충분히 보람 있는 일로 보인다.[32] 따지고 보면 아우어바흐는 『미메시스』를 오디세우스가 나그네로 변장하여 트로이아에서 돌아오는 함축적인 장면으로 시작했다. 에우리클레이아는 정체도 의도도 모른 채로 나그네의 발을 씻겨주는데, 이와 같은 후한 환대 속에서 오디세우스의 진정한 과거사가 드러난다. 『오디세이아』를 읽은 독자라면 그리스어 크세노스(xenos)가 '이방인'이라는 뜻임을 기억할 것이다. 그러나 이 낱말은 '손님-친구'라는 뜻이기도 하다.

부록

에리히 아우어바흐가 터키에서 한 강연

빅토리아 홀브룩 옮김

19세기 유럽의 사실주의 문학과 전쟁

19세기 유럽의 사실주의[1]

존경하는 총장님, 숙녀, 신사 여러분,

문학적 사실주의가 무엇인지는 다들 알지만, 정의는 물론이고 설명조차 하기 어려운 것이 사실입니다. 이상한 일은 아닙니다. 개괄적 정의와 사고 양식 또는 예술적 완전성을 지니는 용어, 예컨대 개인주의, 상징주의, 낭만주의 같은 용어는 고정된 의미를 잃어버린 나머지 정확하게 선이 그어진 정의 안에서라야 받아들여지게 될 정도니까요. 많이 쓰이는 용어는 정의하기가 불가능해집니다. 새겨진 내용과 가장자리가 닳아나간 고대의 동전과 같습니다.

따라서 저는 제가 생각하는 사실주의의 정의로 시작하지 않겠습니다. 이것은 제 강연의 출발점이라기보다는 목표에 해당합니다. 가능한 한 19세기의 사실주의에 대한 구체적인 지식을 갖는 것이 이번 강연의 목표입니다. 이것을 파악하기 위해 우리는 사실주의의 기초를 살펴볼 것입니다. 그중에서도 가장 중요한 것은 구체적으로 19세기에 나타나는 소설이라는 장르입니다.

19세기에는 누구나 소설을 읽었고 지금도 누구나 읽고 있습니다. 비록 우리 시대에는 우리 아버지와 할아버지 시대만큼은 읽지 않고 또 바깥세상의 예술 공연과 지식을 접하는 방법이 많이 달라졌지만, 소설은 언제나 중요한 위치를 차지합니다. 19세기에 가장 널리 퍼진 문학 형식, 또는 경제학자의 경우라면 생산에서 커다란 부분을 차지하고 소비자가 가장 많았던 문학 형식이라고 할 만한 것이 소설이었습니다. 그리고 소설 중에서도 사실주의 소설이 그 대부분을 차지했습니다.

이것이 의미하는 것을 잠정적으로 말해보겠습니다. 이런 소설은 동시대의 주제를 다루면서, 같은 시대에 비슷한 환경에서 살아가는 개인에 관한 이야기를 들려주었습니다. 예를 들면 어느 교사, 마을 사람, 의사, 실업가, 귀족, 예술가에 관한 이야기였습니다. 소설에서 주인공의 삶을 따라가면서 사회적인 상황도 종종 논의되었습니다. 주제는 동시대적인 한 평범한 것이 될 수 있었습니다. 여기서 "동시대적"이라는 용어와 "평범"이라는 용어는 정확한 정의가 필요합니다.

어떤 것이 "동시대적"이라면 물질적으로 동시대에 있다는 뜻만은 아닙니다. 어떤 주제가 사실주의적 의미에서 동시대적이려면 그것은 제가 방금 말한 방식으로 현대적인 것이어야 하고 독자의 환경으로부터 멀리 떨어져 있지 않아야 합니다.

지금도 우리보다 뒤처진 문명 수준에서 살고 있는 우리 동시대인, 예를 들어 아프리카 에티오피아인이나 오스트레일리아 원주민은 사실주의 소설의 주제가 될 수 없습니다. 단지 이국적 소설의 주제가 될 수는 있겠지요. 이런 구별은 그 자체가 매우 모호하고 상대적입니다. 1835년에 살고 있던 프랑스인에게 메리메가 묘사한 코르시카섬의 주민들과 스페인 사람들의 풍습은 프랑스와 너무 다른 나머지 콜롬바나 카르멘은 사실주의적이라기보다는 이국적으로 보였습니다. 그렇지만 오늘날 파리인 의사라면 샌프란시스코의 노동자 이야기를 동시대 이야기로 받아들일 것입니다. 펄 벅 여사의 멋진 중국 소설은 사실주의 소설로 보면 정확합니다.

시간이 가면서 세상을 살아가는 사람들의 삶에는 한 가지 공통점이 나타나는데, 서로 닮아서 그렇다기보다는 한 개인이 관련된 사건이 즉각적으로 다른 개인에게 영향을 준다는 사실에서 생기는 공통점입니다. 그래서 오늘날 동시대적 소설은 자연히 사실주의 소설입니다. 이국적 소설은 쓰기가 점점 더 어려워지고 있습니다.

따라서 사실주의 소설은 독자가 그 주제를 자신의 경험과 공통되는 부분이 있다고 받아들일 수 있을 만큼 동시대적이어야 합니다. 현대적 삶은 모든 인류가 공유하기 시작했지만, 19세기에는 유럽에서만, 또는 유럽의 일부에서만 공통적이었습니다.

우리는 사실주의 소설의 주제는 동시대적인 한 평범한 것이 될 수 있다고 했습니다. 이 "평범"이라는 용어 또한 설명이 필요한데, 여기에는 특정한 의미가 담겨 있기 때문입니다. 사실주의 소설의 등장인물은 평범한 인물일 수 있지만 꼭 그래야 하는 것은 아닙니다.

평범한 제빵사, 선원, 지위가 높은 사람, 언론인 들은 잘 알려져 있는 유명한 인물이 아니라 저자가 창안해낸 인물이라면 사실주의 소설에서 주요한 등장인물이 될 수 있습니다.

역사에서 역할을 한 인물, 예컨대 아타튀르크, 루스벨트, 아인슈타인 같은 인물, 또 제빵사라도 중요한 법정사건에 연루되어 대중에게 잘 알려진 인물을 소설의 주인공으로 택했다면 그 작품은 사실주의 소설이라 볼 수 없습니다. 오히려 소설화한 실화로 간주될 겁니다.

이 "평범"이라는 용어는 그 범위가 더 넓습니다. 과거의 비극 작품, 특히 프랑스 고전주의 시대의 비극 작품은 절대로 평범한 주제를 다루지 않았습니다. 거기에는 발군의 주제가 필요했습니다. 그런 작품의 주인공은 일상의 평범한 삶 바깥에 존재해야 했습니다. 그들은 왕이나 왕자, 카사노바, 사랑에 빠진 양치기여야 했습니다. 일상생활은 시문학 속에 들어갈 수 없었습니다. 그러나 이제 한 세기 동안 그 반대가 적용돼왔습니다. 현대의 사실주의에서 발군의 환경은 없습니다. 평범한 환경은 필수적입니다. 이에 대해서는 다시 다루겠습니다.

이제 우리는 사실주의 소설이 무엇인지 알 겁니다. 동시대의 평범한 사람들의 삶 이야기를 들려주는 소설입니다. 우리는 더 나아가 사실주의 문학에서는 주제가 동시대적이고 평범하기 때문에 각 사물의 성질이 이해된다고 말할 수 있습니다.

그러나 여기서 우리의 목표를 달성했으니 제가 이번 강의를 끝내겠다고 하면 여러분은 만족하지 않으시겠지요. 아직 해결해야 할 문제점이 여러 가지 남아 있습니다.

무엇 때문에 사실주의가, 특히 사실주의 소설이 19세기에 와서 그렇게 중요한 위치를, 그전에는 한 번도 차지할 수 없었던 그런 위치를 차지하게 되었을까요? 이전 세기에 더 큰 가능성을 안겨준 기술적·물질적 환경 때문일까요? 아니면 19세기의 사실주의라는 사건은 그 이전에 알려진 사건과 달리 사람들이 더 흥미를 느낄 수밖에 없는 새로운 사건이었기 때문일까요?

먼저 기술적 환경에 대해 논해봅시다. 소설은 생산품입니다. 제조되어야 하는데, 그러자면 제조자에게 이익을 보장해줄 만큼 충분한 수의 소비자가 존재해야 합니다. 소설을 생산하기 위해서는 소설을 써야 할 뿐 아니라 인쇄도 해야 합니다.

아시다시피 인쇄술은 15세기에 발견되었습니다만, 이것은 처음에는 수공예였습니다. 비교적 낮은 비용으로 대규모 출판을 가능케 한 기술 발전은 점진적으로 일어났습니다. 인쇄기계는 1800년 무렵에 발명됐는데, 이는 저널리즘의 발전만이 아니라 책을 대규모로 출판하는 데도 도움이 되었습니다. 18세기에는 일간신문이 거의 없었습니다. 현대적 인쇄기계가 19세기에 발명됐으니까요. 연재소설 또한 이 시기에 등장하여 광범위한 수요를 누렸습니다.

그러나 이런 문제는 소비자라는 관점에서 분석하면 그 중요성이 더 커집니다. 소설이 대량으로 팔려나가기 위해서는 많은 수의 사람들이 그것을 어려움 없이 쉽게 읽을 수 있어야 합니다. 그런 다음이라야 사람들이 300-500쪽짜리 책을 즐길 수 있게 됩니다.

유럽 나라에서도 일차 교육은 19세기에 와서 보편화되었다는 사실을 알고 계실 것입니다. 19세기 말에 가장 문명화된 나라에서조차 아주 느린 속도로 떠듬떠듬 읽을 줄밖에 모르는 사람들이 있었습니다.

18세기에는 읽고 쓰는 기술이 특정 부류에게 한정되어 있었는데, 이들은 수는 많아도 사실주의 소설을 읽을 대규모 독자층이 되기엔 부족했습니다. 저자가 책을 팔아 생계를 꾸릴 수 있는 경제현상은 최근에 생긴 것임을 기억해야 합니다. 17세기에는 재산도 없고 성직자도 아닌 작가는 왕이나 지체 높은 귀족의 후원을 받아 살았습니다.

18세기에 이르면서 이 상황은 조금씩 달라졌습니다. 프랑스와 영국에서 자신의 글을 가지고, 즉 자기 책을 팔거나 다른 사람들을 통해 팔아 생계를 꾸리는 작가의 수가 많아졌습니다. 그러나 그 수는 19세기에 비하면 그리 많지 않았습니다. 독자는 19세기나 20세기에 비해 그 수가 훨씬 적었는데, 이들의 취향은 귀족의 좀더 세련된 취향이었습니다.

독자가 귀족계급에만 있는 것은 아니었습니다. 우월한 풍속과 부와 지능과 지위를 바탕으로 권력을 휘두르는 부르주아 계급 또한 독자층에서 큰 비중을 차지했습니다. 그러나 부르주아 독자는 국민 전체의 작디작은 일부에 지나지 않았습니다. 15세기 이래 유럽에서 대두되고 있던 경제세계에서 이들은 부유했습니다. 이들은 아직은 법적 평등을 요구할 만큼 자기 계급의 독립적 상황을 충분히 이해하지 못했고, 아직은 봉건주의의 폭군적 양상으로부터 벗어나지 못했습니다. 그리고 자신의 사상과 취향에 얽매여 있는 한편, 이따금씩 자신도 의식하지 못하는 사이에 중요한 변화를 일으키고는 했습니다.

이들은 현대적 의미의 사실주의 소설에 적합한 유형의 독자층을 이룰 수 없었습니다. 이런 유형의 독자가 등장하려면 동료 인간들이 공통적으로 누리고 있는 현대적 삶에 관심이 있으면서 독서에서 개인적 즐거움을 얻는, 더 넓은 식견과 자기의식을 지닌 박식한 독자층이 필요했습니다. 이런 대규모 독자층은 19세기에 형성되었습니다. 처음에는 프랑스, 영국, 독일, 러시아의 독자층이었습니다. 나중에 유럽의 독자층이 되었고 지금은 대략적으로 세계의 독자층이 되었습니다. 지금 이 자리에서 저는 사실주의 소설은 미래가 더 밝을 거라고 말할 수 있습니다. 시간 속의 모든 순간을 담은 균질하고도 다양한 기록물을 가지고 사실주의 분야에서 경쟁하고 있는 영화가 없다면 말입니다.

소설 읽는 즐거움은 개인이 혼자 경험하는 것입니다. 오늘날의 사람들은 정보를 더 빨리 얻거나 지식을 더 넓히기 위해 읽습니다. 이들의 취향은 심지어 지적 취향까지도 눈으로 봄으로써, 또 이들이 집단에 속해 있을 때 더 충족됩니다. 오늘날 우리가 이해하는 대로의 사실주의는 소설이든 영화든 또다른 어떤 것이든 19세기 이전에는 나타날 수 없었습니다. 그것을 이해할 수 있는 독자층이 없었기 때문입니다.

여러분 중 유럽 문학에 대해 약간 아시는 분은 사실주의가 19세기 이전에 존재했다고 주장할지도 모르겠습니다. 스카롱, 몰리에르, 부알로, 르사주, 그리고 그 밖에도 많은 사실주의자가 있었고, 부르주아 소설은 18세기에 영국에서 존재했습니다. 18세기 후반 독일에서는 레싱, 괴테, 실러가 시작한 문학운동 속에 강력한 사실주의가 있었습니다. 따라서 18세기에는 제한된 독자층이 사실주의 저자의 글을 읽고 즐겼다고 말할 수 있습니다. 그러나 이것은 완전히 다른 것이었습니다. 17세기와 18세기의 사실주의와 1830년에 스탕달과 발자크의 소설에서 발전한 사실주의 사이에는 심오한 차이가 있습니다. 이 점을 명확히 설명하기 위해 한 가지 예를 들겠습니다. 여러분 중에는 몰리에르의 걸작 『수전노』와 발자크가 소설 『외제니 그랑데』에서 묘사한 완전히 현대적 수전노인 그랑데 영감을 기억하는 분이 있을 겁니다.

확실히 몰리에르는 발자크만큼 사실주의자입니다. 그러나 그의 문체는 완전히 다릅니다. 몰리에르의 수전노 아르파공은 언제나 탐욕스럽습니다. 아르파공은 물질적 부를 추구하는 열정 때문에 그랑데 영감처럼 감정이 모두 파괴되어 있습니다. 그 또한 가부장입니다. 그러나 몰리에르의 등장인물과 그 시대의 연관성은 거의 보이지 않습니다. 몰리에르는 아르파공의 사회·경제적 상황에 대해서는 전혀 알려주지 않습니다. 부유하고 수전노인데다 고리대금업자인데 그게 다입니다. 이런 특징은 역사상 모든 수전노에게 적용될 수 있을 겁니다. 아르파공이 재산을 스스로 모았는지, 물려받았는지, 어떻게 관리하고 있는지 우리는 모릅니다. 그의 재산에 관해 우리에게 주어진 정보는 너무 일반적이어서 이 희곡이 17세기 프랑스에서 쓰이지 않았다면 아르파공이 다른 시대의 다른 어떤 나라에 살았다고 가정할 수 있을 정도입니다.

이와는 완전히 대조적인 경우가 발자크 소설의 그랑데 영감입니다. 1789년부터 1830년까지, 즉 프랑스혁명 때부터 루이 필리프가 즉위할 때까지 프랑스의 정치·경제사가 그랑데 영감과 그의 재산 축적 이야기와 연관되어 있습니다. 그랑데 영감은 옛날 튀렌 지방에서 술통을 만들어 팔고 포도 농사를 짓던 시절 그동안 모아둔 얼마 되지 않는 돈과 아내의 지참금을 가지고 경매에서 어떤 귀족의 장원을 아주 헐값에 사들였습니다. 프랑스혁명 동안에는 열렬한 공화주의자로 행세하여 그가 살던 소도시의 시장으로 선출됐습니다. 그러고는 그 지위를 이용해 자신의 상품을 쉽게 운반할 수 있게 도로를 닦고 징세절차를 자신에게 이롭게 만들었습니다. 그 자신이 자기 땅의 가치와 그에 대한 세금을 스스로 결정했습니다. 나폴레옹 시대가 되자 그는 군대의 지정 군납업자가 되어 아주 큰 부자가 되었고, 밀과 목재, 포도주 시장을 지배하는 유력한 노인이 되었습니다.

제가 여기서 여러분에게 들려드린 몇 마디 이야기는 그랑데 영감의 개성을 이루는 매우 많은 세부묘사를 요약한 것입니다. 이런 세부가 그랑데 영감을 역사적으로 발자크가 속한 시대와 동시대로 묶어주고 왕정복고기의 튀렌 지방과 묶어주고 있습니다. 그 시대의 전체 분위기가 이 소설 안에서 살아납니다. 여기서 몰리에르와 발자크의 차이가 보일 겁니다. 우연한 일이지만 몰리에르는 가끔씩 동시대의 삶과 환경에 대해 『수전노』에서 보여준 것보다 더 많이 보여주기도 했습니다. 그래서 행동과 묘사의 여지를 거의 남기지 않는 공연용 희곡 장르를 소설 장르와 비교하는 것은 사실 위험합니다. 17세기와 18세기 초의 소설 중 소시민과 연극배우들의 삶이 지니는 특징을 다루는 것이 여러 편 있는데 이런 작품은 당시의 사회적 분위기를 충분히 명확하게 전달합니다. 이런 작품 중에는 르사주의 소설 『질 블라스』처럼 풍속을 자세히 보여주기 위해 등장인물을 사회의 모든 계급으로부터 가져오는 것까지 있습니다.

그러나 19세기 사실주의는 완전히 다릅니다. 우리가 역사적 동향이라 부르는 사회, 정치, 경제적 전개가, 사람을 행동하게 하는 변화가 방금 말한 이런 소설에서는 어디서도 느껴지지 않습니다. 삶 역시 독자가 사는 것과 다릅니다. 작가의 숨은 목소리가 독자에게 이렇게 말하지 않습니다. "나는 당신의 삶을 묘사하고 있다. 당신이 다른 나라에서 살고 있고 당신의 상황이 주인공과 다르다 할지라도 당신에 관해 이야기하고 있기 때문이다." 저자는 이렇게 말하지 않습니다. "우리는 역사적 운명으로 묶인 모두이고, 당신이고, 당신의 가족이자 친구이며, 살아가면서 그 운명을 점점 더 공유하고 있다." 바로 이 때문에 수세기 전의 풍속과 관습의 영향이 쾌활하게 살아 있어도 피상적입니다. 또 사람이 직접 진지하게 살아가는 그대로의 삶 속의 모습이 보이지 않습니다. 주위환경의 문제점을 논하지도 않습니다. 그리고 사회생활은 정적이며 절대적인 방식으로 꾸려져 있다고 가정합니다. 17세기와 18세기의 사실주의는 완전히 다른 독자들을 상대로 했습니다.

이런 사실주의가 묘사한 풍속은 특정 부류의 독자들을 즐겁게 하기 위한 것이었습니다. 이들은 사실주의 형태로 서사되는 삶을 사는 사람들보다 옳건 그르건 자신이 더 우월하다고 본 부류입니다. 묘사되는 삶의 양식은 그들 자신의 것이 아니었으며, 또 이들은 묘사된 사람들과는 아무 연관도 없었습니다. 이 부류의 사람들은 대체로 모두가 똑같은 미덕과

죄를 공유한다고 본 반면, 서사되고 있는 삶 속에서 자신의 삶을 인지하지는 않았습니다. 바로 여기서 우리는 19세기 사실주의와 그 이전 세기 사실주의 간의 깊은 차이를 보게 됩니다. 17세기 프랑스 고전주의에서는 그리스·로마의 이론가들이 "장르의 분리"라고 부른 미학 원칙을 받아들여 널리 적용했습니다. 이 미학 원칙에서는 비극과 사실주의는 서로 어울리지 않는다는 논리를 내세웠습니다. 따라서 사실적인 것은 무엇이든 당연히 희극적이고, 희극적인 것은 무엇이든 사실적이기만 하면 되었습니다.

여러분 중에 17세기 문학에 대해 약간 아시는 분이라면 의사, 변호사, 노동자, 마을 사람에 관한 묘사가 언제나 기괴하다는 사실을 기억하실 것입니다. 비극에서는 사실적 세부묘사를 위한 자리가 없습니다. 존재하는 인물은 모두 왕공이거나 지체 높은 귀족이었고, 그런 면에서 이들에게는 일반적인 상징적 성격밖에 없었습니다. 이들의 세계에서는 식사를 하지 않고 아무도 잠을 자지 않으며 날씨는 한 번도 언급되지 않습니다. 저 유명한 시간과 공간의 일치는 임의적이거나, 모든 시대를 포괄하거나, 시간의 개념 바깥에 있습니다.

이것은 평범하지 않은 것이며, 개성시가 등장하는 데 그 무엇보다 더 큰 역할을 했습니다. 그러나 그 결과 삶의 현실적, 구체적, 동시대적 측면은 이 일기 문학에서 어떤 중요한 역할도 하지 못했습니다. 이 시세계에서 사람이 비극의 분위기 속으로 들어가려면 자신의 인간적, 직업적, 개별적, 일상적 속성을 내려놓아야 했습니다. 사실적 차원의 문제는 비극의 영역 안에 설 자리가 없었습니다.

여기서 이 이론의 기원이나 이것이 17세기에 재등장한 이유, 그리고 그 특징과 범위에 관한 자세한 설명은 하지 않겠습니다. 우리는 이것이 프랑스 고전주의 시를 주도했고, 고전주의의 지대한 영향 덕분에 17세기와 18세기에 전 유럽을 지배했다는 것만 알면 충분합니다. 이 양식은 18세기에 주도권을 서서히 잃기 시작했고, 18세기 후반에는 고전주의 원칙의 폭정에 대한 항거가 도처에서 일어났습니다. 가장 강력한 운동은 질풍노도 운동으로, 그 시기는 괴테와 실러의 유년 시절과 일치합니다. 영국과 프랑스에서도 비슷한 운동이 일어났습니다.

프랑스에서 장르의 혼합을 실행한 사람은 장자크 루소가 아니라 드니 디드로였습니다. 그렇지만 이것은 시작에 불과했습니다.

장르의 분리가 사라지고 비극적 사실주의가 태어날 수 있었던 것은 프랑스혁명 이후, 나폴레옹 시대 이후, 즉 옛 사회가 무너지고 자기의식을 지닌 완전히 발달한 부르주아 계급이 계급분화가 이루어지지 않은 대중과의 투쟁에서 압도적인 승리를 거둔 뒤였습니다. 따라서 1830년쯤이라 할 수 있습니다.

교양서적을 보면 프랑스의 위대한 낭만주의 시인 빅토르 위고가 이런 혁명을 이룩했다고 나와 있을 겁니다. 그 자신이 그렇게 주장했고 그것을 자랑스러워했습니다. 그는 시를 민주화했다고 주장하면서 자신을 당통과 로베스피에르에 견주었습니다. 이건 그다지 정확하지도 않고 사실주의의 관점에서 볼 때는 완전히 틀렸습니다. 빅토르 위고가 하고자 했고 또 실제로 한 일은 숭고와 기괴함을 뒤섞는 것이었습니다.

그러나 이것은 현실의 삶과는 지극히 거리가 멉니다. 이렇게 하면 빅토르 위고의 시처럼 낭만적이고 수사적이며 매우 재미있고 예상치 못한 세부묘사가 가득한 시가 나올 뿐입니다. 이런 시는 살아가는 그대로의 삶은 그려내지 못합니다. 삶은 숭고하거나 기괴한 때가 거의 없이 언제나 오로지 현실적일 뿐이기 때문입니다. 삶은 평범한 진실로 가득차 있고,

또 비극적일 수도 있습니다.

현실의 삶이 지닌 심각성과 비극을 가장 먼저 그린 사람은 스탕달과 발자크였습니다. 전자는 1830년에 출간된 『적과 흑』에서, 후자는 같은 해에 첫 두 권이 나온 '인간극' 총서에서 그랬습니다.

통상적으로 스탕달을 예리한 심리와 자유분방한 사고를 지닌 사람으로 평가합니다. 동시대 낭만주의자의 모호함과 과장, 신앙고백주의와는 달리 스탕달의 자아주의는 니체의 개인주의와 긍정적 마음가짐의 선구가 되었다고 봅니다. 자아주의는 스탕달이 직접 붙인 이름인데, 자유를 향한 세심한 분석과 한결같은 자기반성적 헌신을 말합니다.

이것은 모두 사실입니다. 50년이나 뒤에야 이해되고 진가를 인정받은 그의 문체를 선구의 문체로 인정하는 사람들은 완전히 옳습니다. 그러나 스탕달의 가치가 이런 성격 한 가지뿐이었다면 그에 대한 관심은 매우 특수한 종류였을 것이고, 미학적 경험을 추구하는 사람들에게만 극상의 귀중한 즐거움을 주었을 것입니다. 스탕달은 역사적으로 중요하지 않았을 것이고, 아무런 영향을 남기지 못한 채 자신의 시대에서 혼자뿐이었던 인물로 간주되고 말았을 것입니다.

그러나 우리가 스탕달에게 흥미를 느끼는 것은 그가 단지 자신의 시대에 독보적이었기 때문만은 아닙니다. 이것은 그가 혁명 이전의 지위 높은 부르주아 집안 출신이고, 프랑스, 이탈리아, 독일, 러시아에서 살았다는 사실, 프랑스혁명과 나폴레옹 전쟁의 경험, 그리고 용감하고 쾌락주의적인 그의 성격으로 설명할 수 있습니다. 이런 성격이다보니 나폴레옹의 혁명 이후에 생겨난 반동적인 자본주의 사회는 그에게 기괴하고 역겹게 보였습니다. 그 당시 그는 서른 살이 넘지 않은 나이였습니다. 그의 젊은 시절은 모험과 방탕으로 가득했습니다. 고독했음에도 불구하고 그는 다른 사람들과는 달리 용기를 잃지 않았습니다.

돈이 없었어도 그는 계속 살고픈 대로 바라는 대로 살았습니다. 그가 살았던 사회는 지루했고 그를 소외시켰습니다. 그는 그 사회를 편안히 느끼는 사람들처럼 비굴하고 굴욕적인 노력을 기울이지 않았습니다. 그러나 그는 확고한 목적이 있었고, 그런 목적의식이 있어야만 새로운 환경에서 성공할 수 있다는 걸 이해하고 있었습니다. 그 새로운 환경은 근면하면서 남의 험담을 즐기는 반동적 사람들로 이루어져 있었는데, 이들은 현대적인 것을 싫어하고 모험을 싫어하며 정부와 또 아마도 혁명에 대한 지속적인 두려움을 안고 살아가는 사람들이었습니다.

스탕달은 야심이 있었습니다. 그러나 그가 원한 것은 사랑, 열정, 힘, 그리고 어쩌면 명성이었을 것입니다. 그는 보잘것없는 부르주아 유형과는 거리가 멀었습니다. 새로운 사회의 사람들과는 매우 달랐고, 그래서 그 안에서는 성공을 거둘 수 없었을 것입니다. 그는 옛 사회가 남긴 것으로 살아가는 이탈리아에서만 유일하게 편안함을 느낄 수 있었습니다. 그러나 그는 풍부한 개성으로 저 원수 같은 사회의 형태를 묘사하는 작품을 많이 써냈습니다. 그가 미워하면서도 파괴할 수 없는, 그리고 하루하루 승승장구하는 것을 목격하고 있는 그 사회를 말입니다.

스탕달은 현대 사회를 그 정치적, 경제적, 종교적 뿌리에다 그 모든 심각한 문제점까지 그 모든 평범한 현실 그대로 비극적 예술 작품의 주제로서 바라본 최초의 사람이었습니다. 줄리앙 소렐의 이야기인 소설 『적과 흑』은 자신의 시대에 맞서는 스탕달의 개인적 투쟁을 묘사합니다. 이 투쟁을 통해 저 시대는 그의 동시대인들에게보다 더 심오한 방식으로 그에게 드러나 보였습니다. 이 작품에서는 여러 장르의 혼합이 나타납니다. 평범한 사건, 심각한 사건이 가득하고, 모두가 공유하고 있는 문제적인 삶, 비극적인 삶이, 19세기와 20세기 사람들의 사실주의가 들어 있습니다.

스탕달의 작품이 그 장단점과 결함까지 아울러 그가 살았던 시대에 대한 미움의 결과이자 그에 맞서는 투쟁이라면 발자크의 작품은 그와 대조적으로 주위 사방에서 보이는 복잡다단한, 움직임과 행동이 가득한 삶에서 느끼는 생동감 넘치는 흥분에서 태어났습니다.

발자크는 스탕달보다 열여섯 살 아래로서 옛 사회나 대혁명은 보지 못했습니다. 그는 비니와 위고의 세대에 속했습니다. 그는 사실주의자였던 만큼이나 낭만주의자였습니다. 이 두 가지 양식은 서로 잘 어울릴 수 있습니다. 별개의 해석에서 같은 관념이 나오기 때문입니다. 관념이 공유됩니다. 장르의 혼합이라는 관념 말입니다.

초인적인 창작능력을 지닌 발자크는 동시대의 삶의 모든 측면을 묘사할 때 비상하고 신파적이며 생소한 것을 즐기는 감정에 이끌리는 경우가 많았습니다. 이런 것들은 그가 지닌 시적 성격의 부정적 측면입니다. 그는 경제적으로 궁핍했음에도 시인이었기 때문입니다. 그를 찬미하는 사람들은 그의 작품을 마땅히 『천일야화』와 비교합니다. 그의 작품은 동시대의 삶을 그린 가장 위대한 서사시입니다.

그의 작품은 스탕달의 작품보다 더 폭넓게 구상되었습니다. 발자크의 작품은 현대적 삶의 경제적 측면을 더 면밀히 파악합니다. 사회의 복잡한 형태, 행동, 관행을 그 성향과 결함과 함께 더 정확히 분석했고 사회상을 더 완전하게 그렸습니다. 그 끓는 듯한 표현과 품위 없이 조야하고 기괴하게 과장된 문체 때문에 이따금 독자가 불편한 마음이 들기도 하지만, 작품의 시각이 지닌 힘이 너무나 함축적이기 때문에 흠이 있어도 작품에 대한 전반적인 평가에는 영향을 주지 않습니다.

과도한 면이 있었지만 발자크는 자신이 원하는 것을 알고 있었다는 데 동의할 수밖에 없습니다. 인간의 마음, 사회적 지위, 상상이 아니라 어디에서나 일어나는 사회적·역사적 사건을 치밀하게 묘사하는 자신의 작품에 그는 '인간극'이라는 이름을 붙였습니다.

교양서적을 보면 문학을 민주화해 장르의 혼합이라 불리는 혁명을 이룬 사람은 위대한 낭만주의 시인 빅토르 위고라고 되어 있을 겁니다. 이건 틀렸습니다. 빅토르 위고가 한 일은 그의 말대로 숭고함과 기괴함을 혼합한 것입니다. 사실주의에 필요한 건 그게 아니었습니다. 삶은 숭고하거나 기괴한 때가 거의 없이 언제나 구체적인 일상의 현실에 지배를 받기 때문입니다. 삶은 날마다 문제에 둘러싸입니다. 그리고 또 비극적일 수 있습니다.

삶은 우리에게 숭고함도 기괴함도 주지 않습니다. 그보다 더 심각한 것을 안겨주는데, 그것은 바로 일상의 현실입니다. 우리에게 그것을 준 사람은 빅토르 위고가 아니라 그와 동시대에 살았던 두 작가 스탕달과 발자크였습니다. 전자는 1830년에 펴낸 소설 『적과 흑』에서 우리에게 사실주의를 주었고, 후자는 같은 해에 첫 두 권이 나온 '인간극'에서 그렇게 했습니다. 한 사람은 이 현실을 자신이 사회에 대해 느끼는 미움과 원한을 통해 파악했고, 다른 사람은 자기 주위에서 보이는 움직임과 열정 가득한 삶에서 느끼는 열렬한 사랑을 통해 파악했습니다. 스탕달과 발자크가 진정으로 현대의 사실주의를 발명한 사람들입니다.

여러분 중에는 제가 다른 나라 문학은 언급하지 않은 채 프랑스인 작가 두 명만을 현대 사실주의의 근원이라고 해서 놀라는 분도 계실 것입니다. 이것은 제가 로망스어문학 전문가라서 그러는 것이 아닙니다. 18세기 말과 19세기 초에 유럽의 다른 나라들은 프랑스보다 변화가 느렸고 사건도 그처럼 많지 않았던데다 문제를 보다 차분한 방식으로 풀어내는 것이 가능했습니다. 이런 나라들은 정치·경제적 이유 때문에 19세기의 사실주의를 훨씬 나중에 받아들였습니다.

예를 들어 독일은 괴테와 실러가 젊을 때 이처럼 비극이 혼합된 사실주의를 알게 됐습니다. 그러나 나라의 정치·경제적 상황 때문에 이 사실주의는 19세기 내내 목가적이고 한가로운 성격을 띠었습니다. 1900년쯤에 와서야 사실주의는 하웁트만의 희곡이나 토마스 만의 소설 같은 뛰어난 작품에서 자리를 찾을 수 있었습니다. 그리고 사실주의는 슈티프터, 켈러, 슈토름, 폰타네의 목가적 글에도 있었습니다.

영국의 상황은 다릅니다. 그리고 새커리와 디킨스를 발자크와 스탕달과 나란히 두어야 한다고 보는 분이 많을 것입니다. 의심의 여지없이 이들은 위대한 사실주의 작가였습니다. 그러나 저로서는 이들을 스탕달이나 발자크와 같은 정도의 사실주의 창시자로 간주하기가 주저됩니다. 제가 볼 때 새커리의 풍자적 도덕주의도 디킨스의 시적 아이러니도 현대적 삶이라는 개념을 주지 않습니다. 이들 두 영국 작가에게서는 새로 등장한 비극적 사실주의의 특징인 정치·경제적 주체를 가장 잘 이해하는 모습이 보이지 않습니다. 영국의 일상생활은 대단히 현대적이지만, 삶을 바라보는 조망점은 뒤처져 있습니다.

같은 유럽 나라이지만 러시아의 경우에는 문제가 그 정반대였습니다. 19세기 내내 러시아는 자국의 발전을 가로막고 있던 정치·경제적 질서로부터 벗어나지 못했습니다. 유럽에서 가장 낙후된 나라였습니다. 러시아 정부는 전제정치를 바탕으로 하고 있었고, 경제생활은 엄밀한 의미의 자본주의 형태에 도달하지 못했습니다. 봉건적 양식에서 벗어나지 못한 것입니다. 그럼에도 불구하고 러시아는 유럽에서 비극적 사실주의가 발달하는 데 가장 큰 도움을 주었습니다.

러시아에서는 고골, 톨스토이, 도스토옙스키 같은 사실주의 작가가 유럽의 영향을 받아 처음 등장하기는 했지만, 19세기 말에 그런 영향으로부터 벗어나 심오하고 훌륭한 작품을 내놓음으로써, 사실주의 초기의 좁은 틀에 빠져 있던 유럽의 부르주아 사실주의를 용감하게 구해냈습니다. 그 시기는 프랑스에서 발자크, 플로베르 같은 동시대인들이 작품을 펴냈던 시기와 일치합니다.

프랑스의 사실주의 작가들이 장르의 분리를 버리고 동시대의 평범한 주제를 비극적이고 심오한 양식으로 들려주었지만 러시아 작가들은 자기의식이 있는 계급, 즉 부르주아 계급만을 다루었습니다. 대중은 잠시 지나가는 피상적인 존재로서만 이들 작품에 들어갈 수 있었습니다. 이들은 대중을 특유의 독자적 삶이 있는 존재로 보지 않았습니다. 동정하거나 경멸하거나 교육하려는 욕망으로, 가끔은 이상주의적 사회주의의 관점으로 위에서 내려다보았습니다.

1850년부터 만들어지고 있는 상태로 유럽에서 등장한 사회 내부의 평준화 운동인 사회주의는 예술 분야가 아닌 경제·정치 분야에서 먼저 모습을 드러냈습니다. 사회주의는 항구적인 영향을 남기지 못했습니다. 왜냐하면 이것을 예술에 처음으로 적용하려고 시도한 인물인 에밀 졸라가 과감하고 부지런하기는 했지만 오로지 경제적·생물학적 이해를 바탕으로 하는 인간관에서 벗어나지 못했기 때문입니다.

러시아인은 이 사회주의의 영향을 받았습니다. 그 이유는 설명하기가 조금 어렵습니다. 필시 주제의 성격이 대중보다는 부르주아나 귀족에게 맞았기 때문일 것입니다. 심지어 고리키도 이것을 다루지 않을 수 없었습니다. 부르주아와 대중 사이의 심리적 골이 유럽과는 달리 존재하지 않았기 때문입니다. 유럽에서는 중세와 마찬가지로 나라 안의 다양한 계급이 지위와 부에 따라, 오랜 전통에 따라 분리되어 있었지만 문화가 같고 종교와 도덕관이 같았습니다. 이들 계급은 직관적으로 즉각 서로를 이해했습니다. 이들은 같은 사다리에 걸쳐 있는 각기 다른 가로장에 비유할 수 있을 것입니다. 톨스토이와 도스토옙스키의 위대한 소설에서 러시아의 전 계급은 하나로 결합되었는데, 이로써 프랑스 소설과 완전히 분위기가 달라졌습니다. 범위가 훨씬 넓고 대중에게 더 맞았습니다.

우리는 러시아 사실주의 작가들, 특히 도스토옙스키가 당시까지 알려져 있지 않았던 정신의 깊이를 찾아냈다는 것을 알고 있습니다. 이들의 작품에서 심리는 쉽게 이해되지 않는 충격적이고 복잡한 성격을 지니고 있었습니다. 그러나 이해하는 능력은 독자가 속한 계층과는 아무런 관계가 없었습니다. 글은 인간성에 관한 것이고 때로는 매우 러시아적입니다. 그것이 인간적이라는 것을, 그리고 때로는 러시아적이라는 것을 쉽게 이해할 수 있습니다.

러시아 작가들은 서구의 사실주의에서 하나의 새로운 현실에 해당했습니다. 이들은 서구의 사실주의에 폭과 깊이를 더했습니다. 한 차례의 강연으로는 정리하기 어려운 다양한 영향이 우리가 언급한 운동에 가해졌습니다. 사실주의라는 예술은 발전중인 상태에 있고, 세상을 살아가는 우리의 삶과 그것이 점점 더 공통의 삶으로 변해가는 경향을 우리에게 보여주기 위해 노력하고 있습니다.

이것을 이해하는 사람들은 오늘날 벌어지고 있는 비극적 사건에 흔들려서는 안 됩니다. 역사는 파국적인 사건과 파열을 통해 모습을 드러냅니다. 오늘날 준비중에 있는, 한 세기 동안 준비중에 있었던 그것은 방금 설명한 비극적 사실주의입니다. 세상의 모든 사람에게 삶의 가능성을 부여하는 현대의 사실주의이자 공통의 삶입니다.

에리히 아우어바흐
정교수
1941-1942

문학과 전쟁[2]

전쟁문학에는 두 가지 유형이 있습니다. 하나는 전쟁과 함께 존재하게 되는 서정적 장르의 짤막한 작품들입니다. 승리를 위한 기도문, 영웅적 행동을 하도록 군인을 자극하는 노래, 적을 규탄하고 비웃는 풍자시, 승리를 기리고 신에게 감사하는 민요 등이 이에 해당됩니다. 그 예는 종류별로 많이 있습니다.

가장 고대의 것들은 팔레스타인에서 살던 이스라엘의 자손이 남긴 승리의 노래로서 성서에 언급되어 있는 대로 가나안 사람들을 쳐부순 뒤에 드보라가 부른 노래, 그리고 그리스 문학 중 가장 오래된 작품에서 온 노래로서 이웃인 펠로폰네소스 사람들을 무찌르고 승리한 스파르타를 격려하는 티르타이오스의 비가입니다. 티르타이오스는 종종 듣게 되는 "자기 나라를 위해 선봉에서 싸우다 죽는 것은 아름답다"는 유명한 관념을 명확하게 표현한 최초의 인물입니다.

이런 유형의 문학은 전쟁이라는 대의를 끌어안은 유럽의 모든 나라에서 찾아볼 수 있습니다.

12세기의 십자군 노래와 16세기의 종교전쟁 노래 이후로 많은 것이 달라졌습니다. 우리는 지금 저런 싸움의 주제에 대해 냉담합니다. 그러나 저런 노래의 노랫말을 읽으면 그들을 고무시킨 그 열정을 지금도 느낄 수 있습니다. 오늘은 그보다 더 근래의 것으로서 전쟁과 자유에 관한 프랑스의 노래인 〈마르세유의 노래〉, 그리고 나폴레옹 1세에 대항하여 해방투쟁을 벌이던 동안 독일인들이 부른 자유의 노래들을 살펴보겠습니다.

이번 강연에서 저의 목표는 〈마르세유의 노래〉 같은 노래를 잘 설명하는 것입니다. 말씀드린 대로 이것은 전쟁의 노래이자 자유의 노래입니다. 이 노래는 내부와 외부의 적에게 맞서 전 민중이 무기를 드는 것을 묘사하고 있습니다. 다른 유럽 나라와 마찬가지로 프랑스에서 국가주의의 뿌리는 민중에게 있고, 양심의 자유, 경제적 자유, 개인적 자유, 다시 말해 하고 싶은 대로 말하는 것과 강하게 연결되어 있습니다.

이제 전쟁문학의 두번째 유형으로 넘어가봅시다. 예술이라는 관념에서 보면 이것이 더 중요할지도 모릅니다. 이 장르의 걸작이 더 많고 또 어디에서나 국민문학의 기반을 이루고 있기 때문입니다. 이런 작품은 일반적으로 깁니다. 서정적이 아니라 서사적이며, 시인과 동시대의 전쟁이 아니라 과거의 전쟁을 다루고 있습니다. 그리고 조상의 영웅적인 공적을 들려줍니다.

이들은 무엇보다도 국민서사시로서 호메로스의 『일리아스』, 베르길리우스의 『아이네이스』, 독일의 『니벨룽의 노래』, 프랑스의 『롤랑의 노래』 등 많은 예가 있습니다. 더 근래로 오면 괴테와 실러의 일부 비극이 이 장르에 들어가고 심지어 몇몇 소설도 그렇습니다. 소설 중에서도 저는 톨스토이의 위대한 소설 『전쟁과 평화』를 들겠습니다. 1812년에 있었던 나폴레옹의 러시아 전투를 주제로 다루고 있습니다. 이 책은 제 의견으로는 19세기에 나온 최고의 책에 속합니다. 여러분도 읽으시기를 추천합니다. 터키어 번역본이 나와 있습니다.

이 두번째 장르의 모든 작품은 역사적입니다. 말씀드린 대로 현재를 다루고 있지는 않지만, 모두 (특히 고대 서사시가) 국민의식을 준비하고 강화하는 데 도움을 주었습니다. 호메로스의 『일리아스』는 역사적으로 가장 큰 위기라고 할 수 있는 순간에 그리스의 통일을 유지하는 강력한 요소로 작용했습니다. 프랑스의 『롤랑의 노래』와 스페인의 서사시 『엘시드의 노래』도 마찬가지로 중요합니다.

이 두번째 장르의 작품은 주제가 현재의 것이 아닌데도 나라가 위험에 빠진 순간에 큰 영향을 줄 수 있습니다. 그리스나 프랑스를 비롯한 여러 나라에서 고대 시에서 몇 구절을 뽑아 무대 위에서 읊는 것으로 커다란 흥분을 불러일으킨 경우가 많이 있는데, 이런 구절이 청중의 현재 감정과 가까웠기 때문입니다. 1871년에 파리가 점령당했을 당시에 가스통 파리스 교수가 한 「『롤랑의 노래』와 프랑스 국가주의」 강연은 저항이라는 관념을 크게 되살리는 데 도움을 주었습니다. 그러므로 역사적 주제를 다루고 있는 두번째 부류의 작품이 지니는 정치적 중요성은 첫번째 부류의 작품에 못지않습니다.

그러나 17세기와 18세기, 즉 유럽의 전제정치 시대에 전쟁이 많기는 했지만, 서정적이면서 현재를 다루는 첫번째 유형이든 서사적이면서 역사적 주제를 다루는 두번째 유형이든 민중이 창작한 전쟁문학은 없었습니다.

앙리 4세의 전쟁 이야기를 서사 장르에서 들려주는 볼테르의 「라 앙리아드」가 있지만, 이것은 민중과는 아무런 관련이 없어 마음을 자극하지 않는 작품입니다. 민중의 사랑을 받은 더 중요한 군가가 몇 가지 있기는 합니다. 이런 노래는 사부아의 공자 외젠이나 말버러 공작 같은 당대의 유명한 장군을 위해 지은 것입니다. 여러분도 처칠 총리의 조상인 말버러에 관한 노래 몇 가지는 아실지도 모릅니다. 그러나 이런 노래나 행진가는 다른 시대에 지어진 전쟁시의 엄숙함이나 충정이 없습니다. 그보다는 춤곡 같고, 가사에서는 정치적 사상이나 내 나라를 지키는 위험이라든가 영웅적인 의무가 나타나 있지 않습니다. 그보다는 즐겁고, 때로는 감동적이며, 때로는 들떠 있습니다. 이것은 존재와 자유를 위해 고투를 벌이는 민중의 문학이 아닙니다.

전쟁통에 지나간 저 두 세기 동안 이 장르의 문학 발전이 빈약했던 이유는 무엇일까요? 문학이 부족했던 것은 아닙니다. 17세기와 18세기 동안 유럽 문학, 특히 프랑스 문학은 매우 풍성했다는 것을 우리는 알고 있습니다. 프랑스 고전주의 걸작들의 시대였고, 몰리에르, 부알로, 라 퐁텐과 이들을 모방한 프랑스와 다른 여러 나라 작가들의 시대였습니다.

그러나 이 고전주의 문학은 민중의 문학이 아니었습니다. 사회의 특정 부류를 대상으로 했으며, 의미와 형식 모두 고도로 세련된 문학으로 민중과는 전혀 관계가 없었습니다.

이렇게 관찰해보면 우리가 관심을 가지고 있는 문제에 대한 해답을 찾기 위해 따라가야 할 방법이 드러납니다. 유럽에서 두 세기에 걸쳐 이어진 전제정치 시대 동안 민중은 말이 없었습니다.

중세 시대와 르네상스 시대에 민중은 역사적으로 적극적이면서 중요한 역할을 담당했습니다. 촌민과 도시의 부르주아는 국가가 세운 기관과 길드의 공중생활에서 필수적이고도 강력한 요소였습니다. 민중이 소속된 기관은 현대의 민주주의와는 다르게 개인주의 원칙을 바탕으로 하고 있지 않았습니다. 이들은 장인정신과 계급정신을 지니고 있었고 대단히 활동적이었으며 자신의 정치적 기반을 잘 알고 있었습니다. 많은 나라에서 이들은 실제 봉건영주에 맞서는 자신들의 투쟁에서 중앙의 실력자인 왕과 자연스러운 동맹관계를 맺고 있었습니다.

이것이 프랑스에서 국민통합과 국민의식의 기초를 이룹니다. 왕과 민중이 연합하여 지방주의자들인 봉건귀족의 정치에 맞섰습니다. 이 시기에는 민중의 관심을 일깨우지 않은 채로 큰 전쟁을 벌이기는 쉽지 않았습니다. 꼭 해야 하는 전쟁이라는 확신을 심어주고 공감을 얻어야만 했습니다. 도시민과 촌민이 직접 무기를 쥐는 경우도 많았습니다. 그러나 종교전쟁이 끝나고 전제주의가 최후의 승리를 거두고 봉건귀족이 지지기반을 완전히 잃으면서 왕의 중앙권력이 커진 나머지 이제 더이상 민중이 필요치 않을 정도가 되었습니다. 왕의 정부는 길드도 민중의 대표자도 필요 없이 나라를 확실하게 지배했습니다. 이제 전쟁은 왕공들이 계획하고 선언하고 대신들의 회의실에서 이끌어가는 왕공의 전쟁이 되었고, 민중은 전쟁에 참가하여 그 희생만을 담당했습니다.

민중의 군사 참여는 전쟁 기술이 발전하면서 없어졌습니다. 무기, 특히 대포는 군사훈련이 필요했는데, 전 민중에게 군사훈련을 시키기는 불가능했습니다. 당시에는 유럽에서조차 군 복무와 교육이 의무가 아니었고, 또 유럽인 다수가 문자를 알지 못했다는 점을 생각해보십시오. 군대는 용병으로 만들었는데, 군인을 직업으로 택한 다른 나라의 용병을 쓸 때가 많았습니다. 이들은 자신의 피를 파는 사람들이었습니다.

장교 중에는 고귀한 가문의 막내아들이 군인으로 나선 유형도 있었습니다. 유산을 물려받지 못하기 때문에 재산도 지위도 없는 부류입니다. 이들은 전쟁을 벌이는 왕공을 위해 군인으로 일하면서 재산과 모험을 추구하며 세상을 떠돌았습니다.

우리는 이와 같은 유형의 군인을 『미나 폰 바른헬름』에서 찾아볼 수 있습니다. 이것은 독일의 시인 고트홀트 에프라임 레싱이 18세기에 쓴 유명한 희극입니다. 프랑스 귀족 가문의 막내아들인 리코 드 라 마를리니에르 중위는 네덜란드, 교황, 프로이센의 프리드리히 2세의 군대에서 복무한 끝에 도박으로 생활하는 처지로 내몰립니다.

장교의 신세가 이랬다면 보병의 신세는 어땠을지 상상이 갈 겁니다. 유럽 여러 나라를 떠돌며 힘 있는 젊은 사람 밑에서 복무할 기회를 찾는 사람들, 왕공을 주군으로 섬기는 사람들, 불만이 쌓인 사람들, 가족과 멀어진 사람들, 부랑자, 가난뱅이, 살인자도 많았습니다. 때로는 물정 모르는 젊은이를 속여 술김에 10년, 12년, 심지어 20년짜리 계약서에 서명하게 하기도 했습니다. 심지어 무일푼인 젊은 왕공들이 부하 수천 명을 힘 있고 부유한 다른 왕공에게 파는 일까지 있었습니다.

아시다시피 이런 식으로 벌이는 전쟁은 민중의 전쟁일 수가 없었습니다. 이것은 왕가와 대신들만의 일이었습니다. 이런 충돌 중 가장 길고 가장 중요했던 전쟁은 스페인의 비어 있는 왕좌를 두고 부르봉 가문과 합스부르크 가문이 벌인 싸움이었습니다. 두 가문 모두 스페인 왕가와 관련이 있었습니다. 보시다시피 이것은 단순한 왕조 싸움이었습니다. 독일 민중도 프랑스 민중도 이 일에 직접 관련이 없었습니다. 스페인 민중의 경우, 누구도 이들에게 의견을 물어보지 않았습니다.

이런 전쟁을 벌인 왕들이 자기 백성을 전혀 생각하지 않았다고 말한다면 옳지 않을 것입니다. 그들은 자기 왕국을 넓히고 정치적·경제적 특권을 손에 넣음으로써 자기 백성이 부를 불리고 번영을 누리기를 원했습니다. 단지 자기 백성의 의견을 묻는 습관을 잃어버렸을 뿐입니다. 그럴 필요를 느끼지 못했던 것입니다.

이들은 자기 백성이 긴 전쟁의 부담과 비용을 견뎌낼 능력이 있는지 제대로 가늠하지 못하는 때가 많았습니다. 그런 유명한 예가 바로 루이 14세입니다. 루이 14세를 보면, 왕이 아무리 영리하고 양심적이며 전쟁에서 항상 승리한다고 하더라도, 모든 것을 혼자 결정하려 하거나 자신이 직접 고른 관리들의 말만 듣고 행동하려 한다면 나라의 경제적·정치적 바탕을 망가뜨릴 수 있다는 것을 알 수 있습니다.

민중을 보면 이들은 처음에는 자기 상황에 만족했습니다. 여러모로 왕의 중앙정부를 강화하는 것이 이들의 이익에 맞았습니다. 이들은 그토록 오랫동안 자신을 억압한 영주나 귀족들로부터 해방되었습니다. 왕의 손에서 통치가 제도화되고 왕의 관료가 국내의 평화와 일자리의 안정을 보장했습니다. 종교분쟁에 지치고 수백 년간의 혼란에 진저리가 난 이들은 자기 권리를 거부하여 예로부터 내려온 제도적 특권을 포기하고 왕공의 지배를 받아 평화롭게 사는 데 만족했습니다.

그러나 이들은 권리를 거부한 것을 점점 후회하면서 전제주의에 반항해 일어나기 시작했습니다. 국가 통치에서 멀어지고 세금에 짓눌리면서, 이제껏 조용히 순종하던 사람들이 관료의 잘못과 부패에 대항해 반란하는 일이 점점 많아졌습니다. 국민과 개인의 자유라는 새로운 관념이 18세기에 성문화되기 시작했을 때 먼저 프랑스 사람들이, 그다음에는 그 외 유럽 민중이 전제주의에 크게 반발하고 일어났습니다.

1789년 프랑스혁명은 이런 변화의 첫 무대가 되었습니다. 혁명으로 전제주의가 뒤엎어지고 민중의 국민주권이 확립되었으며, 이들에게 모든 정치적 책임을 부여하고 또한 옛 군사제도를 무너뜨렸습니다. 이로써 전쟁의 관념이 바뀌어 국방 관념이 생겨났습니다. 그 뒤로 의무 군복무가 실시되었습니다. 그리고 모든 어린아이를 대상으로 하는 국가의 교육도 이것과 밀접한 관계를 맺고 있습니다.

유럽 국가 중 정치 발전이 다른 국가보다 한 세기, 심지어 몇 세기나 앞선 나라가 있습니다. 바로 영국입니다. 이들의 민주체제는 18세기가 아니라 17세기에 시작되었고, 그때조차도 그보다 훨씬 전에 시작된 혁명의 마지막 단계에 와 있는 것으로 보였습니다. 현대 민주국가의 거의 모든 제도가 영국에서 먼저 형성되었습니다. 그러나 군사제도는 여기서 제외되어야 합니다. 영국은 지리적 위치 때문에 국방 문제가 완전히 다른 형태를 띠었습니다. 1914년까지 이들은 모든 전쟁을 해군 함대를 이용해서 치렀고, 게다가 식민지 주민으로 구성된 자원자들로 치른 때도 많았습니다. 지금도 이들은 의무 군복무를 국가에 위협이 닥칠 때에만 필요한 특별수단으로 봅니다. 이것이 국민화합이 영국이 아니라 프랑스에서 유일하게 중요한 민주제도로 생겨난 이유입니다.

내 나라를 방어하기 위해 전 국민이 무기를 든다는 관념은 프랑스에서 생겨나 곧 세계 전역으로 퍼졌는데, 이 관념의 기원을 탐구해가다보면 장자크 루소의 사회체제에서 찾아내게 될 것입니다. 그는 싸움을 전혀 좋아하지 않았던, 극도의 감수성을 지닌 정치 작가였습니다. 루소는 글에서 전쟁을 절대로 언급하지 않았기에, 군사적 승리가 루소 본연의 사고의 틀과는 거리가 멀었다는 점에는 의심의 여지가 없습니다. 그렇지만 그는 인간 본연의 자유라는 관념을 어떠한 수단을 동원해서라도 지켜야 하는 성스러운 특성으로 생각하면서 국민주권과 통합에 대한 이론을 내놓았는데, 이를 위해서는 위협받을 때 국민 각자가 무기를 들고 집단적 자유를 수호할 수 있어야 합니다.

루소가 죽고 10년 뒤에 일어난 프랑스혁명이라는 사건 덕분에 그의 정치체제에서 잘 알려지지 않은 이런 측면이 눈에 띄게 됐습니다. 반란을 일으킨 민중이 옳건 그르건 왕의 용병 때문에 위협을 받고 있다고 생각한 순간 즉각적으로 필요한 수단으로서 취한 것이 전체 국민이 자기방어를 위해 무장하는 것이었습니다. 또 나중에 이웃의 왕과 왕공들이 전제주의를 다시 세우고 왕을 구하기 위해, 그리고 민중이 그렇게나 확고하게 쟁취한 국민적·개인적 자유를 파괴하기 위해 직업군인으로 구성된 군대를 보낸 위기의 순간에도 같은 수단을 취했습니다. 1792년에 급하게 일어나 장비도 제대로 갖추지 못했음에도 불구하고 나라를 방어하는 기적을 일구어낸 이 최초의 민중 군대가 나폴레옹 군대의 바탕이었습니다.

이런 전개는 인간사에서 가장 중요하며 그 중요성은 군사적 차원을 넘어섭니다. 하나의 민중이 자기 자신을 의식하면서 전 국민이 국방 의무를 수행해야 한다는 것을 이해한다면 이들은 현대기에 이 의무에서 요구되는 지적 명령 또한 이해해야 마땅합니다. 자신을 방어하려면 알아야 합니다. 군복무와 의무교육은 밀접히 연관되어 있고 서로 보완적입니다. 학교는 병영의 준비과정입니다. 또 병영은 국민을 군사적 의미뿐만 아니라 전문적·일반적 의미에서도 가르치고 길러냅니다.

프랑스 민중이 국민적 방어수단을 받아들여 성공적으로 존재하게 되자 유럽의 다른 민중도 자극을 받았습니다. 프랑스혁명 때 순전히 방어만을 위해 동원되었던 군대가 나폴레옹 시대에는 유럽 전역을 침략하는 일에 이용되었기 때문입니다. 이로써 다른 민중의 국민감정이 움직였고, 그리고 자신들을 짓밟았던 그 국민의 힘을 이용해 자신을 방어해야 했습니다. 나폴레옹의 지배로부터 유럽을 해방시킨 1813-1815년의 전쟁은 국민의 전쟁이었고 국민의 무장이었습니다.

프로이센 왕 프리드리히 빌헬름 3세는 나폴레옹에게 전쟁을 선포할 때 공식 선언문을 "내 백성"에게 발표했습니다. 이 연설은 자연스러워 보이지만 당시로선 완전히 새로운, 전대미문의 특별한 것이었습니다. 이 연설은 민중의 적극적 참여와 동떨어진 채 그들의 동의도 없이 왕이 대신들의 회의실에서 전쟁을 수행하던 시대로부터 사정이 얼마나 판이하게 바뀌었는지를 조금치도 의심의 여지없이 보여주고 있습니다.

프랑스혁명 시대와 나폴레옹 시대 이후로 국방 관념과 의무 군 복무 관념은 유럽뿐 아니라 유럽과는 매우 다른 많은 나라에서 깊이 뿌리를 내렸습니다. 이 과정이 아무 투쟁 없이 진행된 것은 아닙니다. 여러 정파가 이 문제를 내세우면서 때로는 군 복무를 폐지하려 했고 또 때로는 국민적 민주주의라는 기원과 동떨어진 목적에 이용하려고 했습니다. 이 자리에서는 이런 정치투쟁의 역사에 대해 논하지 않겠습니다. 이런 투쟁은 군사제도의 발전에 방해가 되지는 않았습니다. 국민 무장이라는 관념은 우리 시대가 될 때까지 현대전의 바탕이 되었습니다.

이런 변화가 문학에 영향을 준 것은 당연합니다. 19세기의 전쟁문학은 투쟁하는 국민의 문학입니다. 처음부터 그랬습니다. 많은 시인들이 프랑스혁명의 잔혹상에 섬뜩해했고 그래서 대중봉기를 우호적으로 보지 않았습니다. 이들은 문명의 도덕적·미학적 가치 전체가 의기양양한 대중의 폭정으로 말살되고 말 것이라고 믿었습니다.

젊은 시절 괴츠 폰 베를리힝엔의 비극을 썼을 때 자유와 민중을 열정적으로 옹호했던 괴테조차도 1789년 이후 프랑스에서 일어난 사건들을 충격적이고 괴롭고 혐오스럽다고 생각했습니다. 그는 1792년에 독일의 왕공들이 프랑스 혁명정부를 상대로 벌인 전쟁에 참가했습니다. 괴테가 거기서 우리에게 남긴 정보는 매우 사실적입니다. 광신적인 것과 거리가 먼 한편, 반혁명주의 경향은 전혀 드러나지 않습니다.

그러나 포격이 벌어져 독일 왕공들이 발미에서 혁명군에게 패주하기 전날 밤, 불안한 마음에 자신을 찾아온 친구들에게 괴테가 이렇게 말했다고 합니다. "오늘 역사의 새 무대가 시작되었고, 자네들은 장차 그 탄생을 목격했다고 말할 수 있게 됐네." 이 말에서 그의 견해가 드러납니다. 그는 친구들 대부분이 국민봉기를 이겨낼 수 있다고 믿고 싶어했는데도 흔들리지 않았습니다. 그와 동시에 그와 동시에 그 봉기가 반드시 승리할 거라고 느꼈는데도 봉기를 지지하지 않았습니다. 1832년 죽을 때까지 괴테는 민중봉기와 비슷해 보이는 어떤 운동에도 끼지 않았습니다.

괴테보다 열 살 아래로 또다른 위대한 독일 고전주의 시인 실러는 젊은 시절에 쓴 비극 작품의 혼이었던 혁명정신을 완전히 부정한 적은 없었습니다. 그가 만년에 쓴 비극 중 가장 유명한 작품일 『빌헬름 텔』은 14세기 초 스위스의 주에서 외세인 합스부르크 가문의 지배에 항거해 일어난 봉기를 그리고 있습니다. 실러는 실제로는 오랜 준비 끝에 일어난 국민적 반항을 갑자기 일어난 것으로 그린 민간전설에서 착상을 얻었습니다. 그런데 이 비극의 등장인물들이 표현하는 자유 관념은 14세기 것이라기보다 실러 자신의 시대 것입니다. 이 희곡은 그 덕분에 더 유명해졌습니다. 실러는 스위스 사람이 아니고 스위스에 가본 적도 없었지만, 그 비극은 스위스의 국민시 반열에 들어갔습니다.

19세기 전반기에 프랑스의 전쟁문학은 특히 나폴레옹의 개성과 전설과 밀접한 관계가 있습니다. 나폴레옹은 몰락하고 죽은 뒤 민중의 서사적 영웅이자 국가주의적 상징이 되었습니다. 이런 전개는 제국 군대에서 복무하고 나폴레옹이 몰락한 뒤에 문학 활동을 시작한 스탕달이나 폴루이 쿠리에 같은 작가에게서 느낄 수 있습니다.

쿠리에도 스탕달도 권좌에 있던 나폴레옹에 대한 애정은 없었습니다.

수많은 동시대인과 마찬가지로 이들은 그를 혁명가가 아니라 혁명 파괴자로 보았습니다. 그렇지만 나폴레옹이 몰락한 뒤 부르봉 왕가의 반동 정부가 좁은 속을 드러내면서 민중의 마음을 잃었을 때 민중은 그가 프랑스에 남긴 사상과 승리의 기억 덕분에 그의 시대가 안겨준 고통을 잊게 되었습니다. 그는 이제 폭군이 아니라 외국의 왕공과 망명 귀족에 대항해 국민에게 연전연승을 안겨준 영웅이었습니다.

제국의 기억은 용감하고 모험심이 강한 젊은 세대 사람들에게 특히 큰 영향을 남겼습니다. 약간은 뜻밖이겠지만 쿠리에와 스탕달도 거기 휩쓸려 나폴레옹에 관한 열렬한 작품을 썼는데, 그가 권좌에 있던 동안에는 절대 품지 않았을 생각이 담겨 있습니다. 그에 대한 개인적 기억은 없더라도 이처럼 나폴레옹을 숭상한 젊은이가 많았습니다. 그중 가장 유명한 사람은 자유를 사랑한 베랑제입니다. 그는 유명했고 제국을 사랑했으며 평범했습니다. 그러나 단순하고 호감이 가는 노래로 대중의 감정을 표현했기에 동시대인들에게 큰 인상을 남겼습니다.

19세기 중반에는 대중주의적·민주주의적 국가주의가 유럽에서 큰 진전을 보았습니다. 프랑스 낭만주의의 우두머리였던 빅토르 위고는 처음에는 정치적 보수파였다가 시간이 가면서 민주주의를 거의 종교처럼 열렬하게 지지하게 되었습니다. 『징벌』 『세기의 전설』 그리고 나중에 쓴 『두려운 해』 같은 문학작품에서 그는 자신의 천재성을 십분 발휘하여 자유를 향한 민중의 투쟁에 영향을 주었습니다. 미슐레 같은 낭만주의 시대의 역사가도 생각이 같았습니다.

독일에서는 1848년혁명에서 중요한 역할을 맡아 독일통일의 길을 닦았던 '청년독일파'라는 이름의 민주집단이 민주주의와 국가주의 관념을 내세우며 등장하여 문학에 깊은 발자취를 남겼습니다. 스위스에서조차도 국민 무장이라는 관념은 민주주의의 이상과 별개의 것이 아니었습니다. 고트프리트 켈러가 지은 이야기들, 특히 『일곱 봉기의 깃발』을 읽은 독자는 이런 마음 상태를 이해할 것입니다.

민주주의적 국가주의의 분위기에서 멀리 떨어져 있던 유럽 나라는 두 곳뿐이었습니다. 하나는 유럽에서 가장 민주적이던 영국이고, 다른 하나는 당시 유럽 어느 나라보다 극단적 폭정을 겪고 있던 러시아입니다. 영국에서는 민주국가가 굳건한 전통과 맺어져 있었습니다. 지리적으로 보호받았기 때문에 군사적 형태의 국가주의는 권장되지 않았고, 전쟁에서 영웅적 행위는 19세기 문학에서 부차적인 역할을 했습니다.

새커리의 유명한 소설로서 워털루 전투라는 역사적 사건을 다룬 『허영의 시장』은 대단히 의미 있는 예입니다. 여기서 대사건들은 개인적·사회적 문제점을 해결하기 위한 틀로서만 작용합니다. 영국인들이 나폴레옹에 대항하여 보여준 영웅적 행위는 거의 언급되지 않고, 게다가 새커리는 위대한 영웅적 행위를 할 수 있는 사람은 도덕적으로 허약하고 허세를 좋아한다고 끝까지 주장합니다.

러시아에서는 상황이 정반대였습니다. 민주주의 관념은 19세기 러시아 민중에게는 완전히 생소했습니다. 이들의 국가주의는 자기 나라를 사랑한다는 본능적인 표현이었습니다. 제가 이 강연 첫머리에서 언급한 톨스토이의 장편소설 『전쟁과 평화』는 『허영의 시장』처럼 나폴레옹 전쟁의 마지막 단계를 다루고 있는데, 러시아의 성스러운 땅 전체가 침입자에 맞서 일어난다는 느낌이 지배하고 있고 또 땅의 의지가 민중을 움직이고 있는 것처럼 보입니다. 민중을 이끄는 지도자는 침착하고 참을성이 강하며 끈질긴 쿠투조프 사령관으로, 평범한 노인 같은 그는 땅과 그 민족의 상징으로 보입니다.

전쟁문학은 1871년부터 1914년까지의 평화로운 시간이 오래 이어지면서 그 중요성을 잃었습니다. 그 대신 우아한 서정문학이 영적·사회적 관심사를 표방하면서 모든 곳에서 점점 더 우위를 차지해갔습니다. 저는 어린 시절에 이 시대의 마지막 몇 년을 살았습니다. 그래서 제 의견으로는 정치적 위기에도 불구하고, 전쟁의 가능성에 관한 갖가지 토론에도 불구하고, 구체적인 의미에서 유럽에 전쟁이 있으리라고 진지하게 믿은 사람은 극히 적었다는 것을 말씀드릴 수 있습니다.

1914년에 실제 전쟁이 일어났을 때 문학은 그것을 따라잡기가 힘들었습니다. 매우 야비하고 일시적인 야심에서 발주되거나 만들어진 몇몇 희곡을 제외하면 1914년부터 1918년까지의 시기를 다룬 전쟁문학은 전쟁이 끝난 뒤에 나온 것들입니다. 이것은 훌륭한 문학입니다. 저는 그 몇 가지 예만 알고 있습니다. 실제로 보는 사람의 개인적 관점에 따라 이들 문학에 대해 다양한 판단을 내릴 수 있습니다. 저는 여러분에게 제가 느꼈던 개인적 인상만 말씀드리겠습니다.

이 전쟁에 관한 책들 역시 무장한 민중이란 관념이 지배적인데, 이제까지보다 더 강하게 지배적입니다. 확실히 장군이든 조종사든 잠수함장이든 영웅 개개인을 다룬 책은 많습니다. 그러나 이런 유의 책은 수요가 많지 않습니다. 가장 잘 쓰였고 가장 많이 읽는 책은 평범한 사람들을 다룬 책, 참호 속의 평범한 개인을 다룬 책이었습니다. 우리는 이런 사람들의 상징을 주위 사방에서, 무명의 군인에게 바친 기념비에서 봅니다. 그러므로 19세기와 마찬가지로 지배적 요소는 민중입니다.

그러나 마음가짐이 바뀌었습니다. 영웅적 행위나 위대한 이상보다, 언급되는 내용은 전쟁의 고통, 참호, 진흙, 배고픔입니다. 게다가 이 모든 것이 무엇을 위해서일까요? 자유로이 살면서 일하고, 아이들을 키우고, 또 사람들이 합리적으로 행동한다고 가정한다면 아이들을 위해 우리 문명 수준에 어울리는 미래를 준비하기 위해서입니다. 이것이 원하는 것입니다. 그런데 저쪽 편에서 저를 죽이려고 기관총을 조정하고 있는 저 사람도 이와 비슷한 것을 원하고 있지 않습니까? 그의 생각도 저의 생각 같지 않습니까? 우리가 이 때문에 서로 죽여야 합니까? 제가 볼 때 이것이 전쟁 이후 유럽을 지배한 생각입니다. 이것이 바로 세계대전을 다룬 책들을 지배하고 있는 생각이었습니다.

우리는 모든 나라의 민중이 새로 전쟁이 일어나는 걸 두려워하고, 그런 사태를 고려하려 하지 않았던, 심지어 대비조차 하려 하지 않았던 나라가 많았다는 것을 충분히 이해할 수 있습니다. 그러나 이런 마음가짐에도 불구하고 현재의 전쟁은 벌어졌고 시간이 갈수록 점점 확대되고 있습니다. 아마도 이번 전쟁은 그 범위만이 아니라 민중의 삶에 가져올 변화에 있어서도 이전 전쟁을 능가할 겁니다. 이번 전쟁에 대한 문학을 논하기는 아직 이릅니다. 그러나 민중이 하게 될 역할에 대해 몇 가지 관측은 할 수 있습니다. 이 관측으로 저의 이번 강연을 맺고자 합니다.

전쟁은 바로 지금 그 어느 때보다 전 국민의 일이 되었습니다. 모든 개인이 전쟁에 대비하고 전쟁을 수행하기 위한 준비를 갖추고 있어야만 합니다. 공업에서, 농업에서, 항공에서, 수송에서, 여성과 어린아이까지 모두 전쟁으로 인해 강요된 상황에, 일상생활과는 거리가 먼 상황에 능동적으로든 피동적으로든 맞추어야 합니다. 현재의 상황에서 전투에 나서는 병사의 수가 아주 많지는 않지만, 전투에 관여하고 있는 나라의 어느 누구도 정상적인 때처럼 살지는 못합니다.

승리는 국가의 조직 능력에 달려 있고, 그보다 더 중요한 것은 민중의 마음가짐입니다. 심지어 저는 첫째 요인인 조직력은 민중의 마음가짐에 크게 좌우된다고까지 말할 수 있습니다. 어떤 대가를 치르더라도 자신을 방어하겠다고 굳게 마음먹은 국민은 인구가 적고 상황이 긴박하다 할지라도 쉽게 패하지 않는다는 것을 우리는 보았습니다. 전쟁은 전 국민의 도움 없이는 수행할 수 없습니다. 그리고 민중이 용감하고 침착한 상태를 유지할 수 있다면 전쟁에서 질 수 없습니다.

저의 두번째 관측입니다. 지금 모든 전쟁은 세계대전이 될 가능성이 있습니다. 유럽의 한 모퉁이에서 해결되지 않은 쟁점은 전 세계에, 지중해, 아프리카, 동아시아, 아메리카에 영향을 줍니다. 지금과 같은 세계에서는 모든 것이 서로 연관되어 있습니다. 분쟁에 한계선을 긋는 것만큼 어려운 일은 없습니다. 이런 점이 특별히 무섭기는 하지만 한편으로는 희망도 있습니다. 세계는 인간이 마음으로 한눈에 파악하기 시작한 하나의 전체입니다. 세계대전은 세계적인 문제를 내놓고 있는데, 30년 전의 우리로서는 생각조차 할 수 없었던 방식으로 기술 발전이 세계를 지배하기 때문에 군사적 수단뿐만이 아니라 평화적 수단을 통해서도 해결책을 찾아낼 수밖에 없습니다. 어떤 것이 일단 그처럼 본질적이고도 매일같이 대해야 하는 문제가 되면 그 해결책은 그리 멀리 있지 않습니다. 이번 전쟁이 마지막 전쟁이 될 거라고는 말하지 않겠습니다. 그러나 인류가 다른 행성에서 원수를 찾아내지 않는 한, 이번 전쟁은 지구상에서 보게 될 마지막 전쟁 중 하나가 될 것입니다.

모든 민중이 평화를 사랑합니다. 그러나 자기 존재를 이해하는 민중은 누구나 자신의 독립이 달려 있을 때 싸우는 방법을 알고 있습니다.

에리히 아우어바흐

1941-1942

주

서론

1. 이 경로는 오스만 제국과 유럽 사이의 무역에서 절대적으로 필요했기 때문에 1918년 오스만 제국이 유럽 세력에게 항복할 때까지 계속 중요한 위치를 차지했다. 콘스탄티노폴리스의 제노바 사람들의 역사를 다룬 연구는 Kate Fleet, *European and Islamic Trade in the Early Ottoman State: The Merchants of Genoa and Turkey* (Cambridge: Cambridge University Press, 1999); Louis Mitler, "Genoese in Galata, 1453-1682," *International Journal of Middle East Studies* 10, no.1 (1979), 71-91쪽 참조.
2. Louis Mitler는 "Genoese in Galata, 1453-1682," 88-89쪽에서 성베드로와바울로 교회의 역사를 간략하게 소개한다.
3. 1935년 10월 16일자로 아우어바흐에게 보낸 편지 원본은 마르바흐 문헌 기록보관소에 보관되어 있다.
4. 터키가 이 범죄를 줄곧 부인하고 있음에도 불구하고 지금 국제 공동체에서는 아르메니아인들을 상대로 저지른 학대를 집단학살로 인정하고 있다. 예컨대 초국가주의 학자인 타네르 악참은 제1차 세계대전 시기에 일어난 아르메니아인들의 죽음이 집단학살에 해당된다고 주장한다. Taner Akçam, *A Shameful Act: The Armenian Genocide and the Question of Turkish Responsibility* (New York: Metropolitan Books, 2006).
5. 에른스트 히르슈는 자서전에서 터키어 습득 문제 때문에 어려움을 겪은 독일인 망명객이 많았다고 전한다. Ernst E. Hirsch, *Aus des Kaisers Zeiten durch die Weimarer Republik in das Land Atatürks: Eine unzeitgemäße Autobiographie* (München: Schweitzer, 1982), 197-206쪽.
6. 예컨대 데니스 칸디요티와 키스 워턴포는 터키의 현대화 개혁은 오스만 제국의 쇠퇴에 대한 대응책에 지나지 않았다는 논거에 반대한다. 워턴포는 현대화에 대한 직선적인 서사 노선을 따를 때의 함정을 보여준다. Keith David Watenpaugh, *Being Modern in the Middle East: Revolution, Nationalism, Colonialism, and the Arab Middle Class* (Princeton, NJ: Princeton University Press, 2006), 7쪽. 오스만 제국 쇠퇴기의 서구화 개혁을 다룬 종합적 연구는 Fatma Müge Göçek, *Rise of the Bourgeoisie, Demise of Empire: Ottoman Westernization and Social Change* (New York: Oxford University Press, 1996); Fatma Müge Göçek, "The Decline of the Ottoman Empire and the Emergence of Greek, Armenian, Turkish, and Arab Nationalisms," *Social Constructions of Nationalism in the Middle East*, ed. Fatma Müge Göçek (Albany:

State University of New York Press, 2002), 15-84쪽 참조.

7. Virginia H. Aksan and Daniel Goffman, *The Early Modern Ottomans: Remapping the Empire* (Cambridge: Cambridge University Press, 2007), 225쪽.

8. '현대화'와 '서구화'의 정의는 Göçek, *Rise of the Bourgeoisie*, 6-7쪽 참조. 그리고 복장 규정과 복식 개혁은 나의 논문 "Ethnomasquerade in Ottoman-European Encounters: Re-enacting Lady Mary Wortley Montagu," *Criticism* 46, no.3 (2004), 393-414쪽 참조.

9. Trevor Mostyn, *Egypt's Belle Epoque: Cairo and the Age of the Hedonists* (London: Tauris Parke, 2006), 44쪽.

10. 포스트식민주의 연구가 등장하기 오래전에 역사학자 울릭 트럼피너는 제1차 세계대전 시기의 독일오스만 정책을 연구하여 1914년 8월 독일오스만 동맹조약은 일부의 주장과는 달리 오스만에 대한 독일의 "완전한" 또는 "거의 완전한" 지배의 시작이 아니었다는 결론에 다다랐다. 그보다 "두 나라는 군사, 경제, 재정에서 힘의 차이가 엄청났는데도 대등한 국가 간의 합의였다." 트럼피너는 독일과 오스만의 동맹관계를 "말과 그 말에 탄 사람"의 관계로 바꿀 수도 없었고 오스만을 "독일의 위성국가"로 바꿀 수도 없었다고 주장한다. 오히려 오스만 제국이 전쟁 동안 완전한 주권국가의 지위를 되찾고 빼앗긴 영토를 일부 재점령할 수 있기를 바라고 있었다는 것을 보여준다. 오스만의 지도자들은 캅카스와 러시아의 중앙아시아에서 새로운 영토를 획득하겠다는 희망까지 품고 있었다. Ulrich Trumpener, *Germany and the Ottoman Empire, 1914-1918* (Princeton, NJ: Princeton University Press, 1968), 21, 370쪽. 오스만의 제국주의 성격은 Ussama Makdisi, "Ottoman Orientalism," *American Historical Review* 107, no.3 (2002), 768-796쪽; Selim Deringil, "'They Live in a State of Nomadism and Savagery': The Late Ottoman Empire and the Post-Colonial Debate," *Society for Comparative Study of Society and History* 45, no.2 (2003), 311-342쪽 참조.

11. 세속화 과정을 폭넓게 다룬 글을 보려면 Fuat Keyman, "Modernity, Secularism, and Islam," *Theory, Culture & Society* 24, no.2 (2007), 215-234쪽 참조.

12. 오스만 제국이 터키 공화국으로 바뀐 결과 등장한 "터키의 신여성"에 관한 글을 보려면 Deniz Kandiyoti, "End of Empire: Islam, Nationalism and Women in Turkey," *Feminist Postcolonial Theory: A Reader*, ed. Reina Lewis and Sara Mills (New York: Routledge, 2003), 263-284쪽 참조.

13. 살리하 파케르는 오스만 시대의 번역방식과 터키 시대의 번역기관에 대해 대략적인 설명을 내놓는다. Saliha Paker, "Turkish Tradition," *Routledge Encyclopedia of Translation Studies*, ed. Mona Baker and Kirsten Malmkjær (London: Routledge, 1998), 571-582쪽.

14. Suraiya Faroqhi, *The Later Ottoman Empire, 1603-1839*, vol.3 of *The Cambridge History of Turkey* (Cambridge: Cambridge University Press, 2006), 61쪽. 파로키는 번역실이 1822년에 설치됐다고 한다. 반면 파케르는 이런 번역기관 중 최초의 것이 1833년에 설치됐다고 지적한다. Paker, "Turkish Tradition," 577쪽.

15. Hasan Ali Yücel, "Önsöz," *Tercüme* 1, no.1-2 (1940), 1쪽.

16. 브라이언 터너 또한 터키의 개혁이 "유럽을 구체적인 모델로 삼아 적합화하고자 했다는 점에서 의식적 미메시스에 해당한다"고 주장한다. Bryan S. Turner, *Weber and Islam* (London:

Routledge, 1998), 168쪽. 문화적 미메시스에 관한 다른 연구는 다음 문헌 참조. Michael Taussig, *Mimesis and Alterity: A Particular History of the Senses* (New York: Routledge, 1993); Barbara Fuchs, *Mimesis and Empire: The New World, Islam, and European Identities* (Cambridge: Cambridge University Press, 2001).

17. Richard Maxwell, Joshua Scodel, and Katie Trumpener, "Editors' Preface," *Modern Philology* 100, no.4 (2003), 510쪽.
18. Erich Auerbach, *Mimesis: The Representation of Reality in Western Literature*, trans. Willard R. Trask (Princeton, NJ: Princeton University Press, 2003), 443쪽.
19. Leo Spitzer, "The Addresses to the Reader in the *Commedia*," *Italica* 32, no.3 (1955), 144쪽.
20. Ahmet Hamdi Tanpınar, *Yahya Kemal* (Istanbul: Dergah Yayınları, 1982).
21. 1932년에 야쿱 카드리를 비롯한 작가들은 국가의 후원으로 "사실주의를 보급하고 문학에서 사회 문제를 다루도록 권장하는" 『카드로』라는 잡지를 발간했다. Şehnaz Tahir Gürçağlar, *The Politics and Poetics of Translation in Turkey, 1923-1960* (Amsterdam: Rodopi, 2008), 146쪽. 동방학자 오토 스피스도 터키 문학의 사실주의와 국가주의 경향을 고찰했다. Otto Spies, *Die türkische Prosaliteratur der Gegenwart* (Leipzig: Otto Harrasowitz, 1943), 2쪽.
22. Makdisi, "Ottoman Orientalism," 783쪽.
23. Suzanne L. Marchand, *Down from Olympus: Archaeology and Philhellenism in Germany, 1750-1970* (Princeton, NJ: Princeton University Press, 1996), 192쪽에서 재인용. 오스만 제국의 고고학 사업에 독일이 관여한 데 대한 논의는 Marchand, *Down from Olympus* 6장 참조.
24. Makdisi, "Ottoman Orientalism," 783쪽.
25. Emily Apter, "Global *Translatio*: The 'Invention' of Comparative Literature, Istanbul, 1933," *Critical Inquiry* 29, no.2 (2003), 261쪽. 또 Jane Newman, "Nicht am 'falschen Ort': Saids Auerbach und die 'neue' Komparatistik," *Erich Auerbach: Geschichte und Aktualität eines europäischen Philologen*, ed. Karlheinz Barck and Martin Treml (Berlin: Kulturverlag Kadmos, 2007), 341-356쪽; Seth Lerer, *Error and the Academic Self: The Scholarly Imagination, Medieval to Modern* (New York: Columbia University Press, 2002), 4, 241쪽; Deringil, "'They Live in a State of Nomadism and Savagery,'" 314쪽도 참조.
26. Gerd Gemünden and Anton Kaes, "Introduction to Special Issue on Film and Exile," *New German Critique* 89 (2003), 3-8쪽. 캐플런은 다음 논문에서 아우어바흐와 사이드를 논한다. "Traveling Theorists": Caren Kaplan, *Questions of Travel: Postmodern Discourses of Displacement* (Durham, NC: Duke University Press, 1996). 배머는 추방과 문화적 정체성의 관계를 다룬 글을 모아 편찬했다. Angelika Bammer, ed., *Displacements: Cultural Identities in Question* (Bloomington: Indiana University Press, 1994). 또 Alexander Stephan, ed., *Exile and Otherness: New Approaches to the Experience of Nazi Refugees* (Oxford: Peter Lang, 2005)도 참조. '디아스포라'와 관련해 브러지얼와 마너도 이 용어에는 역사적 근거가 필요하다고 주장한다. Jana Evans Braziel and Anita Mannur, eds., *Theorizing Diaspora: A Reader* (Cornwall, UK: Blackwell Publishing, 2003). 나는 '망명'이라는 용어를 "역사가 없고 실체와의 연관성이 없이" 사용하는 연구 논문이 많다고 비판한 소피아 A. 매클래넌의 의견에 동의한다.

Sophia A. McClennen, *The Dialectics of Exile: Nation, Time, Language, and Space in Hispanic Literatures* (West Lafayette, IN: Purdue University Press, 2004), 1쪽.

27. 예를 들어 다음 문헌 참고. Emily Apter, *Translation Zone: A New Comparative Literature* (Princeton, NJ: Princeton University Press, 2006); William V. Spanos, "Humanism and the Studia Humanitatis after 9/11/01: Rethinking the Anthropologos," *symploke* 7, no.1-2 (2005), 219-262쪽; Debjani Ganguly, "Edward Said, World Literature, and Global Comparatism," *Edward Said: The Legacy of a Public Intellectual*, ed. Ned Curthoys and Debjani Ganguly (Melbourne: Melbourne University Press, 2007), 176-202쪽; Djelal Kadir, "Comparative Literature in a World Become Tlön," *Comparative Critical Studies* 3, no.1-2 (2006), 125-138쪽; Aamir R. Mufti, "Critical Secularism: A Reintroduction for Perilous Times," *Boundary 2* 31, no.2 (2004), 1-9쪽.
28. Abdul R. JanMohamed, "Worldliness-without-World, Homeless-ness-as-Home: Toward a Definition of the Specular Border Intellectual," *Edward Said: A Critical Reader*, ed. Michael Sprinker (Oxford: Blackwell, 1992), 98-99쪽.
29. Azade Seyhan, "German Academic Exiles in Istanbul: Translation as the Bildung of the Other," *Nation, Language and the Ethics of Translation*, ed. Sandra L. Bermann and Michael Wood (Princeton, NJ: Princeton University Press, 2005), 285쪽.
30. Edward W. Said, *The World, the Text, and the Critic* (London: Vintage, 1991), 6쪽.
31. 역사적 맥락을 무시하는 사이드의 태도에 대한 논의는 마리아 토도로바 참조. 그녀 역시 "사이드의 오류는 그가 에리히 아우어바흐에게 (사상가이자 지식인 망명자의 실존적 역할 모델로서) 이끌린 동시에 그와 어울리지 않는 푸코에게도 이끌린 데서 오는 긴장에서 비롯된다"고 주장한다. Maria Todorova, *Imagining the Balkans* (New York: Oxford University Press, 1997), 9쪽. 사이드의 접근법에 대한 니나 버먼의 비판은 Nina Berman, "Ottoman Shock-and-Awe and the Rise of Protestantism: Luther's Reactions to the Ottoman Invasions of the Early Sixteenth Century," *Seminar* 41, no.3 (2005), 226-245쪽 참조.
32. Said, *The World, the Text, and the Critic*, 8쪽. 사이드는 아우어바흐가 망명의 실행 가치를 효과적으로 이용할 수 있었다고 말한다.
33. Erich Auerbach, "Epilegomena zu Mimesis," *Romanische Forschungen* 65, no.1/2 (1953), 18쪽. 영어 번역본은 Auerbach, *Mimesis*, 574. [옮긴이: "Epilegomena zu Mimesis"는 아우어바흐가 1953년 자신의 책 『미메시스』에 대한 학자들의 비평에 답하며 따로 쓴 후기로서 『미메시스』에 원래 수록된 「후기」와는 다른 것이다. 2003년 출간된 『미메시스』 영어판 출간 50주년 기념판에 영어로 번역되어 실렸으며 한국어판(민음사, 2012)에는 수록되어 있지 않다.]
34. Said, *The World, the Text, and the Critic*, 8쪽. 아우어바흐에 대한 사이드의 비평에 대한 비평으로는 Newman, "Nicht am 'falschen Ort,'" 341-356쪽 참조.
35. JanMohamed, "Worldliness-without-World," 96-120쪽.
36. Aamir R. Mufti, "Auerbach in Istanbul: Edward Said, Secular Criticism, and the Question of Minority Culture," *Edward Said and the Work of the Critic: Speaking Truth to Power*, ed. Paul A.

Bové (Durham, NC: Duke University Press, 2000), 229-256쪽.

37. 에리히 아우어바흐가 요하네스 외슈거에게 보낸 편지, 1938년 5월 21일자, Nachlass Fritz Lieb, Universitätsbibliothek Basel (Handschriftenabteilung), NL 43 (Lieb) Ah 2,1. 이 편지는 Martin Vialon, "Wie das Brot der Fremde so salzig schmeckt: Hellsichtiges über die Widersprüche der Türkei: Erich Auerbachs Istanbuler Humanismusbrief," *Süddeutsche Zeitung*, 2008년 10월 14일자, 16쪽에 마르틴 피알론의 주석과 함께 수록되었다. 출간 전에 이 편지를 내게 보여준 피알론에게 감사한다. 이 편지는 또한 Martin Vialon, "Erich Auerbach: Gesammelte Briefe 1922-1957"(출간 예정)에도 수록된다.

38. 에밀리 앱터는 아우어바흐의 『문학 언어와 그 대중』과 관련하여 강력한 논거를 내놓는다. "현대 터키어의 표준화가 [이 책에] 직접 영감을 주었는지 여부는 추측에 속하는 문제"지만 소위 "'제위의 전달'이라는 터키의 자기식민화 정책이 로마 제국과 매우 유사해 보인다는 가정에는 문제가 없어 보인다." Apter, "Global *Translatio*," 268쪽.

39. 프라하의 카프카에 대한 스콧 스펙터의 연구는 내가 다룬 다양한 자료에서 나타나는 수사적 표상과 이스탄불 문화사를 연구하기 위한 모델이 되었다. 그의 방법론을 개략적으로 보려면 Scott Spector, *Prague Territories: National Conflict and Cultural Innovation in Franz Kafka's Fin de Siècle* (Berkeley: University of California Press, 2002), 25-35쪽 참조.

40. Erich Auerbach, *Neue Dantestudien: Sacrae scripturae sermo humilis; Figura; Franz von Assisi in der Komödie. Dante Hakkında Yeni Araştırmalar*, ed. Robert Anhegger, Walter Ruben, and Andreas Tietze, Istanbuler Schriften—Istanbul Yazıları (Istanbul: İbrahim Horoz Basımevi, 1944), 47쪽. 아우어바흐의 피구라적 인과관계의 관념과 모더니즘 역사주의에 대해서는 Hayden White, *Figural Realism: Studies in Mimesis Effect* (Baltimore: Johns Hopkins University Press, 1999), 87-100쪽 참조.

41. "난국이나 위험, 심지어 유럽인이라는 자기인식에 대한 적극적 침해"이던 아우어바흐의 망명이 어떻게 "성공할 경우 막대한 중요성을 띠는 문화적 행위가 될 긍정적 사명으로 탈바꿈"했을까 질문한 사람은 사이드이다. Said, *The World, the Text, and the Critic*, 7쪽.

1장

1. Karlheinz Barck, "Erich Auerbach in Berlin: Spurensicherung und ein Porträt," *Erich Auerbach: Geschichte und Aktualität eines europäischen Philologen*, ed. Karlheinz Barck and Martin Treml (Berlin: Kadmos, 2007), 201쪽. 바르크는 Berthold Grzywatz, *Die historische Stadt: Charlottenburg*, vol.1 (Berlin: Nicolai, 1987), 414쪽에서 베를린 샬로텐부르크에 관한 역사 정보를 인용한다. 그리치바츠에 따르면 베를린 샬로텐부르크의 유대인 인구는 1895년부터 1910년 사이에 4,678명에서 2만 2,580명으로 늘어났다.

2. 게르트 마텐클로트는 대학교에서 일하고자 하는 유대인이 택할 수 있는 길은 제한되어 있었기에 아우어바흐가 법학을 공부하기로 결심했을지 모른다고 암시한다. Gert Mattenklott, "Erich Auerbach in den deutsch-jüdischen Verhältnissen," *Wahrnehmen Lesen Deuten: Erich Auerbachs Lektüre der Moderne*, ed. Walter Busch, Gerhart Pickerodt, and Markus Bauer

(Frankfurt am Main: Vittorio Klostermann, 1998), 16쪽.

3. 아우어바흐는 1914년 12월에 자원해 1918년 4월까지 병사로 싸웠다. 처음에는 "제2기병연대"에 들어갔다가 나중에 "제466보병연대"에 옮겼다. Barck, "Erich Auerbach in Berlin," 199쪽에 수록된 아우어바흐의 마르부르크 이력서 참조. 아우어바흐는 1939년에 마르틴 헬베크에게 보낸 편지에서 밝혔듯이 제1차 세계대전 당시 북부 프랑스에서 싸웠다. Martin Elsky, Martin Vialon, and Robert Stein, "Scholarship in Times of Extremes: Letters of Erich Auerbach (1933-1946), on the Fiftieth Anniversary of His Death," *Publications of the Modern Language Association of America* 122, no.3 (2007), 755쪽.
4. 바우어는 아우어바흐가 발에 부상을 입었다는 사실을 언급한다. Markus Bauer, "Die Wirklichkeit und ihre literarische Darstellung: Form und Geschichte—der Essayist Erich Auerbach beschäftigt weiterhin seine Exegeten," *Neue Zürcher Zeitung*, 2008년 2월 2일자, http://www.nzz.ch/nachrichten/kultur/literatur_und_kunst/die_wirklichkeit_und_ihre_literarische_darstellung_1.663957.html [옮긴이: 2019. 8. 12. 열람]
5. David Damrosch, "Auerbach in Exile," *Comparative Literature* 47, no.2 (1995), 97-115쪽; Vassilis Lambropoulos, *The Rise of Eurocentrism: Anatomy of Interpretation* (Princeton, NJ: Princeton University Press, 1993); Seth Lerer, *Error and the Academic Self: The Scholarly Imagination, Medieval to Modern* (New York: Columbia University Press, 2002); James I. Porter, "Auerbach and the Scar of Philology," *Classics and National Culture*, ed. Susan Stephens and Phiroze Vasunia (Oxford: Oxford University Press, 2010); Djelal Kadir, *Memos from the Besieged City: Lifelines for Cultural Sustainability* (Stanford, CA: Stanford University Press, 2011). 「아우어바흐의 흉터」 장의 원고를 미리 보여준 젤랄 카디르에게 감사한다.
6. Erich Auerbach, *Literary Language and Its Public in Late Latin Antiquity and in the Middle Ages*, trans. Ralph Manheim (New York: Pantheon Books, 1965), 5쪽.
7. Mattenklott, "Erich Auerbach," 24쪽.
8. Auerbach, *Literary Language and Its Public*, 5쪽.
9. 아우어바흐가 1924년에 쓴 머리말과 1949년에 쓴 논문 비교. Giambattista Vico, *Die neue Wissenschaft über die gemeinschaftliche Natur der Völker*, trans. Erich Auerbach, 2nd ed. (Berlin: Walter de Gruyter, 2000), 31쪽; Erich Auerbach, "Vico and Aesthetic Historism," *Journal of Aesthetics and Art Criticism* 8, no.2 (1949), 116쪽. 아우어바흐의 독일어 번역은 비코가 1744년에 펴낸 『새로운 학문』의 최종판을 바탕으로 했다. 아우어바흐는 비코에게서 헤르더와 루소 같은 초기 낭만주의자의 전조를 보았다. Auerbach, *Literary Language and Its Public*, 13-14쪽에 수록된 그의 서문 「목적과 방법」 참조. 참조. 또 아우어바흐와 비코의 관계에 대한 논의는 예를 들면 Luiz Costa Lima, "Erich Auerbach: History and Metahistory," *New Literary History* 19, no.3 (1988), 467-499쪽; Timothy Bahti, "Vico, Auerbach, and Literary History," *Philological Quarterly* 60, no.2 (1981), 235-255쪽 참조.
10. "Der leidige Katholizismus [liess Vico] den modernen Begriffdes Fortschritts nicht finden." 아우어바흐의 머리말, Vico, *Die neue Wissenschaft*, 39쪽. 독일어 번역본 재판 후기에서 빌헬름 슈미트비게만은 아우어바흐가 『새로운 학문』에서 발췌한 부분은 이 18세기 학자를

현대의 세속적 역사철학의 창시자로 정확히 지목하는 부분이라고 말한다. Vico, *Die neue Wissenschaft*, 455쪽.

11. 『새로운 학문』의 최초 독일어판은 빌헬름 에른스트 베버의 번역으로 1822년에 나왔다. 비코의 역사철학에 대한 개론은 Anne Eusterschulte, "Kulturentwicklung und -verfall: Giambattista Vicos kulturgeschichtliche Anthropologie," *Humanismus in Geschichte und Gegenwart*, ed. Richard Faber and Enno Rudolph (Tübingen: Mohr Siebeck, 2002), 17-44쪽 참조.
12. Auerbach, "Vico and Aesthetic Historism," 117-118쪽.
13. 비코의 관점은 로빈 조지 콜링우드(1889-1943)와 베네데토 크로체(1866-1952)의 역사철학을 형성했다. 네드 커토이스는 비코와 아우어바흐가 사이드에게 미친 영향을 논한다. Ned Curthoys, "Edward Said's Unhoused Philological Humanism," *Edward Said: The Legacy of a Public Intellectual*, ed. Ned Curthoys and Debjani Ganguly (Melbourne: Melbourne University Press, 2007), 152-175쪽.
14. 바우어바흐는 「목적과 방법」이라는 제목의 서문에서 자신의 목적은 항상 역사를 쓰는 데 있었다고 주장한다. Auerbach, *Literary Language and Its Public*, 20쪽.
15. 편지는 1924년 3월 5일자다. Barck, "Erich Auerbach in Berlin," 208쪽에 인용돼 있다.
16. 아우어바흐와 벤야민의 관계를 다룬 글 Robert Kahn, "Eine 'List der Vorsehung': Erich Auerbach und Walter Benjamin," *Erich Auerbach: Geschichte und Aktualität eines europäischen Philologen*, ed. Martin Treml and Karlheinz Barck (Berlin: Kulturverlag Kadmos, 2007), 153-166쪽 참조. 아우어바흐와 벤야민의 지리적·지적 교차에 대해서는 Barck, "Erich Auerbach in Berlin," 195-214쪽 참조.
17. Carlo Ginzburg, "Auerbach und Dante: Eine Verlaufsbahn," *Erich Auerbach: Geschichte und Aktualität eines Philologen*, 33쪽; Barck, "Erich Auerbach in Berlin," 210쪽.
18. 로베르트 칸은 에른스트 로베르트 쿠르티우스, 에리히 아우어바흐, 벤야민이 프루스트를 일찍 받아들였음을 논한다. Kahn, "Eine 'List der Vorsehung,'" 154-155쪽.
19. "Image of Proust"라는 에세이는 Walter Benjamin, *Illuminations: Essays and Reflections*, ed. H. Arendt (New York: Schocken Books, 1969), 201-215쪽에 영어로 번역되어 있다.
20. "Marcel Proust: Der Roman von der verlorenen Zeit"라는 제목의 이 글은 Erich Auerbach, *Gesammelte Aufsätze zur Romanischen Philologie* (Bern: Francke Verlag, 1967), 296-300쪽에 재수록되었다. 이 내용에 대한 논의는 Kahn, "Eine 'List der Vorsehung,'" 156쪽 참조.
21. "*Die Suche nach der verlorenen Zeit* ist eine Chronik aus der Erinnerung—in der an Stelle der empirischen Zeitenfolge die geheime und oft vernachlässigte Verknüpfung der Ereignisse tritt, die der rückwärts blickende und in sich selbst blickende Biograph der Seele als die eigentliche empfindet." Auerbach, *Gesammelte Aufsätze zur Romanischen Philologie*, 300쪽.
22. 아우어바흐의 머리말, Vico, *Die neue Wissenschaft*, 14쪽 참조.
23. ". . . unabhängig von der Atmosphäre seiner Zeit und seiner Umgebung." 아우어바흐의 머리말, 같은 책, 16쪽. "Ist es überhaupt vorzustellen, daß ein Mensch völlig vereinzelt und außerhalb seiner Zeit lebt? Letzten Endes natürlich nicht." Vico, *Die neue Wissenschaft*, 18쪽.
24. Erich Auerbach, *Dante: Poet of the Secular World* (Chicago: University of Chicago Press,

1961), 83, 175쪽.

25. "... seine innere Leidenschaft zur Wahrheit und seine fanatische Versunkenheit waren so stark, daß er wie im Traum durch das irdische Leben ging." 아우어바흐의 머리말, Vico, *Die neue Wissenschaft*, 15쪽 참조.

26. "... läuft der ungeheure Roman zwischen seinen wenigen Motiven und Ereignissen wie in einem Käfig, ohne die Welt, die dicht daran vorbeiströmt, zu sehen und ohne ihren Lärm zu hören." Auerbach, *Gesammelte Aufsätze zur Romanischen Philologie*, 297쪽. 또 Kahn, "Eine 'List der Vorsehung,'" 156쪽과도 비교.

27. "In eine neue Welt, deren Fremdheit so durchtränkt ist von der Erinnerung des Wirklichen, daß sie als die eigentliche, das Leben aber als ein Fragment und als Traum erscheint, bannt Dante seine Hörer, und in dieser Einheit aus Wirklichkeit und Entrückung liegen die Wurzeln seiner psychagogischen Macht." Erich Auerbach, *Dante als Dichter der irdischen Welt*, 2nd ed. (Berlin: Walter de Gruyter, 2001), 211-212쪽. 만하임의 번역에서는 이 구절이 오해를 불러일으킨다. Auerbach, *Dante: Poet of the Secular World*, 173쪽.

28. 그럼에도 불구하고 벤야민은 이 논문을 1928년에 책으로 출간했다. Walter Benjamin, *Zum Ursprung des deutschen Trauerspiels* (Berlin: Ernst Rowohlt, 1928). 아우어바흐 역시 『미메시스』의 「음악가 밀러」 장에서 사실주의와 부르주아 희곡 문제를 다루었다.

29. 어느 선집에서 독일과 오스트리아에서 박해받은 로망스 학자들의 운명에 대해 조사한다. Hans Helmut Christmann and Frank-Rutger Hausmann, eds., *Deutsche und Österreichische Romanisten als Verfolgte des Nationalsozialismus* (Tübingen: Stauffenburg Verlag, 1989). 아우어바흐를 비롯한 여러 로망스학자들의 생애를 다룬 에세이는 Hans Ulrich Gumbrecht, *Vom Leben und Sterben der großen Romanisten: Carl Vossler, Ernst Robert Curtius, Leo Spitzer, Erich Auerbach, Werner Krauss*, ed. Michael Krüger (München: Carl Hanser Verlag, 2002) 참조.

30. 미국의 독일인 이주민 연구는 Werner Berthold, Brita Eckert, and Frank Wende, *Deutsche Intellektuelle im Exil: Ihre Akademie und die "American Guild for German Cultural Freedom"* (München: Saur, 1993); Martin Jay, *Permanent Exiles: Essays on the Intellectual Migration from Germany to America* (New York: Columbia University Press, 1985); Helge Pross, *Die Deutsche Akademische Emigration nach den Vereinigten Staaten 1933-1941* (Berlin: Dunckner & Humboldt, 1955); Laura Fermi, *Illustrious Immigrants: The Intellectual Migration from Europe, 1930-1941* (Chicago: University of Chicago Press, 1968) 참조. 특정한 학문 분야의 이주에 초점을 맞춘 연구는 Herbert A. Strauss, Klaus Fischer, Christhard Hoffmann, and Alfons Söllner, *Die Emigration der Wissenschaften nach 1933: Disziplingeschichtliche Studien* (München: Saur, 1991) 참조. 터키 망명 연구는 Jan Cremer and Horst Przytulla, *Exil Türkei: Deutschsprachige Emigranten in der Türkei 1933-1945* (München: Verlag Karl M. Lipp, 1991); Horst Widmann, *Exil und Bildungshilfe: Die deutschsprachige akademische Emigration in die Türkei nach 1933* (Bern: Herbert Lang, 1973) 참조. 토마스 만, 베르톨드 브레히트, 테오도어 아도르노, 아르놀트 쇤베르크 등 로스앤젤레스의 독일인 망명객 연구

는 Ehrhardt Bahr, *Weimar on the Pacific: German Exile Culture in Los Angeles and the Crisis of Modernism* (Berkeley: University of California Press, 2007) 참조.

31. 아우어바흐는 1921년에 그라이프스발트대학교에 제출한 이력서에 "Ich bin Preuße, jüdischer Konfession und wohne in Berlin-Charlottenburg"라고 썼다. Martin Treml, "Auerbachs imaginäre jüdische Orte," *Erich Auerbach: Geschichte und Aktualität eines europäischen Philologen*, ed. Karlheinz Barck and Martin Treml (Berlin: Kulturverlag Kadmos, 2007), 235쪽에서 재인용. 아우어바흐가 르네상스 초기 이탈리아 및 프랑스에서 나온 노벨레(중편소설) 기법을 다룬 박사학위 논문은 Erich Auerbach, *Zur Technik der Frührenaissancenovelle in Italien und Frankreich* (Heidelberg: C. Winter, 1921)라는 책으로 출판되었다.
32. Mattenklott, "Erich Auerbach," 15-30쪽; James I. Porter, "Auerbach and the Judaizing of Philology," *Critical Inquiry* 35 (2008), 115-147쪽; Treml, "Auerbachs imaginäre jüdische Orte," 230-251쪽.
33. 에리히 아우어바흐가 독일 본대학교의 철학, 사회학, 심리학 교수인 에리히 로타커에게 보낸 편지, 1933년 1월 29일자. Elsky, Vialon, and Stein, "Scholarship in Times of Extremes," 745쪽.
34. 아우어바흐와 크라우스가 주고받은 편지는 처음에 Karlheinz Barck, "Eine unveröffentlichte Korrespondenz: Erich Auerbach/Werner Krauss," *Beiträge zur Romanischen Philologie* 26, no.2 (1987), 301-326쪽에 실렸으며, 나중에는 Karlheinz Barck, "Eine unveröffentlichte Korrespondenz (Fortsetzung), Erich Auerbach/Werner Krauss," *Beiträge zur Romanischen Philologie* 27, no.1 (1988), 161-186쪽에도 실렸다.
35. "Er hat in den Tagen des Anfangs der Judenhetze sich so von diesem Leid zu distanzieren, ja sogar persönlich zu jubilieren gewußt—empörte, aber zuverlässige Berichte haben es mir mitgeteilt—, daß ich, nun er einsehen gelernt hat daß er mit uns allen anderen auf einer Galeere sitzt, schwerlich zu ihm finden kann: wer in entscheidenden Augenblicken nicht weiß wo er zu stehen hat, darf sich nicht wundern wenn er weiter als Fremdling behandelt wird. Sie wissen daß ich kein 'überzeugter Jude' bin, ja daß ich das Beste dem christlichen Einfluß verdanke—aber es gibt doch so etwas wie ein 'atavistisches Solidaritätsgefühl' in der Not." Leo Spitzer, "Letter to Karl Löwith on 21 April 1933" (Literaturarchiv Marbach, A: Löwith 99.17.113/1).
36. Karl Löwith, *Mein Leben in Deutschland vor und nach 1933: Ein Bericht* (Stuttgart: Metzler, 1986), 107쪽. 또 스피처가 카를 야스퍼스에게 보낸 편지에서 카를 뢰비트가 이스탄불에서 일자리를 얻을 가능성에 대해 논의한 내용 참조. Leo Spitzer, "Letter to Karl Jaspers, 5 December 1935" (Literaturarchiv Marbach, A: Jaspers 75.14541).
37. 시에나에서 카를 포슬러에게 보낸 편지, 1935년 9월 15일자. Elsky, Vialon, and Stein, "Scholarship in Times of Extremes," 747쪽.
38. 클렘퍼러는 임용권자들에게 자신을 부각시키고자 로망스학 말고도 독일학과 비교문학도 가르칠 수 있다고 했다. 1935년 5월 2일자 일기, Victor Klemperer, *Ich will Zeugnis ablegen bis zum letzten, vol. 1: Tagebücher 1933-1941*, ed. Walter Nowojski (Berlin: Aufbau-Verlag,

1996), 196쪽.

39. 1935년 5월 15일자, 같은 책, 201쪽.

40. 1935년 8월 12일자. 클렘퍼러는 이렇게 썼다. "'Es liegt zwar am äußeren Rande—man sieht nach Asien hinüber—, aber es liegt doch in Europa,' hat mir Dember gesagt, als er mir vor zwei Jahren von seiner Berufung an die Universität Istanbul berichtete." Victor Klemperer, *LTI: Notizbuch eines Philologen* (Berlin: Aufbau-Verlag, 1947), 168쪽. 에밀리 앱터의 글에서 뎀버가 클렘퍼러에게 보낸 편지를 언급하는 내용 참조. Emily Apter, "Global *Translatio*: The 'Invention' of Comparative Literature, Istanbul, 1933," *Critical Inquiry* 29, no.2 (2003), 266쪽.

41. Klemperer, *Ich will Zeugnis ablegen*, 168쪽.

42. Klemperer, *LTI*, 169쪽.

43. 같은 곳.

44. 1936년 7월 8일자 일기. "ein langer Brief von Blumenfelds in Lima: ich beneide sie, und sie fühlen sich im Exil." Klemperer, *Ich will Zeugnis ablegen*, 280쪽.

45. "Wie kann man Sehnsucht haben nach einem Europa, das keines mehr ist?" Klemperer, *LTI*, 169쪽.

46. 1935년 7월 21일자 일기, Klemperer, *Ich will Zeugnis ablegen*, 211쪽.

47. 굼브레히트는 자전적 에세이에서 나치 집권기에 쿠르티우스가 취한 어정쩡한 입장에 대해 논한다. Gumbrecht, *Vom Leben und Sterben*, 49-70쪽. 또 Walter Boehlich, "Ein Haus, in dem wir atmen können: Das Neueste zum Dauerstreit um den Romanisten Ernst Robert Curtius," *Die Zeit* 50 (1996), 52쪽도 참조. 앱터도 쿠르티우스에 대해 짤막하게 다룬다. Apter, "Global *Translatio*," 260쪽 참조. 내면적 이주와 독일 문학에 대해서는 Cathy Gelbin, "Elisabeth Langgässer and the Question of Inner Emigration," *Flight of Fantasy: New Perspectives on Inner Emigration in German Literature, 1933-1945*, ed. Neil H. Donahue and Doris Kirchner (New York: Berghahn, 2003), 269-276쪽; Stephen Brockmann, "Inner Emigration: The Term and Its Origins in Postwar Debates," *Flight of Fantasy: New Perspectives on Inner Emigration in German Literature, 1933-1945*, ed. Neil H. Donahue and Doris Kirchner (New York: Berghahn, 2003), 11-26쪽 참조.

48. 카를 포슬러에게 시에나에서 보낸 편지, 1935년 9월 15일자. Elsky, Vialon, and Stein, "Scholarship in Times of Extremes," 747쪽.

49. 로베르트 칸은 이것이 베르톨트 브레히트의 주소였을 것으로 본다. Kahn, "Eine 'List der Vorsehung,'" 161쪽.

50. 발터 벤야민에게 로마에서 보낸 편지, 1935년 10월 23일자. Elsky, Vialon, and Stein, "Scholarship in Times of Extremes," 747쪽. 원래 아우어바흐가 벤야민에게 쓴 편지들은 카를하인츠 바르크가 발견해 Karlheinz Barck, "5 Briefe Erich Auerbachs an Walter Benjamin in Paris," *Zeitschrift für Germanistik* 9, no.6 (1988), 688-694쪽에 처음으로 공개했다. 또 영어 번역본은 Karlheinz Barck and Anthony Reynolds, "Walter Benjamin and Erich Auerbach: Fragments of a Correspondence," *Diacritics* 22, no.3/4 (1992), 81-83쪽에 처음 출판됐다.

51. "파리를 다룬 당신의 책 말인데, 저는 그 책에 관해 오래전부터 알고 있었습니다. 언제부터인가 '파리의 파사주'라 부르기로 했지요. 그것은 진정한 기록자료가 될 것입니다. 기록자료라는 것을 읽는 사람들이 아직 남아 있다면 말입니다." 아우어바흐가 발터 벤야민에게 피렌체에서 보낸 편지, 1935년 10월 6일자. Elsky, Vialon, and Stein, "Scholarship in Times of Extremes," 748쪽.
52. Walter Benjamin, *Berliner Kindheit um neunzehnhundert: Mit einem Nachwort von Theodor W. Adorno* (Frankfurt am Main: Suhrkamp, 1987).
53. 같은 곳.
54. Auerbach, *Dante: Poet of the Secular World*, 83쪽.
55. 같은 책, 76쪽.
56. 같은 책, 99쪽. 쿠르트 플라슈가 번역한 영어본을 바꿔 여기 인용했다. 원본은 Auerbach, *Dante als Dichter der irdischen Welt*, 124쪽 참조.
57. 카를 포슬러에게 보낸 편지, 1936년 9월 15일자. Elsky, Vialon, and Stein, "Scholarship in Times of Extremes," 747쪽.
58. 같은 책, 759쪽에서 Elsky, Vialon, and Stein이 제시한 견해이다.
59. 아우어바흐가 터키에서 처음 발표한 두 편의 논문 중 하나는 플로베르와 스탕달, 발자크의 작품 속 미메시스에 대한 연구였다. Erich Auerbach, "Über die ernste Nachahmung des Alltäglichen," *Romanoloji Semineri Dergisi* 1 (1937), 262-294쪽. 이 글은 『미메시스』의 「라몰 후작댁」 장과 어느 정도 중복된다.
60. Erich Auerbach, *Neue Dantestudien: Sacrae scripturae sermo humilis; Figura; Franz von Assisi in der Komödie. Dante Hakkında Yeni Araştırmalar*, ed. Robert Anhegger, Walter Ruben, and Andreas Tietze, Istanbuler Schriften—Istanbul Yazıları (Istanbul: İbrahim Horoz Basimevi, 1944), 66쪽.
61. 클렘퍼러는 이런 정보를 어느 이탈리아인 강사로부터 얻었다. 1936년 7월 17일자 일기. Klemperer, *Ich will Zeugnis ablegen*, 286쪽.
62. 1936년 7월 16일자 일기. 같은 책, 281쪽. 뉘른베르크 법에 따르면 클렘퍼러는 유대인으로 간주되었다. 그가 세례 받은 그리스도교 신자였다는 사실은 유럽에서 유대인을 모조리 "정화"하고자 한 나치에게 별 관심거리가 되지 못했다. 클렘퍼러가 드레스덴에서 쫓겨나 절멸수용소로 보내지지 않은 것은 그의 아내 에바가 나치로부터 아리아인으로 간주되었기 때문일 가능성이 있다. 나치 독일에 갇힌 그는 일기에 이렇게 썼다. "내가 독일인이라는 사실을 입증하기 위해 더없이 치열하게 싸웠다. ……나는 여기에 매달려야 한다. 나는 독일인이다. 나머지 사람들은 독일인이 아니다. 결정적인 것은 정신이지 혈통이 아니다." Victor Klemperer, *I Will Bear Witness: A Diary of the Nazi Years, 1942-1945* (New York: Random House, 1998), 51쪽.
63. 1936년 7월 17일자 일기. Klemperer, *Ich will Zeugnis ablegen*, 286쪽.
64. "M. Auerbach a particuilèrement travaillé sur l'histoire littérature de la France et de l'Italie, qu'il met en rapport avec les plus grand courants de civilisation (Antiquité, Christianisme, Laïcisation modern) et il sait voir la civilisation occidentale du dehors, en critique"[원문대

로]. 여기서 위원회는 프랑스와 이탈리아의 문학사를 공부했고 주요 문명 충동을 다뤘다는 이유를 들어 아우어바흐가 낫다고 주장했다. 위원회는 아우어바흐가 거리를 둔 관점에서 "서방 문명"을 바라볼 수 있다는 말로써 대학교의 행정가들에게 확신을 심어주려 했다. 임용위원회는 이 보고서를 1936년 5월 대학교 행정 당국에 제출했다. Istanbul Üniversitesi Arşivi (이스탄불대학교 기록보관소), Auerbach Dosyası.

65. "19 haziran 1936, Kültür Bakanlığı Onuruna. Profesör Spitzer'in yerine Profesör Auerbach veya Rheinfelder'den birinin seçilmesi meselesinde Berlin Talebe Ispekterimiz Reşat Şemsettin ve Elçimiz Hamdi ile görüştüm. Elçimiz müsavi şartlar altında bile Almanya ile münasebeti kesilmiş bir profesörün alınmasının Üniversite lehine olduğu kanaatindedir. Müsavi olmıyan şartlarda ise üstün yahudinin tercih edilmesine, almanların hiçbir şey diyemiyeceklerini ve demediklerini söylemiştir. Profesör Hellmanda uğradığımız dezillüsion göz önünde tutularak bu işe Yüksek Vekâletlerince çabuk karar verilmesini, saygılarımla dilerim. Üniversite Rektörü." 같은 곳.
66. 앙리 페르도 아우어바흐를 불가지론자로 규정한다. Henri Peyre, "Erich Auerbach," *Marburger Gelehrte in der ersten Hälfte des 20. Jahrhunderts*, ed. Ingeborg Schnack (Marburg: Veröffentlichungen der Historischen Kommission für Hessen, 1987), 10-11쪽. 페르의 글을 논하면서 마르틴 트레믈도 아우어바흐의 불가지론과 세속적 생활방식을 언급한다. Treml, "Auerbachs imaginäre jüdische Orte," 236쪽.
67. Robert Grudin, "Humanism," *Encyclopædia Britannica Online*, https://www.britannica.com/topic/humanism [옮긴이: 2019. 8. 13. 열람]
68. Victor Klemperer, *Der alte und der neue Humanismus* (Berlin: Aufbau-Verlag, 1953), 8쪽.
69. James Harvey Robinson, ed., *Petrarch: The First Modern Scholar and Man of Letters* (New York: Knickerbocker Press, 1898), 308쪽.
70. Grudin, "Humanism."
71. 재연(再演)을 통해 과거에 다가가는 접근법에 대해서는 Vanessa Agnew, "Introduction: What Is Reenactment?" *Criticism* 46, no.3 (2004), 327-339쪽; Vanessa Agnew, "History's Affective Turn: Historical Reenactment and Its Work in the Present," *Rethinking History* 11, no.3 (2007), 299-312쪽 참조.
72. Erich Auerbach, *Introduction to Romance Languages and Literature: Latin, French, Spanish, Provençal, Italian*, trans. Guy Daniels from French (New York: Capricorn Books, 1961), 131쪽.
73. Klemperer, *Der alte und der neue Humanismus*, 8쪽.
74. Auerbach, *Introduction to Romance Languages and Literature*, 131쪽 이하. 콘스탄티노폴리스 함락과 비잔티움 학자들의 이탈리아 망명이 가져온 효과에 대한 논의는 Nancy Bisaha, *Creating East and West: Renaissance Humanists and the Ottoman Turks* (Philadelphia: University of Pennsylvania Press, 2004), 94-134쪽에 수록된 "Straddling East and West: Byzantium and Greek Refugees" 장 참조.
75. Auerbach, *Introduction to Romance Languages and Literature*, 131쪽.

76. '후마니타스(humanitas)'는 현대의 영어 '휴머니티(humanity)'와 연관된 특징인 이해, 자비, 동정심, 연민 말고도 용기, 판단, 신중, 능변, 명예를 사랑하는 태도도 함축하고 있었다. Grudin, "Humanism."
77. Klemperer, *Der alte und der neue Humanismus*, 17쪽.
78. 같은 책, 23쪽.
79. 인문주의의 쇠퇴에는 물론 그 이외의 요소도 작용했다. 과학과 기술의 발전, 고고학의 발견, 세계 정치경제 구조의 변화에 따른 영향도 포함된다.
80. Suzanne Marchand, "Nazism, Orientalism and Humanism," *Nazi Germany and the Humanities*, ed. Wolfgang Bialas and Anson Rabinbach (Oxford: Oneworld, 2007), 273쪽. 마천드는 독일어권, 고전고대 사상, 동방학을 20세기 초의 주요한 세 가지 문화 준거점으로 본다.
81. 같은 책, 271쪽. 나치 독일에서 헬레니즘 애호주의가 쇠퇴한 것에 대해서는 Suzanne L. Marchand, *Down from Olympus: Archaeology and Philhellenism in Germany, 1750-1970* (Princeton, NJ: Princeton University Press, 1996), 341-354쪽 참조.
82. 파리 국제회의에 관심을 갖게 해준 줄리아 헬에게 감사한다. 마천드는 나치 독일에서 머물던 비유대인 인문주의자는 거의 없었으며, 남은 인문주의자들은 '독재적 인문주의'로 퇴보하고 말았다고 말한다. Marchand, "Nazism, Orientalism and Humanism," 272쪽.
83. Wolfgang Klein, ed., *Paris 1935: Erster Internationaler Schriftstellerkongreß zur Verteidigung der Kultur. Reden und Dokumente. Mit Materialien der Londoner Schriftstellerkonferenz 1936* (Berlin: Akademie-Verlag, 1982), 9-10쪽.
84. 참가자들의 명단은 같은 책, 36쪽 참조.
85. "Sie ist unser gemeinsames Gut, sie ist uns allen gemein, ist international." 같은 곳.
86. 고리키는 파리로 갈 수 없었기에 이 의회의 밑바탕에 깔린 전제를 고찰하는 글을 써서 보냈다. Maxim Gorki, "Von den Kulturen," *Internationale Literatur: Zentralorgan der Internationalen Vereinigung Revolutionärer Schriftsteller* 5, no.9 (1935), 10쪽 참조. Klein, *Paris 1935*, 24쪽에서 재인용.
87. "Der sozialistische Humanismus ist der komplexe und komplette Gegensatz des Faschismus." 같은 책, 156쪽에 수록된 클라우스 만의 발언 참조.
88. 같은 책, 192쪽에 수록된 니장의 발언 참조.
89. 같은 책, 23-25, 457-458쪽.
90. 아우어바흐와 스피처 모두 『신곡』에서 단테가 직접 독자에게 던지는 말의 의미에 몰두했다. 이에 관한 모범적인 글로는 Leo Spitzer, "The Addresses to the Reader in the Commedia," *Italica* 32, no.3 (1955), 143-165쪽 참조. 클렘퍼러는 1953년 강연에서 1917년 10월 혁명이 시작될 때 레닌은 "모두에게"라는 연설에서 공화국 국민 사이의 인종, 국가, 성별의 차이를 제거했다고 주장했다. Klemperer, *Der alte und der neue Humanismus*, 18쪽. 클렘퍼러는 10월혁명 이후 교육개혁과 소련 국민의 문맹퇴치운동이 지닌 중요성을 강조했다. 클렘퍼러는 이런 "낡은" 인문주의에는 20세기 사회주의 개혁에서 되살려 실행할 만한 것이 있다고 보았는데, "현세적 인간의 능력인 감각과 지성" 개발에 헌신하는 태도가 그것이었다. Klemperer, *Der alte und der neue Humanismus*, 21쪽.

91. 이 인문주의자 국제회의에 관한 정보를 제공해준 볼프강 클라인에게 감사한다. 야콥 카드리가 언급된 프로그램에 대해서는 회의 의사록의 프랑스어 개정판 참조.
92. Klein, *Paris 1935*, 221쪽.
93. 파리 회의가 열린 뒤인 1937년에 야콥 카드리는 『망명』이라는 소설을 출간했는데, 세기 전환기에 파리에 있었던 오스만 망명객의 이야기를 담았다. 주인공은 동방과 서유럽의 차이를 생각하면서 유럽 문화의 그리스·로마적 기반에 대해서도 생각한다. 이 소설에 대한 분석을 보려면 Beatrix Caner, *Türkische Literatur: Klassiker der Moderne* (Hildesheim: Georg Olms, 1998), 230쪽 참조.
94. 아르메니아인 집단학살에서 탈라트 파샤가 한 역할에 대해서는 Taner Akçam, *A Shameful Act: The Armenian Genocide and the Question of Turkish Responsibility* (New York: Metropolitan Books, 2006) 참조.
95. 이 유대계 오스트리아 작가는 다마스쿠스에서 아르메니아인 아이들이 수족을 절단당하고 굶주리는 것을 목격하고 나서 "아르메니아인의 불가해한 운명"을 다룬 글을 쓰기로 결심했다. Franz Werfel, *Die vierzig Tage des Musa Dagh* (Frankfurt am Main: Fischer, 2006)에 수록된 프란츠 베르펠의 1933년 머리말 참조.
96. 앤더슨은 1890년대와 1910년대 아르메니아인 집단학살에 대한 독일인의 반응을 살펴본다. 그녀는 독일 좌파는 다양한 정치적 이유를 들어 유럽의 다른 나라 좌파에 비해 집단학살을 대중에 알리는 데 소홀했다고 주장한다. Margaret Lavinia Anderson, "'Down in Turkey Far Away': Human Rights, the Armenian Massacres, and Orientalism in Wilhelmine Germany," *Journal of Modern History* 79, no.1 (March 2007), 93쪽.
97. Isaak Behar, *Versprich mir, daß Du am Leben bleibst: Ein jüdisches Schicksal* (Berlin: Ullstein, 2002), 21-22쪽.
98. 1924년 아들이 태어나자 젊은 아우어바흐 부부는 슈타인플라츠 광장의 아파트로 이사했다. 이 광장은 겨우 3년 전 탈라트 파샤가 살해된 곳이다.

2장

1. "Berlin dışında en büyük Alman Üniversitesi." Necdet Sakaoğlu, *Cumhuriyet Dönemi Eğitim Tarihi* (Istanbul: Iletişim Yayınları, 1993), 77쪽.
2. 1933년 한 해에만 40명의 학자가 고용됐다. 이스탄불의 독일 영사관 보고서에 따르면 1935년 이스탄불대학교에 있던 독일인 학자 수는 총 46명, 그중 5명은 교육부가 이스탄불로 보낸 사람이었다. 이 1935년 5월 22일자 보고서는 독일 외무부 기록보관소에 보관되어 있다. Politisches Archiv des Auswärtigen Amts, Akten des Generalkonsulats Istanbul, GK Istanbul 164, Band III 1935-1936.
3. Traugott Fuchs, *Çorum and Anatolian Pictures* (Istanbul: Boğaziçi Üniversitesi, Cultural Heritage Museum Publications, 1986), 13쪽.
4. 제2차 세계대전 이후 하인츠 안스토크는 이스탄불 독일학교의 교장이 되었다.
5. 뤼스토브의 역사 해석에 관한 논의는 Kathrin Meier-Rust, *Alexander Rüstow: Geschichtsdeu-*

tung und liberales Engagement (Stuttgart: Klett-Cotta, 1993) 참조. 망명생활 동안 에른스트 폰 아스터는 철학사에서 터키인의 역할에 관한 짧은 논문을 썼고, 클레멘스 보슈는 헬레니즘사 책을 출간했으며, 알렉산더 뤼스토브는 보편문화사를 연구했다. Clemens Bosch, *Helenizm Tarihinin Anahatları*, Edebiyat Fakültesi Yayınlarından (Istanbul: Istanbul Üniversitesi, 1942/1943); Alexander Rüstow, *Ortsbestimmung der Gegenwart: Eine universalgeschichtliche Kulturkritik* (Erlenbach: Eugen Rentsch Verlag, 1952); Ernst von Aster, *Die Türken in der Geschichte der Philosophie* (Istanbul: Devlet Basımevi, 1937).

6. Hans Reichenbach, *Experience and Prediction: An Analysis of the Foundations and the Structure of Knowledge* (Chicago: University of Chicago Press, 1938). 이 책이 1938년에 미국에서 출간되면서 라이헨바흐는 터키를 떠났다.
7. 이스탄불동방연구소의 설립자 헬무트 리터는 1947년 아우어바흐에게 보낸 고별 편지에서 여러 해 동안 망명객들을 서로 연결해준 공통의 문화유산 같은 요소들에 대해 요약했다. Hellmut Ritter, "Letter to Erich and Marie Auerbach, 1947," Literaturarchiv Marbach, A: Nachlaß Auerbach.
8. "Betrachtete man die Köpfe, so war die Mannigfaltigkeit und Unterschiedlichkeit der Schädelformen und Physiognomien frappierend. An dieser lebendigen Wirklichkeit gemessen wurde die nationalsozialistische Rassentheorie zur Farce. Hier, in dem auf der 'Koprü' brodelnden Neben- und Miteinander von Menschentypen, lebte nicht nur das Osmanische Reich als Vielvölkerstaat weiter, sondern es tauchten Gesichtszüge aus dem Altertum auf, deren Ähnlichkeit mit Abbildungen babylonischer, hethitischer, ja ägyptischer, hellenistischer und römischer Skulpturen verblüffend war. Die vieltausendjährige Völkergeschichte Kleinasiens zog an meinen Augen vorüber." Ernst E. Hirsch, *Aus des Kaisers Zeiten durch die Weimarer Republik in das Land Atatürks: Eine unzeitgemäße Autobiographie* (München: Schweitzer, 1982), 181-182쪽.
9. Martin Elsky, Martin Vialon, and Robert Stein, "Scholarship in Times of Extremes: Letters of Erich Auerbach (1933-46), on the Fiftieth Anniversary of His Death," *Publications of the Modern Language Association of America* 122, no.3 (2007), 750-751쪽.
10. 번역운동에 대해 오늘날까지 통틀어 가장 포괄적인 연구를 내놓은 셰흐나즈 타히르 귀르찰라르가 볼 때 이 번역은 새로운 문학의 습속을 확립하기 위한 일종의 방편에 해당된다. Şehnaz Tahir Gürçağlar, *The Politics and Poetics of Translation in Turkey, 1923-1960* (Amsterdam: Rodopi, 2008), 311-312쪽.
11. Edward W. Said, *The World, the Text, and the Critic* (London: Vintage, 1991), 6쪽.
12. 이스탄불의 아우어바흐에 대한 고찰에서 아미르 무프티는 사이드가 아우어바흐를 "엄격한 의미에서 유대적 인물, 소수집단 가운데 가장 뛰어난 소수집단의 일원"이자 "현대 비평에서 모범이 되는 인물"로 해석한다고 지적한다. Aamir R. Mufti, "Auerbach in Istanbul: Edward Said, Secular Criticism, and the Question of Minority Culture," *Edward Said and the Work of the Critic: Speaking Truth to Power*, ed. Paul A. Bové (Durham, NC: Duke University Press, 2000), 236-237쪽 참조.

13. 독일어라는 맥락에서 사이드의 접근법에 대한 비판을 보려면 Nina Berman, "Ottoman Shock-and-Awe and the Rise of Protestantism: Luther's Reactions to the Ottoman Invasions of the Early Sixteenth Century," *Seminar* 41, no.3 (2005), 242쪽 참조.
14. Emily Apter, "Global *Translatio*: The 'Invention' of Comparative Literature, Istanbul, 1933," *Critical Inquiry* 29, no.2 (2003), 263쪽.
15. 에리히 아우어바흐가 요하네스 외슈거에게 보낸 편지, 1938년 5월 27일자. Nachlass Fritz Lieb, Universitätsbibliothek Basel (Handschriftenabteilung), NL 43 (Lieb) Ah 2,1 (마르틴 피알론이 이 편지를 보여주었다). "Es sind nicht nur die Hügel am Ufer mit ihren meist verfallenen Palästen, nicht nur die Moscheen, Minarets, die Mosaiken, Miniaturen, Kunstschriften und Koranversen; sondern auch die unbeschreiblich vielfältigen Menschen mit ihren Lebensund Kleidungsweisen, die Fische und Gemüse, die man zu essen bekommt, der Kaffee und die Cigaretten, der Rest islamischer Frömmigkeit und Formvollendung. Es ist Istanbul im Grunde noch immer eine hellenistische Stadt, denn das arabische, armenische, jüdische und auch das nun herrschende türkische Element verschmelzen oder leben nebeneinander in einem Ganzen, das doch wohl von der alten hellenistischen Form des Kosmopolitismus zusammengehalten wird. Freilich ist alles schlimm modernisiert und barbarisiert, und wird es immer mehr. Die im Ganzen doch wohl sehr kluge und geschickte Regierung kann nichts anderes tun als den Prozess der modernen Barbarisierung beschleunigen."
16. David Lawton, "History and Legend: The Exile and the Turk," *Postcolonial Moves: Medieval through Modern*, ed. Patricia Clare Ingham and Michelle R. Warren (New York: Palgrave Macmillan, 2003), 192쪽.
17. 티머시 브레넌은 이렇게 지적한다. "세계주의의 가치 내지 유용성에 대한 판단은…… 누구의 세계주의 내지 애국심에 대해 논하고 있느냐에 따라, 편견이나 지식, 개방적 태도에 대한 누구의 정의에 대해 말하고 있느냐에 영향을 받는다. 세계주의는 지역적인 한편 그 지역적 성격을 부정한다. 이 부정은 세계주의의 고유한 특징으로서 그 매력에 내재되어 있는 한편 그 지역적 성격을 부정한다." Timothy Brennan, "Cosmo-Theory," *South Atlantic Quarterly* 100, no.3 (Summer 2001), 659-660쪽.
18. Rönesans, "ümmet ruhunun çöküşüyle millet ruhunun teşkili arasında geçmesi zaruri bir dünya vatandaşlığı . . . , bir insancılık devresidir. Rönesans, Yunan ve Latin medeniyetine dönüş manasındadır. Ortaçağdaki canlılığı kaybettirilmiş bir dine karşı tepki hareketi başlamış, laik . . . ahlaka, laik medeniyete iştiyak artmıştır." Ziya Gökalp, "Tevfik Fikret ve Rönesans," *Makaleler V* (Ankara: Kültür Bakanlığı, 1981), 173-175쪽. 이 글은 1917년에 처음으로 출간되었다. Yümni Sezen, *Hümanizm ve Atatürk Devrimleri* (Istanbul: Ayışığıkitapları, 1997), 187쪽에서 재인용.
19. 공화국 체제의 터키에서 국가교육 개념에 괴칼프가 미친 영향은 Sam Kaplan, *The Pedagogical State: Education and the Politics of National Culture in Post-1980s Turkey* (Stanford, CA: Stanford University Press, 2006), 39-42쪽도 참조.

20. Ziya Gökalp, *Millî Terbiye ve Maarif Meselesi* (Ankara: Diyarbakır Tanıtma ve Turizm Derneği Yayınları, 1964), 108쪽. 이 에세이의 제목은 "Maarif Meselesi(교육 문제)"이며 1916년에 쓰였다.
21. 뮈게 괴체크에 따르면 괴칼프의 전망은 "제국의 다른 사회집단에 비해 서구화된 터키 무슬림에게 유리하게 작용했고, 오스만의 종교 소수집단을 배척했으며, 민족에 기반을 둔 터키적 국가주의를 만들어냈다." Fatma Müge Göçek, "The Decline of the Ottoman Empire and the Emergence of Greek, Armenian, Turkish, and Arab Nationalisms," *Social Constructions of Nationalism in the Middle East*, ed. Fatma Müge Göçek (Albany: State University of New York Press, 2002), 38쪽.
22. Ziya Gökalp, *Turkish Nationalism and Western Civilization*, trans. and ed. Niyazi Berkes (New York: Columbia University Press, 1959), 252쪽. 괴칼프는 구체적으로 가족구조와 여성성 관념을 염두에 두고 이렇게 말했다. 번역을 내가 약간 바꾸었다.
23. 니야지 베르케스는 터키 사회학의 기원을 살펴보면서 괴칼프가 뒤르켐의 접근법을 어떻게 가져왔는지 설명한다. Niyazi Berkes, "Sociology in Turkey," *American Journal of Sociology* 42, no.2 (1936), 238-246쪽.
24. Gökalp, *Millî Terbiye ve Maarif Meselesi*, 113쪽.
25. 같은 곳.
26. "Fransada tenkid edebiyattan doğmuş iken Almanyada edebiyat tenkidden doğdu. Biz de ancak bu usulü takibederek milli zevkimizi bulabiliriz." 같은 책, 114쪽. 괴칼프는 프랑스의 인류학자 겸 철학자 뤼시앵 레비브륄을 따라 "비평(tenkid)"을 터키에서 하나의 장르로서 장려할 필요성이 있다고 강조했다. 괴칼프는 프랑스에서는 비평이 문학에서 생겨났지만 독일에서는 문학이 비평에서 나왔다는 레비브륄의 관점을 지지했다. "Maarif Meselesi"라는 제목의 이 에세이는 1916년에 발표되었다.
27. 이 문제를 다룬 논문은 Fritz Klein, "Der Einfluß Deutschlands und Österreich-Ungarns auf das türkische Bildungswesen in den Jahren des Ersten Weltkrieges," *Wegenetz europäischen Geistes: Wissenschaftszentren und geistige Wechselbeziehungen zwischen Mittel- und Südosteuropa vom Ende des 18. Jahrhunderts bis zum Ersten Weltkrieg*, ed. Richard Georg Plaschka and Karlheinz Mack (Wien: Verlag für Geschichte und Politik, 1983), 420-432쪽 참조. 클라인은 독일과 오스트리아가 오스만의 교육체제에 개입한 것은 황제의 야심에서 비롯된 것이라고 주장한다.
28. Ernst Jäckh, *Der aufsteigende Halbmond: Auf dem Weg zum deutsch-türkischen Bündnis* (Stuttgart: Deutsche Verlags-Anstalt, 1915), 72쪽.
29. Oktay Aslanapa, *İstanbul Üniversitesi: Edebiyat Fakültesi Tezleri (1920-1946)* (Istanbul: İsar Vakfı Yayınları, Yıldız Yayıncılık, Reklamcılık, 2004), 18쪽. 독일학자 베르너 리히터(그라이프스발트대학교)가 다륄퓌눈에서 가르쳤다. Mustafa Gencer, *Jöntürk Modernizmi ve "Alman Ruhu"* (Istanbul: İletişim, 2003), 130쪽. 독일이 교수들을 다륄퓌눈으로 파견한 것에 관한 문서 Politisches Archiv des Auswärtigen Amts, Die Universität in Konstantinopel R 64140, Oktober-November 1918; Politisches Archiv des Auswärtigen Amts, Die türkische

Universität zu Konstantinopel (Stambul) R 64141, 1919-1922 참조. 터키 공화국이 수립된 뒤 교육기관에 미친 바이마르 독일의 영향은 문서 Politisches Archiv des Auswärtigen Amts, Die Universität zu Konstantinopel R 64142, 1923 참조.

30. "Bu suretle darülfünun içinde yeni ve ecnebi bir kuvvet olmuştu. Bu kuvvet görevine yalnızca Alman kalmak, Alman görünmek ve Almanca çalışmak noktasında yoğunlaştırdı. Darülfünun ıslahatına Türkler tarafından hiç beklenilmeyen tarzda, teferruat ve zevahirle başladılar. Hasta darülfünunun tedavisi ve şifası için zihinsel üretimi gerek görmeden, daha doğrusu Almanya darülfünuna göre şekil vermek istediler. Belki de az zamanda çok is görmek zaafına uğradılar. Darülfünunun sürüklenmekte olduğu uçuruma onlar da ayaklarını kaptırdılar." Tahir Hatiboğlu, *Türkiye Üniversite Tarihi* (Ankara: Selvi Yayınevi, 1998), 52-53쪽에서 재인용.

31. Politisches Archiv des Auswärtigen Amts, Die Deutschen Schulen in der Türkei, Allgemeines, R 62451, 1915-1917. 한 가지 제안은 오스만 학생들을 독일에서 교육하는 방법으로 이 문제를 우회하자는 것이었다. 다륄퓌눈에서 독일의 개입이 실패한 것에 대한 자세한 보고서는 Politisches Archiv des Auswärtigen Amts, Die Universität in Konstantinopel R 64140, Oktober-November 1918에 보관되어 있는 "Deutsche Universitäts-Professoren in Konstantinopel: Eine Denkschrift" 참조. 오스만의 교육을 둘러싸고 프랑스와 독일이 벌인 경쟁은 독일 대사의 1914년 편지에도 반영되어 있다. Politisches Archiv des Auswärtigen Amts, Der Beirat des türkischen Unterrichtsministers R 63442, 1913.

32. Gencer, *Jöntürk Modernizmi ve "Alman Ruhu,"* 133쪽.

33. Gökalp, *Turkish Nationalism and Western Civilization*, 278쪽.

34. 오스만 교육을 지배한 문화적 이원주의는 Carter Vaughn Findley, *Ottoman Officialdom: A Social History* (Princeton, NJ: Princeton University Press, 1989), 131-173쪽 참조. 오스만의 교육체제에 대한 또다른 연구는 Benjamin C. Fortna, *Imperial Classroom: Islam, the State, and Education in the Late Ottoman Empire* (Oxford: Oxford University Press, 2002) 참조.

35. Benedict Anderson, *Imagined Communities: Reflections on the Origin and Spread of Nationalism* (London: Verso, 1992), 195-197쪽 참조.

36. 알레브 츠나르는 시간 틀이 국민의식에서 지니는 의미에 관한 앤더슨의 논문을 따라, 터키 공화국에서 시간을 창조하고 균질화하고 국가주의화한 것은 "과거, 현재, 미래에 관한 모든 인식을 지배하고 형성하는" 일에 해당한다고 주장한다. Alev Çınar, *Modernity, Islam, and Secularism in Turkey: Bodies, Places, and Time* (Minneapolis: University of Minnesota Press, 2005), 138-139쪽.

37. "그런 만큼 인문과학과 자연과학 양자 모두에서 교육은 이런 긴밀한 상호의존을 출발점으로 삼아야 한다. 자연을 연구하는 과학과 인간의 관심사를 기록하는 문학을 서로 떼어놓는 것을 목표로 삼아서는 안 되며, 역사·문학·경제학·정치학 등 여러 인문과학과 자연과학 양자가 서로 교류하는 것을 목표로 삼아야 한다." John Dewey, *Democracy and Education: The Introduction to the Philosophy of Education* (New York: Macmillan Company, 1922), 334쪽.

38. Mustafa Ergün, *Atatürk Devri Türk Eğitimi*, Ankara Üniversitesi Dil ve Coğrafya Fakültesi

Yayınları, No.325 (Ankara: Ankara Üniversitesi Basımevi, 1982), 110쪽 참조. 그가 터키에 미친 영향은 Sabri Büyükdüvenci, "John Dewey's Impact on Turkish Education," *Studies in Philosophy and Education* 13, no.3-4 (1994), 393-400쪽 참조. 또 John Dewey, *The Middle Works, 1899-1924*, ed. Jo Ann Boydston, vol.15: *1923-1924* (Carbondale: Southern Illinois University Press, 1983)에 수록된 이스탄불의 미국 대사관의 1등 서기관 스코턴의 Robert Scotten, "Preliminary Report on Turkish Education"과 "Letter of Transmittal for Preliminary Report on Turkish Education"도 참조. 현대식 교육을 받은 학자들을 확보하고자 대학생에게 유학 연구비를 지급하자는 제안은 새로운 게 아니었다. 19세기 초부터 오스만 제국은 사회경제적 현대화 개혁을 가속하고자 자국의 최고 학생들을 서유럽으로 보냈다. 일례로 1827년에 술탄 마흐무트 2세는 수백 명의 학생을 서유럽으로 보냈다.

39. 오스만 교육사는 Necdet Sakaoğlu, *Osmanlı Eğitim Tarihi* (Istanbul: İletişim Yayınları, 1993) 참조. 또 오스만은 서방의 피해자일 뿐이라는 동방학적 관념에 오스만이 개입되어 있음을 강조한 벤저민 포트나의 설명도 참조. 그의 주장에 따르면 터키 교육정책은 "서유럽 모델에 크게 의존하는 매우 계몽적인 발전 관념으로 이루어졌지만, 서유럽이 끼치는 유해한 부작용을 개선할 수 있으리라 여겨지는 오스만과 이슬람 요소를 듬뿍 가미했다." Fortna, *Imperial Classroom*, 3쪽.
40. 레시트 갈리프는 국가주의 운동과 비슷한, 역사를 보는 새로운 전망이 나라를 접수했다고 주장했다. 그러나 다륄퓌눈이 이 새로운 변화에 조금이나마 관심을 보이기까지는 3년이란 시간이 걸렸다고 했다. "Yeni bir tarih telakkisi, milli bir hareket halinde ülkeyi sardı. Darülfünun'da buna bir alaka uyandırabilmek için üç yıl kadar beklemek ve uğraşmak lazım geldi." Ernst Hirsch, *Dünya Üniversiteleri ve Türkiyede Üniversitelerin Gelişmesi*, vol.1 (Istanbul: Ankara Üniversitesi Yayımları, 1950), 312쪽에서 재인용.
41. 알베르트 말헤의 보고서 원문은 같은 책, 229-295쪽 참조.
42. 이스탄불대학교 개교식 연설에서 교육부 장관 갈리프는 이 새로운 대학교는 다륄퓌눈과는 아무 연관관계도 없다고 선포했다. 이 연설 녹취록은 Hatiboğlu, *Türkiye Üniversite Tarihi*, 118쪽에서 볼 수 있다.
43. 나즘 으렘은 이 시기에 터키인 교수진의 해고로 이어진 케말주의에 대한 갖가지 상반된 해석을 볼 수 있는 혜안을 제공한다. 으렘은 사회주의 성향의 잡지 『카드로』를 중심으로 활동한 사람들이 대학교의 개혁과 보수적인 교수 해고를 지지했다고 주장한다. 1935년 파리 인문주의자 국제회의에 초청됐던 야쿱 카드리 카라오스마놀루는 카드로계 인사였다. Nazım Irem, "Turkish Conservative Modernism: Birth of a Nationalist Quest for Cultural Renewal," *International Journal of Middle East Studies* 34, no.1 (2002), 101-102쪽.
44. Philipp Schwartz, *Notgemeinschaft: Zur Emigration deutscher Wissenschaftler nach 1933 in die Türkei* (Marburg: Metropolis-Verlag, 1995), 48, 66쪽.
45. Jan Cremer and Horst Przytulla, *Exil Türkei: Deutschsprachige Emigranten in der Türkei 1933-1945* (München: Verlag Karl M. Lipp, 1991), 27쪽. 베를린의 행동하는미술관 협회에서는 1933-1945년 사이에 1,040명의 독일인이 터키로 이주한 것으로 추산한다. *Mitgliederrundbrief*, vol.43 (Berlin: Verein Aktives Museum: Faschismus und Widerstand in Berlin, May

2000, http://www.aktives-museum.de/fileadmin/user_upload/Extern/Dokumente/rundbrief-43.pdf (2009. 3. 20. 열람), 9. [옮긴이: 2019. 9. 30. 열람]

46. Annemarie Schwarzenbach, "Die Reorganisation der Universität von Stambul," *Neue Zürcher Zeitung*, 03. Dezember 1933, 8면 (Sonntagsbeilage).

47. 같은 글.

48. 일례로 바이마르 교육부에서 파견한 학자들이 1930년 앙카라 농업대학교의 기초를 놓았다. 이 대학교의 간략한 역사에 대해서는 Horst Widmann, *Exil und Bildungshilfe: Die deutschsprachige akademische Emigration in die Türkei nach 1933* (Bern: Herbert Lang, 1973), 37-39쪽 참조.

49. Istanbul University, Chaire de Philologie Romane à la Faculté des lettres, 1936년 12월 11일자, Literaturarchiv Marbach, Nachlaß Erich Auerbach, Zugehörige Materialien 참조.

50. "MUSTAFA KEMAL . . . und seine Freunde hatten grandiose Pläne für die Wiedergeburt des türkischen Volkes ausgearbeitet; sie sahen aber nicht, wie diese ausgeführt werden könnten. Und nun erlaubte ein Zufall, eine groteske Verirrung der Geschichte die Verwirklichung: Ich brachte auserlesene Produkte einer Jahrhunderte alten Tradition, Gelehrte und Forscher, die sich nach einem scheinbaren Zusammenbruch der Welt, zu welcher sie gehörten, in ihrer Mission hier nun bestätigt sehen würden." Schwartz, *Notgemeinschaft*, 46쪽.

51. 갈리프는 이날이 역사적으로 특별한 날이라고 지적했다. "Als vor fast 500 Jahren Konstantinopel fiel, beschlossen die byzantinischen Gelehrten das Land zu verlassen. Man konnte sie nicht zurückhalten. Viele von ihnen gingen nach Italien. Die Renaissance war das Ergebnis. Heute haben wir uns vorbereitet, von Europa eine Gegengabe zu empfangen. Wir erhofften eine Bereicherung, ja, eine Erneuerung, unserer Nation. Bringen Sie uns Ihr Wissen und Ihre Methoden, zeigen Sie unserer Jugend den Weg zum Fortschritt. Wir bieten Ihnen unsere Dankbarkeit und unsere Verehrung an." 같은 책, 47쪽에서 재인용. 터키어 원문은 Hatiboğlu, *Türkiye Üniversite Tarihi*, 111쪽 참조.

52. 해리 레빈은 에리히 아우어바흐와 레오 스피처에 관한 글에서 비잔티움 학자들이 오스만인을 피해 탈출한 것과 유대인 학자들이 미국으로 탈출한 것을 서로 연결한다. "20세기 디아스포라 역사가 완전히 기록되면 우리는 15세기 콘스탄티노폴리스가 함락된 뒤 촉매적 지식이 서방으로 흘러든 사건과 닮았음을 검증할 수 있게 될 것이다. 20세기 대탈출을 초래한 사건들의 규모, 망명객이 탈출한 나라의 수, 그들의 재능 수준, 학문 분야의 다양함을 감안할 때, 우리는 그때까지 기회가 있을 때마다 우리의 행로와 마주친 사람들의 운명을 추적해봄으로써 작게나마 이 작업에 착수할 따름이다. 유럽 학부들의 손실은 우리에게는 큰 이득이 되었고 그 덕에 미국 고등교육은 완전히 성숙할 수 있었다." Harry Levin, "Two *Romanisten* in America: Spitzer and Auerbach," *The Intellectual Migration: Europe and America, 1930-1960*, ed. Donald Fleming and Bernard Bailyn (Cambridge, MA: Belknap Press of Harvard University Press, 1969), 480쪽 참조.

53. Sezen, *Hümanizm ve Atatürk Devrimleri*, 187쪽; *Gökalp, Millî Terbiye ve Maarif Meselesi*, 131쪽.

54. 아타츠에 대한 짤막한 전기는 Asım Bezirci, *Nurullah Ataç: Yaşamı, Kişiliği, Eleştiri Anlayışı, Yazıları* (Istanbul: Varlık Yayınları, 1983) 참조.

55. Nurullah Ataç, *Diyelim* (Istanbul: Varlık Yayınları, 1954), 40-43쪽.

56. 인문주의와 서구화에 관한 논의는 Tarık Z. Tunaya, *Türkiyenin Siyasi Hayatında Batılılaşma Hareketleri* (Istanbul: Yedigün Matbaası, 1960), 156-158쪽 참조.

57. Kaplan, *Pedagogical State*, 42쪽. 케말주의 정부에서 이슬람이라는 난제에 관한 논의는 Sultan Tepe, *Beyond the Sacred and the Secular: Politics of Religion in Israel and Turkey* (Stanford, CA: Stanford University Press, 2008), 86-98쪽 참조.

58. 윕니 세젠은 인문주의와 세속적 터키라는 아타튀르크의 이상 간의 연관관계를 지적한다. Sezen, *Hümanizm ve Atatürk Devrimleri*, 196-198쪽.

59. "Hümanizmacı. . . fikirlerin müşterek esası, kendi kendimizi batılı metodlara uyarak tanımak, âdeta *keşfetmek* olarak özetlenebilir." Tunaya, *Türkiyenin Siyasi Hayatında Batılılaşma Hareketleri*, 159쪽.

60. Hirsch, *Dünya Üniversiteleri ve Türkiyede Üniversitelerin Gelişmesi*, 284-285쪽.

61. 같은 곳.

62. 임용 절차에 대한 논의는 이 책 1장 참조. 임용위원회 보고서는 Istanbul Üniversitesi Arşivi (Istanbul University Archive), Auerbach Dosyası에 보관되어 있다.

63. Cemil Bilsel, "Dördüncü Yıl Açış Nutku," *Üniversite Konferansları 1936-1937*, İstanbul Üniversitesi Yayınları No.50 (Istanbul: Ülkü Basımevi, 1937), 9-10쪽.

64. 발터 벤야민에게 보낸 1937년 1월 3일자 편지에서 아우어바흐는 자신을 비롯한 학자들이 이스탄불에서 이룩한 변화에 대해 언급하고 있다. Karlheinz Barck, "5 Briefe Erich Auerbachs an Walter Benjamin in Paris," *Zeitschrift für Germanistik* 9, no.6 (1988), 691쪽. 스피처와 아우어바흐를 비롯한 학자들이 이스탄불대학교에서 문헌학을 확립한 일은 Şebnem Sunar, "Türkiye Cumhuriyeti'nin Batılılaşma Sürecinde Filolojinin Örgütlenmesi (İstanbul Üniversitesi Alman Filolojisi Örneğinde)"(출간되지 않은 학위논문, Istanbul University, 2003) 참조. 이스탄불에서 독일학이 시작된 것에 대한 연구를 보여준 셰브넴 수나르에게 감사를 표한다.

65. Lydia H. Liu, *Translingual Practice* (Stanford, CA: Stanford University Press, 1995), xx쪽. 오스만 제국의 마지막 국면에 관해 뮈게 괴체크도 "새로운 의미를 만들고 그 경계를 결정하는 데 역사와 문학의 전망이 매우 중요한 역할을 했고, 이것이 다시 교육체제를 거쳐 재생산되었다"고 주장한다. Göçek, "Decline of the Ottoman Empire," 44쪽.

66. 인종주의 사고가 이 학부에 미친 영향에 대한 비판적 탐구로는 Nazan Maksudyan, *Türklüğü Ölçmek: Bilimkurgusal Antropoloji ve Türk Milliyetçiliğinin Çehresi, 1925-1939* (Istanbul: Metis, 2005) 참조.

67. Bern Nicolai, *Moderne und Exil: Deutschsprachige Architekten in der Türkei 1925-1955* (Berlin: Verlag für Bauwesen, 1998), 142쪽. 브루노 타우트는 1938년에 터키에서 죽었다. 건물은 그로부터 2년 뒤에 완공되었다.

68. 그리스-터키 간 강제 인구 교환에 대해서는 Aslı Iğsız, "Repertoires of Rupture: Recollecting

the 1923 Greek-Turkish Compulsory Religious Minority Exchange" (출간되지 않은 학위 논문, University of Michigan, 2006) 참조.

69. 오스만 시대에 젊은 작가 외메르 세이펫틴이 처음 이 경향에 반대했다. Suat Sinanoğlu, *Türk Humanizmi* (Ankara: Türk Tarih Kurumu Basımevi, 1980), 92쪽 참조.

70. 이 부분에서 나는 윔니 세젠의 논거를 따른다. Sezen, *Hümanizm ve Atatürk Devrimleri*, 191쪽.

71. Sinanoğlu, *Türk Humanizmi*, 189쪽.

72. Bernard Lewis, *From Babel to Dragomans: Interpreting the Middle East* (Oxford: Oxford University Press, 2004), 426쪽.

73. 독일인 망명객 교수들의 가르침이 미친 영향은 아우어바흐의 조교였던 귀진 디노의 회고록에서 더듬어볼 수 있다. Güzin Dino, *Gel Zaman Git Zaman: Anılar* (Istanbul: Can Yayınları, 1991), 87-88쪽.

74. ". . . das herrliche bithynische Brussa, das Sie sich nach Lage und Charakter wie ein islamisches Perugia vorstellen mögen." 아우어바흐가 요하네스 외슈거에게 보낸 편지, 1938년 5월 27일자.

75. Dankwart A. Rüstow, *Politics and Westernization in the Near East* (Prince ton, NJ: Princeton University Press, 1956), 15쪽. 당크바르트 뤼스토브는 자신의 부친이 한 망명 연구를 언급했다. A. Rüstow, *Ortsbestimmung der Gegenwart*, 127쪽.

76. 제1차 세계대전 때 리터는 독일-오스만 동맹의 번역자로 일하며 오스만 제국의 급속한 쇠퇴를 직접 목격했다. 1926년에 동성애자라는 이유로 함부르크대학교 동방연구소 교수직에서 해임되어 이스탄불에 정착했다.

77. 리터가 스승 C. H. 베커에게 보낸 편지에서 발췌, 1931년 8월 15일자. Thomas Lier, "Hellmut Ritter in Istanbul 1926-1949," *Die Welt des Islams* 38, no.3 (1998), 351-352쪽에서 재인용. "Warum kann man nun einmal nicht fassen, dass. . . es eine wissenschaft geben soll, die nicht zu dem schluss kommt, dass die Türken nachkommen der Hetiter sind und dass es nicht unnational ist, das zu bestreiten? Theologie verwandelte sich in nationologie, statt religiöser Ketzer gibt es politische, das ist der ganze unterschied gegen früher. Gebundene marschrute so oder so. Dass in einem volk tiefste religiöse bindung und grösste geistige freiheit nebeneinander leben können, dass man ein modernes volk sein kann und doch historische denkmäler schützen kann, und doch sektierereien dulden kann, doch den bauern ihre tracht lassen kann, das geht in keinen orientalischen kopf."

78. "Aber er hat alles, was er getan hat, im Kampf gegen die europäischen Demokratien einerseits und gegen die alte mohammedanisch-panislamitische Sultanswirtschaft andererseits durchsetzen müssen, und das Resultat ist ein fanatischer antitraditioneller Nationalismus: Ablehnung aller bestehenden mohammedanischen Kulturüberlieferung, Anknüpfung an ein phantastisches Urtürkentum, technische Modernisierung im europäischen Verstande. . . . Resultat: Nationalismus im Superlativ bei gleichzeitiger Zerstörung des geschichtlichen Nationalcharakters." Barck, "5 Briefe Erich Auerbachs an Walter Benjamin," 692쪽. 영문 번

역본은 Karlheinz Barck and Anthony Reynolds, "Walter Benjamin and Erich Auerbach: Fragments of a Correspondence," *Diacritics* 22, no.3/4 (1992), 82쪽 참조.

79. 이 편지는 1938년 6월 5일자로 되어 있다. "Manches, besonders das Verhältnis der gegenwärtig hier herrschenden Richtung zur eigenen Kulturtradition, das ganz negativ ist, ist für unsereinen traurig und sogar manchmal, durch den Vergleich mit dem, was anderswo im gleichen Sinne geschieht, gespenstisch. Aber das ist für die Lage des Landes zunächst zwangsläufig, auf eine allmähliche Reaktion kann man hoffen, wenn erst die dringendsten Modernisierungsaufgaben abgeschlossen sind—und im übrigen muss man schon sagen, dass es hier eine ruhige, zielbewußte und auch nach der Lage der Dinge vergleichsweise freie Regierung gibt." Erich Auerbach, "Ein Exil-Brief Erich Auerbachs aus Istanbul an Freya Hobohm in Marburg—versehen mit einer Nachschrift von Marie Auerbach (1938), Transkribiert und kommentiert von Martin Vialon," *Trajekte* 9 (2004), 11쪽.
80. 같은 곳.
81. Erich Auerbach, *Gesammelte Aufsätze zur Romanischen Philologie* (Bern: Francke Verlag, 1967), 305쪽.
82. Louis-Jean Calvet, *Language Wars and Linguistic Politics* (Oxford: Oxford University Press, 1998), 186-187쪽.
83. "Freilich ist alles schlimm modernisiert und barbarisiert, und wird es immer mehr. Die im Ganzen doch wohl sehr kluge und geschickte Regierung kann nichts anderes tun als den Prozess der modernen Barbarisierung beschleunigen. Sie muss das arme und nicht arbeitsgewohnte Land organisieren, ihm moderne und praktische Methoden beibringen, damit es leben und sich wehren kann; und wie überall geschieht das im Zeichen eines puristischen Nationalismus, der die lebende Tradition zerstört, und sich teils auf ganz phantastische Urzeitvorstellungen, teils auf modern-rationale Gedanken stützt. Die Frömmigkeit wird bekämpft, die islamistische Kultur als arabische Überfremdung betrachtet, man will zugleich modern und rein türkisch sein, und es ist so weit gekommen, dass man die Sprache und Abschaffung der alten Schrift, durch Entfernung der arabischen Lehnworte und ihren Ersatz teils durch 'türkische' Neubildungen, teils durch europäische Entlehnungen völlig zerstört hat: kein junger Mensch kann mehr die ältere Literatur lesen—und es herrscht eine geistige Richtungslosigkeit, die äusserst gefährlich ist." 아우어바흐, 요하네스 외슈거에게 보낸 편지, 1938년 5월 27일자.
84. Ataç, *Diyelim*, 98-99쪽.
85. 같은 책, 42-43쪽.
86. Orhan Burian, *Denemeler Eleştiriler* (Istanbul: Can Yayınları, 1964), 18쪽.
87. Celâleddin Ezine, "Türk Humanizmasinin İzahı," *Hamle* 1 (1940), 7쪽. "Çünkü milletler, özlerinden bir şey katmadan Latin ve Grek örneklerinin yalnız mukalidleri olabilmişlerdi."
88. 같은 글, 10쪽.
89. 함디 탄프나르가 1940년대에 발표한 에세이들의 재판본을 보려면 Ahmet Hamdi Tanpınar,

Edebiyat Üzerine Makaleler (Istanbul: Milli Eğitim Basımevi, 1969), 61-71쪽 참조.

90. "Kuvvetli bir kesafetli bir tercüme devresi geçirmeyen kültürler, rahmetsiz kalmış topraklar gibi kurumaya, verimsiz kalmaya mahkûmdurlar." Faruk Yücel, "Türkiye'nin Aydınlanma Sürecinde Çevirinin Rolü," *Hacettepe Üniversitesi Edebiyat Fakültesi Dergisi* 23, no.2 (2006), 216쪽.
91. 네즈데트 사카올루는 마을학회의 구조 전반을 자세히 다룬다. Sakaoğlu, *Cumhuriyet Dönemi Eğitim Tarihi*, 89-100쪽.
92. 그 예로 미나 우르간이 번역한 발자크의 『서른 살 여인』의 머리말 참조. H. de Balzac, *Otuz Yaşındaki Kadın*, trans. Mina Urgan (Istanbul: Milli Eğitim Basımevi, 1946).
93. 같은 책, 머리말. 이집트의 번역과 서구화와 관련한 정치 연구는 Richard Jacquemond, "Translation and Cultural Hegemony: The Case of French-Arabic Translation," *Rethinking Translation: Discourse, Subjectivity, Ideology*, ed. Lawrence Venuti (New York: Routledge, 1992), 139-158쪽 참조. 19세기 이집트에서 프랑스 문학작품을 아랍어로 번역한 것에 대해서는 Carol Bardenstein, *Translation and Transformation in Modern Arabic Literature: The Indigenous Assertions of Muhammad 'Uthman Jalal* (Wiesbaden: Harrassowitz, 2005) 참조.
94. 1966년까지 번역된 작품을 총망라한 이 비교는 아드난 외튀켄의 자서전에 바탕을 둔다. Adnan Ötüken, *Klasikler Bibliyografyası 1940-1966* (Ankara: Ayyıldız Matbaası, 1967). 그리고 Gürçağlar, *Translation in Turkey*, 166쪽도 참조.
95. 번역자가 함께 표시된 작품 전체 목록은 Ötüken, *Klasikler Bibliyografyası 1940-1966* 참조.
96. Murat Katoğlu, "Cumhuriyet Türkiye'sinde Eğitim, Kültür, Sanat," *Cumhuriyet Dönemi Edebiyat Çevirileri Seçkisi*, ed. Öner Yağcı (Ankara: Kültür Bakanlığı Yayınları, 1999), 332쪽. 1940년에서 1948년까지 번역된 작품 전체 목록은 Adnan Ötüken, *Klasikler Bibliyografyası 1940-1948* (Ankara: Milli Eğitim Basımevi, 1949) 참조. 살리하 파케르는 아리스토텔레스보다 플라톤을 우선적으로 번역했음을 지적한다. 그리스어·라틴어 번역은 대개 프랑스어를 중간언어로 삼았다. Saliha Paker, "Changing Norms of the Target System: Turkish Translations of Greek Classics in Historical Perspective," *Studies in Greek Linguistics: Proceedings of the 7th Linguistics Conference* (Thessaloniki: Aristotelian University of Thessaloniki, 1986), 218쪽. 이 논문에서 파케르는 호메로스의 『일리아스』와 『오디세이아』를 옮긴 오스만 최초의 번역서에 대해서도 살펴본다.
97. "İçinde bulunmaya mecbur olduğumuz medeniyet dünyasının kökü, eski Yunan'dadır. Bu ilkenin duyuluşu demek olan Hümanizma iyi anlaşılmadıkça, bu gerçek, şu veya bu türlü taasupçu fikirlere sapılarak inkâr olunur, bir asırdır beklediğimiz düşünüş kalkınması olamaz veya uçak devrinde kağnınınkine benzer bir ağırlıkta yürür." F. Yücel, "Türkiye'nin Aydınlanma Sürecinde Çevirinin Rolü," 215쪽에서 재인용.
98. "Müellif bizden olmıyabilir, bestekâr başka milletten olabilir. Fakat o sözleri ve sesleri anlıyan ve canlandıran biziz. Onun için Devlet Konservatuvarının temsil ettiği piyesler, oynadığı operalar bizimdir, Türktür ve millîdir." 이 연설의 터키어 원문 발췌본과 독일어 번역문은 Mustafa Çıkar, *Hasan-Âli Yücel und die türkische Kulturreform* (Bonn: Pontes Ver-

lag, 1994), 65-66쪽 참조.

99. Ezine, "Türk Humanizmasinin İzahı," 10쪽.

100. Tunaya, *Türkiyenin Siyasi Hayatında Batılılaşma Hareketleri*, 159쪽. 인용문의 작은따옴표는 내가 넣었다.

101. Burian, *Denemeler Eleştiriler*, 43-45쪽. 1938년에 실린 아타튀르크의 원래 사망기사는 제목이 「르네상스」였다.

102. "Türk Devrimi. . . İslamlığın dogma'larını kökünden söküp atmıştır." 같은 책, 11-19쪽에 "Humanizma ve Biz"라는 제목으로 실린 1935년 에세이 참조. 이 글은 원래 『위젤』이라는 잡지에 게재되었다.

103. 윔니 세젠은 인문주의와 세속적 터키 국민이라는 아타튀르크의 전망 간의 연관성을 지적한다. Sezen, *Hümanizm ve Atatürk Devrimleri*, 196-198쪽.

104. 식민지에서 마주치는 문화적 미메시스에 관한 연구는 바버라 푹스 참조. 푹스는 문화적 미메시스를 "유령의 집 거울, 눈부신 반사광, 기만자, 감쪽같은 복제품, 이중간첩—의태, 즉 같음을 보여주기 위해 고의로 연기해 필연적으로 원본을 위협하거나 최소한 원본을 변형시키는 것"으로 정의한다. 푹스가 정의한 문화적 미메시스는 식민지 맥락에서 흉내내기의 기능을 논한 호미 바바의 관점에 가깝다. Barbara Fuchs, *Mimesis and Empire: The New World, Islam, and European Identities* (Cambridge: Cambridge University Press, 2001), 5쪽.

105. Barck, "5 Briefe Erich Auerbachs an Walter Benjamin," 691쪽.

106. 터키로 들어오는 유대인 이민에 관한 레피크 사이담의 성명은 이 책 3장 참조.

107. 앱터는 "비교문학이 세계적인 학문 분야로, 적어도 그 초기 모습으로 발명될 조건을 만든 것은 터키의 언어정책과 유럽의 문헌학 인문주의의 불안정한 교배였다"고 주장한다. Apter, "Global *Translatio*," 263, 277쪽.

108. 1947년 미국으로 떠나기 전에 아우어바흐는 베르너 크라우스에게 편지를 썼다. ". . . ein hiesiger Kollege, der Psycholog Peters, einst Jena, nennt mich, nicht ohne Ironie, den 'Europäologen.'" Karlheinz Barck, "Eine unveröffentlichte Korrespondenz (Fortsetzung), Erich Auerbach / Werner Krauss," *Beiträge zur Romanischen Philologie* 27, no.1 (1988), 165쪽.

109. 독일에서 고대 그리스 문화의 지위가 쇠퇴하고 있었음을 연구한 Suzanne L. Marchand, *Down from Olympus: Archaeology and Philhellenism in Germany, 1750-1970* (Princeton, NJ: Princeton University Press, 1996) 참조.

110. Ahmet Hamdi Tanpınar, *Yaşadığım Gibi*, 2nd ed. (Istanbul: Dergah Yayınları, 1996), 70쪽. 이 신문 칼럼은 1945년 1월 1일자로 실렸다.

111. "Almanya Roma olmak istiyordu. Kendisini Kartaca yaptı. . . . Bugünkü Avrupa, Roma'nın parçalanmasından doğmuştur. Onun için ikinci bir Roma doğamaz. . . . Valéry, bir yazısında, 'Medeniyetlerin insanlar gibi ölümlü olduğunu artık öğrendik.' der. Medeniyet ağacı hiçbir zaman bu savaşta olduğu kadar kökünden sallanmadı. Çatı ile temelin birbirine karışmasından korkulan günler geçirdik. Bu tecrübenin bir daha tekrarlanmaması lâzımdır." 같은 책, 78-79쪽. 이 신문 칼럼은 1945년 5월 16일자로 『윌퀴』지에 실렸다.

112. 개관을 보려면 Erik J. Zürcher, *Turkey: A Modern History* (London: I. B. Tauris & Co.,

1998), 209-214쪽 참조.

113. Apter, "Global *Translatio*," 269쪽.

114. Sakaoğlu, *Cumhuriyet Dönemi Eğitim Tarihi*, 99쪽.

115. Uğur Mumcu, *40' ların Cadı Kazanı* (Istanbul: Tekin Yayınevi, 1990), 70, 142쪽.

116. Çıkar, *Hasan-Âli Yücel und die türkische Kulturreform*, 79쪽.

117. 번역 사업은 1950년에 끝났다. Sakaoğlu, *Cumhuriyet Dönemi Eğitim Tarihi*, 106쪽. 또 Çıkar, *Hasan-Âli Yücel und die türkische Kulturreform*, 59쪽도 참조.

118. 터키 대학들은 1930년대 말 터키라는 국민국가의 선전도구라는 낙인이 찍혔다. 3차 교육기관을 위한 새로운 행정 구조를 요구하는 목소리가 있었지만, 제2차 세계대전 직후 위젤이 대학교에게 자율권을 줄 때까지 해결되지 않았다.

119. Katoğlu, "Cumhuriyet Türkiye'sinde Eğitim, Kültür, Sanat," 332쪽.

120. Tanpınar, *Yaşadığım Gibi*, 32-33쪽. 탄프나르는 1951년 1월 25일자로 실린 "Kültür ve Sanat Yollarında Gösterdiğimiz Devamsızlık"라는 칼럼에서 탄지마트 시대 이후로 번역이 지닌 중요성에 대해 썼다. 그가 1951년 3월 2일자로 쓴 "Medeniyet Değiştirmesi ve İç İnsan"라는 제목의 후속 기사도 참조. (두 칼럼 모두 *Yaşadığım Gibi*에 수록되어 있다.)

121. 1980년 군사정변 이후의 교육정책은 Kaplan, *Pedagogical State* 참조.

122. 사바핫틴 에위볼루는 또 에른스트 쿠르티우스, 몽테뉴, 플라톤, 셰익스피어의 작품을 번역하기도 했다.

123. 아즈라 에르하트는 회고록에 이렇게 썼다. "Spitzer yaşamımda bir dönüm noktasıdır, hem geleceğime yön veren, hem de öğretisi ve yöntemiyle o gün bu gün çalışmalarıma damgasını veren bilgindir. Leo Spitzer olmasaydı ben bugün ben olamazdım, dünya görüşüm bu olmaz, anılarımı da açık seçik bir dille iletemezdim sana." Azra Erhat, *Gülleylâ'ya Anılar (En Hakiki Mürşit)* (Istanbul: Can Yayınları, 2002), 135쪽.

124. 토도로바는 지역적 실체나 국민적 실체의 대안으로 역사적 유산이라는 범주를 분석에 활용할 것을 제안한다. Maria Todorova, "Spacing Europe: What Is a Historical Region?" *East Central Europe/L'Europe du Centre-Est* 32, no.1-2 (2005), 59-78쪽. 이를 터키 맥락에 적용하면, 토도로바의 접근법은 예컨대 에르하트가 고대 아나톨리아 문화를 어떻게 현대 터키의 문화유산으로 인식했는가를 조명해준다.

125. Sabahattin Eyüboğlu, *Mavi ve Kara: Denemeler (1940-1966)* (Istanbul: Çan Yayınları, 1967), 283쪽에 수록된 에위볼루의 에세이 "Ilyada ve Anadolu" 참조. 문제의 글귀에 대해서는 Michael de Montaigne, *Works of Michael de Montaigne: Comprising His Essays, Journey into Italy, and Letters, with Notes from All the Commentators, Biographical and Bibliographical Notices, Etc.*, vol.2, ed. W. Hazlitt and O. W. Wight (New York: H. W. Derby, 1861), 528쪽 참조.

126. 15세기 필사본은 1912년에 오스만 터키어로 번역되었다. 영어 번역본은 Kritovoulos, *History of Mehmed the Conqueror*, trans. C. T. Riggs (Princeton, NJ: Princeton University Press, 1954), 181-182쪽 참조. 메흐메트 2세의 트로이아 이야기를 주목하게 해준 마르틴 트레믈에게 감사한다. 메흐메트 2세의 트로이아 방문을 다룬 논문은 Robert Ousterhout, "The

East, the West, and the Appropriation of the Past in Early Ottoman Architecture," *Gesta* 43, no.2 (2004), 165-176쪽; Can Bilsel, "Our Anatolia": Organicism and the Making of Humanist Culture in Turkey," *Muqarnas* 24 (2007), 223-241쪽 참조.

127. Eyüboğlu, *Mavi ve Kara*, 284쪽.

128. 에위볼루는 1965년에도 "Bizim Anadolu"라는 글과 "Halk"라는 글에서 터키와 고대 그리스의 관계에 대해 썼다. 같은 책, 5-11, 14-19쪽.

129. 여기서 젤랄 카디르에게 신세를 졌다. 그는 내게 미메시스를 현실 묘사만이 아닌 "미메시스의 연출"로도 볼 수 있다는 영감을 주었다. 집필중인 책에서 아우어바흐를 다룬 장을 보게 해준 것에 감사한다. Djelal Kadir, *Memos from the Besieged City: Lifelines for Cultural Sustainability* (Stanford, CA: Stanford University Press, 2011).

130. 탄프나르에 따르면 동방과 서방의 차이는 특정 현실 속에서 자신의 위치를 어디에 두느냐 하는 데에 있었다. 그의 관점에서 서구 문명을 가능하게 한 것은 역사의 일관성이었다. Tanpınar, *Yaşadığım Gibi*. 이 신문 칼럼은 1960년 9월 6일자로 『줌후리예트』지에 실렸다. 이 문장을 단테의 어느 작품에서 인용했는지는 확인할 수 없었다.

131. 여기서 나는 프란츠 보이믈의 미메시스 정의를 일부 따르고 있다. 보이믈은 미메시스란 상상된, 그러나 규범으로 확립된 현실을 묘사하는 것이라고 주장한다. 그렇지만 같은 이유로 현실 자체가 미메시스에 선행하지는 않는다고 주장한다. 보이믈의 관점에서 현실은 미메시스적 재현의 결과물이다. Franz H. Bäuml, "Mimesis as Model: Medieval Media-Change and Canonical Reality," *Mimesis: Studien zur literarischen Repräsentation/Studies on Literary Presentation*, ed. Bernhard F. Scholz (Tübingen: Francke Verlag, 1998), 78쪽.

132. 디페시 차크라바르티는 인도 역사에서 현대성을 개념화할 때 생기는 한 가지 딜레마는 특정 형태의 유럽을 현대성과 등치시키게 되는 과정이라고 본다. Dipesh Chakrabarty, "Postcoloniality and the Artifice of History: Who Speaks for 'Indian' Pasts?" *The Decolonization Reader*, ed. James D. Le Sueur (New York: Routledge, 2003), 444쪽.

133. 비유럽 역사에 대한 차크라바르티의 입장 참조. 같은 곳.

3장

1. Albert Einstein, "Einstein on His Theory: Time, Space, and Gravitation," *The Times*, 1919년 11월 28일자, 14쪽.

2. "... ein von der westlichen Pest unberührtes Land." 이 이미지는 터키 관리들과 긴밀히 접촉하며 재외독일인학자원조기구를 통해 망명객 고용을 협상한 슈바르츠 같은 망명객에게서 유래한다. 그는 교육부 장관 갈리프에게 유럽인이 터키에 들어오면 독일학자의 치욕스러운 추방이 상쇄될 수 있을 거라고 말했다. Philipp Schwartz, *Notgemeinschaft: Zur Emigration deutscher Wissenschaftler nach 1933 in die Türkei* (Marburg: Metropolis-Verlag, 1995), 45쪽.

3. Arnold Reisman, "Jewish Refugees from Nazism, Albert Einstein, and the Modernization of Higher Education in Turkey (1933-1945)," *Aleph: Historical Studies in Science and Judaism* 7 (2007), 264쪽.

4. 이에 관한 기록보관소 자료의 해석은 Rıfat Bali, *Sarayın ve Cumhuriyetin Dişçibaşısı Sami Günzberg* (Istanbul: Kitabevi, 2007), 89-107쪽 참조. 발리는 19세기 중반 헝가리에서 오스만 제국으로 이주한 아슈케나지 유대인인 사미 귄즈베르그가 아인슈타인의 제안을 위해 또다른 중재자로 했던 역할에 대해 탐구한다.
5. 가드 프로이덴탈과 아르놀트 라이스만이 프랑스어로 된 이뇌뉘의 편지를 영어로 번역했다. Reisman, "Jewish Refugees," 266-267쪽.
6. 이 공문 용지에는 "Pour la protection de la santé des populations juives(유대인 인구의 보건을 위하여)"라는 아동원조협회의 목적이 명시되어 있었다.
7. 세파르디 유대인과 독일계 유대인의 대이주를 공통의 맥락에 위치시킨 출판물로는 Rıfat N. Bali, *Cumhuriyet Yıllarında Türkiye Yahudileri: Bir Türkleştirme Serüveni* (Istanbul: İletişim, 1999); Avner Levi, *Türkiye Cumhuriyeti'nde Yahudiler* (Istanbul: İletişim, 1992); Stanford J. Shaw, *Turkey and the Holocaust: Turkey's Role in Rescuing Turkish and European Jewry from Nazi Persecution, 1933-1945* (Hampshire, UK: Macmillan Press, 1993) 참조.
8. Levi, *Türkiye Cumhuriyeti'nde Yahudiler*, 103쪽.
9. Şemseddin Günaltay, "Açış Dersi: Türklerin Ana Yurdu ve Irki Mes'elesi," *Üniversite Konferansları 1936-1937*, İstanbul Üniversitesi Yayınları No.50 (Istanbul: Ülkü Basımevi, 1937), xiii쪽.
10. "Kafaları, bedeni teşekkülleri, iltisaki dilleri Türklerin aynı olan Sümerler . . . " 같은 책, 10쪽.
11. 귀날타이의 이 강의는 1930년대의 터키사 연구가 취한 방향을 나타낸다. 베네딕트 앤더슨의 이론을 뼈대로 삼은 아타튀르크의 국가 건설 사업의 논의에 대해서는 Alev Çınar, *Modernity, Islam, and Secularism in Turkey: Bodies, Places, and Time* (Minneapolis: University of Minnesota Press, 2005) 참조. 터키사연구소는 1931년에 설립되었다.
12. 터키 역사를 오스만 역사로부터 분리시킨 것은 그때까지도 오스만 역사에서는 술탄의 계보와 그 군사적 업적에 몰두하고 있었다는 사실로 정당화되었다. 그와 대조적으로 터키 역사는 국민의 역사를 관심사로 삼게 되어 있었다. 터키와 오스만의 역사 분리에 관한 토론은 오늘날 터키가 아르메니아인 집단학살을 자국의 역사적 유산으로 받아들이기를 거부하고 있다는 사실에 비추어볼 때 광범위하게 파장을 일으킬 수 있는 토론이다.
13. 페르시아인 역사학자 레쉬뒷딘의 이름은 '라쉬드 알딘,' 또는 '라쉬둣딘'으로도 표기된다. 귀날타이는 여기서 18세기 프랑스의 중국학자 조제프 드 기녜에 대해 말하고 있다. Günaltay, "Açış Dersi," 1쪽.
14. "Bu mehareti göstermek, bir yahudi dönmesi olduğu rivayet edilen Reşidüddin için müşkül bir iş olamazdı." 같은 글, 4쪽.
15. 된메는 15세기 스페인의 '콘베르소(converso)'와 비교할 수 있지만 같다고 보아서는 안 된다. 삽바타이 세비(또는 삽바타이 체비)는 자신이 유대인 구세주라 선언하면서 오스만의 술탄을 폐위시킬 계획을 세웠으나 이스탄불에서 투옥되어 있는 동안 이슬람으로 개종했다. 특히 살로니카에 있던 추종자 수백 명이 함께 개종했다. 1930년대에 삽바타이 세비에 관심을 가졌던 게르숌 숄렘은 1957년에 삽바타이 운동의 포괄적 역사를 히브리어로 처음 출간했다. 나중에 영어로 번역되었다. Gershom Scholem, *Sabbatai Sevi: The Mystical Messiah,*

1626-1676 (Princeton, NJ: Princeton University Press, 1973).

16. 이 문제에 관한 글은 Marc Baer, "The Double Bind of Race and Religion: The Conversion of the Dönme to Turkish Secular Nationalism," *Comparative Study of History and Society* 46, no.4 (2004), 682-708쪽 참조.
17. 삽바타이 세비와 추종자의 배교에 대한 간략한 역사는 Avigdor Levy, *The Sephardim in the Ottoman Empire* (Princeton, NJ: Darwin Press, 1992), 84-89쪽 참조. 레비는 이 삽바타이 종파를 유대인은 '미님(minim, 분파)'으로, 무슬림은 '된메'로 불렀다고 지적한다. 이 용어에 대한 더 자세한 논의는 Abdurrahman Küçük, *Dönmeler (Sabatayistler) Tarihi* (Ankara: Alperen Yayınları, 2001), 181-204쪽 참조. 20세기의 삽바타이 종파에 대한 포괄적인 논의는 Baer, "Double Bind"와 Ilgaz Zorlu, *Evet, Ben Selanikliyim: Türkiye Sabetaycılığı* (Istanbul: Belge Yayınları, 1998) 참조.
18. 아슬란다쉬와 브착츠가 펴낸 인기 정치용어 사전에서는 '된메'라는 용어가 '트로이의 목마처럼 행동하면서 자신의 은밀한 의도를 추구하는 자'라는 뜻으로 쓰인다는 것을 입증하고 있다. Alper Sedat Aslandaş and Baskın Bıçakçı, *Popüler Siyasi Deyimler Sözlüğü* (Istanbul: İletişim Yayınları, 1995), 196-198쪽. 근래에 얄츤 퀴취크와 소네르 얄츤은 반동 성향의 정치적 목적으로 '된메'라는 용어를 동원했다. 예컨대 Yalçın Küçük, *İsimlerin Ibranileştirilmesi: Tekelistan-Türk Yahudi İsimleri Sözlüğü* (Istanbul: Salyangoz Yayınları, 2006) 참조.
19. 압두라만 퀴취크는 터키에서 정치적 위기가 있으면 된메가 음모집단에 속한다는 관념이 다시 동원된다고 주장한다. A. Küçük, *Dönmeler (Sabatayistler) Tarihi*, 441-443쪽 참조.
20. Günaltay, "Açış Dersi," 13쪽.
21. Homi Bhabha, *The Location of Culture* (London: Routledge, 1994), 122쪽.
22. 그 대안으로 유럽의 일부가 되기 위한 여러 가지 수단이 제안되었다. 1925년에 급진 개혁자 압둘라 제브데트는 통혼하여 "피를 섞으면" 터키의 유럽화로 이어지는 길이 닦일 것이라고 했다. 이를 위해 그는 이탈리아인과 독일인의 터키 이주를 장려하자고 제안했다. Tarık Z. Tunaya, *Türkiyenin Siyasi Hayatında Batılılaşma Hareketleri* (Istanbul: Yedigün Matbaası, 1960), 81쪽. 혼혈로써 "터키 인종"을 개량하자는 압둘라 제브데트의 전망은 어떠한 지지도 받지 못했다.
23. "터키어 쓰기" 운동에 대한 분석은 Bali, *Cumhuriyet Yıllarında Türkiye Yahudileri*, 131-158쪽 참조. 이 운동은 이스탄불대학교의 일부 법학과 학생들이 시작했다. Yelda, *Istanbul' da, Diyarbakır' da Azalırken* (Istanbul: Belge, 1996), 204쪽 참조. 언어를 유대인 동화의 도구로 보는 점에서 터키와 독일 사이에 흥미로운 연관관계가 있다. 나치 언어학자 슈미트로르는 1917년에 인종과 언어는 서로 관련이 있다고 보고 독일어가 동화의 힘으로 작용하는 전망을 내놓았다. Christopher M. Hutton, *Linguistics and the Third Reich: Mother-Tongue Fascism, Race and the Science of Language* (London: Routledge, 1999), 288-294쪽.
24. 무니스 테키날프의 국가주의적 믿음에 대한 논의를 보려면 Ergun Hiçyılmaz and Meral Altındal, *Büyük Sığınak: Türk Yahudilerinin 500 Yıllık Serüveninden Sayfalar* (Istanbul: Belgesel, 1992), 78-82쪽 참조. 무니스 테키날프의 전기는 Liz Behmoaras, *Bir Kimlik Arayışının Hikayesi* (Istanbul: Remzi Kitapevi, 2005) 참조.

25. 세일라 벤하비브는 1920년대의 "터키어 쓰기" 운동의 효과는 훨씬 뒤인 1950년대와 1960년대까지 미쳤다고 본다. 그녀 자신이 대중 앞에서 사투리 억양 없이 터키어를 말하려고 한 것도 "획일화와 우민화를 초래하는 국가주의와 애국심"의 산물이었다고 했다. Seyla Benhabib, "Traumatische Anfänge, Mythen und Experimente: Die multikulturelle Türkei im Übergang zur reifen Demokratie," *Neue Zürcher Zeitung*, 2005년 11월 26일자, 71쪽.
26. 마크 배어는 "터키인, 원초 국가의 구성원, 터키 국민, 터키 국민국가의 구성원"을 서로 다르게 구별했다고 주장한다. Baer, "Double Bind," 694쪽.
27. 같은 글, 704쪽.
28. "Der Abschied von Istanbul war ein sehr melancholisches Ereignis. Spürte ich, daß damit ich von eigentlich allem Abschied nahm, was mir ansonsten Familie und Wissenschaft wert ist: deutsches Leben, alte Kultur, *ein* lieber und geliebter Mensch, viele junge Mitarbeiter, verständnisvolle Studenten—und sogar die Türken selbst, die mich doch wie einen deutschen verdienten Professor wegfeierten" ("제게 가족이자 학문을 뜻하는 모든 것을 정말 떠나는 것 같은 느낌이 들었습니다. 독일식 생활, 고대 문화, 사랑하고 사랑받은 한 사람, 수많은 젊은 동료, 이해심 많은 학생들, 심지어 저를 실제로 공을 세운 독일인 교수로 송별해준 터키인들까지.") 로망스 문헌학자 카를 포슬러에게 보낸 편지, 1936년 12월 6일자, Hans Ulrich Gumbrecht, *Vom Leben und Sterben der großen Romanisten: Carl Vossler, Ernst Robert Curtius, Leo Spitzer, Erich Auerbach, Werner Krauss*, ed. Michael Krüger (München: Carl Hanser Verlag, 2002), 52쪽에서 재인용.
29. Arnold Reisman, *Turkey's Modernization: Refugees from Nazism and Atatürk's Vision* (Washington, DC: New Academia Publishing, 2006), 393쪽에서 재인용.
30. "Die Türken sind für meine Vergangenheit schlechterdings uninteressiert, ich vertrete hier, mag man das in Deutschland wissen wollen oder nicht, gleichviel ob ich will oder nicht will, in den Augen der Türken nicht die deutsche Orientalistik, sondern die Europas." 리터가 칼레에게 보낸 편지, 1933년 3월 10일자. Thomas Lier, "Hellmut Ritter in Istanbul 1926-1949," *Die Welt des Islams* 38, no.3 (1998), 347쪽.
31. 아빅도르 레비는 이베리아의 유대인 문화가 "오스만 토양으로 이식되어 그 토양에서 생기를 되찾았다"라고 주장한다. Levy, *Sephardim in the Ottoman Empire*, 37쪽. 또 Levy, *The Jews of the Ottoman Empire* (Princeton, NJ: Darwin Press, 1994), 37-39쪽도 참조.
32. 이른바 독일계 유대인의 정체성 위기와 동화 개념에 대한 비판적 분석은 Scott Spector, "Forget Assimilation: Introducing Subjectivity to German-Jewish History," *Jewish History* 20, no.3-4 (2006), 349-361쪽 참조.
33. 국가사회주의독일노동자당 해외조직(NSDAP)이 베를린 외무부에 보낸 보고서, 1935년 1월 8일자. "Vermöge ihrer Rasseeigentümlichkeit können sich diese Leute besonders gut der türkischen Mentalität anpassen und erlernen sehr schnell die Sprache des Landes." Politisches Archiv des Auswärtigen Amts, Auswärtiges Amt Abteilung III, Akte Deutsche [Experten?] in der Türkei 1924-36, R 78630.
34. 터키인은 유럽 지식을 단순하게 모방·전유하기만 하는 동방인이 아니라 유럽인이 '될' 수 있

는 사람이라는 것을 서방 사람들에게 입증하는 일은 정치가, 학자, 지식인 모두의 공통된 노력이었다. 19세기와 20세기 초의 오스만 여행문학은 이런 노력이 얼마나 중요했는지를 보여주는 좋은 예다. Kader Konuk, "Ethnomasquerade in Ottoman-European Encounters: Re-enacting Lady Mary Wortley Montagu," *Criticism* 46, no.3 (2004), 393-414쪽과 비교 참조.

35. "Die Europäer fürchten sich in diesem Land. Keiner von ihnen wird heimisch, daran ändern Jahre nichts. Man stellt ihnen grosse Aufgaben, sie lösen sie, ohne dass der Erfolg sie zufrieden macht. . . . Man hat hübsche Wohnhäuser, Tennisplätze, einen Klub, gute Pferde. Man besitzt noch dies und jenes, und man lebt in einem Land, welches an die Zukunft glaubt und an die Güter der Vernunft, der Zivilisation und des Fortschritts, die man in Europa so erniedrigend preisgibt. Das Land wird von einer Auswahl geistig hochstehender Männer regiert, von aufrichtigen Demokraten, die kein anderes Ziel kennen, als ihr Volk möglichst bald mündig zu machen. Und die Europäer, die man beruft, um an dieser Aufgabe mitzuwirken, dürfen glauben, dass sie bald überflüssig werden. Keiner zweifelt an dem Land, am Volk. Aber jeder zweifelt an seiner Aufgabe. Das ist die Furcht." Annemarie Schwarzenbach, *Winter in Vorderasien* (Basel: Lenos Verlag, 2002), 22쪽.
36. 법학 교수 에른스트 히르슈도 자서전에서 이런 관점에 대해 썼다. Ernst E. Hirsch, *Aus des Kaisers Zeiten durch die Weimarer Republik in das Land Atatürks: Eine unzeitgemäße Autobiographie* (München: Schweitzer, 1982), 197쪽.
37. "Die Reaktionäre misstrauen uns als Ausländer, die Fascisten als Emigranten, die Antisfascisten als Deutschen, und Antisemitismus gibt es auch." 아우어바흐가 요하네스 외슈거에게 보낸 편지, 1938년 5월 27일자, Nachlass Fritz Lieb, Universitätsbibliothek Basel (Handschriftenabteilung), NL 43 (Lieb) Ah 2,1.
38. "Monsieur Auerbach s'engage à s'abstenir de toute activité politique, économique et commerciale et ainsi que toute activité ayant pour but de faire la propagande d'un gouvernement étranger. Il ne peut accepter aucune fonction dans des institutions ou établissements étrangers." Istanbul University, Chaire de Philologie Romane à la Faculté des lettres, 1936년 12월 11일자, Literaturarchiv Marbach, Nachlaß Erich Auerbach, Zugehörige Materialien.
39. Bali, *Cumhuriyet Yıllarında Türkiye Yahudileri*, 513-515쪽.
40. 이 부분을 이렇게 명확히 구별해준 갈리트 하산로켐에게 감사한다.
41. Galit Hasan-Rokem and Alan Dundes, *The Wandering Jew: Essays in the Interpretation of a Christian Legend* (Bloomington: Indiana University Press, 1986), vii쪽.
42. Edward Timms, *The Wandering Jew: A Leitmotif in German Literature and Politics* (Brighton, UK: University of Sussex, 1994).
43. Elizabeth Grosz, "Judaism and Exile: The Ethics of Otherness," *Space and Place: Theories of Identity and Location*, ed. Erica Carter, James Donald, and Judith Squires (London: Lawrence & Wishart, 1993), 61쪽.
44. 오스만 시대와 공화국 시대에 유대인이 경험한 사회구조의 변화를 고찰한 문헌은 다음 참

조. Riva Kastoryano, "From *Millet* to Community: The Jews of Istanbul," *Ottoman and Turkish Jewry: Community and Leadership*, ed. Aron Rodrigue (Bloomington: Indiana University Press, 1992), 253-277쪽; Aron Rodrigue, "From Millet to Minority: Turkish Jewry in the 19th and 20th Centuries," *Paths of Emancipation: Jews within States and Capitalism*, ed. Pierre Birnbaum and Ira Katznelson (Princeton, NJ: Princeton University Press, 1995), 238-261쪽.

45. 아빅도르 레비는 또 같은 맥락에서 1892년 오스만 제국에서 세파르디 유대인의 정착 400주년을 기념할 때 "감사하는 태도가 진심이었다"고 주장한다(Levy, *Sephardim in the Ottoman Empire*, 124쪽). 레비는 16세기 중반에 이르러 "오스만 사람들은 유대인을 그 자체로 하나의 계급으로 간주했고 제국 건설 과정에서 특별한 역할을 수행한다고 보았다"고 지적한다(같은 책, 66쪽). 마크 배어는 1920년대에 된메 출신의 터키 국가주의자 메흐메드 카라카쉬자데 뤼쉬뒤가 주인과 손님 관념을 재해석하여 "숙주와 기생충 관념"을 전개했다고 지적하면서 "터키인은 자신을 죽일 수 있는 위험한 기생충의 숙주이면서도 그 사실을 모르고 있다는 관념이 당시 퍼져 있었다"고 말한다. Baer, "Double Bind," 697쪽.

46. 팔레스타인으로 가는 길의 경유지라는 관점에서 터키를 본 글은 Corry Guttstadt, *Die Türkei, die Juden und der Holocaust* (Berlin: Assoziation A, 2008), 235-257쪽 참조.

47. 독일 대사관과 영사관은 1939년 1월과 2월에 터키 정부가 유럽 태생의 유대인 중 본국의 새로운 입법에 따라 무국적자가 될 것으로 예상되는 사람들을 터키로부터 추방하는 것을 고려중이라고 보고했다. 독일 기록보관소의 이 보고서는 다른 자료를 통해 교차검증이 필요하지만, 이에 따르면 터키 정부는 무국적자 유대인을 받아들이기를 원하지 않았다. 독일계 유대인 교수들은 이 추방령에 영향을 받지 않게 되어 있었다. Politisches Archiv des Auswärtigen Amts, Konstantinopel / Ankara 540, Akte Judentum Band 2.

48. "Başvekil Refik Saydam'ın Gazetecilerle Hasbıhali," *Vakit*, 1939년 1월 27일자, Douglas Frantz and Catherine Collins, *Death on the Black Sea: The Untold Story of the* Struma *and World War II's Holocaust at Sea* (New York: Ecco, 2003), 138-139쪽에서 재인용. 레피크 사이담의 발표는 이러했다. "혹시라도 이들에게 우리나라로 오고 싶어하는 누이나 가족이나 가까운 친척이 있다면 우리는 그들을 환영해 이 전문가들이 편한 마음으로 일할 수 있게 할 것입니다."

49. 1939년 1월 23일 앙카라의 독일 대사관은 베를린의 외무부에게 터키 정부가 더이상 유대인 망명객이 터키에 정착하는 것은 피하려 한다고 보고했다. 아울러 이제 터키 영사관에서 아리아인 혈통 입증을 요구한다는 정보를 전달했다. Politisches Archiv des Auswärtigen Amts, Konstantinopel / Ankara, 539, Akte Judentum 1925-1939. 헬무트 리터의 형도 1939년 7월의 여행 일지에서 자신이 아리아인 혈통이라는 사실을 터키 당국에게 증명해야 했다고 적었다. Karl Bernhard Ritter, *Fahrt zum Bosporus: Ein Reisetagebuch* (Leipzig: Hegner, 1941), 151쪽.

50. "Şehrimizdeki Alman Musevileri Almanlıktan Çıkardılar," *Yeni Sabah*, 1939년 8월 12일자, Bali, *Cumhuriyet Yıllarında Türkiye Yahudileri*, 337쪽에서 재인용.

51. 1943년 터키로 귀화한 뒤 히르슈는 외국인 교수에게만 지급되던 더 높은 급료를 받지 못하고 터키인 동료들과 똑같은 급료를 받았다. Hirsch, *Aus des Kaisers Zeiten*, 281쪽.

52. Politisches Archiv des Auswärtigen Amts, Akten des Generalkonsulats Istanbul, 3989, Paket 28, Akte 2 Istanbul Emigranten. 퇴프케의 보고서는 1939년 10월 9일자로 되어 있다. 보고서에는 이렇게 쓰여 있다. "Anträge auf Einbürgerung haben sämtliche Juden und Mischlinge gestellt mit Ausnahme von Professor Auerbach."
53. 코린나 구트슈타트는 터키와 독일의 여러 기록보관소를 조사하여 터키의 유대인과 관련된 귀화정책을 평가했다. Guttstadt, *Die Türkei*, 224-234쪽.
54. 예를 들어 히르슈는 일반 대중은 자신을 비롯하여 터키 국적을 얻은 망명객을 계속 외국인으로 간주했다고 말한다. Hirsch, *Aus des Kaisers Zeiten*, 196쪽.
55. 또 Martin Vialon, "Kommentar," *Trajekte* 9 (2004), 14쪽도 참조.
56. 이 편지는 1938년 6월 5일자로 되어 있다. Erich Auerbach, "Ein Exil-Brief Erich Auerbachs aus Istanbul an Freya Hobohm in Marburg—versehen mit einer Nachschrift von Marie Auerbach (1938), Transkribiert und kommentiert von Martin Vialon," *Trajekte* 9 (2004), 11쪽.
57. 따지고 보면 이렇게 된 원인은 1928년에 터키가 아랍 문자를 버리고 로마 문자를 사용하기 시작한 것, 그리고 1930년대에 터키어연구소를 설립하여 터키어의 '정화'를 촉진하고 그럼으로써 아랍어와 페르시아어 낱말을 터키어 어휘로 바꾼 것에 있다. 학교에서는 더이상 아랍 문자를 가르치지 않았다.
58. Erich Auerbach, *Gesammelte Aufsätze zur Romanischen Philologie* (Bern: Francke Verlag, 1967), 305쪽.
59. "was ich für die Wahrheit halte, könnte ich nicht öffentlich äußern." Martin Vialon, ed., *Erich Auerbachs Briefe an Martin Hellweg (1939-1950)* (Tübingen: A. Francke Verlag, 1997), 78쪽. 이 편지는 1947년 5월 16일자로 되어 있다.
60. "Ich bin doch sehr liberalistisch, die von den Umständen mir verliehene Lage hat diese Neigung noch verstärkt; ich geniesse hier die grösste Freiheit des ne pas conclure. Ich konnte mich hier wie nirgends sonst von jeder Bindung freihalten; gerade meine Haltung als nirgends Hingehöriger, grundsätzlich und unassimilierbar Fremder ist das, was man von mir wünscht und von mir erwartet, aber, wo Sie mich hinhaben wollen, erwartet man eine 'Grundbereitschaft.'" 아우어바흐가 베르너 크라우스에게 보낸 이 편지는 1946년 8월 27일자이다. Karlheinz Barck, "Eine unveröffentlichte Korrespondenz: Erich Auerbach/Werner Krauss," *Beiträge zur Romanischen Philologie* 26, no.2 (1987), 317쪽. 굼브레히트의 번역을 내가 약간 바꿔 인용했다. Hans Ulrich Gumbrecht, "'Pathos of the Earthly Progress': Erich Auerbach's Everydays," *Literary History and the Challenge of Philology: The Legacy of Erich Auerbach*, ed. Seth Lerer (Stanford, CA: Stanford University Press, 1996), 32쪽.
61. 베르너 크라우스에게 보낸 편지, 1946년 10월 27일자. "Mit Gastprofessur sieht es zur Zeit böse aus, da man als passloser Deutscher sich nicht bewegen kann, oder doch nur hinaus, nicht wieder hinein; die Versuche die andere unternommen haben um diese Schwierigkeit zu überwinden waren bisher erfolglos. Sie wären sofort überwunden, wenn wir die türkische Staatsangehörigkeit annähmen, was man uns jetzt anbietet; aber das hat seine

Nachteile, und wäre auch nicht anständig, wenn man wegzugehen gedenkt." Nachlaß Erich Auerbach, Literaturarchiv Marbach.

62. "Türken sind wir nicht geworden, nicht einmal rechtlich, jetzt sind wir wieder passlose Deutsche, alles ist provisorisch." Vialon, *Erich Auerbachs Briefe an Martin Hellweg*, 70쪽. 이 편지는 1947년 5월 16일자로 되어 있다. 아우어바흐는 베르너 크라우스에게 여권이 없기 때문에 움직일 수 없다고 불평했다. Barck, "Erich Auerbach / Werner Krauss," 316쪽.

63. Emir Kıvırcık, *Büyükelçi* (Istanbul: Goa, 2007), 10쪽.

64. 나치 기록에 따르면 1942년 파리에만 3,042명의 터키계 유대인이 살았다. Politisches Archiv des Auswärtigen Amts, R 100889, Akte Judenfrage in der Türkei 1942-1944, Inland II g 207. 파리에서 발송된 1943년 2월 12일자 전보에서는 터키 총영사가 631명에 이르는 터키계 유대인 목록을 나치 당국에 제출해 터키 국적임을 증명했다고 보고한다. 1943년 2월 17일자의 어느 메모에는 서부 점령지에 사는 터키계 유대인이 3,000명으로 추산된다고 적혀 있다. 1943년 3월 12일자 보고서에서는 3월 중순 터키계 유대인 121명이 떠났다는 사실을 언급한다. 같은 보고서에서터키계 유대인 5,000명이 적힌 명단을 언급하는데, 이 문서는 기록보관소에 보관되어 있지 않다. 모든 문서는 Politisches Archiv des Auswärtigen Amts, Judenfrage in der Türkei, R 99446 1938-1943, Inland II A / B에서 찾을 수 있다. 쇼는 Stanford Shaw, *Turkey and the Holocaust*에서 이와 다른 기록보관소 자료를 다루고 있다. 프랑스에 머물고 있던 터키계 유대인을 다룬 소설은 Ayşe Kulin, *Nefes Nefese*, 15th ed. (Istanbul: Remzi Kitapevi, 2002) 참조.

65. Corinna Görgü Guttstadt, "Depriving Non-Muslims of Citizenship as Part of the Turkification Policy in the Early Years of the Republic: The Case of Turkish Jews and Its Consequences during the Holocaust," *Turkey beyond Nationalism: Towards Post-Nationalist Identities*, ed. Hans-Lukas Kieser (London: I. B. Tauris, 2006), 56쪽 참조.

66. 이에 대한 예로는 파리에서 베를린 외무부로 보낸 1943년 6월 23일자 보고서 참조. "Mündlich hat der hiesige türkische Generalkonsul durchblicken lassen, daß die Türkische Regierung auf diese Anfrage keine Antwort erteilen könne, weil sie offiziell einen Unterschied zwischen türkischen Staatsangehörigen jüdischer und anderer Rasse nicht mache." Politisches Archiv des Auswärtigen Amts, Judenfrage in der Türkei, R 99446 1938-1943, Inland II A / B.

67. 폰 사덴 비망록, 1943년 9월 22일자. 베를린 주재 터키 대사관 대표였던 코츠는 터키 정부의 결정에 대해 폰 사덴에게 알려주었다. "die türkischen Konsularvertretungen mit der Weisung zu versehen, alle rückkehrwilligen Juden türkischer Staatsangehörigkeit nach Prüfung jedes Einzelfalles in der Türkei zu übernehmen. Hierbei solle davon ausgegangen werden, daß eine Masseneinwanderung von Juden in die Türkei zu verhindern sei, insbesondere von solchen Juden, die zwar ordnungsgemäß türkische Papiere hätten, aber bereits seit Jahrzehnten mit der Türkei keinerlei Kontakt mehr hätten." 같은 곳.

68. 이자크 베하르는 나치 독일에서 터키계 유대인으로 살았던 경험에 대한 비극적 이야기를 들려준다. 베하르는 1939년 4월 터키 정부가 그의 가족에게 국적 입증을 요청했다고 한다.

하지만 터키 여권을 독일 당국에게 넘긴 뒤 베하르 가족은 보호받지 못하는 상태가 되었고 결국 무국적자로 판정되었다. 이자크 베하르는 지하로 몸을 숨겨 살아남았다. 그의 부모와 두 누이는 강제 이송되어 절멸수용소에서 살해되었다. Isaak Behar, *Versprich mir, dass Du am Leben bleibst: Ein jüdisches Schicksal* (Berlin: Ullstein, 2002), 73-74쪽.

69. 당시에는 소련이 스트루마호를 침몰시킨 사실이 알려져 있지 않았다. Tuvia Friling, *Between Friendly and Hostile Neutrality: Turkey and the Jews during World War II*, vol.2 (Jerusalem: Tel Aviv University, 2002), 331-333쪽. 스트루마호의 비극에 대한 다른 설명으로는 Hiçyılmaz and Altındal, *Büyük Sığınak* 참조. 가장 종합적인 설명으로는 Frantz and Collins, *Death on the Black Sea* 참조.
70. Bali, *Cumhuriyet Yıllarında Türkiye Yahudileri*, 361쪽.
71. Frantz and Collins, *Death on the Black Sea*, 217쪽. 또 Bali, *Cumhuriyet Yıllarında Türkiye Yahudileri*, 361쪽 참조.
72. 독일 대사관은 1942년 10월 14일자로 베를린 외무부에게 "터키 내 유대인 문제의 현황"을 담은 자세한 보고서를 보냈다. 율리우스 자일러가 작성한 이 보고서는 터키에서 반유대주의가 심해졌다는 것을 보여준다. 세금 부과, 유대인 난민에 대한 사이담의 대응, 강제노동 수용소가 그러한 증거였다. Politisches Archiv des Auswärtigen Amts, Judenfrage in der Türkei, R 99446 1938-1943, Inland II A/B.
73. Rıfat N. Bali, *The "Varlık Vergisi" Affair: A Study of Its Legacy—Selected Documents* (Istanbul: Isis Press, 2005), 55쪽.
74. 이 자산세의 차별적 성격에 대해서는 르파트 발리의 연구 참조(같은 책, 99쪽). 이 연구에는 각 나라 기록보관소에 소장되어 있는 원본 문서가 포함되어 있다. 1942년부터 1943년 사이에 총 1,443명에 이르는 소수집단 사람들이 아쉬칼레의 강제노동 수용소에 보내져 1943년 12월 석방 때까지 갇혀 있었다.
75. Sule Toktas, "Citizenship and Minorities: A Historical Overview of Turkey's Jewish Minority," *Journal of Historical Sociology* 18, no.4 (2005), 404쪽.
76. A. Küçük, *Dönmeler (Sabatayistler) Tarihi*, 43, 438쪽. 된메의 종교적 관습에 대한 관심 또한 다시금 높아졌다는 것이 전쟁 동안 나온 출판물에서 드러난다. 괴브사는 1940년에 삽바타이파 1만 2,000가구가 터키에서 살았을 것으로 보았다. İbrahim Alaettin Gövsa, *Sabatay Sevi: İzmirli Meşhur Sahte Mesih Hakkında Tarihî ve İçtimaî Tetkik Tecrübesi* (Istanbul: S. LütfiKitapevi, 1940) 참조.
77. *Yahudi Fıkraları* (Istanbul: Akbaba Yayını, 1943)에 실린 만평 모음 참조.
78. Nadir Nadi, *Cumhuriyet*, 1943년 1월 23일자. 나디가 쓴 글의 내용은 Bali, *"Varlık Vergisi,"* 266쪽에 요약되어 있다.
79. Public Record Office, FO371/37470/R5698, Report by H. Knatchbull-Hugessen to the Right Honorouble Anthony Eden, M.C., M.P., No.254 (779/3/43) British Embassy, Ankara, 1943년 6월 21일자. 같은 책, 278쪽에서 재인용. 본문에 나오는 대괄호("[450년 전에!]")는 내치불휴거슨이 넣은 것으로 보인다.
80. 몰트케는 1943년 7월과 12월 두 차례 이스탄불을 방문했는데, 거기서 독일 정보기관의 이

스탄불 지부장 파울 레버퀸과 독일 대사 프란츠 폰 파펜도 만났다. 몰트케는 "연합국이 독일에게 무조건적 항복을 요구하지 말 것을 설득하려" 했지만 실패했다. Freya von Moltke, *Memories of Kreisau and the German Resistance*, trans. Julie M. Winter (Lincoln: University of Nebraska Press, 2005), 38쪽. 또 Klemens von Klemperer, *German Re sistance against Hitler: The Search for Allies Abroad, 1938-1945* (Oxford: Oxford University Press, 1992), 331쪽도 참조.

81. 이 내용이 담긴 문서는 다음 인터넷 주소에서 찾아볼 수 있다. http://germanhistorydocs.ghi-dc.org/sub_document.cfm?document_id=1517 (2007. 12. 1. 열람) [옮긴이: 2019. 8. 19. 열람] 몰트케와 뤼스토브가 이스탄불에서 기울인 노력을 개관한 것으로는 Michael Balfour and Julian Frisby, *Helmuth von Moltke: A Leader against Hitler* (London: Macmillan, 1972), 270-281쪽 참조.

82. "Das Rassebewußtsein ist sehr ausgeprägt. Zita, die Angestellte von Leverkühn, ist Griechin. Sie redet mit keinem Türken. Die Juden sind hier völlige outcasts; sie werden mit Du angeredet und man gibt ihnen weder die Hand noch einen Stuhl, auch wenn sie von Geld strotzen und ganz europäisiert sind. Levantiner sind Kinder aus Mischehen mit Italienern und Griechen. Auch das Kind eines Deutschen mit einer Griechin ist ein Levantiner und steht sozial unter den Türken. Alles ist merkwürdig." Helmuth James von Moltke, *Briefe an Freya 1939-1945* (München: C. H. Beck, 1988), 504쪽. Helmuth James von Moltke, *Letters to Freya: 1939-1945*, trans. Beate Ruhm von Appen (New York: Alfred A. Knopf, 1990), 319쪽에 수록된 영문 번역본 편지를 조금 바꾸었다. 이 편지는 1943년 7월 7일자로 되어 있다.

83. "Uns ist es wider jede Wahrscheinlichkeit gut gegangen; die neue Ordnung drang nicht bis zu den Meerengen; damit ist eigentlich alles gesagt. Wir haben in unserer Wohnung gelebt und nichts erlitten als kleine Unbequemlichkeiten und Furcht: bis Ende 42 sah es sehr böse aus, aber dann verzog sich die Wolke allmählich." Vialon, *Erich Auerbachs Briefe an Martin Hellweg*, 69-70쪽.

84. 1944년 3월에 자산세 채무가 면제되었다. Bali, *"Varlık Vergisi,"* 55쪽.

85. Selim Deringil, *Turkish Foreign Policy during the Second World War: An "Active" Neutrality* (Cambridge: Cambridge University Press, 1989), 184쪽.

86. 크롬철광 납품을 두고 터키와 연합국이 벌인 협상은 같은 책, 168-169쪽 참조.

87. Guttstadt, *Die Türkei*, 255-256쪽.

88. Nurullah Ataç, *Diyelim* (Istanbul: Varlık Yayınları, 1954), 98-99쪽.

4장

1. C. Busolt, "Deutsch als Weltsprache," *Türkische Post: Tageszeitung für den Nahen Osten*, 1933년 2월 1일자, 1-2쪽.

2. Anne Dietrich, *Deutschsein in Istanbul: Nationalisierung und Orientierung in der deutschsprachi-*

gen Community von 1843 bis 1956 (Opladen: Leske und Budrich, 1998), 78쪽. 독일인 공동체는 제1차 세계대전 동안 독일-오스만 군사동맹과 오스만 제국의 쇠퇴에 따라 규모가 커졌다 작아졌다 했다. 1926년에 독일-터키 관계가 회복되자 터키 내 독일어 사용자 공동체는 규모가 독일인 2,000명과 오스트리아인 1,000명 이상으로 커졌다. Dietrich, *Deutschsein in Istanbul*, 177-178쪽.

3. 이 학교는 현존하며 과거 '페라'라고 불리던 지역에 있다. 그 외 수많은 독일인 단체가 설립되었다. 1857년에 설립된 개신교회학교, 1861년에 설립된 개신교회, 1888년에 설립된 도이체방크 지점, 1906년에 설립된 독일동방은행 등이 여기 포함된다.
4. 이스탄불 독일인은 스스로 '재외 독일인'이라 불렀으며 재외독일인동맹이라는 단체에 속해 있었다. Dietrich, *Deutschsein in Istanbul*, 178쪽.
5. Horst Widmann, *Exil und Bildungshilfe: Die deutschsprachige akademische Emigration in die Türkei nach 1933* (Bern: Herbert Lang, 1973), 76쪽. 독일병원, 독일고고학연구소, 개신교회 등만 국가사회주의자와 망명객 모두 자주 가는 곳이었다. Stanford J. Shaw, *Turkey and the Holocaust: Turkey's Role in Rescuing Turkish and European Jewry from Nazi Persecution, 1933-1945* (Hampshire, UK: Macmillan Press, 1993), 13쪽. 또 Widmann, *Exil und Bildungshilfe*, 76쪽도 참조. 하자르와 슈나벨의 다큐멘터리 *Zuflucht am Bosporus* (Troja Filmproduktion in Koproduktion mit Goethe-Institut Inter Nationes e.V., Deutschland 2001, ZDF)는 망명객 자녀인 아디 숄츠와 코르넬리우스 비쇼프의 인터뷰를 바탕으로 하고 있다.
6. 이스탄불의 획일화 정책은 Dietrich, *Deutschsein in Istanbul*, 203-256쪽 참조.
7. 터키의 독일어 매체에 대해서는 Johannes Glasneck, *Methoden der deutsch-faschistischen Propagandatätigkeit in der Türkei vor und während des Zweiten Weltkriegs* (Halle: Martin-Luther-Universität Halle, 1966) 참조. 1937년 독일의 통신사가 이스탄불에 문을 열면서 나치 선전이 강화되었다.
8. 이 신문을 보면 이스탄불에서 활동한 나치당 관리들의 관심사와 목적이 무엇이었는지 통찰할 수 있다. 일례로 F.F.S.D., "Die Heimat," *Türkische Post: Tageszeitung für den Nahen Osten*, 1933년 4월 18일자, 1-2쪽; "Auslandsdeutschtum und deutsche Erneuerung," *Türkische Post: Tageszeitung für den Nahen Osten*, 1933년 4월 3일자, 1-2쪽; "Reichsregierung und Auslandsdeutschtum," *Türkische Post: Tageszeitung für den Nahen Osten*, 1933년 3월 18일자, 1-2쪽 참조.
9. 이스탄불의 『튀르키셰 포스트』지와 괴벨스 선전부 기관지 『시그널』이 독일인 공동체에 배부되었다. Dietrich, *Deutschsein in Istanbul*, 193쪽.
10. 영사관에서 열린 깃발축제와 교민회관 알레마니아에서 열린 히틀러 생일축하 행사를 다룬 기사는 "Die Hitler-Geburtstagsfeier in Stambul," *Türkische Post: Tageszeitung für den Nahen Osten*, 1933년 4월 22일자, 4쪽; "Flaggenfeier," *Türkische Post: Tageszeitung für den Nahen Osten*, 1933년 3월 17일자, 4쪽 참조.
11. 퇴프케가 독일 외무부에게 보낸 편지. 이스탄불, 1935년 6월 27일자. Politisches Archiv des Auswärtigen Amts, Berlin, Akten des Generalkonsulats Istanbul, 3977, Paket 9, NSDAP Band I 1933-. Dietrich, *Deutschsein in Istanbul*, 171쪽에도 인용되어 있다. 당원 중 40명은

오스트리아와 체코의 국민이었다. 안네 디트리히는 독일인 망명객은 이 숫자에 포함되지 않은 것으로 믿는다. 앙카라의 나치는 독일인 350명 중 50명이 나치 당원이 됐다고 보고했다.

12. 망명객 니센은 이런 승리를 거둘 수 있었던 것은 히틀러가 권력을 쥔 뒤 독일 외교관들이 느낀 불안감 덕분이었다고 본다. Rudolf Nissen, *Helle Blätter, dunkle Blätter: Erinnerungen eines Chirurgen* (Stuttgart: Deutsche Verlags-Anstalt, 1969. Widmann, *Exil und Bildungshilfe*, 58, 76쪽 참조. Philipp Schwartz, *Notgemeinschaft: Zur Emigration deutscher Wissenschaftler nach 1933 in die Türkei* (Marburg: Metropolis-Verlag, 1995), 57쪽에 있는 슈바르츠의 회고와도 비교.
13. Nissen, *Helle Blätter, dunkle Blätter*, 226쪽.
14. 예컨대 Politisches Archiv des Auswärtigen Amts, Berlin, Akten des Generalkonsulats Istanbul, 3970, Paket 1, Akte "Propaganda" 1935-1939 참조.
15. 자우켄의 보고. "Die deutschen Professoren an der Istanbuler Universität." 1935년 2월 28일자. Politisches Archiv des Auswärtigen Amts, Berlin, Akten des Generalkonsulats Istanbul, 3976, Paket 8, Akte Geheim Band II, Dezember 1932-1935.
16. 퇴프케는 의심스러운 망명객 교수 5명의 명단을 열거했다. 이들은 칸토로비츠, 리프만, 리프쉬츠, 미제스, 슈바르츠였다. 퇴프케는 또 46명의 망명객 학자 외에 슈에데, 비텔, 보세르트, 리터, 보덴도르프 등 5명의 학자를 독일 교육부에서 이스탄불로 보냈다고 적는다. 1935년 5월 22일자 보고서. Politisches Archiv des Auswärtigen Amts, Berlin, Akten des Generalkonsulats Istanbul, GK Istanbul 164, Band III 1935-1936. 이후 독일 대사 켈러가 보낸 1938년 3월 8일자 보고서도 참조. Politisches Archiv des Auswärtigen Amts, Berlin, Akten des Generalkonsulats Istanbul, 3970, Paket 1, Akte: "Kulturpropaganda (Allgemeines), Akte 'Propaganda' besonders" März 1930-.
17. 파울 힌데미트는 1935년에 터키로 초청되었으며, 터키 당국에게 터키의 음악 생활에 대해 조언했다. 이를 위해 "Vorschläge für den Aufbau des türkischen Musiklebens"라는 에세이를 썼다. 헬무트 리터의 실내악단에 대한 논의는 토마스 리르의 Thomas Lier, "Hellmut Ritter und die Zweigstelle der DMG in Istanbul 1928-1949," *Hellmut Ritter und die DMG in Istanbul*, ed. Angelika Neuwirth and Armin Bassarak (Istanbul: Orient Institut der Deutschen Morgenländischen Gesellschaft, 1997), 40-41쪽 참조.
18. "Sie haben vor einem Jahr in so offener und feinfühliger Weise mit mir über das Emigrantenproblem gesprochen, dass ich mir vielleicht erlauben darf, Ihnen meine Gefühle angesichts des beschämenden Vorgangs neulich in der Deutschen Schule bei dem *Amar*-Konzert auszusprechen. Welchen peinlichen und widerspruchsvollen Eindruck musste es auf die zahlreichen Deutschen und Ausländer machen, die die deutsche Musik lieben und die hier bisher von deutscher Seite kaum so hochwertige Darbietungen gehört haben, — dass die offizielle Vertretung des Deutschen Reiches ein Konzert des jüdischen Künstlers anhörte, aber nicht *ihm*, sondern seinen Mitarbeitern, die *er* erst auf diese künstlerische Höhe gebracht hat, die Hand zu schütteln für richtig befand. Ist der Virus den das Ohr vermit-

telt, gefahrloser als der des Händedruckes? Will man es ungeschehen machen, dass eine unerwünschte Geige Beethovensche Laute erstehen ließ? Und soll das 'Seid umschlungen, Millionen' durch binnenländische Grenzziehung ersetzt werden? Man sagt, unsere Zeit sei nicht mehr die Beethovens, sie sei die der Eroberer und Realpolitiker. Aber wen kann man so realpolitisch erobern? Keine der beiden deutschen Gruppen kann von diesem Halben, diesem Zuhören und Nicht-Zugehört-Haben-Wollen, diesem Kommen und Diskriminieren befriedigt sein—erst recht nicht die türkischen Zeugen solcher Tragikomik. *Beethoven* macht die richtige Propaganda: er gewinnt die *Herzen*. Schwer kann ich die Menschen verstehen, die durch Duldung solcher Kulturwidrigkeiten diese erst richtig herausstellen und ad absurdum führen. Werden sie nicht innerlich zerrissen von der Lüge, die sie mitmachen, und warum treten sie auf eine Bühne, die jede ihrer Bewegungen im Vexierspiegel verzerrt? Bitter für den Deutschen, zu denken, dass er deutsche Musik hier ungestört nur im Robert College, in der Casa d'Italia oder im Fransız Tiyatrosu hören kann! Dies wollte ich aussprechen, verzeihen Sie die Offenheit." 이 편지는 1935년 12월 10일자이며, 베를린 외무부 정치기록보관소 이스탄불 총영사관 파일에 보관되어 있다. Politisches Archiv des Auswärtigen Amts, Berlin, Akten des Generalkonsulats Istanbul, GK Istanbul 164, Band III 1935-1936.

19. 논쟁이 분분하기는 하지만 베토벤을 이렇게 해석하는 시각은 현재까지 이어진다. 독일 음악에 나타나는 보편성에 대해서는 Celia Applegate, "What Is German Music? Reflections on the Role of Art in the Creation of the German Nation," *German Studies Review* 15 (1992), 21-32쪽 참조.
20. 제3제국 시기의 독일 음악론 연구는 Pamela Potter, *Most German of the Arts: Musicology: Musicology and Society from the Weimar Republic to the End of Hitler's Reich* (New Haven, CT: Yale University Press, 1998) 참조.
21. Victor Klemperer, *LTI: Notizbuch eines Philologen* (Berlin: Aufbau-Verlag, 1947), 169쪽.
22. 스피처가 부영사에게 보낸 편지는 1935년 12월 12일자로 되어 있다. Politisches Archiv des Auswärtigen Amts, Berlin, Akten des Generalkonsulats Istanbul, GK Istanbul 164, Band III 1935-1936.
23. 같은 글. 퇴프케는 1935년 11월 26일자에 이렇게 썼다. Spitzer "machte darauf aufmerksam, daß von den Franzosen bereits jetzt stark darauf hingearbeitet würde, ihn durch einen französischen Professor ersetzen zu lassen. Er hielte eine solche Lösung aus kulturellen und wissenschaftlichen Gründen für unglücklich und frug mich, ob nicht die Möglichkeit bestehe, der Universität einen deutschen Professor vorzuschlagen. Da seinem Eindruck nach sowohl der türkische Kulturminister als auch sein Staatsekretär sehr deutschfreundlich seien, glaube er, daß ein solcher Vorschlag auch Aussicht auf Erfolg haben werde."
24. 이스탄불대학교 내 독일어 교육의 세밀한 부분에 관해 영사와 스피처가 나눈 대화를 수록한 다른 자료를 보려면 1935년 5월 22일자 보고서 참조. 같은 글.
25. 같은 글. 퇴프케 영사가 켈러 대사에게 보낸 편지, 1935년 12월 13일자.

26. 1935년 12월 16일자 스피처의 사과문. 이 사과문에는 서명이 없다. 같은 곳.

27. Ali Arslan, *Darülfünun' dan Üniversiteye* (Istanbul: Kitabevi, 1995), 417쪽.

28. 1936-1937년에 개설된 강좌들에 대해서는 *Edebiyat Fakültesi: 1936-7 Ders Yılı Talebe Kılavuzu* (Istanbul: Resimli Ay Basımevi T.L.S., 1936) 참조.

29. 스피처의 도움을 받아 터키로 망명한 학자로는 하인츠 안스토크, 에바 부크, 로제마리 부카르트, 헤르베르트 디크만, 리젤로테 디크만, 트라우고트 푹스, 한스 마르칸트 등이 있었다. 아우어바흐가 망명을 도운 학자로는 로베르트 안헤거(이슬람학), 에른스트 엥겔베르크, 쿠르트 라퀘르, 안드레아스 티체(튀르크학), 카를 바이너 등이 있었다. Widmann, *Exil und Bildungshilfe*, 290-291쪽 참조. 독일에서 푹스가 스피처의 해고에 반대하는 서명운동을 벌일 때 나치친위대가 그를 협박한 일이 묘사되어 있는 짤막한 전기를 보려면 Traugott Fuchs, *Çorum and Anatolian Pictures* (Istanbul: Boğaziçi Üniversitesi, Cultural Heritage Museum Publications, 1986), 7-14쪽 참조. 마르틴 피알론은 현재 보아지치대학교에 보관된 트라우고트 푹스의 기록을 연구하여 푹스와 아우어바흐에 관한 논문을 출간했다. Martin Vialon, "The Scars of Exile: Paralipomena concerning the Relationship between History, Literature, and Politics—Demonstrated in the Examples of Erich Auerbach, Traugott Fuchs, and Their Circle in Istanbul," *Yeditepe University Philosophy Department: A Refereed Year-book* 1, no.2 (2003), 191-246쪽.

30. *Edebiyat Fakültesi*.

31. Emily Apter, "Global *Translatio*: The 'Invention' of Comparative Literature, Istanbul, 1933," *Critical Inquiry* 29, no.2 (2003), 269-270쪽.

32. "désignait une institution nécessaire au temps des grands voyages et découvertes, et que son exotisme même favorisait l'emploi métaphorique chez les précieux du XIIe jusqu'au XVIIe siècle." Rosemarie Burkart, "Truchement: Histoire d'un mot Oriental en Français," *Romanoloji Semineri Dergisi* 1 (1937), 53쪽.

33. 그녀는 인간 역사에서 번역 과정의 중요성을 조명하면서도 다음과 같은 경고로 글을 마무리했다. "이방의 언어를 말하는 '번역자'는 한 영역의 언저리에 있는 사람이라면 으레 맛보게 되는 좌절을 겪어왔다(L''expositeur' de parlers étrangers a subi des revers que connaît tout homme qui se trouve en marge d'un milieu)." 같은 글, 55쪽.

34. Azra Erhat, "Üslup Ilminde Yeni bir Usul," *Romanoloji Semineri Dergisi* 1 (1937), 5쪽.

35. "Dass 'man' uns von hier vertreiben wird, wenn man die Macht dazu hat, steht fest, und dann werden auch hier die Feinde nicht fehlen. Im Grunde haben wir natürlich viele, obgleich sie zur Zeit schweigen." 에리히 아우어바흐, 요하네스 외슈거에게 보낸 편지, 1938년 5월 27일자, Nachlass Fritz Lieb, Universitätsbibliothek Basel (Handschriftenabteilung), NL 43 (Lieb) Ah 2,1.

36. "Sie haben sich nicht verbittern lassen, sie haben das hingenommen und ertragen mit einem gleichmut, der zur bewunderung zwingt. Ist es weise lebensfilosofie, ist es temparament? Vielleicht ist es beides, das sie befähigt, über vieles leichter hinwegzukommen als manche andere. Sie schoben wohl, so schien es uns oft, mit gelassener hand manch würgende last,

die andere fast erdrückte, zur seite und von sich fort. Sie gaben sich nicht hin, Sie liessen sich nicht überwältigen! Sie besassen wohl die magische kraft, die dinge zu reduzieren und manche dämonen unschädlich zu machen, in dem Sie sie, wie der fischer in 1001 nacht, in die flasche zurückzwangen, der sie entstiegen waren, um sich ungebührlich zu Monstern aufzublasen, die die seele bedrücken. Oder schien es uns nur so? Genug, Sie traten uns allezeit entgegen mit einer seltenen serenität der seele, die Sie nie im stich zu lassen schien, und vielleicht war es gerade dieser zauber der serenität der seele, der uns auch dann wieder zu Ihnen zwang, wenn uns . . . die . . . allzu gelassene hand einmal befremdete?" 독일어 원문을 그대로 옮긴 것이다. 헬무트 리터가 에리히 아우어바흐와 마리 아우어바흐 부부에게 보낸 편지에는 날짜가 나와 있지 않지만 1947년에 쓴 것이다. 원본은 Auerbach Nachlaß, Literaturarchiv Marbach에 보관되어 있다.

37. 나치 독일에서 유대인 상황이 악화되고 있는데도 아우어바흐는 터키로 망명해 생활하는 동안 독일의 국가 연금을 받을 권리를 주장했다. Karlheinz Barck, "'Flucht in die Tradition': Erfahrungshintergründe Erich Auerbachs zwischen Exil und Emigration," in *Stimme, Figur: Kritik und Restitution in der Literaturwissenschaft*, ed. Aleida Assman and Anselm Haverkamp (Stuttgart: Metzler, 1994), 57쪽.
38. 나치의 이스탄불 지부장이었던 카르스텐 메페스가 보낸 편지, 1937년 11월 25일자. Politisches Archiv des Auswärtigen Amts, Berlin, Akten des Generalkonsulats Istanbul, 3977, Paket 9, Akte NSDAP, 1937-1940.
39. 나치의 이스탄불 지부장 카르스텐 메페스가 이스탄불 영사관에 보낸 편지, 1938년 1월 18일자. 또 독일소풍클럽 회장 해니가 1938년 2월 3일자로 총영사에게 보낸 편지도 참조. 같은 곳.
40. 편지에서 아우어바흐는 클럽을 옹호했다. "Lassen Sie sich bitte von maßgebender Stelle belehren, was eine politische Vereinigung überhaupt ist und nehmen Sie zur Kenntnis, daß der 'D.A.V.' weder mit Politik oder dergleichen je etwas zu tun hatte, noch zu tun hat und auch nie haben wird." 아우어바흐가 오스카르 크렌에게 보낸 편지, 1939년 4월 14일자. 같은 곳.
41. 같은 곳.
42. 독일소풍클럽의 총회에 관한 보고서 참조. 1939년 4월 8일자. 같은 곳.
43. 유력 성직자였던 카를 베른하르트 리터는 동생을 만나기 위해 터키로 찾아갔다. Karl Bernhard Ritter, *Fahrt zum Bosporus: Ein Reisetagebuch* (Leipzig: Hegner, 1941), 152쪽. 터키에서 독일계 유대인의 법적 지위에 대해서는 이 책 3장 참조.
44. 이 주제에 관한 글은 Barck, "'Flucht in die Tradition,'" 47-60쪽 참조.
45. ". . . sich jeder politischen Betätigung enthält." 자일러는 자신이 알기로 이렇다 할 갈등은 할리데 에디프(아드바르)와의 일밖에는 없다고 덧붙였다. 에디프는 초기 터키 공화국에서 가장 눈에 띄는 여성정치가 겸 작가로서 당시 영국 망명에서 돌아와 이스탄불대학교 영어학과 학과장으로 일하고 있었다. 같은 글, 57쪽.
46. 독일 대사 켈러가 1938년 3월 8일자로 쓴 이 보고서에는 "Erster Kultur-Jahresbericht für die

Türkei"라는 제목이 붙어 있다. 켈러는 보고서에서 이렇게 썼다. "Die Intensivierung unseres Kultureinflusses muss notgedrungen bei der Propagierung der Sprache einsetzen. Wie das französische Beispiel eindringlich demonstriert, ist die Verbreitung der Sprache auf die Dauer der einzig wirksame Schlüssel zur kulturellen Durchdringung des Landes. Der durch den Krieg bedingte Aufschwung, den die deutsche Sprache hier erfahren hat, müsste mit allen Mitteln gestützt und ausgebaut werden." Politisches Archiv des Auswärtigen Amts, Berlin, Akten des Generalkonsulats Istanbul, 3970, Paket 1, Akte: "Kulturpropaganda (Allgemeines), Akte 'Propaganda' besonders" März 1930-.

47. 독일 대사 켈러의 보고서, 1938년 3월 8일자. 같은 곳.
48. 이 독서실의 실장 스툼폴은 이 사람들을 재정적인 후원자로 거명했다. 영사관에서 보낸 이 보고서는 1938년 2월 26일자로 되어 있다. 같은 곳.
49. "Türkiyede Nazi Propagandası," *Haber*, 1938년 1월 1일자. "Türkiyede Nazi propagandası yapılması karşısında lakayt kalamayız! Nasyonal-Sosyalist propaganda yatakları üniversitemizin yanıbaşına kadar sokuldu."
50. 1938년 2월 26일자 퇴프케의 보고서 참조. Politisches Archiv des Auswärtigen Amts, Berlin, Akten des Generalkonsulats Istanbul, 3970, Paket 1, Akte: "Kulturpropaganda (Allgemeines), Akte 'Propaganda' besonders" März 1930-.
51. 이스탄불대학교에서 학생을 가르치도록 독일 과학교육부가 파견한 약리화학 전문가 쿠르트 보덴도르프는 망명객 학자들의 활동과 가르치는 내용에 관한 정보를 수집하여 독일 영사관에 보고했다. 보덴도르프가 터키를 떠난 뒤 퇴프케 영사는 베를린 외무부에 그를 대체할 인물 파견을 요청했다(1939년 4월 3일자). 또한 1939년 5월 13일자로 퇴프케가 보낸 편지 참조. Politisches Archiv des Auswärtigen Amts, Berlin, Akten des Generalkonsulats Istanbul, GK Istanbul 167, Universität Istanbul Band VI.
52. 퇴프케 영사가 1937년 8월 3일자로 베를린 외무부에게 보낸 보고서. Politisches Archiv des Auswärtigen Amts, Berlin, Akten des Generalkonsulats Istanbul, 3989, Paket 28, Akte 1 Istanbul Emigranten. 보덴도르프는 이렇게 썼다. "Auerbach hat sich einmal dienstlich bei mir gemeldet, seither habe ich nicht das Geringste mehr über ihn gehört, da er, wie alle Emigranten, den Verkehr mit hiesigen Deutschen mit Ausnahme der Emigrantenkreise peinlichst meidet."
53. "In das Professorenkollegium einen Keil nationalsozialistisch gesinnter Männer hineinzutreiben." 퇴프케 영사가 베를린 외무부에게 보낸 보고서, 1938년 5월 25일자. Politisches Archiv des Auswärtigen Amts, Berlin, Akten des Generalkonsulats Istanbul, GK Istanbul 166, Band V November 1937-Mai 1939.
54. 유누스 나디, 1937년 11월 11일자, "Les cours de langues étrangères à l'Université." 같은 곳. 또한 이 기사는 터키의 프랑스어 신문 『레퓌블리크』지에도 실렸다. 두 기사 모두 마찬가지로 Politisches Archiv des Auswärtigen Amts, Berlin, Akten des Generalkonsulats Istanbul, GK Istanbul 165, Band IV 1936-1937에 보관되어 있다.
55. Ernst Hirsch, *Dünya Üniversiteleri ve Türkiyede Üniversitelerin Gelişmesi*, vol.1 (Istanbul: An-

kara Üniversitesi Yayımları, 1950), 349-473쪽.

56. "Die Tätigkeit deutscher Hochschullehrer an türkischen wissenschaftlichen Hochschulen"은 Klaus Detlev Grothusen, ed., *Der Scurla-Bericht: Migration deutscher Professoren in die Türkei im Dritten Reich* (Frankfurt: Dagyeli, 1987)에 수록되었다.

57. ". . . die Stellung der Emigranten an der Universität zu schwächen." 같은 책, 117쪽.

58. 독일어문학부의 교수로는 로제마리 부카르트, 독일 총영사가 독일 망명객들에게 배부한 설문지에 답하기를 거부한 푹스, 적극적인 공산주의자라고 스쿠를라가 비난한 하인츠 안스토크, 아리아인과 결혼했다는 점을 스쿠를라가 지적한 한스 마르칸트, 그리고 독일동방회의 지부장이자 스쿠를라로서는 명확한 결론을 내릴 수 없었던 사람인 리터가 있었다.

59. Grothusen, *Der Scurla-Bericht*, 100, 106쪽.

60. Politisches Archiv des Auswärtigen Amts, Berlin, Akten des Generalkonsulats Istanbul, 3970, Paket 1, Akte: "Kulturpropaganda (Allgemeines), Akte 'Propaganda' besonders" März 1930-와 비교 참조.

61. ". . . starke Schädigung deutscher Interessen." Grothusen, *Der Scurla-Bericht*, 117쪽.

62. 더 자세한 논의는 Kader Konuk, "Antagonistische Weltanschauungen in der türkischen Moderne: Die Beteiligung von Emigranten und Nationalsozialisten an der Grundlegung der Nationalphilologien in Istanbul," *Istanbul: Geistige Wanderungen aus der Welt in Scherben?* ed. Faruk Birtek and Georg Stauth (Bielefeld: Transcript, 2007), 191-216쪽 참조.

63. 브링크만은 이스탄불에 도착해 자신의 임용을 두고 벌어진 논쟁에 대해 보고서를 썼다. Bundesarchiv, Berlin, Reichsministerium für Wissenschaft, Erziehung und Volksbildung, R 4901/13290, Wissenschaftliche Beziehungen zum Ausland, Akte Prof. Dr. Hennig Brinkmann, Univ. Frankfurt a.M., Mai 1943-März 1945. 헤니히 브링크만이 터키 답사에 대해 쓴 13쪽짜리 보고서(1943년 4월 29일자)의 수신자는 베를린 과학교육부 선임 사무관 스쿠를라 박사로 되어 있다. Christopher M. Hutton, *Linguistics and the Third Reich: Mother-Tongue Fascism, Race and the Science of Language* (London: Routledge, 1999), 74-77쪽도 참조. 나를 도와 브링크만 파일을 찾아준 루드밀라 하니슈에게 감사한다.

64. Hennig Brinkmann, "Deutsche Dichtung der Gegenwart," *Das deutsche Wort: Die literarische Welt* 10, no.16 (1934), 3쪽. Mit "dem nationalsozialistischen Durchbruch von 1933 . . . [versank] ein volksfremdes Schrifttum, das den Blick auf die ewigen Kräfte der Deutschen verdeckte" und eine Dichtung ins Licht rückte, "die seit Jahren bereit stand, am inneren Aufbau des deutschen Lebens gestaltend mitzuwirken." 브링크만에 관한 좀더 자세한 인물 정보를 살펴보려면 Christoph König, ed., *Internationales Germanistenlexikon 1800-1950* (Berlin: Walter de Gruyter, 2003) 참조.

65. Hutton, *Linguistics and the Third Reich*, 242-244쪽.

66. "Es wird danach in Zukunft keine Deutschkurse ausserhalb des Deutschen Seminars geben; sie werden also dem Einfluss des Juden Auerbach entzogen sein": Bundesarchiv, Berlin, Reichsministerium für Wissenschaft, R 4901/13290.

67. Bundesarchiv, Berlin, Reichsministerium für Wissenschaft, Erziehung und Volksbildung,

R 4901 / 6657, Das Schulwesen in der Türkei, 7. Juni 1943, R. Preussners Bericht an das Ministerium, Blatt 67 und 68.

68. 1938-1939년도에 독일학술교류처는 독일에서 유학중인 터키인 학생 장학금 신청자 295명 중 단 4명에게만 장학금을 지급했다. 그러나 터키인 신청자 수를 늘리려는 노력이 있었다. Politisches Archiv des Auswärtigen Amts, Berlin, Konstantinopel / Ankara, 729, Akte Studium (türk. Studenten in Deutschland) 참조.

69. 총영사 퇴프케가 보낸 "Material zur Abfassung des kulturpolitischen Jahresberichts"라는 보고서, 1939년 2월 3일자. Politisches Archiv des Auswärtigen Amts, Berlin, Akten des Generalkonsulats Istanbul, 3970, Paket 1, Akte: "Kulturpropaganda (Allgemeines), Akte 'Propaganda' besonders" März 1930-. 이 보고서 13쪽에서 퇴프케는 다음과 같이 썼다. "Ich darf dazu bemerken, dass mir vor kurzem von einem deutschen Emigrantenprofessor mit dem Ausdruck lebhaften Bedauerns mitgeteilt wurde, dass die aus Deutschland zurückkehrenden türkischen Studenten neben der deutschen Sprache auch deutsche politische Anschauungen übernehmen und in ihrem Kreise dafür werben. Dies gilt, wie der Betreffende schmerzlich feststellte, namentlich für die Einstellung zum Judentum(특기하자면, 최근 어느 독일인 망명객 교수가 독일에서 돌아오는 터키 학생들이 독일어뿐 아니라 독일의 정치관을 받아들여 주위에 전파하고 있다며 내게 깊은 유감을 표한 일이 있었다. 그 교수는 유대인에 대한 태도에서 특히 더 그렇다며 괴로워했다)."

70. Bundesarchiv, Berlin, Reichsministerium für Wissenschaft, R 4901 / 13290.

71. 브링크만이 독일 과학교육부에게 보낸 8쪽짜리 보고서, 1944년 5월 20일자. 같은 곳.

72. 터키의 독일학에 관한 논의는 Kader Konuk, "Istanbuler Germanistik: Grundlegung durch Emigranten und Nationalsozialisten," *Geschichte der Germanistik. Mitteilungen* 27 / 28 (2005), 30-37쪽 참조.

73. 그러나 안스토크의 정치적 입장이 썩 분명하지는 않다. 브링크만은 독일 교육부에게 보낸 1944년 5월 20일자 보고서에서 안스토크가 독일 이념을 전파하는 데 도움을 주었다며 칭찬한다. Bundesarchiv, Berlin, Reichsministerium für Wissenschaft, R 4901 / 13290.

74. "Im Studienjahr 1943 / 44 haben nämlich die jungen Lehrkräfte und die Studenten die Romantikvorlesungen, die der Professor hielt, und die immer in dem Lob des deutschen Volkes gipfelten, skeptisch und nachdenklich über sich ergehen lassen." Şara Sayın, "Germanistik an der 'Universität Istanbul'," *Germanistentreffen: Tagungsbeiträge Deutschland-Türkei* (Bonn: DAAD, 1995), 30쪽 참조.

75. Bundesarchiv, Berlin, Reichsministerium für Wissenschaft, R 4901 / 13290에 보관되어 있는 브링크만 파일 참조.

76. 이스탄불대학교에서 크란츠가 한 역할에 대해서는 Arslan Kaynardağ, "Üniversitemizde Ders Veren Alman Felsefe Profesörleri," in *Türk Felsefe Araştırmalarında ve Üniversite Öğretiminde Alman Filozofları* (Istanbul: Türkiye Felsefe Kurumu, 1986), 22-23쪽 참조.

77. 독일 교육부에게 보낸 보고서에서 크란츠는 이스탄불에서 자신의 주요 임무는 유럽 고전유산이 독일 문화와 유럽 지성사에서 지니는 의미를 보여주는 것으로 본다고 썼다. 자신의 정

치적 입장을 감추려고 나치 교육부의 언어를 쓴 것이 분명하다. 보고서는 1944년 6월 24일 자로 되어 있다. Bundesarchiv, Berlin, Reichsministerium für Wissenschaft, Erziehung und Volksbildung, R 4901/15149, Wissenschaftliche Beziehungen zum Ausland, Akte Prof. Kranz Dez. 1943-Dez. 1944.

78. "... der das geistige Leben Deutschlands überfremdet, gelähmt und erstickt hat." 프리케의 경력은 학자들이 망명을 떠나 공석이 생긴 덕을 보았다. 1933년에서 1941년까지 킬대학교 독일학과 제미나르 교수로 있다가, 1942년에 스트라스부르대학교 오르디나리우스 교수가 되어 1945년까지 재직했다. Claudia Albert, ed., *Deutsche Klassiker im Nationalsozialismus: Schiller, Kleist, Hölderlin* (Stuttgart: Metzler, 1994), 264쪽.

79. "... wissenschaftlichen Einsatzes deutscher Germanisten im Kriege." Frank-Rutger Hausmann, *"Deutsche Geisteswissenschaft" im Zweiten Weltkrieg: Die "Aktion Ritterbusch" (1940-1945)*, ed. Holger Dainat, Michael Grüttner, and Frank-Rutger Hausmann (Dresden: Dresden University Press, 1998), 33쪽.

80. 1941년 7월에 바이마르에서 열린 제1차 예비회의 참석자들에게 보낸 편지에서 인용. 원본은 Deutsches Literaturarchiv Marbach, Nachlaß Rehm 74, 20 (4 Bl.)에 보관되어 있다. 같은 곳, 171쪽에서 재인용.

81. "... den Wesensgehalt des Deutschen aus dem ihr anvertrauten Bereich deutscher Sprache und Dichtung herauszuarbeiten." 같은 곳.

82. 이스탄불대학교 철학과의 역사에 대해서는 Arslan Kaynardağ, *Bizde Felsefenin Kurumlaşması ve Türkiye Felsefe Kurumu'nun Tarihi* (Ankara: Türkiye Felsefe Kurumu, 1994); Kaynardağ, "Üniversitemizde Ders Veren Alman Felsefe Profesörleri" 참조.

83. Fuchs, *Çorum and Anatolian Pictures*, 12쪽.

84. 여기에 언급된 저자들에게 보인 감정과는 대조적으로 입센 같은 '외국인' 작가에게는 냉정하고도 객관적인 태도를 보였다. "G. Fricke in Istanbul," 출간되지 않은 학위논문, Gabriele Stilla, "Gerhard Fricke: Literaturwissenschaft als Anweisung zur Unterordnung," *Deutsche Klassiker im Nationalsozialismus: Schiller-Kleist-Hölderlin*, ed. Claudia Albert (Stuttgart: Metzler, 1994), 24쪽에서 재인용.

85. Sayın, "Germanistik an der 'Universität Istanbul,'" 31쪽. 그렇지만 프리케와 치글러의 관계는 특히 복잡하기 때문에 더 탐구가 필요하다.

86. "Für Assistenten und Studenten, die nun nach kurzen Abständen mit dem deutschen Idealismus und auch dessen äußerster Kritik konfrontiert wurden, die, kaum dem Fahrwasser der Unbedingtheit hingegeben, an die harte Realität gemahnt wurden, für die meisten Zuhörer war dieses Wechselbad auf symbolischer Ebene nicht unfruchtbar." 같은 글.

87. 샤라 사이은 기념 논문집에서 닐뤼페르 쿠루야즈즈는 대학교의 임용정책이 기묘하다고 평하지만 더이상의 비판은 삼갔다. 그녀는 대학교의 관점에서는 독일인 교수들의 실력에 대한 평판이 정치적 입장보다 더 중요했을지 모른다고 암시함으로써 나치 교수가 임용된 배경을 설명한다. Nilüfer Kuruyazıcı, "Die deutsche akademische Emigration von 1933 und ihre Rolle bei der Neugründung der Universität Istanbul sowie bei der Gründung der

Germanistik," *Interkulturelle Begegnungen: Festschrift für Şara Sayın*, ed. Şara Sayın, Manfred Durzak, and Nilüfer Kuruyazıcı (Würzburg: Königshausen & Neumann, 2004), 260쪽.

88. Rıfat N. Bali, *Cumhuriyet Yıllarında Türkiye Yahudileri: Bir Türkleştirme Serüveni* (Istanbul: İletişim, 1999), 361쪽에서 재인용.
89. 히르슈는 1944년 여름에 수취인이 누구인지 알려지지 않은 사람에게 보낸 편지에서 누이 걱정을 표출했다. Ernst E. Hirsch, *Aus des Kaisers Zeiten durch die Weimarer Republik in das Land Atatürks: Eine unzeitgemäße Autobiographie* (München: Schweitzer, 1982), 299쪽.
90. 이스탄불에서 강제로 억류된 사람들의 일상생활에 대한 다양한 보고서는 Politisches Archiv des Auswärtigen Amts, Berlin, Akten des Generalkonsulats Istanbul, 4058, Paket 95에 보관되어 있는 영사관 문서 참조.
91. Fuchs, *Çorum and Anatolian Pictures*, 14.
92. 푹스는 죽기 전에 자신이 그렸던 일부 그림을 출간했다. 같은 곳.
93. 아르놀트 라이스만은 독일 국민들이 어떤 장소에 어떤 방식으로 강제 수용되었는지를 보여주는 사례를 수집해놓았다. 라이스만은 또한 강제 수용에서 예외가 된 사례에 대해서도 언급했다. Arnold Reisman, *Turkey's Modernization: Refugees from Nazism and Atatürk's Vision* (Washington, DC: New Academia Publishing, 2006), 420-425쪽.
94. 코르넬리우스 비쇼프는 독일 신문 인터뷰에서 초룸에 억류됐던 경험을 묘사했다. Maximilian Probst, "Baden im Bosporus," *die tageszeitung*, 2009년 1월 23일자, http://www.taz.de/!741833/ (2009. 3. 14. 열람) [옮긴이: 2019. 10. 27. 열람] 초룸의 비쇼프에 대한 더 많은 내용은 Kemal Bozay, *Exil Türkei: Ein Forschungsbeitrag zur deutschsprachigen Emigration in die Türkei 1933-1945* (Münster: LIT, 2001), 94, 117-118쪽도 참조.
95. Walter Ruben, *Kırşehir: Eine altertümliche Kleinstadt Mittelanatoliens*, ed. Gerhard Ruben (Würzburg: Ergon, 2003). 루벤과 비쇼프는 강제 억류 경험을 *Mitgliederrundbrief*, vol.43 (Berlin: Verein Aktives Museum: Faschismus und Widerstand in Berlin, May 2000), http://www.aktives-museum.de/fileadmin/user_upload/Extern/Dokumente/rundbrief-43.pdf (2009. 3. 20. 열람), 34쪽에서 묘사하고 있다. [옮긴이: 2019. 10. 28. 열람]
96. 이 학술지는 프랑스어 문헌학, 영어 문헌학, 독일어 문헌학이라는 세 부분으로 되어 있다. 언어학 연구와 아울러 셰익스피어에서 라이너 마리아 릴케에 이르기까지 문학작품에 관한 다양한 에세이가 실려 있다. 프랑스어 문헌학 부분에는 19세기 터키 소설에 프랑스가 미친 영향을 탐구한 제브데트 페린의 비교문학 연구가 포함되어 있다.
97. "Tekrar neşretmeğe başladığımız bu dergiyi, Türkiyenin fikrî gelişmesine hizmet edecek, ve milletler arası filoloji çalışmalarına yardımı dokunacak eserlerin takip edeceğini ümit ederiz." Erich Auerbach, "Önsöz," *Garp Filolojileri Dergisi* 1 (1947), 1쪽.
98. 앱터는 "비교문학이 세계적인 학문 분야로…… 발명될 조건을 만든 것은 터키의 언어정책과 유럽의 문헌학 인문주의의 불안정한 교배였다"고 주장한다. Apter, "Global *Translatio*," 263쪽.
99. "An der Universität haben wir wohl einiges erreicht, aber längst nicht so viel als möglich gewesen wäre; die unsichere und oft dilettantische Politik der Verwaltung erschwert die Ar-

beiten sehr, wobei zuzugeben ist, dass sie es nicht leicht hat." 마르틴 헬베크에게 보낸 1947년 5월 16일자 편지에서 인용. Martin Vialon, ed., *Erich Auerbachs Briefe an Martin Hellweg (1939-1950)* (Tübingen: A. Francke Verlag, 1997), 70쪽.

100. ". . . ich habe hier gelernt, wie schwer es ist[,] ein nicht europäisches Land in kurzer Zeit zu europäisieren; die Gefahr der praktischen und moralischen Anarchie ist sehr gross." 같은 곳.

101. 아우어바흐가 마르틴 헬베크에게 보낸 1946년 6월 22일자 편지에서 인용. 같은 책, 70쪽.

102. ". . . verantwortungslose, dilletantische und fortwährend wieder abgebrochene Experimente." 헬베크에게 보낸 1946년 5월 16일자 편지에서 인용. 같은 책, 78쪽.

103. 1930년대 서양어문학부 강사 리젤로테 디크만 또한 급속한 터키 서구화에 따르는 문제를 다룬 글을 썼다. Liselotte Dieckmann, "Akademische Emigranten in der Türkei," *Verbannung: Aufzeichnungen deutscher Schriftsteller im Exil*, ed. Egon Schwarz and Matthias Wegner (Hamburg: Christian Wegner, 1964), 122-126쪽 참조.

104. Ahmet Hamdi Tanpınar, *Yaşadığım Gibi*, 2nd ed. (Istanbul: Dergah Yayınları, 1996), 32-33쪽.

5장

1. "Leo Spitzer," *Johns Hopkins Magazine* (April 1952), 26쪽.

2. 예를 들어 르네 웰렉은 레오 스피처를 추모하는 글에서 이렇게 썼다. "[이스탄불에서 그는] 현대 언어라는 커다란 계획의 책임을 맡았다. 푸른 마르마라해가 보이는 장엄한 궁전이 있었고 문마다 안내인이 있었다. 그러나 책은 거의 없었다. 스피처에 의하면 학장은 이렇게 말했다. '우리는 책은 신경 쓰지 않습니다.' 이스탄불에서 화재는 전통의 한 부분이었다." René Wellek, "Leo Spitzer (1887-1960)," *Comparative Literature* 12, no.4 (1960), 310쪽.

3. 예를 들어 Horst Widmann, *Exil und Bildungshilfe: Die deutschsprachige akademische Emigration in die Türkei nach 1933* (Bern: Herbert Lang, 1973) 참조.

4. Harry N. Howard, "Preliminary Materials for a Survey of the Libraries and Archives of Istanbul," *Journal of the American Oriental Society* 59, no.2 (1939), 241쪽.

5. 같은 글, 235쪽.

6. Orhan Pamuk, *Istanbul: Memories and the City* (New York: Random House, 2006), 209. 아흐메트 함디 탄프나르의 이스탄불 에세이는 원래 1946년에 발표되었다. Ahmet Hamdi Tanpınar, *Beş Şehir* (Istanbul: Dergâh Yayınları, 2008), 164쪽.

7. Pamuk, *Istanbul*, 211. 줄리아 헬은 제국주의와 폐허의 미학 간 관계를 독일 맥락에서 분석한다. Julia Hell, "Imperial Ruin Gazers, or Why Did Scipio Weep?" *Ruins of Modernity*, ed. Julia Hell and Andreas Schoenle (Durham, NC: Duke University Press, 2010), 169-192쪽. 또 Julia Hell, "Ruin Travel: Orphic Journeys through 1940s Germany," *Writing Travel*, ed. John Zilcosky (Toronto: University of Toronto Press, 2008), 123-162쪽도 참조.

8. Erich Auerbach, *Mimesis: The Representation of Reality in Western Literature*, trans. Willard R.

Trask (Princeton, NJ: Princeton University Press, 2003), 557쪽.

9. Edward W. Said, "Erich Auerbach, Critic of the Earthly World," *Boundary 2* 31, no.2 (2004), 12쪽.

10. Howard, "Preliminary Materials," 241쪽.

11. 같은 글, 227쪽.

12. Liselotte Dieckmann, "Akademische Emigranten in der Türkei," *Verbannung: Aufzeichnungen deutscher Schriftsteller im Exil*, ed. Egon Schwarz and Matthias Wegner (Hamburg: Christian Wegner, 1964), 125쪽 참조. "Für die Humanisten gab es zwar die schönsten alten Manuskripte, aber freilich keine Bibliothek. Nur wer eine private Sammlung besaß und sie hatte mitbringen können, konnte über Bücher verfügen."

13. Ernst E. Hirsch, *Aus des Kaisers Zeiten durch die Weimarer Republik in das Land Atatürks: Eine unzeitgemäße Autobiographie* (München: Schweitzer, 1982), 219쪽.

14. Ali Arslan, *Darülfünun' dan Üniversiteye* (Istanbul: Kitabevi, 1995), 500쪽.

15. Hirsch, *Aus des Kaisers Zeiten*, 219, 223쪽. 히르슈의 자서전에는 이 선물이 들어온 시기가 1914년이었는지 1920년대였는지 분명하게 나와 있지 않다. 독일의 기록보관소를 조사하는 동안 나는 독일의 서적과 학술지를 다륄퓌눈에 공급하려는 바이마르 독일의 노력을 보여주는 증거가 담겨 있는 폴더 하나를 발견했다. Politisches Archiv des Auswärtigen Amts, Die Universität zu Konstantinopel R 64142, 1923. 이 책들은 1914년에 다륄퓌눈에 임용된 독일인 교수들의 주선에 의해 제공되었을 가능성이 있다.

16. Kathrin Meier-Rust, *Alexander Rüstow: Geschichtsdeutung und liberales Engagement* (Stuttgart: Klett-Cotta, 1993), 67-68쪽.

17. Hirsch, *Aus des Kaisers Zeiten*, 220-221쪽.

18. 1941년에 발터 고트샬크는 대학교의 여러 연구소 부설 도서관을 관리하는 임무를 맡았다. 터키의 독일인 사서들에 대한 개론을 보려면 Hildegard Müller, "German Librarians in Exile in Turkey, 1933-1945," *Libraries and Culture* 33, no.3 (1998), 294-305쪽 참조.

19. "독일긴급학술협회(독일학회)"의 도서관위원회가 위르겐스를 터키로 파견했다. 1934년에 작성된 "Deutsche wissenschaftliche Stützpunkte in Konstantinopel"라는 제목의 보고서 참조. Politisches Archiv des Auswärtigen Amts, Akten des Generalkonsulats Istanbul, GK Istanbul 163, Universität Istanbul Band II 1934-1935.

20. Howard, "Preliminary Materials," 241쪽. 이스탄불의 도서관에 관한 터키어 개관을 보려면 Muzaffer Gökman, *Istanbul Kütüphaneleri Rehberi* (Istanbul, 1941); Muzaffer Gökman, *Istanbul Kütüphaneleri ve Günkü Vaziyetleri* (Istanbul: Hüsnütabiat Matbaası, 1939) 참조.

21. Süheyla Bayrav and Ferda Keskin, "Siz misiniz? Burada İşiniz Ne?" *Cogito* 23 (2000), 150쪽. 리젤로테 디크만을 비롯하여 다른 이들도 망명객에게 개인 장서가 얼마나 중요했는지를 강조한다. Dieckmann, "Akademische Emigranten in der Türkei," 125쪽 참조.

22. Politisches Archiv des Auswärtigen Amts, Akten des Generalkonsulats Istanbul, GK Istanbul 163, Universität Istanbul Band II 1934-1935.

23. 이지도르 카론에 관한 짤막한 전기로는 Jüdisches Museum München, "Orte des Exils /

Sürgün Yerleri: Münih ve Istanbul" (München: Jüdisches Museum München, 2008), 22쪽 참조. 에른스트 히르슈는 이스탄불에 도착한 그 이튿날에 이 서점을 발견하게 된 사연을 비롯해 카론을 만나 원하는 법률 서적을 독일과 스위스에서 주문해줄 수 있다는 약속을 받아낸 이야기 등을 전해준다. Hirsch, *Aus des Kaisers Zeiten*, 182쪽.

24. Politisches Archiv des Auswärtigen Amts, Akten des Generalkonsulats Istanbul, GK Istanbul 163, Universität Istanbul Band II 1934-1935. 위르겐스는 1934년 7월 31일자로 제출한 보고서 "Buchhandel in Istanbul(이스탄불의 도서거래 현황)"에 자세한 내용을 적고, 그 결과로 독일 서적 판매의 일원화를 제안했다.
25. 이스탄불에 있을 때 브링크만은 독일 도서교류 사업을 통해 책들이 오기를 기다렸다. 이 책들은 마르부르크에서 발송되어 브링크만이 떠난 후에 이스탄불에 도착했지만, 터키가 나치 독일의 적국이 되는 바람에 독일 영사관에 그대로 보관되어 있었다. 독일 교육부에 보낸 1944년 5월 20일자 보고서에서 브링크만은 이스탄불에서 거둔 성과를 적었다. Bundesarchiv, Berlin, Reichsministerium für Wissenschaft, Erziehung und Volksbildung, R 4901/13290, Wissenschaftliche Beziehungen zum Ausland, Akte Prof. Dr. Hennig Brinkmann, Univ. Frankfurt a.M., Mai 1943-März 1945.
26. 에리히 아우어바흐, 요하네스 외슈거에게 보낸 편지, 1938년 5월 27일자. Nachlass Fritz Lieb, Universitätsbibliothek Basel (Handschriftenabteilung), NL 43 (Lieb) Ah 2,1. 또한 아우어바흐가 마르틴 헬베크에게 보낸 1939년 5월 22일자 편지도 참조. 이 편지에서 그는 대학교에 제대로 된 도서관이 없다며 다음과 같이 말한다. "Uns dreien geht es gut. Es fehlt auch jetzt nicht an Unsicherheit und an Unruhe. Aber das Leben ist vorderhand bezaubernd hier.—Nur Bücher, d.h. eine brauchbare UB, fehlen, und Reisen ist unmöglich." Martin Vialon, ed., *Erich Auerbachs Briefe an Martin Hellweg (1939-1950)* (Tübingen: A. Francke Verlag, 1997), 58쪽.
27. Erich Auerbach, "Epilegomena zu Mimesis," *Romanische Forschungen* 65, no.1/2 (1953), 10쪽. 『미메시스』 영문판 발행 50주년 기념판에 수록된 이 에세이의 영어 번역본 참조.
28. 한나 아렌트는 『어두운 시대의 사람들』이라는 책에서 론칼리에게 한 장을 할애해 감사를 표하고 있다. Hannah Arendt, *Menschen in finsteren Zeiten*, ed. Ursula Ludz (München: Piper, 1989), 75-88쪽 "Angelo Giuseppe Roncalli: Der christliche Papst" 장 참조.
29. 1943년과 1944년에 유럽의 유대인을 구조할 때 그가 한 역할에 대해서는 Margaret Hebblethwaite, *John XXIII: Pope of the Century* (New York: Continuum International Publishing Group, 2005), 82-95쪽 참조.
30. 요한 23세 교황이 아우어바흐에게 1956년 6월 23일자로 보낸 짤막한 편지가 마르바흐 문헌 기록보관소의 에리히 아우어바흐 파일에 보관되어 있다.
31. John David Dawson, "Figural Reading and the Fashioning of Christian Identity in Boyarin, Auerbach and Frei," *Modern Theology* 14, no.2 (1998), 186쪽.
32. '피구라' 개념의 영어 번역은 Erich Auerbach, *Scenes from the Drama of European Literature* (Gloucester, MA: Peter Smith, 1973), 72쪽에서 찾아볼 수 있다.
33. James I. Porter, "Auerbach and the Scar of Philology," *Classics and National Culture*, ed. Su-

san Stephens and Phiroze Vasunia (Oxford: Oxford University Press, 2010)와 비교. 또한 James Porter, "Auerbach and the Judaizing of Philology," *Critical Inquiry* 35 (2008), 115-147쪽도 참조.

34. 아우어바흐는 1939년에 마르틴 헬베크에게 보낸 편지에서 자신의 방법을 "한 낱말의 역사나 한 구절의 해석 같은" 특정현상(Einzelphänomen)에서 출발하는 것으로 묘사하면서 이렇게 설명한다. "이 특정 현상은 작고 구체적일수록 좋고, 우리나 다른 학자가 도입한 개념이어선 안 되며, 제재 자체에서 드러나는 것이어야 한다." Martin Elsky, Martin Vialon, and Robert Stein, "Scholarship in Times of Extremes: Letters of Erich Auerbach (1933-46), on the Fiftieth Anniversary of His Death," *Publications of the Modern Language Association of America* 122, no.3 (2007), 756쪽. 아우어바흐와 헬베크가 주고받은 편지 모음은 Vialon, *Erich Auerbachs Briefe an Martin Hellweg* 참조.
35. Homer, *Odyssey*, trans. Albert Cook (New York: Norton, 1993), 94쪽.
36. Jonathan Lamb, *Preserving the Self in the South Seas, 1680-1840* (Chicago: University of Chicago Press, 2001), 13쪽. 램은 이런 곡언법이 상상의 여행문학뿐만 아니라 실제의 여행문학에서도 중요한 수사적 장치라고 분석한다. 또 램의 평론 Jonathan Lamb, "Coming to Terms with What Isn't There: Early Narratives of New Holland," *Eighteenth-Century Life* 26, no.1 (2002), 147-155쪽도 참조. 곡언법과 여행문학에 대해 논의한 다른 글을 보려면 Vanessa Agnew, *Enlightenment Orpheus: The Power of Music in Other Worlds* (New York: Oxford University Press, 2008), 166쪽 참조.
37. Giambattista Vico, *New Science* (London: Penguin Classics, 1999), 119쪽. 비코가 아우어바흐에게 미친 영향에 대해서는 이 책 1장 참조.
38. 영어 번역본은 Alexander Rüstow, *Freedom and Domination: A Historical Critique of Civilization*, trans. Salvator Attanasio (Princeton, NJ: Princeton University Press, 1980).
39. 크라이자우 모임이라는 저항단체의 지도자였던 헬무스 야메스 폰 몰트케는 1943년에 터키를 방문했을 당시 뤼스토브와 접촉했다. 뤼스토브는 미국 정보부 OSS(전략사무국)에 아는 사람이 있었고, 그래서 조기에 평화협정을 맺기 위한 몰트케의 제안을 연합국에게 넘겼다. Stanford J. Shaw, *Turkey and the Holocaust: Turkey's Role in Rescuing Turkish and European Jewry from Nazi Persecution, 1933-1945* (Hampshire, UK: Macmillan Press, 1993), 304쪽. 또 Michael Balfour and Julian Frisby, *Helmuth James Graf von Moltke,* 1907-1945, trans. Freya von Moltke (Berlin: Henssel, 1984), 260-271쪽도 참조.
40. Alexander Rüstow, *Ortsbestimmung der Gegenwart: Eine universalgeschichtliche Kulturkritik* (Erlenbach: Eugen Rentsch Verlag, 1952), 9쪽.
41. 마이어루스트는 코블렌츠 연방 기록보관소에 보관되어 있는 뤼스토브의 편지를 연구했다. Meier-Rust, *Alexander Rüstow*, 64, 67, 77쪽.
42. Fritz Neumark, *Zuflucht am Bosporus: Deutsche Gelehrte, Politiker und Künstler in der Emigration 1933-1953* (Frankfurt am Main: Verlag Josef Knecht, 1980), 180쪽.
43. A. Paul Bové, *Intellectuals in Power: A Genealogy of Critical Humanism* (New York: Columbia University Press, 1986), 79쪽. 또 아우어바흐가 전쟁이 끝난 뒤 헬베크에게 보낸 편지도 참

조. Vialon, *Erich Auerbachs Briefe an Martin Hellweg*, 70쪽.

44. 해리 레빈의 관점에서 스피처는 비교문학적 분석에서 연속성과 본질적 요소들을 증류한 반면, 아우어바흐는 상대론적 전망을 취하면서 변화의 측면을 강조했다. Harry Levin, "Two *Romanisten* in America: Spitzer and Auerbach," *The Intellectual Migration: Europe and America, 1930-1960*, ed. Donald Fleming and Bernard Bailyn (Cambridge, MA: Belknap Press of Harvard University Press, 1969), 472쪽 참조.
45. 같은 책, 466, 471쪽.
46. 같은 책, 466쪽.
47. 같은 책, 465-466쪽.
48. Dante Alighieri, *The Divine Comedy*, vol.1: *Inferno*, trans. Mark Musa (New York: Penguin Books, 2003), 326쪽.
49. Paget Jackson Toynbee, *Dante Studies* (London: Clarendon Press, 1921), 112쪽. 무수루스 파샤는 "술탄[압뒬하미트]의 신하로서 단테가 이슬람교의 창시자를 찬양하지 않는 부분을 생략하는 것이 자신의 의무라고 생각했다." 토인비는 단테가 번역서 목록에 있었던 이유는 황제의 권위는 하느님에게서 온다고 감히 단언했기 때문이라는 점을 독자들에게 상기시킨다. 토인비는 무수루스 파샤가 이 부분을 생략한 것을 여타의 "원전 훼손," 예컨대 18세기 라틴어 번역본과 같은 훼손의 맥락 안에서 바라본다.
50. Nüshet Haşim Sinanoğlu, *Dante ve Divina Commedia: Dante ile İlk Temas* (Istanbul: Devlet Matbaası, 1934), 63쪽.
51. "Bu, hıristiyanlar için birçok muharebelere sebep olan dinin müessisi idi." 같은 책, 74쪽.
52. Dante Alighieri, *İlâhî Komedi (Divina commedia) Cehennem-Âraf-Cennet*, trans. Hamdi Varoğlu (Istanbul: Hilmi Kitapevi, 1938), xxvi쪽에 수록된 M. 투르한 탄의 머리말 참조. "Cennetle cehennem hakkında, dinî değil, bediî bir fikir edinmek ve bir şaheser okumak isteyenler bu nefis kitaptan mutlaka birer nüsha edinmelidirler." 이 출판사의 편집인 이브라힘 힐미 츠으라찬 또한 직접 단테의 삶과 작품에 관한 머리말을 썼다. Dante Alighieri, *İlâhî Komedi*, v-xx쪽에 수록된 그의 머리말 참조. 1938년에 함디 바롤루도 단테의 삶과 작품에 관한 40쪽짜리 책을 펴냈다. Hamdi Varoğlu, *Dante Alighieri: Hayatı, Eserleri ve İlahi Komedi* (Istanbul: Cumhuriyet Matbaası, 1938).
53. Dante Alighieri, *İlâhî Komedi*, xxvi쪽에 수록된 투르한 탄의 머리말 참조.
54. 같은 책, 132-133쪽.
55. Dante Alighieri, *Divine Comedy*, vol.1: *Inferno*, 326쪽.
56. Dante Alighieri, *İlâhî Komedi*, 132. 이 시는 원래 그가 쓴 "망령이 지나가다(Tayflar Geçidi)"라는 제목의 선집에 수록되었다.
57. 예컨대 Dante Alighieri, *İlâhi Komedya*, trans. Feridun Timur (Ankara: Maarif Basımevi, 1959), 346-347쪽에 첨부된 페리둔 티무르의 각주 참조. 예를 들어 에드워드 사이드는 『오리엔탈리즘*Orientalism*』에서 이 부분을 비판적으로 해석하며 무함마드의 역겨운 형벌에 관해 이렇게 적는다. "하나의 형벌에 저토록 생생하게 딸려 있는 말세론적 세부묘사를 독자가 하나도 건너뛰게 해주지 않는다. 무함마드의 내장과 배설물을 조금의 망설임도 없이 세

밀하게 묘사하고 있다." Edward Said, *Orientalism* (New York: Vintage Books, 1979), 68쪽. 사이드의 단테 해석과 역사적 시대 구분에 대한 비평은 Kathleen Biddick, "Coming Out of Exile: Dante on the Orient(alism) Express," *American Historical Review* 105, no.4 (2000), 1234-1249쪽 참조.

58. 18세기 이후 오스만 제국에서 전개된 역사적 과정으로서의 세속주의에 관한 연구는 Niyazi Berkes, *The Development of Secularism in Turkey* (Montreal: McGill University Press, 1964) 참조. 이 연구에서 베르케스는 그리스도교와 무슬림 사회에서 '세속주의(secularism)'와 '세속성(laicism)'이라는 용어가 지닌 특수한 감정적 가치에 대해 논한다.

59. 레오 스피처가 한 세 차례의 강연은 각기 "Bocaccio," "Cervantes," "Rabelais yahut Ronesans' ın Dehası"라는 제목의 터키어로 번역되어 대학교의 강연집 *Üniversite Konferansları 1935-1936* (Istanbul: Ülkü Basımevi, 1937)에 수록되었다.

60. Erich Auerbach, *Roman Filolojisine Giriş*, trans. Süheyla Bayrav, İstanbul Üniversitesi Edebiyat Fakültesi Yayınlarından, No.236 (Istanbul: İbrahim Horoz Basımevi, 1944). 단테에 관한 아우어바흐의 새로운 연구도 1944년에 이스탄불에서 출간됐지만 터키어로는 번역되지 않았다. Erich Auerbach, *Neue Dantestudien: Sacrae scripturae sermo humilis; Figura; Franz von Assisi in der Komödie. Dante Hakkında Yeni Araştırmalar*, ed. Robert Anhegger, Walter Ruben, and Andreas Tietze, Istanbuler Schriften—Istanbul Yazıları (Istanbul: İbrahim Horoz Basımevi, 1944).

61. 귀진 디노와 파리에서 한 인터뷰, 2007년 10월 26일자. 제밀 빌셀은 대학교에서 출간한 1935-1936년 강연집 머리말에서 이 강연에 대한 관심이 얼마나 높았던지 강당 좌석이 모자라 수백 명이 서서 들어야 했다고 했다.

62. 아우어바흐의 터키 강연들은 다음 문헌 참고. Erich Auerbach, "On Yedinci Asırda Fransız 'Public'i," *Üniversite Konferansları*, İstanbul Üniversitesi Yayınları, No.50 (Istanbul: Ülkü Basımevi, 1937), 113-123쪽; Erich Auerbach, "Jean Jacques Rousseau," *Üniversite Konferansları 1938-1939*, İstanbul Üniversitesi Yayınları, No.96 (Istanbul: Ülkü Basımevi, 1939), 129-139쪽; Erich Auerbach, "XVIıncı asırda Avrupada Milli Dillerin Teşekkülü," *Üniversite Konferansları 1937-1938*, İstanbul Üniversitesi Yayınları, No.93 (Istanbul: Ülkü Basımevi, 1939), 143-152쪽; Erich Auerbach, "Dante," *Üniversite Konferansları 1939-1940*, İstanbul Üniversitesi Yayınları, No.125 (Istanbul: Ülkü Basımevi, 1940), 62-70쪽; Erich Auerbach, "Edebiyat ve Harp," *Cogito* 23 (2000), 219-230쪽; Erich Auerbach, "XIXuncu Asırda Avrupada Realism," *Üniversite Konferansları 1941-1942*, İstanbul Üniversitesi Yayınları, No.172 (Istanbul: Kenan Basımevi, 1942); Erich Auerbach, *Dante Hakkında Yeni Araştırmalar*, İstanbul Üniversitesi Edebiyat Fakültesi Yayınları, No.5 (Istanbul: İstanbul Üniversitesi, 1944); Erich Auerbach, "Montesquieu ve Hürriyet Fikri," *Üniversite Konferansları 1943-1944*, İstanbul Üniversitesi Yayınları, No.273 (Istanbul: Kenan Matbaası, 1945), 39-49쪽; Erich Auerbach, "Voltaire ve Burjuva Zihniyeti," *Garp Filolojileri Dergisi* 1 (1947), 123-134쪽; Erich Auerbach, "Kötünün Zaferi: Pascal'in Siyasi Nazariyesi Üzerine bir Deneme," *Cogito* 18 (1999), 279-299쪽. 이 중 파스칼에 관한 글은 서명과 함께 1941년 5월 19일 날

짜가 표시되어 있으며 피크레트 엘페가 번역했다. 원래는 새로 창간된 학술지 *Felsefe Arkivi* 1(1946), 2-3쪽에 처음 발표됐고, 영어본은 같은 해에 "The Triumph of Evil"이라는 제목으로 *Hudson Review*에 처음 수록됐다. 이 에세이의 독일어본은 "Über Pascals Politische Theorie"라는 제목으로 Erich Auerbach, *Vier Untersuchungen zur Geschichte der französischen Bildung* (Bern: Francke, 1951)에 수록됐다. 이 에세이의 영어 번역은 1973년에 Auerbach, *Scenes from the Drama of European Literature*, 101-129쪽에 수록됐다.

63. 1930년대와 1940년대에 출간된 글 몇 편이 최근 터키의 여러 학술지에 재수록되었다.
64. "1265, hicrî 633 senesinde Floransada doğan 1321 de 56 yaşında menfada ölen Dante Aliguieri [Alighieri] Orta Zaman Avrupasının en büyük şairi idi." Auerbach, "Dante," 62쪽.
65. David Damrosch, "Auerbach in Exile," *Comparative Literature* 47, no.2 (1995), 107-109쪽. 『미메시스』에서 에리히 아우어바흐는 파리나타와 카발칸테의 "변치 않는 영원한 운명이 똑같다"고 적는다(192쪽).
66. Miguel Asín Palacios, *Islam and the Divine Comedy* (London: John Murray, 1926), xiii쪽. 이 논거는 또 René Guénon, *L'Ésotérisme de Dante* (Paris: Bosse, 1925)에서 뒷받침되었다. 이 책의 영어본은 René Guénon, *The Esoterism of Dante*, trans. C. B. Bethell (Paris: Gallimard, 1996).
67. Asín Palacios, *Islam and the Divine Comedy*, 104쪽.
68. 같은 책, 114쪽.
69. 같은 책, 112쪽.
70. 올슈키는 아신의 연구에 대해, 이 아랍학자는 "단테의 영예를 무어인의 것일지언정 상당 부분 스페인의 것이라고 주장"하고자 했으며, 그래서 "자신의 발견을 과대평가하고 자신의 결론을 과장하게" 되었다며 평가절하했다. Leonardo Olschki, "Mohammedan Eschatology and Dante's Other World," *Comparative Literature* 3, no.1 (1951), 1쪽. 올슈키의 글이 *Comparative Literature*에 발표된 지 1년 뒤에 시어도어 실버스테인은 *Journal for Near Eastern Studies*에서 아신 팔라시오스의 방법론과 논증법을 검토했는데, 올슈키와는 달리 새로 발견된 자료를 근거로 그리스도교와 이슬람교 전승의 유사점을 다시 살펴보았다. Theodore Silverstein, "Dante and the Legend of the Mi'raj: The Problem of Islamic Influence on the Christian Literature of the Otherworld," *Journal of Near Eastern Studies* 11, no.2 (1952), 89-110쪽. 이 토론에 관한 이후의 논평은 Vicente Cantarino, "Dante and Islam: History and Analysis of a Controversy," *A Dante Symposium*, ed. William de Sua and Gino Rizzo (Chapel Hill: University of North Carolina Press, 1965), 175-198쪽; Paul A. Cantor, "The Uncanonical Dante: The Divine Comedy and Islamic Philosophy," *Philosophy and Literature* 20, no.1 (1996), 138-153쪽 참조. 폴 캔터는 단테의 『신곡』이 무슬림을 분열주의자로만 묘사한 건 아님을 보여줌으로써 이 토론에 참여했다. 그는 또 단테가 두 명의 무슬림, 즉 중세 이슬람 철학자 이븐시나와 이븐루시드를 긍정적으로 조명했다는 것을 지적한다.
71. Werner Mulertt, "Asíns Dantebuch," *Islam* 14 (1924), 119쪽.
72. 같은 글, 115쪽.
73. Karl Vossler, *Die Göttliche Komödie*, vol.2 (Heidelberg: Carl Winters Universitätsbuchhand-

lung, 1925), 510쪽.

74. Erich Auerbach, *Dante als Dichter der irdischen Welt*, 2nd ed. (Berlin: Walter de Gruyter, 2001), 102쪽. 해당 부분의 영문은 Erich Auerbach, *Dante: Poet of the Secular World* (Chicago: University of Chicago Press, 1961), 81쪽 이하 참조. 이런 영향을 인정한다 해서 아우어바흐가 단테 문체의 선구가 된 프로방스 시의 특이성을 주장하지 않는 것은 아니다. 이 점을 입증하고자 아우어바흐는 화려한 언어를 구사하며 "피의 섞임(Blutmischung)"과 "문화적 저류(unterirdische Kulturtradition)" 개념과 아울러 "고향의 기쁨(Heimatfreude)"과 "풍경과 생활양식의 합일(Einheit von Landschaft und Lebensform)" 같은 낭만주의적 관념을 동원했다. 영어 번역본은 사용된 언어의 일부를 약간 누그러뜨리면서 "Blutmischung"을 "민족의 혼합"으로 옮기고 있다. Auerbach, *Dante als Dichter der irdischen Welt*, 21쪽과 영어 번역본 Auerbach, *Dante: Poet of the Secular World*와 비교.
75. 예컨대 Suzanne L. Marchand, *Down from Olympus: Archaeology and Philhellenism in Germany, 1750-1970* (Princeton, NJ: Princeton University Press, 1996); Suzanne Marchand, "Nazism, Orientalism and Humanism," *Nazi Germany and the Humanities*, ed. Wolfgang Bialas and Anson Rabinbach (Oxford: Oneworld, 2007) 참조.
76. Erich Auerbach, "Provenzalen 1" (Literaturarchiv Marbach, Nachlass Auerbach), 8쪽.
77. "In die antike griechisch-römische Kultur strömen nämlich noch während ihrer Blütezeit aus ägyptische, babylonische, persische, syrische und andere orientalische Kulturen, und aus dem Völker- und Mythengewimmel der römischen Weltherrschaftszeit sind alle späteren okzidentalischen Kulturen geboren worden—vor allem das Christentum in seiner historisch-herrschenden Gestalt, aber auch die mohammedanisch-arabischen Kulturen." 같은 글, 9-10쪽.
78. 알렉산더 뤼스토브가 에리히 아우어바흐에게 보낸 편지, 1942년 6월 16일자, Literaturarchiv Marbach, Nachlaß Auerbach.
79. Auerbach, *Mimesis*, 182쪽.
80. 같은 책, xviii쪽.
81. Geoffrey Hartman, *A Scholar's Tale: Intellectual Journey of a Displaced Child of Europe* (New York: Fordham University Press, 2007), 104쪽. 그러나 하트먼은 또 이렇게 주장한다. "아우어바흐가 자신의 전통을 다룬 주석서들을 더 잘 알았다면 거기서 이와 비슷한 시각을 이끌어낼 수 있었을지는 의문으로 남을 수밖에 없다." Hartman, *Scholar's Tale*, 174쪽.
82. Emily Apter, "Saidian Humanism," *Boundary 2* 31, no.2 (2004), 40쪽.
83. 같은 글, 45쪽.
84. *The Chinese Taste in Eighteenth-Century England*라는 책의 원고에서 데이비드 포터는 토머스 퍼시의 중국학 연구와 그의 발라드 선집 *Reliques of English Poetry*가 서로 연관이 있다고 본다. 포터는 "책이 동시에 집필됐거나 아니면 형식적으로 유사하다는 점이 지니는 의미가 이제껏 간과되었다"고 주장하며, 퍼시의 영문학·문화사와 영국민 정체성의 개념은 "명백히 더 뛰어난 중국의 문화적 업적을 대하고" 그것에 비추어 형성된 것임을 보여준다. 내게 원고의 한 장을 보여줌으로써 퍼시와 아우어바흐가 가지고 있는 "역사적 기억상실"이라는 유

사한 구조를 논할 수 있게 해준 데이비드 포터에게 감사한다. David L. Porter, *The Chinese Taste in Eighteenth-Century England* (Cambridge: Cambridge University Press, 2010).

85. Sabahattin Eyüboğlu, *Mavi ve Kara: Denemeler (1940-1966)* (Istanbul: Çan Yayınları, 1967), 283-291쪽에 수록된 에위볼루의 에세이 "Ilyada ve Anadolu" 참조.

86. 아버지와 아들이라는 구조는 본질적으로 같지만, 이슬람의 설화에서 하느님이 아브라함에게 바칠 것을 원한 대상은 이사악이 아닌 이스마엘이다.

87. 『미메시스』와 관련하여 아브라함, 이사악, 하갈, 사라에 관한 논의를 보려면 댐로시의 글 Damrosch, "Auerbach in Exile" 참조.

88. Levin, "Two *Romanisten* in America," 466쪽.

89. Auerbach, *Mimesis*, 528쪽.

90. 같은 책, 525-526쪽.

91. 같은 책, 532쪽.

92. 같은 책, 536쪽.

93. 같은 책, 544쪽.

94. 같은 곳.

95. 같은 책, 542쪽.

96. 『미메시스』에서 호메로스의 문체와 성서의 문체 사이의 양극성에 관한 비판적인 분석은 Vasillis Lambropoulos, *The Rise of Eurocentrism: Anatomy of Interpretation* (Princeton, NJ: Princeton University Press, 1993) 참조. 람브로풀로스의 주장에 따르면 아우어바흐가 『미메시스』에서 싸우고 있는 상대는 그리스도교가 아니라 "비성서적인 것, 즉 호메로스적인 것, 이교적인 것, 그리스적인 것"(14쪽)이다. 또 호메로스와 성서적 전승을 나란히 둔 것을 논쟁적이라고 보는 제임스 포터의 Porter, "Auerbach and the Scar of Philology"와도 비교.

97. Auerbach, *Mimesis*, 540쪽.

98. 같은 책, 542쪽.

99. 같은 책, 543쪽.

100. 같은 책, 542쪽.

101. 데이비드 댐로시는 "Auerbach in Exile," 114쪽에서 아우어바흐의 『미메시스』에 있는 여성성이라는 구성 개념에 대해 논한다. 댐로시는 에우리클레이아와 램지 부인이 『미메시스』의 "여성적 틀"을 이루며, 이는 "다시 처음에는 성서적 형태로, 다음에는 프루스트에게서 은유적으로 재창조된 형태로 이사악이라는 가부장적 속박과 짝을 이룬다"고 주장한다. 세스 레러는 『미메시스』를 부모-자식 관계를 주제로 하는 "부성주의적 글"로 읽는다. 그는 또 이런 맥락에서 『미메시스』의 젠더정치를 비판적으로 논평한다. Seth Lerer, *Error and the Academic Self: The Scholarly Imagination, Medieval to Modern* (New York: Columbia University Press, 2002), 255-256쪽.

102. Auerbach, *Mimesis*, 552쪽.

103. 같은 책, 556쪽. 데이비르 댐로시는 『미메시스』에서 쓸 글을 임의로 골랐다는 아우어바흐의 주장에 의문을 제기한다. Damrosch, "Auerbach in Exile," 106쪽.

104. Auerbach, *Mimesis*, 553쪽.

105. 같은 책, 552쪽. 독일어 원본에서 아우어바흐는 이렇게 썼다. "gerade der beliebige Augenblick ist vergleichsweise unabhängig von den umstrittenen und wankenden Ordnungen, um welche die Menschen kämpfen und verzweifeln." 나는 여기서 그가 말하는 질서는 정치적 질서 또는 사회적 질서인 것으로 이해한다.
106. "Leo Spitzer," 27쪽.
107. 이 글은 Auerbach, *Mimesis*, 574쪽에 번역되어 있다.
108. Agnew, *Enlightenment Orpheus*, 29-31쪽. 애그뉴는 또 Vanessa Agnew, "Genealogies of Space in Colonial and Postcolonial Re-enactment," *Settler and Creole Re-enactment*, ed. Vanessa Agnew and Jonathan Lamb (Basingstoke, UK: Palgrave, 2010), 294-318쪽에서 '역사의 현장(Schauplätze der Geschichte)'으로 답사를 떠나는 관례에 대해 논한다.
109. Victor Klemperer, "Philologie im Exil," *Vor 33 nach 45: Gesammelte Aufsätze* (Berlin: Akademie Verlag, 1956). 클렘퍼러의 글은 1948년에 처음 발표됐다. Victor Klemperer, "Philologie im Exil," *Aufbau* 4, no.10 (1948), 863-868쪽.
110. 이스탄불대학교에서 스피처의 후임자가 되고자 했으나 실패한 클렘퍼러는 이스탄불에서 아우어바흐가 연구한 환경을 완전히 알지는 못했다. 그가 기준으로 삼은 것은 자신이 도서관을 이용할 수 없었다는 점과 홀로코스트가 자행되는 동안 내적 망명 상태로 들어갔던 경험일 것이다. 그는 나중에 이 경험을 바탕으로 『일기』와 『제3제국의 언어』를 내놓았다.
111. Lerer, *Error and the Academic Self*, 241쪽.
112. 같은 책, 4쪽.
113. Auerbach, *Mimesis*, 552쪽.
114. 여행, 인식론, 여행자의 조망점 논의는 Agnew, *Enlightenment Orpheus*, 29-31쪽 참조. 캐런 캐플런은 관점이론의 문제점을 논하면서 아우어바흐의 조망점을 사이드가 전유한 것을 비판적으로 살핀다. 캐플런은 망명은 "문화비평가에게 무엇보다도 좋은 상황이 되었다. 거리와 소외 덕분에 심오한 통찰이 가능해지는 것이다"라고 주장한다. Caren Kaplan, *Questions of Travel: Postmodern Discourses of Displacement* (Durham, NC: Duke University Press, 1996), 115쪽.
115. Pamuk, *Istanbul*, 6쪽.

후기

1. 쉬헤일라 바이라브는 프랑스 문학을 주제로 학위논문을 쓸 때 스피처의 지도를 받았고 아우어바흐가 서양어문학부 학부장이 되었을 때 발표했다. 그녀는 조교로서 아우어바흐와 긴밀하게 활동하면서 아우어바흐가 터키의 학생들을 위해 따로 쓴 로망스 문헌학 개론서를 번역했다. 스피처의 방법론에 영향을 받은 바이라브는 언어를 비교학적 관점에서 접근했다. 그녀는 나중에 터키에서 구조주의와 기호학의 권위자가 되었다. 1980년까지 이스탄불대학교에서 로망스학과 학과장으로 있었다. 바이라브의 연구에 관한 논의는 Emily Apter, "Global *Translatio*: The 'Invention' of Comparative Literature, Istanbul, 1933," *Critical Inquiry* 29, no.2 (2003), 262쪽; Osman Senemoğlu, "1933 Üniversite Reformunda Batı

Dilleri ve Prof. Dr. Süheyla Bayrav," *Alman Dili ve Edebiyatı Dergisi* 11 (1998), 59-64쪽 참조. 아즈라 에르하트와 미나 우르간이 케말주의 여성학자로서 맡았던 전위적 역할에 대한 고찰을 보려면 Erika Glassen, "Töchter der Republik: Gazi Mustafa Kemal Pasa (Atatürk) im Gedächtnis einer intellektuellen weiblichen Elite der ersten Republikgeneration nach Erinnerungsbüchern von Azra Erhat, Mina Urgan und Nermin Abadan-Unat," *Journal of Turkish Studies-Türklük Bilgisi Araştırmaları* 26, no.1 (2002), 239-264쪽 참조. 특히 흥미로운 것은 나믹 케말(1840-1888)이 망명 시기에 쓴 문학작품에 관한 귀진 디노의 연구이다. 그녀는 『터키 소설의 탄생』에서 터키 문학을 마르크스주의 관점으로 접근해 케말의 『각성』이 부르주아 이전의 오스만 사회를 배경으로 한 터키 소설의 선구라고 주장한다. 디노는 케말이 19세기 말 프랑스 문학에서 영감을 얻었음을 지적하면서, 전통적인 터키 산문서사의 초자연적 차원에서 벗어나 터키 문학에 사실주의를 도입하고 있음을 보여준다. Güzin Dino, *Türk Romanının Doğuşu* (Istanbul: Cem Yayınevi, 1978). 귀진 디노의 『탄지마트 시기 이후의 문학적 사실주의를 향하여』는 오스만 문학에 프랑스 사실주의가 미친 영향을 광범위하게 분석한다. Güzin Dino, *Tanzimattan Sonra Edebiyatta Gerçekçiliğe Doğru* (Ankara: Türk Tarih Kurumu Basımevi, 1954).

2. 에위볼루가 호메로스와 트로이아를 전용해 아나톨리아 인문주의라는 전망을 내놓은 것은 1962년 에세이 "Ilayada ve Anadolu"에서 가장 잘 나타난다. 이 글은 Sabahattin Eyüboğlu, *Mavi ve Kara: Denemeler (1940-1966)* (Istanbul: Çan Yayınları, 1967), 283-291쪽에 재수록되었다. 이슬람교와 인문주의의 적합성 문제는 더 근래 학자들도 다루었다. 예를 들어 Kim Sitzler, "Humanismus und Islam," *Humanismus in Geschichte und Gegenwart*, ed. Richard Faber and Enno Rudolph (Tübingen: Mohr Siebeck, 2002), 187-212쪽 참조.
3. 할만은 1971년에 터키 최초의 문화부 장관이 되었다. 그는 유누스 엠레의 시를 영어로 번역하고 수피 신비주의와 인문주의의 연관관계 연구를 출간해 널리 알렸다. Talât Sait Halman, *The Humanist Poetry of Yunus Emre* (Istanbul: Istanbul Matbaası, 1972).
4. Yunus Emre, *The Wandering Fool: Sufi Poems of a Thirteenth-Century Turkish Dervish*, trans. Edouard Roditi (San Francisco: Cadmus, 1987), 1쪽에 수록된 디노의 짤막한 머리말 참조. 디노는 1438-1458년 튀르크인에게 포로로 잡혀 있던 게오르기우스 데 훙가리아가 쓴 *Tractatus de Moribus, conditionibus et nequitia Turcorum*은 널리 읽혔고 거기에 유누스 엠레에 관한 서술이 있었다는 점을 지적한다.
5. Talât Sait Halman, "Turkish Humanism and the Poetry of Yunus Emre," *Tarih Araştırmaları Dergisi / Review of Historical Research* 6, no.10-11 (1968), 235쪽. 에위볼루는 이보다 몇 년 앞선 1965년에 "Halktan Yana"라는 제목의 에세이에서 이렇게 비교한 바 있다. Eyüboğlu, *Mavi ve Kara*, 27쪽.
6. Orhan Pamuk, *Istanbul: Memories and the City* (New York: Random House, 2006), 90쪽.
7. Halman, "Turkish Humanism," 235쪽.
8. Suat Sinanoğlu, *Türk Humanizmi* (Ankara: Türk Tarih Kurumu Basımevi, 1980), 82, 101쪽.
9. 같은 책, 101쪽.
10. 같은 책, 100쪽.

11. 그리스계 터키인 공동체와 관련된 문학담론의 변화는 Aslı Iğsız, "Repertoires of Rupture: Recollecting the 1923 Greek-Turkish Compulsory Religious Minority Exchange" (출간되지 않은 학위논문, University of Michigan, 2006) 참조. 국민의식과 터키 문학의 상관관계 개관은 Kader Konuk, *Identitäten im Prozeß: Literatur von Autorinnen aus und in der Türkei in deutscher, englischer und türkischer Sprache* (Essen: Die Blaue Eule, 2001), 30-47쪽 참조.
12. 예컨대 Rıfat N. Bali, *Cumhuriyet Yıllarında Türkiye Yahudileri: Bir Türkleştirme Serüveni* (Istanbul: İletişim, 1999); Avner Levi, *Türkiye Cumhuriyeti'nde Yahudiler* (Istanbul: İletişim, 1992) 참조.
13. 이 박물관은 이스탄불 카라쾨이 지역에 있던 옛 줄파리스 유대교 회당에서 문을 열었다. 영어로 제공되는 홈페이지는 http://www.muze500.com/index.php?lang=en 참조. [옮긴이: 2019. 8. 24. 열람]
14. 벨링은 1937년에 이스탄불에 도착했고, 나중에 나치 독일에서 "절반은 유대인"이라고 박해받던 아들도 우여곡절 끝에 데려올 수 있었다.
15. Sabine Hillebrecht, ed., *Haymatloz: Exil in der Türkei 1933-1945* (Berlin: Verein Aktives Museum, 2000).
16. Corry Guttstadt, "'Haymatloz'—Der Weg in die Zensur?" *Aktives Museum: Faschismus und Widerstand* 58: 14-17쪽. 터키가 크롬철광을 독일로 납품한 일에 관한 논의를 보려면 Selim Deringil, *Turkish Foreign Policy during the Second World War: An "Active" Neutrality* (Cambridge: Cambridge University Press, 1989), 168-169쪽 참조.
17. 푹스의 조카 헤르만 푹스의 관점이 확실히 이렇다. 아우어바흐와 트라우고트 푹스의 관계는 Martin Vialon, "The Scars of Exile: Paralipomena concerning the Relationship between History, Literature, and Politics—Demonstrated in the Examples of Erich Auerbach, Traugott Fuchs, and Their Circle in Istanbul," *Yeditepe University Philosophy Department: A Refereed Year-book* 1, no.2 (2003), 191-246쪽 참조.
18. 제임스 볼드윈의 1960년대 이스탄불 경험은 Magdalena J. Zaborowska, *James Baldwin's Turkish Decade: Erotics of Exile* (Durham, NC: Duke University Press, 2008) 참조.
19. Süleyman Demirel, "European University Association (EUA)," 이스탄불공과대학교에서 열린 회의, 2006년 2월 2일, http://www.eua.be/eua/jsp/en/upload/demirel.1142257241117.pdf (2006. 5. 20. 열람. [옮긴이: 현재 열람 불가])
20. Emir Kıvırcık, *Büyükelçi* (Istanbul: Goa, 2007). 또 스탠퍼드 J. 쇼가 쓴 유대인의 구원자로 본 터키에 관한 연구서 Stanford J. Shaw, *Turkey and the Holocaust: Turkey's Role in Rescuing Turkish and European Jewry from Nazi Persecution, 1933-1945* (Hampshire, UK: Macmillan Press, 1993)도 참조. 쇼의 연구에 관한 비평은 Corry Guttstadt, *Die Türkei, die Juden und der Holocaust* (Berlin: Assoziation A, 2008) 참조.
21. Duygu Güvenç, "Turkey Battles Genocide Claims in Hollywood," *Turkish Daily News*, 2007년 2월 13일자, http://www.turkishdailynews.com.tr/article.php?enewsid=66071 (2007. 3. 19. 열람. [옮긴이: 2019. 8. 24. 현재 이 기사는 다음 인터넷 주소에서 볼 수 있다. http://archive.li/epW2S])

22. 예컨대 언론인 한스 바르트는 터키에 대한 이 같은 공격을 '터키 박해(Türkenhetze)'라고 보았으며, 세파르디 유대인이 콘스탄티노폴리스로 이주한 것을 터키의 포용력을 나타내는 증거로 내세우며 맞서 싸웠다. Margaret Lavinia Anderson, "'Down in Turkey Far Away': Human Rights, the Armenian Massacres, and Orientalism in Wilhelmine Germany," *Journal of Modern History* 79, no.1 (March 2007), 97쪽. 마거릿 앤더슨은 또 이렇게 지적한다. "독일의 대변자들은 오리엔탈리즘이라는 단순한 관념을 근간부터 뒤흔들 만큼 피해자에 대한 동정심을 희석시켜 가해자에게 옮겨가게 하는 데 성공했다. 나는 먼저 독일의 반응이 이처럼 이례적인 이유를 설명하는 몇 가지 가설을 내놓은 뒤, 아르메니아-터키 갈등에 대한 이런 반응에서 떠오르는 좀더 일반적인 성찰로 결론 맺고자 한다. 즉 '인간' 범주가 지닌 불가피한 허약성, '바로 여기'와 '저기 멀리'의 변화무쌍한 성격, 독일의 (그리고 우리의) '유럽'과 '동방'의 경계가 지니는 투과성에 대한 성찰이다." Anderson, "'Down in Turkey Far Away,'" 83쪽.
23. Bali, *Cumhuriyet Yıllarında Türkiye Yahudileri*, 361쪽.
24. N.N., "1 film, 4 ülke, 500 hayat," *Cumhuriyet* (2008. 9. 25. 열람), http://www.cumhuriyet.com.tr/haber/diger/12080/1_film__4_ulke__500_hayat_.html [옮긴이: 2019. 8. 24. 열람] 나치 점령기 프랑스에 있던 터키계 유대인을 다룬 소설은 Ayşe Kulin, *Nefes Nefese* (Istanbul: Remzi Kitapevi, 2002) 참조.
25. Şara Sayın, "Germanistik an der 'Universität Istanbul,'" *Germanistentreffen: Tagungsbeiträge Deutschland-Türkei* (Bonn: DAAD, 1995), 29-36쪽.
26. 엔데르 아테쉬만(하제테페대학교)이 『미메시스』를 번역하고 있다.
27. Mehmed Uzun, "The Dialogue and Liberties of Civilizations"(유럽연합과 터키, 쿠르드인에 관한 유럽연합 의회에서 개최된 제2차 국제학술회의 발표문, 2005년 9월 19일부터 21일까지), http://www.eutcc.org/articles/8/20/document217.ehtml (2009. 2. 10. 열람. [옮긴이: 2019. 8. 24. 현재 이 글은 다음 인터넷 주소에서 볼 수 있다. http://www.hagalil.com/archiv/2005/09/uzun.htm])
28. 2001년 3월 15일자 에세이에서 메흐메드 우준은 아우어바흐를 비롯한 여러 망명 작가와 학자들을 생각했는데, 그는 망명생활의 공통점을 탐구하기 위해 이들이 정착했던 여러 망명지를 방문했다. Mehmed Uzun, *Ruhun Gökkuşağı*, 2nd ed. (Istanbul: İthaki, 2007), 214쪽.
29. 리타 친은 Rita Chin, *The Guest Worker Question in Postwar Germany* (Cambridge: Cambridge University Press, 2007)에서 서독의 터키인 이민사를 연구했다. 터키인의 이민을 다룬 독일 문학에 관한 종합적 분석은 Leslie Adelson, *The Turkish Turn in Contemporary German Literature: Toward a New Critical Grammar of Migration* (New York: Palgrave Macmillan, 2005) 참조. 터키계 이민자, 독일인, 유대인의 역학관계는 특히 흥미로운 주제로, 터키계 독일인 언론인, 수필가, 소설가 자페르 셰노작이 다각도로 다루었다. 이 역학관계의 분석은 Leslie Adelson, "Touching Tales of Turks, Germans, and Jews: Cultural Alterity, Historical Narrative, and Literary Riddles for the 1990s," *New German Critique* 80 (2000), 93-124쪽 참조. 안드레아스 후이센은 독일의 터키인 소수집단이 홀로코스트 기억을 어떻게 받아들이고 있는지 탐구한다. Andreas Huyssen, "Diaspora and Nation: Migration into

Other Pasts," *New German Critique* 88 (2003), 147-164쪽. 터키계 독일 문학에서 홀로코스트와 아르메니아인 집단학살을 어떻게 회상하고 있는지 탐구한 나의 글 Kader Konuk, "Taking on German and Turkish History: Emine Sevgi Özdamar's *Seltsame Sterne," Gegenwartsliteratur: German Studies Yearbook* 6 (2007), 232-256쪽도 참조.

30. 초국가주의와 세계주의에 관련한 논의에 대해서는 다음 문헌 참조. Timothy Brennan, "Cosmo-Theory," *South Atlantic Quarterly* 100, no.3 (Summer 2001), 659-691쪽; Ulrich Beck, "The Truth of Others: A Cosmopolitan Approach," *Common Knowledge* 10, no.3 (2004), 430-449쪽; Bruce Robbins, "Comparative Cosmopolitanism," *Social Text* 31-32 (1992), 169-186쪽; Thomas Faist and Eyüp Özveren, *Transnational Social Spaces: Agents, Networks and Institutions* (Aldershot, UK: Ashgate, 2004).
31. Demirtaş Ceyhun, *Ah Şu 'Biz Karabıyıklı' Türkler* (Istanbul: E Yayınları, 1988), 267쪽.
32. 현대 유럽의 환대 문제는 다음 문헌 참조. Seyla Benhabib, *The Rights of Others: Aliens, Residents, and Citizens* (Cambridge: Cambridge University Press, 2004); Jacques Derrida, *Of Hospitality: Anne Dufourmantelle Invites Jacques Derrida to Respond*, trans. Rachel Bowlby (Stanford, CA: Stanford University Press, 2000); Mireille Rosello, *Postcolonial Hospitality: The Immigrant as Guest* (Stanford, CA: Stanford University Press, 2001).

부록

1. 영문 번역자의 주: 이 강연은 *Üniversite Konferansları* [대학강연집] *1941-1942*, İstanbul Üniversitesi Yayınları, No.172 (Istanbul: Kenan Basımevi ve Klişe Fabrikası, 1942)에 터키어로 수록되었다. 번역자 이름이 표시되어 있지 않지만 번역된 것이 확실하다. 터키어 본문 가운데 간혹 프랑스어 용어가 괄호 안에 표시되어 있고 본문에서 반복되는 부분이 있는 것으로 보아, 출판을 위한 원고가 아니라 강연을 녹취하여 번역한 것으로 보인다.
2. 영문 번역자의 주: 이 강연은 *Üniversite Konferansları* [대학강연집] *1940-1941*, İstanbul Üniversitesi Yayınları, No.159 (Istanbul: Kenan Basımevi ve Klişe Fabrikası, 1941)에 터키어로 처음 수록되었으며, *Cogito* No.23 (2000)에 재수록되었다. 번역자 이름이 표시되어 있지 않지만 번역된 것이 확실하다. 터키어 본문 가운데 간혹 프랑스어 용어가 괄호 안에 표시되어 있는 것으로 보아 프랑스어에서 번역한 것으로 보이고, 또 문체로 보아 출판을 위한 원고가 아니라 강연을 녹취하여 번역한 것으로 보인다.

참고문헌

Adelson, Leslie. "Touching Tales of Turks, Germans, and Jews: Cultural Alterity, Historical Narrative, and Literary Riddles for the 1990s." *New German Critique* 80 (2000), 93-124.

______. *The Turkish Turn in Contemporary German Literature: Toward a New Critical Grammar of Migration*. New York: Palgrave Macmillan, 2005.

Agnew, Vanessa. *Enlightenment Orpheus: The Power of Music in Other Worlds*. New York: Oxford University Press, 2008.

______. "Genealogies of Space in Colonial and Postcolonial Re-enactment." In *Settler and Creole Re-enactment*, ed. Vanessa Agnew and Jonathan Lamb. Basingstoke, UK: Palgrave, 2010, 294-318.

______. "History's Affective Turn: Historical Reenactment and Its Work in the Present." *Rethinking History* 11, no.3 (2007), 299-312.

______. "Introduction: What Is Reenactment?" *Criticism* 46, no.3 (2004), 327-339.

Akçam, Taner. *A Shameful Act: The Armenian Genocide and the Question of Turkish Responsibility*. New York: Metropolitan Books, 2006.

Aksan, Virginia H., and Daniel Goffman. *The Early Modern Ottomans: Remapping the Empire*. Cambridge: Cambridge University Press, 2007.

Albert, Claudia, ed. *Deutsche Klassiker im Nationalsozialismus: Schiller, Kleist, Hölderlin*. Stuttgart: Metzler, 1994.

Anderson, Benedict. *Imagined Communities: Reflections on the Origin and Spread of Nationalism*. London: Verso, 1992.

Anderson, Margaret Lavinia. "'Down in Turkey Far Away': Human Rights, the Armenian Massacres, and Orientalism in Wilhelmine Germany." *Journal of Modern History* 79, no.1 (March 2007), 80-113.

Applegate, Celia. "What Is German Music? Reflections on the Role of Art in the Creation of the German Nation." *German Studies Review* 15 (1992), 21-32.

Apter, Emily. "Global *Translatio*: The 'Invention' of Comparative Literature, Istanbul, 1933." *Critical Inquiry* 29, no.2 (2003), 253-281.

______. "Saidian Humanism." *Boundary 2* 31, no.2 (2004), 35-53.

______. *Translation Zone: A New Comparative Literature*. Princeton, NJ: Princeton University

Press, 2006.
Arendt, Hannah. "Angelo Giuseppe Roncalli: Der christliche Papst." In *Menschen in finsteren Zeiten*, ed. Ursula Ludz. München: Piper, 1989, 75-88.
Arslan, Ali. *Darülfünun' dan Üniversiteye*. Istanbul: Kitabevi, 1995.
Asín Palacios, Miguel. *Islam and the Divine Comedy*. London: John Murray, 1926.
Aslanapa, Oktay. *İstanbul Üniversitesi: Edebiyat Fakültesi Tezleri (1920-1946)*. Istanbul: İsar Vakfı Yayınları, Yıldız Yayıncılık, Reklamcılık, 2004.
Aslandaş, Alper Sedat, and Baskın Bıçakçı. *Popüler Siyasi Deyimler Sözlüğü*. Istanbul: İletişim Yayınları, 1995.
Aster, Ernst von. *Die Türken in der Geschichte der Philosophie*. Istanbul: Devlet Basımevi, 1937.
Ataç, Nurullah. *Diyelim*. Istanbul: Varlık Yayınları, 1954.
Auerbach, Erich. "Dante." In *Üniversite Konferansları 1939-1940*. İstanbul Üniversitesi Yayınları, No.125. Istanbul: Ülkü Basımevi, 1940, 62-70.
______. *Dante: Poet of the Secular World*. Chicago: University of Chicago Press, 1961.
______. *Dante als Dichter der irdischen Welt*. 2nd ed. Berlin: Walter de Gruyter, 2001.
______. *Dante Hakkında Yeni Araştırmalar*. İstanbul Üniversitesi Edebiyat Fakültesi Yayınları, No.5. Istanbul: İstanbul Üniversitesi, 1944.
______. "Edebiyat ve Harp." *Cogito* 23 (2000), 219-230.
______. "Ein Exil-Brief Erich Auerbachs aus Istanbul an Freya Hobohm in Marburg—versehen mit einer Nachschrift von Marie Auerbach (1938). Transkribiert und kommentiert von Martin Vialon." *Trajekte* 9 (2004), 8-17.
______. "Epilegomena zu Mimesis." *Romanische Forschungen* 65, no.1 /2 (1953), 1-18.
______. *Gesammelte Aufsätze zur Romanischen Philologie*. Bern: Francke Verlag, 1967.
______. *Introduction to Romance Languages and Literature: Latin, French, Spanish, Provençal, Italian*. Trans. Guy Daniels from French. New York: Capricorn Books, 1961.
______. "Jean Jacques Rousseau." In *Üniversite Konferansları 1938-1939*. İstanbul Üniversitesi Yayınları, No.96. Istanbul: Ülkü Basımevi, 1939, 129-139.
______. "Kötünün Zaferi: Pascal'in Siyasi Nazariyesi Üzerine bir Deneme." *Cogito* 18 (1999), 279-299.
______. Letter to Johannes Oeschger, May 27, 1938. Nachlass Fritz Lieb, Universitätsbibliothek Basel (Handschriftenabteilung), NL 43 (Lieb) Ah 2,1.
______. Letter to Oskar Krenn, April 14, 1939. Politisches Archiv des Auswärtigen Amts, Berlin, Akten des Generalkonsulats Istanbul, 3977, Paket 9, Akte NSDAP, 1937-1940.
______. *Literary Language and Its Public in Late Latin Antiquity and in the Middle Ages*. Trans. Ralph Manheim. New York: Pantheon Books, 1965.
______. *Mimesis: The Representation of Reality in Western Literature*. Trans. Willard R. Trask. Princeton, NJ: Princeton University Press, 2003.
______. "Montesquieu ve Hürriyet Fikri." In *Üniversite Konferansları 1943-1944*. İstanbul

Üniversitesi Yayınları, No.273. Istanbul: Kenan Matbaası, 1945, 39-49.
______. *Neue Dantestudien: Sacrae scripturae sermo humilis; Figura; Franz von Assisi in der Komödie. Dante Hakkında Yeni Araştırmalar*. Ed. Robert Anhegger, Walter Ruben, and Andreas Tietze. Istanbuler Schriften—Istanbul Yazıları. Istanbul: İbrahim Horoz Basımevi, 1944.
______. "Önsöz." *Garp Filolojileri Dergisi* 1 (1947), 1-4.
______. "On Yedinci Asırda Fransız 'Public'i'." In *Üniversite Konferansları*. İstanbul Üniversitesi Yayınları, No.50. Istanbul: Ülkü Basımevi, 1937, 113-123.
______. "Provenzalen 1." Literaturarchiv Marbach, Nachlass Auerbach.
______. *Roman Filolojisine Giriş*. Trans. Süheyla Bayrav. İstanbul Üniversitesi Edebiyat Fakültesi Yayınlarından, No.236. Istanbul: İbrahim Horoz Basımevi, 1944.
______. *Scenes from the Drama of European Literature*. Gloucester, MA: Peter Smith, 1973.
______. "Über die ernste Nachahmung des Alltäglichen." *Romanoloji Semineri Dergisi* 1 (1937), 262-294.
______. "Vico and Aesthetic Historism." *Journal of Aesthetics and Art Criticism* 8, no.2 (1949), 110-118.
______. *Vier Untersuchungen zur Geschichte der französischen Bildung*. Bern: Francke, 1951.
______. "Voltaire ve Burjuva Zihniyeti." *Garp Filolojileri Dergisi* 1 (1947), 123-134.
______. "XIXuncu Asırda Avrupada Realism." In *Üniversite Konferansları 1941-1942*. İstanbul Üniversitesi Yayınları, No.172. Istanbul: Kenan Basımevi, 1942.
______. "XVIıncı asırda Avrupada Milli Dillerin Teşekkülü." In *Üniversite Konferansları 1937-1938*. İstanbul Üniversitesi Yayınları, No.93. Istanbul: Ülkü Basımevi, 1939, 143-152.
______. *Zur Technik der Frührenaissancenovelle in Italien und Frankreich*. Heidelberg: C. Winter, 1921.
"Auslandsdeutschtum und deutsche Erneuerung." *Türkische Post: Tageszeitung für den Nahen Osten*, April 3, 1933, 1-2.
Baer, Marc. *The Dönme: Jewish Converts, Muslim Revolutionaries, and Secular Turks*. Stanford, CA: Stanford University Press, 2009.
______. "The Double Bind of Race and Religion: The Conversion of the Dönme to Turkish Secular Nationalism." *Comparative Study of History and Society* 46, no.4 (2004), 682-708.
Bahr, Ehrhardt. *Weimar on the Pacific: German Exile Culture in Los Angeles and the Crisis of Modernism*. Berkeley: University of California Press, 2007.
Bahti, Timothy. "Vico, Auerbach, and Literary History." *Philological Quarterly* 60, no.2 (1981), 235-255.
Balfour, Michael, and Julian Frisby. *Helmuth James Graf von Moltke, 1907-1945*. Trans. Freya von Moltke. Berlin: Henssel, 1984.
______. *Helmuth von Moltke: A Leader against Hitler*. London: Macmillan, 1972.
Bali, Rıfat N. *Cumhuriyet Yıllarında Türkiye Yahudileri: Bir Türkleştirme Serüveni*. Istanbul:

İletişim, 1999.

______. *Sarayın ve Cumhuriyetin Dişçibaşısı Sami Günzberg*. Istanbul: Kitabevi, 2007.

______. *The "Varlık Vergisi" Affair: A Study of Its Legacy—Selected Documents*. Istanbul: Isis Press, 2005.

Balzac, H. de. *Otuz Yaşındaki Kadın*. Trans. Mina Urgan. Istanbul: Milli Eğitim Basımevi, 1946.

Bammer, Angelika, ed. *Displacements: Cultural Identities in Question*. Bloomington: Indiana University Press, 1994.

Barck, Karlheinz. "Eine unveröffentlichte Korrespondenz: Erich Auerbach / Werner Krauss." *Beiträge zur Romanischen Philologie* 26, no.2 (1987), 301-326.

______. "Eine unveröffentlichte Korrespondenz (Fortsetzung), Erich Auerbach / Werner Krauss." *Beiträge zur Romanischen Philologie* 27, no.1 (1988), 161-186.

______. "Erich Auerbach in Berlin: Spurensicherung und ein Porträt." In *Erich Auerbach: Geschichte und Aktualität eines europäischen Philologen*, ed. Karlheinz Barck and Martin Treml. Berlin: Kadmos, 2007, 195-214.

______. "'Flucht in die Tradition': Erfahrungshintergründe Erich Auerbachs zwischen Exil und Emigration." In *Stimme, Figur: Kritik und Restitution in der Literaturwissenschaft*, ed. Aleida Assman and Anselm Haverkamp. Stuttgart: Metzler, 1994, 47-60.

______. "5 Briefe Erich Auerbachs an Walter Benjamin in Paris." *Zeitschrift für Germanistik* 9, no.6 (1988), 688-694.

Barck, Karlheinz, and Anthony Reynolds. "Walter Benjamin and Erich Auerbach: Fragments of a Correspondence." *Diacritics* 22, no.3/4 (1992), 81-83.

Barck, Karlheinz, and Martin Treml, eds. *Erich Auerbach: Geschichte und Aktualität eines europäischen Philologen*. Berlin: Kadmos, 2007.

Bardenstein, Carol. *Translation and Transformation in Modern Arabic Literature: The Indigenous Assertions of Muhammad 'Uthman Jalal*. Wiesbaden: Harrassowitz, 2005.

"Başvekil Refik Saydam'ın Gazetecilerle Hasbıhali." *Vakit*, January 27, 1939.

Bauer, Markus. "Die Wirklichkeit und ihre literarische Darstellung: Form und Geschichte—der Essayist Erich Auerbach beschäftigt weiterhin seine Exegeten." *Neue Zürcher Zeitung*, February 2, 2008. http://www.nzz.ch/nachrichten/kultur/literatur_und_kunst/die_wirklichkeit_und_ihre_literarische_darstellung_1.663957.html (accessed May 15, 2008). [옮긴이: 2019. 8. 12. 열람]

Bäuml, Franz H. "Mimesis as Model: Medieval Media-Change and Canonical Reality." In *Mimesis: Studien zur literarischen Repräsentation / Studies on Literary Presentation*, ed. Bernhard F. Scholz. Tübingen: Francke Verlag, 1998, 77-86.

Bayrav, Süheyla, and Ferda Keskin. "Siz misiniz? Burada İşiniz Ne?" *Cogito* 23 (2000), 146-154.

Beck, Ulrich. "The Truth of Others: A Cosmopolitan Approach." *Common Knowledge* 10, no.3 (2004), 430-449.

Behar, Isaak. *Versprich mir, dass Du am Leben bleibst: Ein jüdisches Schicksal*. Berlin: Ullstein,

2002.
Behmoaras, Liz. *Bir Kimlik Arayışının Hikayesi*. Istanbul: Remzi Kitapevi, 2005.
Benhabib, Seyla. *The Rights of Others: Aliens, Residents, and Citizens*. Cambridge: Cambridge University Press, 2004.
______. "Traumatische Anfänge, Mythen und Experimente: Die multikulturelle Türkei im Übergang zur reifen Demokratie." *Neue Zürcher Zeitung*, November 26, 2005, 71.
Benjamin, Walter. *Berliner Kindheit um neunzehnhundert: Mit einem Nachwort von Theodor W. Adorno*. Frankfurt am Main: Suhrkamp, 1987.
______. *Illuminations: Essays and Reflections*. Ed. Hannah Arendt. New York: Schocken Books, 1969.
______. *Zum Ursprung des deutschen Trauerspiels*. Berlin: Ernst Rowohlt, 1928.
Berkes, Niyazi. *The Development of Secularism in Turkey*. Montreal: McGill University Press, 1964.
______. "Sociology in Turkey." *American Journal of Sociology* 42, no.2 (1936), 238-246.
Berman, Nina. "Ottoman Shock-and-Awe and the Rise of Protestantism: Luther's Reactions to the Ottoman Invasions of the Early Sixteenth Century." *Seminar* 41, no.3 (2005), 226-245.
Berthold, Werner, Brita Eckert, and Frank Wende. *Deutsche Intellektuelle im Exil: Ihre Akademie und die "American Guild for German Cultural Freedom."* München: Saur, 1993.
Bezirci, Asım. *Nurullah Ataç: Yaşamı, Kişiliği, Eleştiri Anlayışı, Yazıları*. Istanbul: Varlık Yayınları, 1983.
Bhabha, Homi K. *The Location of Culture*. London: Routledge, 1994.
Biddick, Kathleen. "Coming Out of Exile: Dante on the Orient(alism) Express." *American Historical Review* 105, no.4 (2000), 1234-1249.
Bilsel, Can. "Our Anatolia": Organicism and the Making of Humanist Culture in Turkey." *Muqarnas* 24 (2007), 223-241.
Bilsel, Cemil. "Dördüncü Yıl Açış Nutku." In *Üniversite Konferansları 1936-1937*, İstanbul Üniversitesi Yayınları No.50. Istanbul: Ülkü Basımevi, 1937, 3-16.
Bisaha, Nancy. *Creating East and West: Renaissance Humanists and the Ottoman Turks*. Philadelphia: University of Pennsylvania Press, 2004.
Boehlich, Walter. "Ein Haus, in dem wir atmen können: Das Neueste zum Dauerstreit um den Romanisten Ernst Robert Curtius." *Die Zeit* 50 (1996), 52.
Bosch, Clemens. *Helenizm Tarihinin Anahatları*. Edebiyat Fakültesi Yayınlarından. Istanbul: Istanbul Üniversitesi, 1942/1943.
Bové, Paul, A. *Intellectuals in Power: A Genealogy of Critical Humanism*. New York: Columbia University Press, 1986.
Bozay, Kemal. *Exil Türkei: Ein Forschungsbeitrag zur deutschsprachigen Emigration in die Türkei 1933-1945*. Münster: LIT, 2001.

Braziel, Jana Evans, and Anita Mannur, eds. *Theorizing Diaspora: A Reader*. Cornwall, UK: Blackwell Publishing, 2003.

Brennan, Timothy. "Cosmo-Theory." *South Atlantic Quarterly* 100, no.3 (Summer 2001), 659-691.

Brinkmann, Hennig. "Deutsche Dichtung der Gegenwart." *Das deutsche Wort: Die literarische Welt* 10, no.16 (1934), 3.

Brockmann, Stephen. "Inner Emigration: The Term and Its Origins in Postwar Debates." In *Flight of Fantasy: New Perspectives on Inner Emigration in German Literature, 1933-1945*, ed. Neil H. Donahue and Doris Kirchner. New York: Berghahn, 2003, 11-26.

Bundesarchiv, Berlin. Reichsministerium für Wissenschaft, Erziehung und Volksbildung, R 4901/6657, Das Schulwesen in der Türkei, 7. Juni 1943, R. Preussners Bericht an das Ministerium, Blatt 67 und 68.

______. Reichsministerium für Wissenschaft, Erziehung und Volksbildung, R 4901/13290, Wissenschaftliche Beziehungen zum Ausland, Akte Prof. Dr. Hennig Brinkmann, Univ. Frankfurt a.M., Mai 1943-März 1945.

______. Reichsministerium für Wissenschaft, Erziehung und Volksbildung, R 4901/ 15149, Wissenschaftliche Beziehungen zum Ausland, Akte Prof. Kranz Dez. 1943-Dez. 1944.

Burian, Orhan. *Denemeler Eleştiriler*. Istanbul: Can Yayınları, 1964.

Burkart, Rosemarie. "Truchement: Histoire d'un mot Oriental en Français." *Romanoloji Semineri Dergisi* 1 (1937), 51-56.

Busolt, C. "Deutsch als Weltsprache." *Türkische Post: Tageszeitung für den Nahen Osten*, February 1, 1933, 1-2.

Büyükdüvenci, Sabri. "John Dewey's Impact on Turkish Education." *Studies in Philosophy and Education* 13, no.3-4 (1994), 393-400.

Calvet, Louis-Jean. *Language Wars and Linguistic Politics*. Oxford: Oxford University Press, 1998.

Caner, Beatrix. *Türkische Literatur: Klassiker der Moderne*. Hildesheim: Georg Olms, 1998.

Cantarino, Vicente. "Dante and Islam: History and Analysis of a Controversy." In *A Dante Symposium*, ed. William de Sua and Gino Rizzo. Chapel Hill: University of North Carolina Press, 1965, 175-198.

Cantor, Paul A. "The Uncanonical Dante: The Divine Comedy and Islamic Philosophy." *Philosophy and Literature* 20, no.1 (1996), 138-153.

Ceyhun, Demirtaş. *Ah Şu 'Biz Karabıyıklı' Türkler*. Istanbul: E Yayınları, 1988.

Chakrabarty, Dipesh. "Postcoloniality and the Artifice of History—Who Speaks for 'Indian' Pasts?" In *The Decolonization Reader*, ed. James D. Le Sueur. New York: Routledge, 2003, 429-448.

Chin, Rita. *The Guest Worker Question in Postwar Germany*. Cambridge: Cambridge University Press, 2007.

Christmann, Hans Helmut, and Frank-Rutger Hausmann, eds. *Deutsche und Österreichische Ro-*

manisten als Verfolgte des Nationalsozialismus. Tübingen: Stauffenburg Verlag, 1989.
Çıkar, Mustafa. *Hasan-Âli Yücel und die türkische Kulturreform*. Bonn: Pontes Verlag, 1994.
Çınar, Alev. *Modernity, Islam, and Secularism in Turkey: Bodies, Places, and Time*. Minneapolis: University of Minnesota Press, 2005.
Cremer, Jan, and Horst Przytulla. *Exil Türkei: Deutschsprachige Emigranten in der Türkei 1933-1945*. München: Verlag Karl M. Lipp, 1991.
Curthoys, Ned. "Edward Said's Unhoused Philological Humanism." In *Edward Said: The Legacy of a Public Intellectual*, ed. Ned Curthoys and Debjani Ganguly. Melbourne: Melbourne University Press, 2007, 152-175.
Damrosch, David. "Auerbach in Exile." *Comparative Literature* 47, no.2 (1995), 97-115.
Dante Alighieri. *The Divine Comedy*, vol. 1: *Inferno*. Trans. Mark Musa. New York: Penguin Books, 2003.
______. *İlâhî Komedi (Divina commedia) Cehennem-Âraf-Cennet*. Trans. Hamdi Varoğlu. Istanbul: Hilmi Kitapevi, 1938.
______. *İlâhi Komedya*. Trans. Feridun Timur. Ankara: Maarif Basımevi, 1959.
Dawson, John David. "Figural Reading and the Fashioning of Christian Identity in Boyarin, Auerbach and Frei." *Modern Theology* 14, no.2 (1998), 181-196.
Demirel, Süleyman. "European University Association (EUA)." Meeting in Istanbul at Technical University of Istanbul, February 2, 2006. http://www.eua.be/eua/jsp/en/upload/demirel.1142257241117.pdf (accessed May 20, 2006). [옮긴이: 현재 열람 불가]
Deringil, Selim. "'They Live in a State of Nomadism and Savagery': The Late Ottoman Empire and the Post-Colonial Debate." *Society for Comparative Study of Society and History* 45, no.2 (2003), 311-342.
______. *Turkish Foreign Policy during the Second World War: An "Active" Neutrality*. Cambridge: Cambridge University Press, 1989.
Derrida, Jacques. *Of Hospitality: Anne Dufourmantelle Invites Jacques Derrida to Respond*. Trans. Rachel Bowlby. Stanford, CA: Stanford University Press, 2000.
Dewey, John. *Democracy and Education: The Introduction to the Philosophy of Education*. New York: Macmillan Company, 1922.
______. *The Middle Works, 1899-1924, vol. 15: 1923-1924*. Ed. Jo Ann Boydston. Carbondale: Southern Illinois University Press, 1983.
Dieckmann, Liselotte. "Akademische Emigranten in der Türkei." In *Verbannung: Aufzeichnungen deutscher Schriftsteller im Exil*, ed. Egon Schwarz and Matthias Wegner. Hamburg: Christian Wegner, 1964, 122-126.
"Die Hitler-Geburtstagsfeier in Stambul." *Türkische Post: Tageszeitung für den Nahen Osten*, April 22, 1933, 4.
Dietrich, Anne. *Deutschsein in Istanbul: Nationalisierung und Orientierung in der deutschsprachigen Community von 1843 bis 1956*. Opladen: Leske und Budrich, 1998.

Dino, Güzin. *Gel Zaman Git Zaman: Anılar*. Istanbul: Can Yayınları, 1991.

______. *Tanzimattan Sonra Edebiyatta Gerçekçiliğe Doğru*. Ankara: Türk Tarih Kurumu Basımevi, 1954.

______. *Türk Romanının Doğuşu*. Istanbul: Cem Yayınevi, 1978.

Edebiyat Fakültesi: 1936-7 Ders Yılı Talebe Kılavuzu. Istanbul: Resimli Ay Basımevi T.L.S., 1936.

Einstein, Albert. "Einstein on His Theory: Time, Space, and Gravitation." *The Times*, November 28, 1919, 13-14.

Elsky, Martin, Martin Vialon, and Robert Stein. "Scholarship in Times of Extremes: Letters of Erich Auerbach (1933-46), on the Fiftieth Anniversary of His Death." *Publications of the Modern Language Association of America* 122, no.3 (2007), 742-762.

Ergün, Mustafa. *Atatürk Devri Türk Eğitimi*. Ankara Üniversitesi Dil ve Coğrafya Fakültesi Yayınları, No.325. Ankara: Ankara Üniversitesi Basımevi, 1982.

Erhat, Azra. *Gülleylâ'ya Anılar (En Hakiki Mürşit)*. Istanbul: Can Yayınları, 2002.

______. "Üslup Ilminde Yeni bir Usul." *Romanoloji Semineri Dergisi* 1 (1937), 1-6.

Eusterschulte, Anne. "Kulturentwicklung und -verfall: Giambattista Vicos kulturgeschichtliche Anthropologie." In *Humanismus in Geschichte und Gegenwart*, ed. Richard Faber and Enno Rudolph. Tübingen: Mohr Siebeck, 2002, 17-44.

Eyüboğlu, Sabahattin. *Mavi ve Kara: Denemeler (1940-1966)*. Istanbul: Çan Yayınları, 1967.

Ezine, Celâleddin. "Türk Humanizmasinin İzahı." *Hamle* 1 (1940), 6-10.

Faist, Thomas, and Eyüp Özveren. *Transnational Social Spaces: Agents, Networks and Institutions*. Aldershot, UK: Ashgate, 2004.

Faroqhi, Suraiya. *The Later Ottoman Empire, 1603-1839. The Cambridge History of Turkey*, vol. 3. Cambridge: Cambridge University Press, 2006.

Fermi, Laura. *Illustrious Immigrants: The Intellectual Migration from Europe, 1930-1941*. Chicago: University of Chicago Press, 1968.

F.F.S.D. "Die Heimat." *Türkische Post: Tageszeitung für den Nahen Osten*, April 18, 1933, 1-2.

Findley, Carter Vaughn. *Ottoman Officialdom: A Social History*. Princeton, NJ: Princeton University Press, 1989.

"Flaggenfeier." *Türkische Post: Tageszeitung für den Nahen Osten*, March 17, 1933, 4.

Fleet, Kate. *European and Islamic Trade in the Early Ottoman State: The Merchants of Genoa and Turkey*. Cambridge: Cambridge University Press, 1999.

Fortna, Benjamin C. *Imperial Classroom: Islam, the State, and Education in the Late Ottoman Empire*. Oxford: Oxford University Press, 2002.

Frantz, Douglas, and Catherine Collins. *Death on the Black Sea: The Untold Story of the* Struma *and World War II's Holocaust at Sea*. New York: Ecco, 2003.

Friling, Tuvia. *Between Friendly and Hostile Neutrality: Turkey and the Jews during World War II*, vol. 2. Jerusalem: Tel Aviv University, 2002.

Fuchs, Barbara. *Mimesis and Empire: The New World, Islam, and European Identities*. Cambridge:

Cambridge University Press, 2001.
Fuchs, Traugott. *Çorum and Anatolian Pictures*. Istanbul: Boğaziçi Üniversitesi, Cultural Heritage Museum Publications, 1986.
Ganguly, Debjani. "Edward Said, World Literature, and Global Comparatism." In *Edward Said: The Legacy of a Public Intellectual*, ed. Ned Curthoys and Debjani Ganguly. Melbourne: Melbourne University Press, 2007, 176-202.
Gelbin, Cathy. "Elisabeth Langgässer and the Question of Inner Emigration." In *Flight of Fantasy: New Perspectives on Inner Emigration in German Literature, 1933-1945*, ed. Neil H. Donahue and Doris Kirchner. New York: Berghahn, 2003, 269-276.
Gemünden, Gerd, and Anton Kaes. "Introduction to Special Issue on Film and Exile." *New German Critique* 89 (2003), 3-8.
Gencer, Mustafa. *Jöntürk Modernizmi ve "Alman Ruhu."* Istanbul: İletişim, 2003.
Ginzburg, Carlo. "Auerbach und Dante: Eine Verlaufsbahn." In *Erich Auerbach: Geschichte und Aktualität eines Philologen*, ed. Karlheinz Barck and Martin Treml. Berlin: Kadmos, 2007, 33-45.
Glasneck, Johannes. *Methoden der deutsch-faschistischen Propagandatätigkeit in der Türkei vor und während des Zweiten Weltkriegs*. Halle: Martin-Luther-Universität Halle, 1966.
Glassen, Erika. "Töchter der Republik: Gazi Mustafa Kemal Pasa (Atatürk) im Gedächtnis einer intellektuellen weiblichen Elite der ersten Republikgeneration nach Erinnerungsbüchern von Azra Erhat, Mina Urgan und Nermin Abadan-Unat." *Journal of Turkish Studies-Türklük Bilgisi Araştırmaları* 26, no.1 (2002), 239-264.
Göçek, Fatma Müge. "The Decline of the Ottoman Empire and the Emergence of Greek, Armenian, Turkish, and Arab Nationalisms." In *Social Constructions of Nationalism in the Middle East*, ed. Fatma Müge Göçek. Albany: State University of New York Press, 2002, 15-84.
______. *Rise of the Bourgeoisie, Demise of Empire: Ottoman Westernization and Social Change*. New York: Oxford University Press, 1996.
Gökalp, Ziya. *Millî Terbiye ve Maarif Meselesi*. Ankara: Diyarbakır Tanıtma ve Turizm Derneği Yayınları, 1964.
______. "Tevfik Fikret ve Rönesans." In *Makaleler V*. Ankara: Kültür Bakanlığı, 1981, 173-175.
______. *Turkish Nationalism and Western Civilization*. Trans. and ed. Niyazi Berkes. New York: Columbia University Press, 1959.
Gökman, Muzaffer. *Istanbul Kütüphaneleri Rehberi*. Istanbul, 1941.
______. *Istanbul Kütüphaneleri ve Günkü Vaziyetleri*. Istanbul: Hüsnütabiat Matbaası, 1939.
Gorki, Maxim. "Von den Kulturen." *Internationale Literatur: Zentralorgan der Internationalen Vereinigung Revolutionärer Schriftsteller* 5, no.9 (1935), 10.
Gövsa, İbrahim Alaettin. *Sabatay Sevi: İzmirli Meşhur Sahte Mesih Hakkında Tarihî ve İçtimaî Tetkik Tecrübesi*. Istanbul: S. LütfiKitapevi, 1940.
Grosz, Elizabeth. "Judaism and Exile: The Ethics of Otherness." In *Space and Place: Theories of*

Identity and Location, ed. Erica Carter, James Donald, and Judith Squires. London: Lawrence & Wishart, 1993, 57-72.

Grothusen, Klaus Detlev, ed. *Der Scurla-Bericht: Migration deutscher Professoren in die Türkei im Dritten Reich*. Frankfurt: Dagyeli, 1987.

Grudin, Robert. "Humanism." *Encyclopædia Britannica Online*. https://www.britannica.com/topic/humanism [옮긴이: 2019. 8. 30. 열람]

Grzywatz, Berthold. *Die historische Stadt: Charlottenburg*, vol. 1. Berlin: Nicolai, 1987.

Guénon, René. *The Esoterism of Dante*. Trans. C. B. Bethell. Paris: Gallimard, 1996.

______. *L'Ésotérisme de Dante*. Paris: Bosse, 1925.

Gumbrecht, Hans Ulrich. "'Pathos of the Earthly Progress': Erich Auerbach's Everydays." In *Literary History and the Challenge of Philology: The Legacy of Erich Auerbach*, ed. Seth Lerer. Stanford, CA: Stanford University Press, 1996, 13-35.

______. *Vom Leben und Sterben der großen Romanisten: Carl Vossler, Ernst Robert Curtius, Leo Spitzer, Erich Auerbach, Werner Krauss*. Ed. Michael Krüger. München: Carl Hanser Verlag, 2002.

Günaltay, Şemseddin. "Açış Dersi: Türklerin Ana Yurdu ve Irki Mes'elesi." In *Üniversite Konferansları 1936-1937*. İstanbul Üniversitesi Yayınları No.50. Istanbul: Ülkü Basımevi, 1937, i-xiv.

Gürçağlar, Şehnaz Tahir. *The Politics and Poetics of Translation in Turkey, 1923-1960*. Amsterdam: Rodopi, 2008.

Guttstadt, Corinna Görgü. "Depriving Non-Muslims of Citizenship as Part of the Turkification Policy in the Early Years of the Republic: The Case of Turkish Jews and Its Consequences during the Holocaust." In *Turkey beyond Nationalism: Towards Post-Nationalist Identities*, ed. Hans-Lukas Kieser. London: I. B. Tauris, 2006, 50-56.

______. *Die Türkei, die Juden und der Holocaust*. Berlin: Assoziation A, 2008.

______. "'Haymatloz'—Der Weg in die Zensur?" *Aktives Museum: Faschismus und Widerstand* 58: 14-17.

Güvenç, Duygu. "Turkey Battles Genocide Claims in Hollywood." *Turkish Daily News*, February 13, 2007. http://www.turkishdailynews.com.tr/article.php ?enewsid = 66071 (accessed March 19, 2007). [옮긴이: 2019. 8. 24. 현재 이 기사는 다음 주소에서 볼 수 있다. http://rchive.li/epW2S]

Halman, Talât Sait. *The Humanist Poetry of Yunus Emre*. Istanbul: Istanbul Matbaası, 1972.

______. "Turkish Humanism and the Poetry of Yunus Emre." *Tarih Araştırmaları Dergisi / Review of Historical Research* 6, no.10-11 (1968), 231-240.

Hartman, Geoffrey. *A Scholar's Tale: Intellectual Journey of a Displaced Child of Europe*. New York: Fordham University Press, 2007.

Hasan-Rokem, Galit, and Alan Dundes. *The Wandering Jew: Essays in the Interpretation of a Christian Legend*. Bloomington: Indiana University Press, 1986.

Hatiboğlu, Tahir. *Türkiye Üniversite Tarihi*. Ankara: Selvi Yayınevi, 1998.
Hausmann, Frank-Rutger. *"Deutsche Geisteswissenschaft" im Zweiten Weltkrieg: Die "Aktion Ritterbusch" (1940-1945)*. Ed. Holger Dainat, Michael Grüttner, and Frank-Rutger Hausmann. Dresden: Dresden University Press, 1998.
Hebblethwaite, Margaret. *John XXIII: Pope of the Century*. New York: Continuum International Publishing Group, 2005.
Hell, Julia. "Imperial Ruin Gazers, or Why Did Scipio Weep?" In *Ruins of Modernity*, ed. Julia Hell and Andreas Schoenle. Durham, NC: Duke University Press, 2010, 169-192.
______. "Ruin Travel: Orphic Journeys through 1940s Germany." In *Writing Travel*, ed. John Zilcosky. Toronto: University of Toronto Press, 2008, 123-162.
Hiçyılmaz, Ergun, and Meral Altındal. *Büyük Sığınak: Türk Yahudilerinin 500 Yıllık Serüveninden Sayfalar*. Istanbul: Belgesel, 1992.
Hillebrecht, Sabine, ed. *Haymatloz: Exil in der Türkei 1933-1945*. Berlin: Verein Aktives Museum, 2000.
Hirsch, Ernst E. *Aus des Kaisers Zeiten durch die Weimarer Republik in das Land Atatürks: Eine unzeitgemäße Autobiographie*. München: Schweitzer, 1982.
______. *Dünya Üniversiteleri ve Türkiyede Üniversitelerin Gelişmesi*, vol. 1. Istanbul: Ankara Üniversitesi Yayımları, 1950.
Homer. *Odyssey*. Trans. Albert Cook. New York: Norton, 1993.
Howard, Harry N. "Preliminary Materials for a Survey of the Libraries and Archives of Istanbul." *Journal of the American Oriental Society* 59, no.2 (1939), 227-246.
Hutton, Christopher M. *Linguistics and the Third Reich: Mother-Tongue Fascism, Race and the Science of Language*. London: Routledge, 1999.
Huyssen, Andreas. "Diaspora and Nation: Migration into Other Pasts." *New German Critique* 88 (2003), 147-164.
Iğsız, Aslı. "Repertoires of Rupture: Recollecting the 1923 Greek-Turkish Compulsory Religious Minority Exchange." Unpublished dissertation, University of Michigan, 2006.
Irem, Nazım. "Turkish Conservative Modernism: Birth of a Nationalist Quest for Cultural Renewal." *International Journal of Middle East Studies* 34, no.1 (2002), 87-112.
İstanbul Üniversitesi Arşivi (Istanbul University Archive), Auerbach Dosyası.
Istanbul University. Chaire de Philologie Romane à la Faculté des lettres, December 11, 1936. Literaturarchiv Marbach, Nachlaß Erich Auerbach, Zugehörige Materialien.
Jäckh, Ernst. *Der aufsteigende Halbmond: Auf dem Weg zum deutsch-türkischen Bündnis*. Stuttgart: Deutsche Verlags-Anstalt, 1915.
Jacquemond, Richard. "Translation and Cultural Hegemony: The Case of French-Arabic Translation." In *Rethinking Translation: Discourse, Subjectivity, Ideology*, ed. Lawrence Venuti. New York: Routledge, 1992, 139-158.
JanMohamed, Abdul R. "Worldliness-without-World, Homelessness-as-Home: Toward a Defi-

nition of the Specular Border Intellectual." In *Edward Said: A Critical Reader*, ed. Michael Sprinker. Oxford: Blackwell, 1992, 96-120.

Jay, Martin. *Permanent Exiles: Essays on the Intellectual Migration from Germany to America*. New York: Columbia University Press, 1985.

Jüdisches Museum, München. "Orte des Exils/Sürgün Yerleri: Münih ve Istanbul." München: Jüdisches Museum München, 2008.

Kadir, Djelal. "Comparative Literature in a World Become Tlön." *Comparative Critical Studies* 3, no.1-2 (2006), 125-138.

______. *Memos from the Besieged City: Lifelines for Cultural Sustainability*, Stanford, CA: Stanford University Press, 2011.

Kahn, Robert. "Eine 'List der Vorsehung': Erich Auerbach und Walter Benjamin." In *Erich Auerbach: Geschichte und Aktualität eines europäischen Philologen*, ed. Martin Treml and Karlheinz Barck. Berlin: Kulturverlag Kadmos, 2007, 153-166.

Kandiyoti, Deniz. "End of Empire: Islam, Nationalism and Women in Turkey." In *Feminist Postcolonial Theory: A Reader*, ed. Reina Lewis and Sara Mills. New York: Routledge, 2003, 263-284.

Kaplan, Caren. *Questions of Travel: Postmodern Discourses of Displacement*. Durham, NC: Duke University Press, 1996.

Kaplan, Sam. *The Pedagogical State: Education and the Politics of National Culture in Post-1980s Turkey*. Stanford, CA: Stanford University Press, 2006.

Kastoryano, Riva. "From *Millet* to Community: The Jews of Istanbul." In *Ottoman and Turkish Jewry: Community and Leadership*, ed. Aron Rodrigue. Bloomington: Indiana University Press, 1992, 253-277.

Katoğlu, Murat. "Cumhuriyet Türkiye'sinde Eğitim, Kültür, Sanat." In *Cumhuriyet Dönemi Edebiyat Çevirileri Seçkisi*, ed. Öner Yağcı. Ankara: Kültür Bakanlığı Yayınları, 1999, 331-332.

Kaynardağ, Arslan. *Bizde Felsefenin Kurumlaşması ve Türkiye Felsefe Kurumu'nun Tarihi*. Ankara: Türkiye Felsefe Kurumu, 1994.

______. "Üniversitemizde Ders Veren Alman Felsefe Profesörleri." In *Türk Felsefe Araştırmalarında ve Üniversite Öğretiminde Alman Filozofları*. Istanbul: Türkiye Felsefe Kurumu, 1986.

Keyman, Fuat. "Modernity, Secularism, and Islam." *Theory, Culture & Society* 24, no.2 (2007), 215-234.

Kıvırcık, Emir. *Büyükelçi*. Istanbul: Goa, 2007.

Klein, Fritz. "Der Einfluß Deutschlands und Österreich-Ungarns auf das türkische Bildungswesen in den Jahren des Ersten Weltkrieges." In *Wegenetz europäischen Geistes: Wissenschaftszentren und geistige Wechselbeziehungen zwischen Mittel- und Südosteuropa vom Ende des 18. Jahrhunderts bis zum Ersten Weltkrieg*, ed. Richard Georg Plaschka and Karlheinz Mack. Wien: Verlag für Geschichte und Politik, 1983, 420-432.

Klein, Wolfgang, ed. *Paris 1935: Erster Internationaler Schriftstellerkongreß zur Verteidigung der Kultur. Reden und Dokumente. Mit Materialien der Londoner Schriftstellerkonferenz 1936*. Berlin: Akademie-Verlag, 1982.

Klemperer, Klemens von. *German resistance against Hitler: The Search for Allies Abroad, 1938-1945*. Oxford: Oxford University Press, 1992.

Klemperer, Victor. *Der alte und der neue Humanismus*. Berlin: Aufbau-Verlag, 1953.

______. *Ich will Zeugnis ablegen bis zum letzten, vol.* 1: *Tagebücher 1933-1941*. Ed. Walter Nowojski. Berlin: Aufbau-Verlag, 1996.

______. *I Will Bear Witness: A Diary of the Nazi Years, 1942-1945*. New York: Random House, 1998.

______. *LTI: Notizbuch eines Philologen*. Berlin: Aufbau-Verlag, 1947.

______. "Philologie im Exil." *Aufbau* 4, no.10 (1948), 863-868.

______. "Philologie im Exil." In *Vor 33 nach 45: Gesammelte Aufsätze*. Berlin: Akademie Verlag, 1956, 224-229.

König, Christoph, ed. *Internationales Germanistenlexikon 1800-1950*. Berlin: Walter de Gruyter, 2003.

Konuk, Kader. "Antagonistische Weltanschauungen in der türkischen Moderne: Die Beteiligung von Emigranten und Nationalsozialisten an der Grundlegung der Nationalphilologien in Istanbul." In *Istanbul: Geistige Wanderungen aus der Welt in Scherben?* ed. Faruk Birtek and Georg Stauth. Bielefeld: Transcript, 2007, 191-216.

______. "Ethnomasquerade in Ottoman-European Encounters: Re-enacting Lady Mary Wortley Montagu." *Criticism* 46, no.3 (2004), 393-414.

______. *Identitäten im Prozeß: Literatur von Autorinnen aus und in der Türkei in deutscher, englischer und türkischer Sprache*. Essen: Die Blaue Eule, 2001.

______. "Istanbuler Germanistik: Grundlegung durch Emigranten und Nationalsozialisten." *Geschichte der Germanistik. Mitteilungen* 27 / 28 (2005), 30-37.

______. "Taking on German and Turkish History: Emine Sevgi Özdamar's *Seltsame Sterne*." *Gegenwartsliteratur: German Studies Yearbook* 6 (2007), 232-256.

Kritovoulos. *History of Mehmed the Conqueror*. Trans. C. T. Riggs. Princeton, NJ: Princeton University Press, 1954.

Küçük, Abdurrahman. *Dönmeler (Sabatayistler) Tarihi*. Ankara: Alperen Yayınları, 2001.

Küçük, Yalçın. *İsimlerin İbranileştirilmesi: Tekelistan-Türk Yahudi İsimleri Sözlüğü*. Istanbul: Salyangoz Yayınları, 2006.

Kulin, Ayşe. *Nefes Nefese*. Istanbul: Remzi Kitapevi, 2002.

Kuruyazıcı, Nilüfer. "Die deutsche akademische Emigration von 1933 und ihre Rolle bei der Neugründung der Universität Istanbul sowie bei der Gründung der Germanistik." In *Interkulturelle Begegnungen: Festschrift für Şara Sayın*, ed. Şara Sayın, Manfred Durzak, and Nilüfer Kuruyazıcı. Würzburg: Königshausen & Neumann, 2004, 253-267.

Lamb, Jonathan. "Coming to Terms with What Isn't There: Early Narratives of New Holland." *Eighteenth-Century Life* 26, no.1 (2002), 147-155.

______. *Preserving the Self in the South Seas, 1680-1840*. Chicago: University of Chicago Press, 2001.

Lambropoulos, Vassilis. *The Rise of Eurocentrism: Anatomy of Interpretation*. Princeton, NJ: Princeton University Press, 1993.

Lawton, David. "History and Legend: The Exile and the Turk." In *Postcolonial Moves: Medieval through Modern*, ed. Patricia Clare Ingham and Michelle R. Warren. New York: Palgrave Macmillan, 2003, 173-194.

"Leo Spitzer." *Johns Hopkins Magazine* (April 1952), 19-27.

Lerer, Seth. *Error and the Academic Self: The Scholarly Imagination, Medieval to Modern*. New York: Columbia University Press, 2002.

Levi, Avner. *Türkiye Cumhuriyeti'nde Yahudiler*. Istanbul: İletişim, 1992.

Levin, Harry. "Two *Romanisten* in America: Spitzer and Auerbach." In *The Intellectual Migration: Europe and America, 1930-1960*, ed. Donald Fleming and Bernard Bailyn. Cambridge, MA: Belknap Press of Harvard University Press, 1969, 463-484.

Levy, Avigdor. *The Jews of the Ottoman Empire*. Princeton, NJ: Darwin Press, 1994.

______. *The Sephardim in the Ottoman Empire*. Princeton, NJ: Darwin Press, 1992.

Lewis, Bernard. *From Babel to Dragomans: Interpreting the Middle East*. Oxford: Oxford University Press, 2004.

Lier, Thomas. "Hellmut Ritter in Istanbul 1926-1949." *Die Welt des Islams* 38, no.3 (1998), 334-385.

______. "Hellmut Ritter und die Zweigstelle der DMG in Istanbul 1928-1949." In *Hellmut Ritter und die DMG in Istanbul*, ed. Angelika Neuwirth and Armin Bassarak. Istanbul: Orient Institut der Deutschen Morgenländischen Gesellschaft, 1997, 17-49.

Lima, Luiz Costa. "Erich Auerbach: History and Metahistory." *New Literary History* 19, no.3 (1988), 467-499.

Liu, Lydia H. *Translingual Practice*. Stanford, CA: Stanford University Press, 1995.

Löwith, Karl. *Mein Leben in Deutschland vor und nach 1933: Ein Bericht*. Stuttgart: Metzler, 1986.

Makdisi, Ussama. "Ottoman Orientalism." *American Historical Review* 107, no.3 (2002), 768-796.

Maksudyan, Nazan. *Türklüğü Ölçmek: Bilimkurgusal Antropoloji ve Türk Milliyetçiliğinin Çehresi, 1925-1939*. Istanbul: Metis, 2005.

Marchand, Suzanne L. *Down from Olympus: Archaeology and Philhellenism in Germany, 1750-1970*. Princeton, NJ: Princeton University Press, 1996.

______. "Nazism, Orientalism and Humanism." In *Nazi Germany and the Humanities*, ed. Wolfgang Bialas and Anson Rabinbach. Oxford: Oneworld, 2007, 267-305.

Mattenklott, Gert. "Erich Auerbach in den deutsch-jüdischen Verhältnissen." In *Wahrnehmen Lesen Deuten: Erich Auerbachs Lektüre der Moderne*, ed. Walter Busch, Gerhart Pickerodt, and Markus Bauer. Frankfurt am Main: Vittorio Klostermann, 1998, 15-30.

Maxwell, Richard, Joshua Scodel, and Katie Trumpener. "Editors' Preface." *Modern Philology* 100, no.4 (2003), 505-511.

McClennen, Sophia A. *The Dialectics of Exile: Nation, Time, Language, and Space in Hispanic Literatures*. West Lafayette, IN: Purdue University Press, 2004.

Meier-Rust, Kathrin. *Alexander Rüstow: Geschichtsdeutung und liberales Engagement*. Stuttgart: Klett-Cotta, 1993.

Mitgliederrundbrief. Vol.43. Berlin: Verein Aktives Museum: Faschismus und Widerstand in Berlin, May 2000. http://www.aktives-museum.de/fileadmin/user_upload/Extern/Dokumente/rundbrief-43.pdf (accessed March 20, 2009). [옮긴이: 2019. 10. 28. 열람]

Mitler, Louis. "Genoese in Galata, 1453-1682." *International Journal of Middle East Studies* 10, no.1 (1979), 71-91.

Moltke, Freya von. *Memories of Kreisau and the German Resistance*. Trans. Julie M. Winter. Lincoln: University of Nebraska Press, 2005.

Moltke, Helmuth James von. *Briefe an Freya 1939-1945*. München: C. H. Beck, 1988.

______. *Letters to Freya: 1939-1945*. Trans. Beate Ruhm von Appen. New York: Alfred A. Knopf, 1990.

Montaigne, Michael de. *Works of Michael de Montaigne: Comprising His Essays, Journey into Italy, and Letters, with Notes from All the Commentators, Biographical and Bibliographical Notices, Etc.*, vol. 2. Ed. W. Hazlitt and O. W. Wight. New York: H. W. Derby, 1861.

Mostyn, Trevor. *Egypt's Belle Epoque: Cairo and the Age of the Hedonists*. London: Tauris Parke, 2006.

Mufti, Aamir R. "Auerbach in Istanbul: Edward Said, Secular Criticism, and the Question of Minority Culture." In *Edward Said and the Work of the Critic: Speaking Truth to Power*, ed. Paul A. Bové. Durham, NC: Duke University Press, 2000, 229-256.

______. "Critical Secularism: A Reintroduction for Perilous Times." *Boundary 2* 31, no.2 (2004), 1-9.

Mulertt, Werner. "Asíns Dantebuch." *Islam* 14 (1924), 114-123.

Müller, Hildegard. "German Librarians in Exile in Turkey, 1933-1945." *Libraries and Culture* 33, no.3 (1998), 294-305.

Mumcu, Uğur. *40' ların Cadı Kazanı*. Istanbul: Tekin Yayınevi, 1990.

N., N. "1 film, 4 ülke, 500 hayat." *Cumhuriyet* (September 25, 2008).

Neumark, Fritz. *Zuflucht am Bosporus: Deutsche Gelehrte, Politiker und Künstler in der Emigration 1933-1953*. Frankfurt am Main: Verlag Josef Knecht, 1980.

Newman, Jane. "Nicht am 'falschen Ort': Saids Auerbach und die 'neue' Komparatistik." In *Erich Auerbach: Geschichte und Aktualität eines europäischen Philologen*, ed. Karlheinz Barck and

Martin Treml. Berlin: Kulturverlag Kadmos, 2007, 341-356.
Nicolai, Bern. *Moderne und Exil: Deutschsprachige Architekten in der Türkei 1925-1955*. Berlin: Verlag für Bauwesen, 1998.
Nissen, Rudolf. *Helle Blätter, dunkle Blätter: Erinnerungen eines Chirurgen*. Stuttgart: Deutsche Verlags-Anstalt, 1969.
Olschki, Leonardo. "Mohammedan Eschatology and Dante's Other World." *Comparative Literature* 3, no.1 (1951), 1-17.
Ötüken, Adnan. *Klasikler Bibliyografyası 1940-1948*. Ankara: Milli Eğitim Basımevi, 1949.
______. *Klasikler Bibliyografyası 1940-1966*. Ankara: Ayyıldız Matbaası, 1967.
Ousterhout, Robert. "The East, the West, and the Appropriation of the Past in Early Ottoman Architecture." *Gesta* 43, no.2 (2004), 165-176.
Paker, Saliha. "Changing Norms of the Target System: Turkish Translations of Greek Classics in Historical Perspective." In *Studies in Greek Linguistics: Proceedings of the 7th Linguistics Conference*. Thessaloniki: Aristotelian University of Thessaloniki, 1986, 411-426.
______. "Turkish Tradition." In *Routledge Encyclopedia of Translation Studies*, ed. Mona Baker and Kirsten Malmkjær. London: Routledge, 1998, 571-582.
Pamuk, Orhan. *Istanbul: Memories and the City*. New York: Random House, 2006.
______. "The Two Souls of Turkey." *New Perspectives Quarterly* 24, no.3 (2007), 10-11.
Peyre, Henri. "Erich Auerbach." In *Marburger Gelehrte in der ersten Hälfte des 20. Jahrhunderts*, ed. Ingeborg Schnack. Marburg: Veröffentlichungen der Historischen Kommission für Hessen, 1987, 10-21.
Politisches Archiv des Auswärtigen Amts, Berlin. Akten des Generalkonsulats Istanbul, 3970, Paket 1, Akte: "Kulturpropaganda (Allgemeines), Akte 'Propaganda' besonders" März 1930-.
______. Akten des Generalkonsulats Istanbul, 3970, Paket 1, Akte "Propaganda" 1935-39.
______. Akten des Generalkonsulats Istanbul, 3976, Paket 8, Akte Geheim Band II, Dezember 1932-1935.
______. Akten des Generalkonsulats Istanbul, 3977, Paket 9, Akte NSDAP, 1937-1940.
______. Akten des Generalkonsulats Istanbul, 3977, Paket 9, NSDAP Band I 1933-.
______. Akten des Generalkonsulats Istanbul, 3989, Paket 28, Akte 1 Istanbul Emigranten.
______. Akten des Generalkonsulats Istanbul, 3989, Paket 28, Akte 2 Istanbul Emi granten.
______. Akten des Generalkonsulats Istanbul, 4058, Paket 95.
______. Akten des Generalkonsulats Istanbul, GK Istanbul 163, Universität Istanbul Band II 1934-1935.
______. Akten des Generalkonsulats Istanbul, GK Istanbul 164, Band III 1935-1936.
______. Akten des Generalkonsulats Istanbul, GK Istanbul 165, Band IV 1936-1937.
______. Akten des Generalkonsulats Istanbul, GK Istanbul 166, Band V November 1937-Mai 1939.

______. Akten des Generalkonsulats Istanbul, GK Istanbul 167, Universität Istanbul Band VI.
______. Auswärtiges Amt Abteilung III, Akte Deutsche [Experten?] in der Türkei 1924-36, R 78630.
______. Der Beirat des türkischen Unterrichtsministers R 63442, 1913.
______. Die Deutschen Schulen in der Türkei, Allgemeines, R 62451, 1915-1917.
______. Die türkische Universität zu Konstantinopel (Stambul) R 64141, 1919-1922.
______. Die Universität in Konstantinopel R 64140, Oktober-November 1918.
______. Die Universität zu Konstantinopel R 64142, 1923.
______. Judenfrage in der Türkei, R 99446 1938-1943, Inland II A/B.
______. Konstantinopel / Ankara, 539, Akte Judentum 1925-1939.
______. Konstantinopel / Ankara 540, Akte Judentum Band 2.
______. Konstantinopel / Ankara, 729, Akte Studium (türk. Studenten in Deutschland).
______. R 100889, Akte Judenfrage in der Türkei 1942-1944, Inland II g 207.

Porter, David L. *The Chinese Taste in Eighteenth-Century England*. Cambridge: Cambridge University Press, forthcoming.

Porter, James I. "Auerbach and the Judaizing of Philology." *Critical Inquiry* 35 (2008), 115-147.

______. "Auerbach and the Scar of Philology." In *Classics and National Culture*, ed. Susan Stephens and Phiroze Vasunia. Oxford: Oxford University Press, forthcoming.

Potter, Pamela. *Most German of the Arts: Musicology and Society from the Weimar Republic to the End of Hitler's Reich*. New Haven, CT: Yale University Press, 1998.

Probst, Maximilian. "Baden im Bosporus." *die tageszeitung*, January 23, 2009. http://taz.de/!741833/(accessed March 14, 2009). [옮긴이: 2019. 10. 27. 열람]

Pross, Helge. *Die Deutsche Akademische Emigration nach den Vereinigten Staaten 1933-1941*. Berlin: Dunckner & Humboldt, 1955.

Reichenbach, Hans. *Experience and Prediction: An Analysis of the Foundations and the Structure of Knowledge*. Chicago: University of Chicago Press, 1938.

"Reichsregierung und Auslandsdeutschtum." *Türkische Post: Tageszeitung für den Nahen Osten*, March 18, 1933, 1-2.

Reisman, Arnold. "Jewish Refugees from Nazism, Albert Einstein, and the Modernization of Higher Education in Turkey (1933-1945)." *Aleph: Historical Studies in Science and Judaism* 7 (2007), 253-281.

______. *Turkey's Modernization: Refugees from Nazism and Atatürk's Vision*. Washington, DC: New Academia Publishing, 2006.

Reitter, Paul. "Comparative Literature in Exile: Said and Auerbach." In *Exile and Otherness: New Approaches to the Experience of Nazi Refugees*, ed. Alexander Stephan. Oxford: Peter Lang, 2005, 21-30.

Ritter, Hellmut. "Letter to Erich and Marie Auerbach, 1947." Literaturarchiv Marbach, A: Nachlaß Auerbach.

Ritter, Karl Bernhard. *Fahrt zum Bosporus: Ein Reisetagebuch*. Leipzig: Hegner, 1941.

Robbins, Bruce. "Comparative Cosmopolitanism." *Social Text* 31-32 (1992), 169-186.

Robinson, James Harvey, ed. *Petrarch: The First Modern Scholar and Man of Letters*. New York: Knickerbocker Press, 1898.

Rodrigue, Aron. "From Millet to Minority: Turkish Jewry in the 19th and 20th Centuries." In *Paths of Emancipation: Jews within States and Capitalism*, ed. Pierre Birnbaum and Ira Katznelson. Princeton, NJ: Princeton University Press, 1995, 238-261.

Rosello, Mireille. *Postcolonial Hospitality: The Immigrant as Guest*. Stanford, CA: Stanford University Press, 2001.

Ruben, Walter. *Kırşehir: Eine altertümliche Kleinstadt Mittelanatoliens*. Ed. Gerhard Ruben. Würzburg: Ergon, 2003.

Rüstow, Alexander. *Freedom and Domination: A Historical Critique of Civilization*. Trans. Salvator Attanasio. Princeton, NJ: Princeton University Press, 1980.

______. Letter to Erich Auerbach, June 16, 1942. Literaturarchiv Marbach, Nachlaß Auerbach.

______. *Ortsbestimmung der Gegenwart: Eine universalgeschichtliche Kulturkritik*. Erlenbach: Eugen Rentsch Verlag, 1952.

Rüstow, Dankwart A. *Politics and Westernization in the Near East*. Princeton, NJ: Princeton University Press, 1956.

Said, Edward W. "Erich Auerbach, Critic of the Earthly World." *Boundary 2* 31, no.2 (2004), 11-34.

______. *Orientalism*. New York: Vintage Books, 1979.

______. *The World, the Text, and the Critic*. London: Vintage, 1991.

Sakaoğlu, Necdet. *Cumhuriyet Dönemi Eğitim Tarihi*. Istanbul: Iletişim Yayınları, 1993.

______. *Osmanlı Eğitim Tarihi*. Istanbul: İletişim Yayınları, 1993.

Sayın, Şara. "Germanistik an der 'Universität Istanbul.'" In *Germanistentreffen: Tagungs beiträge Deutschland-Türkei*. Bonn: DAAD, 1995, 29-36.

Scholem, Gershom. *Sabbatai Sevi: The Mystical Messiah, 1626-1676*. Princeton, NJ: Princeton University Press, 1973.

Schwartz, Philipp. *Notgemeinschaft: Zur Emigration deutscher Wissenschaftler nach 1933 in die Türkei*. Marburg: Metropolis-Verlag, 1995.

Schwarzenbach, Annemarie. "Die Reorganisation der Universität von Stambul." *Neue Zürcher Zeitung*, 03. Dezember 1933, Blatt 8 (Sonntagsbeilage).

______. *Winter in Vorderasien*. Basel: Lenos Verlag, 2002.

"Şehrimizdeki Alman Musevileri Almanlıktan Çıkardılar." *Yeni Sabah*, 12 Ağustos 1939.

Senemoğlu, Osman. "1933 Üniversite Reformunda Batı Dilleri ve Prof. Dr. Süheyla Bayrav." *Alman Dili ve Edebiyatı Dergisi* 11 (1998), 59-64.

Seyhan, Azade. "German Academic Exiles in Istanbul: Translation as the Bildung of the Other." In *Nation, Language and the Ethics of Translation*, ed. Sandra L. Bermann and Michael

Wood. Princeton, NJ: Princeton University Press, 2005, 274-288.
Sezen, Yümni. *Hümanizm ve Atatürk Devrimleri*. Istanbul: Ayışığıkitapları, 1997.
Shaw, Stanford J. *Turkey and the Holocaust: Turkey's Role in Rescuing Turkish and European Jewry from Nazi Persecution, 1933-1945*. Hampshire, UK: Macmillan Press, 1993.
Silverstein, Theodore. "Dante and the Legend of the Mi'raj: The Problem of Islamic Influence on the Christian Literature of the Otherworld." *Journal of Near Eastern Studies* 11, no.2 (1952), 89-110.
Sinanoğlu, Nüshet Haşim. *Dante ve Divina Commedia: Dante ile İlk Temas*. Istanbul: Devlet Matbaası, 1934.
Sinanoğlu, Suat. *Türk Humanizmi*. Ankara: Türk Tarih Kurumu Basımevi, 1980.
Sitzler, Kim. "Humanismus und Islam." In *Humanismus in Geschichte und Gegenwart*, ed. Richard Faber and Enno Rudolph. Tübingen: Mohr Siebeck, 2002, 187-212.
Spanos, William V. "Humanism and the Studia Humanitatis after 9/11/01: Rethinking the Anthropologos." *symploke* 7, no.1-2 (2005), 219-262.
Spector, Scott. "Forget Assimilation: Introducing Subjectivity to German-Jewish History." *Jewish History* 20, no.3-4 (2006), 349-361.
______. *Prague Territories: National Conflict and Cultural Innovation in Franz Kafka's Fin de Siècle*. Berkeley: University of California Press, 2002.
Spies, Otto. *Die türkische Prosaliteratur der Gegenwart*. Leipzig: Otto Harrasowitz, 1943.
Spitzer, Leo. "The Addresses to the Reader in the *Commedia*." *Italica* 32, no.3 (1955), 143-165.
______. "Bocaccio." In *Üniversite Konferansları 1935-1936*. Istanbul: Ülkü Basımevi, 1937, 165-176.
______. "Cervantes." In *Üniversite Konferansları 1935-1936*. Istanbul: Ülkü Basımevi, 1937, 177-188.
______. Letter to Karl Jaspers, December 5, 1935. Literaturarchiv Marbach, A: Jaspers 75.14541.
______. Letter to Karl Löwith, April 21, 1933. Literaturarchiv Marbach, A: Löwith 99.17.113/1.
______. Letter to Vice Consul Saucken, December 10, 1935. Politisches Archiv des Auswärtigen Amts, Berlin, Akten des Generalkonsulats Istanbul, GK Istanbul 164, Band III 1935-1936.
______. Letter to Vice Consul Saucken, December 12, 1935. Politisches Archiv des Auswärtigen Amts, Berlin, Akten des Generalkonsulats Istanbul, GK Istanbul 164, Band III 1935-1936.
______. "Rabelais yahut Rönesans'ın Dehası." In *Üniversite Konferansları 1935-1936*. Istanbul: Ülkü Basımevi, 1937, 209-224.
Stephan, Alexander, ed. *Exile and Otherness: New Approaches to the Experience of Nazi Refugees*. Oxford: Peter Lang, 2005.
Stilla, Gabriele. "Gerhard Fricke: Literaturwissenschaft als Anweisung zur Unterordnung." In *Deutsche Klassiker im Nationalsozialismus: Schiller-Kleist-Hölderlin*, ed. Claudia Albert. Stuttgart: Metzler, 1994, 18-47.
Strauss, Herbert A., Klaus Fischer, Christhard Hoffmann, and Alfons Söllner. *Die Emigration der*

Wissenschaften nach 1933: Disziplingeschichtliche Studien. München: Saur, 1991.

Sunar, Şebnem. "Türkiye Cumhuriyeti'nin Batılılaşma Sürecinde Filolojinin Örgütlenmesi (İstanbul Üniversitesi Alman Filolojisi Örneğinde)." Unpublished dissertation, Istanbul University, 2003.

Tanpınar, Ahmet Hamdi. *Beş Şehir*. Istanbul: Dergâh Yayınları, 2008.

______. *Edebiyat Üzerine Makaleler*. Istanbul: Milli Eğitim Basımevi, 1969.

______. *Yahya Kemal*. Istanbul: Dergah Yayınları, 1982.

______. *Yaşadığım Gibi*. 2nd ed. Istanbul: Dergah Yayınları, 1996.

Taussig, Michael. *Mimesis and Alterity: A Particular History of the Senses*. New York: Routledge, 1993.

Tepe, Sultan. *Beyond the Sacred and the Secular: Politics of Religion in Israel and Turkey*. Stanford, CA: Stanford University Press, 2008.

Timms, Edward. *The Wandering Jew: A Leitmotif in German Literature and Politics*. Brighton, UK: University of Sussex, 1994.

Todorova, Maria. *Imagining the Balkans*. New York: Oxford University Press, 1997.

______. "Spacing Europe: What Is a Historical Region?" *East Central Europe / L'Europe du Centre-Est* 32, no.1-2 (2005), 59-78.

Toktas, Sule. "Citizenship and Minorities: A Historical Overview of Turkey's Jewish Minority." *Journal of Historical Sociology* 18, no.4 (2005), 394-429.

Toynbee, Paget Jackson. *Dante Studies*. London: Clarendon Press, 1921.

Treml, Martin. "Auerbachs imaginäre jüdische Orte." In *Erich Auerbach: Geschichte und Aktualität eines europäischen Philologen*, ed. Karlheinz Barck and Martin Treml. Berlin: Kulturverlag Kadmos, 2007, 230-251.

Trumpener, Ulrich. *Germany and the Ottoman Empire, 1914-1918*. Princeton, NJ: Princeton University Press, 1968.

Tunaya, Tarık Z. *Türkiyenin Siyasi Hayatında Batılılaşma Hareketleri*. Istanbul: Yedigün Matbaası, 1960.

"Türkiyede Nazi Propagandası." *Haber*, January 1, 1938.

Turner, Bryan S. *Weber and Islam*. London: Routledge, 1998.

Uzun, Mehmed. "The Dialogue and Liberties of Civilizations." Paper presented at the Second International Conference in the European Union Parliament on the European Union, Turkey, and the Kurds, September 19-21, 2005. http://www.eutcc.org/articles/8/20/document217.ehtml (accessed February 10, 2009). [옮긴이: 2019. 8. 24. 현재 이 글은 다음 인터넷 주소에서 볼 수 있다. http://www.hagalil.com/archiv/2005/09/uzun.htm]

______. *Ruhun Gökkuşağı*. 2nd ed. Istanbul: İthaki, 2007.

Varoğlu, Hamdi. *Dante Alighieri: Hayatı, Eserleri ve İlahi Komedi*. Istanbul: Cumhuriyet Matbaası, 1938.

Vialon, Martin. "Ein Exil-Brief Erich Auerbachs aus Istanbul an Freya Hobohm in Marburg—

versehen mit einer Nachschrift von Marie Auerbach (1938). Transkribiert und kommentiert von Martin Vialon." *Trajekte* 9 (2004), 8-17.

______, ed. "Erich Auerbach: Gesammelte Briefe 1922-1957." Forthcoming.

______, ed. *Erich Auerbachs Briefe an Martin Hellweg (1939-1950), Edition und historisch-philologischer Kommentar*. Tübingen: A. Francke Verlag, 1997.

______. "The Scars of Exile: Paralipomena concerning the Relationship between History, Literature, and Politics—Demonstrated in the Examples of Erich Auerbach, Traugott Fuchs, and Their Circle in Istanbul." *Yeditepe University Philosophy Department: A Refereed Year-book* 1, no.2 (2003), 191-246.

______. "Wie das Brot der Fremde so salzig schmeckt: Hellsichtiges über die Widersprüche der Türkei: Erich Auerbachs Istanbuler Humanismusbrief." *Süddeutsche Zeitung*, October 14, 2008, 16.

Vico, Giambattista. *Die neue Wissenschaft über die gemeinschaftliche Natur der Völker*. Trans. Erich Auerbach. 2nd ed. Berlin: Walter de Gruyter, 2000.

______. *New Science*. London: Penguin Classics, 1999.

Vossler, Karl. *Die Göttliche Komödie*, vol. 2. Heidelberg: Carl Winters Universitätsbuch handlung, 1925.

Watenpaugh, Keith David. *Being Modern in the Middle East: Revolution, Nationalism, Colonialism, and the Arab Middle Class*. Princeton, NJ: Princeton University Press, 2006.

Wellek, René. "Leo Spitzer (1887-1960)." *Comparative Literature* 12, no.4 (1960), 310-334.

Werfel, Franz. *Die vierzig Tage des Musa Dagh*. Frankfurt am Main: Fischer, 2006.

White, Hayden. *Figural Realism: Studies in Mimesis Effect*. Baltimore: Johns Hopkins University Press, 1999.

Widmann, Horst. *Exil und Bildungshilfe: Die deutschsprachige akademische Emigration in die Türkei nach 1933*. Bern: Herbert Lang, 1973.

Yahudi Fıkraları. Istanbul: Akbaba Yayını, 1943.

Yelda. *Istanbul' da, Diyarbakır' da Azalırken*. Istanbul: Belge, 1996.

Yücel, Faruk. "Türkiye'nin Aydınlanma Sürecinde Çevirinin Rolü." *Hacettepe Üniversitesi Edebiyat Fakültesi Dergisi* 23, no.2 (2006), 207-220.

Yücel, Hasan Ali. "Önsöz." *Tercüme* 1, no.1-2 (1940).

Yunus Emre. *The Wandering Fool: SufiPoems of a Thirteenth-Century Turkish Dervish*. Trans. Edouard Roditi. San Francisco: Cadmus, 1987.

Zaborowska, Magdalena J. *James Baldwin's Turkish Decade: Erotics of Exile*. Durham, NC: Duke University Press, 2008.

Zorlu, Ilgaz. *Evet, Ben Selanikliyim: Türkiye Sabetaycılığı*. Istanbul: Belge Yayınları, 1998.

Zürcher, Erik J. *Turkey: A Modern History*. London: I. B. Tauris & Co., 1998.

주요 용어와 고유명사

『각성』 *Intibah*(1876). 나미크 케말이 쓴 소설.

갈라타 Galata. 이스탄불의 한 지역. 금각만의 한쪽은 옛 콘스탄티노폴리스이고 다른 쪽은 갈라타이다.

갈라타 다리 Galata Bridge. 이스탄불의 금각만에 있는 다리.

갈리프, 레시트 Reşit Galip(1893-1934). 터키의 정치가, 의사. 터키 공화국의 교육부 장관(1932-1933).

게노, 장 Jean Guehenno(1890-1978). 프랑스의 수필가, 작가, 문학비평가.

경계지식인 border intellectual.

고골, 니콜라이 바실리예비치 Nikolai Vasilievich Gogol(1809-1852). 제정 러시아의 작가.

고리키, 막심 Maxim Gorki(1868-1936). 러시아와 소련의 작가.

『고백록』 *Confessions*(*Confessiones*). 아우구스티누스가 379-400년 사이에 쓴 자서전.

고전고대 classical antiquity.

고트샬크, 발터 Walter Gottschalk(1891-1974). 독일의 동방학자.

곡언법 litotes. 어떤 것을 묘사할 때 그 반대되는 특징을 부정함으로써 묘사하는 수사법. 예컨대 '나쁘지 않다'는 '좋다'는 뜻을 나타내는 곡언법이다.

과거청산 Vergangenheitsbewältigung(독일어). 1945년 이후 독일에서 과거사를 청산하는 과정을 가리킨다.

괴벨스, 요제프 Joseph Goebbels(1897-1945). 독일의 정치가.

괴브사, 이브라힘 알라엣틴 İbrahim Alaettin Gövsa(1889-1949). 터키의 작가, 시인, 교육자, 정치가.

괴체크, 파트마 뮈게 Fatma Müge Göçek.

괴칼프, 지야 Ziya Gökalp(1876-1924). 터키의 사회학자, 작가, 시인, 정치활동가.

괴테, 요한 볼프강 폰 Johann Wolfgang von Goethe(1749-1832). 독일의 작가, 철학자, 과학자.

괴팅겐 Göttingen. 독일의 도시.

교수자격논문 Habilitationsschrift(독일).

구트슈타트, 코린나 괴르귀 Corinna Görgü Guttstadt. 독일의 역사학자.

국가사회주의 National Socialism(Nationalsozialismus). 독일 나치의 기본 사상. 흔히 나치주의(Nazism)라 부른다.

국가사회주의독일노동자당 해외조직 Nationalsozialistische Deutsche Arbeiterpartei Auslands-

Organisation Hamburg(NSDAP).
국가적 상상 national imagination. 상징이나 서사 등 언어·문화적 요소를 공유함으로써 사람들이 국가라는 공동체의 일원이라고 상상하는 것.
국립인문재단 National Endowment for the Humanities(미국).
국민문학 national literature.
굼브레히트, 한스 울리히 Hans Ulrich Gumbrecht(1948-). 독일 태생의 미국 문학이론가.
귀날타이, 솀셋딘 Şemseddin Günaltay(1883-1961). 터키의 역사학자, 정치가.
귀네이, 에롤 Erol Güney(1914-2009). 터키 태생의 저널리스트, 번역가, 저술가. 1950년대에 터키로부터 추방당하여 국적을 이스라엘로 바꾸었다.
귀녜, 조제프 드 Joseph de Guignes(1721-1800). 프랑스의 동방학자, 중국학자.
귀르찰라르, 셰흐나즈 타히르 Şehnaz Tahir Gürçağlar. 터키의 번역가, 번역이론가, 동시통역사.
귄즈베르그, 사미 Sami Günzberg(1876-?). 유대계 터키인 치과의사.
귈레뤼즈, 나임 Naim Güleryüz(1933-). 터키유대인박물관의 관장, 작가.
귈레르, 제말 나디르 Cemal Nadir Güler(1902-1947). 터키의 화가, 만화가.
그라이프스발트대학교 University of Greifswald(Ernst-Moritz-Arndt-Universität Greifswald)(독일).
그랑데 영감 Père Grandet. 오노레 드 발자크의 소설 『외제니 그랑데』의 등장인물(주인공의 아버지인 펠릭스).
그로스, 엘리자베스 Elizabeth Grosz(1952-). 오스트레일리아의 철학자.
그리치바츠, 베르톨트 Berthold Grzywatz. 독일의 역사학자.
금각만 Golden Horn. 이스탄불을 끼고 도는 해협 어귀의 이름.
긴츠부르그, 카를로 Carlo Ginzburg(1939-). 이탈리아의 역사가.
『길가메시 서사시』 *Epic of Gilgamesh*. 고대 메소포타미아의 서사시. 수메르 남부의 도시국가 우루크의 전설적인 왕 길가메시를 노래했다.
나디, 나디르 Nadir Nadi(1908-1991). 터키의 저널리스트, 작가. 『줌후리예트』를 설립한 유누스 나디의 아들.
나디, 유누스 Yunus Nadi(1879-1945). 터키의 저널리스트, 『줌후리예트』의 설립자.
나보코프, 블라디미르 블라디미로비치 Vladimir Vladimirovich Nabokov(1899-1977). 소련 태생의 미국 소설가, 비평가.
『나의 투쟁』 *Mein Kampf*(1925, 1927). 아돌프 히틀러가 쓴 자서전.
나이폴, 비디아다르 수라지프라사드 Vidiadhar Surajprasad Naipaul(1932-). 트리니다드 토바고 태생의 영국 작가. 2001년에 노벨 문학상을 받았다.
나팔절 Rosh Hashanah. 유대교의 4절기 중 하나. 설날에 해당된다.
내면적 이주 inner emigration.
내치불휴거슨, 휴 Hughe Knatchbull-Hugessen(1886-1971). 영국의 외교관, 저술가.
노이마르크, 프리츠 Fritz Neumark(1900-1991). 독일의 경제학자.
『노이에 취르허 차이퉁』 *Neue Zürcher Zeitung*. 스위스에서 독일어로 발행되는 일간지.
농업대학교 University for Agriculture(Yüksek Ziraat Üniversitesi)(터키).

뉘른베르크 법 Nuremberg laws(Nürnberger Gesetze). 독일에서 1935년 9월 15일에 공표된 '독일인의 피와 명예를 지키기 위한 법'과 '국가 국적법'을 일컫는 총칭. 주로 유대인의 권리를 빼앗은 법으로 잘 알려져 있다.

뉴먼, 제인 Jane Newman(1954-). 미국의 비교문학자.

『니벨룽의 노래』 *Nibelungenlied*. 중고지독일어로 지어진 작자 미상의 서사시. 게르만족의 대이동 시기(5-6세기)부터 구전되던 북유럽 신화와 영웅 설화가 13세기에 서사시로 정리되어 오늘까지 전해지는 것으로 추정된다.

니센, 루돌프 Rudolf Nissen(1896-1981). 독일의 외과의사.

니장, 폴 Paul Nizan(1905-1940). 프랑스의 철학자, 작가.

니체, 프리드리히 빌헬름 Friedrich Wilhelm Nietzsche(1844-1900). 독일의 철학자, 시인.

다각적 결합 multiple attachments. 망명을 '비판적 분리' 상태로 보는 기존 관념에 반대하여 이 책의 저자가 내놓은 개념.

다륄퓌눈 Darülfünun. 이스탄불대학교의 전신(터키).

다마스쿠스 Damascus. 시리아의 수도.

다비, 외젠 Eugène Dabit(1898-1936). 프랑스의 사회주의 작가.

『다스 안데레 도이칠란트』 *Das Andere Deutschland*. 1925년부터 1933년까지 독일에서 발행된 주간지.

『단테—세속을 노래한 시인』 *Dante: Dichter der irdischen Welt*(1929). 에리히 아우어바흐가 쓴 책. 한국어판은 이종인 옮김, 연암서가(2014). 영문판 제목은 *Dante: Poet of the Secular World*이다.

단테 알리기에리 Dante Alighieri(1265년경-1321). 이탈리아의 시인.

담론 체제 discursive regime.

당통, 조르주 자크 Georges Jacques Danton(1759-1794). 프랑스의 법률가, 혁명 지도자.

댈러웨이 부인 Mrs. Dalloway. 버지니아 울프의 소설 『댈러웨이 부인』의 주인공.

댐로시, 데이비드 David Damrosch(1953-). 미국의 문학사학자, 비교문학자.

던디스, 앨런 Alan Dundes(1934-2005). 미국의 민속학자.

데링길, 셀림 Selim Deringil(1951-). 터키의 역사학자.

데미렐, 쉴레이만 Süleyman Demirel(1924-2015). 터키의 제9대 대통령(1993-2000).

데카르트주의 Cartesian philosophy(Cartesianism). 르네 데카르트(1596-1650)의 철학·과학 사상과 그 사상을 발전시킨 17세기 사상가들의 사상.

뎀버, 하리 Harry Dember(1882-1943). 독일의 물리학자.

도스토옙스키, 표도르 미하일로비치 Fyodor Mikhailovich Dostoevsky(1821-1881). 제정 러시아의 소설가.

도슨, 존 데이비드 John David Dawson(1957-). 미국의 신학자.

도이체방크 Deutsche Bank.

독일고등교육진흥원 German Academic Exchange Service(Deutscher Akademischer Austauschdienst).

독일긴급학술협회 Notgemeinschaft der Deutschen Wissenschaft.

독일노동전선 Deutsche Arbeitsfront.

독일동방연구소 German Orient Institute.

독일동방은행 German Orient Bank.

독일동방회 German Oriental Society.

독일민주공화국 German Democratic Republic(Deutsche Demokratische Republik). 1990년 통일되기 이전의 동독.

독일북클럽 Deutscher Buchverein.

독일소녀동맹 Bund Deutscher Mädchen.

독일소풍클럽 Deutscher Ausflugsverein.

독일연방공화국 Federal Republic of Germany(Bundesrepublik Deutschland). 1990년 통일되기 이전의 서독.

독일인학자긴급지원위원회 Emergency Committee in Aid of German Scholars.

독일학 Germanistik.

독일학술교류처 German Academic Exchange Service(Deutscher Akademischer Austauschdienst).

독일학회 Deutsche Forschungsgemeinschaft.

돌격대 Sturmabteilung. 독일 나치의 준군사조직.

동로마의 지하저수지 Roman cisterns(Basilica Cistern). 터키에서는 예레바탄 사라이(Yerebatan Sarayı)라 부른다.

동방주의 Orientalism.

동방학 Orientalistik.

된메 dönme. 오스만 제국에서 17세기에 이슬람으로 개종한 유대인을 가리키는 터키어.

『두려운 해』 *L'Année terrible*(1872). 빅토르 위고가 쓴 시집.

뒤르켐, 에밀 David Émile Durkheim(1858-1917). 프랑스의 사회학자.

뒤르탱, 뤼크 Luc Durtain(1881-1959). 프랑스의 의사 출신 시인, 소설가, 극작가, 수필가.

뒤자르댕, 에두아르 Édouard Dujardin(1861-1949). 프랑스의 작가.

듀이, 존 John Dewey(1859-1952). 미국의 철학자, 교육학자.

드레스덴대학교 Dresden University(독일).

드보라 Deborah. 성서(구약)에 나오는 인물.

『등대로』 *To the Lighthouse*(1927). 버지니아 울프가 쓴 소설.

디노, 귀진 Güzin Dino(1910-2013). 터키의 문학자, 언어학자, 번역가, 작가.

디드로, 드니 Denis Diderot(1713-1784). 프랑스 계몽시대의 철학자.

디아스포라 diaspora. '유민(流民)'이라는 뜻이지만 일반적으로 유대인 유민을 가리킨다.

디크만, 리젤로테 Liselotte Dieckmann(1902-1994). 독일 태생의 미국인 독일학자, 비교문학자. 헤르베르트 디크만의 아내.

디크만, 헤르베르트 Herbert Dieckmann(1906-1989). 독일 태생의 미국인 문학자, 소설가. 리젤로테 디크만의 남편.

디킨스, 찰스 Charles Dickens(1812-1870). 영국의 소설가.

디트리히, 안네 Anne Dietrich. 독일의 역사학자.

라디노어 Ladino. 세파르디 유대인이 쓰는 스페인어 방언. 히브리 문자로 표기한다.

라블레, 프랑수아 François Rabelais(1483과 1494 사이-1553). 프랑스의 르네상스 작가, 의사, 르네상스 인문주의자.

라신, 장 밥티스트 Jean Baptiste Racine(1639-1699). 프랑스의 극작가.

「라 앙리아드」 *La Henriade*(1728). 볼테르가 쓴 서사시.

라이스만, 아르놀트 Arnold Reisman(1934-). 폴란드의 역사학자.

라이프치히 Leipzig. 독일의 지명.

라이헨바흐, 한스 Hans Reichenbach(1891-1953). 독일 태생으로 미국에서 활동한 과학철학자, 교육자.

라인펠더, 한스 Hans Rheinfelder(1898-1971). 독일의 소설가, 로망스학자.

라즈인 Laz. 터키와 조지아의 흑해 남동부 해안지방에서 사는 민족. 카르트벨리어족에 속하는 라즈어를 쓴다.

라쿼르, 쿠르트 Kurt Laqueur(1914-1997). 독일의 외교관.

라티니, 브루네토 Brunetto Latini(1220년경-1294). 이탈리아의 철학자, 정치가. 단테의 아버지가 죽은 뒤 단테의 후견인이 되었다.

『라틴 교부론』 *Patrologia Latina*. 자크폴 미뉴가 편찬한 교부론 총서.

라포포르, 샤를 Charles Rappoport(1865-1941). 러시아 태생의 프랑스 정치가, 저널리스트, 작가.

라 퐁텐, 장 드 Jean de La Fontaine(1621-1695). 프랑스의 시인, 동화작가.

랄레 데브리 Lale Devri. 오스만 제국의 튤립 시대(1718-1730)를 가리킨다. 이때 오스만 제국의 정가에서 튤립 재배 열풍이 불었기 때문에 붙은 이름이다.

람브로풀로스, 바실리스 Vassilis Lambropoulos(1953-). 그리스 태생으로 미국에서 활동하는 문화학자, 비교문학자.

래컴대학원 Rackham Graduate School for Graduate Studies. 미국 미시간대학교의 대학원.

램, 조너선 Jonathan Lamb(1945-). 영국의 인문학자.

램지 부인 Mrs. Ramsay. 버지니아 울프의 소설 『등대로』의 등장인물.

램지 씨 Mr. Ramsay. 버지니아 울프의 소설 『등대로』의 등장인물.

레러, 세스 Seth Lerer(1955-). 미국의 중세사학자, 비교문학자.

레반트 Levant. 시리아, 레바논, 이스라엘 등 지중해 동부 연안에 있는 여러 나라를 가리킨다.

레버퀸, 파울 Paul Leverkühn(1893-1960). 독일의 법률가, 정치가.

레비, 아브네르 Avner Levi(1942-). 터키 태생의 이스라엘 역사학자.

레비, 아빅도르 Avigdor Levy. 미국의 역사학자, 중동학자.

레비브륄, 뤼시앵 Lucien Lévi-Bruhl(1857-1939). 프랑스의 철학자, 사회학자.

레빈, 해리 Harry Levin(1912-1994). 미국의 문학비평가, 비교문학자.

레쉬뒷딘 Reşidüddin(1247-1318). 페르시아의 의사, 작가, 역사학자. Rashid ad-Din Tabib, Rashid al-Din, Rashiduddin 등으로도 표기된다.

레싱, 고트홀트 에프라임 Gotthold Ephraim Lessing(1729-1781). 독일의 극작가, 비평가, 계몽사상가.

레싱, 에리히 Erich Lessing(1923-). 오스트리아의 사진작가.
레페니스, 볼프 Wolf Lepenies(1941-). 독일의 사회학자, 정치학자.
『레퓌블리크』 *République*. 터키에서 발행되는 프랑스어 일간지.
로데, 게오르크 Georg Rohde(1899-1960). 독일의 고전문헌학자.
로도스섬 Rhodes. 에게해에 있는 그리스의 섬.
『로마사』 *History of Rome (Ab Urbe Condita Libri)*. 티투스 리비우스가 쓴 책.
로망스 문헌학 Romance philology.
『로망스어문학 개론』 *Introduction to Romance Languages and Literature*(1944). 에리히 아우어바흐가 쓴 책.
로망스학 Romanistik.
로버트칼리지 Robert College(İstanbul Özel Amerikan Robert Lisesi). 이스탄불의 사립 고등학교. 보아지치대학교(Boğaziçi University)의 전신.
로베스피에르, 막시밀리앙 프랑수아 마리 이지도르 드 Maximilien François Marie Isidore de Robespierre(1758-1794). 프랑스의 혁명 정치가.
로이터, 에른스트 Ernst Reuter(1889-1953). 냉전 시기의 서베를린 시장(1947-1953).
로젠베르크, 한스 Hans Rosenberg(1879-1940). 독일의 물리학자, 천문학자.
로타커, 에리히 Erich Rothacker(1888-1965). 독일의 철학자, 인류학자.
로턴, 데이비드 David Lawton. 영국의 문화사학자.
론칼리, 안젤로 주제페 Angelo Giuseppe Roncalli(1881-1963). 나중에 천주교의 요한 23세 교황(1958-1963)이 되었다.
『롤랑의 노래』 *Song of Roland(La Chanson de Roland)*. 중세 프랑스의 무훈시. 작자 미상.
롱기누스, 가이우스 카시우스 Gaius Cassius Longinus(서기전 85년경-서기전 42년). 로마 공화정 말기의 정치가이자 군인. 마르쿠스 브루투스의 매제.
뢰비트, 카를 Karl Löwith(1897-1973). 독일의 철학자.
루벤, 발터 Walter Ruben(1899-1982). 독일의 인도학자, 민족학자.
루소, 장자크 Jean-Jacques Rousseau(1712-1778). 제네바 태생의 철학자, 작가, 작곡가.
루스벨트, 프랭클린 Franklin D. Roosevelt(1882-1945). 미국의 제32대 대통령(1933-1945).
루이 14세 Louis XIV(1638-1715). 프랑스의 왕(1643-1715).
루이스, 레이나 Reina Lewis(1963-). 영국의 역사학자, 저술가.
루이 필리프 1세 Louis Philippe I(1773-1850). 프랑스의 국왕(1830-1848).
루카치, 죄르지 Georg Lukács(György Lukács, 1885-1971). 헝가리의 철학자, 문학사학자.
루터, 마르틴 Martin Luther(1483-1546). 독일의 종교 개혁자.
뤼르사, 장 Jean Lurçat(1892-1966). 프랑스의 화가, 태피스트리 작가.
뤼쉬뒤, 메흐메드 카라카쉬자데 Mehmed Karakaşzade Rüşdü. 터키의 된메 출신 국가주의자. Mehmet Karakaşzade Rüştü라고도 표기한다. 그가 된메를 공격한 시기는 그리스-터키의 인구 교환 협정에 따라 그리스에 있던 된메들이 터키에 도착하던 때였다.
뤼스토브, 당크바르트 Dankwart Rüstow(1924-1996). 독일에서 태어나 미국에서 활동한 정치학자, 사회학자. 알렉산더 뤼스토브의 아들.

뤼스토브, 알렉산더 Alexander Rüstow(1885-1963). 독일의 사회학자, 경제학자. 1938년에 신자유주의(neoliberalism)라는 용어를 처음으로 사용했다.

류, 리디아 Lydia H. Liu(劉禾, 1957-). 중국의 여성학자, 비교문학자.

르네상스 인문주의 Renaissance humanism.

르사주, 알랭 르네 Alain René Lesage(1668-1747). 프랑스의 소설가, 극작가.

리가 Riga. 라트비아의 수도.

리마 Lima. 페루의 수도.

리브라리 아셰트 Librarie Hachette. 이스탄불의 서점.

리비우스, 티투스 Livi(Titus Livius Patavinus, 서기전 59-17). 고대 로마의 역사가. 『로마사』를 썼다.

리터, 카를 베른하르트 Karl Bernhard Ritter(1890-1968). 신학자, 정치가. 헬무트 리터의 형.

리터, 헬무트 Hellmut Ritter(1882-1971). 독일의 이슬람학자, 음악가.

리프만, 빌헬름 Wilhelm Liepmann(1878-1939). 독일의 산부인과 의사.

리프쉬츠, 베르너 Werner Lipschitz(1892-1948). 독일의 약리학자, 생화학자.

리히터, 베르너 Werner Richter(1887-1960). 독일의 독일학자.

릴케, 라이너 마리아 Rainer Maria Rilke(1875-1926). 독일의 시인.

마너, 애니타 Anita Mannur. 미국의 비교문학자.

마르마라해 Sea of Marmara. 보스포루스 해협 남쪽의 작은 바다. 흑해와 에게해 사이에 있다.

마르바흐 문헌 기록보관소 Literaturarchiv Marbach(독일).

마르부르크대학교 Marburg University(독일).

마르세유의 노래 La Marseillaise. 프랑스의 국가.

마르칸트, 한스 Hans Marchand(1907-1978). 독일의 언어학자.

마를리니에르, 리코 드 라 Riccaut de la Marliniere. 고트홀트 레싱의 희극 『미나 폰 바른헬름』의 등장인물.

마을학회 village institutes(köy enstitüleri). 터키에서 대부분의 농촌 마을에 학교가 없던 시기에 농촌 지역의 교사 훈련을 위해 터키 내 21개 지역에 설립되었던 학교.

마이어루스트, 캐스린 Kathrin Meier-Rust. 스위스의 역사학자, 저널리스트.

<마지막 열차> *Son Tren*. 메타 악쿠스 감독의 다큐멘터리 영화.

마천드, 수잰 Suzanne L. Marchand(1961-). 미국의 문화사학자.

마케도니아 Macedonia. 고대 그리스 반도에 있던 왕국.

마텐클로트, 게르트 Gert Mattenklott(1942-2009). 독일의 비교문학가, 예술철학자, 비평가, 수필가.

마흐무트 2세 Mahmud II(1785-1839). 오스만 제국의 제30대 술탄(1808-1839).

만, 클라우스 Klaus Mann(1906-1949). 독일의 작가. 토마스 만의 아들.

만, 토마스 Thomas Mann(1875-1955). 독일의 소설가, 사회비평가, 수필가.

만, 하인리히 Heinrich Mann(1871-1950). 독일의 소설가. 토마스 만의 형.

만하임, 랄프 Ralph Manheim(1907-1992). 미국의 프랑스어, 독일어 문학 번역가.

말로, 앙드레 André Malraux(1901-1976). 프랑스의 작가, 예술이론가, 정치가.

말헤, 알베르트 Albert Malche(1876-1956). 스위스의 교육자, 정치가.

『망명』 *Bir Sürgün*(1937). 야쿱 카드리가 쓴 소설.

망명의 실행적 가치 the executive value of exile. 에드워드 사이드가 망명의 긍정적 면을 설명하면서 사용한 표현.

매클래넌, 소피아 Sophia McClennen. 미국의 비교문학자.

메리메, 프로스페르 Prosper Mérimée(1803-1870). 프랑스의 소설가, 단편 작가, 고고학자, 역사학자.

메베스, 카르스텐 Carsten Meves.

메흐메트 2세 Mehmet II(1432-1481). 오스만 제국의 제7대 술탄(1444-1446, 1451-1481).

모란, 베르나 Berna Moran(1921-1993). 터키의 문학비평가.

몰리에르 Molière(1662-1673). 프랑스의 극작가, 배우. 몰리에르는 예명이며, 본명은 장바티스트 포클랭(Jean-Baptiste Poquelin)이다.

몰트케, 요하네스 폰 Johannes von Moltke(1966-). 독일의 독일학자.

몰트케, 프레야 폰 Freya von Moltke(1911-2010). 제2차 세계대전 때 나치에 반대하는 크라이자우 모임에 참여했다. 모임의 창시자인 헬무스 야메스 폰 몰트케의 아내.

몰트케, 헬무스 야메스 폰 Helmuth James von Moltke(1907-1945). 독일의 법률가. 제2차 세계대전 때 나치에 반대하는 크라이자우 모임(Kreisauer Kreis)을 창시했다.

몽테뉴, 미셸 에켐 드 Michel Eyquem de Montaigne(1533-1592). 프랑스의 사상가.

몽테스키외, 샤를 루이 드 세콩다 Charles Louis de Secondat Montesquieu(1689-1755). 프랑스의 철학자, 법학자.

묘사하기와 따라하기 representation and repetition.

『무사다그의 40일』 *Die vierzig Tage des Musa Dagh*(1933). 프란츠 베르펠이 쓴 소설.

무수루스 파샤, 코스타키 Kostaki Musurus Paşa(1807-1891). 오스만 제국의 외교관.

『무슬림 말세론의 조각들』 *Fragments d'eschatologie musulmane*(1895). 베르나르 카라 드 보가 쓴 책.

무질, 로베르트 Robert Musil(1880-1942). 오스트리아의 작가.

무프티, 아미르 Aamir R. Mufti(1959-). 미국의 비교문학자.

문명 충동 civilizational impulse. 문명을 움직이는 힘으로서, 문화나 종교, 철학 등이 이에 해당한다. 때로는 문명이 충동을 낳기도 한다.

문예문화연구소 Center for Literary and Cultural Research(Zentrum für Literatur- und Kulturforschung)(베를린).

『문학 언어와 그 대중』 *Literary Language and Its Public in Late Latin Antiquity and in the Middle Ages*(1993). 에리히 아우어바흐가 쓴 책. 독일어판은 *Literatursprache und Publikum in der lateinischen Spätantike und im Mittelalter*(1958).

문화 전유(專有) cultural appropriation.

물레르트, 베르너 Werner Mulertt(1892-1944). 독일의 소설가.

뮈세, 알프레드 드 Alfred de Musset(1810-1857). 프랑스의 시인, 소설가, 극작가.

뮌히하우젠-할베르스태터 Münchhausen-Halberstädter. 이스탄불의 서점.

『미나 폰 바른헬름』 *Minna von Barnhelm*(1763-1767). 고트홀트 레싱이 쓴 희극. 한국어판은 『미나 폰 바른헬름 또는 군인의 행운』, 윤도중 옮김, 지식을만드는지식(2013).
미뉴, 자크폴 Jacques-Paul Migne(1800-1875). 프랑스 천주교회의 신부. 『라틴 교부론』과 『그리스 교부론』을 편찬했다.
미메시스 mimesis
『미메시스—서구 문학의 현실 묘사』 *Mimesis: Dargestellte Wirklichkeit in der abendländischen Literatur*(1946). 에리히 아우어바흐가 쓴 책. 한국어판은 『미메시스』, 김우창·유종호 옮김, 민음사(2012).
「『미메시스』에 부치는 에필레고메나」 Epilegomena zu *Mimesis*. 에리히 아우어바흐가 1953년에 자신의 책 『미메시스』에 관해 쓴 글.
미슐레, 쥘 Jules Michelet(1798-1874). 프랑스의 역사학자.
미시간대학교 University of Michigan(미국).
미시아 Mysia. 고대 아나톨리아의 북서부 지역.
미제스, 리하르트 폰 Richard von Mises(1883-1953). 오스트리아-헝가리 태생의 유대인 과학자, 수학자.
『밀리 잉킬라프』 *Milli İnkilap*. 터키에서 발행된 국가주의 잡지. 1934년에 노골적으로 반유대주의를 부추긴 뒤 터키 정부에 의해 폐간되었다.
바롤루, 함디 Hamdi Varoğlu. 터키의 번역가.
바르카, 페드로 칼데론 데 라 Pedro Calderón de la Barca(1600-1681). 스페인의 극작가.
바르크, 카를하인츠 Karlheinz Barck(1934-2012). 독일의 소설가.
바르트, 한스 Hans Barth(1904-1965). 스위스의 저널리스트, 철학자.
바를라스, 샤임 Chaim Barlas(1898-1982). 제2차 세계대전 때 유대인기구의 국장.
바바, 호미 Homi K. Bhabha(1949-). 인도 태생으로 미국에서 활동하는 문학자, 언어학자.
바벨, 이사크 엠마누일로비치 Isaak Emmanuilovich Babel(1894-1941). 소련의 소설가.
바우어, 마르쿠스 Markus Bauer.
바이너, 카를 Karl Weiner.
바이라브, 쉬헤일라 Süheyla Bayrav(1914-2018). 터키의 언어학자.
바이마르 공화국 Weimar Republic(Weimarer Republik). 1919-1933년까지의 독일을 가리키는 비공식 명칭. 정식 이름은 독일국(Deutsches Reich)이다.
바이츠제커, 리하르트 폰 Richard von Weizsäcker(1920-2015). 독일연방공화국의 제6대 대통령(1984-1994).
『바키스 자매』 *Bacchides*. 티투스 마키우스 플라우투스가 쓴 희곡.
반제 회의 Wannsee Conference(Wannseekonferenz). 1942년 1월 20일 베를린 교외의 반제에서 있었던 나치 독일 수뇌부의 회합.
발레리, 폴 Paul Valéry(1871-1945). 프랑스의 시인, 사상가, 비평가.
발리, 르파트 Rıfat N. Bali(1948-). 터키의 작가, 역사학자.
발미 Valmy. 프랑스의 코뮌.
발자크, 오노레 드 Honoré de Balzac(1799-1850). 프랑스의 소설가.

발타즈올루, 이스마일 학크 İsmail Hakkı Baltacıoğlu(1886-1978). 터키의 교육학자. 다륄퓌눈의 총장(1923-1933).
방다, 쥘리앵 Julien Benda(1867-1956). 프랑스의 사상가, 작가.
배머, 안젤리카 Angelika Bammer. 미국의 비교문학자, 여성학자.
배어, 마크 데이비드 Marc David Baer(1970-). 미국의 역사학자.
백, 레오 Leo Baeck(1873-1956). 독일의 랍비, 신학자. 제2차 세계대전 이후 영국에서 활동.
버먼, 니나 Nina Berman. 미국에서 활동하는 비교문학자.
버크화이트, 마거릿 Margaret Bourke-White(1906-1971, 본명은 Margaret White). 미국의 사진작가. 한국전쟁 때 유엔 특파원으로 활약했다.
벅, 펄 Pearl S. Buck(1892-1973). 미국의 소설가. 1938년에 노벨문학상을 받았다.
범투란주의 Turanism. 범게르만주의나 범슬라브주의 같은 초국가적 민족주의에 대항하기 위해 19세기에 일어난 민족주의 운동으로, 튀르크어족의 언어를 쓰는 사람들의 통합을 주장했다.
베랑제, 피에르 장 드 Pierre Jean de Béranger(1780-1857). 프랑스의 시인, 샹송 작사가.
베르길리우스 Virgil(Publius Vergilius Maro, 서기전 70-서기전 19). 고대 로마의 시인.
베르케스, 니야지 Niyazi Berkes(1908-1988). 터키의 사회학자.
베르펠, 프란츠 Franz Werfel(1890-1945). 오스트리아의 유대계 소설가, 극작가, 시인.
베를리힝엔, 괴츠 폰 Götz von Berlichingen(1480-1562). 독일의 제국 기사, 용병, 시인. 요한 볼프강 폰 괴테가 그의 회고록을 각색하여 희곡 『괴츠 폰 베를리힝엔』(1773)을 썼다.
베를린 고등학술연구소 Berlin Institute for Advanced Study(Wissenschaftskolleg zu Berlin).
베를린 샤로텐부르크 Berlin-Charlottenburg. 베를린에서 주로 부유층이 사는 지역.
베를린 예술원 Akademie der Künste. 베를린 예술대학교(독일).
베를린 주립도서관 Staatsbibliothek Berlin.
베를린 필하모닉 관현악단 Berlin Philharmonic.
베를린 학술원 Academy of Sciences(Akademie der Wissenschaften).
베버, 빌헬름 에른스트 Wilhelm Ernst Weber(1790-1850). 독일의 교육자, 문헌학자.
베벡 Bebek. 이스탄불의 한 지역.
베야틀르, 야흐야 케말 Yahya Kemal Beyatlı(1884-1958). 터키의 시인, 정치가, 외교관.
베이, 무알림 제브데트 Muallim Cevdet Bey(1883-1935). 터키의 교육자, 역사학자.
베인, 알렉스 Alex Bein(1903-1988). 독일의 역사학자.
베커, 카를 하인리히 Carl Heinrich Becker(1876-1933). 독일의 동방학자, 정치가.
베토벤, 루트비히 판 Ludwig van Beethoven(1770-1827). 독일의 음악가.
베하르, 이자크 Isaak Behar(1923-2011). 독일의 유대인 박해에서 생존한 세파르디 유대인.
벤야민, 발터 Walter Benjamin(1892-1940). 유대계 독일인 문화비평가, 철학자, 수필가.
벤하비브, 세일라 Seyla Benhabib(1950-). 터키 태생의 미국인 철학자.
벨링, 루돌프 Rudolf Belling(1886-1972). 독일의 조각가.
벵크, 아드난 Adnan Benk(1922-1998). 터키의 저널리스트, 문학비평가, 작가, 번역가.
보, 베르나르 카라 드 Bernard Carra de Vaux(1867-1953). 프랑스의 동방학자.

보나파르트, 나폴레옹 Napoleon Bonaparte(1769-1821). 프랑스의 군인, 정치가, 황제(나폴레옹 1세, 1804-1814).

보덴도르프, 쿠르트 Kurt Bodendorf(1898-1976). 독일의 화학자, 약리학자.

보베, 폴 A. Paul Bové(1949-). 미국의 영어학자.

보세르트, 헬무스 테오도어 Helmuth Theodor Bossert(1889-1961). 독일의 미술사학자, 문헌학자, 고고학자.

보슈, 클레멘스 Clemens Bosch(1899-1955). 독일의 역사학자.

보스포루스해협 Bosporus. 이스탄불 시의 중간에 있는 해협. 아시아와 유럽의 경계이다.

보아지치대학교 Boğaziçi University. 이스탄불에 있는 대학교. 로버트칼리지(Robert College)의 후신.

보이믈, 프란츠 Franz H. Bäuml(1926-2009). 오스트리아 태생으로 미국에서 활동한 언어학자, 문학비평가.

보카치오, 조반니 Giovanni Boccaccio(1313-1375). 이탈리아의 인문학자, 작가, 시인. 『데카메론』의 저자.

본대학교 University of Bonn(독일).

본문 해석 explication de texte. 프랑스의 형식주의 문학에서 쓰는 분석 방법으로, 구조, 문체, 비유 등 한 작품의 여러 가지 측면을 자세하고도 비교적 객관적으로 고찰한다. 특히 귀스타브 랑송(Gustave Lanson)이 중시했다.

볼드윈, 제임스 James Baldwin(1924-1987). 미국의 소설가, 극작가, 시인, 사회비평가.

볼로냐 Bologna. 이탈리아의 도시.

볼테르 Voltaire(1694-1778). 프랑스의 계몽주의 작가. 볼테르는 필명이며, 본명은 프랑수아 마리 아루에(François Marie Arouet)이다.

부다페스트 Budapest. 헝가리의 수도.

부르다흐, 콘라트 Konrad Burdach(1859-1936). 독일의 독일학자.

부르봉 가문 Bourbon. 프랑스계의 유럽 왕가.

부르사 Bursa. 터키의 도시.

부리안, 오르한 Orhan Burian(1914-1953). 터키의 교육자, 번역가, 수필가, 비평가.

부알로데프레오, 니콜라 Nicolas Boileau-Despréaux(1636-1711). 프랑스의 시인, 비평가.

부카르트, 로제마리 Rosemarie Burkart(1905-2002, 나중에 Rosemarie Heyd로 바뀜). 독일의 로망스 문헌학자, 문학번역가.

부쿠레슈티 Bucharest. 루마니아의 수도.

부크, 에바 Eva Buck. 중국 태생의 독일인 번역가.

불가지론 Agnosticism. 인간은 신을 인식할 수 없다는 종교적 인식론.

브라우너, 레오 Leo Brauner(1898-1979). 독일의 식물학자.

브러지얼, 재너 에번스 Jana Evans Braziel(1967-). 미국의 비교문학자.

브레넌, 티머시 Timothy Brennan(1953-). 미국의 비교문학자.

브레히트, 베르톨트 Bertolt Brecht(1898-1956). 독일의 시인, 극작가, 연출가.

브로이슈, 프리드리히 루트비히 Friedrich Ludwig Breusch(1903-1983). 독일의 생화학자.

브로트, 막스 Max Brod(1884-1968). 체코 태생의 유대인 저술가, 작곡가, 저널리스트.
브루사 Brussa. 터키의 도시 부르사(Bursa)의 다른 표기.
브루투스, 마르쿠스 유니우스 Marcus Junius Brutus(서기전 85년-서기전 42년). 로마 공화정 말기의 정치가.
브리스코, 릴리 Lily Briscoe. 버지니아 울프의 소설 『등대로』의 등장인물.
브링크만, 헤니히 Hennig Brinkmann(1901-2000). 독일의 독일학자.
브착츠, 바스큰 Baskın Bıçakçı(1964-). 터키의 법학자, 법률가.
블로크, 장 리샤르 Jean Richard Bloch(1884-1947). 프랑스의 비평가, 소설가, 극작가.
블로흐, 에른스트 Ernst Bloch(1885-1977). 독일의 마르크스주의 철학자.
비니, 알프레드 빅토르, 콩트 드 Alfred Victor, Comte de Vigny(1797-1863). 프랑스의 낭만파 시인, 소설가.
비딕, 캐슬린 Kathleen Biddick. 미국의 역사학자.
비사하, 낸시 Nancy Bisaha. 미국의 역사학자.
비쇼프, 코르넬리우스 Cornelius Bischoff(1928-2018). 독일의 법률가, 시나리오 작가, 터키문학 번역가.
비시니아 Bithynia. 터키 반도의 북서부에 있었던 고대의 왕국.
비잔티움 Byzantium. 콘스탄티노폴리스(오늘날 터키 이스탄불)의 옛 이름.
비잔티움 제국 Byzantine Empire. 콘스탄티노폴리스로 수도를 옮긴 이후의 로마 제국을 가리키는 이름.
비코, 잠바티스타 Giambattista Vico(Giovan Battista Vico, 1668-1744). 이탈리아 계몽시대의 정치철학자, 수사학자, 역사학자.
비텔, 쿠르트 Kurt Bittel(1907-1991). 독일의 고고학자.
비판적 분리 critical detachment. 고찰하려는 대상으로부터 떨어져 있음으로써 편견을 피하고 균형 잡힌 시각이 확보되는 상태를 말한다. 흔히 '비판적 거리두기'라는 자발적 느낌의 말로 표현하지만, 자발적이지 않은 경우도 있는데다 저자가 주장하는 '다각적 결합(multiple attachment)'과 반대되는 개념이기 때문에 중립적 느낌의 '분리'라는 말로 옮겼다.
빌드라크, 샤를 Charles Vildrac(1882-1971). 프랑스의 극작가, 시인.
빌라 라 리모나이아 Villa La Limonaia.
빌브란트, 한스 Hans Wilbrandt(1903-1988). 독일의 농학자.
빌셀, 제밀 Cemil Bilsel(1879-1949). 터키의 법률가, 학자, 정치가.
『빌헬름 텔』 *Wilhelm Tell*. 프리드리히 폰 실러가 쓴 희곡. 1804년에 초연되었다.
사덴, 에버하르트 폰 Eberhard von Thadden(1909-1964). 1943년부터 제2차 세계대전이 끝날 때까지 독일 외무부에서 유대인 문제를 담당한 사람.
사라 Sarah. 성서(구약)에 나오는 인물.
사실주의 realism.
사이담, 레피크 Refik Saydam(1881-1942). 터키 공화국의 제4대 총리(1939-1942).
사이드, 에드워드 Edward Said(1935-2003). 팔레스타인 태생의 미국인 영문학자. 포스트식민주의 연구(postcolonial studies)라는 학문 분야의 창시자.

사이은, 샤라 Şara Sayın(1926-). 터키의 독일학자.

사카올루, 네즈데트 Necdet Sakaoğlu(1939-). 터키의 역사학자.

사페드 Safed. 이스라엘의 도시.

산피에트로 디 갈라타 San Pietro di Galata. 이스탄불에 있는 도미니크회 수도원.

살라흐 앗딘 유수프 이븐 아이유브 Salah ad-Din Yusuf ibn Ayyub(1137-1193). 이집트·시리아의 제1대 술탄(1174-1193). 살라흐 앗딘 또는 살라딘이라고도 부른다.

살로니카 Saloniki. 그리스의 도시 테살로니카를 말한다.

『살아남겠다고 약속해줘』 *Versprich mir, daß Du am Leben bleibst*(2002). 이자크 베하르가 쓴 책.

살트크, 아흐메트 Ahmet Saltık. 터키의 의학자, 정치활동가.

『상상된 공동체』 *Imagined Communities*(1983). 베네딕트 앤더슨이 쓴 책. 한국어판은 서지원 옮김, 길(2018).

상파울루 São Paolo(São Paulo). 브라질의 도시.

『새로운 단테 연구』 *Neue Dantestudien*(1944). 에리히 아우어바흐가 쓴 책.

『새로운 학문』 *Scienza Nuova*(1725, 1744). 잠바티스타 비코가 쓴 책.

새커리, 윌리엄 메이크피스 William Makepeace Thackeray(1811-1863). 영국의 소설가.

생성사 Entstehungsgeschichte(독일어).

샤미소, 아델베르트 폰 Adelbert von Chamisso(1781-1838). 독일의 시인, 식물학자.

『서른 살 여인』 *La Femme de trente ans*(1829 - 1842). 오노레 드 발자크가 쓴 소설.

서구화 Westernization.

성베드로와바울로 교회 San Pietro e Paolo. 이스탄불에 있는 교회.

『세계, 텍스트, 비평가』 *The World, the Text, and the Critic*(1983). 에드워드 사이드가 쓴 책.

『세기의 전설』 *Legendes des siècles*(1859). 빅토르 위고가 쓴 시집.

세르반테스, 미겔 데 Miguel de Cervantes(1547추정-1616). 스페인의 작가.

세비, 샵바타이 Sabbatai Sevi(1626-1676년경). 유대교의 랍비로, 자신이 성서에서 예언된 구세주라고 선언했으나 그 얼마 뒤 강압에 의해 이슬람으로 개종했다. 샵바타이 체비(Shabbatay Tzevi)라고도 표기.

세속비평 secular criticism. 에드워드 사이드가 만든 용어. 글에는 그 이면에 현실이 자리잡고 있는데 비평은 그 현실을 고려해야 한다는 취지를 담고 있다.

세이펫틴, 외메르 Ömer Seyfettin(1884-1920). 오스만 제국의 작가.

세이한, 아자데 Azade Seyhan(1946-). 미국의 비교문학자.

세젠, 윔니 Yümni Sezen(1938-). 터키의 종교사회학자.

세파르디 유대인 Sephardic Jews. 스페인·포르투갈계 유대인. '스파라드 유대인'이라고도 한다.

셰노자크, 자페르 Zafer Şenocak(1961-). 터키계 독일인 작가.

셰익스피어, 윌리엄 William Shakespeare(?-1616). 영국의 시인, 극작가, 배우.

소렐, 줄리앙 Julien Sorel. 스탕달의 소설 『적과 흑』의 주인공.

소련 Soviet Union. 소비에트 사회주의 공화국 연방. 1922년부터 1991년까지 유라시아 대륙에 있었던 사회주의 국가이다.

소르본대학교 Sorbonne(University of Paris). 1896년부터 1970년까지 있었던 파리대학교의 별명(프랑스).

소아시아 Asia Minor. 아나톨리아의 옛 이름. 흑해와 지중해 사이에 있는 반도 지역. 오늘날 터키의 일부.

소포클레스 Sophocles(서기전 497/6-406/5). 고대 그리스의 비극 시인.

쇤베르크, 아르놀트 Arnold Schönberg(1874-1951). 오스트리아의 작곡가, 음악이론가, 화가.

쇼, 스탠퍼드 Stanford J. Shaw(1930-2006). 미국의 역사학자.

숄렘, 게르숌 Gershom Scholem(1897-1982). 독일 태생의 이스라엘의 철학자, 역사학자.

숄츠, 아디 Addi Scholz.

수나르, 셰브넴 Şebnem Sunar. 터키의 독일학자.

수비토 모비멘토 디 코제 Subito Movimento di Cose. '상황의 급작스러운 변화'라는 뜻의 이탈리아어.

『수전노』 *The Miser(L'Avare)*. 몰리에르가 쓴 희곡. 1668년에 초연되었다.

술탄 아흐메트 모스크 Blue Mosque(Sultan Ahmet Camii). 이스탄불에 있는 대표적인 이슬람 사원.

술탄의 문 Ottoman Porte. 오스만 제국에서 지배자가 중요한 결정이나 판결을 궁전의 정문에 나와 발표하던 관행에 따라붙은 이름이다.

쉰들러, 오스카르 Oskar Schindler(1908-1974). 독일인 사업가이자 나치 당원으로, 홀로코스트 시기에 유대인 1,200명을 구해냈다고 한다.

슈나벨, 파펠 Pavel Schnabel(1946-). 체코슬로바키아 태생의 독일인 영화제작자.

슈미트로르, 게오르크 Georg Schmidt-Rohr(1890-1945). 독일의 독일학자, 사회학자.

슈미트비게만, 빌헬름 Wilhelm Schmidt-Biggemann(1946-). 독일의 철학자.

슈바르첸바흐, 안네마리 Annemarie Schwarzenbach(1908-1942). 스위스의 작가, 저널리스트, 사진작가.

슈바르츠, 안드레아스 Andreas Schwarz(1886-1953). 독일의 법률학자.

슈바르츠, 필립 Philipp Schwartz(1894-1977). 헝가리 태생의 신경병리학자.

슈에데, 마르틴 Martin Schede(1883-1947). 독일의 고고학자, 미술사학자.

슈타인플라츠 Steinplatz. 베를린의 광장.

슈토름, 한스 테오도어 볼드센 Hans Theodor Woldsen Storm(1817-1888). 독일의 시인, 소설가.

슈티프터, 아달베르트 Adalbert Stifter(1805-1868). 오스트리아의 소설가, 시인, 화가, 교육자.

스바스티카 swastika. 히틀러가 나치 당기와 국기에 사용한 문양.

스카롱, 폴 Paul Scarron(1610년경-1660). 프랑스의 시인, 극작가, 소설가.

스코턴, 로버트 Robert Scotten(1891-1968). 미국의 외교관.

스쿠를라, 헤르베르트 Herbert Scurla(1905-1981). 독일의 저술가.

스키포스 skphos(skyphos). 손잡이가 양쪽으로 달린 포도주잔.

스탐불 Stamboul. 이스탄불의 한 구역 이름. 이스탄불의 별칭이기도 하다.

스탕달 Stendhal(1783-1842). 프랑스의 소설가. 스탕달은 필명이며, 본명은 마리앙리 벨(Marie-Henri Beyle)이다.

스탠포드대학교 출판사 Stanford University Press(미국).

스테판, 알렉산더 Alexander Stephan(1946-2009). 독일의 독일문학자.
스툼폴 Stumvoll.
스트라스부르대학교 University of Strasburg(프랑스).
스트루마호 The *Struma*. 배 이름.
스파르타 Sparta. 고대 그리스의 폴리스.
스펙터, 스콧 Scott Spector(1959-). 미국의 비교문학자.
스피스, 오토 Otto Spies(1901-1981). 독일의 동양학자, 이슬람 학자.
스피처, 레오 Leo Spitzer(1887-1960). 오스트리아 출신의 로망스학자, 스페인학자.
습속 habitus.
『시그널』 *Signal*. 괴벨스의 선전부가 만든 잡지.
시나놀루, 뉘스헤트 하쉼 Nüshet Haşim Sinanoğlu. 터키의 외교관, 작가.
시나놀루, 수아트 Suat Sinanoğlu(1918-2000). 터키의 작가, 번역가.
시냐크, 폴 Paul Signac(1863-1935). 프랑스의 신인상주의 화가. 조르주 쇠라와 함께 점묘화 기법의 발전에 기여했다.
시르케지 Sirkeci. 이스탄불의 한 구역.
시에나 Siena. 이탈리아의 도시.
시온주의 Zionism.
『신곡』 *Die Göttliche Komödie*(1925). 카를 포슬러가 쓴 책.
『신곡』 *La Divina Commedia*(1308-1321). 단테가 쓴 서사시.
신앙고백주의 confessionalism.
실러, 요한 크리스토프 프리드리히 폰 Johann Christoph Friedrich von Schiller(1759-1805). 독일의 시인, 극작가, 역사학자.
실버스테인, 시어도어 Theodore Silverstein(1904-2001). 미국의 중세문학자.
아나돌루통신 L'Agence Anatolie(Anadolu Ajansı). 터키의 통신사.
아도르노, 테오도어 Theodor W. Adorno(1903-1969). 독일의 철학자, 사회학자, 작곡가.
아동원조협회 OSE(Oeuvre secours aux enfants) 연맹.
아드바르, 할리데 에디프 Halide Edip Adıvar(1884-1964). 터키의 작가, 정치가.
아라공, 루이 Louis Aragon(1897-1982). 프랑스의 시인, 소설가.
아라바무단, 스리니바스 Srinivas Aravamudan(1962-2016). 인도 태생의 영국인 로망스학자.
아렌트, 한나 Hannah Arendt(1906-1975). 독일 태생의 미국 정치 철학자.
아르파공 Harpagon. 몰리에르의 희곡 『수전노』의 주인공.
아른트, 프리츠 Fritz Arndt(1885-1969). 독일의 화학자.
아리스토텔레스 Aristotle(서기전 384-서기전 322). 고대 그리스의 철학자, 과학자.
아마르, 리코 Licco Amar(1891-1959). 헝가리의 바이올리니스트.
아브라함 Abraham. 성서(구약)에 나오는 인물.
아비뇽 Avignon. 프랑스의 코뮌.
아쉬칼레 Aşkale. 터키의 지명.
아슈케나지 유대인 Ashkenazi Jews. 중세기에 라인 강변에 정착했다가 중세기 말에 이르러 동유럽으로 이동하여 정착한 유대인. '아슈케나즈 유대인'이라고도 한다.
아스터, 에른스트 폰 Ernst von Aster(1880-1948). 독일의 철학자, 철학사학자.
아스터, 파울 폰 Paul von Aster.
아슬란다쉬, 알페르 세다트 Alper Sedat Aslandaş(1965-). 터키의 법학자, 법률가.
아시아투사협회 Verein der Asienkämpfer.
아신 팔라시오스, 미겔 Miguel Asín Palacios(1871-1944). 스페인의 천주교 신부, 이슬람학자, 아랍어학자.
아우구스티누스 Augustine(Augustinus, 354-430). 알제리와 이탈리아에서 활동한 그리스도교 신학자, 주교.
아우어바흐, 마리 Marie Auerbach(1892-1979). 에리히 아우어바흐의 아내.
아우어바흐, 에리히 Erich Auerbach(1892-1957). 독일 태생의 문헌학자, 비교문학자, 문학비평가. 터키와 미국에서 활동했다.
아우어바흐, 클레멘스 Clemens Auerbach(1923-2004). 에리히와 마리 아우어바흐의 아들.
『아우어바흐의 바람』 *Heviya Auerbach*. 메흐메드 우준이 쓴 미완성 소설.
『아이네이스』 *Aeneid*. 베르길리우스가 지은 서사시.
아이아스 Ajax(Aias). 그리스 신화의 인물로, 호메로스의 『일리아스』에서 대단히 용맹한 전사로 그려졌다.
아인슈타인, 알베르트 Albert Einstein(1879-1955). 독일 태생의 이론물리학자.
아인호른, 이자악 Isaac Einhorn(1927-). 루마니아 태생의 유대인 화가.
아제리인 Azeri. 아제르바이잔, 아르메니아, 이란 북부에 사는 터키계 민족.
아츠귈롤루, 술탄 Sultan Açıkgüloğlu.
아킬레우스 Achilles. 그리스 신화에서 트로이아 전쟁의 그리스인 영웅이자 호메로스의 『일리아스』에 나오는 최강의 전사이자 중심 인물.
아타츠, 누룰라흐 Nurullah Ataç(1898-1957). 터키의 작가, 시인, 문학비평가.
아타튀르크, 무스타파 케말 Mustafa Kemal Atatürk(1881-1938). 터키의 군인, 혁명가, 정치가. 터키 공화국의 초대 대통령(1923-1938).
아테네 Athens. 그리스의 도시.
아테쉬만, 엔데르 Ender Ateşman. 터키의 번역가, 언어학자.
아티카 Attica. 고대 그리스의 한 지방(중심은 아테네).
아흐메트 3세 Ahmed III(1673-1736). 오스만 제국의 제23대 술탄(1718-1730).
악참, 타네르 Taner Akçam(1953-). 터키 태생의 독일인 역사학자. 아르메니아인 집단학살에 대해 공개적으로 논한 최초의 학자에 속한다.
악쿠스, 메타 Meta Akkuş. 프랑스의 영화 감독.
안스토크, 하인츠 Heinz Anstock(1909-1980). 독일의 로망스학자, 독일학자.
안헤거, 로베르트 Robert Anhegger(1911-2001). 오스트리아 태생의 이슬람학자.
알레마니아 Alemannia. 이스탄불에 있었던 독일 교민회관 이름.
알레비파 Alevi. 알리(601-661)를 추종하는 이슬람의 분파.
알리, 사바핫틴 Sabahattin Ali(1907-1948). 터키의 소설가, 시인, 저널리스트.

알사스 Alsace. 프랑스 북동부의 지역.
알 핫자즈 이븐 유수프 Al-Hajjaj ibn Yusuf(661-714). 이슬람 우마이야 왕조의 이라크 총독.
압뒬하미트 2세 Abdülhamid II(1842-1918). 오스만 제국의 제34대 술탄(1876-1909).
앗스즈, 니할 Nihal Atsız(1905-1975). 터키의 소설가, 시인, 철학자.
앙리 4세 Henri IV(1553-1610). 프랑스와 나바르 왕국의 왕(1586-1610). 부르봉 왕가 최초의 왕이다.
앙카라 Ankara. 터키의 수도.
앙카라대학교 Ankara University(터키).
애그뉴, 버네사 Vanessa Agnew(1966-). 오스트레일리아의 비교문학자.
앤더슨, 마거릿 라비니아 Margaret Lavinia Anderson(1941-). 미국의 독일학자.
앤더슨, 베네딕트 Benedict Anderson(1936-2015). 중국 태생의 아일랜드 정치학자, 역사학자.
앱터, 에밀리 Emily Apter(1954-). 미국의 비교문학자.
야스퍼스, 카를 Karl Jaspers(1883-1969). 독일의 정신의학자, 철학자.
얄츤, 소네르 Soner Yalçın(1966-). 터키의 저널리스트, 작가.
에게해 Aegean Sea.
에라스뮈스, 데시데리위스 Erasmus Desiderius(1466-1536). 네덜란드의 인문학자.
에렌부르크, 일리야 Ilya Ehrenburg(1891-1967). 소련의 작가, 저널리스트.
에르주룸 Erzurum. 터키의 지명.
에르킨, 베히츠 Behiç Erkin(1876-1961). 터키의 정치가, 외교관.
에르하트, 아즈라 Azra Erhat(1915-1982). 터키의 저술가, 고고학자, 번역가.
에베르트, 카를 Carl Ebert(1887-1980). 독일의 배우, 무대 감독
에우리클레이아 Euryclea. 호메로스의 서사시 『오디세이아』의 등장인물.
에우리피데스 Euripides(서기전 484?-서기전 406?). 고대 그리스의 비극 시인.
에위볼루, 사바핫틴 Sabahattin Eyüboğlu(1908-1973). 터키의 작가, 수필가, 번역가, 영화 제작자.
에지네, 젤랄렛딘 Celâleddin Ezine(1901-1972). 터키의 극작가, 문학비평가, 연극비평가.
에커만, 요한 페터 Johann Peter Eckermann(1792-1854). 독일의 작가.
『엘시드의 노래』 *El Cid*. 정식 제목은 *El Cantar de Mio Cid*. 현존하는 가장 오래 된 카스티야어 서사시로, 11세기의 영웅 로드리고 디아스 데 비바르(Rodrigo Diaz de Vivar)를 찬양하는 무훈시이다.
엘페, 피크레트 Fikret Elpe.
엥겔베르크, 에른스트 Ernst Engelberg(1909-2010). 독일의 역사학자.
역사주의 historicism.
연방기록보관소 Bundesarchiv(베를린).
영원한 남 perennial other.
영원한 손님 eternal guest.
예거, 파트리샤 Patricia Yaeger(1949-2014).
『예니 사바흐』 *Yeni Sabah*. 1938년부터 1964년까지 터키에서 발행된 일간지.

예에놀루, 메이다 Meyda Yeğenoğlu(1959-). 터키의 문화학자, 사회학자.
예일대학교 Yale University(미국).
예크흐, 에른스트 Ernst Jäckh(1875-1959). 독일의 저술가.
오디세우스 Odysseus. 호메로스의 서사시 『오디세이아』의 등장인물.
『오디세이아』 *Odyssey*. 고대 그리스의 서사시. 호메로스가 지은 것으로 알려져 있다.
『오리엔탈리즘』 *Orientalism*(1978). 에드워드 사이드가 쓴 책. 한국어판은 박홍규 옮김, 교보문고(2007).
오비디우스, 푸블리우스 나소 Publius Naso Ovidius(서기전 43-서기 17). 고대 로마의 시인.
오스만 제국 Ottoman Empire(1299-1922). 터키의 이스탄불을 수도로 서쪽의 모로코로부터 동쪽의 아제르바이잔, 북쪽의 우크라이나로부터 남쪽의 예멘에 이르는 넓은 지역을 지배했던 나라.
오스트리아-헝가리 제국 Austria-Hungary(Österreich-Ungarn Monarchie). 1867부터 1918년까지 있었던 합스부르크 왕가의 나라.
올슈키, 레오나르도 Leonardo Olschki(1885-1961). 이탈리아의 소설가, 로망스학자.
외무부 기록보관소 Politisches Archiv des Auswärtigen Amts(독일).
외슈거, 요하네스 Johannes Oeschger(1904-1978). 스위스에서 활동한 로망스학자.
『외제니 그랑데』 *Eugénie Grandet*(1388). 오노레 드 발자크가 쓴 소설.
외젠, 사부아의 공자 Eugene of Savoy(1663-1736). 유럽사에서 가장 뛰어난 군사 지도자의 한 사람.
외쥐레크, 에스라 Esra Özyürek.
외튀켄, 아드난 카히트 Adnan Cahit Ötüken(1911-1972). 터키의 교육자, 작가, 터키국립도서관의 창립자.
요즈가트 Yozgat. 터키의 도시.
우르간, 미나 Mina Urgan(1915-2000). 터키의 작가, 문헌학자, 번역가.
우베르티, 파리나타 델리 Farinata degli Uberti(1212-1264). 이탈리아의 귀족. 단테의 『신곡』에 등장한다.
우준, 메흐메드 Mehmed Uzun(1953-2007). 쿠르드인 작가, 소설가.
울프, 버지니아 Virginia Woolf(1882-1941). 영국의 소설가, 수필가, 비평가.
워턴포, 키스 데이비드 Keith David Watenpaugh(1966-). 미국의 중동역사학자.
워털루 전투 Battle of Waterloo(Bataille de Waterloo). 1815년 벨기에 남동부 워털루에서 프랑스군과 영국, 네덜란드, 프로이센 등이 포함된 연합군이 벌인 전투. 이 전투에서 프랑스군이 지면서 나폴레옹이 세인트헬레나섬으로 유배되었다.
웨스트체스터 북서비스 Westchester Book Services.
웰렉, 르네 René Wellek(1903-1995). 오스트리아 태생의 체코계 미국인 비교문학 비평가.
위고, 빅토르 마리 Victor Marie Hugo(1802-1885). 프랑스의 시인, 극작가.
위그노 Huguenots. 칼뱅주의를 따르는 프랑스의 개신교 신자 집단.
위르겐스 Jürgens.
위젤, 하산 알리 Hasan Ali Yucel(1897-1961). 터키의 작가, 교육자, 정치가. 터키 공화국의 교육부 장관(1939-1946).

『위젤』 *Yücel*. 1935년부터 1956까지 터키에서 발행된 문예 월간지.

『윌퀴』 *Ülkü*. 터키에서 발행된 일간지.

윌퀴멘, 셀라핫틴 Selâhattin Ülkümen(1914-2003). 터키의 외교관.

유누스 엠레 Yunus Emre(1238-1320). 터키의 시인, 수피파 신비주의자. 아나톨리아의 문화에 커다란 영향을 끼쳤다.

유다 Judas. 예수의 사도 중 한 명으로, 나중에 예수를 배반한 사람.

유대교 Judaism.

유대인기구 Jewish Agency. 1929년에 세계시온주의기구의 산하기관으로 설립된 단체.

유럽대학협회 European University Association.

『유럽 문학과 라틴 중세기』 *Europäische Literatur und lateinisches Mittelalter* (*European Literature and the Latin Middle Ages*)(1948). 에른스트 로베르트 쿠르티우스가 쓴 책.

유럽연합 European Union.

『율리시스』 *Ulysses*(1922). 제임스 조이스가 쓴 소설.

으렘, 나즘 Nazım Irem. 터키의 정치사학자.

이뇌뉘, 이스메트 İsmet İnönü(1884-1973). 터키의 군인, 정치가. 제2대 대통령(1938-1950).

이븐 루시드 Averroës(Ibn Rushd, 1126-1198). 스페인의 아랍계 철학자, 의학자. 라틴어 이름은 아베로에스.

이븐 시나 Avicenna(Ibn Sina, 980-1037). 페르시아 제국의 철학자, 의학자. 라틴어 이름은 아비센나.

이븐 아라비 Ibn Arabi(1165-1240). 이슬람의 신비주의자, 철학자, 시인.

이사악 Isaac. 성서(구약)에 나오는 인물. 공동번역판 성서의 표기를 따랐다.

이스마엘 Ishmael. 성서(구약)에 나오는 인물.

이스마일 번왕 Khedive Ismail(1830-1895). 이집트의 번왕(1863-1879).

이스탄불 Istanbul. 터키의 도시. 옛 수도(1923년까지).

『이스탄불—도시 그리고 추억』 *Istanbul: Memories and the City*(*İstanbul: Hatıralar ve Şehir*, 2003). 오르한 파묵이 쓴 책. 영어판은 2005년에 출간. 한국어판은 이난아 옮김, 민음사(2008년).

이스탄불개신교회 Protestant Parish Istanbul.

이스탄불고고학연구소 Archeological Institute Istanbul.

이스탄불공과대학교 Istanbul Technical University(İstanbul Teknik Üniversitesi)(터키).

이스탄불대학교 Istanbul University(터키).

이스탄불대학교 기록보관소 Istanbul University Archive(İstanbul Üniversitesi Arşivi).

이스탄불독일학교 Deutsche Schule Istanbul(Özel Istanbul Alman Lisesi). 이스탄불의 고등학교.

이스탄불동방연구소 Istanbul Orient Institute.

『이슬람 말세론과 신곡』 *La Escatología musulmana en la Divina Comedia*(1919). 미겔 아신 팔라시오스가 쓴 책. 영어판은 *Islam and the Divine Comedy*(1926).

이자크, 알프레드 Alfred Isaac(1888-1956). 독일의 경제학자.

이즈미르 Izmir. 터키의 도시.

이형발생적 변화 heterogenetic change.
『인간극』 *La Comédie humaine*(1830). 오노레 드 발자크가 구상한 소설 총서의 명칭.
『인간 혐오자』 *Le Misanthrope*. 몰리에르가 쓴 희곡. 1666년에 초연되었다.
인노켄티우스 3세 Innocentius III(1160 또는 1161-1216). 그리스도교의 제176대 교황(1198-1216). 한국천주교회에서는 인노첸시오 3세라 부른다.
인종우생 racial hygiene. 특정 집단은 자손을 보게 하고 나머지는 자손을 보지 못하게 막는 국가정책.
「일곱 봉기의 깃발」 *Das Fähnlein der sieben Aufrechten*(1861). 고트프리트 켈러가 쓴 『취리히 노벨레 *Züricher Novellen*』(1877)에 수록된 중편소설의 하나.
『잃어버린 시간을 찾아서』 *À la recherche du temps perdu*(1913-1927). 마르셀 프루스트가 쓴 소설. 영어판은 *Remembrance of Things Past*라는 제목으로 나왔다가 나중에 프랑스어 원제를 직역한 *In Search of Lost Time*으로 바뀌어 나왔다.
입센, 헨리크 Henrik Ibsen(1828-1906). 노르웨이의 시인, 극작가.
잉킬라프도서관 İnkilap Library(이스탄불).
자산세 capital tax.
자우켄, 한스 폰 Hans von Saucken(1893-1966). 독일의 외교관.
자일러, 율리우스 Julius Seiler. 제2차 세계대전 당시 터키에 있었던 독일 외교관.
잔모하메드, 압둘 Abdul R. JanMohamed(1945-). 케냐 태생으로 미국에서 활동하는 문화학자.
장루아, 알프레드 Alfred Jeanroy(1859-1953). 프랑스의 언어학자.
재외독일인동맹 Bund der Auslandsdeutschen.
재외 독일인 학자 원조기구 Notgemeinschaft deutscher Wissenschaftler im Ausland.
재외독일협회 Verein für das Deutschtum im Ausland.
『적과 흑』 The Red and the Black(*Le Rouge et le Noir*, 1830). 스탕달이 쓴 소설.
전략사무국 Office of Strategic Services(OSS). 미국 CIA의 전신.
『전쟁과 평화』 *War and Peace*(1869). 레프 니콜라예비치 톨스토이가 쓴 소설.
정전 canon. 하나의 문화가 형성되는 과정에서 가장 큰 영향을 미친 예술 작품을 집합적으로 일컫는 용어.
정향발생적 변화 orthogenetic change.
제3제국 Third Reich(1933-1945). 히틀러의 제3제국.
『제3제국의 언어』 *Lingua Tertii Imperii*(1947). 빅토르 클렘퍼러가 나치 독일 치하에서 적어둔 메모와 일기를 바탕으로 쓴 책.
제거스, 안나 Anna Seghers(1900-1983). 독일의 작가. 안나 제거스는 필명이며 본명은 안나 라일링(Anna Reiling).
제국과학교육부 Reichsministerium für Wissenschaft, Erziehung und Bildung. 나치 독일 정부 부서.
제노바 Genoa. 이탈리아의 항구도시.
제브데트, 압둘라 Abdullah Cevdet(1869-1932). 오스만 제국과 터키의 지식인, 의사.
제위의 전달 translatio imperii. 중세기의 서양에서 생겨난 역사학 개념으로, 역사를 통치권이

한 지배자에게서 다음 지배자에게 전달되는 것의 연속으로 본다.

제이훈, 데미르타쉬 Demirtaş Ceyhun(1934-2009). 터키의 작가, 소설가.

제임스 James. 버지니아 울프의 소설 『등대로』의 등장인물.

젠더정치 gender politics.

조이스, 제임스 James Joyce(1882-1941). 아일랜드의 소설가, 시인.

존스홉킨스대학교 Johns Hopkins University(미국).

졸라, 에밀 Émile Zola(1840-1902). 프랑스의 소설가, 극작가, 저널리스트.

줄파리스 회당 Zulfaris Synagogue. 이스탄불에 있었던 유대교 회당. 지금은 터키 유대인 박물관이 들어서 있다.

『줌후리예트』 *Cumhuriyet*. 터키에서 발행되는 일간지.

쥡페 züppe. '멋쟁이'라는 뜻의 터키어.

지드, 앙드레 André Gide(1869-1951). 프랑스의 소설가, 비평가. 1947년에 노벨 문학상을 받았다.

『질 블라스』 *Gil Blas*(1715-1735). 알랭 르네 르사주가 쓴 피카레스크 소설. 원제는 *L'Histoire de Gil Blas de Santillane*.

질풍노도 Sturm und Drang. 18세기 말 독일의 낭만주의 문학 운동.

『징벌』 *Les Châtiments*(1853). 빅토르 위고가 쓴 시집.

징어, 자무엘 Samuel Singer(1860-1948). 오스트리아 태생의 스위스 독일학자.

차크라바르티, 디페시 Dipesh Chakrabarty(1948-). 인도의 역사학자.

처칠, 윈스턴 Winston Churchill(1874-1965). 영국의 정치가. 영국의 제42대(1940-1945), 제44대(1951-1955) 총리.

처칠, 존, 제1대 말버러 공작 Duke of Marlborough(1650-1722). 잉글랜드의 군인, 정치가.

『천일야화』 *The Thousand and One Nights*. 중동과 남부아시아의 구전문학을 모아 이슬람의 황금기에 편찬한 책. 흔히 『아라비안 나이트*Arabian Nights*』라는 이름으로 알려져 있다.

청년독일파 Young Germany(Junges Deutschland). 1830년부터 1850년까지 있었던 독일인 작가 집단.

체호프, 안톤 파블로비치 Anton Pavlovich Chekhov(1860-1904). 제정 러시아의 소설가, 극작가.

초국가주의 transnationalism.

초룸 Çorum. 터키의 도시.

최종 해결책 final solution. 나치 독일의 유대인 집단학살 계획.

추크마이어, 에두아르트 Eduard Zuckmayer(1890-1972). 독일의 음악교육자.

취리히 Zurich. 스위스의 도시.

츠나르, 알레브 Alev Çınar. 터키의 사회학자, 정치학자.

츠바이크, 슈테판 Stefan Zweig(1881-1942). 오스트리아의 소설가, 저널리스트, 극작가, 전기작가.

츠으라찬, 이브라힘 힐미 İbrahim Hilmi Çığıraçan(1876-1963). 터키의 출판업자, 작가.

치글러, 클라우스 Klaus Ziegler. 독일의 독일학자.

친, 리타 Rita Chin. 미국의 문화사학자.

카니, 모함마드 레자 마흐다비 Mohammad-Reza Mahdavi Kani(1931-). 이란의 성직자, 작가, 정치가.

『카드로』 *Kadro*. 1932년부터 1934년까지 터키에서 발행된 좌파 잡지.

카디르, 젤랄 Djelal Kadir(1946-). 키프로스 태생으로 미국에서 활동하는 비교문학자.

카라오스마놀루, 야쿱 카드리 Yakub Kadri Karaosmanoğlu(1889-1974). 터키의 작가, 저널리스트, 외교관.

카라쾨이 Karaköy. 이스탄불의 한 구역. 옛 이름은 갈라타(Galata)이다.

카론, 이지도르 Isidor Karon. 이스탄불의 서점 카론(Karon)의 주인.

카르멘 Carmen. 프로스페르 메리메가 쓴 소설 『카르멘』(1845)의 주인공. 나중에 조르주 비제(Georges Bizet)가 오페라로 작곡했다(1875).

카르타고 Carthage. 아프리카 북부의 고대 도시국가.

카메라포토 아르테 Cameraphoto Arte.

카발칸티, 카발칸테 데이 Cavalcante dei Cavalcanti(1220년경-1280년경). 이탈리아의 철학자. 단테의 『신곡』에 등장한다.

카수, 장 Jean Cassou(1897-1968). 스페인 태생의 프랑스 소설가, 시인, 비평가.

카시러, 에른스트 Ernst Cassirer(1874-1945). 독일 태생으로 미국에서 활동한 철학자.

카자 디탈리아 Casa d'Italia. 이스탄불의 이탈리아문화원이 있는 건물.

카차귀다 Cacciaguida(1098년경-1148년경). 단테 알리기에리의 증조부. 단테의 망명과 만년에 고독해질 것을 예언했다.

「카페 유럽」 "Café Europe." 빅토르 클렘퍼러가 쓴 에세이.

카프 Kapp. 이스탄불의 서점.

카프카, 프란츠 Franz Kafka(1883-1924). 오스트리아-헝가리 제국의 유대계 소설가. 독일어로 활동했다.

칸디요티, 데니스 Deniz Kandiyoti(1944-). 터키 출신으로 영국에서 활동하는 저술가. 젠더관계와 이슬람 세계의 개발정책을 주로 다루고 있다.

칸토로비츠, 알프레트 Alfred Kantorowicz(1880-1962). 독일의 의사, 치과의사.

칸트스트라세 Kantstraße. 베를린의 거리.

칼데론, 페드로 Pedro Calderón de la Barca(1600-1681). 스페인의 극작가, 시인.

칼레 Paul Ernst Kahle(1875-1964). 독일의 동방학자.

칼리스 Kalis. 이스탄불에 있었던 독일 서점.

칼리프 caliph. 무함마드의 후계자를 가리키는 칭호.

캅카스 Caucasus. 흑해와 카스피해 사이에 있는 지역.

캐이스, 안톤 Anton Kaes(1945-). 독일 태생으로 미국에서 활동하는 비교문학자.

캐플런, 샘 Sam Kaplan. 미국의 인류학자, 문화사학자.

캐플런, 캐런 Caren Kaplan(1955-). 미국의 문화학자, 여성학자.

캔터, 폴 Paul Cantor(1945-). 미국의 문학비평가.

커토이스, 네드 Ned Curthoys. 오스트레일리아의 비교문학자.

케네디, 마이클　Michael Kennedy.
케말, 나미크　Namık Kemal(1840-1888). 오스만의 작가, 극작가, 저널리스트, 정치활동가.
케말, 야샤르　Yaşar Kemal(1923-2015). 터키의 작가, 인권운동가.
케말주의　Kemalism.
케말주의사상협회　Atatürkçü Düşünce Derneği.
케스킨, 제흐라　Zehra Keskin.
케슬러, 게르하르트　Gerhard Kessler(1883-1963). 독일의 경제학자, 사회학자.
켄트, 나즈데트　Necdet Kent(1911-2002). 터키의 외교관.
켈러, 고트프리트　Gottfried Keller(1819-1890). 스위스의 시인, 소설가.
켈러, 프리드리히 폰　Friedrich von Keller(1873-1960). 독일의 외교관.
코레르박물관　Museo Correr. 이탈리아 베네치아에 있는 박물관.
코르시카　Corsica. 지중해에 있는 프랑스의 섬.
코블렌츠 연방 기록보관소　Bundesarchiv Koblenz.
코스비히, 쿠르트　Curt Kosswig(1903-1982). 독일의 동물학자, 유전학자. 터키 동물학의 아버지라 불린다.
코츠, 케말　Kemal Koç 1943년 터키계 유대인의 송환 문제로 독일과 협상한 베를린 주재 터키 대사관의 서기관.
코헨, 모이즈　Moiz Kohen(1883-1963). 터키의 작가, 철학자. 터키식 이름인 무니스 테키날프(Munis Tekinalp)로 개명했다.
코헨·베하르 오리엔트테피헤　Cohen & Behar Orientteppiche. 카펫 가게.
코흐, 프란츠　Franz Koch(1888-1969). 독일의 역사학자.
콘래드, 조지프　Joseph Conrad(1857-1924). 폴란드 태생의 영국 소설가.
콘베르소　converso. 14세기와 15세기에 스페인·포르투갈에서 천주교로 개종한 유대인.
콘스탄티노폴리스　Constantinople. 이스탄불의 옛 이름.
콘스탄티노폴리스 경마장　Hippodrome. 고대 그리스에서 말이나 전차 경주를 벌이던 곳. 이스탄불의 경마장은 현재 술탄아흐메트 광장이라 불리며, 옛 구조물이 부분적으로 남아 있다.
콘스탄티노폴리스독일여성회　Society of German Women in Constantinople.
콜롬바　Colomba. 프로스페르 메리메가 쓴 소설 『콜롬바』(1840)의 주인공.
콜링우드, 로빈 조지　R. G. Collingwood(1889-1943). 영국의 철학자, 역사학자, 고고학자.
쾨프륄뤼, 메흐메트 푸아트　Mehmet Fuat Köprülü(1890-1966). 터키의 문학사학자, 튀르크학자.
쾰른대학교　University of Cologne(독일).
쿠루야즈츠, 닐뤼페르　Nilüfer Kuruyazıcı. 터키의 독일학자.
쿠르드인　Kurd. 서아시아 쿠르디스탄에서 사는 유목민.
쿠르반 바이라므　kurban bayramı. 이슬람의 중요 축제인 이드 알아드하의 터키 이름.
쿠르티우스, 에른스트 로베르트　Ernst Robert Curtius(1886-1956). 독일의 문학자, 문헌학자, 문학비평가.
쿠리에, 폴루이　Paul-Louis Courier(1772-1825). 프랑스의 그리스학자, 정치 작가.

쿠클라 kukla. '꼭두각시'라는 뜻의 터키어.
쿠투조프 Kutuzov. 레프 니콜라예비치 톨스토이의 소설 『전쟁과 평화』의 등장인물.
쿠튀리에, 폴 바양 Paul Vaillant-Couturier(1892-1937). 프랑스의 작가, 공산주의자.
퀴취크, 압두라만 Abdurrahman Küçük(1945-). 터키의 역사학자.
퀴취크, 얄츤 Yalçın Küçük(1938-). 터키의 철학자, 역사학자, 작가, 문학비평가.
크라우스, 베르너 Werner Krauss(1900-1976). 독일의 교수, 정치활동가.
크라이자우 모임 Kreisauer Kreis(1940-1944). 헬무스 폰 몰트케가 나치에 반대하는 독일인 20여 명과 함께 만든 정치 토론 모임.
크란츠, 발터 Walther Kranz(1884-1950). 독일의 문헌학자, 철학사학자.
크렌, 오스카르 Oskar Krenn.
크로체, 베네데토 Benedetto Croce(1866-1952). 이탈리아의 철학자, 역사학자, 정치가.
크리토불루스, 미카엘 Kritovoulos(Michael Critobulus, 1410년경-1470년경). 그리스의 정치가, 역사학자.
크브르즈크, 에미르 Emir Kıvırcık(1966-). 베히츠 에르킨의 손자.
클라이스트, 베른트 하인리히 빌헬름 폰 Bernd Heinrich Wilhelm von Kleist(1777-1811). 독일의 시인, 극작가, 소설가.
클라인, 볼프강 Wolfgang Klein(1948-). 독일의 로망스학자.
클레르, 앙리 Henri Clerc(1881-1967). 프랑스의 정치가, 극작가.
클렘퍼러, 빅토르 Victor Klemperer(1881-1960). 폴란드 태생으로 독일에서 활동한 유대인 로망스언어학자. 독일 제국, 바이마르 공화국, 나치 독일, 독일 민주공화국 치하의 생활에 대해 상세하게 묘사한 일기가 유명하다.
키르셰히르 Kırşehir. 터키의 도시.
키슈, 에곤 Kisch(1885-1948). 체코 태생의 유대인 작가, 저널리스트.
키우시 Chiusi. 이탈리아의 코무네.
키클롭스 Cyclops. 고대 그리스 신화에서 시칠리아 섬에서 살았다는 외눈박이 괴물.
킬 Kiel. 독일의 도시.
타르한, 압될하크 하미드 Abdülhak Hamid Tarhan(1851-1937). 터키의 극작가, 시인.
타우트, 브루노 Bruno Taut(1880-1938). 독일의 건축가.
『타임스』 *The Times*. 영국에서 발행되는 일간지.
탄지마트 tanzimat. '개편'이라는 뜻의 터키어. 일반적으로 1839년부터 1876년까지 실시된 오스만 제국의 개혁정책을 말한다.
탄프나르, 아흐메트 함디 Ahmet Hamdi Tanpınar(1901-1962). 터키의 시인, 소설가, 문학자, 수필가.
탈라트 파샤 Talat Paşa(Talaat Pasha, 1874-1921). 오스만 제국의 정치가. 제1차 세계대전 동안 오스만 제국의 실권자였던 3인의 파샤 중 한 사람이다.
태양어 이론 sun language theory. 1930년대 터키의 국가주의적 유사과학 이론. 인간의 모든 언어는 터키어와 가장 가까운 하나의 태양어에서 갈라져 나갔다고 본다.
터너, 브라이언 Bryan Turner(1945-). 영국의 사회학자.

터키 공화국　Turkish Republic.

터키유대인 박물관　Jewish Museum of Turkey(500. Yıl Vakfı Türk Musevileri Müzesi). 이스탄불에 있는 유대인 박물관.

테레진　Theresienstadt. 체코의 도시. 제2차 세계대전 당시 나치의 집단수용소가 있던 곳이다.

테르제메 오다스　terceme odası. 오스만 제국에 있었던 번역실.

테르쥐메 뷔로수　tercüme bürosu. 터키에 있었던 번역 부서.

테르툴리아누스　Quintus Septimius Florens Tertullianus(?160-?220). 카르타고의 교부, 신학자.

테살리아　Thessaly. 고대 그리스의 한 지역.

테크소이, 레킨　Rekin Teksoy(1928-2012). 터키의 법률가, 번역가, 저술가.

테키날프, 무니스　Munis Tekinalp. 유대계 터키인 모이즈 코헨(Moiz Kohen)이 개명한 터키식 이름.

토도로바, 마리아　Maria Todorova(1949-). 불가리아 태생으로 미국에서 활동하는 역사학자.

토인비, 파제트 잭슨　Paget Jackson Toynbee(1855-1932). 영국의 단테학자.

톨스토이, 레프 니콜라예비치　Lev Nikolaevich Tolstoy(1828-1910). 제정 러시아의 작가.

퇴프케, 악셀　Axel Toepke(1882-?). 터키에 주재한 독일 총영사.

투르키스탄　Turkistan.

투르한 탄, 메흐메트　Mehmet Turhan Tan(1886-1939). 터키의 저널리스트, 역사소설가.

투홀스키, 쿠르트　Kurt Tucholsky(1890-1935). 유대계 독일인 저널리스트, 풍자가, 작가.

튀렌　Turenne. 프랑스의 지명.

『튀르키셰 포스트』　*Türkische Post*. 이스탄불에서 1926년부터 1944년경까지 독일어로 발행된 일간지.

튜터니아클럽　Teutonia Club.

트라키아　Thrace. 에게해 동북 해안지방에 있던 고대의 나라.

트럼피너, 울릭　Ulrich Trumpener. 미국의 역사학자.

트럼피너, 케이티　Katie Trumpener(1961-). 미국의 비교문학자.

트레믈, 마르틴　Martin Treml(1959-). 오스트리아의 역사학자.

트로이아　Troy. 고대 그리스 문학에서 언급되는 지명, 오늘날의 아나톨리아에 있었던 도시.

트로츠키, 레프　Leon Trotsky(1879-1940). 러시아의 혁명가, 소련의 외교관, 정치가, 사상가.

티르타이오스　Tyrtaeus. 서기전 7세기에 활동한 스파르타 출신의 서정시인.

티무르, 페리둔　Feridun Timur. 터키의 의학자, 번역가.

티체, 안드레아스　Andreas Tietze(1914-2003). 오스트리아 태생으로 미국에서 활동한 튀르크학자.

팀스, 에드워드　Edward Timms(1937-). 영국의 역사학자.

파로키, 수라이야　Suraiya Faroqhi(1941-). 독일의 역사학자.

파루스　Pharus. 독일의 출판사.

파리스, 가스통　Gaston Paris(1839-1903). 프랑스의 문학사학자, 작가.

『파리제르 타게블라트』　*Pariser Tageblatt*. 1933년부터 1940년까지 파리에서 독일어로 발행된 일간지.

파묵, 오르한 Orhan Pamuk(1952-). 터키의 작가.
파스칼, 블레즈 Blaise Pascal(1623-1662). 프랑스의 사상가, 수학자, 물리학자.
파스테르나크, 보리스 Boris Pasternak(1890-1960). 소련의 시인, 소설가, 문학번역가.
파자넨스트라세 Fasanenstraße. 베를린의 거리.
파즈, 마그들렌 Magdeleine Paz(1889-1973). 프랑스의 저널리스트, 번역가, 작가, 활동가.
파케르, 살리하 Saliha Paker. 터키의 번역가, 번역학자.
파펜, 프란츠 폰 Franz von Papen(1879-1969). 터키에 주재한 독일 대사.
팔라비 왕조 Pehlevi(Pahlavi) dynasty. 이란 최후의 왕조(1925-1979).
퍼시, 토머스 Thomas Percy(1729-1811). 아일랜드의 주교, 시인.
페라 Pera. 이스탄불의 한 지역.
페루자 Perugia. 이탈리아의 도시.
페르, 앙리 Henri Peyre(1901-1988). 프랑스 태생의 미국 언어학자, 문학자.
페르가몬 Pergamon. 터키 반도의 끝에 있었던 고대 그리스의 도시.
페린, 제브데트 Cevdet Perin(1914-1994). 터키의 문학자, 정치가.
페터스, 빌헬름 Wilhelm Peters(1880-1963). 오스트리아 태생의 유대인 심리학자.
페트라르카, 프란체스코 Francis Petrarch(Francesco Petrarca, 1304-1374). 이탈리아의 시인, 인문주의자.
펜실베이니아주립대학교 Pennsylvania State University(미국).
펠로폰네소스 Peloponnese. 그리스 남부의 반도 지역.
포스터, E. M. E. M. Forster(1879-1970). 영국의 소설가, 수필가.
포스트식민주의 postcolonialism.
포슬러, 카를 Karl Vossler(1872-1949). 독일의 언어학자, 로망스학자.
포이트방거, 리온 Lion Feuchtwanger(1884-1958). 유대계 독일인 소설가, 극작가.
포터, 데이비드 David Porter. 미국의 비교문학자.
포터, 제임스 James I. Porter(1954-). 미국의 비교문학자.
포트나, 벤저민 Benjamin Fortna. 영국의 역사학자.
폰타네, 테오도어 Theodor Fontane(1819-1898). 독일의 소설가.
푸코, 미셸 Michel Foucault(1926-1984). 프랑스의 철학자, 역사학자, 문학비평가.
푹스, 트라우고트 Traugott Fuchs(1906-1997). 유대계 독일인 문헌학자, 화가.
푹스, 헤르만 Herrmann Fuchs.
푹스, 바버라 Barbara Fuchs(1970-). 미국의 비교문학자.
풀라유, 앙리 Henry Poulaille(1896-1980). 프랑스의 작가.
퓌줄리 Fuzuli(1494-1556). 아제르바이잔의 시인, 작가, 사상가인 무함마드 빈 쉴레이만(Muhammad bin Suleyman)의 필명.
프라하 Prague. 체코의 수도.
프란스즈 티야트로수 Fransız Tiyatrosu. 프랑스 극장.
프랑스 김나지움 Französisches Gymnasium. 독일 베를린에 있는 김나지움. 원래는 프랑스어로 수업을 진행했으나 지금은 프랑스어와 독일어를 쓴다.

프랑코, 프란시스코 Francisco Franco(1892-1975). 스페인의 군인, 정치가. 1939년부터 죽을 때까지 스페인을 지배한 군사 독재자였다.
프랑크푸르트대학교 Frankfurt University(독일).
프랭크, 월도 Waldo Frank(1889-1967). 미국의 소설가, 역사학자, 정치활동가, 문학비평가.
프로방스 Provence. 프랑스 남동부의 옛 지역.
프로이덴탈, 가드 Gad Freudenthal(1944-). 이스라엘의 역사학자.
프로이센 Prussia(Preußen).
프로이센 국립도서관 Preußische Staatsbibliothek Berlin. 오늘날의 베를린 주립도서관.
프로이센 문화유산 미술기록보관소 Bildarchiv Preussischer Kulturbesitz.
프로이센 문화유산 재단 Stiftung Preussischer Kulturbesitz.
프로이센 주립도서관 Prussian State Library(베를린).
프로이트, 지그문트 Sigmund Freud(1856-1939). 오스트리아의 심리학자.
프로인틀리히, 에르빈 핀라이 Erwin Finlay-Freundlich(1885-1964). 독일의 천문학자.
프루스트, 마르셀 Marcel Proust(1871-1922). 프랑스의 소설가, 비평가, 수필가.
프리드리히 2세 Frederick the Great(Frederick II, 1712-1786). 프로이센 왕국의 제3대 국왕(1740-1786).
프리드리히 빌헬름 3세 Frederick Wilhelm III(1770-1840). 프로이센 왕국의 제5대 국왕(1797-1840).
프리바타카데미 Privatakademie. 이스탄불의 망명객 지식인 동아리.
프리케, 게르하르트 Gerhard Fricke(1901-1980). 독일의 독일학자, 역사학자.
프린스턴대학교 Princeton University(미국).
플라슈, 쿠르트 Kurt Flasch(1930-). 독일의 철학자, 역사학자.
플라우투스, 티투스 마키우스 Titus Maccius Plautus(서기전 254년경-서기전 184). 고대 로마의 희극작가.
플라톤 Plato(서기전 428/427 또는 424/423-348/347). 고대 그리스의 철학자, 사상가.
플로베르, 귀스타브 Gustave Flaubert(1821-1880). 프랑스의 소설가.
플리스니에, 샤를르 Charles Plisnier(1896-1952). 벨기에의 작가.
피레아스 Piraeus. 그리스의 항구도시.
피렌체 Florence(Firenze). 이탈리아 토스카나 주의 주도.
피알론, 마르틴 Martin Vialon. 독일의 독일학자.
피우스 2세, 교황 Pope Pius II(1405-1464). 그리스도교의 제210대 교황(1458-1464). 한국 천주교회에서는 비오 2세라 부른다.
피티 궁전 Palazzo Pitti. 이탈리아 피렌체에 있는 궁전.
하갈 Hagar. 성서(구약)에 나오는 인물.
하니슈, 루드밀라 Ludmilla Hanisch. 독일의 동양학자.
하르덴베르크스트라세 Hardenbergstraße. 베를린의 거리.
『하베르』 *Haber*. 터키에서 발행되는 일간지.
하산로켐, 갈리트 Galit Hasan-Rokem(1945-). 핀란드 태생으로 이스라엘에서 활동하는 민속

학자.

하웁트만, 게르하르트 요한 로베르트 Gerhart Johann Robert Hauptmann(1862-1946). 독일의 극작가, 소설가. 1912년에 노벨 문학상을 받았다.

하워드, 해리 Harry N. Howard(1902-1987). 미국의 동방학자, 중동학자.

하이네, 하인리히 Heinrich Heine(1797-1856). 독일의 시인.

하일브론, 알프레트 Alfred Heilbronn(1885-1961). 독일의 식물학자.

하임죄트, 하인츠 Heinz Heimsoeth(1886-1975). 독일의 철학사학자.

하자르, 네딤 Nedim Hazar(1960-). 터키의 배우, 음악가, 작곡가, 방송저널리스트, 다큐멘터리 영화제작자.

하제테페대학교 Hacettepe Üniversitesi(터키).

하트먼, 제프리 Geoffrey H. Hartman(1929-2016). 독일 태생의 미국인 문학이론가, 비평가.

하피즈 Hafız(1325?-1389?). 페르시아의 서정시인.

학자원조위원회 Academic Assistance Council(Council for At-Risk Academics).

할리카르나스 발륵츠스 Halikarnas Balıkçısı(1886-1973). 터키의 소설가, 수필가 제바트 샤키르 카바아츨르(Cevat Şakir Kabaağaçlı)의 필명.

할만, 탈라트 사이트 Talât Sait Halman(1931-2014). 터키의 시인, 번역가, 문화사학자. 터키의 첫 문화부 장관(1971. 7-1971. 12.).

함부르크대학교 Hamburg University(독일).

합스부르크 가문 Habsburg. 유럽에서 큰 영향력을 발휘한 왕가.

해니, 에두아르트 Eduard Hänni.

행동하는미술관 Aktives Museum. 독일 베를린에 있는 단체. 1933년부터 1945년까지 독일인 망명객에 관한 연구로도 유명하다. 정식 명칭은 '행동하는미술관—파시즘과저항(Aktive Museum Faschismus und Widerstand in Berlin e.V.)'이다.

『허영의 시장』 *Vanity Fair*(1848). 윌리엄 메이크피스 새커리가 쓴 소설.

헉슬리, 올더스 Aldous Huxley(1894-1963). 영국의 작가, 소설가, 철학자.

헤겔, 게오르크 빌헬름 프리드리히 Georg Wilhelm Friedrich Hegel(1770-1831). 독일의 철학자.

헤르더, 요한 고트프리트 Johann Gottfried Herder(1744-1803). 독일의 철학자, 신학자, 시인, 문학비평가.

헤브리디스 제도 Hebrides islands. 스코틀랜드 북서쪽의 열도.

헥토르 Hector. 그리스·로마 신화에 등장하는 트로이아의 왕자. 트로이아 최고의 전사였다.

헬, 줄리아 Julia Hell. 미국의 독일학자.

헬베크, 마르틴 Martin Hellweg. 에리히 아우어바흐가 가르쳤던 제자.

『현재의 위치 판정』 *Ortsbestimmung der Gegenwart*(1950-1957). 알렉산더 뤼스토브가 쓴 책(전3권).

호르크하이머, 막스 Max Horkheimer(1895-1973). 독일의 철학자, 사회학자.

호메로스 Homer. 『일리아스』와 『오디세이아』를 지었다고 알려진 고대 그리스의 유랑시인.

호봄, 프레야 폰 Freya von Hobohm. 독일의 로망스학자, 독일학자.

홀브룩, 빅토리아 Victoria Holbrook(1952-). 미국의 문학자, 번역가.

화이트, 해이든 Hayden White(1928-). 미국의 역사학자.

환유(換喩) metonymy. 어떤 사물을 그 속성과 밀접한 관계가 있는 다른 낱말을 빌려 표현하는 수사법.

「환희의 송가」 *An die Freude*. 프리드리히 폰 실러가 지은 시.

횔덜린, 요한 크리스티안 프리드리히 Johann Chritian Friedrich Hölderlin(1770-1843). 독일의 시인.

후이센, 안드레아스 Andreas Huyssen(1942-). 독일 태생으로 미국에서 활동하는 비교문학자.

훔볼트대학교 Humboldt University(독일).

훙가리아, 게오르기우스 데 Georgius de Hungaria(1422-1502). 독일의 도미니크회 수도사. 오스만의 포로로 잡혀 노예 생활을 했다(1438-1458).

히르슈, 에른스트 Ernst E. Hirsch(1902-1985). 독일 태생으로 터키에서 활동한 법률학자. 터키 공화국의 여러 가지 법률 제정에 크기 기여했다.

히타이트 Hittite. 소아시아의 고대 민족.

히틀러, 아돌프 Adolf Hitler(1889-1945). 독일 나치의 지도자, 정치가.

히틀러청년단 Hitler Jugend. 나치당이 만든 청소년 조직.

힌데미트, 파울 Paul Hindemith(1895-1963). 독일의 작곡가.

찾아보기

지은이 **카데르 코눅**

현재 독일의 뒤스부르크-에센대학교 터키학연구소 소장. 코눅은 주로 문학비평, 문화연구, 지성사 분야의 다양한 주제들에 초점을 맞추어 연구해왔다. 예를 들어, 종교 및 민족 공동체들의 교차점이라든가, 20세기 초의 터키 현대화 개혁, 그리고 현재까지 지속되고 있는 터키-독일의 대외관계 같은 여러 주제를 깊게 파고들곤 한다. 이 책으로 2012년 미국비교문학회가 수여하는 르네 웰렉상을 받았으며, 같은 해 독일학술협회 북미 지부가 주관하는 독일학술교류처 올해의 책(DAAD/GSA Book Prize)으로 선정되었다.

옮긴이 **권루시안**

편집자이자 번역가로서 여러 분야의 다양한 책을 독자들에게 아름답고 정확한 번역으로 소개하려 노력하고 있다. 옮긴 책으로는 『ABC, 민중의 마음이 문자가 되다』『정신병원을 폐쇄한 사람—프랑코 바잘리아와 정신보건 혁명』『신약 읽기—역사와 문헌』『과거의 거울에 비추어』 등이 있다.

이스트 웨스트 미메시스
터키로 간 아우어바흐

초판 인쇄 2020년 3월 3일
초판 발행 2020년 3월 13일

지은이 카데르 코눅
옮긴이 권루시안
펴낸이 염현숙
기획 고원효 | 책임편집 이경록 | 편집 고원효
디자인 고은이 최미영 | 저작권 한문숙 김지영 이영은 | 마케팅 정민호 이숙재 양서연 박지영
홍보 김희숙 김상만 오혜림 지문희 우상희 김현지
제작 강신은 김동욱 임현식 | 제작처 상지사

펴낸곳 (주)문학동네
출판등록 1993년 10월 22일 제406-2003-000045호
주소 10881 경기도 파주시 회동길 210
전자우편 editor@munhak.com | 대표전화 031) 955-8888 | 팩스 031) 955-8855
문의전화 031) 955-3578(마케팅), 031) 955-3572(편집)
문학동네카페 http://cafe.naver.com/mhdn
문학동네트위터 http://twitter.com/munhakdongne
북클럽문학동네 http://bookclubmunhak.com

ISBN 978-89-546-7096-8 93800

www.munhak.com